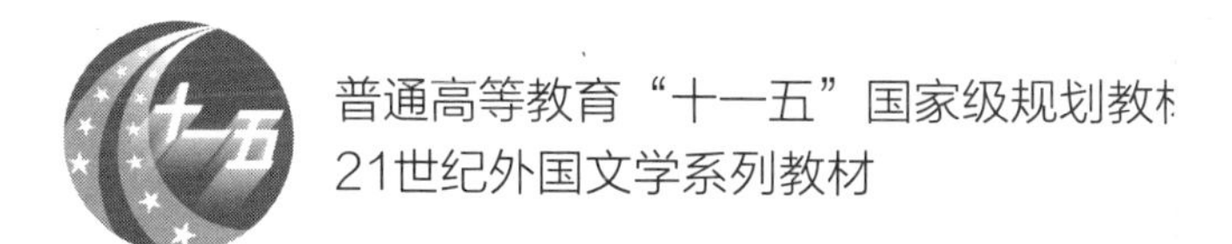

欧美生态文学

（第三版）

王 诺——著

Euro-American Ecoliterature

北京大学出版社
PEKING UNIVERSITY PRESS

图书在版编目（CIP）数据

欧美生态文学 / 王诺著 . —3 版 . —北京：北京大学出版社，2020. 6
21 世纪外国文学系列教材
ISBN 978-7-301-30241-5

Ⅰ . ①欧… Ⅱ . ①王… Ⅲ . ①欧洲文学—文学研究—高等学校—教材 ②文学研究—美洲—高等学校—教材 Ⅳ . ① I500.6 ② I700.6

中国版本图书馆 CIP 数据核字（2020）第 089248 号

书　　名	欧美生态文学（第三版） OUMEI SHENGTAI WENXUE (DI–SAN BAN)
著作责任者	王　诺　著
责 任 编 辑	朱房煦　张　冰
标 准 书 号	ISBN 978-7-301-30241-5
出 版 发 行	北京大学出版社
地　　址	北京市海淀区成府路 205 号　100871
网　　址	http://www. pup. cn　　新浪微博：@ 北京大学出版社
电 子 信 箱	zhufangxu@yeah.net
电　　话	邮购部 010-62752015　发行部 010-62750672　编辑部 010-62754382
印 刷 者	北京鑫海金澳胶印有限公司
经 销 者	新华书店
	730 毫米 ×980 毫米　16 开本　25 印张　425 千字
	2003 年 8 月第 1 版　2011 年 6 月第 2 版
	2020 年 6 月第 3 版　2020 年 6 月第 1 次印刷（总第 5 次印刷）
定　　价	78.00 元

《欧美生态文学》第三版说明

自从《欧美生态文学》2003年作为北京大学出版社"文学论丛"中的一种出版、2005年又作为北京大学出版社"21世纪外国文学系列教材"重印以来,特别是自从2011年修订后作为"普通高等教育十一五国家级规划教材"由北京大学出版社再版以来,作者以此书为教材在厦门大学开设了近十门本科、硕士和博士生课程,招收了十几届以欧美生态文学为研究方向的硕士、博士研究生,并率领厦门大学生态文学研究团队的学者和研究生,以本书的已有研究为基础,对美国生态文学、英国生态文学、俄罗斯生态文学、德语生态文学展开了国别文学研究,对斯奈德、阿特伍德、梭罗、艾比、迪拉德、利奥波德、卡森、贝里、杰弗斯、勒·克莱齐奥、巴勒斯(以研究成果问世的时间为序)等一批作家进行了个案研究。本次再版把作者自己撰写的两篇作家研究论文作为附录收入,以对本教材没有作家专章的不足做一些弥补,并以此代表本书所激发和引导出的一大批欧美生态文学作家个案研究和国别文学研究。

此外,《欧美生态文学》第一章"生态文学概论"已经被翻译成日文,发表于2016年出版的日本福冈大学《人文论丛》第48卷第1期和第2期上,译者甲斐胜二教授在一次访谈里详谈了他对《欧美生态文学》的看法和将此书译介到日本学界的原因。本次再版除了对2011年版的个别字句错误做了订正之外,也将这篇访谈作为附录收入。

目 录

第一章

生态文学概论

第一节　生态文学产生的原因

生态文学产生和发展的主要动因，是从 20 世纪 60 年代以来愈演愈烈的生态危机。生态文学的兴起和逐步走向繁荣，是人类减轻和防止生态灾难的迫切需要在文学领域里的必然表现，也是文学家对地球以及所有地球生命之命运的深深忧虑在创作上的必然反映。外在的压力，甚至可以说外在的强迫，与文学家的生态责任感、自然关怀和人类终极关怀相结合，为生态文学注入了强大的生命力。

世界范围的生态危机，不仅催生了生态文学，而且同时催生了几乎波及所有人文与社会科学领域的生态思潮。在日益波澜壮阔的生态思潮中，生态文学是极其重要的一个支流。生态文学家在生态思潮的初始阶段发挥了引领潮流的重大作用：首倡生态思想的核心精神——生态整体主义——的人,是生态文学家奥尔多·利奥波德;掀起世界生态思潮的人,是生态文学家雷切尔·卡森。

要理解生态文学的特征、成就和价值,首先要了解它产生的主要原因——生态危机,直面令人不安、令人震惊甚至令人恐惧的生态危机真相。

一、主要原因:外部动因

目前人类所面临的最严重、最为紧迫的生态危机是能源与气候危机。大量的事实和数据证明:气候变化的的确确存在,而且正在加速,已经产生了巨大的危害,可能导致毁灭性的灾难。造成气候变化的罪魁祸首是人类,是人类过度地使用化石燃料,过多地排放温室气体。这一结论“来自大量世界顶尖级科学研究,经过了极为细致的审核并备有详细的证明文件,是目前所研究过的最大、最长、最昂贵、最国际化、学科跨度最大、最彻底的科学议题”①。气候变化的巨大危害绝不仅仅是气温升高、天气变暖,还有伴随而来的降雨量、湿度、土壤温度、大气环流的变化,干旱和荒漠化加剧,洪涝和暴风雨雪等极端异常天气频发,冰川和南北极冰盖消融,海洋环流系统紊乱及其可能导致的北半球冰期,生物生长繁衍模式的紊乱和物种灭绝,海平面上升等。海平面上升是目前人类所面临的最为可怕的生态预警之一。哈佛大学伍兹霍尔实验室的约翰·霍尔德伦教授等环境科学家发出了这类预警:气候变化留给人类积极应对的时间已经非常有限了,20 世纪 90 年代最悲观的预测是 2040 年北极冰全部融化,而到 2008 年科学家的预测是这一悲剧可能会更早发生——海平面上涨 1—3 米甚至更高。如果这样的悲剧真的发生,人类文明的整个格局将发生天翻地覆的变化,最繁华的经济中心(包括纽约、波士顿、旧金山、洛杉矶、迈阿密、里约热内卢、布宜诺斯艾利斯、东京、大阪、釜山、新加坡、孟买、哥本哈根、赫尔辛基、奥斯陆、圣彼得堡、里斯本、马赛、悉尼、墨尔本,以及上海、天津、秦皇岛、大连、青岛、宁波、厦门、香港、

① 托马斯·弗里德曼:《世界又热又平又挤》,王玮沁等译,何帆校,湖南科学技术出版社,2009 年,第 120 页。

台北、高雄等)大部分将受重创甚至被淹没,数以亿计的生态难民将流离失所,全人类的生活水平将倒退半个世纪以上。这绝不是危言耸听,绝大多数严谨的科学家都认同这一结论。

即便是海平面上涨短时间不会到来,地球资源也难以满足人类如此巨大的需求。这个星球上所必需的资源正在日趋枯竭,有限的资源与无限的欲求之间的尖锐矛盾已清楚地摆在人类的面前。早在1972年,梅多斯等17位来自发达国家和发展中国家的一流学者就在他们轰动世界的报告《增长的极限》里指出,支撑人类工业的主要资源——石油、煤炭和其他各种不可缺少的矿藏急剧减少,多数在一百年之内就将全部采光。世界资源研究所和国际环境与发展研究所主编的《世界资源1988—1989》指出,按当时的能源消耗率,全球已探明的石油储量只能维持32.5年,天然气只能维持58.7年,煤炭只能维持226年。著名的“戴利统计”显示:世界上所有必不可少的不可再生资源统统加在一起,也仅够目前全球人口18%的人享受当今美国的生活水准,满足当今美国人的欲求。如果这一统计无误或大体上符合实际,那就意味着:至少在发明出所有必需的替代资源之前,人类如果继续这样盲目发展,将迅速耗光全部资源,很快进入“终极贫困”:在拥有了豪宅、轿车和许多现代化的生活资料后,人类会突然发现这一切全都因为不可再生资源的枯竭而无法运转、无法享用!

面对生态危机,无论是狂妄地无视事实,还是胆怯地回避真相,抑或是消极地对待灾难,甚至是哪管明天洪水滔天只求今天末日狂欢,这些态度都比气候变化危机更为可怕,因为正是这样的态度导致并加速了生态系统的总崩溃。

我们必须直面事实,我们必须相信科学的预测。

我们必须尽全力缓解危机,防止灾难的迅速到来,或者至少去延缓它——无论要为此付出多么大的代价。

我们必须勇敢地承担起生态责任,纵使最后依然会面临灾难、遭遇悲剧,也绝不能放弃希望、尊严和努力。

我们必须拯救这个星球,同时自我救赎,我们要为人类过去和现在的无知和轻狂承担后果,并为当代和后代幸存者树立榜样。

这就是我们的宿命。

正因为意识到了生态危机的危险性,并勇于积极应对危机,尽到应尽的生态责任,在西方从20世纪60年代开始,在中国从20世纪80年代开始,生态文学以其初生牛犊之气势,顶逆着重重压力和偏见,傲然登上文坛,并迅速地发展壮大。

在文学被边缘化、文学的社会功能弱化的当代,常常会听到一些作家和学者对生态文学及其研究提出这样的质疑:生态文学能够对生态保护实践起多大作用?与其纸上谈兵不如直接投身于生态保护实践。这样的质疑者不仅没有认识到生态保护需要各行各业的人们在自己的领域里做出贡献,而且没有弄清楚生态保护的深层次、本源性的"治本"工作,正是对反生态思想文化的批判和生态思想文化的建构。正是这种"治本性"的任务,需要文学家和文学接受者的参与;而现实的这种迫切需要,注定了生态文学大有可为、前途无量。生态文学家在创作过程中也向所有作家发问:"文学究竟是使我们更好地适应地球生活的一种创造行为,还是使我们与之疏远的行为?从无情的进化和自然选择的角度看,文学究竟是有助于我们的幸存,还是加速了我们的灭绝?"①人类的文学要为生态危机负责。反生态的文学本身就是生态危机的深层文化原因之一。反生态文学的延续就意味着生态灾难的延续。文学家必须通过改造文学来结束对自然的犯罪并且赎罪。文学如果不能成为摆脱生态危机出路的一部分,就注定是危机的一部分。文学应当也必须有助于地球和人类的幸存,而绝对不能成为加速其灭绝的思想文化动力。生态文学不仅仅是创作活动,它更是一种救赎行动——拯救地球和自我拯救的行动!

揭示生态危机的真相,挖掘导致生态危机的思想文化根源,反思并变革非生态甚至反生态的传统文学,倡导生态文学和生态文化,普及生态意识,推动人类的生态文明建设,是生态文学存在和发展的充分理由,也是生态文学最主要的意义所在。

---

① Joseph W. Meeker: *The Comedy of Survival: Literary Ecology and A Play Ethic*, Third Edition, The University of Arizona Press, 1997, p. 4.

二、次要原因:内部动因

生态文学的产生也有文学自身发展规律作用的原因,虽然并非主要动因。生态文学的出现,是文学表现日趋全面、平衡这一文学健康发展之内在动力作用的结果。一个完整平衡的文学表现,其领域应该包含三大部分:人本身(包括人性、人格、思想、情感、感觉、潜意识以及人的外貌、语言和行为等)、人类社会(包括人与人的关系、人与社会的关系、人类社会生活、人类文化等)、自然(包括自然系统、非人类自然物、人与自然整体的关系、人与各种环境的关系、人与自然物的关系、非人类自然物之间的关系、非人类自然物与自然整体的关系等)。然而,纵观人类文学的发展,不难看出,文学对自然这个表现领域的关注和描写严重不足。虽然各个时期都有一些描写自然或人与自然关系的作品,但从整体来看,文学对自然的表现与其对人和社会的表现完全不成比例。文学系统是失衡的,文学发展是畸形的。

然而,文学发展的内部规律终究会对文学做出调整。一段时间过多地关注社会,过一段时间它就会更多地关注人本身;一段时间过多地关注内容,过一段时间它又会更多地关注形式;一个时期侧重表现情感思维,下一个时期便会侧重表现感觉和潜意识;一阵子"向外转",过一阵子便会"向内转"。这样的自我调整甚至矫枉过正的发展,保证了文学整体和宏观上的全面与平衡。在人类文学的原始时代,由于人与自然的关系是人生与社会最重要的问题,世界各民族的文学都较多地表现了自然。但是随着人类文明的发展,特别是进入工业文明时代以后,自然对人类生存的威胁由于人类力量的增强而显得不再特别重要,人类的文学便从整体上将重心转向人自身和人类社会。加之文学是人类的艺术创造行为,天然地具有以人类为中心的倾向,文学发展向人和社会倾斜而疏远了自然就不难理解了。20 世纪后半叶以来愈演愈烈的生态危机再一次激发了文学自身调节的内部冲动,文学在与自然渐行渐远,甚至阔别自然千余年乃至更久之后,终于又回归自然了。

具体到 20 世纪后半叶以来的文学发展,可以看出生态文学也是当代文学自身调整的强化和延续的表现。生态文学是重意义、重价值、重责任、重视文学社会功能和自然功能的文学，是介入性很强的文学。它不是“纯文学”，它肩负着社会思想文化批判、生态意识普及、生态美感培养、生态文明建设的重任。从这一点来看，生态文学也是20世纪后半叶以来文学再次“向外转”“向意义和使命转”“向社会转”“向文化转”的文学自身规律作用的结果。20世纪的文学发展分别出现了“向内心转”“向哲理转”和“向文本形式转”的倾向，也出现了消解意义和价值的倾向。这些倾向本身虽然有其合理性甚至必然性，但后来也都在不同程度上出现了矫枉过正。从20世纪后半叶开始，文学内部规律开始对文学的发展进行调节，出现了大量侧重社会批判、侧重两性关系、侧重文化冲突的作家作品。在这样的文学发展态势下，可以说生态文学在一定程度上也是当代文学自身规律校正文学发展的产物。生态文学将这种校正进一步强化和延伸：从关注人类社会延伸到关注自然界，从关注人与人的关系（比如两性关系、种族关系）延伸到关注人与自然的关系，从关注社会正义延伸到关注生态正义，从关注人类社会普遍价值延伸到关注生态整体价值，从对导致社会问题和社会灾难的文化批判延伸到对导致生态危机和生态灾难的文化批判。

在认识了生态文学产生的主要原因和次要原因、外部原因和内部原因之后，我们便可以进而认识到生态文学产生的必然性和必要性。生态文学是人与自然关系恶化和生态危机的必然产物，也是文学自身健康发展的必然产物；生态文学的发展是缓解生态危机、确保生态系统以及包括人类在内的所有地球生物持续健康存在的必需，也是文学健康完整平衡发展的必需。

第二节　生态文学的界定

要界定“生态文学”这个术语，首先要弄清楚其中的限定词“生态的”的含义。由于目前学界有很多人经常混用“生态文学”和“环境文学”，许多西方学者倾向于使用“环境文学”这个术语，例如现代语言学会出版的由弗莱德里克·威奇编写的教学参考资料就叫《环境文学教学》，西方最大的与生态文学相关的学术组织就叫“文学与环境研究会”（ASLE），其会刊叫《文学与环境跨学科研究》(*ISLE*),因此,在确定“生态的”的含义之时,又需要首先厘清它与“环境的”一词的差异。

一、“生态的”还是“环境的”?

究竟是使用“生态的”(ecological)一词好,还是使用“环境的”(environmental)一词好?这里面的问题绝不仅仅是统一称呼、厘清术语那么简单。问题的核心在于支撑这两类术语的是两种截然不同的思想观念:一个是生态主义(ecologism),另一个是环境主义(environmentalism)。采用二者中的一种,意味着对一种观念的认同,也意味着对另一种观念的排斥。这样一来,对于这两类术语的选择,实际上就反映出在两种思想观念之间做出的选择。

所谓“生态的”,主要是指生态思想的,是指在生态主义指导下的。生态主义的核心是生态整体主义,它主要来自生态学的系统观、联系观、和谐观、平衡观,来自卢梭、达尔文、恩格斯的生态思想,来自海德格尔的生态哲学,来自大地伦理学、深层生态学和该亚假说等当代整体论生态哲学。生态整体主义的核心思想是:把生态系统的整体利益作为最高价值而不是把人类的利益作为最高价值,把是否有利于维持和保护生态系统的完整、和谐、稳定、平衡和持续存在作为衡量一切事物的根本尺度,作为评判人类思想文化、生活方式、科技进步、经济增长和社会发展的终极标准。[①]

所谓“环境的”,主要是指环境思想的,是指在环境主义指导下的。环境

① 多数学者把生态整体主义称为“生态中心主义”(ecocentrism),这并不准确。生态整体主义的基本前提就是非中心化(decentralization),它的核心特征是对整体及其整体内部联系的强调,绝不把整体内部的某一部分看作整体的中心。中心都没有,何来“中心主义”?生态中心是经不起推敲的表述。有中心就一定边缘,有非中心的部分,有周边环境。那么,什么是生态中心的非中心部分?与地球中心相对的部分是什么?难道是太阳系或者整个宇宙?如果不消解中心主义本身,如果依然延续中心主义的思路,我们仍然跳不出人类中心主义的框架,而是把原来的范围不断扩大——从“动物中心主义”到“生物中心主义”再到“地球中心主义”或“生态中心主义”。然而,生态整体主义是思维方式的一次革命,是从中心论和二元论到整体论的革命,它强调整体但绝不预设中心。用生态中心主义这个术语无法显示这一思维方式革命的主要变化和基本精神。

主义主要来自“弱人类中心主义”，或“开明人类中心主义”，或“现代人类中心主义”，来自“新人道主义”，来自扩大化了的博爱主义。环境主义的基本精神是：在意识到自然环境日趋恶化并威胁到人类生存之后，主张为了人类的持久生存和持续发展、为了子孙后代的基本权利而保护环境，合理利用环境资源，并将人类内部的伦理关怀扩大，使之涵盖动物、植物和非生命存在物；同时，坚持人类中心主义，坚持二元论，维护和适度改良人类现存的文化、生产生活方式。

当代生态思想家对生态主义和环境主义这两种意识形态进行了严格的区分，指出“生态主义”与“环境主义”是两种完全不同的意识形态。海瓦德(Tim Hayward)在《生态思想导论》(*Ecological Thought: An Introduction*, Polity Press, 1995)、史密斯(Mark J. Smith)在《生态主义：走向生态公民权》(*Ecologism: Towards Ecological Citizenship*, Open University Press, 1998)、巴克斯特(Brian Baxter)在《生态主义导论》(*Ecologism: An Introduction*, Edinburgh University Press, 1999)、多布森在《绿色政治思想》里都明确论述了这两种意识形态的不同。多布森特别强调：“环境主义与生态主义有着本质的差异，混淆它们的差异必将导致严重的知识性错误。”[①]

主张使用“环境的”一词的学者有一个理由：生态学是研究生物与其环境之关系的科学，因此跨学科的生态文学/生态美学/生态批评等的创作和研究也应当探讨文学/美学/批评等与环境的关系，并通过这种跨学科创作和研究探讨人类及人类社会与自然环境的关系。自20世纪90年代以来始终坚持“环境批评”和“环境主义”的著名批评家劳伦斯·布伊尔就认为，使用“环境的”一词，“在某种程度上更好地凸现了文学与环境研究的跨学科的综合性”[②]。

然而，尽管早期从事生态视角跨学科研究的人文社科学者较多地借鉴

① Andrew Dobson: *Green Political Thought*, Third Edition, Routledge, 2000, p. 2.

② Lawrence Buell: *The Future of Environmental Criticism, Environmental Crisis and Literary Imagination*, Blackwell Publishing, 2005, p. viii.

了生态学甚至生物学，但如果我们稍做整体性考察就不难发现，人文社科领域里的生态视角的跨学科研究所借鉴的并非生态学的具体研究成果。它们并非自然科学与人文社会科学的简单相加，不是套用生态学术语和方法的人文社会科学研究。生态视角的人文社会科学研究之所以是“生态的”研究，根本原因是其坚持了某些最基本的生态思想观念，如生态整体观、生态联系观、生态和谐观、生态平衡观、生态可持续观等。机械地套用生态学术语和方法，已经被大多数学者所摒弃。比如，生态批评家克洛伯尔就指出：“生态批评并非将生态学、生物化学、数学研究方法或任何其他自然科学的研究方法用于文学分析。它只是将生态哲学最基本的观念引入文学批评。”[①]

那么，为什么生态科学家并不忌讳的“环境”一词，却令人文社会科学领域里的生态主义者如此反感呢？这是因为：在生态学里使用“环境”一词，并不会导致中心主义，但是在人文社会科学研究时使用与人类相对应的“环境”一词，则必然导致人类中心主义。在生态学里，任何一个物种既是主体或中心，又是其他物种的环境成分，没有哪个物种具有始终不变的中心地位。科学家研究松树时，树下的草是其环境；研究草时，上面的松树又是环境。这样一来，从科学的角度看，没有任何一个物种在生态系统里是中心，所有的物种在自我发展进化的同时又都是别的相关物种的环境因素，唯有生态系统才是最重要、至高无上的。然而，人文社会科学的性质决定了其研究对象仅仅是人类和人类社会。主要研究对象的固定化，必然导致我们不会把人类作为影响植物、其他动物、河流山脉海洋的环境因素来研究，不会把非人类物质当作核心对象来研究；于是环境论必然导致思考中心和价值中心的人类化。“中心”和“环境”在生态科学里是变化的、相对的、可替换的，临时的中心（准确说就是处于特定研究视域中心的研究对象）和临时的环境之存在，并不影响生态学对生态系统的至高无上作用的强调。但是，如果机械地把生态学里的“环境”移入人文社会科学领域，则“中心”和“环境”

---

① Karl Kroeber: *Ecological Literary Criticism: Romantic Imagining and the Biology of Mind*, Columbia University Press, 1994, p. 25.

就成了固定的、绝对的、不可替换的,人永远是中心,所有自然物甚至整个生态系统都只能是环境,于是,生态整体观、生态系统观等核心的生态思想就必然受到伤害,甚至难以成立了。基于这种认识,生态主义者认为,在自然科学领域里称“环境科学”“环境研究”“环境污染”“环境评估”尚可以接受;但在人文社会科学领域的与生态相关的研究中,应当用“生态的”替代“环境的”。

哲学家福柯考察了“环境”概念的起源和变化,指出环境最初的意思是指人工环境。“人性中的自然开始死去时,环境便诞生了。卢梭已经解释过了,随着大陆地沉的宇宙灾难的出现,自然结束,人为环境取而代之。环境不再是呈现给生物的自然所代表的正面力量;相反,它是一项否定力量,它把生物自身饱含的自然完全取走。在这非自然出现、自然被取走的过程中,自然被大量人为创造的环境所代替,宣示反自然的虚幻世界的开始。”[①]从福柯的论述里我们可以看到,恰恰是“环境”一词的出现,标志着人类与自然和谐相处时代的终结,标志着反自然时代的开始,标志着人自认为是自然的中心,并且将所有的非人类物质——无论是自然的还是人造的——视为烘托人类中心的、为人类服务的、供人类掠夺享用的“环境”的开始。

英国的生态批评家乔纳森·贝特也从词源学上分析了“环境”一词的原本含义。他指出:“‘环境’一词没有出现在约翰逊博士的词典里。这个词的现代意义出现在19世纪的社会分析和生物学分析的文本语境中,指的是‘一系列境况或条件,特别是物理条件,一个人或一个团体在其中生活、工作、发展,或者是一件事情在其中存在或发展;它又指影响一株植物或者一个动物的外部条件’。”从这个词源分析可以看出,“环境”的确是二元思维的产物,“环境”是在某个中心存在的外围围绕、服务、影响该中心存在的物质。贝特进一步指出:“‘环境’意味着‘环绕’。环境主义者是关心环绕我们的世界的人。说这个世界环绕着我们,就意味着人类中心主义,就意味着坚持自然的价值终归是人赋予的,坚持自然的作用仅仅是供给。”因此,贝特的结论是:

---

① Michel Foucault: *History of Madness* (*Histoire de la Folie à l'âge classsique*), ed. by Jean Khalfa, trans. by Jonathan Murphy and Jean Khalfa, Routledge, 2006. p. 372.

“环境很可能是一个错误的用语,因为预设了人在中心且被万物环绕的意象;生态系统则的确是一个较好的用语,因为生态系统并没有中心,它是一个关系网。”[①]

生态批评的创始人之一彻丽尔·格罗特费尔蒂指出:“‘环境’是一个人类中心的和二元论的术语。它意味着我们人类在中心,周围由所有非人的物质环绕,那就是环境。与之相对,‘生态’则意味着相互依存的共同体、整体化的系统和系统内各部分之间的密切联系。”[②]

在自然保护方面,环境主义指导下的环境保护与生态主义指导下的生态保护有着根本的不同:前者保护自然的直接目的是为了人类的利益;后者保护自然的直接目的是为了生态系统的平衡稳定、和谐持续,同时也保护了包括人类在内的所有生物与非生物。首先保护生态并因此而保护了人类,与首先保护人类并因此才保护环境,绝不是殊途同归的选择。生态主义者坚信,仅仅为了人类而保护环境是不会成功的。生态主义者指出,人类社会半个多世纪的环境保护,从总体上看是成效不大的,严格地说是失败的,环保的进展远远赶不上生态危机的恶化。究其原因,其主要缺失就在于没有重视生态文明变革,没有大力倡导并使人类普遍接受生态意识,没有抛弃人类中心主义的环境观。生态系统留给人类的时间——距离生态系统总崩溃的时间已经不多了,准确地说已经非常有限了。在这种情况下,人类难道不需要反思:是不是我们的环保理念出了错?是不是环保政策和环保运动的思想基础出了错?是不是需要换一种思路了?是不是需要从指导思想上摒弃以人类为中心的环境主义,转向以生态整体利益为最高价值的生态主义?

贝特分析道:“任何一个环境运动参加者都会告诉你,保护被视为美好的自然现象可以很容易地募集到资金,如保护山区里的一个湖泊、一片古老的森林;人类中心主义地呼吁保护自然物也同样容易,如保护一只憨态可掬

---

① Jonathan Bate: *The Song of the Earth*, Harvard University Press, 2000, pp. 13, 138 and 107.(当一段话中连续引用同一来源的多处文字时,本书将只在最后一处引文后加注,并按引用顺序标示所有原文页码。后同。)

② Cheryll Glotfelty and Harold Fromm (ed.): *The Ecocriticism Reader: Landmarks in Literary Ecology*, The University of Georgia Press, 1996, p. xx.

的大熊猫,或者一头似乎会微笑、有语言天赋的海豚。但是,那些不是风景如画的却在生态上至关重要的自然现象,如泥炭沼或蚯蚓群落,就很难引起人们的兴趣。停建几条公路或者拯救一些斑点鹰并不能解决这个世界的生态危机。"①

生态主义者认为,如果不能超越人类中心主义而建立生态整体论,如果不能超越自身利益而以整个生态系统的利益为终极尺度,就不可能真正有效地保护生态并重建生态平衡,不可能恢复与自然和谐相处的美好关系。只要在处理人与自然的问题上还坚持以人为本、以人为目的、以人为中心,人类就必然会以自然物对人的价值而非自然物对生态系统的价值来决定是否保护它和保护的力度;人类就会对没有认识到其对人类有直接价值和间接价值的自然物不加保护甚至恣意破坏,就不会依据"让自然物自然存在"的生态原则与之共生共存;人类就必然倾向于把自身利益和地方、民族、国家等局部利益置于生态整体利益之上,必然倾向于为自己的物欲、私利和危害自然的行径寻找种种自欺欺人的理由和借口。世界各国在气候变化和节能减排问题上的久久争斗和迟迟不决,哥本哈根会议的失败,《京都议定书》的难以执行和后续协定的无法签署,各国为了本国利益置生态整体利益于不顾,我国许多地方政府出于地方经济利益而对本地排污企业暗中保护,无数只顾自己眼前利益的逐利者竭泽而渔地砍树、挖山、开矿,过度放牧……所有这一切都证明了:人类从思想根源上就出了问题,以人类为中心的自然观不可能作为缓解生态危机的指导思想。

要实现超越人类自身的利益而以生态系统的整体利益为己任,生态保护的思想文化前提就是生态文明构建和生态意识的普及。因为生态主义者意识到,"拯救地球的途径只有一条,那就是彻底改变西方的价值体系"②,既要抛弃人类中心主义,也要抛弃人类中心主义色彩十分浓厚的环境主义。生态保护最为重要的任务是树立和普及生态的世界观和价值观,是创建生态的文明和变革非生态和反生态的思想文化和生活方式。因为,生态危机

① Jonathan Bate: *The Song of the Earth*, Harvard University Press, 2000, p. 138.

② Ibid.

从根本上说不是科技的危机、经济的危机、工业的危机、发展的危机，而是思想文化的危机。“我们对生态做些什么取决于我们关于人与自然的观念”①，“我们今天所面临的全球性生态危机，起因不在生态系统的机能，而在于我们的伦理系统的作用”②。“在我们的价值观、世界观和经济组织方面，确实需要一场革命。因为，文化传统建立在无视生态地追求经济和技术发展的一些预设之上，我们的生态危机就根源于这种文化传统。”③

除了生态保护与环境保护的差异，生态主义与环境主义在许多其他重要问题上都存在着尖锐而深刻的对立。二者在生态整体至上与人类中心、整体合一与二元对立、自然主体化与自然对象化、和谐共享与征服掠夺、生存与占有、人格完善动力与欲望满足动力、简单生活观与消费主义、遵守自然规律与挑战自然规律、可承受发展与可持续发展、绿色科技观与科技至上观、变革思想文化与维护和改良思想文化等一系列重大问题上，都持有不同的态度和看法。

二元论根深蒂固，并与人类中心主义和征服占有的自然观紧密结合在一起。笛卡儿在《方法论》里明确指出，在人与自然关系上二元论的思想指向就是控制改造自然。二元论使我们能够了解“火、水、空气、星辰、天空以及所有环绕我们的自然物”，我们因此可以充分“利用他们所有的适用的方面，进而，使我们成为自然的主人和占有者，我们原本就是主人和占有者”④。二元论深刻地影响着人们的思维，即便在当今高度重视环境问题的学者和思想者那里，它也是很难去除的思维模式。之所以学界有这么多人顽强地坚持环境说而拒绝生态说，有一个重要的原因，就是他们从根本上将自然视

---

① Lynn White: “The Historical Roots of Our Ecologic Crisis”, Cheryll Glotfelty and Harold Fromm (ed.), *The Ecocriticism Reader: Landmarks in Literary Ecology*, The University of Georgia Press, 1996, p. 12.

② Donald Worster: *The Wealth of Nature: Environmental History and the Ecological Imagination*, Oxford University Press, 1993, p. 27.

③ Donald Worster: *Nature's Economy: A History of Ecological Ideas*, Second Edition, Cambridge University Press, 1994, p. 355.

④ Descartes: *Discourse on Method and the Meditations*, trans. by F. E. Sutcliffe, Penguin, 1968, p. 78.

为环境,并将其放在与人相对的另一个元之上,仅仅从对人有利或不利的角度来研究,仅仅寻求人类自身的解脱之道而不是寻求拯救整个自然的途径。然而,这样的环境研究的结果,必然是更加强化了二元对立。

生态思想和整个生态文明的逻辑起点之一就是要超越二元论。德里斯在《生态批评》一书里指出了这个问题:"生态批评,作为行动主义者的哲学,有一个基本的任务,那就是超越在西方的话语和实践中将人与自然分离开来的二元论思考。环境问题先前被置于二元的负极来关照,这样一种两极对立的思考只能使具有破坏性的二元论观念长久存在下去。只有首先使学术界创立这样的意识,才有可能真正缩减二元论的空间。"[①]埃里克·史密斯在一篇探讨生态批评主旨的文章里明确表述道:"生态批评的一个基本主旨,就是摆脱人类中心主义和二元论思想而另辟蹊径。""把文化与自然从根本上分离的思想,在西方历史和西方认识论发展史上还有一些类似表述:自我/他者、主体/客体、灵魂/肉体等。生态批评对这类观念做了部分的回应,认为这样的二元对立导致的弊端是:主体蔑视卑微的客体,文化把自然对象化。""人类文化与环境的二分,强化了生态批评所面临挑战的严峻性;二元论宇宙观的设定——宇宙被划分为主观世界和客观世界——正属于我们所用来谈论'环境危机'的术语范畴。"[②]生态思想文化必须突破将人类与自然分离、仅仅把自然物当作人类生活之环境的二元论,必须深入地分析和批判这种二元论所导致的严重恶果;因此,绝对不应当在自己的理论架构和术语系统中留下二元论的痕迹。

生态主义与自由主义在如何对待自然方面有着明显的矛盾;而环境主义则与自由主义非常融洽。因此,环境主义者批评生态主义"与自由主义核心观念背道而驰","侵犯了我们生活的最私人化的方面",颠覆了最基本的

---

① Donelle Dreese: *Ecocriticism: Creating Self and Place in Environmental and American Indian Literatures*, Peter Lang Publishing, 2002, p. 4.

② Eric Todd Smith: "Dropping the Subject: Reflectings on the Motives for an Ecological Criticism", Michael P. Branch, Rochelle Johnson, Daniel Patterson and Scott Slovic (ed.), *Reading the Earth: New Directions in the Study of Literature and the Environment*, University of Idaho Press, 1998, p. 30.

个人自由，例如发财致富的自由、物质利益最大化的自由。[①]生态主义者的回击是：自由主义、人本主义绝不是不可分割、不可变化、不可根据生态危机日趋严峻的现实修正的教条。生态主义并不是要完全否定人文主义和自由主义，而是主张根据生态承载力限度对其进行必不可少的限制。“自由是可以分割的……如果我们想保存可以剩下的自由，我们就必须限制一部分自由。”[②]在人类的自由发展直接导致生态危机的情况下，必须限制人类的部分自由。为了自然的持续存在和人类的持续生存，人的有些权利是必须放弃的，至少部分地放弃，特别是要放弃追求无限物欲之满足的权利。限制物质生活和经济发展的某些自由和权利，并不意味着也限制其他的基本人权和基本自由。人类要选择的是：究竟是要现存生活方式的自由，还是要未来长久生存的自由？“与对我们的生活、健康乃至存活的巨大威胁相比……对自由追求现在选择的生活方式的强调简直没有任何价值。绿色思想家强调的则是，限制我们追求现已选择的生活方式的自由是不可避免的，如果我们不能主动地限制，那么自然将会以更残酷的方式来限制。”[③]

生态主义质疑并批判传统的价值观念、生存方式、生产方式、发展模式，主张挖掘导致生态危机的思想文化根源，进行思想文化上的深刻变革；环境主义则反对对文艺复兴和启蒙运动以来西方主流价值观进行全面变革，只主张在整体维护的前提下进行部分修改或改良。多布森明确指出了生态主义与其看上去很相似的“近亲”——环境主义的本质差异：“环境主义主张以经营管理的方法解决环境问题，确信在不从根本上改变当今的价值观或生产及消费方式的情况下，也能够解决环境问题；而生态主义则认为，可持续的和完善的存在有一个必需前提：我们与非人自然界的关系和我们的社会及政治生活模式的根本性的改变。”[④]批评家多米尼克·黑德在《生态批评是否可能》一文里明确指出：“‘生态主义’本身就是一种政治意识形态，而‘环

---

① Luke Martell: *Ecology and Society: An Introduction*, Polity Press, 1994, p. 142.

② Sandy Irvine and Alec Ponton: *A Green Manifesto: Policies for a Green Future*, Macdonald Optima, 1988, p. 22.

③ Luke Martell: *Ecology and Society: An Introduction*, Polity Press, 1994, pp. 146—147.

④ Andrew Dobson: *Green Political Thought*, Third Edition, Routledge, 2000, p. 2.

境主义'只是一种临时性的运动策略。"[1]加勒德在《生态批评》里也一针见血地指出,坚持"环境"这个提法的人,坚持环境主义的人,虽然也为全球变暖和世界范围的污染而忧心忡忡,但他们大多数人却反对为恢复生态平衡而必须进行的社会文化变革,而且还"希望继续保持甚至提升现有的生活水准"。[2]是否同意改变现存的生活方式、生产方式、消费方式,是否赞成变革启蒙运动以来的西方主流文化,是区分生态主义和环境主义的一个最便捷的测试。

在对待"sustainable development"的问题上,生态主义与环境主义也有着显著的不同看法。生态思想家认为,环境主义者津津乐道的"可持续发展"在理解上有严重问题,"sustainable development"应当理解为"可承受的发展"。"可承受的发展"的重点在于把发展限制在生态系统可以承受的限度之内,其思想基础是生态整体主义。把这一思想理解为"可持续发展",就将重点从"限制"转到了"发展",不但没有强调发展的制约性条件,反而还给人以一种虚幻的可持续假象。唯发展主义有了"可持续"的美名作掩饰便更具有危害性,因为它能够轻易地使人们丧失忧患意识、危机意识、理性判断以及对生态整体和包括人类后代在内的所有生命未来生存的责任感。生态经济学家戴利在《超越发展:可承受发展的经济学》(1996)一书里披露过这样一件事:他所领导的专家小组向世界银行建议将"sustainable development"界定为"有限度的""不逾越生态承载力的发展",然而却被世界银行拒绝了,理由是"有限度的"和"承载力"这些词语会"威胁"到世界银行对经济发展的支持。[3]这件事情明确地显示出"可持续发展"这个环境主义理念的功利性和遮蔽性。

正因为如此,生态思想家奈斯强调,可持续首先必须是"生态可持续"(ecological sustainability),必须"持续地反对生态的不可持续",因为唯有生

---

① Dominic Head: "*The (Im) Possibility of Ecocriticism*", Richard Kerridge and Neil Sammells (ed.), *Writing the Environment: Ecocriticism and Literature*, Zed Books, 1998, p. 27.

② Greg Garrard: *Ecocriticism*, Routledge, 2004, p. 18.

③ Herman Daly: *Beyond Growth: The Economics of Sustainable Development*, Beacon Press, 1996, p. 9.

态系统持续稳定的存在，才可能有人类的持续生存和发展。[①]生态神学家莫尔特曼则更进一步质问，人类究竟应当选择以发展为基础的生存之道还是以均衡为基础的生存之道？他指出："如果我们把现代科学技术文明同以前的文明，即现代文明以前的文明加以比较，就可以清楚地看到其间的本质区别：这是以发展为基础的社会与以均衡为基础的社会的差别。以前的文明决不是'原始社会'，更不是'欠发达社会'。它们是极其复杂的均衡系统——人与自然之间关系的均衡，人与人之间关系的均衡以及人与'神'之间关系的均衡。只有现代文明，才第一次着眼于发展、扩张和征服。获得权力，扩大权力，保卫权力：它们连同'追求幸福'一道，或许可以被称作是现代文明中实际上占统治地位的价值观念。"[②]奈斯和莫尔特曼的看法值得人们在讨论可承受发展时注意。如果说人类已经不可能回到现代文明之前，那么至少必须充分吸取原始文明的精神成果。可承受发展是有前提的，而且也必须有前提。前提就是生态的可持续和人与自然关系的和谐均衡。也正因为如此，法国思想家莫兰一针见血地指出："'可持续发展'，仅仅是生态环境压力下的暂缓发展的一种考虑，并未挖掘发展逻辑的根源。"[③]生态哲学家贾丁斯说得好："可持续的说法太普遍了"，"让我们先停下来"，先问"可持续什么？""很显然，可持续经常被认为是'持续目前的生活方式和消费水平'。这样的可持续生活模式只是持续现在的状态。但是目前的消费方式，尤其是在消费驱动的工业经济中的消费方式，正是导致环境恶化的元凶，现在的消费情形正是要改变的东西。……我们要警惕，不要只是简单地把可持续发展当作时髦词来谈论经济和消费的继续增长。"[④]

在分析了生态主义与环境主义在一些主要问题上的根本不同之后，我

---

① Mary E. Tucker and John Grim: *Worldviews and Ecology: Religion, Philosophy, and Environment*, Associated University Presses, Inc., 1994, p. 213.

② 莫尔特曼：《创造中的上帝：生态的创造论》，隗仁莲、苏贤贵、宋炳延译，生活·读书·新知三联书店，2002 年，第 38—39 页。

③ 埃德加·莫兰：《超越全球化与发展：社会世界还是帝国世界？》，乐黛云、李比雄主编：《跨文化对话》第 13 辑，上海文化出版社，2002 年，第 7 页。

④ 戴斯·贾丁斯：《环境伦理学——环境哲学导论》，林官明、杨爱民译，北京大学出版社，2002 年，第 96 页。

们可以得出这样的结论:生态文学与环境文学、生态哲学与环境哲学、生态批评与环境批评、生态美学与环境美学、生态保护与环境保护绝对不是含义差不多甚至可以互换的术语。尽管当今国内外学界有很多学者依然在混用“生态文学”/“生态批评”与“环境文学”/“环境批评”(从本书以下所引用的众多文献中可以清楚地看出),但我们依然要指出这种混用在学理上是有问题的。当我们认同了支撑某一类术语的思想观念之后,我们就只能选择那一类术语而拒绝另一类术语。在这方面,来不得半点含混和似是而非。事实上,环境观念恰恰是造成生态危机的思想根源之一,如果不摒弃这个观念,生态文明就不可能建立在生态思想的基础之上,也就不可能真正从思想和文化的深层次上解决生态危机问题。

分不清什么是“生态的”什么是“环境的”,弄不清什么是“生态的”什么不是“生态的”,还导致另一种普遍存在的术语滥用问题,那就是“生态”一词的泛化,“生态”成了一个热门的、时髦的词被滥用于许多人文社会科学领域。不少人文社会科学学者借用“生态”一词的语言学意义,用之表达某一领域内部的状态、系统性和联系性,创造了“精神生态”“文化生态”“文学生态”“语言生态”“政治生态”“社会生态”“教育生态”等一大批至今仍在无限膨胀的新术语,却忽视了对这些新术语的中心词“生态”的严格界定。他们既没有明确指出“生态”的内涵特征主要是指生态思想,外延范围主要是探讨自然生态系统以及人类与自然生态系统的关系,也没有将这些新术语与传统的、被多数人公认的原有术语区别开来。精神生态研究从字面上看是要研究人类精神的状态、规律、内部联系,那么这与哲学研究、心理学研究又有什么区别?同理,文化生态研究与文化学、文学生态研究与文学理论、语言生态研究与语言学、政治生态研究与政治学、社会生态研究与社会学、教育生态研究与教育学又怎么区分?如果说“精神生态研究”探讨的是人对自然的认识、精神与自然的关系、精神状态与生态危机的关联,那么很显然,这个术语是不准确的,应当称之为“精神与生态的关系研究”或者“生态视角的精神研究”,因为这种跨学科研究所关注的主要是联系,是从生态思想的角度探讨精神现象和精神状态与自然或者说与生态系统的相关性及相互作用,而绝不是探讨整个精神世界本身。

二、什么是“生态文学”?

除了“环境文学”之外,还有一些学者倾向于使用“自然书写”(Nature Writing)而非“生态文学”,美国的许多作品集和研究专著都使用这个术语,例如很有影响的《诺顿自然书写文选》以及内华达大学教授斯科特·斯洛维克、中佛罗里达大学教授帕特里克·默非等人的一系列著作。但是,多数中国学者和许多欧洲学者并不认同这一术语,部分美国学者也不赞同。例如,查尔斯·沃教授就拒绝使用“自然书写”,他把自己从2001年秋季就开始在丹佛大学开设的课程命名为“美国生态文学”(American Ecoliterature)。“自然书写”这一个术语有着严重的缺欠。

首先,“自然书写”这个术语对写作对象的限制过于狭窄。生态文学并不仅仅是单纯地描写自然的文学,它与传统的描写自然的文学有一个根本的不同,即它并非仅仅表现自然,而主要是探讨和揭示自然与人的关系:表现自然对人的影响、人在自然界的地位、自然万物与人的联系、人对自然的破坏、人与自然的融合等。即使是描写自然,它也主要以揭示上述关系为目的。而且,生态文学特别侧重于发掘人与自然的紧张、疏离、对立、冲突关系的深层根源,即造成人类征服和掠夺自然的思想、文化、经济、科技、生活方式、社会发展模式等社会根源。有的作品甚至可以几乎完全不描写自然景物,但却因其深刻地发掘了导致人类破坏自然的社会原因而堪称优秀的生态文学作品,例如德里罗的《白噪音》。

其次,“自然书写”这个术语在思想上和体裁上涵盖面太宽。无论作者对自然持什么观点和态度,只要写的是自然,其作品都可以算作自然书写,甚至包括非生态甚至反生态的作品。例如,《诺顿自然书写文选》所选的一些作品就不具备生态意识。使用“自然书写”无法将生态文学不同于一般的描写自然的文学区分开来,无法将生态文学最突出的特点和主要使命显示出来。另外,“自然书写”还把非文学的写作也包括进来,不少自然书写文选都收入了相当数量的哲学、自然史、政治学、宗教学、文化批评等著述,从而大大超出了文学研究的范围。正因为如此,有人质疑:“自然书写”是文学吗？对“自然书写”的研究是文学研究吗？所以，著名生态批评家默非坚持用“自然文学”或“自然取向的文学”取代“自然书写”，并仔细地分析了两者的差异。[①]由此可见，“自然书写”这个术语既不能把生态文学全部涵盖，又将许多非生态的文学创作和非文学写作与生态文学混为一谈。

最后，鉴于国际学界对多数人文社会科学学科与生态学的跨学科研究的命名大多采用“生态＋某学科”或“生态的＋某学科”的模式，如“生态哲学”“生态伦理学”“生态政治学”“生态经济学”“生态神学”“生态人类学”“生态社会主义”“生态马克思主义”“生态女性主义”等，因此，采用“生态文学”可以与当代生态思潮的各个支脉形成整体和谐的关系。

至此，我们可以说，主张使用“生态文学”这个术语并对它进行探讨，绝非文字游戏，绝非为了概念而创造概念，实在是因为别的术语无法表示生态文学的独特价值，才要给这类文学创造一个名称。

在界定这个术语之前，让我们先来看看生态文学有哪些主要特征。生态文学的主要特征有以下五点。

第一，生态文学是以生态整体主义为指导思想、以生态系统的整体利益为最高价值的文学，而不是以人类中心主义为理论基础、以人类利益为价值判断的终极尺度的文学。

生态文学以生态整体主义或生态整体观作为指导考察自然与人的关系，它对人类所有与自然有关的思想、态度和行为的判断标准是：是否有利于生态系统的整体利益，即生态系统和谐、稳定、平衡和持续地存在。不把人类作为自然界的中心、不把人类的利益作为价值判断的终极尺度，并不意味着生态文学蔑视人类或者反人类；恰恰相反，生态灾难的恶果和生态危机的现实使生态文学家认识到，只有把生态系统的整体利益作为根本前提和最高价值，人类才有可能真正有效地消除生态危机，而凡是有利于生态系统整体利益的，最终也一定有利于人类的长远利益或根本利益。人是自然的一部分，人永远也不能脱离自然，唯有确保了整个自然的持续存在，才能确

---

① See Patrick D. Murphy: *Farther Afield in the Study of Nature-Oriented Literature*, University Press of Virginia, 2000, p. 11.

保人类安全、健康、长久的生存。这一特征是对生态文学最基本的判断，也是衡量一部作品是不是生态文学作品的核心标准。

第二，生态文学是考察和表现自然与人的关系的文学。生态责任是生态文学的突出特点。

生态文学对自然与人的关系的考察和表现主要包括：自然对人的影响（物质的和精神的两个方面的影响），人类在自然界的地位，自然整体以及自然万物与人类的关系，人对自然的征服、控制、改造、掠夺和摧残，人对自然的保护和对生态平衡的恢复与重建，人对自然的赞美和审美，人类重返和重建与自然的和谐等。在表现自然与人的关系时，生态文学特别重视人对自然的责任与义务，重视人发挥主体性和能动性去保护自然、维护生态平衡，热情地赞美为生态整体利益而做出的自我牺牲。

第三，生态文学是探寻生态危机的社会根源的文学。文化批判是许多生态文学作品的突出特点。

生态文学表现的是自然与人的关系，而落点却在人类的思想、文化、经济、科技、生活方式、社会发展模式上。对于这个特征，许多学者和作家有一致的看法。布伊尔强调生态文学必须"显示人类历史与自然史之密切关系"[①]，贝特主张生态文学及其研究要探讨导致生态灾难的社会原因，找出人类的文明"究竟从哪里开始走错了路"[②]。另一位生态文学研究者乔纳森·莱文也指出："我们的社会文化的所有方面，共同决定了我们在这个世界上生存的独一无二的方式。不研究这些，我们便无法深刻认识人与自然环境的关系，而只能表达一些肤浅的忧虑。……因此，我们必须花更多的精力分析所有决定着人类对待自然的态度和生存于自然环境里的行为的社会文化因素，并将这种分析与文学研究结合起来，……历史地揭示文化是如何影响地球生态的。"[③]美国当代著名的生态文学作家爱德华·艾比也指出，生态文学家"要像梭罗那样超越简单的自然文学范畴，而成为社会的、国家的以及

---

① Lawrence Buell: *The Environmental Imagination: Thoreau, Nature Writing, and the Formation of American Culture*, Harvard University Press, 1995, p. 7.

② Jonathan Bate: *The Song of the Earth*, Harvard University Press, 2000, p. 24.

③ Jonathan Levin: "On Ecocriticism (A Letter)", *PMLA* 114.5 (Oct. 1999), p. 1098.

我们现代工业文化评论者的作家”[①],成为盲目的进步和发展的批判者。

探寻和揭示造成生态灾难的社会根源,使得生态文学具有了显著的文化批判的特点。许多作家对人类中心主义、二元论、征服和统治自然观、欲望动力观、发展至上论(或称唯发展主义)、物质主义、消费主义等思想观念,对破坏生态平衡的环境改造、竭泽而渔地榨取自然资源的经济发展、违反自然规律和干扰自然进程的科技创造、严重污染地球的工业化和农业现代化、大规模杀伤武器的研制和使用等许许多多的思想、文化、社会现象提出了严厉的批判。正因为这一特征,在判断具体作品是否属于生态文学时,无须把直接描写自然作为必要条件。

第四,生态文学是热衷于表达人类与万物和谐相处的理想,预测地球与人类未来的文学。生态理想和生态预警是许多生态文学作品的突出特点。

许多生态文学作品都传达出作者对人与自然和谐相处的理想。作家们或向往原始初民的生存状态,或羡慕印第安人与自然万物融为一体,或身体力行地隐居于自然山水之中。回归自然是生态文学永恒的主题和梦想。生态文学家清楚地知道,人类发展到今天,已经不可能返回与中世纪甚至原始时代同样的生存状态中,但他们还是要执着地写出他们的理想,因为只有这样,才可能激发人们不懈地探索在当今的发展阶段如何最大限度地做到与自然和谐相处。贝特在《大地之歌》里指出,生态诗的目的就是展现理想的自然生存状态,为我们提供“想象的自然状态,想象中的理想的生态系统;阅读它们,陶醉于它们的境界,我们便可以开始想象另一种与我们现状不同的栖居于大地的方式”[②]。例如,物质生活最大限度的简单化和精神生活最大限度的丰富化,就是一种许多生态作家都描写过的理想的生存方式,从卢梭到梭罗再到许多当代生态文学作家都认为,追求这种生存方式,在当今发展阶段是可行的,也是回归自然的必要前提。

布伊尔特别强调生态文学的想象性,他的第一部生态文学研究专著的标题就是“环境的想象”。布伊尔所说的想象,不仅指生态文学对美好理想

① 程虹:《寻归荒野》,生活·读书·新知三联书店,2001年,第223页。

② Jonathan Bate: *The Song of the Earth*, Harvard University Press, 2000, pp. 250—251.

的表达，还包括对未来的生态灾难的预想和预警。事实上，从19世纪玛丽·雪莱的《弗兰肯斯坦》到2003年阿特伍德的《羚羊与秧鸡》和2010年的《洪疫之年》，生态文学家创作出了大量的预测和想象未来生态灾难和人类毁灭的反乌托邦作品。这些作品一次又一次地向人类发出警告：人类正在向他的大限步步逼近，如果继续现今的生活方式和生产方式，生态系统的末日就为期不远了。生态思想家沃斯特、生态批评家布伊尔都把这类生态预警性文学叫作“生态启示录文学”（the literature of ecological apocalypse）。布伊尔特别指出，“启示录是当代环境想象的一个最有力量的核心隐喻”①。

第五，生态文学是从事并表现独特的生态审美的文学。自然性原则、整体性原则和交融性原则是生态文学进行生态审美的主要原则。

生态文学不仅在思想意识方面有自己的特性，而且在审美和艺术表现方面也有独特的、与其他文学不同的标准。形成这种独特的审美和艺术标准的主要原因，是生态文学以生态整体主义作为自己的指导思想。当生态文学家把审美对象放到生态系统中、放在自然整体中考察时，他们惊讶地发现，许多以往人们认为美的东西不仅不美而且十分丑陋，许多原来人们认为丑陋的事物却具有动人的生态之美，许多传统的自然描写只是人的对象化而没有揭示出自然本身的美。视域的扩大和参照物的改变不仅导致生态作家对征服自然观、人类中心论、主客二元论、欲望动力论、唯发展主义、科技至上观、消费文化等思想观念的重新审视和重新评价，而且也导致了他们对美、审美和艺术表现的重新思考和重新探索。概括他们对生态审美的探索，可以得出四个主要的生态审美原则：从审美目的来看，生态审美的第一原则是自然性原则；从审美视域来看，生态审美的第二原则是整体性原则；从审美方法来看，生态审美的第三原则和第四原则分别是交融性原则和主体间性原则（详见下节）。

---

① Donald Worster: *Nature's Economy: A History of Ecological Ideas*, Second Edition, Cambridge University Press, 1994, p. 23; Lawrence Buell: *The Environmental Imagination: Thoreau, Nature Writing, and the Formation of American Culture*, Harvard University Press, 1995, p. 285.

至此,我们可以给"生态文学"下一个定义了:

> 生态文学是以生态整体主义为思想基础、以生态系统整体利益为最高价值的,考察和表现自然与人之关系和探寻生态危机之社会根源,并从事和表现独特的生态审美的文学。生态责任、文化批判、生态理想、生态预警和生态审美是其突出特点。

自20世纪60年代生态文学诞生以来,世界文坛涌现出一大批杰出的生态作家和生态作品。以上特征就来自对这些典范的生态文学作品之特色的理论分析和概括。不过,在目前阶段,专门且始终如一地创作生态文学作品的作家数量还是有限的,严格意义上的、符合以上所有特征和上述定义的生态文学作品也是有限的。因此,具体到某一个作家或某一部作品,只要符合生态文学的第一个特征,即真正是"生态的"而非"环境的"更非"人类中心主义的",只要是将生态整体价值作为其终极价值,我们基本上可以视之为生态作家或生态作品。有的作品,特别是在生态思潮兴起之前的作品以及许多环境文学作品,虽然从总体上看还算不上生态作品,但却包含了闪烁着生态思想或生态审美光彩的部分,也属于生态文学考察的范围。这一考察范围可以一直延伸至原始时代的文学。另外,尽管多数典范的生态作家作品产生于20世纪60年代以后,但这并不意味着此前没有严格意义上的生态文学家和生态文学作品。原始文明时期产生的许多神话传说和诗歌散文、浪漫主义时期的某些作家作品(如梭罗、华兹华斯等和《瓦尔登湖》《弗兰肯斯坦》等)都堪称优秀的生态作家作品。

需要特别指出的是,以人类中心主义、二元论作为指导思想的环境文学,与生态文学有一些相似甚至相同的诉求,比如保护自然、主张与自然和谐相处、主张限制人类对自然的掠夺和破坏,而且在很多环境文学作品里还经常含有与严格意义上的环境主义相矛盾的生态思想。因此,在相当长的阶段里,环境文学还有其积极意义和现实价值。生态文学在坚持自己的主张和特色的前提下,并不排斥环境文学,相反主张与环境文学甚至所有非生态的文学多元共存。生态文学倡导的是整体内部的多元共生,绝对不是一元独大，也不是二元对立。

生态文学为文学创作和文学研究提供了新视角，开拓了新领域，创造了新的发展契机，输入了新的发展动力，带来了整体上说是全新的理念——生态哲学理念、生态美学和文艺学理念，并赋予文学它应当担当的自然使命和文化变革使命。不过，生态文学并不否认也不可能否认，其他文学思潮、文学流派和文学创作方法有其自身的价值。生态文学家和生态批评家清醒地意识到，人类的文学总体上还是人学，是人类中心主义指导下的文学。这样的文学经过几千年的发展和积淀，主要关注人、关注人类社会，主要从人的价值和人的利益之角度考虑问题，是有充分理由和必然性的，虽然仅仅这样还远远不够，虽然离开了自然不可能全面完整地认识人和社会。数千年来以人类为中心的文学所创造的思想价值和艺术价值是极其巨大、极其重要的，值得深入研究和高度评价，即使那些价值与生态无关。生态文学并不想也不能取代其他文学，而且还明确地意识到自己的局限性，把自己的领域严格限定在自然与人之关系的范围内。生态文学只是希望向越来越多的人——文学领域和非文学领域的人——证明：生态问题在当今极其重要，重要到关乎整个地球及其所有生物的生死存亡，文学家可以也应当在这个问题上发出声音，可以也应当为缓解直至消除生态危机做出贡献。

第三节　生态文学研究

20 世纪 70 年代以来，伴随着世界范围的生态思潮的日趋高涨，生态文学研究也逐渐升温，生态批评在 20 世纪 90 年代成为文学研究领域里的显学。

一、生态批评的发展

生态文学研究或称生态批评的端倪出现在 20 世纪 70 年代。1974 年，美国学者密克尔出版专著《幸存的喜剧:文学生态学研究》[①],提出“文学生态学”(literary ecology)一术语,主张探讨文学对“人类与其他物种之间的关系”的揭示,“细致并真诚地审视和发掘文学对人类行为和自然环境的影响”[②]。该书由著名生态学家康拉德·洛仑茨(Konrad Lorenz)作序。密克尔首次从生态学角度评论文学,分析了古希腊戏剧、但丁、莎士比亚以及某些当代文学作品。同年,另一位美国学者克洛伯尔在权威性学术刊物《现代语言学会会刊》上发表文章,将“生态学”(ecology)和“生态的”(ecological)概念引入文学批评。[③]

1978年,鲁克尔特(William Rueckert)在《衣阿华评论》发表题为《文学与生态学:一次生态批评实验》(Literature and Ecology:An Experiment in Ecocriticism)的文章,首次使用了“生态批评”(ecocriticism)一词,提倡“将文学与生态学结合起来”,强调批评家“必须具有生态学视野”,应当“构建出一个生态诗学体系”。[④]

1985年,现代语言学会出版了一本具有指导意义的书:弗莱德里克·威奇(Frederick O. Waage)编写的《环境文学教学:材料,方法和文献资源》(*Teaching Environmental Literature: Materials, Methods, Resources*)。这本书对激发美国教授们开设有关生态文学和生态批评课程并进行该领域的研究,发挥了重大作用。

---

① 关于密克尔这本书的出版时间,好多学者都搞错了。格罗特费尔蒂在《生态批评读本》导言里说是1972年(Cheryll Glotfelty & Harold Fromm (ed.): *The Ecocriticism Reader: Landmarks in Literary Ecology*, The University of Georgia Press, 1996, p. xix),国内外很多人都转用了这一个说法。慎重起见,我又查了这本书。该书共出了三版,在第三版序言里作者自己说,他的这本书的第一版出版于1974年,书名是《幸存的喜剧:文学生态学研究》;第二版出版于1980年,书名改为《幸存的喜剧:寻找一种环境伦理》;第三版即亚利桑那大学出版社1997年版,书名又改为《幸存的喜剧:文学的生态学和一种戏剧伦理》(Joseph W. Meeker: *The Comedy of Survival: Literary Ecology and A Play Ethic*, Third Edition, The University of Arizona Press, 1997, Preface)。

② Joseph W. Meeker: *The Comedy of Survival: Studies in Literary Ecology*, Charles Scribner's Sons, 1974, pp. 3—4.

③ See Karl Kroeber: "'Home at Grasmere': Ecological Holiness", *PMLA* 89, 1974, pp. 132—141.

④ Cheryll Glotfelty and Harold Fromm (ed.): *The Ecocriticism Reader: Landmarks in Literary Ecology*, The University of Georgia Press, 1996, pp. 114—115.

1989年,在美国的"西部文学学会"的大会上,有两位学者倡导生态批评。一位是格罗特费尔蒂女士,她提交的论文是《走向生态文学批评》(Toward an Ecological Literary Criticism);另一位是该学会的会长洛夫,他的发言题为《重评自然:走向生态批评》(Revaluing Nature: Toward an Ecological Criticism)。

1990年,芬奇(Robert Finch)和埃尔德(John Elder)主编的《诺顿自然书写文选》(*The Norton Book of Nature Writing*)问世,这部近千页的选集介绍了18世纪以来欧美自然书写的重要作品,提供了大量文选,其中相当大的部分是生态文学名篇。

1991年,英国利物浦大学教授贝特出版了他的从生态角度研究浪漫主义文学的专著《浪漫主义的生态学:华兹华斯与环境传统》。在这部书里,贝特也使用了生态批评这个术语,他称之为"文学的生态批评"(literary ecocriticism)。[①]有学者认为,这一著作的问世,标志着英国生态批评的开端。[②]这部"英国生态批评的奠基性文本""已经成为经典之作"[③]。同年,现代语言学会举行研讨会,议题为"生态批评:文学研究的绿色化"。

1992年10月,美国的"西部文学学会"在内华达州雷诺市召开年会,与会的学者斯洛维克、格罗特费尔蒂、布兰奇等人请求会议主办者宣布:为建立一个学术组织支持自然书写研究,推动人文学科的环境取向的研究,在本次会议结束后将马上接着召开一次特别会议。这个"会后会"就是"文学与环境研究会"(The Association for the Study of Literature and Environment,简称ASLE)的成立大会,出席会议的学者有54人。斯洛维克被推选为创会会长。

斯洛维克被推举为ASLE的创会会长是有充分理由的。他早在1989

---

① Jonathan Bate: *Romantic Ecology: Wordsworth and the Environmental Tradition*, Routledge, 1991, p. 11.

② See R. Kerridge and N. Sammells (ed.): *Writing the Environment: Ecocriticism and Literature*, Zed Books Ltd., 1998, p. 9.

③ Peter Barry: *Beginning Theory: An Introduction to Literary and Cultural Theory*, Manchester University Press, 2002, p. 270.

年就开始生态批评研究,他的出版于1992年的专著《寻找美国自然书写的意识》在生态批评界产生了很大影响。在这本书里斯洛维克研究了梭罗、迪拉德(Annie Dillard)、艾比(Edward Abbey)、贝里(Wendell Berry)、洛佩兹(Barry Lopez)等著名生态文学家。他特别关注自然书写和生态文学的心理动因,关注人与自然交流的内在机制。他要考察生态作家“研究环境心理现象的方式和激发读者被强化的环境意识的方式”[①]。斯洛维克2006年在与厦门大学学者对话时更清楚地阐明了他的研究重点:“我喜欢倾向于心理学目的的自然书写,我非常喜欢这一类的自然书写。我很想知道,人类的大脑是如何对自然做出反应的,人类的大脑起的是一种什么样的作用,我们是怎么去阅读和接受自然书写的,自然以及自然书写是如何影响我们的感觉和生活的。”他认为生态批评“有一个很重要的目的,就是在心理层面和精神层面探讨人与自然的关系”[②]。

1993年春,第一家生态批评刊物——ASLE的机关刊物《文学与环境跨学科研究》(*Interdisciplinary Studies in Literature and Environment*,简称*ISLE*)出版发行。首任主编是帕特里克·默菲。这份刊物后来成为生态批评领域的权威性学术期刊。

1994年,克洛伯尔出版专著《生态的文学批评:浪漫的想象与精神生态学》,提倡“生态的文学批评”(ecological literary criticism)或“生态取向的批评”(ecological oriented criticism),并对生态批评的特征、产生原因、批评标准、目的使命等主要问题进行了论述。[③]虽然如此,在这个时期,文学批评界多数人还不知道生态批评是什么东西。于是,在“西部文学学会”盐湖城年会(1994)上,布兰奇和奥格莱迪(Sean O'Grady)组织了一个圆桌会议,邀请了约二十位学者,请他们各提供一份一页纸的“生态批评”界说。学者们各抒己见。生态批评的界定从一开始就呈现出众说纷纭的状态,这种状态一

---

① Scott Slovic: *Seeking Awareness in American Nature Writing*, University of Utah Press, 1992, p. 7.

② 王诺、斯洛维克、王俊暐:《我们绝对不可等待》,《读书》2006年第11期,第116、114页。

③ See Karl Kroeber: *Ecological Literary Criticism*: *Romantic Imagining and the Biology of Mind*, Columbia University Press, 1994, pp. 1—9.

直持续到当今。在这个术语界定方面所提出的问题还有很多没有被回答，同时更多的问题还在不断地被提出。

1995 年 6 月，ASLE 首次学术研讨会在科罗拉多大学召开，会议收到了两百多篇学术论文。同年，哈佛大学英文系的布伊尔教授出版了他的专著《环境的想象：梭罗，自然书写和美国文化的构成》。“该书是这一领域的一部具有重要意义和很大影响的著作，是被生态批评家引用最多的著作”[1]，甚至有人称这本书为“生态批评里程碑”[2]。布伊尔原为梭罗研究专家，“他从梭罗研究进程和梭罗对美国文化构成的贡献入手，从生态的视角为绿色的文学研究提供了一些理论和方法论上的较为总体性的指导”[3]。

1996 年，第一本生态批评研究资料汇编《生态批评读本》由格罗特费尔蒂和弗罗姆主编出版。这一著作被公认为生态批评入门的首选文献。全书分成三个部分，分别讨论生态学及生态文学理论、文学的生态批评和生态文学的批评。书后还列举并简介了截至 1995 年年底最重要的生态批评专著和论文。格罗特费尔蒂这位内华达大学教授是“文学与环境研究会”的发起人之一和《文学与环境跨学科研究》的创办人之一。同年，另一本主要的生态批评参考书《美国的自然书写》出版，编者就是《诺顿自然书写文选》的主编埃尔德。

1998 年，由英国批评家克里治和塞梅尔斯主编的生态批评论文集《书写环境：生态批评和文学》在伦敦出版。这是英国出版的第一本生态批评论文集。它分生态批评理论、生态批评的历史和当代生态文学三大部分，共 15 篇文章，作者都是英美的生态批评家。克里治在论文集的前言里说，生态批评是“一门新的环境主义文化批评”。“生态批评要探讨文学里的环境观念和

---

① Peter Barry: *Beginning Theory: An Introduction to Literary and Cultural Theory*, Manchester Univbersity Press, 2002, p. 270.

② R. Kerridge & N. Sammells (ed.): *Writing the Environment: Ecocriticism and Literature*, Zed Books Ltd., 1998, p. 32.

③ Julian Wolfreys (ed.): *Introducing Criticism at the 21 st Century*, Edinburgh University Press, 2002, p. 173.

环境表现。”[①]同年,ASLE第一次大会的会议论文集也正式出版,书名为《阅读大地:文学与环境研究的新走向》,由布兰奇、约翰逊、帕特森和斯洛维克共同主编。

近年来,美国大学里有关生态批评或文学与环境研究的课程爆炸般地猛增。布伊尔的第一本生态批评专著,就是在他为哈佛学生开设的“美国文学与美国环境”这一课程之讲义的基础上写成的。在耶鲁,英文系从本科一年级到研究生阶段,都有相关的生态文学课程供学生选修,学生对生态文学的兴趣越来越浓,许多研究生把博士论文选题定在文学与自然这一研究领域。[②]内华达大学可谓全美乃至全世界生态批评研究和教学的中心。在那里,汇集着一批以生态批评为专业的教授、访问学者,他们的“文学与环境研究生培养项目”每年都招收二三十位硕士生和博士生。弗吉尼亚大学、印第安纳大学、亚利桑那大学、佐治亚大学、俄勒冈大学、犹他大学和威斯康星大学都是生态批评的重镇。印第安纳大学教授默菲(现为中佛罗里达大学教授)对他的美国同行要求道:“当然不必每个人都成为生态批评家,但在‘现代语言学会’会员占有职位的所有院系,都应当把生态批评包括到所开设的课程里,即使是仅仅为了满足本科生和研究生的兴趣和需要也要这样做。”[③]洛夫所在的俄勒冈大学,许多学科,例如心理学、社会学、经济学、建筑学和城市设计等学科的教学与研究,都受到生态思潮的深刻影响。洛夫及其同事开设的环境文学研究课程有五百多名学生选修。[④]

1999年夏季号的《新文学史》(*New Literary History*)是生态批评专号,该刊用210页的篇幅发表10篇专论生态批评的文章。1999年10月,更具权威性的学术刊物《现代语言学会会刊》开辟了一个特别论坛,向数十位一流学者征文,专门讨论生态批评。在这一期会刊上发表了14位著名批评家

---

① R. Kerridge & N. Sammells (ed.): *Writing the Environment: Ecocriticism and Literature*, Zed Books Ltd., 1998, p. 5.

② Steve Grant: “*Finding Nature in Literature*”, *The Hartford Courant*, 16 Dec., 1998, F1.

③ Patrick D. Murphy: “*Ecocriticism (A Letter)*”, *PMLA*, 114. 5 (Oct. 1999), p. 1099.

④ Glen A. Love: *Practical Ecocriticism: Literature, Biology, and the Environment*, University of Virginia Press, 2003, p. 20.

(包括布伊尔、默菲和斯洛维克在内)的文章。

2000年是生态批评成果赫赫的一年。其中有三本专著和一系列论文集最为重要。贝特在这一年的成果最为引人注目。他在哈佛大学出版社出版了专著《大地之歌》。与其9年前的那部著作不同,这部书将批评视野从浪漫主义文学扩大至从古希腊到20世纪的整个西方文学,着重分析了奥维德、莎士比亚、哈代以及当代诗歌,而且深入到对生态批评理论的探讨。默菲的专著《自然取向的文学研究之广阔领域》探讨了包括小说、非小说散文作品和诗歌在内的生态文学。默菲指出,自然取向的文学是包容面很广的文学,它"既可以将非人类的自然作为主体、描写对象,也可以将自然背景作为主要部分,它还可以是表现人与非人类自然相互作用、揭示人类关于自然的哲学理念的文本,可以是展现借助或者超越人类文化而与自然相结合之可能性的文本"[①]。麦泽尔的专著《美国文学的环境主义》探讨了生态批评理论与环境、景观、荒野等问题。

曼彻斯特大学库普主编的《绿色研究读本:从浪漫主义到生态批评》由劳特利奇出版社(Routledge)出版。与美国学者不太相同的是,英国学者在早期更倾向于用"绿色研究"而不是"生态批评"。该书分"绿色传统""绿色理论"和"绿色阅读"三部分,所选文章或论著章节很有代表性,不仅收入了贝特、吉福德、加勒德、克里治等英国生态批评家的著述,还收入斯洛维克、布伊尔、格罗特费尔蒂等美国生态批评家的著述。托尔梅奇和哈林顿主编的《在自然的指引下阅读:生态批评新论集》也在2000年出版,是ASLE第二次大会的论文集。

2001年堪称生态批评爆炸的一年。在这一年里,布伊尔出版了新著《为处于危险的世界写作:美国及其他国家的文学、文化与环境》。这部著作与众不同之处是,不再单方面地论述自然取向的文学,而是选择了一批有代表性的自然取向的文学作品与文化取向的文学作品放在一起讨论,突显它们在污染、资源、发展、现代化、生态伦理等一系列话语上不同的思想观点。这

① Patrick D. Murphy: *Farther Afield in the Study of Nature-Oriented Literature*, Unversity Press of Virginia, 2000, p. 1.

样的研究方法有助于推动具有不同观点的人们在对话的基础上达成一些基本共识,同时使得生态批评更有针对性,并为生态角度的传统文学重审提供了一个很有借鉴意义的模式。

同年,麦泽尔主编出版了《早期生态批评一百年》,对生态批评这个术语出现之前一百年里的早期生态批评进行了总结,把生态批评前推到19世纪中期。安布拉斯特和华莱士共同主编了论文集《超越自然书写:扩大生态批评的边界》,收入了布兰奇、埃尔德、格罗特费尔蒂、克里治、默菲等23位学者的文章。亚当森出版了他的专著《美国印第安文学:环境正义与生态批评》。

2002年,生态批评继续爆炸。著名的文学研究刊物《跨学科文学研究》连续推出两期有关生态批评的特辑——"生态诗学"(第二期)和"生态文学批评"(第三期)。罗森达尔主编了论文集《文学研究的绿化:文学、理论与环境》,斯洛维克为之作序。唐奈·德里斯出版了专著《生态批评:在环境与美国印第安文学中创造自我和场所》。该书从分析美国印第安作家的作品入手,探讨生态的生存方式。作者开宗明义地表达了她的研究目的:为"建立生态共同体和创造具有生态整体性的美好生存"[①]而做出贡献。约翰·帕姆主编了论文集《英语文学的环境传统》,其中收录了吉福德、克里治等学者的15篇论文,从理论和实践两个方面探讨生态批评。俄勒冈大学教授、ASLE前任会长韦斯特灵撰写导言。

2002年,彼得·巴里撰写的著名文学理论教科书《起点理论:文学理论和文化理论导论》第二版在曼彻斯特大学出版社出版。该书新增的一章"生态批评",全面介绍了生态批评的产生、术语含义、主要成就、目的任务,还给出了一篇生态批评实践的范例。同年,由朱利安·沃尔弗雷斯主编的《21世纪批评导论》在爱丁堡大学出版社出版,该书也用一章介绍了生态批评,由澳大利亚著名生态批评家、ASLE澳大利亚—新西兰分会会长凯特·里格比撰写。文学理论教科书大篇幅的评介,标志着生态批评已经进入学术主流。

2003年,俄勒冈大学资深教授格伦·洛夫出版了他的专著《实用生态批

---

① Donelle Dreese: *Ecocriticism: Creating Self and Place in Environmental and American Indian Literatures*, Peter Lang Publishing, 2002, p. 3.

评：文学、生态学与环境》。洛夫教授深入探讨了生态批评的必然性和必要性、生态批评与科学的关系，并且“从当代生态文化的视角”对一系列文学文本，特别是薇拉·凯瑟(Willa Cather)、海明威、威廉·迪安·豪威尔斯(William Dean Howells)进行了评论，希望能以这些评论“促使生态批评被更为广泛地运用，并扩大生态批评的影响边界”。洛夫自己说，他的这本书套用了著名批评理论家理查兹《实用批评》(一译《实践批评》)的书名，但他看重的“实用”，主要是指生态批评对生态危机现实的忧虑和对消除生态危机这一人类刻不容缓的任务的介入，而这是当今“地球任何地方的教师、学者和公民都应当为现实世界做出的努力”[①]。同年，肖夫勒出版了他的专著《转向大地》，以艾比、卡森(Rachel Carson)、莫玛代(Scott Momaday)、桑德斯(Scott Russell Sanders)、沃克(Alice Walker)、威廉姆斯(Terry Tempest Williams)等当代著名生态文学家为例，深入研究了文学的生态转向。

还是在这一年，布兰奇和斯洛维克主编的《ISLE 读本：生态批评 1993—2003》出版。这本书是《文学与环境跨学科研究》十年论文的精选本。论文集特别重视从生态的角度对文学、特别是传统文学进行价值重估，指出生态批评要“对熟悉的环境作家有新的阅读，对通常不从绿色视角审视的作家和文学传统进行环境视角的重新审读”。这本书的文章还对生态批评的发展做了总结，对生态批评现今的态势做了如下判断：“生态批评，这个文化与环境交汇的一度阻碍重重领域，近来已经从参与人数很少的研究领域，变成繁忙的学术研究交叉区域。专注于这个领域的期刊、著作和学术项目如雨后春笋一般地涌现。”[②]

2004 年，任职于英国巴斯思帕大学学院(现更名为巴斯思帕大学)的生态批评后起之秀加勒德出版了专著《生态批评》，从污染、立场(如生态整体主义、人类中心的环境主义立场等)、田园、荒野、启示录、栖居、动物和地球等八个方面探讨生态批评的主要话语。加勒德是贝特的学生，也是克里治

---

① Glen A. Love: *Practical Ecocriticism: Literature, Biology, and the Environment*, University of Virginia Press, 2003, pp. 10, 7.

② Michael P. Branch and Scott Slovic (ed.): *The ISLE Reader: Ecocriticism, 1993—2003*, The University of Georgia Press, 2003, the back cover, p. 296.

的同事。

2005年最重要的成果是布伊尔的第三部生态批评专著《环境批评的未来:环境危机与文学想象》。布伊尔将生态批评置于整个文学和文化研究领域进行考察,明确指出"文学和文化研究出现了环境转向"(the environmental turn in literary and cultural studies),"文学的生态话语(literary ecodiscourse)被更广泛地使用、更全球化地形成系统、更跨学科地讨论、进而更多方面地构成"。他不掩喜悦地说:"当我初次进入环境批评这个竞技场时,困扰我的问题是'有谁要听';而现在的问题则是'我怎样才能跟上这个新工作的步伐'。"[①]这本专著总结了生态批评的兴起、发展、成就和缺陷;探讨了世界、文本和生态批评之间的关系,特别是环境想象与表现;分析了本土化的和全球化的空间观、场所观和想象;强调了生态批评的伦理和政治义务;最后就生态批评的未来发展提出了一系列有建设性的看法。该书末尾还有一个术语附录,详细解释了生态批评最常用的术语,具有很强的实用性。

2006年,斯坦福大学学者乌苏拉·海塞在《现代语言学会会刊》发表长篇论文《中途参与者的生态批评导论》,评介生态批评的最新发展。

生态批评也受到欧美非英语国家学者的高度关注。默菲认为,国际化或全球化是生态批评发展的突出特点。在英语文学的范围之外,欧洲、加勒比海地区和日本、印度、墨西哥、澳大利亚、南非、尼日利亚、马耳他、爱沙尼亚等国的生态批评尤其显得突出。为充分展现这个突出特点,默菲主编出版了第一部生态批评国际性论文集,即1998年面世的、包含了来自五大洲数十个国家的生态批评论文的《自然的文学:一部国际性的资料汇编》。默菲说,"生态批评的发展需要对世界范围的表现自然的文学进行国际性的透视",而他主编的这部论文集"就是在这一方向迈出的第一步"。[②]海塞在2006年盛赞了默菲教授的这一工作,称这本书的出版是"在全球范围内比较性地

---

① Lawrence Buel: *The Future of Environmental Criticism, Environmental Crisis and Literary Imagination*, Blackwell Publishing, 2005, pp. 7, 1.

② Patrick D. Murphy (ed.): *Literature of Nature: An International Sourcebook*, Fitzroy Dearborn Publishers, 1998, p. 15.

展示生态批评的一次巨大努力"[①]。

1997 年,丹麦学者拉森等人(Svend Erik Larsen, Morten Nøjgaard and Annelise Ballegaard Petersen)共同主编的《自然:文学与他者性》(*Nature: Literature and Its Otherness / La littérature et son autre*, Odense: Odense University Press,1997)出版。1998 年,德国学者约翰·霍尔姆(Jan Hollm)出版了他的专著《美国人的乌托邦:绿色世界里的文学》(*Die Angloamerikanische Ökotopie: Literarische Entwürfe Einer Grünen Welt*, Peter Lang, 1998)。2002 年,法国学者阿兰·苏伯奇科特(Alain Suberchicot)的专著《美国文学与生态学》(*Littérature américaine et écologie*, L'Harmattan, 2002)问世。2004 年,拉美学者瓦尔特·洛加斯·佩雷斯(Walter Rojas Perez)的专著《当代生态批评》(*La ecocritica hoy*, San José, San José, 2004)出版。2005 年,德洛格利、格萨恩和汉德利(Elizabeth M. DeLoughrey, Renee K. Gosson, and George B. Handley)合编的《加勒比文学与环境》(*Caribbean Literature and the Environment*, University of Virginia Press, 2005)出版。2007 年秋季,劳特利奇出版社和南非大学出版社共同出版了南非文学研究会会刊《文学研究》(*Journal of Literary Studies*)的"生态批评专辑"(Special Issue: Ecocriticism),收入 11 篇论文和 1 篇总体性介绍,全面而又有代表性地反映了南非生态批评的发展和现状,集中展示了南非生态批评的新近成果。

文学与环境研究会(ASLE)现已成为最具权威性和最有影响力生态批评的国际性学术组织。在不到二十年短短时间里,该组织以极快的速度在世界范围内迅猛发展并产生了很大影响,先后在日本(1994)、英国(1996)、韩国(2001)、澳大利亚和新西兰(2003)、欧洲大陆(2003)、印度(2004)和加拿大(2005)等国家和地区成立了众多的分会,会员多达数千人,每次大会都有四五百人参加。2004 年,独立于 ALSE 的欧洲生态批评学术组织"欧洲文学、文化与环境研究会"(European Association for the Study of Literature,

---

① Ursula K. Heise: "*The Hitchhiker's Guide to Ecocriticism*", *PMLA*, 121. 2(March 2006), p. 513.

Culture and Environment,简称EASLCE)成立,英国巴斯大学的德国文学研究者阿克塞尔·古德博迪(Axel Goodbody)当选为首任会长。该研究会的宗旨是为学者思考、研究和交流人与自然之关系及其在文学和文化上的表现提供一个欧洲论坛。

生态批评之潮正在全世界奔涌。那么,究竟什么是生态批评?

二、生态批评的界定与任务

"生态批评"一词,从字面上看,似乎是将生态学与文学批评结合起来的批评。的确,早期的生态批评倡导者最先是从生态学那里获得启发的。密克尔对"文学生态学"的解释就基本上局限于文学与生态学、生物学的关系方面:"文学生态学是对出现在文学作品中的生物学主题和关系的研究。同时它又是发现人类物种在生态学中所扮演之角色的一种努力。"[①]鲁克尔特说得更为明确。他认为生态批评就是要"将文学与生态学结合起来","为文学研究提供生态学和生态学概念","为文学的阅读、教学和写作提供生态学概念进而发展出一门生态诗学"。他还给出了一个理由:"因为,比起近些年来我所研究的任何学问来,生态学(作为一门科学、作为一个学科、作为人类目光的基础)对我们所生活的世界的现在和未来具有最为重大的意义。"[②]

然而,随着生态批评走向深入,走向更广阔的领域,大多数生态批评家都摒弃了密克尔和鲁克尔特的观点,虽然保留了"生态批评"这个术语,虽然有个别学者(如洛夫)依然坚持要与生态学等自然科学结合。格罗特费尔蒂批评道:"鲁克尔特的定义特别关注生态科学,这太狭隘了。"[③]克洛伯尔说得更清楚:"生态批评并非将生态学、生物化学、数学研究方法或任何其他自然科学的研究方法用于文学分析。它只是将生态哲学最基本的观念引入文学

---

① Joseph W. Meeker: *The Comedy of Survival: Literary Ecology and A Play Ethic*, Third Edition, The University of Arizona Press, 1997, p. 7.

② Cheryll Glotfelty and Harold Fromm (ed.): *The Ecocriticism Reader: Landmarks in Literary Ecology*, The University of Georgia Press, 1996, pp. 115, 107.

③ Ibid., p. 20.

批评。”[①] 尽管有些生态批评家也引用了一些生态学研究成果、环境科学研究数据，但从整体来看，生态批评里的自然科学成分并不突出。生态批评不是生态学这门自然科学与文学批评的简单相加，不是套用自然科学术语的批评。生态批评主要吸取的并非自然科学的具体研究成果和研究方法，它吸取的是生态学的基本思想——主要是整体观、联系观、和谐观等。生态批评最主要的思想资源不是来自生态学，而是来自生态哲学。生态批评是在生态哲学思想指导下的文学批评。

前面已经论述，生态批评的“生态”主要是指一种思想观念——生态主义的思想观念。其核心是生态整体主义。生态批评有着自己独特的美学原则。在此基础上，我们就比较容易对生态批评下一个基本的判断了，就不会被纷繁的术语界定弄得无所适从了。

在众多的对“生态批评”这一术语的界定当中，影响较大的有以下五种。

詹姆斯・汉斯在 1990 年给出的定义是：“生态批评意味着从社会和地球的语境中考察文学（和其他艺术）。文学不是存在于它自己的与外界隔绝的领域里，因此将我们对文学的讨论限制在文学性本身，就阻断了文学与其他系统的至关重要的联系，而正是那些联系把我们的价值观念的表达结合起来。”[②]

这个定义凸显了生态批评与新批评等只关注文本和形式的现代主义批评的差异，明确了生态批评的考察视域并不局限于社会领域和人与人的关系，而是延伸到整个地球生态与文学的关系，强调了生态批评的价值观表达和阐述。此外，这个定义没有将生态与社会割裂开来，说明汉斯认识到了社会文化对人与自然关系的决定性作用。

但是，这个定义有两个方面的重大缺陷。其一，它未能明确生态批评的文学考察依据什么思想和标准，未能指出生态批评所要表达的价值观是什么价值观。其二，它没有涉及生态批评独特的美学观念和美学标准。如果

---

① Karl Kroeber: *Ecological Literary Criticism*: *Romantic Imagining and the Biology of Mind*, Columbia University Press, 1994, p. 25.

② James S. Hans: *The Value(s) of Literature*, SUNY Press, 1990, p. 5.

不能指出生态批评独特的哲学思想基础和独特的美学原则、美学标准,就不能揭示出生态批评的本质特征,不能揭示生态批评与传统批评的根本差异。汉斯在生态批评价值观方面的含糊,也许是有意为之的。他的基本倾向是弱人类中心主义的环境观,但似乎对这种价值观的论证缺乏自信,或许并不想与生态主义划清界限。从学术策略的角度看,这是可以理解的;但从定义的学理性和逻辑性来看,这样做是有缺陷的。

1994年盐湖城圆桌会议的主题就是生态批评的术语界定,那次密集性的术语界定影响很大。在提交会议的近二十种界定中,最重要也最有影响的是斯洛维克的界定:"生态批评意指两个方面的研究:既可以用任何一种学术的方法研究自然书写;也可以细致研究任何文学文本的生态含义和人与自然的关系,即使那些文本初看起来似乎显然描写的是非人类的世界。这种新的研究热点……反映出当代社会对非人类世界的重要性和脆弱性的不断增长的意识。"①

斯洛维克的这个定义涵盖面宽,似乎想把所有现存的文学批评方法都囊括进来,声称用什么方法都可以研究自然书写。它特别关注自然书写和非人类世界的描写,因为生态批评,至少是美国的生态批评首先是从自然书写评论那里延伸出来的,前期生态批评的主要对象也的确是当代的自然书写、19世纪的浪漫主义文学以及描写自然及其与人之关系的北美印第安人文学。这一定义最大的优点和最有指导意义的地方在于:在生态批评家还很少关注传统文学的生态视角解读和重评的20世纪90年代中期,这个定义引导生态批评家开拓更广阔的批评领域。事实上,在斯洛维克等人的不断倡导下,20世纪90年代中期以来的生态批评在生态视角的经典文本研究方面取得了很大成绩。

但是,这一定义也有明显的缺陷。首先,它将生态文学与自然书写混为一谈,尽管这种混淆也有一定的事实依据(前面已有论述)。其次,虽然这个定义也涉及关于非人类世界的意识,但到底是什么样的意识,是人类中心主

① Scott Slovic: "Ecocriticism: Storytelling, Values, Communication, Contact", 1994 Western Literature Association Conference, Salt Lake City, Utah.

义的环境意识还是生态主义的生态意识——斯洛维克并没有明确指出。在这一方面，坚持弱人类中心主义的欧美生态批评家处于两难境遇。一方面他们不愿意放弃环境主义；另一方面他们谈的又是“生态”的批评，而“生态”与“环境”毕竟有明显的差异（即使不论这两个术语背后的理论支撑的本质区别），他们没法否认“环境”一词的人类中心主义和二元论蕴涵。于是，他们要么采取模棱两可的表述，要么声称他们所说的“环境”与这个词的本义不同。然而，严格意义上的学术界定，怎么能模棱两可，怎么能抛弃人类长期以来约定俗成、普遍认可的含义而使用术语呢？再次，定义者还没有充分意识到揭示生态危机的社会、文化和思想根源之重要性，没有充分认识到生态批评不仅仅要张扬当代的生态意识，还要批判过去反生态的思想、文化、发展政策、生产方式、生活方式，要推动人类的思想文化的变革——朝着有利于生态整体的持续存在的方向变革。最后，这个定义也没有揭示生态批评在审美角度的批评方面有什么特征，没有在美学和文艺学意义上给生态批评下一个判断，尽管它并没有排除美学和艺术角度的批评，它声言可以用任何方法从任何角度来研究。

彻丽尔·格罗特费尔蒂的定义被多数生态批评家认可或引用，它非常简洁：“生态批评是探讨文学与自然环境之关系的批评。”

格罗特费尔蒂对这一简洁的定义还有进一步的解释：“所有生态批评仍然有一个基本的前提，那就是人类文化与物质世界相互关联，文化影响物质世界，同时也受到物质世界的影响。生态批评以自然与文化、特别是自然与语言文学作品的相互联系作为它的主题。作为一种批评立场，它一只脚立于文学，另一只脚立于大地；作为一种理论话语，它协调着人类与非人类。”①

格罗特费尔蒂把生态批评定义为研究文学与自然之关系的批评，特别提到文化与自然的相互关联、相互影响，揭示了这种批评最重要的使命：通过文学来重审人类文化，进行文化批判，挖掘导致生态危机的思想文化根源，这一点恰恰是生态主义的主要诉求。这是这个简洁的界定最突出的长

---

① Cheryll Glotfelty and Harold Fromm (ed.): *The Ecocriticism Reader: Landmarks in Literary Ecology*, The University of Georgia Press, 1996, pp. xviii, xix.

处。这个界定还有一点特别值得重视,那就是它明确提出:生态批评应当一只脚立于文学——立足于文学文本,立足于审美和艺术等文学内在的特性;另一只脚立于大地——立足于整个生态系统,要从整个生态系统的角度来考虑问题。大地是整个生态系统的代名词,格罗特费尔蒂随后又说"生态批评将地球中心的思想引入文学研究"[①],表明她坚持生态整体——地球的利益是最主要的和终极的价值判断依据。由此可见,她的主要倾向是生态整体主义的。两个"立足"说给我们很大的启示,那就是,对于生态批评的界定一定要包含两个方面:生态整体主义思想方面和生态审美方面。此外,这个定义指出,作为理论话语的生态批评的目的,是要协调人类与非人类的关系。其潜在含义是,生态批评的思想支撑既可以是努力改善环境质量、促使人与环境和谐的环境主义,也可以是努力创建生态文明并以此重建生态系统平衡的生态主义。由此看来,这是一个在思想上包容性很强的定义,也正因为这样,它获得了多数人的认可。如果仅仅从术语的涵盖面来考虑,仅仅考虑术语将生态取向的批评和环境取向的批评都包括进来,那么,自然应当赞同这个定义。

然而,如果我们还要考虑术语界定的学理价值,还要考虑它的逻辑严密性,就不能不指出这个界定是有着内在矛盾的。它既试图把环境批评包容进来,把所有探讨文学与环境之关系的研究包容进来,为此不惜使用"环境"一词而不使用"生态"一词,不惜留下人类中心主义和二元论的痕迹;它又不想放弃她的地球中心——整体至上的价值观,她明明知道也明确指出了"环境"一词所包含的人类中心主义理念。看得出,格罗特费尔蒂是煞费苦心的。但这种煞费苦心的周全考虑是付出了代价的,代价就是术语在思想层面的矛盾性、不鲜明性:回避了"生态"的含义,没有明确生态批评的思想特征。此外,这个定义也没有明确给出"立足于文学"的具体含义,没有界说生态批评在审美方面的特征是什么。

威廉·豪沃斯的定义更为简洁。他从词源学的角度来定义,把生态批

---

① Cheryll Glotfelty and Harold Fromm (ed.): *The Ecocriticism Reader: Landmarks in Literary Ecology*, The University of Georgia Press, 1996, p. xix.

评定义为“家事裁决”。他进一步解释道:“Eco(生态的)和Critic(批评家)都来自希腊文,分别出自oikos和kritis,两个词连起来的意思就是‘家事裁决’(house judge),这个意思可能会让许多绿色书写和户外书写之爱好者吃惊。对‘生态批评家’这个词也许可以给出一个更长且曲折的解释:‘某个主张赞美自然、谴责自然的掠夺者并通过政治行动减少对自然伤害的人,判断那些描写文化对自然之影响结果的作品好坏优劣,这样的人就是生态批评家。’因此,这个oikos指的就是自然,是被爱德华·霍格兰称为‘我们最宽广的家’的地方,而kritos则是一个有品位的裁决者,他希望这个家有良好的秩序,靴子和盘子没有乱扔一气,没有破坏原本的布置。”①

豪沃斯的这个界定突出了生态批评的主要使命和目的,更重要的是它强调了整体性原则,把包含人类在内的自然当作一个整体、一个家,强调了这个整体内部的秩序,强调了遵守自然原有的规定和规律。由此可见,豪沃斯的基本思想取向是生态整体主义的。这个界定还给了生态批评家很高的地位——明确说生态批评家就是描写自然与文化之关系的作品的评判者。这让生态批评者脸上有光。

但是,这个以形象的语言做出的术语界定太不学术化,也很不清晰,不太严谨,界定的本身还要界定和解释。否则,很难知道它到底指的是什么“家”,是地球之家、生态之家还是家庭之家;很难知道裁决的标准是什么,是生态整体、生态秩序、自然规律,还是人类家庭的家法家规。由于不明晰,连界定者也承认,很可能让人有“家庭内”和“室内”的联想,有人类中心主义的联想,令热爱描写自然与人之关系的作品的人吃惊。此外,这个定义也忽视了生态批评在审美方面的特征。

劳伦斯·布伊尔给生态批评下的定义也相当简洁:“在献身环境运动实践的精神指引下的对文学与环境关系的研究。”②

---

① William Howarth: “Some Priciples of Ecocricism”, Cheryll Glotfelty and Harold Fromm (ed.), *The Ecocriticism Reader: Landmarks in Literary Ecology*, The University of Georgia Press, 1996, p. 69.

② Lawrence Buell: *The Environmental Imagination: Thoreau, Nature Writing, and the Formation of American Culture*, Harvard University Press, 1995, p. 430.

确切地说,布伊尔是在给环境批评下定义,而不是给严格意义上的生态批评下定义。然而,布伊尔虽然始终坚持环境批评的提法,但却一直在说服人们——特别是要说服坚持生态批评这一术语的学者放弃"生态"改称"环境",他也始终在努力把所有生态批评研究包容在他所谓的环境批评研究里。因此,本书在讨论生态批评的界定时,既明确坚持生态主义的立场,也包容性地将以布伊尔为代表的环境批评界定看作对生态批评的另一种界定。

布伊尔这个定义最突出的优点是强调了生态批评的使命,强调了生态批评家不能仅仅关注学理,还必须关注生态危机现实,关心环境运动。生态批评是一种对介入性很强的批评。它要介入人类的生态保护运动、人类的生活方式和社会发展政策,当然,这种介入是从思想文化上介入。处于当今危险的世界里,生态批评必须向人类、向社会发出声音,当然,这声音是通过文学批评而发出的声音。

但是,诚如前面所论述的,布伊尔基本的思想倾向是环境主义的,是弱人类中心主义的,他不仅重复了格罗特费尔蒂的"文学与环境关系的研究",而且还更加突出了环境主义,把环境运动的思想作为指导精神。因此,从学理上说,这个定义是不能将严格意义上的生态批评包容进来的。不过,布伊尔的定义本身在学理上没有问题,他本来就是为环境批评下定义。他只不过也像生态主义的批评家试图包容环境批评一样,善意地想包容所有的生态批评。此外,这个定义也没有指出生态批评或者环境批评在审美层面上的特征,虽然他在其著作里对梭罗的审美观与以爱默生为代表的传统审美观的差异、污染和毒化的审丑、场所的审美等生态审美有过很多富于启发性的论述。

值得尊敬的是,布伊尔并没有因为其善意、策略和宽容而损伤他学术研究的严密性和科学性,他始终严格地、内在精神一致地论述他对环境批评的主张,既不因为绝大多数人都使用"生态批评"这个术语而改变自己的观点,也不因为他善意地希望团结多数生态批评家而放弃自己的坚持。从他的论述中可以感受到一个学者对真理的执着和对学理的坚守。虽然本书并不认同布伊尔的环境主义思想,但却对他的这分执着和坚守怀有深深的敬意。

在评析了欧美学者主要的、具有代表性的术语界定之后，可以看出，生态批评这个术语还需要一个新的界定。这个新界定至少要做到以下三点：一是必须旗帜鲜明，不能回避“生态”的含义，要明确指出生态批评的逻辑起点和核心价值是什么。这方面布伊尔为我们做出了表率　他明确提出环境批评就是在环境运动精神指导下的批评，而我们也应当明确提出生态批评就是在生态主义指导下的批评。二是必须坚持学术的严谨性和逻辑的严密性。我们要以开放的、支持多元共生的态度对待这个领域所有不同倾向的研究，但在学术观点上不能含糊、不能自相矛盾。三是必须弥补欧美学者在生态审美原则方面的缺陷，即使一时不能完全弥补，也要努力做出尝试。

根据以上对生态批评思想特征和美学原则的论述，并吸取以上主要的国外定义之利弊优缺的经验教训，努力实现术语界定的上述三个要求，本书给生态批评下的定义是：

> 生态批评是在生态主义、特别是生态整体主义思想指导下探讨文学与自然之关系的文学批评。它要揭示文学作品所蕴涵的生态思想，揭示文学作品所反映出来的生态危机之思想文化根源，同时也要探索文学的生态审美及其艺术表现。

这个定义就是对生态批评或者生态文学研究之性质的基本判断。它包含四个方面的内容：第一是生态批评思想特征的确定，明确提出生态批评以生态整体主义为基本指导思想；第二是对目的任务的确定，指出生态批评的主要目的和任务是揭示文学作品所蕴涵的生态思想、揭示生态危机的思想文化根源、探索文学的生态审美和生态的艺术表现；第三是研究范围的限定，限定在文学与自然的关系范围内，生态批评不能脱离自然去研究文学文本中单纯的人与人的关系、人与社会的关系、人的内心世界；第四是批评对象的限定，生态批评对生态思想的揭示、对生态危机之思想文化根源的发掘、对生态审美及其艺术表现的探讨，都是通过文学研究而进行的，是以文学作为媒介展开的。生态批评既可以是对生态文学的批评，也可以是从生态的视角对所有文学的批评。

生态批评研究和评论的对象是整个文学,绝不仅仅是生态文学,绝不仅仅是直接描写自然景观的作品,更不仅仅是“自然书写”。是否描写了自然,不是生态批评能否展开的必要条件。只要蕴涵了生态思想,只要有关生态危机的思想文化根源的揭示,只要对人与自然的关系产生了影响,文学作品哪怕完全不涉及自然景物,哪怕只表现一个破坏生态的政策的出台过程、一种消费主义生活方式、一次严重的污染事件(比如生态审丑所审的就不一定是自然物,而更多的是人造物或人类行为),也是生态批评应当探讨,甚至重点探讨的对象。布伊尔指出,“没有一个事物不能以这种方式(指生态批评的方式——引者注)惊人地和创造性地再想象”[①]。他还以其生态批评实践充分证明了这一论断,他的著作包含了广泛的生态性解读,其中不少是对文学作品的城市描写和社会丑陋事物描写(当然是与生态有关的社会丑陋事物)的生态视角的解读。生态批评家洛夫也认为:“值得关注的文学作品当然并不一定非要具备环境正确性或环境公正性,甚至不必具有任何明显的环境内容;但是,有价值的解读之可能性经常呈现于那些学生和批评家面前;他们选择了与文本的明显旨趣和原本旨趣格格不入的阅读方式,从人类中心主义的批评关注转向了生物中心主义的批评关注。”“从生态的角度而不是狭隘的人类中心的视角去阅读,为人们在这些方面重新思考经典作品提供了许多可能性。”[②]从根本上说,古往今来绝大多数文学作品都包含了对人与自然的关系产生直接或间接影响的思想文化因素,对它们进行生态批评完全具有合理性。

正因为如此,生态批评对文本的解读和评论不能仅仅局限于当代生态文学;传统文学,特别是对人类文明和社会变迁产生了重大影响的经典作品,也是生态批评的重要对象。斯洛维克在1999年的《现代语言学会会刊》的“生态批评论坛”上强调,生态批评的范围不仅包括研究那些明确表现了人与自然关系的作品,而且还包括研究所有类型的任何作品——努力发掘

---

① Laurence Buell: *Writing for an Endangered World: Literature, Culture, and Environment in the U.S. and Beyond*, Belknap Press, 2001, pp. 22—23.

② Glen A. Love: *Practical Ecocriticism: Literture, Biology, and the Environment*, University of Virginia Press, 2003, pp. 34, 35.

其中的生态意义。任何文学作品都可以从绿色的视角来审视,“没有任何一部文学作品,不管它产生于何处,完全不能被生态地解读”。他主编的《生态批评》的第一部分,标题就是“价值重估”,在书的封底他又给出了解释:“‘价值重估’部分提供的是对熟悉的环境作家的新的阅读,以及对通常不从绿色视角审视的作家和文学传统的环境视角的重新审读。”[①]彼得·巴里在他的《起点理论:文学理论和文化理论导论》里将生态批评的对象和任务归纳为五大类,第一个就是文学经典重读和重审:“生态批评家要做什么?他们要从生态中心的视角重读主要的文学作品,特别关注对自然界的表现。”[②]

重审和重评传统文学的直接目的,是要揭示经典作品以往被人们忽视、然而又确实存在的生态思想和生态审美,要对反生态的文学作品进行生态角度的批判;重审和重评的间接目的,是要推动学界对文学发展史做出整体性的重新评价和重新建构,推动人们建立起生态的文学观念和生态的审美观念;重审和重评的最终目的,是要寻找生态危机的思想文化根源,是要促使人们形成并强化生态意识(包括生态审美意识),推动人类的文化变革,推动生态文明建设。正如斯洛维克所言:“和女性主义批评与非洲裔美国人文学批评呼吁文化改变一样,……生态批评也提倡文化变革,它要考察我们的文化对自然界的种种狭隘假设如何限制了我们想象一个生态的、可持续的人类社会的能力。……在文化的重审和重构进程中,生态文学的研究和分析将发出响亮的声音。”[③]

事实上,从生态批评的开端之作——密克尔的《幸存的喜剧:文学生态学研究》开始,生态批评就没有把自己局限在自然书写和生态文学范围内。密克尔评论了但丁的《神曲》和莎士比亚的《哈姆雷特》,贝特和克洛伯评论了19世纪浪漫主义诗歌。布兰奇和斯洛维克共同主编的《ISLE读本:生态

---

① Michael P. Branch and Scott Slovic (ed.): *The ISLE Reader: Ecocriticism, 1993—2003*, The University of Georgia Press, 2003, p. xix, the back cover.

② Peter Barry: *Beginning Thoery: An Introduction to Literary and Cultural Theory*, Second Edition, Manchester University Press, 2002, p. 264.

③ Michael P. Branch, Rochelle Johnson, Daniel Patterson and Scott Slovic (ed.): *Reading the Earth: New Directions in the Study of Literature and the Environment*, University of Idaho Press, 1998, p. xiii.

批评 1993—2003》所收入的论文既有对利奥波德、斯奈德这样的一般认为是生态作家的研究,也有对弗吉尼亚·伍尔夫这样的当时很少有人从生态角度认识的作家的生态解读。

传统文学的蕴涵丰富而复杂,其中往往既有非生态、反生态的思想,又有生态的思想和生态的审美及其表现。斯洛维克说得好:"生态视角的重新解读和评价,目的是丰富传统文学的生态含义或揭示传统文学的生态局限,但绝对不是以一个新的亮点掩盖原来的亮点。比如说,《圣经》的思想就是很复杂的,有人类中心主义的征服控制自然观,也有善待自然保护自然的思想。神学界对此有深入全面的讨论。又如,培根的作品中的确有很多反生态的思想,但也有一些生态的意识。莎士比亚的情况也同样复杂。"①生态视角的重审和重评应当客观地、全面地考察传统文学经典,避免简单化和以偏概全的倾向。

生态批评并不拒绝历史地、发展地看待传统文学的非生态和反生态的内容。它充分理解那些作品产生的原因和产生的语境。人类在 20 世纪后半叶之前的几千年发展过程中,虽然一直在对自然进行开发、控制和改造,但总体上看,还没有突破自然承载限度,还没有造成生态系统的全面恶化,还没有出现生态危机和生命供给系统全面崩溃的征兆。因此,生态批评并不是要以当代的生态思想苛求过去的作家和作品,也不是要脱离作品产生的语境而评价它们。

但是,必须明确指出的是,生态批评的"历史地看文学"包含了两个方面的意思:一是不脱离当时的语境客观地讨论作品的生态性和反生态性,深入理解文本的生态思想和非生态思想产生的历史必然性;二是要分析和评价该作品在人类反生态的文明史上的历史地位,反思人类的文明进程究竟在哪些地方出了错,判断特定的作家作品在那些错误当中发挥了什么样的历史作用。只有这样,生态批评才能真正完成它的使命——揭示生态危机的思想文化根源,促使人们形成并强化生态意识,推动人类的文化变革和生态文明建设。

---

① 王诺、斯洛维克、王俊暐:《我们绝对不可等待》,《读书》2006 年第 11 期,第 118 页。

生态批评批评最大的贡献是给文学研究带来了整体上说是全新的理念——生态哲学的理念、生态美学和生态文艺学理念，并赋予文学批评它应当担当的自然关怀使命。它毫不掩饰地声称要挖掘和批判生态危机的思想文化根源，它明确地倡导批评家为缓解直至消除生态危机承担起责任。从文学的社会和自然功用的角度来看，如果说生态危机是当代人类面临的主要危机之一，那么生态批评就应当是文学研究的主要任务之一；如果认可生态危机是当代乃至未来人类最大的危机，那么生态批评就是当代乃至未来很长一段时间里文学研究最重要的、最紧迫的任务。

在高度重视和大力倡导生态批评的同时，还必须清醒地认识到生态批评的限度。生态批评不是无边的，不是万能的，不是可以包办所有文学研究的。生态批评仅仅是文学批评的一个分支、一个维度，尽管是几千年来被严重忽视的维度。生态批评在拓开文学研究新领域的同时，并不否认也不可能否认文学研究其他领域、其他流派、其他方法的重要性，并不想也不能取代其他的文学批评。生态批评倡导的是生态整体内部的多元共生，绝对不是一元独大，也不是二元对立。因此要充分尊重和理解非生态主义的理论和批评，并把自己的领域严格限定在人与自然之关系的范围内。

三、生态批评的生态审美

从目前发展来看，生态文学研究的主要进路还是思想研究和文化批判，次要进路是生态审美研究。生态文学研究并不是不重视生态文学的文学性，并不是不关注生态文学的内在研究；问题在于是否存在、能否找到、能否论证生态文学所独具的、与传统的描写自然和人与自然关系的文学截然不同的审美和艺术特征。如果对于生态文学作品的美学分析和艺术分析与对非生态文学的同类分析基本一样，那么这样的美学艺术研究就失去了生态批评的特色。与其没有特色，还不如不予突出强调。其实，不仅仅是生态批评，当代的许多批评流派，比如女性主义批评、后殖民批评等，都遇到过这个难题。

在认识到美学和艺术角度的生态文学研究之困难性之后，有必要强调：即使生态批评仅仅是思想文化批评，即便生态批评仅仅是通过对文学与自然、人与自然关系的审视,来揭示生态危机的思想文化根源,它作为一种批评方法或者批评流派也完全能够成立。从整体上看,文学批评当然不能仅仅是思想心态、文化社会视域的批评,必须包括审美的艺术的批评;但就一个批评流派、一种批评方法来说,将批评的视野限定在特定的范围之内,不仅是可以的,而且甚至是必需的。不应该以批评视域的局限性为由苛求任何批评家、批评流派或者批评方法,而应当把评价的重点放在这类有限度的批评所达到的深度、高度和创新程度上。是否具有审美和艺术批评特色,不是判断一种特定批评能否成立的必需标准;否则,精神分析批评、新历史主义批评、女性主义批评、后殖民批评等许多对整个文学批评做出重要贡献的批评流派都将被排斥在批评之外了。

即便是十分困难的,生态批评家依然在努力探索具有独特视角的、审美和艺术视域的生态文学研究。早在“生态批评”被正式提出之时,生态批评家就提出要“构建出一个生态诗学体系”和生态美学体系。[①]随着生态批评的深入发展,越来越多的生态批评家意识到:应当对生态批评的审美和艺术特性进行探讨,其原因并非是使这类批评更全面、更容易被学界接受,而是他们逐渐认识到,生态文学不仅在思想意识方面有自己的特性,而且在审美和艺术表现方面也有自己的特征。生态文学有独特的审美目的、审美观念、审美特性和审美方式。因此,研究生态文学,还需要探讨其独特的美感魅力,理解其独特的审美观念。通过对大量生态文学文本的分析,我们可以发现生态文学的生态审美有以下四大原则。

1. 生态审美的自然性原则

从审美目的来看,生态审美的第一个原则是自然性原则。生态的审美首先是对自然的审美,但这种自然审美既不是将具体的审美经验抽象成形而上的理性认识,也不是通过具体的审美对象来表达或对应审美者的思想情绪或人格力量。较之传统的审美,生态的审美突出的是自然审美对象,而

① See Cheryll Glotfelty adn Harold Fromm(ed.): *The Ecocriticism Reader: Landmarks in Literary Ecology*, The University of Georgia Press, 1996, pp. 114—115.

不是突出审美者。生态的审美旨在具体地感受和表现自然本身的美。生态的审美是活生生的感受过程。

尽管自然美在美学史上被不断地探讨，但许多传统美学家对艺术美的重视远远超过了自然美。即使是承认或重视自然美，也主要是将其作为人的内在精神或本质力量的外化。黑格尔就是突出的代表。他将自然视为低层次的美，认为只有艺术美才是真正的美。贝特批评道："对于黑格尔来说，艺术作品完全是人创造的。它们完全应当被看作最纯粹的、最高级的人的创造品，它们承载着自由和尊严等来自启蒙主义的精神，证明我们不仅仅是动物。""在《美学》里黑格尔还强调，艺术是一种弥补自然美缺陷的努力。"①

对自然美的忽视甚至蔑视在唯美主义理论家和作家王尔德那里达到了登峰造极的地步。王尔德对自然满怀不屑。他说："我们越钻研艺术，就越不关心自然。艺术真正向我们揭示的，是自然在构思上的不足，是她那难以理解的粗糙，她那非常的单调乏味，她那绝对未琢磨修整的状态。当然，自然有好的意向，但正如亚里士多德曾经说的那样，她无法将其付诸实施。当我观看风景的时候，我不可能不看到其所有的缺陷。不过，我们很幸运的是，自然如此不完美，否则我们将什么艺术都不会有。艺术是我们精神的表现，是我们教会自然安于她合造的位置的慷慨努力……自然是如此地令人不舒服。草地坚硬、不平、潮湿，到处都有可怕的黑色昆虫……最差的工匠也能给你做一个比自然所做的一切都更舒适的椅子。"②

生态文学不仅将自然美置于一个前所未有的高度，而且它的自然审美观也与传统的自然审美观截然不同。布伊尔提出，在生态文学作品里，作家的审美应当"是一种感知过程，而不只是不变的、给定的模式"③。这种审美旨在表现自然本身的美，而不是表现人对自然的抽象性认识，不是表现人的思想。以往的作家对待所要描写的自然，更多的不是关注那些自然物本身，它们在概念上意味着什么或者能够被赋予什么含义，重视的是自然物的艺

① Jonathan Bate: *The Song of the Earth*, Harvard University Press, 2000, pp. 120, 122.

② Oscar Wilde: *The Complete Works of Oscar Wilde*, Mid Point Press, 2001, p. 313.

③ Lawrence Buell: *The Environmental Imagination: Thoreau, Nature Writing, and the Formation of American Culture*, Harvard University Press, 1995, p. 8.

术表现形式之象征或意识形态性质。生态批评家罗伯特·克恩指出,许多文学研究者“不仅经常将他们在阅读和写作中所遇到的文学作品对场所(place)和环境的实在描写弃置一旁,脱离文本的结构效果,专注于给实在的描写编码;而且还教他们的学生做同样的事情,将其提炼的结果视为本质。但是,这样理解的结果,往往不仅将文学与确保其生命力的世界简单地剥离,而且还使读者也与他们所阅读的世界疏远了”[1]。

著名生态诗人施奈德也指出:“无论自然是什么,它都不是让我们的概念和假设圆满完备的存在。它将避开我们的期望和理论模式。根本没有一个或者一套‘自然’概念,无论它指的是‘自然界’还是‘万物的自然’。”[2]自然不仅抵抗我们对它的控制,而且抵抗我们对它的命名。生态文学家在进行自然审美时,目的不是自然命名化、自然抽象化、自然意识形态化,而是自然物本身的美和对这种美的感知过程。

根据生态审美的自然性原则,我们不仅要把自然抽象化、意识形态化从生态审美中排除,而且还要把自然工具化的审美排除掉。所谓工具化的审美,指的是把自然的审美对象仅仅当作途径、手段、符号、对应物,把它们当作抒发、表现、比喻、对应、暗示、象征人的内心世界和人格特征的工具。布伊尔说,在生态文学里,“非人为的环境不仅仅作为构建框架的手段来展现,而且还作为人们开始认识到的显示人类历史受自然史影响的对象来表现”[3]。他指的就是不能功利地、工具化地对待自然审美对象。排除了工具化的审美,也就在生态审美与非生态审美之间划出了一条清晰的界限。

工具化审美在传统的审美理论和审美实践中占有很重要的位置,即使是主张超功利唯美的王尔德,也超越不了这种工具化。王尔德说:“艺术是我们的精神宣示,是我们有风度地教导自然安于其合适的位置。至于说自

---

① Robert Kern: “Ecocriticism: What Is It Good For?”, Michael P. Branch and Scott Slovic (ed.), *The ISLE Reader: Ecocriticism, 1993—2003*, The University of Georgia Press, 2003, p. 258.

② Gary Snyder: *No Nature*, Pantheon, 1992, preface.

③ Lawrence Buell: *The Environmental Imagination: Thoreau, Nature Writing, and the Formation of American Culture*, Harvard University Press, 1995, p. 7.

然变化无穷，那纯粹是一种神话。变化不会在自然本身发现。变化栖身于自然观察者的想象、幻想或优雅的视而不见之中。”“自然为的是什么呢？自然不是生育我们的伟大母亲。她是我们的创造物。正是在我们的脑子里她获得了生命。”[①]王尔德主张超功利的美，反对把美和艺术变成在人类社会里实现功利目的的工具；但他却没有意识到，他实际上是在宣扬另一种审美工具化和艺术功利化——把自然美当作表达人、表现人的工具。

雪莱对待自然审美对象的态度，代表了浪漫主义诗人普遍的态度。他们大都把自然审美对象当成抒发情怀和传达思想的工具。雪莱说：“当发现自己思想里有一个承受不了的虚空幽谷之时，我们寻求把我们的内在体验与万物结合成一个共同体并因此而被唤醒，此刻，我们会感到身外世界对我们的想象、恐惧或希望有一种强有力的吸引……它是一种契约或者誓约，不仅联结了人与人，而且联结了人与所有的存在物……因此，在孤独中，或在被遗弃的状态里——被别人环绕却没有人理解，我们会热爱花朵、小草、河流以及天空。蓝天下，春天里，在每一片树叶的颤动中，都能发现它与我们心灵神秘的对应。无语的风中有雄辩，流淌的溪水和两岸沙沙作响的芦苇中有歌声。它们与我们心灵中的某种东西建立了不可思议的联系，唤醒灵魂去跳一场气喘吁吁的迷狂之舞，并使神秘的柔情之泪盈满眼眶。”[②]尽管雪莱情真意切，尽管他非常重视与自然的联系，但他走进自然和欣赏自然的目的不是自然本身。他并不在意自然的美，在意的只是自然物如何对应人的内心，如何使人获得心灵的解放；而且这还是因为在人间找不到知音，感到孤独，才退而求其次，到自然里寻找感动甚至迷狂。从人的观点来看，这无可厚非，也自有其人类中心主义的美学意义；但必须说，这并不是生态的审美。雪莱描写的西风、夜莺、云雀虽然不能说不美，但却不是生态的美。他的许多诗作虽然描绘了自然物，但却不是生态文学作品。

对比一下爱默生和梭罗对自然的审美，就不难发现生态审美与传统的

---

① Oscar Wilde: *The Complete Works of Oscar Wilde*, Mid Point Press, 2001, pp. 313, 318.

② Percy Bysshe Shelley: *Shelley's Poetry and Prose*, ed. by Donald H. Reiman and Sharon B. Powers, W. W. Norton, 1977, pp. 473—474.

人类中心主义的审美有根本性的差异。爱默生说:“从那些宁静的景色当中,特别是在眺望遥远的地平线时,人可以看到与他自己的本性同样美丽的东西。”[①]“群山、海浪和天空本身并没有意义,重要的是当我们把它们用作我们思想的载体时,我们把意义赋予了它们,难道不是这样吗?”[②]爱默生认为,“世界就是这样相对于人的灵魂而存在,为的是满足人对美的爱好”。在这种精神与自然的感应过程中,“我感到我的生命在扩展,我的生命与晨风交融为一”。“属于自然的美就是属于他自己心灵的美。自然的规律就是他自己心灵的规律。自然对于他就变成了他的资质和禀赋的计量器。他对自然的无知程度也就是他对自己的心灵尚未把握的程度。一句话,那古代的箴言‘认识你自己’与现代的箴言‘研究大自然’最后成了同一句格言。”[③]虽然爱默生谈的也是人与自然的关系,但他的观点却不是生态的。这是因为他对人的精神与自然契合的论述起点和目的都是也只是人本身,而自然则只是人认识自我的途径和工具。

然而,我们知道,自然并非仅仅是为了人类而存在的,生态系统为所有生物和非生物存在;认识自然的目的也并非仅仅是认识人自己,还有更为重要的目的——认识和遵循自然规律并感悟自然本身的美。梭罗与爱默生的审美取向完全不同。他的自然审美没有自然美之外的目的。梭罗说:“在这裸露和被雨水冲刷得褪了色的大地上,我认识了我的朋友”[④],“我们伟大的祖母”[⑤]。他要观察和认识的就是这伟大祖母本身以及她所有的子孙——所有动植物兄弟姐妹。梭罗在日记里又明确指出:“问题不在于你看见什么,而在于你怎么看和你是否真的看了。”梭罗问得太好了。你是怎么看自然

---

① Ralph Waldo Emerson: *Nature, Addresses, and Lectures*, ed. by Robert Erhest Spiller and Alfred R. Ferguson, Harvard University Press, 1971, p. 10.

② R. W. Emerson: *Selected Writings of Ralph Waldo Emerson*, ed. by Willian H. Gilman, Signet Classics, 1965, p. 204.

③ R. W. 爱默生:《自然沉思录》,博凡译,上海社会科学院出版社,1993年,第19、12、70—71页。

④ Brodford. Torrey and Francis H. Allen (ed.): *The Journal of Henry David Thoreau*, Vol. 11, Houghton Mifflin, 1906, p. 275.

⑤ Henry D. Thoreau: *Walden*, Princeton University Press, 1971, p. 138.

的？是不是抛弃了数千年积淀下来的人类中心主义思想观点、思维模式和认识角度去看呢？你所看的究竟是自然物本身，还是你自己的影子或者对象？布伊尔在详细对比分析了梭罗和爱默生之后指出，梭罗"用其作品为人们展现了一个人类之外的存在，那是最主要的存在，是超越了任何人类成员的存在"[①]。揭示那个存在独立的美，才是梭罗的目的，也是生态审美的目的。

生态的审美主要是对原生态自然物的审美。梭罗最为欣赏的是原始的、未受人类破坏和修整的自然美。在梭罗的眼里，那些经过人类修剪、造型、嫁接、整理的自然物是不美的。"你是否把小树修剪成和你的鼻子一样高，或是到你眼睛的高度？"梭罗认为这是一个重要的问题，这样做不仅破坏了自然美的本真状态，而且长此以往还会扭曲人对自然的审美情趣。只有自然的、原生态的才是美的，因此他不喜欢人工培育的苹果树，而喜爱野苹果树。他认为野苹果树即使是树干上有"一些呈铁锈色的大斑点"也是美的，它"纪念着已度过的阴天和多雾发霉的日子"。[②]斑点、疙瘩在一般人看来可能是多余的、不协调的、丑陋的，但在梭罗看来却恰恰是野苹果树最美的部位，仿佛这树中勇士脸上的沧桑，烙印着日日夜夜、寒来暑往，记录着它的成长。

如果不能坚持审美的自然原则，把自然物当作独立的主体，把自然美本身作为审美的目的，人类一定会错失魅力无比的原生态的自然美。

2. 生态审美的整体性原则

从审美视域来看，生态审美的第二原则是整体性原则。生态文学的核心思想是生态整体主义，生态整体主义思想必然会影响甚至制约生态文学的审美观。生态的审美不仅仅观照单个审美对象，还要将它放到自然系统中考察它对生态系统整体的影响。有利于生态系统和谐稳定的才是美的，

---

① Lawrence Buell: *The Environmental Imagination: Thoreau, Nature Writing, and the Formation of American Culture*, Harvard University Press, 1995, pp. 115, 209.

② Henry David Thoreau: *Wild Apples and Other Natural History Essays*, University of Georgia Press, 2002, pp. 153,159.

干扰破坏了生态整体和谐稳定的就是丑的。

早在20世纪上半叶利奥波德首次系统阐述生态整体主义思想的时候，他就将整体性的生态审美作为生态整体主义的重要组成部分。利奥波德提出的“ISB原则”(“integrity, stability and beauty”的缩写)中的“B”指的就是“有助于维持生命共同体的”“美”[①]。当我们从以人为尺度转向以生态整体为尺度，审美标准也必然随之发生改变。原野上的食粪虫美不美？依照传统的审美标准，人们认为它们是肮脏的、恶心的、不和谐的、对人不利的；依照生态美学的审美标准，它们却是值得欣赏和赞美的美好生灵，因为它们对原野生命的欣欣向荣意义十分重大，因为它们是生态系统中重要的环节。一只食粪虫一个晚上能够将比它重数十倍，甚至上百倍的粪便从地面转移到地下，生态文学作家惊呼只有提坦神堪与这小小的食粪虫媲美！法布尔在《昆虫记》里热情赞美了食粪虫、食尸虫等人类讨厌的昆虫。法布尔之所以对这些从人的角度来看是肮脏的、恶心的虫子那样地爱，绝不是出自感伤主义作家那样的矫情(感伤主义小说里的人物为一只苍蝇而感伤得眼泪汪汪)，而是基于这些昆虫在生态系统中的作用。法布尔认为，每一种昆虫“都有其存在的理由”，理由就是它对大自然整体利益的作用。他写道，食粪虫、食尸虫“对原野卫生意义重大……然而，我们遇到这些忘我的劳动者，投去的只是轻蔑的目光”。食粪虫一定“在嘲笑我们的昆虫分类法”，嘲笑我们无视它们的力量和作用，嘲笑我们对大自然的无知。看看吧，“十二只埋粪虫，平均每只往地下仓库搬运的货物，几乎有一立方分米之多……想到这里，我不禁赞叹：十二只埋粪虫，竟干出了提坦神的业绩，而且是一夜之间干完的！”“这些干起活来带着狂热的虫类……是在开垦死亡，造福生命。它们是出类拔萃的炼丹术士，利用可怕的腐败物，造出无毒无害的生物制品。”“大无畏的掘墓工哟……我已经把收集到的那些实绩记在你们的功劳簿上，有朝一日，这些功绩一定会给你们的美名增添新光彩。”与它们相比，人类“所谓的美德将无地自容！”“在母爱之丰富细腻方面，能够与以花为食的蜂类媲美的，竟只有那开发垃圾、净化被畜群污染的草地的各种食粪虫类……大自

---

① Aldo Leopold: *A Sand County Almanac*, Oxford University Press, 1949, pp. 224—225.

然中充满了这类反差的对照。我们所谓的丑美、脏净,在大自然那里是没有意义的。"[①]最后一句话尤为重要,它揭示出人类中心的审美价值与自然整体的审美价值的矛盾。大自然以大美大净观念——自然整体美的观念——教育我们,促使我们超越人类中心主义的审美观,从生态整体主义的审美观去认识和欣赏食粪虫显示的真正的美和真正的净。"高峡出平湖"美不美?过去我们习惯于欣赏这类宏伟的工程,说到底是欣赏我们自己,却很少将这种大规模破坏生态、严重违反自然规律的人造的壮美景观放在生态整体中考察;从生态美学的角度去看,那是最可怕的丑陋!

梭罗把野苹果树叶放在一个生态子系统中来审视它的美。生态整体利益至高无上的思想,促使他发现了枯萎甚至腐烂的野苹果树叶之美——那些树叶美就美在它们顺应了自然规律,并为生态整体的生生不息做出了贡献:"在安静地休息于坟墓之前,它们经历了多少飞翔啊!它们飞得那么高,然后再次回到尘土状态,躺在低处,顺从地在树下躺下、腐烂,为它们新的一代代提供营养,使它们也可以在高空中鼓翼,多么满足啊!""它们走向坟墓时多么美丽啊!它们让自己躺下,转向土壤!——描上一千种颜色,适合做我们的生活之床。因此它们轻松愉快而活泼地结队走向最后的安息之地。"它们把一生演绎得如此动人,包括走向死亡的那一段旅程,温柔、美丽,带给审美者的不是死亡气息,不是雪莱在《西风颂》里说的那种腐烂和疫疠,而是和煦春风。《西风颂》里的落叶被雪莱赋予了社会含义和政治含义;而梭罗在这里却说,野苹果树的落叶"教我如何走向死亡"[②]。

杰弗斯写道:"完整是一个整体,是最大的美,/生命与物质的有机体,是宇宙最神圣的美,/热爱它们,而不是人类。/除此之外,你就只能分享人类可怜的困惑,/或者当他们走向末日的时候陷入绝望。"[③]著名的生态美学家卡尔森说得好,生态美学既然是"全体性美学"(universal aesthetics,整体主

---

① 若盎-昂利·法布尔:《昆虫记》,王光译,作家出版社,1992年,第94、80、154、81—82、86、89—90、98、58页。

② Henry David Thoreau: *Wild Apples and Other Natural History Essays*, University of Georgia Press, 2002, pp. 124—125.

③ 比尔·麦克基本:《自然的终结》,孙晓春、马树林译,吉林人民出版社,2000年,第211页。

义美学的另一种表述),其审美标准就必然与以人(审美主体)为中心、以人的利益为尺度的传统美学截然不同。生态美学的审美,依照的是生态整体的尺度,是对生态系统的秩序满怀敬畏之情的"秩序的欣赏"(order appreciation),因此这种审美欣赏的对象很可能不是整洁、对称的、仅仅对人有利的,而是自然界的"不可驾驭和混乱"(unruly and chaotic),而且,决定和制约着这种不可驾驭和混乱状态的自然规律越是神秘、越是未被人认识,其美感就越强烈。①

不过,要真正形成整体主义的生态审美观并不容易。正如另一位著名的生态美学家伯林特所说,它"要求一种重大的观点转变,而且这种转变是缓慢而痛苦的。即便在一个世纪后的今天,它仍然与人类中心主义的态度矛盾冲突得难解难分"。"然而,这种生态的观点在不断地发展并持续地产生影响,并成为当今被普遍接受的环境意识的一个部分。与此同时,生态思想的涵盖面也日益拓展,生态系统的观念由有机体与环境的联系,扩大为整个共同体。"生态美学就是在这样的观念转变过程中兴起的,它是"后笛卡儿的哲学",它"将每一个事物都理解为一个动态发展中的整体的一部分",整体"包含一切而其内部又是密切联系的"。②

印度斯里商羯罗学院的生态美学家哈利库玛(p. R. Harikumar)在《生态美学:寻求一个有机的整体》里也阐述了同样的观点:生态美学带来了一些明确的有关生物多样性和共同存在的观念,它告诫我们,在任何时候都要牢记这个有机整体,没有这个整体,人类就将生活在真空之中,像生活在真空瓶子里一样。生态美学是朝向建立一种新观念的目标迈出的一步,那种新观念就是:每个生物体和所有生物一样,都处在一个有机整体当中,扮演自己的角色,并在这个扮演过程中显现出生态的美。我国的生态美学家曾繁仁也明确提出:"生态美学从美学学科的发展来说最重要的突破,也可以说最重要的意义和贡献就在于它的产生标志着从人类中心过渡到生态整

---

① See Allen Carlson: *Aesthetics and the Environment: The Appreciation of Nature, Art and Architecture*, Routledge, 2000, pp. 62—68, xviii, 273.

② Arnold Berleant: *The Aesthetics of Environment*, Temple University Press, 1992, pp. 4—5, 7—8, 10, 12.

体、从工具理性世界观过渡到生态世界观，在方法论上则是从主客二分过渡到有机整体。这可以说是具有划时代意义的，意味着一个旧的美学时代的结束和一个新的美学时代的开始。"①

以生态整体观作为指导思想，还必将导致生态审美对象的增加和生态美学研究范围的扩大：将审美感知扩大到整个自然而不仅仅局限在文学艺术和优美如画、柔美壮美的自然景观，将美学研究和美学评价扩大到整个自然界。生态美学的审美评价，既包含正面的、欣赏赞美的，亦包含负面的、批评批判的。伯林特特别指出，后者尤为重要，对"冒犯和伤害环境的批判"尤为重要，因为这彰显的是生态美学的"否定性价值"(negative value)②。伯林特呼吁道，"这个世界上的所有生物都需要我们的尊敬和关怀"，整个生态系统需要我们的敬畏与呵护，美学家"有义不容辞的责任促使人类学会遵循自然秩序而栖居"，学会在尊敬自然整体和谐的前提下审美。③

3. 生态审美的交融性原则

从审美方法来看，生态审美的第三原则是交融性原则。生态审美的交融性原则建立在生态主义的联系观之上。生态的审美不是站在高处远远地观望，而是全身心地投入自然，有时候、特别是在审美的初期，甚至需要忘掉自我，与自然融为一体。伯林特把生态美学称为"交融美学"(the aesthetics of engagement，一译"参与美学"或"介入性美学")，强调的就是人与自然的交融。④

美国女作家薇拉·凯瑟的小说《我的安东尼亚》(1918)生动地描写了人物与大自然融为一体的审美。叙述者吉姆·伯登与祖母一起在内布拉斯加州的一个溪谷底部的菜园子做农活。干完活后，他独自坐在溪谷，背靠着一个南瓜，一动不动。风儿吟唱，野草轻摇，吉姆感到一种难以言传的自在。

---

① 曾繁仁:《生态存在论美学论稿》，吉林人民出版社，2003年，第16—17页。

② Arnold Berleant: *The Aesthetics of Environment*, Temple University Press, 1992, p. 14.

③ Arnold Berleant: *Living in the Landscape: Toward an Aesthetics of Environment*, University Press of Kansas, 1997, p. 38.

④ Arnold Berleant: *The Aesthetics of Environment*, Temple University Press, 1992, p. 12.

“我是一样东西,躺在太阳底下,感受它的温暖,就像这些南瓜,而且不想成为任何别的东西。我感到彻底的幸福。或许,当我们死去并成为某一整体的一部分时,我们的感觉就是这样,无论那整体是太阳还是空气,是美德还是知识。无论如何,融入某种完整和崇高之物,那便是幸福。这种幸福降临到一个人身上,就像睡眠的来临一样自然而然。”[①]生态批评家豪沃斯评论道,“这一幕是令人难忘的”,“在溪谷下,吉姆的思绪有如梦幻,因为这样一个地方——大地上的凹形酒杯——是那么温暖,那么庇护他,给他一种养育性的、重返母亲子宫一般的安全感。所有的自然元素——风、水、土和光都汇聚在一起”。[②]

要真正做到与自然交融,并在交融中深刻感受自然的美,审美者首先要忘掉自我。忘我地感受自然是卡森主张的生态审美方法。卡森认为,人们之所以不能发现自然的奇妙,是因为过于自大、把自然仅仅当作工具和对象化的自我。只有忘我地、无目的地感受自然,人们才能感悟到越来越多、越来越奇特的自然美。卡森指出,要努力摆脱文明和理性对人的种种束缚,回归人的自然天性,像孩子一样永葆好奇和激动。“孩子的世界是新鲜而美丽的,充满着好奇与激动。不幸的是,我们大多数人还没到成年就失去了清澈明亮的眼神,追求美和敬畏自然的真正的天性衰退甚至丧失了。”“当我们带着太多人类生存的装饰走进海洋世界的大门,我们的耳朵就会失聪,听不到大海高尚庄严的声音。”卡森说她“在生命的大部分时光里关注地球的美丽和神秘,关注地球上生命的神奇。”[③]她经常伫立在海边、林中,最大限度地开放她的感官,去感受自然。她长时间地站在没膝的海水里,注视着小鱼在她的腿边掠过,那些银色的小生命让她激动得热泪盈眶。她曾经在缅因州冒着严寒长时间地看海鸟,被冻得全身麻木,最后被人背离海边。她常常在深

---

① Willa Cather: *My Antonia*, Houghton Mifflin, 1954, p. 15.

② Michael P. Branch, Rochelle Johnson, Daniel Patterson and Scott Slovic (ed.): *Reading the Earth: New Direction in the Study of Literature and Environment*, University of Idaho Press, 1998, p. 4.

③ Paul Brooks: *The House of Life: Rachel Carson at Work*, Houghton Mifflin, 1972, pp. 201, 219, 324.

夜里打着手电，小心翼翼地走过盖满藤壶的礁石，把一个个小生灵送回家。带前来拜访的朋友去看海，是卡森最喜欢的款待朋友方式。她经常与好友多萝西一起，在退潮后钻进海边岩洞探访生命的美丽。甚至在生命垂危之际，她还执着地请求多萝西："你能否帮助我在八月的月光下、潮水最低之际，找一个仙境般的岩洞？我依旧渴望着再试一次，因为那种记忆太珍贵了。"①

生态文学家巴勒斯也认为，"吸收远胜过学习，我们吸收我们享受的东西。"巴勒斯以自己的亲身体验告诫人们，走进自然之后一定要开放所有感官去吸收、去感悟：自然万物"使我的感官变得敏锐和协调；它们使我的眼睛在过去的75年里始终处于最佳状态，让我不会错过任何美妙的景象；它们使我的嗅觉一直这样灵敏，让我在荒野享尽芬芳"。②生态文学家缪尔在《我们的国家公园》一书里，以自己的亲身体会生动地向我们展现了什么叫作"融入美学"。缪尔是这样欣赏大自然美妙韵律的：他"毫不犹豫、义无反顾地大胆"冲下山来，"勇敢地从一块巨石跳上另一块巨石，保持速度均匀。这时你会感到你的脚正在踏着节拍，然后你就能迅速发现蕴涵在岩石堆中的音乐和诗韵。……无论最初它们看上去是多么神秘、多么无序，但它们都是大自然创造之歌中的和谐音符……"③

梭罗在生态审美中感到，他自己"就是自然的一部分"，"整个身体成了一个感官，每一个毛孔都吸取着快乐"。他在湖上与潜水鸟捉迷藏，他"经常在最深的积雪中跋涉八或十英里，去和一株山毛榉、一株黄杨、或松林中的一个老相识约会。""每一支小松针都伴随着同情伸长，把我当作它们的朋友。即便是在人们所说的荒凉阴郁的地方，我也能清楚地意识到那儿有我亲如骨肉的朋友。""在柔和的细雨中，在滴答滴答的雨声里，在环绕我屋子的每一个声响和景象中……我突然感到身处自然界是如此甜蜜如此有益，所有这些立刻成为一种无穷无尽又无法解释的友爱的氛围滋养着我。""山

---

① Linda Lear: *Rachel Carson: Witness for Nature*, Henry Holt & Company, 1997, p. 456.

② Robert Finch and John Elder (ed.): *The Norton Book of Nature Writing*, W. W. Norton & Company, Inc., 1990, pp. 273—277.

③ 约翰·缪尔：《我们的国家公园》，郭名倞译，吉林人民出版社，1999年，第186页。

雀和我熟悉到这种程度:会飞落到我抱着进屋去的木柴上,毫不恐惧地啄着细枝。有一次,我在村中园子里锄地,一只麻雀落在我肩头歇上一会儿,那时我感到,佩戴任何肩章都没有这般荣光。松鼠也终于和我混熟了,偶尔要抄近路时它们就从我的鞋上踩过去。"①这是何等融洽的关系!这是多么富于魅力的生态审美!

对于人忘我地与自然交融,传统的思想家也有过论述。卢梭在《一个孤独的漫步者的遐想》里说过:"观察者的心灵越是敏感,在与自然的壮丽伟大和谐交融时,就会有越强烈的狂喜油然而生。在这样的时刻,他的感知就会被一种深深的和快乐的出神所笼罩,在一种极乐的自我消解状态里失去自我,沉溺于美的秩序的广阔空间里,并在其中感受到他与自然美浑然一体了。所有个人的目的全都离他而遁去,他看到和感到的不再是具体的事物而是万物的整体。"②

尼采的酒神精神也涉及这种忘我之后的与自然融为一体的审美状态。尼采认为,酒神状态是一种痛苦与狂喜交织的癫狂状态。这种状态发生的前提,是个体的解体和集体的融合,而它的结果,则是本真的回归。个体的解体,意味着抛弃长期以来形成的人类中心主义的观念和个人的目的,标志着个人的因素不再受到重视甚至被蓄意毁灭。个体的解体是最高的痛苦,自我否定是最令人恐惧的否定。但是,这种否定和解体同时又"以一种神秘的统一感解脱了个人",实现了个体与集体的融合。"此刻,在世界大同的福音中,每个人感到自己同邻人团结、和解、融洽,甚至融为一体了";"而且疏远、敌对、被奴役的大自然也重新庆祝她同她的浪子人类和解的节日"。这种与自然大集体的融合,在尼采看来,是最高的欢乐,是狂喜的时刻。③卡西尔也谈到这种与自然万物融合的审美状态:它导致一个"全新的人之形

---

① Henry D. Thoreau: *Walden*, Princeton University Press, 1971, pp. 129, 265, 131—132, 275—276.

② Rousseau: *Reveries of the Solitary Walker*, trans. by Peter France, Penguin, 1979, p. 108.

③ 尼采:《悲剧的诞生:尼采美学文选》,周国平译,生活·读书·新知三联书店,1986年,第7、6页。

象,……灵魂借助‘迷狂’冲破肉体和个体的束缚,与普遍生命再次融合”,终于复归于“生命始源”。[①]

荣格也做了论述:“酒神状态既是对‘个性化原则’的毁灭感到的恐怖,同时又是在这毁灭中感到的极度的喜悦。正因为如此,它才与沉醉相当。沉醉就是把个人还原为构成他的集体本能和因素,是自我的弥漫和扩散。由是,人在酒神的狂欢中发现了自己:异化的自然再次欢庆她与自己的浪子——人——之间的和解。每个人都觉得不仅同相邻的一切一致、和解、融洽了,而且是与它们完全一体化了。”[②]人与自然的和解,人与自然的融合,这不仅是生态审美的极乐境界,也是生态批评的终极理想。

人绝不仅仅是社会的动物,他首先是自然界里的动物。人的本性之一就是与人以外的自然万物和谐相处,这种本性的需求使得人不满足于与人交往,不满足于社会生活。正因为如此,人才在与原始自然的交往过程中感受到强烈的、不可或缺的、不可被人造环境所替代的美和愉悦。这种美和审美愉悦应当成为人类文明的重要组成部分。如果把地球上的所有荒野加以人为的改造,那么,人类的这种本性、这种愉悦、这种真正的文明将被彻底压抑和摧毁,人类就不可能获得真正的幸福。如果不能在与自然交融的过程中体验生态的美,人类的审美体验将有重大的缺欠,人类的文明也将有重大的缺欠。

4. 生态审美的主体间性原则

从审美方法来看,生态审美还有一个原则,亦即第四原则,是主体间性原则。人不仅要与整个大自然发生关系,也要与具体的、个别的自然物发生关系。在与具体的自然物发生审美关系的时候,生态审美主要依据的是交融性原则和主体间性原则。在这种审美关系当中,人有时摒弃自我,完全融入,全身心地感受自然本身的魅力;有时则仍然坚持自己的主体性,但却不

---

① 恩斯特·卡西尔:《神话思维》,黄龙保、周振选译,中国社会科学出版社,1992年,第216—217页。

② 荣格:《心理学与文学》,冯川、苏克译,生活·读书·新知三联书店,1987年,第234—235页。

是把自然物当作客体而是当作另一个主体,与之进行交互主体性的沟通,并在这种平等的沟通中体验自然物的美。后者便是生态审美的主体间性原则。

生态批评家埃里克·史密斯认为,生态文学所建构和展现的人与自然的审美关系,不应当是主体与客体的关系,也不是完全丧失了人(审美者)主体性,完全无我地融入自然,而应当是一种主体间性关系。他说:"我们也许可以跳出在主体/客体,或文化/自然之宏大认识论的两级间始终绷张的宇宙,进入由所有存在的各种关系构成的宇宙中,在那个宇宙里,各种存在物不断地彼此协调和转换。"交互主体性就是我们进入相互密切联系的生态整体的重要入口。在我们"为他者性加上一个交互性构念之后,'生态的互动进程——人类和其他存在物在相互影响中发展、改变和学习的方式——便清晰可见了"。"我建议,我们放弃关于主体的议题,放弃确定作为主体对立面的客体并以其把存在划分为巨大的两极的议题。我们不如考虑各种中介和关系,它们不是依据主客体两大阵营之一的成员身份而是依据特定的体现、处境和类似而确定。我提议,生态批评家与其将'自然导向的文学'和批评当作赋予自然'发言权'的途径,不如把文学及其批评简朴地看作事物关系(和其他万物一样,人也是物)中的特殊联系。"①

主体间性或交互主体性思想至少可以追溯到胡塞尔的现象学。胡塞尔说:"我所经验到的世界连同他人在内,按照经验的意义,可以说,并不是我个人综合的产物,而是一个外在于我的世界,一个交互主体性的世界,是为每个人在此存在着的世界,是每个人都能理解其客观对象的世界。然而,每个人都有他自己的经验,有他自己的显现及其统一体,有他自己的世界现象,同时,这个被经验到的世界自身也是相对于一切经验的主体及其世界现

① Eric Todd Smith: "Dropping the Subject: Reflectings on the Motives for an Ecological Criticism", Michael P. Branch, Rochelle Johnson, Daniel Patterson and Scott Slovic (ed.): *Reading the Earth: New Directions in the Study of Literature and the Environment*, University of Idaho Press, 1998, pp. 30—31, 33, 35.

象而言的。”[1]胡塞尔谈的主要是自我与他人之间的关系，但是却对生态批评具有很大的启发性。生态批评家发现，人主体与自然主体之间的关系也应当是交互主体性关系。人主体和自然主体都在生态世界之中，每一主体都有自己的世界，有他自己的显现及其统一体。被正确经验的人与自然的关系只能是主体间际关系。破除了人类中心、自我中心和二元论之后，生态批评只能将整体性原则和主体间性（交互主体性）原则作为自己的核心原则。

梅洛-庞蒂是主体间性思想的又一位重要代表人物。戴维·艾布拉姆在其生态批评论著《感觉的魅力》里将梅洛-庞蒂的感知哲学看作“走向生态”的哲学。他指出：“梅洛-庞蒂将感受到的事物写成实体，将感觉能力写成力量，而将感觉本身写成一个万物有灵的领域，为的是强调它们对感知经验积极有力的贡献。把特定的事物描绘成有灵的生命，仅仅是为了以最精确和最简洁的方式明确表达我们自然本能地感知事物，而这样的感知发生在我们所有的概念化和术语化之前……通过这种语言方式把周围的世界定义为客体的一套确定的系列，我们就将有意识的、说话的自我剥离于我们的感知身体的本能生命……先于我们所有的语言反应，在我们本能的层面上，感官地参与我们周围的世界，我们都是万物有灵论者。”[2]

如果说梅洛-庞蒂对人与自然物的主休间性关系的论述主要依据的是万物有灵说，那么罗尔斯顿等人的相关论述则侧重于相互影响的关系。罗尔斯顿认为人的主体性绝不仅仅表现在人类社会里，还表现在与其他非人类主体的交流之中。“我们的人性绝对不只‘存在于’我们自身，而是更多地‘存在于’我们与世界的对话中。”也就是说，要成为完整的人，我们需要建立一种健康的“地球心理”。[3]格雷戈里·卡杰特也指出：“人之内在存在与人之外的存在有着一种联系，这种联系的建立有赖于我们较长时间地居住在某个地方。我们的物理构造和心理特性，是在特定的气候、土地、地理和当地

---

① 埃德蒙德·胡塞尔：《生活世界现象学》，克劳斯·黑尔德编，倪梁康、张廷国译，上海译文出版社，2002 年，第 153 页。

② David Abram: *The Spell of the Sensuous*, Vintage, 1996, pp. 56—57.

③ Holmes Rolston: *Philosophy Gone Wild: Essays in Environmental Ethics*, Prometheus Books, 1986, p. 59.

生物的直接影响下形成的。”[①]首先使用“生态批评”一术语的鲁克尔特强调，“生态学的第一原则是‘万物相互关联’。”必须把这一原则贯穿到生态批评之中，“必须将驱动力的目标从新颖性，或理论的精致性乃至一致性，转向关联性原则”。[②]麦克道尔指出：“在自然的巨大网络里，所有的存在都值得认知和发出声音，生态文学批评应该探讨作者如何表现景观中的人与非人声音的交流。”他希望作家和批评家将巴赫金的对话理论应用到生态文学创作和生态批评中。[③]生态批评的主体间性原则就是在整体性原则之下的、同时承认和张扬自然主体和人主体，并特别强调这两类主体之联系的关联性原则。

贝特引述画家克里(Paul Klee)的话说明人与自然物的主体间际关系：“在森林里，我多次感到，不是我看树林。有一些日子我觉得是树木看我，和我说话……而我在那里倾听……我认为画家一定要被宇宙穿透而不要想看透宇宙。”[④]在上述情境中，画家看树并被树看就是一种主体间际交流。画家承认树的主体性，唯如此，他才可能真正融入树，充分理解树的权利和困境。他也不能抛弃自己的主体性，它毕竟不是树，他与树交流而不是变成树。他与树同样都是独立的个体，他不能神化任何一个自然物，他与树是平等的，他同样也不能神化整个大自然。把自然当作神来敬畏、祈求和崇拜，都不是主体间际交流。把任何物、任何人、任何主义、任何宗教神圣化，甘愿做其等而下之的奴隶、仆人甚至牺牲品，往往都隐含着功利的目的。但是，与树的主体性一样，人的主体性也是有限度的。他不能奢望看透树的全部、森林的全部，更不用说整个宇宙。不过，他应当对整个自然开放，欢迎整个宇宙精神穿透他。他审美自然的水准之高低、他表现自然的艺术成就之大小，从根本上说取决于他接受了多少自然的信息和宇宙的精神。只有在人意识到自

---

① Gregory Cajete: *Look to the Mountain: An Ecology of Indigenous Education*, Kivaki Press, 1994, p. 84.

② Cheryll Glotfelty and Harold Fromm (ed.): *The Ecocriticism Reader: Landmarks in Literary Ecology*, The University of Georgia Press, 1996, pp. 108, 107.

③ Michel L. McDowell: “The Bakhtinian Road to Ecological Insight”, Cheryll Glotfelty and Harold Fromm (ed.): *The Ecocriticism Reader: Landmarks in Literary Ecology*, The University of Georgia Press, 1996, p. 372.

④ Jonathan Bate: *The Song of the Earth*, Harvard University Press, 2000, p. 166.

然物作为自立的个体而不是人的对应物、象征体、喻体——不是表现人的工具，意识到它们在生态系统中占据着独一无二的、不可替代的位置，进而以人类个体的身份与这些非人类的个体进行平等的交往，人与自然的交互主体性才能真正实现。

生态文学的先驱华兹华斯非常重视与自然万物的主体间际交流。他说："我与所看到的一切密切交流，它们不是与我的无形的本质相分离的，而是天然地联系在一起的。"[①]华兹华斯所说的人的"无形的本质"(immaterial nature)，就是人的主体性，这种主体性只能在承认他者——自然物的主体性的前提下与万物交流。承认自然界他者的主体性，要求个人主体首先设身处地、从他者的视角考虑问题，进而才有可能形成自己的主体与他者的主体之间的主体间际交流，即实现交互主体性。

梭罗在《野苹果及其他自然史散文》里生动感人地描绘了一只公牛和一棵野苹果树之间的交互主体性关系，以此来启发人类建立与其他自然物之间的主体间性关系。公牛走近野苹果树，准备吃一些它的嫩叶。公牛"暂停了一下，向苹果树致敬，表达他的惊讶，并得到了回答：'你来这儿的理由与我的一样'。于是它开始吃嫩叶，似乎以此表明它是有资格吃的"。野苹果树和公牛拥有相同的生存理由：这里适合野苹果树生长；这里又有丰美的草和嫩叶能满足公牛的需要。任何生命都拥有寻觅适合生存的场所和条件的权利。但是，公牛对野苹果树叶并不吃尽吞绝。它懂得尊重对方的生存权和生长权，懂得在索取资源的同时保护资源。"二十多年来，公牛就这样一直吃苹果树的嫩叶，使它们保持某种高度并且迫使它们向外伸展，直到最后当一些嫩芽开心地向上生长时，它们已宽阔到形成自己的栅栏、使天敌够不着内部的嫩芽的程度；因为它已忘记高处的召唤，而是耀武扬威地结下它独特的果实。"后来，公牛和野苹果树都老了，他们还是互相体恤，用温柔的态度对待这多年的天敌和战友。野苹果树底部扩展的枝叶"完成了它的使命，最终消失了，慷慨的树木现在允许无害的公牛进来，站在它的荫凉处，在它

---

① M. H. Abrams: "Structure and Style in the Great Romantic Lyric", Harold Bloom (ed.): *Romanticism and Consciousness: Essays in Criticism*, W. W. Norton, 1979, p. 224.

的树干上摩擦,使之变红,不管怎样,它已经长大。而公牛甚至品尝它的果实,并因而传播种子。”[①]一头公牛和一棵野苹果树,真诚地较量着,二十年或者更久,又流露出相濡以沫的温暖。彼此的生命中存着对方生命的影子。野苹果树为公牛提供树荫和果实,公牛协助它将树种传播。梭罗告诉我们,这便是大自然的逻辑,无法简单化,无法直线化,表面上的对立反映的却是大自然内在秩序的严谨和复杂。梭罗还告诉我们,自然物之间的自然关系是主体间性关系,是在承认并维护对方主体性的同时、在与对方主体和谐相处的前提下张扬自我的主体性的关系。

卡森从小就善于从动物、植物的角度想问题。她曾与哥哥罗伯特大闹一场,原因是哥哥打野兔。哥哥不许卡森干涉他的乐趣,而卡森的回答是:“可是兔子没有乐趣!”[②]在创作《海风下》的时候,卡森兴奋地宣称:“我成功地变成了矶鹞、螃蟹、鲐鱼、美洲鳗和另外好几种海洋动物!”[③]在这样的创作过程中,卡森从自己的主体性和主体权利了解到动物的主体性和主体权利,并进而体察到动物主体与她的自我主体性之间的不可分割的联系。如果没有交互主体关联,人就不可能真正理解自然,更不会将对自然的爱与呵护建立在尊重自然主体性和自然权利之上,而只能是在发现环境的恶化有损于自己的时候,才不得已采取有限的环境主义的环保措施。

当代生态文学家洛佩兹认为,存在着两种景观——“外在的景观”(external landscape)和“内在的景观”(interior landscape),这两种景观之间是一种主体间性的关系。“外在的景观是我们所看到的景观,它不仅包括大地的线条和色彩,它一天里不同时间的阴影,还包括它不同季节里的植物和动物,它的天气,它的地质,它的气候和演变的记录……要完全认识景观,不是靠了解其中每一事物的名称和差异,而是要发现它们之间的关系”;而要真正做到发现外在景观的内在联系,真正做到认识外在景观,人的内在的景

---

① Henry David Thoreau: *Wild Apples and Other Natural History Essays*, University of Georgia Press, 2002, pp. 151—152.

② Philip Sterling: *Sea and Earth: The Life of Rachel Carson*, Thomas Y. Crowell Company, 1970, p. 20.

③ Mary A. McCay: *Rachel Carson*, Twayne Publishers, 1993, p. 30.

观就必须参与进去。这种参与不仅带有人的主体特点，而且还受到自然物主体的影响和制约。“内在景观是带有意图和秩序的，它也包含了一系列联系——冥想、直觉和被我们称为‘思想’的有条理的看法之间的联系。……内在景观是对外在景观的特征和精致的反应；这种属于个体的景观形态受到大地的影响，正如它受到基因的影响一样。”①用我们的话来表述，所谓内在的景观实际上就是在人的主体性和自然物的主体性的共同作用下的交互主体性的产物。

如何表现人与自然物之间的平等、朋友式的、相互交流的主体间性关系，这是摆脱了人类中心主义之后的生态文学必须面对和解决的问题。为了消解人类中心主义，国外早期的生态文学家热衷于去除作家和人物自身的特征，努力达到完全无我的境界，只描写自然本身，尽一切努力抹去人的情感和烙印，努力为大自然和非人自然物代言，像山那样思考，像海那样感怀，努力从非人类生物（如狼、鱼等）的视角观察万物；而作品中的人，要么看不见了，要么就是破坏大自然的反面形象。这样的作品在生态文学从20世纪60年代肇始之后的近半个世纪里，占据了这一类型文学的主流。从矫枉常常过正、不过正难以矫枉的角度来看，我们可以理解这种写法的必然性和必要性。

然而，生态文学的进一步发展还需要建构性的努力，其中的一个努力方向就是艺术地表现出人与自然物之间的主体间性关系。生态文学反对的人类中心是价值论上的人类中心，而非认识论上的人类中心，作为人写的生态文学作品不可能完全超越人的认识方式、认识特征和认识局限，想完全摆脱人的认识局限，想完全抹去人的色彩，一定是徒劳的，文学史上早就有人做过类似的、事实证明是徒劳的努力（比如纯客观、彻底地“物”化）。生态文学虽然不是仅仅表现人和为了人的文学；但它仍旧是属于人的文学，它反对传统文学的人类中心主义倾向，但却不能走向消解人、消解人性、使人空虚化的极端。生态文学倡导生态整体主义，主张自然整体至上和以是否有利于

---

① Lawrence Buell: *The Environmental Imagination: Thoreau, Nature Writing, and the Formation of American Culture*, Harvard University Press, 1995, p. 83.

生态整体的平衡、稳定、美和持续存有作为衡量万事万物价值的终极标准，但绝对不是反人类的，把人都写没了的生态作品不是好作品。生态文学家崇尚自然、尊敬自然，但绝对不是要把自然物神圣化，当作神明来顶礼膜拜，像原始自然文学那样造出一个或者一批自然神，然后敬畏它，臣服于它，而是把自然物当作与人平等、友好的朋友对待。神话自然和敬畏自然这些原始时代的思想情绪，不应当成为当代生态文学的主导倾向。

以人的同情和理解去设想自然物也是危险的，当一个作家出于为自然代言的目的试图把自己的眼睛变成动物的眼睛，把自己的触觉变成植物的触觉，并且想要写出花的感觉、鱼的感受、树的悲伤、狼的思想的时候，这种危险就随之降临了。生态文学家千万不要自负地以为自己可以参透自然、可以理解自然物，千万不要把自己的感情心境强加给自然物，进而又狂妄地确信那就是自然物本身具有的特点。如果这样做，实际上仍然是人类中心主义的创作，是人类中心主义的变形。生态文学家要严格限制人的自我膨胀，不许人变成自然的主人，不许人把自然物当作客体和工具，在这个前提下，又要让人发出自己的声音，让人与自然物同时张扬各自的主体性。人主体和自然物主体不仅同时舒展自我，而且还要形成面向对方的、双向的、互相影响的平等对话——对唱。

诚然，生态文学的审美原则并不止于上述四个。生态文学家在创作实践中还进行了处所(place)的审美，生态区域(ecological region)的审美，荒野等原生态景观的审美，家园的审美特别是寻找和回归家园的审美，生态的存在或“诗意地栖居”的审美等。这些都有待于进一步的思考和研究。

第二章

生态文学的思想资源

生态文学有着深远的思想根源。尽管从整体来说，西方主流文化信奉的是人类中心主义和征服、控制、改造、利用自然的思想，但依然能够找到一条绵延数千年并越来越清晰的生态思想发展线索。20世纪的生态思潮更是蔚为大观，并逐渐形成与人本主义鼎足而立之势。古往今来的生态哲学、生态学、生态神学、社会生态学和生态政治学思想为生态文学，也为生态文学研究或生态批评提供了丰富的思想资源。

第一节　古代和近代的生态思想

古希腊神话、北美印第安文学、卢梭的生态思想、华兹华斯和梭罗等19世纪浪漫主义时代的作家对西方生态思想的形成和发展产生了极其重大的影响(详见下章)。

一、上古至 17 世纪的生态思想

古希腊米力都学派的代表人物之一阿那克西曼德早在公元前 6 世纪就强调了自然规律不可抗拒。他认为,世界上的每一种元素都“企图扩大自己的领土。然而有一种必然性或者自然规律永远地在校正着这种平衡”[①],自然规律就是一种终极的正义,无论是人还是神,都必须服从这种正义。

毕达哥拉斯被认为是“西方传统上第一个反对虐待动物的人”。他指出:“只要人还在残酷地毁灭低等生命,他就绝不会懂得健康与和平。只要人类还大规模地屠杀动物,他们就会相互屠杀。他播种了谋杀和痛苦的种子,就一定不可能收获欢乐和爱。”[②]把摧残动物与人类之间的相互摧残联系在一起,从人与自然的关系转到人与人的关系,探讨这两重关系的内在联系,毕达哥拉斯也许是西方的第一人。

赫拉克利特也非常重视自然规律,他所谓的“逻各斯”(logos)就是自然规律,逻各斯决定着万物的变化,人必须依照逻各斯而行。“如果不听我而听从这个逻各斯,就会一致说万物是一,这就是智慧。”[③]赫拉克利特不仅主张遵守自然规律,并称之为“智慧”,而且还对以人为价值判断标准提出了质疑:“自神的眼中看来,万物都是美好(高贵)的、善良而正义的,但是人们却认为,有的东西是正义的,而别的东西则是不义的。”[④]正义与不义之间的分别不过是人的假定或人类的习俗。如果把这里的神宽泛地理解为自然,那么,进一步的推论就应当是以自然规律作为判断标准了。赫拉克利特的“万物是一”的思想可以看作生态学最基本的观念——整体观的最早发端。

巴门尼德进一步发展了这种自然整体观念,他写道:

---

① 罗素:《西方哲学史》(上卷),何兆武、李约瑟译,商务印书馆,1963 年,第 52—53 页。

② Peter Marshall: *Nature's Web: An Exploration of Ecological Thinking*, Simon & Schuster Ltd., 1992, p. 70.

③ 苗力田主编:《古希腊哲学》,中国人民大学出版社,1989 年,第 38 页。

④ 列奥·施特劳斯:《自然权利与历史》,彭刚译,生活·读书·新知三联书店,2003 年,第 94 页。

存在不可分，因为它整个完全相同，

它不会这里多一些，这样就会妨碍它的连接。

它也不会那里少一些，存在充盈一切。

存在的东西整个连续不断；

因为存在只能和存在紧接在一起。①

巴门尼德不仅关注自然整体，而且关注整体的内部联系。构成整体的任何一个组成部分过多地增加或减少，都将导致联系的紊乱。他的思想实际上与18世纪生物链的思想已经十分相近了。

尽管正是苏格拉底的著作使“人是万物的尺度”的思想得以保存下来，但苏格拉底本人并不同意普罗塔戈拉的看法。他的理由是：“任何不完美的东西，都不能成为万物的尺度。”如果一定要为判断万物的价值确立一个尺度的话，那么，如苏格拉底在《法律篇》里所说，只有神“才真正是‘万物的尺度’”②。以任何一种不尽善尽美的东西作为判断自然万物之价值的尺度，必将导致对自然规律的干扰和悖逆；而以天性中有着明显缺陷、又是自然界能动性最强的人作为这样的尺度，则更会导致可怕的、无可挽救的灾难。

犬儒学派(the Cynic School)的狄奥根尼等人堪称在西方开创了厌恶文明社会并身体力行地回归自然的先河。他们蔑视征服和扭曲自然的文明，宁愿像狗一样自由自在地生活，摆脱名利地位，追求质朴纯真，与动物平起平坐。“他们蔑视正统的生活标准，背着行囊携着拐杖四处漂泊，生活得就像乞丐。他们希望轻松地旅行，过着与自然和谐相处的简单生活。”③在卢梭、华兹华斯、梭罗那里不难看到犬儒学派智者的影子。

斯多葛派的创始人(基提恩的)芝诺同样认为：“人生的目的就在于与自

① 苗力田主编：《古希腊哲学》，中国人民大学出版社，1989年，第94页。

② 大卫·戈伊科奇、约翰·卢克、蒂姆·马迪根编：《人道主义问题》，杜丽燕等译，东方出版社，1997年，第22页。

③ Peter Marshall: *Nature's Web: An Exploration of Ecological Thinking*, Simon & Schuster Ltd., 1992, p.76.

然和谐相处。"[1]人的"终极意义也许可以界定为与自然和谐统一地生活,或者,换句话说,即我们人类与整个宇宙和谐统一地生活,所有的行为都不违背自然万物间的普遍法律"[2]。人是自然整体的一部分,只有当个体与自然整体和谐的时候,才是善的。这里的价值判断与利奥波德的生态整体观的价值判断如出一辙。

亚里士多德的学生泰奥弗拉斯托斯被称为"植物学之父",又有人称他为"生态学之父"。他反对老师的观点——所有动物和植物为人类而存在,坚持认为人与自然是一个相互依赖的整体,主张"努力确定自然物存在所依赖的条件,以及自然物之间的联系"[3]。

新柏拉图主义的代表人物普罗提诺把自然视为有生命的整体,"呈现为生命的这一宇宙'全体'并不是一种形体无常的组织——像它里面的那些不分昼夜地由它繁富的生命力里所生出来的种种较小的形式那样——整个宇宙是一个有组织的、有作用的、复杂的、无所不包的、显示着深沉莫测的智慧的生命"[4]。这一思想非常接近 20 世纪的"该亚假说"。

古罗马文明的现世性和商业性更强,因此对环境的破坏更加严重,但仍有一些思想家对凌辱地球母亲的行径给予了谴责。普林尼在《自然史》里愤怒地指责人们对地球深处的资源进行开采:"何时将是地球枯竭的尽头,人类的贪婪最终将渗透到何处!"[5]西塞罗强调尊重一切生命,因为"动物与人一样,都应当具有生命的尊严,不应被辱没"[6]。他向以残酷猎杀动物为乐的所谓文明人发出质问:"高贵的野兽被猎矛一戳再戳的时候,这究竟能给文

---

① Will Curtis: *The Nature of Things*, the ECCO Press, 1984, preface, p. ix.

② Peter Marshall: *Nature's Web: An Exploration of Ecological Thinking*, Simon & Schuster Ltd., 1992, p. 77.

③ Donald Hughes: *Ecology in Ancient Civilization*, University of New Mexico Press, 1975, pp. 64—65.

④ 罗素:《西方哲学史》(上卷),何兆武、李约瑟译,商务印书馆,1963 年,第 371—372 页。

⑤ 卡洛琳·麦茜特:《自然之死——妇女、生态和科学革命》,吴国盛等译,吉林人民出版社,1999 年,第 35 页。

⑥ Paul W. Taylor: *Respect for Nature: A Theory of Environmental Ethics*, Princeton University Press, 1986, p. 51.

明人什么样的快乐?"[1]

在中世纪,一些神学家也提出了有价值的生态思想。圣弗朗西斯就是一个。林恩·怀特在《我们的生态危机的历史根源》里把圣弗朗西斯誉为中世纪"统治自然的基督教传统的狂妄的人类中心主义的一个伟人的例外"和"生态学家的保护圣徒"。怀特指出:"弗朗西斯试图把人的君临万物的地位废黜,建立所有生物平等的生态民主。在他看来,蚂蚁不再是布道里的懒散的代名词,火苗是把灵魂向与上帝同在的大同世界延伸的象征;它们现在是蚂蚁兄弟和火苗姊妹,以它们的方式赞美创世主。"[2]卡特尔教派成员里尔的阿赖恩说,自然伤心欲绝,因为人类不仅不遵循她的规律,而且对她恣意蹂躏。人类沉溺于肉欲之中,撕破自然的内衣,将她暴露在世人粗俗的目光下,使她"遭受了耻辱与分割"。对侮辱蹂躏自然母亲行径的如此谴责,就仿佛是20世纪的生态女性主义的批判。英格兰基督教神学家胡克发出这样的质问:"难道我们没有清楚地看到生物对自然规律的服从是整个世界的支撑点?"[3]

文艺复兴时期的人文主义学者切萨尔皮诺明确提出要尊重自然万物,因为"自然界中没有令人唾弃的东西,就连最渺小的生物也有自己的神圣的价值"。另一位人文学者泰来西奥在他的著作《论物性的起源》里激烈抨击了同时代人建立的以人为本的思想体系,称他们不但不尊重大自然和按照大自然的规律行事,而且还粗暴地践踏大自然。"他们过于相信自己,一点也不考虑事物本身的状态和它们的力量。"他警告人类:如果"不了解自己赖以生存的条件和促使自己衰亡的力量,他们即使怀着强烈的生存愿望,厌恶死亡,也是枉然"[4]。达·芬奇这样抨击人类蹂躏自然的暴行:"人类真不愧为

① Peter Coates: *Nature: Western Attitudes since Ancient Times*, University of California Press, 1998, p. 38.

② Ibid., pp. 52—53.

③ 卡洛琳·麦茜特:《自然之死——妇女、生态和科学革命》,吴国盛等译,吉林人民出版社,1999年,第14、7页。

④ 加林:《意大利人文主义》,李玉成译,生活·读书·新知三联书店,1998年,第185—188页。

百兽之王,因为他的残暴超过一切野兽。我们是靠其他动物的死亡而生存的,我们真是万物的坟场。……总有一天,人们会像我一样,将屠杀动物看成与屠杀人类一样残暴。”①

哥白尼和布鲁诺的日心说对人类中心主义是一个巨大的打击,正如布鲁诺所说:“我们地球的统治者不是人类,而是太阳,它的生命与所有宇宙万物共同呼吸。”②美国诗人杰弗斯指出,日心说的意义十分重大,这是对人类的自我中心论的强烈反讽和有力否定。他在《非人本主义者》(The Inhumanist)一诗里为哥白尼竖立了纪念碑:“这座纪念碑是为谁竖的?为耶稣、凯撒或人类之母夏娃?”/“不,”他说,“是为哥白尼,尼古拉·哥白尼,他第一个把人类/从狂热的自高自大和世界的中心/推出来,教人类认识自己的位置。”③

帕拉切尔苏斯也反对人类把自己摆在与万物脱离和对立的地位。他指出,人们存在于自然之中,与整体和谐而不是在整体之上。“把自己吹捧为最高贵的创造物是傻子的行为准则。存在着许多世界,我们并不是我们这个世界中惟一的存在物。”④

17世纪的哲学家洛克也批评了人类对动物的摧残:“折磨并粗暴地对待那些落入他们手中的小鸟、蝴蝶或其他这类可怜的动物”,“将逐渐地使他们的心甚至在对人时也变得狠起来”。“那些在低等动物的痛苦和毁灭中寻求乐趣的人……将会对他们自己的同胞也缺乏怜悯心和仁爱心。”⑤承袭了毕达哥拉斯,洛克继续探讨摧残自然与人们相互摧残的关系。

---

① Wynne Tyson: *The Extended Circle*, Paragon House, 1989, p. 65.

② 卡洛琳·麦茜特:《自然之死——妇女、生态和科学革命》,吴国盛等译,吉林人民出版社,1999年,第127页。

③ 彭予:《20世纪美国诗歌——从庞德到罗伯特·布莱》,河南大学出版社,1995年,第170页。

④ 卡洛琳·麦茜特:《自然之死——妇女、生态和科学革命》,吴国盛等译,吉林人民出版社,1999年,第132页。

⑤ R. F. 纳什:《大自然的权利》,杨通进译,青岛出版社,1999年,第20页。

二、18 世纪的生态思想

18 世纪是生态思想大发展的时期。这一时期最伟大的生态思想家是卢梭(详见下章)。

“伟大的生命链”(the Great Chain of Being)在 18 世纪成为十分常见的术语。诗人蒲柏在他的诗体评论《人论》里集中讨论了生命链。英国哲学家詹恩斯在《对自然和邪恶起源的自由追问》里提出,邪恶之所以产生,主要是因为对至关重要的整体系统的“忽视”。“整体的美丽和幸福完全依赖于其内部各部分关系的公正。”对于生命链的完整来说,蚂蚁和蜜蜂在本质上是平等的。鼻涕虫和蚊子,虽然人不喜欢它们,在自然的秩序中也有它们的地位,应当允许它们遵循其本性。“人是这个巨大的链中的一环,这个链条一环环连下来,从最完美的到最无用的。如果说在人的下面有成千上万个环,那在人的上方也一定还有更多的环。如果我们往下看,我们看到无数较低等的生命,它们的幸福和生命要依赖人的意愿;我们看到人靠抢夺它们而穿,靠它们的痛苦和毁灭而食,奴役它们其中的一部分,折磨另一部分,为了人的奢侈和消遣谋杀数以百万计的生命;那么,如下情况是否很相似或者更可能呢:人的幸福和生命也应当同样依赖于位置在他上面的那些环的意愿?”更何况生命链还是个首尾相连的封闭的链,从而也就没有哪一环高哪一环低、哪一环重要哪一环不重要。詹恩斯也把审视的目光从自然转向社会,指出“运行于政治世界的伟大法则与富于魅力地运行于自然的法则是同样的”,人类应当以这样的伟大法则来调整现存的社会秩序,来清除社会的邪恶:底层民众的劳动为介于我们和上帝之间的那些强权所有,强权“拥有权力欺骗、折磨或毁灭我们,目的只是为了他们的快乐和利益”,其方式与人类统治较低等的生物没有两样。詹恩斯的自然整体观比前人有所发展。他不仅继续强调了人与自然和人与人这两种关系的联系,还特别提到了整体内部关系的公正。如果在此基础上更进一步,便可以将人间的公平正义纳入生态系统整体论的考察范围了。詹恩斯不仅强调了整体利益和整体价值标准,而且还进一步提出了整体的美丽,把美丽作为一种判断标准,实际上已经为利奥波德奠定了基础。[1]

“自然”也是18世纪的基本概念,还出现了“自然宗教”“自然神学”“自然道德”等许多相关术语,18世纪几乎所有的思想家都对他们的读者说,“遵循自然”就是好的。“自然”又是一个最复杂的概念,它几乎贯穿了整个人类思想史,其含义的复杂反映出世界进程的复杂性。在13世纪之前,“自然”的意思是“事物的本质或特征”;此后的几个世纪里,它又演变成“指导世界和人类的内在力量”;从16世纪、17世纪开始,“自然”的含义又转变为“作为整体的物质世界”。在18世纪的思想家那里,自然与文明相对,自然的与人工的相对,自然人与城市人相对,“自然的状态”是纯朴的、美好的和健康的状态,与之相对的则是现存腐败的、人工的和机械的社会。只有遵循自然和回归自然(return to nature或back to nature),人类才能得到疗救和新生。[2]

沙夫茨伯里在《人的特征、风习、见解和时代》里坚持自然整体观,他强调:“这个世界里的所有物质都是结为一体的,就像树枝与树结为一体,而树又与供养它的大地、空气和水结为一体。”“万物为一(all in one),共同拥有着‘一’的资源。”因此,人不能“主宰万物”,如果有任何物种可以主宰,那么被主宰者就会以另一种方式反过来主宰它。“如果自然不是因人而生,而是人因自然而生,那么人就必须,谢天谢地,服从自然的原理,而不是他自己的原理。”[3]沙夫茨伯里的这种思想对柯尔律治的创作有很大影响。

马尔萨斯的人口论对当代生态思想有很大的影响,特别是他对人口增长与食物供应之关系的揭示,以及他对无限增长之可能性的质疑,启发了罗马俱乐部的增长极限论和深层生态学对人口爆炸之恶果的论述。与马尔萨斯的思想有更为直接关系的是达尔文,1838年达尔文初次阅读马尔萨斯的著作,并为书中描述的为生存而斗争的情景所震撼。后来的生态思想史家

---

① See Peter Marshall: *Nature's Web: An Exploration of Ecological Thinking*, Simon & Schuster Ltd., 1992, pp. 220－221.

② Ibid., pp. 222－223.

③ Basil Willey: *The Eighteenth Century Background: Studies on the Idea of Nature in the Thought of the Period*, Chatto and Windus, 1940, pp. 12, 73.

对这件事的评价是：此乃“英美生态思想史上一件最重要的事”[1]。

霍尔巴克坚决反对霍布斯的自然有害观，认为自然对人类文化的健康发展和人类的永久幸福具有至关重要的意义。在其《自然的体系》里霍尔巴克指出，“自然制约着”人类的堕落和罪恶，“要求人类为其永久的幸福而劳作”，“命令人类相互合作，爱他的伙伴，坚持正义、和平、宽容、仁爱，创造并保持人类共同的幸福”[2]。

18世纪的生物学家对人类的生态思想宝库贡献巨大。最早的有关生态学的科学考察也许是由布拉德利进行的。他写道：“所有的生命都在某种程度上依赖于另一个生命，而且……每一个个别的自然造物的部分都必须支撑其他的部分；进而……如果缺少了任何一个部分，所有其他部分必然因此而秩序紊乱。”[3]

瑞典植物学家林奈在其杰出著作《自然的经济体系》里提出了“自然共同体”(nature community)和自然循环过程的学说，高度重视自然万物之间的依赖关系，奠定了生态学和生态哲学整体观和相互依赖观的基础。林奈学派的科学家洛夫乔伊提出了“生命链”(chain of being)这一著名术语，指出“无论在何种情况下，如果这条自然的链子的一个环节断裂，都将导致整体的混乱无序”。18世纪生态学的又一个杰出成果，是吉尔伯特·怀特的《塞尔伯恩自然史》(1789)。怀特指出，即使是最微小的生物，对整个自然经济体系来说都是重要的。“蚯蚓，尽管从表面上看是自然之链上的微小和不起眼的环节，然而若失去它就会导致可悲的断裂。”[4]

把生态系统比作一张网，距今至少有两百多年的历史。早在1786年，林奈学派的科学家布鲁克纳就提出了“生命网”(web of life)的观点：自然是

---

① Donald Worster: *Nature's Economy: A History of Ecological Ideas*, Second Edition, Cambridge University Press, 1994, p. 149.

② See Basil Willey: *The Eighteenth Century Background: Studies on the Idea of Nature in the Thought of the Period*, Chatto and Windus, 1940, pp. 161—164.

③ Robert P. McIntosh: *The Background of Ecology: Concept and Theory*, Cambridge University Press, 1985, p. 78.

④ Donald Worster: *Nature's Economy: A History of Ecological Ideas*, Second Edition, Cambridge University Press, 1994, pp. 46, 7.

“一张具有奇特结构的网,由柔软的、易破的、脆弱的、精致的材料制成,按照它的结构和目的把一切都连接成令人赞叹的整体”①。近百年后,达尔文也采纳了生命网的观点。在其著名的《物种的起源》里达尔文经常谈到“生命网”,指出自然是“复杂的关系网”,没有任何一个有机体或物种能够独立生存于网外,没有一个物种能够在自然的经济体系里永远占据一个特别的位置,即使是最微不足道的生物,对于与其有关的物种的利益来说也是重要的。② 又过了一百年,卡森又提到“网”这个意象(详见下章)。对于“网”这个意象,哈佛大学英文系的布伊尔教授有如下评论:“网的意象所代表的观念,促使当代以生态为中心的批评猛烈抨击人类中心主义;网的意象所代表的观念,促使生态批评批判拒绝顺应自然规律的文明;网的意象是当代文学环境想象的最有力量的核心意象。”③

三、19世纪的生态思想

1866年,“生态学”(oecologie)一术语由德国科学家恩斯特·赫克尔首次提出(后来演化为oecology,最后才变成ecology)。依照赫克尔的界定,生态学指的是“研究生物与其外部世界的关系的科学”④。赫克尔是德国当时最著名的达尔文信徒,同时他还受到“与二元论截然不同的歌德的浪漫主义的整体论和佛教思想的影响”。他明确地指出,人类“不是宇宙的局外人,也不是超自然的漂泊者,而是自然整体的一部分”。在《宇宙之谜》里他更为尖锐地指出:“我们自己的‘人性’——在人类自大的描述中它被推崇到神性的高度,应当下降到胎盘哺乳动物的层面,对于宇宙来说,它并不具有比蚂蚁、

---

① Donald Worster: *Nature's Economy: A History of Ecological Ideas*, Second Edition, Cambridge University Press, 1994, pp. 48—49.

② See Charles Darwin: *On the Origin of Species*, A Facsimile of the First Edition, Harvard University Press, 1964, pp. 3—4, 73.

③ Lawrence Buell: *The Environmental Imagination: Thoreau, Nature Writing, and the Formation of American Culture*, Harvard University Press, 1995, p. 285.

④ Donald Worster: *Nature's Economy: A History of Ecological Ideas*, Second Edition, Cambridge University Press, 1994, p. 192.

夏日的苍蝇、微小的纤毛虫或最小的杆菌更大的价值。”[①]生态思想史研究者马歇尔对赫克尔的杰出贡献有如下评价：“赫克尔把宇宙看作一个统一而平衡的有机体，坚持人和动物有同样的自然地位，更为重要的是，他还坚持自然是正义之源，给人类生活以智慧且安全的指引。他因此成为现代生态学家的先驱。”[②]

达尔文的进化论对生态哲学思想的发展产生了不可忽视的推动作用。人与其他生物之亲密关系的发现，使人们认识到人类与其他生物有着生物学意义上的共同的根，进而推动人们把人类的伦理扩大到所有生物，把对人的关怀扩大到所有生命。英国小说家哈代说，达尔文是对他的世界观影响最大的人。哈代这样论述进化论的意义：“看来只有很少的人认识到，确立物种共同起源的学说的最深远的影响是在道德领域，与通过对必要权利的适用范围进行扩大的方式来重新调整利他的道德密切相关……把所谓‘金规律’从只适用于人类调整到适用于整个动物王国。”[③]美国著名生态文学家利奥波德也认为，揭示物种间的联系是达尔文留给后人的主要精神遗产。达尔文让“我们知道了所有先前各代人所不知道的东西：人们仅仅是在进化长途旅行中的其他生物的同路者。时至今天，这种新的知识应该使我们具有一种与同行的生物有亲近关系的观念，一种生存和允许生存的欲望，以及一种对生物界的复杂事物的广泛性和持续性感到惊奇的感觉。……所有这些都应该使我们醒悟了。然而，我担心还有很多人未能醒悟”[④]。

美国哲学家芒福德称达尔文是“第一个，也许是最伟大的生态学家”[⑤]，沃斯特也称他是“三百年来生态学历史上独一无二的最重要的人物”。然

---

① Peter Coates: *Nature: Western Attitudes since Ancient Times*, University of California Press, 1998, pp. 142, 143.

② Peter Marshall: *Nature's Web: An Exploration of Ecological Thinking*, Simon & Schuster Ltd., 1992, p. 334.

③ Florence Emily Hardy: *The Life of Thomas Hardy, 1840—1942*, Macmillan Publishers Ltd., 1962, p. 349.

④ 奥尔多·利奥波德：《沙乡年鉴》，侯文蕙译，吉林人民出版社，1997年，第103—104页。

⑤ Lewis Mumford: *The Myth of Machine*, Vol. 2, Harcourt Brace Jovanovich, 1970, p. 388.

而,一百多年来,人们对达尔文的思想却有许多曲解,许多人只强调进化论中为生存而斗争的方面而忽视了其为生存而合作的方面。其实达尔文的生态整体观是十分明显的,他非常重视包括人在内的所有生命与自然的和谐相处。他为自己定下的任务是"我必须对自然的和谐有所发现"[①]。他指出:"植物和动物,哪怕在自然形态上有巨大的差异,都被一个复杂的关系网包在一起。"达尔文还经常使用"生命树"来描述生态整体。达尔文曾告诫自己,在论述时"绝对不要使用'较高等的'或'较低等的'的字眼",这表明他意识到把等级观念用到生物学当中是危险的。在《物种的起源》里达尔文根本没有用过"适者生存"(survival of the fittest)这个广泛流传的短语,那是英国哲学家斯宾塞提出来的,以之取代达尔文的"自然的选择"。达尔文还明确指出"为生存而斗争"原本也不是他提出的,是从马尔萨斯那里借用的,但他的"斗争"(struggle)还包含对其他生物的依赖,而且更为重要的是,斗争并不仅仅为了生命个体的存在,还包括为了后代能够很好地延续。尤其值得指出的是,达尔文在《物种的起源》里非常小心地回避了他的理论与人类社会内部发展规律的关联,后来的社会达尔文主义是在对他进行曲解的基础上的机械套用。[②]

英国哲学家边沁主张人应当主动地从道德上关爱动物,以"人性之披风""为所有能呼吸的动物遮风挡雨",使"其他动物获得这些除非遭专制之手的剥夺,否则决不放弃的权利"[③]。叔本华也强调了人对自然的伦理道德。他指出:"基督教伦理没有考虑到动物,……大家一直装作动物没有权利,他们告诉自己,人对动物的所作所为与道德无涉……这真是令人发指的野蛮论调。"[④]尼采则明确提出,人"根本不是万物之冠:每种生物都与他并列在同等完美的阶段上"[⑤]。

---

① Donald Worster: *Nature's Economy: A History of Ecological Ideas*, Second Edition, Cambridge University Press, 1994, pp. 114, 133.

② Charles Darwin: *On the Origin of Species*, A Facsimile of the First Edition, Harvard University Press, 1964, pp. 124—125, 172, 116, 348, 458—459.

③ R. F. 纳什:《大自然的权利》,杨通进译,青岛出版社,1999 年,第 25—26 页。

④ Wynne Tyson: *The Extended Circle*, Paragon House, 1989, p. 308.

⑤ 狄特富尔特等编:《人与自然》,周美琪译,生活·读书·新知三联书店 1993 年,第 90 页。

普鲁东的思想引起当代生态思想家的高度重视。他所谓的无政府主义其实并非不讲秩序，而是讲自然秩序。他曾宣称，“无政府主义就是秩序”，类似于道家的“道”和戈德温的自然秩序。普鲁东在激烈抨击政府滥用权力统治人民的同时，严厉谴责了人们对大地的不敬和滥用：“人不再爱土地了。土地所有者出卖它，出租它，分割它，滥用它，用它讨价还价，把它当作投机的对象。农场主为了不可遏制的获利欲望摧残它，侵害它，榨干它，牺牲它。他们再也不与它融为一体了。”“我们这一代人爱土地就像守财奴爱偷来的金子。我们需要它只是为了它的投资价值，以便能使我们沉迷于我们粗俗的幻想以及把田野变成家的供养者的骄傲，或者使我们体验占有的骄傲，能够说‘这是我的’。”[①]普鲁东把人对人的征服摧残与人对自然的征服摧残联系起来批判，较之前人更加激烈也更为深入。

当代生态思想家认为普鲁东最大的贡献是对“非中心化”(decentralization)、正义和平等的强调以及对征服统治意识的批判。正义和平等是普鲁东著作的关键字眼。他强调正义和平等，目的不仅是要恢复对人格的尊重，而且还要重建对自然的尊重。生态思想家马歇尔总结道：“普鲁东强调人与自然的密切结合，坚信自然的正义，主张联邦制的学说，以及指出自由应当建立在母亲的秩序之上而不是儿女们的秩序之上（建立在整体的秩序而非个体或部分的秩序之上——引者注），这使他成为现代生态运动的重要的先驱者。”[②]

马克思、恩格斯的生态思想在西方生态思想的发展史上占有重要地位。他们都对资本主义社会大肆破坏环境给予了严厉批判：“所有的自然创造物都被变成资产：水里的鱼，天上的鸟，地上的物产。自然创造物也必须获得自由。”[③]帕森斯在《马克思和恩格斯论生态》一书里指出，马克思和恩格斯“有着明确的（虽然不是非常具体的）生态主张，认为劳动者和自然都被统治

---

① Steward Edwards (ed.): *Selected Writings of Pierre-Joseph Proudhon*, trans. by Elizabeth Fraser, Macmillan Publishers Ltd., 1960, p. 197.

② Peter Marshall: *Nature's Web: An Exploration of Ecological Thinking*, Simon & Schuster Ltd., 1992, p. 308.

③ Karl Marx: *Early Texts*, trans. by David McLellan, Basil Blackwell, 1971, p. 112.

阶级所剥削,二者将随着从阶级剥削中解放出来而获得自由"①。马克思还论述了人类控制自然所带来的恶果:"技术的胜利,似乎是以道德的败坏为代价换来的。随着人类愈益控制自然,个人却似乎愈益成为别人的奴隶或自身的卑劣行为的奴隶。"②这与普鲁东、洛克甚至毕达哥拉斯的思想是一致的。马克思认为人类的理想社会应当是,在达到人和人之间的矛盾的真正解决的同时,实现人和自然之间的矛盾的真正解决。当代生态思想家马特尔评价了马克思对后世生态思想的影响,指出马克思对"人与自然关系的论述能够被绿色政治学理论所采用",他的"政治经济学说对于分析资本主义和市场结构造成的环境问题是一个有益的贡献","马克思主义可以为生态社会学和生态政治学理论的进一步发展提供一个基础"③。

恩格斯对人类生态思想的发展做出了重大贡献。他的《自然辩证法》可谓探讨人与自然关系的杰作。在这部著作里,恩格斯提出了一些十分深刻的生态思想,其中最著名的是"以遵循自然规律为前提说"和"一线胜利二线失败论"。恩格斯指出:"因此我们必须在每一步都记住:我们统治自然界,决不像征服者统治异民族那样,决不同于站在自然以外的某一个人,——相反,我们连同肉、血和脑都是属于自然界并存在于其中的;我们对自然的全部支配力量就是我们比其他一切生物强,能够认识和正确运用自然规律。"④

恩格斯突出强调了人与自然不可分割的从属关系,并对人类统治自然和支配自然进行了严格的限制:必须有一个必不可少的前提,那就是认识自然规律,遵循和正确运用自然规律。这种通过理解和把握自然规律来支配自然的观点,与文艺复兴时期培根的看法是一致的。培根曾说过:"我们只是在思想中掌握了自然界,而实际上却不得不服从自然界的束缚,但是,如

---

① Howard L. Parsons (ed.): *Marx and Engels on Ecology*, Greenwood Publishing Group Inc., 1977, p. xii.

② 《马克思恩格斯选集》(第一卷),中共中央马克思恩格斯列宁斯大林著作编译局编译,人民出版社,2012 年,第 776 页。

③ Luke Martell: *Ecology and Society: An Introduction*, Polity Press, 1994, pp. 148—150.

④ 恩格斯:《自然辩证法》,于光远等译编,人民出版社,1984 年,第 305 页。

果我们愿在发明中受自然界的指挥，那么我们在实践中就可以指挥自然界。”[①]只有遵循自然规律，人类才可能在自然界面前是自由的。正像恩格斯所说，“自由就在于根据对自然界的必然性的认识来支配我们自己和外部自然”[②]。

恩格斯在《自然辩证法》里提出的生态思想被20世纪的生态思想家经常引用[③]，后者十分重视恩格斯对遵循自然规律的突出强调。他们意识到，这种强调实际上已经否定了所有违反、干扰自然规律的科学研究和社会发展。从当今生态哲学的眼光看，遵循自然规律这个必需前提具有重大的意义，它为我们评价人类的科技发展、经济增长、社会发展战略和模式、生活方式乃至整个文明提供了一个重要的、不可或缺的价值标准，那就是：是否违反了自然规律。遵循和正确运用自然规律的才应当肯定，违反自然规律的就必须否定，这一价值标准堪称“金规律”(golden rule)。然而，令人痛心疾首的是，人类社会迄今为止还没有给这一“金规律”以足够的重视，人们在讨论具体如一个科研项目（如克隆羊或克隆人）、一个工程项目（如修建巨型水坝或大规模的水体调动），宏观如社会发展远景规划、经济全球化直至整个文明发展进程时，还没有把这一“金规律”作为基本的评价标准，还没有把不违反自然规律当作必要前提。很多时候，人们忘记了恩格斯的告诫：“我们不要过分陶醉于我们人类对自然界的胜利。对于每一次这样的胜利，自然界都对我们进行报复。每一次胜利，在第一线都确实取得了我们预期的结果，但在第二线和第三线却有了完全不同的、出乎预料的影响，它常常把第一个结果重新消除。”[④]

这就是著名的“一线胜利二线失败论”。它郑重地向人类宣告：人永远也不能征服大自然，人永远不应当与自然为敌，从长远来看，人对自然的征

---

① 马克斯·霍克海默、特奥多·威·阿多尔诺：《启蒙辩证法》，洪佩郁、蔺月峰译，重庆出版社，1990年，第3页。

② 《马克思恩格斯选集》(第三卷)，中共中央马克思恩格斯列宁斯大林著作编译局编译，人民出版社，2012年，第492页。

③ See John Passmore: *Man's Responsibility for Nature: Ecological Problems and Western Traditions*, Second Edition, Gerald Duckworth & Co. Ltd., 1980, p. 24.

④ 恩格斯：《自然辩证法》，于光远等译编，人民出版社，1984年，第304—305页。

服、控制和改造绝对不可能获得胜利。陶醉于对自然的短暂“胜利”是愚蠢的,乞求以征服自然来张扬人的力量是虚妄的而且终将是徒劳的。如果非要这么做,只能是自食其果。人类只能“一天天地学会了更加正确地去理解自然界的规律,学会了去认识在自然界的惯常行程我们的干涉的较近或较远的后果”①。百年之后,法兰克福学派的霍克海默也谈到了自然对人类征服行为的报复,不过他用的词不是“报复”而是“强制”:“每一个企图摧毁自然界强制的尝试,都只会在自然界受到摧毁时,更加严重地陷入自然界的强制中。欧洲文明就是沿着这个途径过来的。”②美国学者科茨在其《自然:西方古往今来的态度》一书里对恩格斯的“一线胜利二线失败论”给予了高度评价:“像一个近代的预言家,恩格斯警告我们不要忘记我们与自然的联系,敦促我们记住我们的行动可能导致事与愿违的结果。”③

不过,恩格斯的思想也有尚待补充之处,其中之一就是需要进一步探讨在无法断定是否正确把握了自然规律时应当怎么办。当认识和遵循自然规律成为人能动地统治和支配自然的前提时,自然的无限复杂性就必然会与人本身及其认识的局限性产生矛盾。从这个意义上说,人永远不可能绝对正确地掌握自然规律,永远不可能绝对准确地预测“第二线”“第三线”或“比较远”的未来结果。当人利用自以为正确把握而实际上并非如此的所谓自然规律去能动地干预、控制和改造自然的时候,他的失误或迟或早地必将遭到自然的严酷报复。在人类已经掌握了威力巨大、可以将整个地球毁灭的技术的今天,这样的失误所造成的后果很可能是灾难性的甚至是毁灭性的。致力于研究马克思主义生态思想和生态社会主义的日本学者岩佐茂说得好:“既然自然的相互作用,各种过程是多种多样的、复杂的、无限的,人对自然的认识常常受到历史的制约,那么科学无论怎样发展,要预测‘往后和再往后’所产生的影响,即‘较远的自然后果’是不可能的。恩格斯也没有说能

① 恩格斯:《自然辩证法》,于光远等译,人民出版社,1984年,第305页。

② 马克斯·霍克海默、特奥多·威·阿多尔诺:《启蒙辩证法》,洪佩郁、蔺月峰译,重庆出版社,1990年,第11页。

③ Peter Coates: *Nature: Western Attitudes since Ancient Times*, University of California Press, 1998, p. 148.

够对它们进行全部预测，而是说能够逐渐地预测。但是在环境问题上，与其采取恩格斯的乐观主义态度，不如自觉地认识到我们的预测是有限的，我想这更为重要。”[①]如果用生态学家希德的话说，那就是：“我们必须学会‘让存在的原样存在’(let beings be)，允许别的物种按照自己的进化规律存在而不去控制改造它们。”[②]

充分认识马克思、恩格斯的生态思想的重要价值和地位，并不意味着不承认或刻意掩盖他们的那些非生态的思想。应当注意到：他们是主张人类统治和征服自然的，他们“过分强调了人对自然的改造”[③]和“人类同大自然进行的残酷而又顺利的斗争”[④]；他们基本上是以人为中心的，认为“自然界，就它本身不是人的身体而言，是人的无机的身体”[⑤]，“为了人类的利益可以牺牲非人类的利益”[⑥]；在他们理想的自由王国里，人类凭借其高度发达的技术对自然的制服将达到如此之程度，以至于自然再也不能对人类产生威胁。充分认识马克思、恩格斯对人类生态思想的具有预见性和普适性的贡献，同时实事求是地承认他们的历史局限，而不是将其十全十美化、否认其需要发展和完善，那才是科学的态度和真正意义上的尊重。

第二节 20世纪的生态思潮

讨论20世纪的生态思潮，不能不提到文学家，特别是利奥波德、卡森等生态文学家。这些作家在20世纪生态思想发展史上具有里程碑一般的地

---

① 岩佐茂：《环境的思想——环境保护与马克思主义的结合处》，韩立新、张桂权、刘荣华译，中央编译出版社，1997年，第140—141页。

② John Seed: *Thinking Like a Mountain*, New Society Publishers, 1988, p. 10.

③ Luke Martell: *Ecology and Society: An Introduction*, Polity Press, 1994, p. 152.

④ 《马克思恩格斯全集》(第一卷)，中共中央马克思恩格斯列宁斯大林著作编译局编译，人民出版社，1956年，第650页。

⑤ 《马克思恩格斯选集》(第一卷)，中共中央马克思恩格斯列宁斯大林著作编译局编译，人民出版社，2012年，第55页。

⑥ Luke Martell: *Ecology and Society: An Introduction*, Polity Press, 1994, p. 152.

位，并对同时代和后来的生态思想家产生了重要影响(详见下章)。

20世纪的生态思想在第二次世界大战以后，特别是在20世纪60年代以后出现了空前的活跃，几乎所有的人文社会科学学科都有与生态有关的分支学科出现，生态学本身也将其考察范围扩大到整个社会科学领域，不仅不再局限于生物学的一个分支，而且还大大超出了自然科学领域。著名生态学家奥德姆在20世纪60年代就提出，生态学应当提供"自然科学与社会科学之间的联系"[①]，此后他又不断提倡"作为一门新的综合学科"的"新生态学"，并深入研究经济学、政治学与生态学的关系。[②] 人们把20世纪60年代以来的生态思想空前活跃称为生态思潮。在这个思潮中出现的生态思想主要包括以下几个方面。

一、生态整体观

20世纪的生态学又提出了一些新的概念和思想，其中影响很大的有：格林尼尔的"小生境"(niche)，探讨一个生物在生物群落中的地位；埃尔顿的"食物链"(food chain)，强调把所有生物物种连接在一起的求生协作性和相互依赖性，以及所有的食物链组成巨大的食物网(food web)；坦斯利的"生态系统"(ecosystem)，生态系统思想的产生标志生态学向前迈出了一大步，原有的生物群落的观念意味着把生物与非生物割离开来，而坦斯利的生态系统观则把整个自然都纳入一个大系统中，研究整个自然系统内所有现象和所有能量流动与生物，特别是与人的互动关系及其规律[③]；生态学家奥德姆的"整体论思想"(holistic thought)和他所提倡的整体性研究方法，对生态整体观的发展产生了

---

① Eugene p. Odum: *Ecology: The Link Between the Natural and Social Sciences*, Holt Rinehart & Winston, 1975, p. vi.

② See David R. Keller and Frank B. Golley (ed.): *The Philosophy of Ecology: From Science to Synthesis*, The University of Georgia Press, 2000, pp. 194—203.

③ Donald Worster: *Nature's Economy: A History of Ecological Ideas*, Second Edition, Cambridge University Press, 1994, pp. 293—304.

重要推进作用，为人们在各学科进行生态角度的研究“提供了认识论基础”[①]。

从生态整体观出发，史怀泽提出了“敬畏生命”伦理。史怀泽认为，人类的同情如果“不仅仅涉及人，而且也包括一切生命，那就是具有真正的深度和广度”[②]的伦理。他提出了这种伦理学基本的道德原则：“成为思考型动物的人感到，敬畏每个想生存下去的生命，如同敬畏他自己的生命一样。他如体验他自己的生命一样体验其他生命。他接受生命之善：维持生命，改善生命，培养其所能发展的最大价值；同时知道生命之恶：毁灭生命，伤害生命，压抑生命之发展。这是绝对的、根本的道德准则。”[③]史怀泽进一步从正反两个方面论述了敬畏生命的伦理学意义：“随着对其他生命痛苦的麻木不仁，你也失去了同享其他生命幸福的能力。”[④]而且，更为重要的是，“谁习惯于把随便哪种生命看做没有价值的，谁就会陷于认为人的生命也是没有价值的危险之中”[⑤]。反之，“由于敬畏生命的伦理学，我们不仅与人，而且与一切存在于我们范围之内的生物发生了联系，与宇宙建立了一种精神关系。……由于敬畏生命的伦理学，我们成了另一种人”。“以我们本身所能行的善，共同体验我们周围的幸福……保存生命，这是惟一的幸福。”[⑥]史怀泽虽然只把道德关怀的范围扩大到生物界，但他对新扩大范围与原有范围之关系的重视，特别是对没有更大范围的道德关怀人类社会理想的伦理关系也不可能最终实现的论述，具有重要的启示意义。

俄罗斯思想家乌斯宾斯基认为：“地球是一个完整的存在物……我们认

---

① See David R. Keller and Frank B. Golley (ed.): *The Philosophy of Ecology: From Science to Synthesis*, The University of Georgia Press, 2000, pp. 204－211.

② 阿尔贝特·史怀泽：《敬畏生命》，汉斯·瓦尔特·贝尔编，陈泽环译，上海社会科学院出版社，1992年，第103页。

③ Albert Schweitzer: *Out of My Life and Thought: An Autobrography*, trans. by A. B. Lemke, Henry Holt and Company Publishers, 1990, p. 130.

④ 阿尔贝特·史怀泽：《敬畏生命》，汉斯·瓦尔特·贝尔编，陈泽环译，上海社会科学院出版社，1992年，第23页。

⑤ 陈泽环、朱林：《天才博士与非洲丛林——诺贝尔和平奖获得者阿尔贝特·施韦泽传》，江西人民出版社，1995年，第161页。

⑥ 阿尔贝特·史怀泽：《敬畏生命》，汉斯·瓦尔特·贝尔编，陈泽环译，上海社会科学院出版社，1992年，第10、23页。

识到了地球——它的土壤、山脉、河流、森林、气候、植物和动物——的不可分割性,并且把它作为一个整体来尊重,不是作为有用的仆人,而是作为有生命的存在物……"①

在乌斯宾斯基的直接影响下,利奥波德系统阐述了生态伦理或大地伦理学说,明确提出了生态整体主义最基本的价值判断标准:"有助于维持生命共同体的和谐、稳定和美丽的事(integrity,stability and beauty),就是正确的,否则就是错误的。"②利奥波德的这种生态整体论思想,标志着生态学时代的到来。美国哲学家克里考特对大地伦理的整体观特征有这样的评论:"大地伦理学并不公开地把同等的道德价值授予生物共同体的每一个成员;个体(包括人类个体)的价值是相对的,要根据它与利奥波德所说的大地共同体的特殊关系加以衡量。""整体,即生态系统本身,完完全全地创造并模塑着它的组成部分。"③

提出上述价值判断标准是利奥波德对生态思想的最大贡献。这一判断标准大大发展了传统生态思想的遵循自然规律的准则,使得人们对人与自然关系的考察和认识避免了局部考察的局限性。在复杂的自然系统里,个别物种、个别生境的局部的自然规律有时会与自然整体的根本规律发生冲突,个别物种自身的生长规律也常常与其他物种的生长规律发生冲突,特别是人类自然生存的规律常常与其他物种生存的规律发生冲突。因此,如果只强调遵循自然规律,那么,在自然的局部、枝节的规律之间出现矛盾时,人往往会困惑,会不知所措;更严重的负面结果是,人类可以也倾向于以有利于自己的局部的自然规律为理由,为自己破坏自然环境、危害生态整体利益的行为辩护。利奥波德的这一核心思想的提出,把人类的生态思想一下子提升到整体的高度,提升到终极判断标准的高度,从而使得原有的许多理论困惑迎刃而解。这就是利奥波德之所以受到那么崇高的赞誉的主要原因,这也是生态整体主义之所以被誉为迄今为止最重要的生态思想的主要

---

① 何怀宏主编:《生态伦理——精神资源与哲学基础》,河北大学出版社,2002年,第450页。

② Aldo Leopold: *A Sand County Almanac*, Oxford University Press, 1949, pp. 224—225.

③ 何怀宏主编:《生态伦理——精神资源与哲学基础》,河北大学出版社,2002年,第455页。

原因。

爱因斯坦也赞同生态整体主义伦理学。他指出："人类本是整个宇宙的一部分，然而却使自己脱离了宇宙的其他部分。……我们今后的任务就在于扩大悲悯情怀，去拥抱自然万物。"①

怀特海也认同生态整体观和联系观，以及建立在这种观念之上的新的伦理观。他把自己的哲学叫作"有机论哲学"（philosophy of organism）。在《科学与现代世界》一书里他指出，大自然是一个相互依赖、相互编织在一起的存在之网（web of being，即"生命之网"），每一个事物都与其他一切事物勾连在一起，没有任何部分能够被单独抽出来而又不改变其特征和自然整体的特征。"整体的有机统一性"教给我们一种相互依存的新的伦理，我们只能与整个存在之网"完完全全地患难与共"②。

克鲁奇的生态思想则是经历了戏剧性的转变之后才形成的。20世纪20年代他曾经宣称，要得到全面发展，人必须有意识地脱离大自然。然而在几十年之后，特别是在他一遍又一遍地阅读梭罗并完成了梭罗传之后，他彻底抛弃了以往的观念，转而呼吁：人类最大的问题是与他在地球上的伙伴——所有其他物种严重的隔离。克鲁奇真诚坦率地写道："我们不仅一定要作为人类共同体中的一员，而且还必须作为整个共同体中的一员；我们必须承认某种形式的同一性，它不仅存在于我们与邻居、国人和我们的文明之间，而且存在于我们对自然界和人类社会的某种尊敬里。我们共同拥有的不仅仅是通常字面意义所讲的'一个世界'，而且还是'一个地球'。……这不是多愁善感的担心而是严酷无情的事实，那就是除非我们与其他生物共同分享这个地球，我们不可能长久地生存下去。"③

被誉为"生态主义的形而上学家"④的海德格尔认为，人类的拯救离不开

---

① Wynne Tyson: *The Extended Circle*, Paragon House, 1989, p. 76.

② Donald Worster: *Nature's Economy: A History of Ecological Ideas*, Second Edition, Cambridge University Press, 1994, pp. 316—318.

③ Ibid.

④ Peter Marshall: *Nature's Web: An Exploration of Ecological Thinking*, Simon & Schuster Ltd., 1992, p. 367.

他所谓的整体性的“四重存在”:“拯救地球靠的不是统治和征服它,只需从无度的掠夺破坏向后退一步”,进而迈向“最根本的四位一体——大地与天空、神性与道德——结合成一体”。[①]

拉夫洛克提出了“该亚假说”(Gaia hypothesis),从一个新的视角进一步探讨了生态整体观。该亚假说的主要意思是:“地球上的所有生物,从鲸鱼到病毒,从栎树到海藻,都可以被视为一个连续不断的生命统一体,这个统一体能够适应地球的环境,并利用它来满足统一体的整体需要,而且还有能力影响它的组成部分之外的事物。”为强调生物圈的整体性,拉夫洛克借用了古希腊神话的地母神该亚的名字,以此来代表生命统一体,并在他的论述中大量使用这位女神的名字,如:“该亚,地球最大的生命体”,“该亚智慧的网络和复杂的系统需要经常检查并保持平衡”,“该亚受到致命的重创”,“该亚开始干预了”……该亚假说的实质,是用一个神话原型作为隐喻来表示生态系统的整体性和整体价值:“关键的是星球的健康,而不是有机物种个体的利益;……人类只是物种之一,而不是这个星球的所有者和管理者;人类的未来取决于与该亚的关系,而不是自身利益无休止的满足。”[②]拉夫洛克在1991年出版的《治愈该亚:为地球开出的有效良药》一书里呼吁道:“让我们忘掉人类的关怀、人类的权利和人类的痛苦,转而关注我们的地球吧,她也许病得不轻了。我们是这个星球的一部分,因而我们不能孤立地看待我们的事情。她的着凉发烧也是我们的着凉发烧。”[③]我们迫切需要的是一门新兴的地球医学。生态女性主义对该亚假说推崇有加,但另一些生态思想家则指出,该亚假说误导了人们,使人觉得大自然的总体特征是阴性的,而实际上,大自然是包含了阴性和阳性的整体。无论怎样,地母该亚这个隐喻是否得当并不影响这一假说所蕴涵的生态整体论思想的重要性。

---

① Martin Heidegger: *Basic Writings*, ed. by D. F. Krell, Routledge & Kegan Paul Ltd., 1978, pp. 327—328.

② James Lovelock: *Gaia: A New Look at Life on Earth*, Oxford University Press, 1987, pp. 9, 36, 46, 44, 92, 121.

③ Donald Worster: *Nature's Economy: A History of Ecological Ideas*, Second Edition, Cambridge University Press, 1994, p. 386.

著名生态思想家泰勒在《尊重自然:生态伦理学理论》里提出了人类对待自然的四个最基本的行为规则:“不伤害原则”“不干涉原则”“忠诚原则”和“重建正义原则”。泰勒在讨论对生物的伦理关怀时,也强调了生态系统的整体价值:“禁止干预这些同一体,意味着我们决不能试图操纵、控制、改变或‘管理’自然的生态系统或者在其他方面干预它们的正常机能。”①

深层生态学和社会生态学都倾向于整体考察(total views)生态问题,在他们看来,整体主义是绿色思维的核心特征。德沃尔和塞欣斯在《深层生态学》里说,要“清楚地认识到‘小我在大我中’(‘小我’指人类——引者注),而‘大我’代表有机整体”。当整体面临危险时,“没有一个个体能够获救,除非全体都得救”②。澳大利亚著名生态学家希德提出:“各种生命形式并非构成一个金字塔,而让我们人类高高地坐在顶端;它们的关系实际上是一个生物圈,每一种物种都与其他物种有着密切的联系。我们必须懂得,环境并非我们之外的景物,一旦我们污染毒化了空气、水源和土壤,我们实际上就是在毒害我们自己,因为我们自己已经无可避免地被包括在一个更大的生物圈当中,那圈里发生的一切,圈内所有物种都不能不受影响。”③

麦茜特认为,必须用整体论取代过去的机械论和二元论,而“今日整体论的更重要的例证是由生态学提供的”。生态是个巨大的整体,“各部分将从整体中获得它们的意义。每个特定的部分都依赖于总体境况并由它确定”④。

著名的女性主义生态学家罗斯玛丽·卢瑟强调指出:“生态文化最为紧迫的任务是从人的意识转变到地球的意识,只有这样我们才能使用我们的

---

① Paul W. Taylor: *Respect for Nature: A Theory of Environmental Ethics*, Princeton University Press, 1986, pp. 172—175.

② Bill Devall and George Sessions: *Deep Ecology: Living as if Nature Mattered*, Peregrine Smith Books, 1985, p. 67.

③ John Seed: *Thinking Like a Mountain*, New Society Publishers, 1988, p. 10.

④ 卡洛琳·麦茜特:《自然之死——妇女、生态和科学革命》,吴国盛等译,吉林人民出版社,1999年,第325页。

大脑去理解生命之网,才能作为维护者生活在这个生命之网中。”[①]

经过20世纪众多生态思想家的努力,发端于古希腊的自然整体观有了很大的发展和完善,并成为生态思想的核心内容。罗尔斯顿的生态整体主义,是迄今为止对生态整体观最全面、最深入的论述,需要更为详细的介绍和评论。

二、罗尔斯顿的生态整体主义

罗尔斯顿承袭了利奥波德的大地伦理思想,强调把“不破坏生态系统的稳定”和动态平衡、保护物种的多样性作为最基本的价值判断标准,把生态系统的整体利益当作最高利益和终极目的。[②]

国内外都有一些学者把罗尔斯顿的思想称为“生态中心主义”(Ecocentrism),并进而把生态思想的发展总结成一个中心转化和扩大的过程:从人类中心主义到动物中心主义,再到生物中心主义,最后是生态中心主义。其实这种界定并不准确,甚至可以说是用传统的人类中心主义的思维方式来误解生态整体观。生态整体观的基本前提就是非中心化(decentralization 或 no centralization),它的核心特征是对整体及其整体内部联系的强调,绝不把整体内部的某一部分看作整体的中心。中心都没有,何来中心主义?

罗尔斯顿并不强调任何一个物种、小生境乃至子系统的重要性,而是认为要以系统和谐和整体利益为出发点来考察包括人在内的自然万物的生存发展。他坚持的是系统的思维、联系的思维和整体的思维,而不是要在自然界另立一个新的中心来取代原有的中心。他指出:“具有扩张能力的生物个体虽然推动着生态系统,但生态系统却限制着生物个体的这种扩张行为;生态系统的所有成员都有着足够的但却是受到限制的生存空间。系统从更高

---

① Rosemary R. Ruether: *Gaia and God: An Ecofeminist Theology of Earth*, Harper San Francisco, 1992, p. 250.

② 见霍尔姆斯·罗尔斯顿:《环境伦理学》,杨通进译,许广明校,中国社会科学出版社,2000年,第48页。

的组织层面来限制有机体(即使各个物种的发展目标都是最大限度地占有生存空间,直到'被阻止'为止)。系统的这种限制似乎比生物个体的扩张更值得称赞。"[1]罗尔斯顿强调系统整体价值至上和生态整体与个别物种的联系,与生态学最基本的观念——整体观和联系观是一致的。尊重生态过程,尊重生态系统及其内在的自然规律,进而以生态系统的整体利益和内在规律为尺度去衡量万物、衡量人类自己,约束人类的活动、需求和发展,使"所允许的选择都必须遵从生态规律"[2],这才是罗尔斯顿生态思想的实质。如果非要给他的思想以一个名称,那只能叫作"生态整体主义"(ecological holism)。美国生态哲学家贾丁斯就持这种认识。[3] 另一位美国哲学家克里考特虽然也借用过"生态中心主义"一词,但同时也强调,这是一种与人类中心主义和生物中心主义不同的研究方法,是一种"更重视整体性"的方法。[4]英国生态思想家马歇尔也这样看,并且认为生态思维"应当是整体的。它应当把个人看作社区的一部分,把社区看作社会的一部分,把社会看作人类的一部分,而人类则是生物社会的一部分,最终是更为广阔的存在共同体"[5]。齐默尔曼同样认为应当用整体论来概括罗尔斯顿等人的研究。齐默尔曼主编的《环境哲学》是著名的当代生态思想论著选。该选本分四大部分:生态伦理学、深层生态学、生态女性主义和政治生态学。生态伦理学部分又分两大类,一类是人本主义的研究,另一类就是"整体论的研究"(holistic approaches)[6],其中包括利奥波德、克里考特和罗尔斯顿的著作选。

生态整体主义并不否定人类的生存权和不逾越生态承受能力、不危害

---

① 霍尔姆斯·罗尔斯顿:《环境伦理学》,杨通进译,许广明校,中国社会科学出版社,2000年,第48页。

② 霍尔姆斯·罗尔斯顿:《哲学走向荒野》,刘耳、叶平译,吉林人民出版社,2000年,第16页。

③ 戴斯·贾丁斯:《环境伦理学——环境哲学导论》,林官明、杨爱民译,北京大学出版社,2002年,第197—199、230页。

④ Mary E. Tucker and John Grim (ed.): *Worldviews and Ecology: Religion, Philosophy, and Environment*, Associated University Presses, Inc., 1994, p. 31.

⑤ Peter Marshall: *Nature's Web: An Exploration of Ecological Thinking*, Simon & Schuster Ltd., 1992, p. 460.

⑥ Michael E. Zimmerman (ed.): *Environmental Philosophy: From Animal Rights to Radical Ecology*, Prentice-Hall, Inc., 1998, pp. v—viii.

整个生态系统的发展权，更不是反人类的生态中心理论。罗尔斯顿并不否认“人是生态系统最精致的作品”和“具有最高内在价值的生命”[①]。他主张限制人类的非基本需求和无节制的发展,目的也并非要人类退回到前工业社会甚至原始社会,而是要确保包括人类在内的自然万物的持续存在和持续发展,要保护包括人类的长远利益在内的整个自然系统的长远利益。他不反对人类对环境进行有限度的改造,认为“尽管我们尊崇地球,但我们还是可以把他‘人化’”,“人类完全可以改造他们的环境”,“因为自然的丰富有一部分就体现为其作为人类生命之支撑的潜能。我们对人类的创造性、发展性、开放性和生机是加以肯定的”。他认为人类有权利建设城市,生活于城市并属于城市,因为城市在某种意义上就是人类的生境,“没有城市我们就不会得到完美的人性”和高度发展的文化。他继承了恩格斯等人的思想,也主张“通过服从自然而控制自然”,因为他清楚地意识到,绝对不能完全否定人类对自然的控制,正如不能把这种控制无限扩大化。人类的农业、畜牧业本身就是对自然的某种控制,而这种控制又无可避免地会导致污染和其他对自然过程的扰乱。我们需要的不是根本做不到的完全取消和彻底否定,而是把这种扰乱控制“在能为自然所吸收、在适于生态系统之恢复的限度内”[②]。他提出,如果人遵循自然规律而杀掉和食用动物不仅“不意味着不尊重生命”,反而是“尊重了那个生态系统”。他还反对“平等地评价大自然中那些在价值上明明具有差异的事物”,甚至主张为了维护或重建生态系统的平衡而人为地扑灭某些过度膨胀的生物,指出一个生物学家为了生态系统的整体利益而猎杀一头鹿所表现出来的对生命的敬畏,绝不亚于一名喂养一头鹿的仁慈协会的成员。[③] 十分明显,罗尔斯顿的思想不像许多其他生态思想那样缺乏实践意义,它既是宏观的、原则性的,又是具体的、可操

---

① 霍尔姆斯·罗尔斯顿:《环境伦理学》,杨通进译,许广明校,中国社会科学出版社,2000年,第99页。

② 霍尔姆斯·罗尔斯顿:《哲学走向荒野》,刘耳、叶平译,吉林人民出版社,2000年,第30、59—60页。

③ 霍尔姆斯·罗尔斯顿:《环境伦理学》,杨通进译,许广明校,中国社会科学出版社,2000年,第110、99、118页。

作的。

尽管罗尔斯顿对人类生存及其必需的控制、改造自然的权利给予了充分的强调，但这种生态整体观与人类中心主义是完全不同的：其出发点和价值判断标准不是人类的利益而是生态系统的整体利益。罗尔斯顿对人类改造自然的行为进行了严格的限制："但这种改造应该是对地球生态系统之美丽、完整和稳定的一种补充，而不应该是对它施暴。我们的改造活动得是合理的，是丰富了地球的生态系统的；我们得能够证明牺牲某些价值是为了更大的价值。因此，所谓'对'，并非维持生态系统的现状，而是保持其美丽、稳定与完整。"罗尔斯顿的这种限制与恩格斯给出的限制在精神实质上是一致的，但在限制的范围和限制的依据上却不同。罗尔斯顿从恩格斯的遵循自然规律上升到符合生态整体利益和整体规律。当然，罗尔斯顿也面临着一个如何正确判断生态系统整体价值的问题，正如恩格斯的思想要面临一个如何正确认识自然规律的问题。罗尔斯顿承认人类对生态系统的整体价值和内部规律的认识是一个不断发展和不断修正的过程："我们之所以能看到从前没看到的完整和美丽，一方面是因为我们对事实有了新的认识（如对相互依存、环境的健康、水循环、种群的律动和反馈回路的认识），另一方面则是因为我们对于什么是美丽与完整的观念有了改变……"[①]在无法断定人类的某一种改变自然的行为是否符合生态系统的整体利益时，在还没有弄清人类的某种控制自然的行为是否超越生态系统所能承受的范围时，罗尔斯顿反对任何轻率的、冒险的干预自然，而主张让存在的自然存在，"让花儿自在地活着"[②]。不过，人类的主要问题并不是由于自身的局限导致客观上扰乱了生态系统的稳定，而是根本就不具备生态系统至上的意识，根本就不想用生态系统的整体利益来约束自己，明明知道是在危害生态系统还要继续坚持向自然施暴。

那么，人类是否真的可以做到超越人类中心主义进而站在整个生态系

---

① 霍尔姆斯·罗尔斯顿：《哲学走向荒野》，刘耳、叶平译，吉林人民出版社，2000年，第30—31页。

② 霍尔姆斯·罗尔斯顿：《环境伦理学》，杨通进译，许广明校，中国社会科学出版社，2000年，第136页。

统的高度考察问题呢(持怀疑和否定态度的大有人在,如乔纳·汤普森、威廉·格雷)?人类是否真的能够做到把生态系统的整体利益放在首位,是否真的可以做到以生态系统的平衡、稳定、美丽及其规律来约束自己呢?罗尔斯顿认为不仅可能而且必要,并且刻不容缓。他指出,人类必须建立以生态系统"整体意识为基础的责任感",必须承担起"对生态系统的义务"——从最根本的意义上说,这种义务"是终极性的义务"。他承认人像其他生物一样,具有从自己的角度认识事物并为自身的利益攫取生态资源的本性。但是这并不能成为人类不能、也不该为生态系统整体利益考虑的理由。因为,人是惟一有理性的物种,人"是这个世界中惟一能够用关于这个世界的理论来指导其行为"[①]的物种,人是高贵的物种,正如莎士比亚所说,人之所以高贵就在于他的理性(How noble in reason!);但"高贵的身份使人有更多的义务"[②]。人的理性曾经使得他超越了万物,把自己视为世间惟一能够给予和获得道德关怀的物种;而今,理性也可以而且必须使他超越自身的局限性,站在生态系统整体的高度去关怀自然万物。

人类还是有同情心的物种,同情心使人类能够超越自身的视野、经验和利益的局限去认识和关怀万事万物。澳大利亚哲学家普鲁姆伍德在《人类中心之外的道路》里说得好,同情心能够"将我们置于他者的立场上,在一定程度上从他者的角度看世界,考虑他者的与我们自己相似和不同的需要和体验"。这里的他者不仅可以是其他人,也可以是其他物种,甚至是整个地球。正是有了这种同情,我们才可能"扩大自我,超越自身的地位和利益"[③]。布克钦也有类似观点,他指出,人类的"用概念思考和深深的同情感来认识和体验整个世界生命的能力,使他能够在生态社会里生存,并恢复、重建被他破坏了的生物圈"[④]。如果人不能超越自身的局限,不能设身处地地为他

---

① 霍尔姆斯·罗尔斯顿:《环境伦理学》,杨通进译,许广明校,中国社会科学出版社,2000年,第312、217、96页。

② 霍尔姆斯·罗尔斯顿:《哲学走向荒野》,刘耳、叶平译,吉林人民出版社,2000年,第444页。

③ Anthony Weston (ed.): *An Invitation to Environmental Philosophy*, Oxford University Press, 1999, pp. 75—77.

④ Murray Bookchin: *The Philosophy of Social Ecology: Essays on Dialectical Naturalism*, Black Rose Books, 1990, p. 187.

者考虑，那么，即便在人类社会的范围里，人们也不可能做到超越个人中心、男性中心、白种人中心、欧洲中心。否认人类能够超越人类中心主义的逻辑与否认人类应当抛弃极端个人主义、种族主义和性别歧视的逻辑是完全相同的。把世界连同它所有物种从生态危机中解救出来，只有人类可以完成这个使命，更何况生态危机原本就是人类造成的。人类无论如何也不能以任何理由来开脱自己的罪责，无论如何也不能以任何理由放弃他必须履行的义务。只有勇敢地承担起自己对重建整个生态系统平衡稳定的责任，人类才真正堪称我们这个星球上的最高贵、最有价值的生命。如果说人类只能像猪羊那样只为满足自己的欲望而生存，那才是对人类最大的不敬。

有人提出，当今世界还有许多贫困人口连最基本的生存需要都得不到满足，在此情况下何谈去关照生态整体？仔细思考一下就会发现，这种辩解实际上回避了导致这种社会问题的真正和主要的原因——分配不公和贫富差距。罗尔斯顿明确地指出："解决温饱问题的一个方法是重新分配"，而不是继续蹂躏奄奄一息的大地。"社会的其他方面如果不发生相应的变化，那么，要确保那些靠牺牲荒野地而获得的利益能够转移到穷人手中，也是不可能的。""特别是，在已被人类征服的土地与现存原始自然的比例（98%比2%）是如此悬殊的情况下，如果我们还试图靠牺牲非人类存在物（生态系统、物种）的方法来解决人际内部的分配问题（源于不公正、特权、政府机制的无能、社会的麻木不仁）"，那不仅是"徒劳无益的"，而且很可能成为"权势集团保护既得利益的一种烟幕；那种做法几乎牺牲了处于不同层面的所有类型的价值，其结果只能是延误必要的社会改革，使社会的不公正（一种社会性的负价值）延续下去"[①]。

罗尔斯顿在这方面的认识是清醒而深刻的。生态保护离不开对社会公正的追求，绝不能以维持或维护现存的社会不公正为理由反对或拒绝生态保护。生态系统在总量上早已给人类提供了足够维持生存的资源，是人类无止境的贪欲和对奢侈生活方式的无止境的追求，使得人类的需要远远超

① 霍尔姆斯·罗尔斯顿：《环境伦理学》，杨通进译，许广明校，中国社会科学出版社，2000年，第383—384页。

出了自然的承载能力和供给能力。为了满足无穷的贪欲和物质需要,人类打破了生态平衡还不够,还在人类内部剥夺许多人的基本生存权利和生存资源。在这样的情况下,还要以满足穷困民众的生存权利为理由或借口要求继续疯狂榨取即将耗尽的自然资源、继续放肆污染早已超出自然吸收和净化能力的生存环境,不是荒谬的愚蠢,就是对不良居心的蓄意掩饰。

有人严厉批评罗尔斯顿主张"牺牲个体的利益而满足整体的利益","为了更大的生态的善而牺牲个体","破坏了对个体的尊重",进而称之为"生态极权主义"和"环境法西斯主义"[①]。这种出语惊人的批评的最大问题,在于它严重地脱离了生态危机的现实,完全无视生态整体主义产生的语境。个体与整体的相互矛盾和相互依赖,无论在自然界还是在人类社会,都普遍而且永久地存在。什么时候更多地关注个体和什么时候更多地关注整体,并不是单凭抽象思辨和逻辑推导就能做出正确判断的,提出一种观点必须充分考虑其所产生时期和所适应阶段。毋庸置疑,时至今日,作为生态系统一部分的人类已经极其严重地恶性膨胀了,已经极其严重地破坏了生态系统的整体平衡和稳定,已经极其严重地危害到整个星球和它上面的所有生命的存在了。在这样一个生态系统危机时期,在这样一种急需刻不容缓地保护所有生命的生存环境的语境下,还要奢谈人类作为自然整体之一类个体的个体利益,而且很大程度上是用来填充其无限欲壑的所谓利益,其有害性就非常明显了。

不过,这种批评的确值得罗尔斯顿等主张生态整体主义的思想家认真思考。生态整体主义的提倡者们确实具有不同程度的忽视人类和人类个体价值的倾向。尽管这种倾向有其产生的现实背景和现实需要,甚至可以说非如此矫枉过正不能撼动人类中心主义和以个人价值为本的人本主义;但是,生态整体主义者也必须清楚地认识到,对整体价值的任何过分推崇都确实有滑向另一种法西斯主义的危险。重视生态系统的整体价值,绝不意味着否认系统内的子系统及其个体的价值。整体主义同时也必须是联系主

---

① 贾丁斯:《环境伦理学——环境哲学导论》,林官明、杨爱民译,北京大学出版社,2002年,第220—221页。

义；如果不突出强调联系与和谐，如果只一味地强调个体或子系统为整体做出牺牲，那么就很容易走向以另一种整体利益（用生态整体取代过去的族群整体或国家整体）扼杀个体尊严和个人的基本权利。

因此，罗尔斯顿的生态整体主义思想在学理上还需进一步完善，不仅强调母系统的整体平衡和稳定，还要强调子系统、主要是人类这个子系统的内部关系对于母系统的平衡稳定的重大作用，把人类子系统内部的人的尊严和价值的实现、人权的保障、人与人关系的改善、社会公正的实现以及全人类的和平与合作对于整个生态系统生死攸关的重大影响突显出来。尽管罗尔斯顿也论述了人类通过适度、合理（合生态系统规律之理）的改造、控制自然而推动文明发展的必要性，也给予人间的正义相当的关注，但却没有将其有机地融入自己的生态系统理论框架中，没有将其上升到与生态系统整体共生共存的高度，没有突出强调人类子系统在整个生态系统中最重要、最有能动性的作用。既然罗尔斯顿也认为人是生态系统中最精致的、最有内在价值的物种，既然生态危机主要是人为的结果，既然生态整体主义是人的思想的产物，而且其产生的客观基础也是人类所造成的罄竹难书的生态灾难；那么，就有充分的理由去强调人类子系统对整个生态系统的影响，强调这个最主要的子系统内部的联系和它与母系统的关系。这不仅在学理上是能够成立的，而且尤其重要的是，这样还可以将生态社会主义、社会生态学、生态女性主义乃至儒家和道家生态思想的长处结合进来，使生态整体主义更加丰富、更加完善、更具有普适性。

重视人类社会的平等、正义对生态保护的重要意义，强调人类子系统对自然母系统的重大作用，并不意味着不要限制人类的欲望。生态整体主义在行动层面的核心主张就是要限制人类的欲望，限制经济的无限增长，限制人类在物质层面的某些自由，为了生态系统的整体利益（也是人类的长远利益），人类必须自我约束。这里所说的自我约束主要包括：对自由地追求、获取、占有个人财富和利益的约束，对个人无限度地追求越来越舒适安逸的生活方式的约束，对消费水平的控制和约束，对自由市场的约束，对人口增长的约束等。这种约束在很大程度上是“超意识形态”的，因为“无论是资本主义还是社会主义都在追求经济和工业的增长”[1]；这种约束在很大程度上也是超民族、超国家、超南北的，因为要消除生态危机必须全球合作，否则当生态系统总崩溃到来时，无论是发达国家还是发展中国家都要遭殃，甚至都会毁灭。

发展中国家的许多学者和西方强调生态正义的一些学者谴责生态整体主义实际上是暗中鼓励生态入侵、生态殖民和维护西方中心和西方利益。这种批评是片面的，虽然它不无道理，虽然它揭示了某些极端整体主义者的实质。强调发展中国家人民的基本生存权、强调发达国家首先自我约束并付出更大的牺牲固然绝对正确，但这些强调的最终目的应当是为了更有效地保护环境、拯救地球、缓解生态危机，而绝不能是任由经济无限增长，甚至期望赶上或超过发达国家，重蹈西方过度消费的错误道路。必须清醒地看到，后一种目标是不现实的，是地球生态系统所无法承载的。所有对民族、国家特性和权利的强调，所有对生态正义和世界公平的强调都必须有一个前提性的认识，那就是生态系统的整体利益和人类整体的长远利益。

西方的自由主义、人本主义学者和某些现代人类中心主义者批评生态整体主义“与自由主义核心观念背道而驰”，是“反自由的政治理论”，“侵犯了我们生活的最私人化的方面”，颠覆了最基本的个人自由。[2] 这种批评同样也是片面的。它的片面不仅表现在同样忽视了生态系统的整体利益和人类整体的长远利益，严重脱离了当前的生态危机现实，而且表现于它把传统的自由主义、人本主义视为不可分割的、不可改变的、不可根据人类生存环境岌岌可危的现实修正的教条。欧文和庞顿说得好：“自由是可以分割的……如果我们想保存可以剩下的自由，我们就必须限制一部分自由。”[3]佩西提出，要修正传统的人道主义，建立一种以全球意识为核心特征的“新人道主义”。这种“新人道主义”的主要内容是把我们同其他生命形式更紧密地联系起来，并“从人的总体性和最终性上来看人，从生活的连续性上来看

---

① Jonathon Porritt and David Winner: *The Coming of the Greens*, Fontana, 1988, p. 256.

② Luke Martell: *Ecology and Society: An Introduction*, Polity Press, 1994, p. 142.

③ Sandy Irvine and Alec Ponton: *A Green Manifesto: Policies for a Green Future*, Macdonald Optima, 1988, pp. 18—23.

生活"[①]。还有人提出"生态人文主义"(Ecological Humanism)的概念,这种新的人文主义强调从世界的总体性来看人,强调的是人对自然的谦卑、尊重与合作。正如俄勒冈大学教授威斯特灵所说:"生态人文主义将恢复并赞赏人在自然面前的谦卑态度,……强调人类合作性地参与整个星球的生命共同体。"[②]奥菲尔斯也指出,在可持续的生态社会里,有些权利是可以放弃的,特别是那些把私有财产当作资本来使用的权利。限制这些经济权利并不意味着也限制政治权利。而且,在消费和生活方式方面的限制还可能是自觉自愿的,就像美国文学家梭罗那样。因此,人们的选择并不一定是非此即彼的,即限制与自由二者必居其一的。确切地说,人类要选择的是:究竟是要现存生活方式的自由,还是要未来长久生存的自由?卢克·马特尔说得更为明确:"与对我们的生活、健康乃至存活的巨大威胁相比……对自由追求现在选择的生活方式的强调简直没有任何价值。绿色思想家强调的则是,限制我们追求现已选择的生活方式的自由是不可避免的,如果我们不能主动地限制,那么自然将会以更残酷的方式来限制。"[③]

至此,我们可以说,罗尔斯顿等人的生态整体主义最大的贡献就在于对生态系统整体利益的突出强调。人是有局限的物种,也是还在演进和变化的物种,在他的演化进程中,他曾经犯过无数的错误,走过许多弯路。从生态危机和生态思想的角度来看,人类几千年来所犯的最致命的错误,就是以自己为中心、以自己的利益(而且主要是眼前利益)作为尺度,没有清楚而深刻地认识到与人类的长久存在生死攸关的生态系统的整体利益和整体价值。这个错误导致了无数可怕的、难以挽救的灾难。今后,如果人类还要继续以自己的意愿为唯一判断标准,则必将犯更多、更可怕的错误,甚至自己走向灭亡。罗尔斯顿等人倡导人类跳出数千年来的旧思路,努力去认识自然规律、认识生态系统,进而将认识到的生态系统的整体利益和内在规律作为人类一切观念、行为、生活方式和发展模式的根本出发点,为防止人类重

① 徐崇温:《全球问题和"人类困境"——罗马俱乐部的思想与活动》,辽宁人民出版社,1986年,第322—323页。

② Louise Westling:"On Ecocriticism (A Letter)", *PMLA* 114.5 (Oct. 1999), p. 1104.

③ Luke Martell: *Ecology and Society: An Introduction*, Polity Press, 1994, pp. 146-147.

蹈覆辙提供了一个极其重要的思维方式和思想根源,为人类缓解乃至最终消除生态危机奠定了具有深远意义的理论基础。

三、欲望动力论批判

所谓欲望动力论主要有三层意思:人为满足自己的各种欲求而生活;为了满足欲望,人就必须努力劳动、工作、创造、探索、占有,于是,在满足了个人的欲望和开发了个人潜能的同时,也推动了文明和整个人类的发展;人的欲望是永无止境的,因而人类的发展也就永无止境。欲望(passion)包含各种各样的强烈需求,但主要指人对物质财富、功名地位的强烈需求和作为物质的人在生理上的种种需要。古往今来,许多思想家都认为,人的欲望是推动社会发展的巨大动力。康德说:"这种无情的名利追逐,这种渴望占有和权力的贪婪欲望,没有它们,人类的一切自然才能将永远沉睡,得不到发展。"[①]黑格尔也说过:"假如没有热情(指的就是 passion,即各种欲望——引者注),世界上一切伟大的事业都不会成功。"[②]经济学家凯恩斯指出:"资本主义的根本特征就是把对个人爱钱、想赚钱的本能的强烈刺激作为经济机器最主要的原动力……资本主义如果运用得当,能比现在的任何其他制度更有效地达到经济目的。"[③]马克斯·韦伯认为获利的欲望不仅仅是资本主义精神的实质,他特别强调,占有欲或对财富的贪欲,几乎从私有制一开始就"一直存在于所有的人身上",并一直推动着人的追求和发展。[④] 20世纪的生态思想对这种欲望推动进步论进行了持续不断的批判。

罗马俱乐部认为,必须自觉地限制人类永远不能完全满足的欲望。佩西(一译"佩奇")指出,人"总是满足不了自己的欲望","人类远远超出其生

---

① 李泽厚:《批判哲学的批判——康德述评》,人民出版社,1979年,第333页。

② 黑格尔:《历史哲学》,王造时译,商务印书馆,1963年,第62页。

③ 见王佐良、周珏良主编:《英国二十世纪文学史》,外语教学与研究出版社,1994年,第840页。

④ 马克斯·韦伯:《新教伦理与资本主义精神》,于晓、陈维钢译,生活·读书·新知三联书店,1987年,第7—8页。

理需要，表现出贪得无厌，永不满足，而对居住环境又缺乏理智"，"人已经被物质革命的引诱降服了"[①]。"那些主要建立在掠取越来越多自己并非真正需要的东西基础上的消费社会，已在大规模建立和推广一种捏造的价值观，其影响如此之大，以致发展中国家的少数积极分子正在模仿这些价值观念。"因而必须"改变更加奢侈和浪费的习惯"，"把物质欲望置于较低的位置"，建立根据可能而生活的生存观。[②]

人类为满足无限欲望创造出"增长癖文化"。对于这种增长无极限和经济优先的发展模式，罗马俱乐部敲响了警钟甚至是丧钟。梅多斯等人在《增长的极限》里指出："地球是有限的，任何人类活动越是接近于地球承受这种活动的能力的限度，权衡取舍就越是明显和无法解决。""如果世界人口、工业化、污染、粮食生产以及资源消耗按现在的增长趋势继续不变，这个星球上的经济增长就会在今后的一百年内某个时候达到极限。"[③]佩西断言："人类已奔向灾难的道路。必须找到办法使它停止前进，改变方向。"[④]

弗罗姆指出，占有欲不仅使人异化，使"我就是我所占有和我所消费的一切"；而且它还"使我们无视这样一个事实，即自然宝藏是有限的，终有一天会消耗殆尽的"[⑤]。

历史学家汤因比等人指出："在所谓发达国家的生活方式中，贪欲是作为美德受到赞许的，但是我认为，在允许贪欲肆虐的社会里，前途是没有希望的。没有自制的贪欲将导致自灭。""人类如果要治理污染，继续生存，那就不但不应刺激贪欲，还要抑制贪欲。"[⑥]

---

① 见奥尔利欧·佩奇：《世界的未来——关于未来问题一百页》，王肖萍、蔡荣生译，中国对外翻译出版公司，1985年，第20—21页。

② 奥雷利奥·佩西：《人类的素质》，薛荣久译，中国展望出版社，1988年，第154—155页。

③ D.梅多斯等：《增长的极限》，于树生译，商务印书馆，1984年，第62、12页。

④ 奥尔利欧·佩奇：《世界的未来——关于未来问题一百页》，王肖萍、蔡荣生译，中国对外翻译出版公司，1985年，"作者前言"，第10页。

⑤ 埃·弗罗姆：《占有或存在——一个新型社会的心灵基础》，杨慧译，国际文化出版公司，1989年，第25、8页。

⑥ A.J.汤因比、池田大作：《展望二十一世纪——汤因比与池田大作对谈集》，荀春生、朱继征、陈国樑译，国际文化出版公司，1985年，第57、429页。

托夫勒也警告道:“由于人类贪欲或疏忽,整个空间可以突然一夜之间从地球上消失。”①

著名经济学家戴利也断言:“贪得无厌的人类已经堕落了,只因受到其永不能满足的物质贪欲的诱惑。……贪得无厌的人类在心理和精神方面的饥渴是不会饱足的;实际上,眼下为越来越多的人生产越来越多的东西的疯狂愚行还在加剧着人类的饥渴。备受无穷贪欲的折磨,现代人的搜刮已进入误区,他们凶猛的抓挠,正在使生命赖以支持的地球方舟的循环系统——生物圈渗出血来。”②

舒马赫在《小的是美好的》一书里进一步思考如何限制人的欲望:“我们如何做到开始消除贪婪与嫉妒的力量呢?或许是我们自身大大减少贪婪与嫉妒;或许是抵制把我们的奢侈品变为必需品的诱惑;或许是详细审查我们的需要,看是否能简化和减少。如果我们哪一点都无能力做到,那么,我们能不能停止为那种明显缺乏持久性基础的经济‘发展’拍手叫好?”③

麦金太尔分析了欲望的多重性,进而指出人类必须用超欲望的规则来控制和指导欲望:“我们的哪种欲望须被承认为行为的合法指导……哪种欲望应予禁止阻挠或受到再教育的问题……不可能利用把欲望自身作为目标的方式来回答。……那些能够使我们对不同欲望要求做出抉择和安排的规则——其中包括道德规则——不可能从欲望中引出,也不可能参照这些欲望来合理论证,而规则必须裁决欲望。”④从生态思维的角度来看,有利于生态系统的整体、和谐和稳定,就是人类限制和指导欲望的最重要的规则。

一些生态思想家提出了与欲望动力论相对的责任原理。所谓“责任原理”指的是,人作为这个星球上最有智慧、最有力量、受益最大、权力最大同时破坏性也最大的物种,必须对所有生物的生存和整个地球的存在负起责

---

① 阿尔温·托夫勒:《第三次浪潮》,朱志焱、潘琪、张焱译,生活·读书·新知三联书店,1984年,第176页。

② 赫尔曼·E.戴利、肯尼思·N.汤森编:《珍惜地球——经济学、生态学、伦理学》,马杰、钟斌、朱又红译,商务印书馆,2001年,第179页。

③ E.F.舒马赫:《小的是美好的》,虞鸿钧、郑关林译,商务印书馆,1984年,第21页。

④ A.麦金太尔:《德性之后》,龚群、戴扬毅等译,中国社会科学出版社,1995年,第63页。

任。既要对自己的生存负责，也要对自然万物的自然存在负责；既要对现在的人类负责，也要对子孙后代负责、对人类长期生存下去负责；既要对自己、自己民族、自己国家负责，也要对他人、对其他民族和国家、对地球上所有的人负责。总之，人类必须将自己置身于自然万物大系统之中，进而对整个系统的平衡和谐以及系统内部各种关系的和谐、各种力量的平衡负责。

澳大利亚哲学家帕斯莫尔在1974年发表了《人对自然的责任》，呼吁人们发掘和重新认识西方文化传统中的生态思想，并继承这些思想，真正尽到我们对自然的责任。①

著名生态伦理学家雷根指出："动物不能表达它们的要求，他们不能组织起来、不能抗议、不能游行、不能施加政治压力、它们也不能提高我们的良知水平——所有这些事实都不能削弱我们捍卫它们的利益的责任意识，相反，它们的孤弱无助使我们的责任更大了。"克里考特指出："我们时代最急迫的道德问题，就是我们所负有的保护地球的生物多样性的责任。"②

拉夫洛克呼吁人类树立高度的地球责任心，努力疗救被人类摧残得百孔千疮的地球母亲。他警告人类："不要以为大地母亲会容忍不端行为，也不要以为处于人类的粗野所造成的危险境遇中她会像脆弱娇柔的女孩。她是坚忍顽强的，总是为那些遵守她的法则的子女保持着这个世界的温暖和舒适，但也会残酷地摧毁那些胆大妄为者。""该亚原本并非有意反人类，是我们违反她的意愿、如此长时间地改变地球环境导致了她的报复，我们实际上是在鼓励她用更适应环境的物种来替代我们。"③拉夫洛克反复强调，危害其他生命的最终结果就是人类的灭亡，拯救该亚就是拯救人类自身。人类凭借技术的创造在地球上占有了一个特殊的地位，这同时也意味着他必须对这个星球承担特殊的责任。

---

① See John Passmore: *Man's Responsibility for Nature: Ecological Problems and Western Traditions*, Second Edition, Gerald Duckworth & Co. Ltd., 1980, pp. 39—40.

② 何怀宏主编：《生态伦理——精神资源与哲学基础》，河北大学出版社，2002年，第379、465页。

③ James Lovelock: *The Ages of Gaia: A Biography of Our Living Earth*, Oxford University Press, 1989, pp. 212, 236.

泰勒呼吁人类"对地球上的野生动植物尽到自己的责任、义务和使命"，并强调只有真正具备了"尊重自然的态度才能使我们清楚地看到应当承担哪些责任、义务和使命，并在困难和复杂的处境下履行这些责任、义务和使命"[①]。

生态思想家之所以突出强调人类对自然的责任，还因为他们发现人类在对自然的责任心方面表现得相当弱智。诺贝尔奖获得者、纽约州立大学教授豪普特曼在《科学家在21世纪的责任》一文中指出："一方面是闪电般前进的科学和技术，另一方面则是冰川式进化的人类的精神态度和行为方式——如果以世纪为单位来测量的话。科学和良心之间、技术和道德行为之间的这种不平衡冲突已经达到了如此地步：它们如果不以有力的手段尽快地加以解决的话，即使毁灭不了这个地球本身，也会危及整个人类的生存。"[②]深层生态学家奈斯也持同样看法："在我们的文明中，我们已掌握了随意毁灭其他生命的工具，但我们(对其他生命)的情感却十分的不成熟。迄今为止，绝大多数人的情感都是十分狭隘的。"[③]

缺乏自然责任心的人在无知时胆大妄为，而一旦发现胆大妄为的灾难性后果，又很容易地走向悲观绝望、甚至末日狂欢。"来不及了"，"反正我一个人也起不了什么作用，不如索性享受一天是一天"，"我死了以后哪管它洪水滔天"。针对这种心态在学术界的反映，哲学家韦斯顿在《太迟了吗？》一文里指出："对于拯救地球来说，绝不会也决不能说'太迟了'"。必须认识到，"我们需要的拯救者只有我们自己……这是我们的任务，从现在开始，去建立某种类型的生态意识，去学会遵循那种生态意识生活，去学会与地球上所有居住者生死与共地生活。""停止一切我们所能停止的破坏"，让"改变就从我们的家开始"，从我们身边开始。[④]

---

① Paul W. Taylor: *Respect for Nature, A Theory of Environmental Ethics*, Princeton University Press, 1986, p. 88.

② 保罗·库尔兹编：《21世纪的人道主义》，肖峰等译，东方出版社，1998年，第3页。

③ 何怀宏主编：《生态伦理——精神资源与哲学基础》，河北大学出版社，2002年，第379、499页。

④ See Anthony Weston (ed.): *An Invitation to Environmental Philosophy*, Oxford University Press, 1999, pp. 56—57.

四、征服、统治自然观批判

20 世纪的生态思想家把对征服自然和统治自然的观念的历史性批判一直推到《圣经》。美国史学家林恩·怀特在他那篇被誉为“生态批评的里程碑”的名篇《我们的生态危机的历史根源》里指出，“犹太—基督教的人类中心主义”是“生态危机的思想文化根源”。它“构成了我们一切信念和价值观的基础”，“指导着我们的科学和技术”，鼓励着人们“以统治者的态度对待自然”①。怀特这篇发表于 1967 年的文章在生态思想界和神学界引起了轩然大波，对生态神学的形成和生态思想的发展产生了重大推进作用。怀特以后，许多学者对犹太—基督教教义进行了批判。历史学家汤因比在《当代环境危机的宗教背景》里就指出，《创世记》“读起来就像给人口爆炸的一张许可证，又像鼓励机械化和污染的许可证”②。生态思想家帕斯莫尔指出，西方对自然的态度是狂妄自大的，“这种狂妄自大在基督教兴起后的世界里一直延续，它使人把自然当作‘可蹂躏的俘获物’而不是‘被爱护的合作者’。《创世记》就是我们的起点”。“基督教鼓励人们把自己当作自然的绝对的主人，对人来说所有的存在物都是为他安排的。”“基督教的这种对待自然的特殊的态度在很大程度上来自它的人类中心。”③

尽管《圣经》也包含了一些生态思想（详见下章），但备受人们抨击的《创世记》第 1 章第 26—30 节（其他部分也有类似观念，如《诗篇》8:5—8）关于上帝授权人类“生养众多。遍满地面，治理这地”与“管理海里的鱼，空中的鸟，和地上各样行动的活物”的诫命，传达出明显的统治自然的意识却是无法否认的，无论怎么重新解释也不能排除“治理”（kabas）和“管理”（rada）这两个

---

① Lynn White: *The Historical Roots of Our Ecologic Crisis*, Cheryll Glotfelty and Harold Fromm(ed.): *The Ecocriticism Reader: Landmarks in Literary Ecology*, The University of Georgia Press, 1996, pp. 6—14.

② David and Eileen Spring (ed.): *Ecology and Religion in History*, Harper and Row Publishers, 1974, p. 141.

③ John Passmore: *Man's Responsibility for Nature: Ecological Problems and Western Traditions*, Second Edition, Gerald Duckworth & Co. Ltd., 1980, pp. 5, 13.

希伯来语单词的"践踏"和"压榨"的含义。古希伯来文和《圣经》研究专家希伯特指出,kabas(英译是 subdue,意思是"制服,使顺从",subdue nature 是 conquest of nature 的又一说法)用来描述用强力迫使别人屈服,特别是军队征服敌人、占领敌人的领地并迫使敌人成为奴隶;rada(英译是 have dominion over 或 rule,rule 有"管理"之义,更有与 dominion 相近的"统治,控制,支配"的意思)最初用来描述对以色列人的敌人的军事入侵、摧毁和统治,以后也用来描述一家之主对家庭和家奴的统治。[①] 英国生态思想家彼得·马歇尔在《自然之网:生态思想探索》一书里也指出:"《创世记》1:28里最重要的词语 kabas 和 rada 在整部《旧约》里都有使用,意思是残酷的殴打或压制。这两个词都被用来描述征服和奴役的行为,都给人这样一种意象:征服者获得了完全的统治,并把脚踩在被打败的敌人的颈项上。因此,出现这样的结果就不足为奇了:基督教徒把《创世记》里这些话传统地解释为神对人的授权,允许人为了自己的目的征服、奴役、开发、利用自然。"[②]

即使是对这一诫命做了似乎能自圆其说的重新解释的著名神学家莫尔特曼,也承认两千多年来在基督教文明范围内,人们把这一诫命"误解"为"命令人类支配自然、征服世界并统治世界"的具有宗教合法性的授权。"因此,欧洲和美国西方教会的基督教所坚持的创造信仰,对今日世界危机不是毫无责任的。"这样,莫尔特曼尽管在经文的理解上与怀特完全不同,但实际上已经承认了《圣经》里的这一被"误解"的诫命构成了生态危机的根源,并对西方文明征服和统治自然产生了深远影响。正因为如此,莫尔特曼才说:"今天,我们再一次,也许是人类历史上最后一次处于对地球母亲的粗暴剥削和破坏的时代。为了克服这种危机,我们需要在人类与自然的关系上来一个彻底的、全球性的转变;这是从主宰地位到共同体,从对自然的破坏到

---

① See Dieter T. Hessel and Rosemary Radford Ruether (ed.): *Christianity and Ecology: Seeking the Well-Being of Earth and Humans*, Harvard University Press, 2000, pp. 136—137.

② Peter Marshall: *Nature's Web: An Exploration of Ecological Thinking*, Simon & Schuster Ltd., 1992, p. 98.

对自然的解放的转变……"[1]这当然也包括对基督教教义认识上的转变。

著名的生态神学家、哈佛大学神学院教授考夫曼1998年在哈佛召开的、有80多位世界一流基督教神学家参加的"基督教与生态学"研讨会上指出："我们所接受的大多数关于上帝的概念和形象所蕴涵的拟人观（指赋予神、人、动物和其他事物以人形或人性的思想——引者注）——深深地根植于犹太教、基督教和伊斯兰教传统中的人类中心主义并残留至今——需要被解构。"[2]因为唯有这样才可能消除人类征服和统治自然的思想根源。

泰勒也强调彻底改变人类的有着古老根源的征服和开发自然的观念。他对这种观念提出了严厉的批判："开发的态度是当今大多数人——至少是西方文明里的大多数人——对待自然界的主要态度。这种态度无论在什么时候都把自然只当作物理的和生物的资源仓库，供人类消费或为了人类的目的而开发使用。自然只为我们而存在，而不为其他生物存在；唯有我们有权把自然当作工具来使用。高度发达的文明不过是这么一种东西，它'制服'荒野，'征服'自然，让自然为人类服务从而使人们能够享受更好的生活。"[3]

人类学家弗雷泽认为，要转变征服自然的态度，必须抛弃人类中心主义："要广泛地树立关于'人无力去影响自然进程'的认识，……一步一步地把他从骄傲的地位上击退，使他一寸一寸地叹息着放弃他曾一度认为是属于自己的地盘"，使"他承认自己不能随心所欲地支配事物"[4]。

社会学家威尔森愤然断言："没有任何一种丑恶的意识形态，能够比得上与自然对立的、自我放纵的人类中心主义所带来的危害！"[5]

---

① 莫尔特曼：《创造中的上帝：生态的创造论》，隗仁莲、苏贤贵、宋炳延译，生活·读书·新知三联书店，2002年，第31—32页、"中译本前言"第21页。

② Dieter T. Hessel and Rosemary Radford Ruether (ed.): *Christianity and Ecology: Seeking the Well-Being of Earth and Humans*, Harvard University Press, 2000, p. 26.

③ Paul W. Taylor: *Respect for Nature: A Theory of Environmental Ethics*, Princeton University Press, 1986, p. 95.

④ 詹·乔·弗雷泽：《金枝》（上），徐育新、汪培基、张泽石译，中国民间文艺出版社，1987年，第89页。

⑤ Edward O. Wilson: *On Human Nature*, Harvard University Press, 1978, p. 17.

胡塞尔在毕达哥拉斯、洛克、普鲁东、马克思等人之后,继续探讨征服自然与征服人之间的关系:“人随着他的成长,对宇宙的认识能力越来越完善,同时也获得了对他实践所及的周围世界越来越完善的控制,这种控制在无尽的进程中持续扩大。这也包括了对从属于现实周围世界的人类的控制,即控制他自身和他的伙伴……”[①]征服和控制外部世界的精神取向构成了推动人类社会发展和人对自然破坏的同一动力。征服人的成就感与征服自然的成就感相互强化,并激发起更狂热的野心和僭妄,进而又推动新一轮更具杀伤力的人间控制和自然征服。

霍克海默也将人类对自然的扩张和控制与人类社会内部的扩张和控制结合起来分析:“理性的疾病是指理性生发于人类控制自然的冲动。可以说,当今普遍的集体性疯狂,从集中营到似乎最无害的大众文化反响,已经在原始的对象化活动中,即在第一个人把世界作为被捕食的动物并向其投射功于算计的注视中就有其萌芽了。”[②]霍克海默不仅指出人在社会里的扩张和控制来源于人类对自然的征服,也论述了这两种同根生的控制殊途同归的结果:“由于人把自然界贬成了统治的对象,贬成了统治的原料”,人实际上也就把自己贬成了统治的对象和原料,“从征服自然界转到奴役社会”。“自然界进行了报复,使人们对本身产生了自我蔑视。”“支配人以外的自然界和其他人,是以否认人的自然本性为代价的。……由于否认人的自然特征,不仅熟练地支配自然的目的,而且人自己生活的目的也变得迷惑和看不清了。当人去掉它本身作为自然的意识时,人在生活中所维持的一切目的、社会进步、一切物质和精神力量的提高,以及意识本身,都成为没有意义的了。”[③]

斯宾格勒在其著名的《西方的没落》里指出,现代文明是“人性发展所达到的最外在、最不自然的状态”。它是一个终结,是紧跟在生命之后的死亡,

---

① Edmund Husserl: *The Crisis of European Science and Transcendental Phenomenology*, trans. by David Carr, Northwestern University Press, 1970, p. 271.

② Max Horkheimer: *Eclipse of Reason*, Columbia University Press, 1947, p. 176.

③ 马克斯·霍克海默、特奥多·威·阿尔多诺:《启蒙辩证法》,洪佩郁、蔺月峰译,重庆出版社,1990年,第35、49、222页。

是扩张之后的僵硬,是取代了大地母亲的理智时代和用石头堆砌而成的呆板的城市。西方已经走到了没落的时刻,从活生生的文化走向垂死的文明。现代文明的特征之一是“扩张主义”(expansionism,不光指政治、军事,还指经济发展的无限扩张,特别指人类对自然的无限制开发和扩张)。“扩张的趋势,是命运的劫数,这劫数是鬼魅似的,它抓紧着、强迫着、利用着世界都市中的晚期的人类,无论他是否志愿,是否自知。”工业化是一种灾难,它使自然日益枯竭。“机械的世界永远是有机的世界的对头,死板板的自然永远是活生生的自然的敌人。”[①]

海德格尔指出:“技术统治的客体性迅速、无情和完全地扩张到整个大地……人的人性和物的物性被分解成市场的可以算计的市场价值,它不仅笼罩了整个大地……而且……把存在性(the nature of Being)当作交换对象,于是,所有的存在都隶属于功于算计的交易,那些不需量化的领域都被牢牢地控制起来。”[②]

俄罗斯宗教思想家别尔嘉耶夫也认为,人类的恶体现在对人和对自然两个方面,而且两方面有着密切的联系。他指出:“人已尽其所能地作了一切恶,无论对自然(因掠夺而使自然荒芜和枯竭),还是对他人(发明杀人武器和彼此消灭的手段)。”[③]

在《自然的控制》里莱斯指出,“‘征服’自然的观念诱发了虚妄的希望,在这种虚妄中隐藏着现代最致命的历史动力之一:自然的控制和人的控制之间有着难以解脱的联系。”于是,“整个自然界(包括人在内)都被当作满足人的永不知足的欲望的材料来理解和占用”;于是,“奢望征服自然的人类自己也被其人性中的精神本性所奴役”;于是,必然导致“两种相互联系的灾难:全面威胁生物圈的生态平衡、所有生命的支撑系统,以及在全球一体化大背景下的不断扩大的人类的暴力冲突。这两种灾难或其中一种,都会导

---

① 奥·斯宾格勒:《西方的没落》,陈晓林译,黑龙江教育出版社,1988年,第29、34、24页。

② Peter Marshall: *Nature's Web: An Exploration of Ecological Thinking*, Simon & Schuster Ltd., 1992, p. 370.

③ 徐凤林:《费奥多洛夫》,东大图书公司,1998年,第123页。

致现在命定居住在这个星球上的所有生命的毁灭或者剧烈变异"[①]。

社会生态学家布克钦在《社会生态学的哲学》等著作里指出,人类对自然的征服所带来的生态危机,根源于人类之间的相互征服。"社会生态学最基本的要义就是:我们首要的生态问题根源于社会问题。"[②]"人统治自然绝对根源于人统治人",例如男人统治女人,一个阶层的人统治另一个阶层的人,一个民族统治另一个民族。[③] "我们今天所面临的生态危机其实意味着生态学之外的更大更紧迫的社会危机,即等级的、统治与被统治的、家长制的和阶级的矛盾加剧和发展。"布克钦甚至认为:"要解决这些社会危机,只有通过依照生态的路线、以生态哲学和生态思想作为指导来重新组织社会的方式才能实现。"[④]

凯伦·沃伦在她主编的《生态女性主义哲学》《生态女性主义》等著作里总结了生态女性主义的一个基本思想,那就是"对女性的统治和对自然的统治有历史的、体验的、象征性的、理论上的重要联系"[⑤]。"生态女性主义者坚信,这种统治的逻辑既被用来为人类的性别、人种、族群或阶级统治辩护,又被用来为统治自然辩护。"[⑥]"生态女性主义者要分析的就是这样的两种孪生的统治——统治自然与统治女人,并思考对有色人种、儿童和下层人民的统治。"[⑦]

米尔布拉斯以浅显的语言明确指出:"我们的文明是一种统治者的文明;这种文明被定向于允许一些人去征服另外一些人。我们虽然不再同情

---

① William Leiss: *The Domination of Nature*, Beacon Press, 1974, preface, pp. xiii—xvi.

② Murray Bookchin: *The Philosophy of Social Ecology: Essays on Dialectical Naturalism*, Black Rose Books, 1990, p. 47.

③ Murray Bookchin: *The Ecology of Freedom: The Emergence and Dissolution of Hierarchy*, Palo Alto, 1982, p. 1.

④ Murray Bookchin: *The Philosophy of Social Ecology: Essays on Dialectical Naturalism*, Black Rose Books, 1990, pp. 163—164.

⑤ Michael E. Zimmerman (ed.): *Environmental Philosophy: From Animal Rights to Radical Ecology*, Prentice-Hall, Inc., 1998, p. 325.

⑥ Karen J. Warren (ed.): *Ecological Feminist Philosophy*, Indiana University Press, 1996, p. 24.

⑦ Karen J. Warren (ed.): *Ecological Feminism*, Routledge, 1994, p. 1.

露骨的奴隶制度,但是很多统治集团都具有让弱小生物屈服于自己并向强力欲望俯首称臣的倾向。强权在我们的思维中是如此的根深蒂固,以至于许多人相信他们具有某种权力甚至具有某种责任去统治自然。许多男人与女人都确信男人支配女人是正确的;许多民族与国家则相信他们应当努力去统治对方——吃掉别人或者被他人吃掉。而美国人则相信,他们必须保持他们在世界中的强者地位。这种对于统治的强调是我们文明中的一种重要的罪恶。它导致我们相互伤害。为了与他人竞争,我们被这些罪恶驱使着去获取权力——我们相信我们绝不可能做出不去竞争、不去强大自身、不去追求控制权与统治权力的决定。但是正是这种不断的获取行为,推动去毁坏我们的生物圈。"[1]

辛格在他那本被誉为"当代动物权利运动的圣经"的著作《动物的解放》里论述了保护动物与人类自身解放的关系,指出"动物解放运动比起任何其他的解放运动更需要人类发挥他的精神","动物的解放是人类解放事业的延续"[2]。

弗罗姆在《占有或存在》(1976)一书里指出:"人类文明是以人对自然的积极控制为滥觞的,然而这个控制到工业化时代开始就走向了极限。……工业的进步强化了这样一个信念,即我们正在走向无限制的生产,因而也就是无限制的消费;我们正借助技术日趋无所不能;借助科学日趋无所不知。我们曾想成为神,曾想成为一种强有力的生物,它能创造一个第二世界,在那个世界里,大自然只需为我们的新创造提供材料而已。"然而,事实却正好相反,"技术进步不仅破坏生态平衡,而且带来核战争的危险,……可能给每一项文明,甚至可能给每一个人带来末日"。弗罗姆进而提出了一个解决办法,即彻底转变人类的观念,从 to have(占有)转变成 to be(存在),"发扬存在指向而克服占有指向"[3]。

哈贝马斯也反对控制、支配和随意改造自然,他提出的解决方法则是自

---

① 保罗·库尔兹编:《21世纪的人道主义》,肖峰等译,东方出版社,1998年,第91—92页。

② 彼得·辛格:《动物的解放》,孟祥森、钱永祥译,光明日报出版社,1999年,第300页。

③ 埃·弗罗姆:《占有或存在——一个新型社会的心灵基础》,杨慧译,国际文化出版公司,1989年,第1—2、153页。

然主体化或自然人格化:“我们不要把自然当作可以用技术来支配的对象,而是把它作为能够与我们相互作用的一方。我们不要把自然当作开采对象,而试图把它看做生存伙伴。在主体通性尚不完善的情况下,我们可以要求动物、植物,甚至石头具有主观性,并且可以同自然界进行交往,在交往中断的情况下,不能对它进行单纯的改造。”①

生态学家米勒指出:“我们的任务是抛弃全知全能的幻想。换句话说,我们必须放弃操纵地球的企图。把技术和管理的方法推广到存在的每一个领域也不能把我们从当今的困境中解脱出来。因此,从人类的立场来看,我们的环境危机是我们对自然狂妄无知的结果。”②

美国科学家、诺贝尔奖获得者普里高津也反对控制自然。他说:“不应把认识自然与控制自然等同起来。自以为了解他的奴隶,因为奴隶们服从他的命令,这样的奴隶主是盲目的。”他非常赞赏小说家纳博科夫的一句话:“凡是能被控制的绝不会完全真实;凡是真实的绝不会完全被控制。”③

哈佛大学教授杜维明则提出,西方乃至整个世界文明“急需一种新的态度和新的世界观”来取代征服自然观。强调与自然和谐相处的儒家思想,就是建立新的自然观和世界观的极其重要的精神资源。“己所不欲,勿施于人”和“己欲立而立人,己欲达而达人”是两条具有普遍价值的“金规律”。遵循这两条金规律,把人类之间的将心比心和设身处地扩大到万事万物,有助于人们形成“包容万物的整体观”和“关注生态的意识”④。

除了批判征服和统治观,20 世纪的生态思想家还非常重视批判造成生态危机的其他文化因素。他们要全面探索人类思想、文化、社会发展模式如何影响,甚至决定了人类对自然的态度和行为,如何导致环境的恶化和生态

① 哈贝马斯:《作为“意识形态”的技术与科学》,李黎、郭官义译,学林出版社,1999 年,第 73 页。

② Tyler Miller, Jr.: *Replenish the Earth: A Primer in Human Ecology*, Wadsworth Publishing, 1972, p. 53.

③ 伊利亚·普利高津:《确定性的终结——时间、混沌与新自然法则》,湛敏译,上海科技教育出版社,1998 年,第 123 页。

④ Mary E. Tucker and John Grim (ed.): *Worldviews and Ecology: Religion, Philosophy, and Environment*, Associated University Presses, Inc., 1994, pp. 27, 25.

的危机。他们意识到，如果不进行文化批判和文化变革，只是就事论事地谈环境保护，则不可能从根本上消除人类面临的生态危机。

著名的环保组织“塞拉俱乐部”的前任执行主席麦克洛斯基认为：“在我们的价值观、世界观和经济组织方面，确实需要一场革命。因为，文化传统建立在无视生态地追求经济和技术发展的一些预设之上，我们的生态危机就根源于这种文化传统。工业革命正在变质，需要另一场革命取而代之，以全新的态度对待增长、商品、空间和生命。”①

政治学家奥菲尔斯强调：“现代工业文明的基本原则……与生态的有限是相冲突的，从启蒙运动发展而来的整个现代意识形态，特别是个人主义一类的核心信条，也许不再可行了。”②

文学批评家乔纳森·莱文指出：“我们的社会文化的所有方面，共同决定了我们在这个世界上生存的独一无二的方式。不研究这些，我们便无法深刻认识人与自然环境的关系，而只能表达一些肤浅的忧虑。”③

麦茜特在她的《自然之死——妇女、生态和科学革命》一书里强调，必须对培根、笛卡儿、霍布斯、牛顿等人的对人类文明产生过重大影响的反生态思想进行批判，因为“惟有对主流价值观进行逆转，对经济优先进行革命，才有可能最后恢复健康。在这个意义上，世界必须再次倒转”④。

生态社会主义从生态的角度继续了马克思、恩格斯对资本主义的批判，强调必须“废除以获得利润为目的来主导生产的资本的逻辑”，“回避与资本的逻辑的对立就看不到实际解决环境问题的希望”⑤。

深层生态学理论的核心也是文化批判，其批判的主要重点除了统治性的世界观，还包括技术性思维、工具理性和经济发展至上等。所谓深层，就

---

① Donald Worster: *Nature's Economy: A History of Ecological Ideas*, Second Edition, Cambridge University Press, 1994, p. 355.

② Ibid., p. 356.

③ Jonathan Levin:"On Ecocriticism (A Letter)", *PMLA* 114.5 (Oct. 1999), p. 1098.

④ 卡洛琳·麦茜特:《自然之死——妇女、生态和科学革命》，吴国盛等译，吉林人民出版社，1999年，第327页。

⑤ 岩佐茂:《环境的思想——环境保护与马克思主义的结合处》，韩立新、张桂权、刘荣华译，中央编译出版社，1997年，第174、170页。

是要深入审视作为环境危机之根源的那些最基本的思想文化原则。其代表人物奈斯强调:“深层生态学运动力图探明那些支撑着我们的经济行为的以价值观、哲学和宗教的方式表现出来的基本假设。”[①]约翰·希德明确提出,深层生态学“重视的已不仅仅是对环境危机的具体症状的治理,而更多的是对当代文明最基本的前提和价值的质疑”[②]。

俄罗斯著名生态思想家莫伊谢耶夫著有《人与生物圈》(1985)、《人、自然与文明的未来》(英文版,1987)、《人类能否生存下去?》(1999)、《文明的命运,理性的道路》(2000)等16种有关生态问题的专著。他对人类的文明提出了严厉的批判:“如果承认20世纪是预警的世纪,那么21世纪就可能不是完成的世纪,而是毁灭的世纪。其中,可能会发生那种在很多人意识中深信不疑的世界观的崩溃,他们在文明背景下接受教育,这一文明是建立在人对自然的无限权力的基础上的。”[③]

生态神学家莫尔特曼认为:“如果把人类社会和周围自然界联系起来的这种生活系统发生了危机,亦即自然界的死亡,那么,合乎逻辑的是,这个系统就遇到了整个生活态度、生活方式、还有决非次要的基本价值观和信条的危机。”[④]

著名生态思想家唐纳德·沃斯特也明确指出:“我们今天所面临的全球性生态危机,起因不在生态系统自身,而在于我们的文化系统。要度过这一危机,必须尽可能清楚地理解我们的文化对自然的影响。……研究生态与文化关系的历史学家、文学批评家、人类学家和哲学家虽然不能直接推动文化变革,但却能够帮助我们理解,而这种理解恰恰是文化变革的前提。”沃斯特富于激情地断言:“整个文化已经走到了尽头。自然的经济体系已经被推

---

① 何怀宏主编:《生态伦理——精神资源与哲学基础》,河北大学出版社,2002年,第379、487页。

② John Seed: *Thinking Like a Mountain*, New Society Publishers, 1988, p.9.

③ Н. Н. Моисеев, Быть или небыть... Человечеству? Москва, 1999. с. 284.(梁坤译并提供)

④ 刘小枫主编:《20世纪西方宗教哲学文选》(下卷),杨德友、董友等译,上海三联书店,1991年,第1759页。

向崩溃的极限,而'生态学'将形成万众的呐喊,呼唤一场文化革命。"[①]

五、生态正义论

生态马克思主义和生态社会主义对生态公正性给予了突出强调:生态保护和生态平衡的恢复不仅应当是人和自然之间的矛盾的真正解决,还必须是人和人之间的矛盾的真正解决。要真正有效地消除生态危机,就必须解决人与人、制度与制度、社会与社会、民族与民族、发达国家与发展中国家之间的矛盾。而要解决这些矛盾,就必须做到公平、公正以及责任与利益的平衡。

发达国家是生态环境的最大污染者和损害者,是不可再生资源的最大消耗者,它们有责任为生态平衡做出最大的贡献。它们不能仅仅治理自己国家的污染,保存自己国家的资源(同时大量获取发展中国家的资源);它们必须拿出巨资帮助贫穷国家治理污染并解决民众温饱问题。生态社会主义学者最反感的是发达国家不仅不负起与其获益相称的生态责任,而且还以过来人的姿态和教训的口吻对发展中国家指手画脚,仿佛他们才是地球生态保护的功臣。生态社会主义的重要代表人物雷蒙德·威廉斯在《社会主义与生态学》里说:"北方富裕的工业国家对南方贫穷落后的国家指手画脚地说教太容易了,他们说我们经历过工业革命,建立了现代化的企业和城市,我们知道这条先污染再治理之路的负面效果,所以我们要劝阻你们不要再走这条老路。"但是,他们基本上只停留在口头说教上,却看不见他们做出真正有重大效果的实际行动。要别人不发展,首先自己要清还环境欠账,首先自己要减少石油、煤炭等不可再生资源的消耗并大幅度地降低气体排放。要别人不污染环境浪费资源,首先必须帮助别人脱贫和治污。这就意味着发达国家必须首先大幅度降低自己国民的生活水准。如果做不到这些,空洞的说教不仅起不到作用,而且还会激起发展中国家的反感。"没有任何一

---

① Donald Worster: *Nature's Economy: A History of Ecological Ideas*, Second Edition, Cambridge University Press, 1994, pp. 27, 356.

个富裕国家富强到可以不为自己的富强付出应有的代价;也没有任何一个贫穷国家贫穷到丧失了在资源分配、环保代价等方面的最起码的公正和平等的权利。"[①]

其实,只要有起码的良知和公正,任何人都会同意威廉斯的这些观点。例如,《纽约时报》2000 年 8 月 28 日头条社论《保护地球》就指出:"如果工业化国家不首先行动起来,较不发达的世界,包括中国,将不会减少导致全球变暖的气体排放;而如果最大的气体排放国——美国不能有效地参与,则工业化国家的行动也只能是空话。"社论指出,美国等西方国家的行为使得他们的生态保护高论变得十分虚伪。[②]

哈佛大学前校长萨默斯(Lawrence H. Summers)就曾经发表过这种虚伪而荒唐的高论:"我认为在低收入国家堆置有毒废弃物,其经济上的逻辑是没有错的,我们应当面对这个事实。"[③]巴西著名的生态思想家和环境保护者卢岑贝格对其进行过严厉批评:"这样有影响力的现代经济学家,竟然提出要把环境污染的工业转移到非洲等地区,理由是地球上的这些区域还可以继续承受污染。让我们设想一下,一个肿瘤专家,一个在攻克癌症方面颇有建树的医生,会对脑瘤扩散和转移到身体其他健康的部位持赞同态度……究竟是哪一种观念使萨默斯先生站到了他曾经执教的那所著名大学的对立面呢?"[④]反讽的是,这个被卢岑贝格称作站到哈佛大学对立面的经济学家,却在 2001 年至 2006 年成了那所著名大学的校长!

萨默斯的这种非正义性的环境观点并非没有思想根源。仔细考察当代西方的生态思想不难发现,许多生态思想家都程度不同地忽视了正义性原则,在他们泛论全球环境危机和人类生态意识时,对如何在公平正义的前提下进行环境保护领域里的全球合作缺乏具体论述,有时还暗含了"让所有人

---

① Raymond Williams: *Socialism and Ecology*, Socialist Environment and Resources Association, 1982, pp. 16—20.

② See "Protecting the Earth", *The New York Times*, Aug. 28, 2000, p. A20.

③ 戴斯・贾丁斯:《环境伦理学——环境哲学导论》,林官明、杨爱民译,北京大学出版社,2002 年,第 271—272 页。

④ 何塞・卢岑贝格:《自然不可改良》,黄凤祝译,生活・读书・新知三联书店,1999 年,第 67 页。

对生态破坏负相同责任”的潜台词。更有甚者，有的生态学家竟然提倡用损害弱势民族或弱势群体的方法来缓解生态灾难。例如生态学家哈丁就说过这类的话：地球是人类的救生艇，当人口超过地球的承载力后，过度的人口会把我们统统搞沉。所以，解救处于饥荒的难民只能导致更大的人口爆炸而使地球生产能力承受更大的负担。① 哈丁又说：“我们如何能够帮助外国避免人口暴增的命运呢？很明显，我们最不该做的事情就是给它们提供粮食……提供原子弹可能会更仁慈一点。在短期内，这带来的痛苦也许是巨大的，但很快，大部分人的痛苦就会结束，之后，就只有少数幸存者继续遭受苦难了。”②

社会生态学家布克钦愤怒地指责这样的生态学家“在推行暴虐的不人道的哲学”，并一针见血地指出：“让我们看看吧，当你说在纽约黑人住宅区哈莱姆的一个黑人儿童与埃克森总统一样对生态危机应受责备时，你实际是在让一个逃脱责备而却诬蔑了另一个无辜者。”③威尔士大学哲学教授阿特菲尔德严厉批评了一些生态思想家无视生态正义的倾向，指责他们“很少关注第三世界国家的需要”，反而企图在“全球非正义性”的基础上讨论发展与环境的关系。④ 生态社会主义者大卫·佩珀切中肯綮地指出，比“第三世界的人口膨胀”更为严重的问题是“第一世界的过度消费”⑤。

生态神学家也对生态不公平提出了批评。美国范德比尔特大学神学教授萨丽·麦克法圭指出：“上帝与他的所有创造物同在，特别是与贫穷弱势者同在。……一个人口只占世界5%的国家却拥有22%的世界财富，并排放了占世界总量25%的污染物，这对其他国家的民众、特别是第三世界国家的民众影响极坏。”生态神学要“关怀的是整个星球，严厉谴责造成当今生态恶

---

① 见戴斯·贾丁斯：《环境伦理学——环境哲学导论》，林官明、杨爱民译，北京大学出版社，2002年，第272页。

② 何怀宏主编：《生态伦理——精神资源与哲学基础》，河北大学出版社，2002年，第329页。

③ 戴斯·贾丁斯：《环境伦理学——环境哲学导论》，林官明、杨爱民译，北京大学出版社，2002年，第278—279页。

④ Robin Attfield: *Environmental Philosophy: Principles and Prospects*, Ashgate Publishing Ltd., 1994, pp. 221, 240.

⑤ David Pepper: *The Roots of Modern Environmentalism*, Croom Helm, 1984, pp. 204—214.

化的最大责任者”,并呼吁它不要再“生态自私”(*ecological selfishness*)下去了。[①]

然而,在生态环境方面的国际不公正绝不能成为发展中国家忽视生态保护和放任环境污染的理由。毕竟,一个国家的环境灾难首先要由自己的国民来承受。争取公平公正的全球合作与自己尽最大努力减缓本国的生态危机并不矛盾,发达国家对生态保护的不负责任绝不能成为发展中国家对自己民族的生存环境和长远利益不负责任的挡箭牌。此外还应当认识到,对争取国际公正和争取国内公正持双重标准是十分错误和有害的。比如,在一个国家内,富裕阶层与贫困阶层、发达地区与不发达地区在资源共享和环境改善方面是否享有同等待遇?发达地区、城市居民、富裕阶层是否应该占有和消耗更多的有限资源并得到更多的污染治理的投入?怎样才能按照争取国际公正的标准来为本国不同区域、不同阶层的国民争取最大限度的生态公正?如果不对这些问题给予足够的重视,那么,发展中国家很可能在激烈地反对发达国家的不公正的环境政策的同时,在本国以同样的逻辑推行同样性质的环境政策。

同时,不论是生态社会主义还是社会生态学,或是其他坚持社会公正和生态正义的生态思想者,都应当意识到:社会公正和制度改革绝非一蹴而就的事业,它需要人类长期不懈的努力,但生态危机不可能等到人类理想的公平公正的社会建成后再来解决。社会生态学坚持“环境危机的实质是社会问题,只能通过社会和政治的手段来解决”[②]。“除非我们先废除了社会等级制,否则我们无法面对环境挑战。”[③]生态社会主义坚持:“不能从根本上改变资本主义生产关系就不可能解决生态危机,不能从根本上改变资本主义生

① Dieter T. Hessel and Rosemary Radford Ruether (ed.): *Christianity and Ecology: Seeking the Well-Being of Earth and Humans*, Harvard University Press, 2000, pp. 42—43.

② Peter Marshall: *Nature's Web: An Exploration of Ecological Thinking*, Simon & Schuster Ltd., 1992, p. 424.

③ 戴斯·贾丁斯:《环境伦理学——环境哲学导论》,林官明、杨爱民译,北京大学出版社,2002年,第277页。

产力同样不可能解决生态危机国。"[①]这些观点表面上没有问题,但从实际效果来看,无异于为生态保护增加了巨大的、不可能在短时期内克服的障碍。人类追求社会和政治的公平和正义已经有数千年的历史了,可理想的境界却远未达到。然而,当今人类所面临的生态危机却需要人类刻不容缓地立即行动起来,因此,在实现社会公正、关照弱势群体、建立公平的国际新秩序方面的努力,必须也只能与消除生态危机、拯救这个星球的努力同时进行。绝不能把完全实现社会公正作为一切环境保护的先决条件,否则,无异于无限期拖延大规模高投入的、真正有效的生态拯救和保护。

正因为如此,加拿大学者邦奇说:"环境保护应该是旨在人类生存的道德中的压倒一切的原则。"也正因为如此,来自发展中国家印度的学者帕依克说:"我们必须认识到,这个世界不过是一个整体,我们都是一条船即地球上的乘客,因此,我们决不能让我们所乘坐的船被毁掉。这里将不会再有第二个诺亚方舟。"也正因为如此,参加第十届国际人道主义和伦理学会世界大会(1988)的所有社会科学家和自然科学家一致通过了《相互依存宣言》,声称"压倒一切的需要就是要创立一种新的全球伦理学——一种努力保护并加强人的自由并强调我们对世界共同体之责任的伦理学"[②]。

生态女性主义也特别重视人际和社会平等公正,在这一点上它与生态社会主义和社会生态学是一致的。赫勒指出:"如果我们真正想创立一个生态社会,那么,它不仅应该是一个免除了有毒物质和生态灾难的威胁的社会,它还应该是一个免除了压迫的毒害的社会,一个免除了种族歧视、性别歧视、帝国主义和资本主义的毒害的社会。它将是一个免除了统治和等级的毒害的、伟大而美丽的绿色世界。"[③]生态女性主义更多地关注的是两性之间的征服、支配、压迫和统治。罗斯玛丽·卢瑟指出:"妇女们必须看到,在一个以支配模式为基本的相互关系的社会里,不可能有自由存在,也不存在

---

① Michael E. Zimmerman (ed.), *Environmental Philosophy: From Animal Rights to Radical Ecology*, Prentice-Hall, Inc., 1998, p. 407.

② 保罗·库尔兹编:《21世纪的人道主义》,肖峰等译,东方出版社,1998年,第36、58—59、411页。

③ 何怀宏主编:《生态伦理——精神资源与哲学基础》,河北大学出版社,2002年,第253页。

解决生态危机的办法。她们必须将妇女运动与生态运动联合起来,以展望一个崭新的根本的社会经济关系及其相应的价值观。"[1]

女性主义的介入为生态思想开辟了新的视角和新的思维领域。生态女性主义对压迫自然和女性的共同根源——父权制、二元论和统治逻辑的揭示,有很大的启示意义。它提醒生态思想家不能将生态危机的根源简单而且泛泛地归结为抽象的人类中心主义,还必须深入且具体地思考各种社会非正义因素及其产生的思想基础。但是,应该看到,在生态女性主义思想中有一些并不生态、并不绿色的甚至可能有碍于生态保护的极端倾向。例如,过分强调女性与生态的天然联系,把人类的生态意识割裂成男性的和女性的两部分,片面地张扬女性的部分,甚至完全否定男性的部分(美国生态女性主义作家勒吉恩就否定了梭罗、利奥波德的荒野意识,说那只是男人的看法,荒野对男人来说是探险的地方,而对女人来说它只是家园[2];另有一些极端女性主义者提出了更为简单而绝对的判断标准——"所有女性的都是好的,所有男性的都是坏的"[3]);不切合实际地声称不解决男人支配女人的问题就不存在解决生态危机的办法,将两性平等的完全实现作为生态保护的必备条件,或把男女平等作为生态保护的目的而将生态保护当作途径和手段;一些激进的女性主义者仍然坚持两性战争的思维和新的性别统治(女性征服并统治男性)思维。所有这些与生态思想的基本原则——整体的、和谐的、多样化的、相互依存的原则是矛盾的甚至是完全相反的。马歇尔说得好:"从根本上说,自然既不单是雄性的也不单是雌性的,它是包含两性的、复杂的、神秘的和多方面的统一体。"[4]

从20世纪70年代开始,一些有识之士提出了并丰富着一种新的发展理论,即可持续发展(sustainable envelopment)。从生态伦理学的角度看,可持

---

① 戴斯·贾丁斯:《环境伦理学——环境哲学导论》,林官明、杨爱民译,北京大学出版社,2002年,第266页。

② John Clark (ed.): *Renewing the Earth: The Promise of Social Ecology*, Green Print, 1990, p. 10.

③ David Pepper: *Eco-Socialism: From Deep Ecology to Social Justice*, Routledge, 1993, p. 148.

④ Peter Marshall: *Nature's Web: An Exploration of Ecological Thinking*, Simon & Schuster Ltd., 1992, p. 412.

续发展的主要目的是追求代际公正。1987年世界环境与发展委员会的报告《我们共同的未来》对可持续发展的界定(“既满足当代人需要,又不对后代人满足其需要的能力构成危害的发展”[①])已被国际社会普遍接受。生态哲学家如奈斯等则进一步强调,可持续首先必须是“生态的可持续”(ecological sustainability)[②],必须“持续地反对生态的不可持续”,因为唯有生态系统持续稳定地存在,才可能有人类的可持续生存和发展。[③] 生态神学家莫尔特曼则更进一步质问,人类究竟应当选择以发展为基础的生存之道还是以均衡为基础的生存之道。他指出:“如果我们把现代科学技术文明同以前的文明,即现代文明以前的文明加以比较,就可以清楚地看到其间的本质区别:这是以发展为基础的社会与以均衡为基础的社会的差别。以前的文明绝不是‘原始社会’,更不是‘欠发达社会’。它们是极其复杂的均衡系统——人与自然之间关系的均衡,人与人之间关系的均衡以及人与‘神’之间关系的均衡。只有现代文明,才第一次着眼于发展、扩张和征服。获得权力,扩大权力,保卫权力:它们连同‘追求幸福’一道,或许可以被称作是现代文明中实际上占统治地位的价值观念。”[④]奈斯和莫尔特曼的看法值得人们在讨论可持续发展时注意。如果说人类已经不可能回到现代文明之前,那么至少必须充分吸取原始文明的精神成果。可持续发展是有前提的,而且也必须有前提。前提就是生态的可持续和人与自然关系的和谐均衡。

更为值得注意的是,可持续发展的思想在相当大的程度上被人们误解甚至有意曲解了。一些国家现行的发展战略虽然也美其名曰可持续发展,但实际上并没有做到以确保后代人的基本生存条件为前提、以确保生态的可持续性和生存环境的逐渐改善为前提,依然以发展为中心、为根本、为压

---

① 世界环境与发展委员会:《我们共同的未来》,国家环保局外事办公室译,世界知识出版社,1989年,第19页。

② Dieter T. Hessel and Rosemary Radford Ruether (ed.): *Christianity and Ecology: Seeking the Well-Being of Earth and Humans*, Harvard University Press, 2000, p. xxxvi.

③ Mary E. Tucker and John Grim (ed.): *Worldviews and Ecology: Religion, Philosophy, and Environment*, Associated University Presses, Inc., 1994, p. 213.

④ 莫尔特曼:《创造中的上帝:生态的创造论》,隗仁莲、苏贤贵、宋炳延译,生活·读书·新知三联书店,2002年,第38—39页。

倒一切的原则,依然主要在追求利益的最大化和资本的最大化,依然在迅速地消耗即将告罄的不可再生资源,依然在严重污染环境并使环境状况在总体上日趋恶化,而在治理环境、开发替代资源等方面的投入却少得可怜。这样一种发展由于有了“可持续”的美名作掩饰而更具有危害性,因为它能够轻易地使人们丧失忧患意识、危机意识、理性判断以及对子孙后代和自然万物的责任感。贾丁斯说得好:“可持续的说法太普遍了”,“让我们先停下来”,先问可持续什么。“很显然,可持续经常被认为是‘持续目前的生活方式和消费水平’。这样的可持续生活模式只是持续现在的状态。但是目前的消费方式,尤其是在消费驱动的工业经济中的消费方式,正是导致环境恶化的元凶,现在的消费情形正是要改变的东西。……我们要警惕,不要只是简单地把可持续发展当作时髦词来谈论经济和消费的继续增长。”[①]

有这样一种说法:环境问题只能通过发展来解决并在发展过程中解决。这听起来似乎有理,但却掩盖了几个最为关键的问题:这种发展的主要目的是什么?是治理环境并为后代造福吗?如果是,这种发展的主要收入用在环境治理上了吗?这种发展把重点放在环境科学研究和替代资源开发上了吗?解决了多少环境保护和资源替代难题?这种发展是否使当代人的生存环境越来越好,是否使后人的生存条件逐渐改善?如果不是,这岂不又是一个掩饰、一个幌子,又是打着解决环境问题的旗号继续走先发展后环保、先污染后治理的老路吗?而惨痛的历史教训和无情的现实告诉我们,这条老路现在不仅完全行不通,是死路、是绝路,而且在很短的时间内它就要走到尽头了!

① 戴斯·贾丁斯:《环境伦理学——环境哲学导论》,林官明、杨爱民译,北京大学出版社,2002年,第96页。

第三章

生态文学的发展进程

宽泛意义上的生态文学自古有之。它的历史与文学的历史一样久远。

欧美生态文学的发展有三个繁荣时期，它们分别出现在原始社会、19 世纪上半叶浪漫主义时期和 20 世纪 60 年代以后。

第一节　上古至 18 世纪末的生态文学

自然与原始人类的关系是和谐的。初民们的生活并不像长久以来文明人所以为的那样是肮脏的、野蛮的和愚昧的。他们不仅创造了人类最宝贵、最深远的精神成就，而且也创造了令现代人着迷的美妙的生活方式。近几十年对采集和狩猎部落的研究和新近的生态历史学研究表明，初民们在一般情况下“并不生活在持续的饥饿威胁之下。相反，他们有着营养充足的食谱，……获取食物和其他形式的劳作，通常只占一天时光的很小一部分，留下了大量的时间可用于消闲和祭祀活动。绝大多数群体靠着很少的物质就可以生存下来,因为他们的需要很少”。即使如此,初民们依然非常珍视生态系统的平衡,他们很容易满足眼下的生活水平,并不像文明人那样有着无限膨胀的、永远不能完全满足的物质欲望。“所有的采集和狩猎群落,无论是历史上的还是当代的,看来都在控制他们的数量,以便不过分地榨取他们生态系统中的各种资源。这是通过一些为人们所接受的社会习俗来达到的。”那些习俗在文明人看来是残酷的,例如杀婴或自杀,但对初民来说则是完全合乎自然规律的,而且,由于他们把自然万物当作人类的兄弟姊妹,因此为了他们的植物兄弟或动物姐妹的持续生存,他们自发地限制人口,就像他们在生态系统承载力许可的范围内猎杀采集动植物一样自然而然。[①]

在这样的背景下,生态文学应运而生。人类最早的文学——主要是神话、诗歌等口头文学,有相当大的一部分就是生态文学。

世界各国的神话都突出表现了自然与人密切的关系,神话可以说是生态文学的最早源泉。在希腊神话里,宙斯用黏土造人,雅典娜给泥人以活力和生命。据赫西俄德的描写,洪水之后的唯一幸存男女丢卡利翁和皮拉向身后扔石头而造人。人是从石头变来的。[②] 奥维德则记载了另一种造人的故事:“普罗米修斯用这土和清冽的泉水掺和起来,捏出了像主宰一切的天神的形象”,还从各种动物那里摄取善恶放在人心中。[③] 条顿神话里的大神奥丁等神造人用的是树:他们将树干做成两个人形,奥丁给他们以呼吸,霍尼尔给他们以灵魂和感觉,洛陀尔给他们以生命的温暖和肉色。男人叫阿斯克(Ask,即楡木),女人叫恩巴拉(Embla,即葡萄树)。他们是人类的始祖。[④] 所有这些有关人类起源的神话故事,都传达着一种信息:人类与自然万物密不可分,就像神话里的巨人安泰的隐喻所传达的那样,只有不离开作

---

① 见克莱夫·庞廷:《绿色世界史:环境与伟大文明的衰落》,王毅、张学广译,上海人民出版社,2002年,第22—27页。

② 见塞·诺·克雷默:《古代世界神话》,魏庆征译,华夏出版社,1989年,第248页。

③ 见奥维德:《变形记》,杨周翰译,人民文学出版社,1984年,第3页。

④ 见G. H. 吕凯、J. 维奥等编著:《世界神话百科全书》,徐汝舟等译,上海文艺出版社,1992年,第359页。

为自然象征的大地母亲，人才能有无穷无尽的力量。

希腊神话里有不少故事表现人因为摧残掠夺动植物而受到自然的惩罚。有关德律俄珀的传说是其中著名的一个。

> 这一天，德律俄珀怀抱幼子，与妹妹伊俄勒一起在小河边散步。为逗乐她的宝贝，她随手摘下身边一株忘忧树上盛开着的几朵花。她万万没有想到，忘忧树枝叶的创伤处竟然血流如注，鲜血顺着树干滴落。这情景让德律俄珀大惊失色。她扭身想逃走，却无论怎样也迈不开步。低头一看，原来她的双脚已经生根，再也无法挪动。树皮包住了她的腿，并且还在迅速向上延伸。她连忙把孩子交给妹妹。伊俄勒接过孩子，却无法阻止姐姐化成一棵树，只能一手搂住那尚带体温的树干大哭。在树皮即将覆盖头部之际，德律俄珀留下了最后几句话："将来告诉我儿子，妈妈就在这棵树里。永远不要折枝摘花。每一丛灌木都可能是神灵的化身。"①

德律俄珀的纤纤素手开创了人类蹂躏和掠夺自然的时代！忘忧树从此难忘忧！

神话有着丰富而深刻的生态思想内涵。一些神话学研究者指出，神话对当代人找回人类在自然中的真实地位和重建自然与人类的正确关系具有重大的意义。在神话里，"一切存在都是有生命的。或者说那里不存在我们所说的'东西'，只存在着参与同一生命潮流的那些有灵气的存在物——人类、动物、植物或石头。……正是通过这种关系，通过与树的共存，通过作为人的生命意象的甘薯，一句话，通过生动形象的神话，人才懂得自己的存在，并认识了自己。……只有在神话中才能找到自己存在的证据。神话把他与宇宙联系在一起，与一切生命联系在一起。……神话追溯并公开宣布了人

---

① 这个神话故事有好几个版本，各版本在一些细节上不尽相同，本书采用汉密尔顿《神话学》所收入的版本，见 Edith Hamilton: *Mythology*, The New American Library, 1953, p. 292。

与周围环境,与他的栖息地、与他的部落,以及他的行为准则的联系”[①]。从生态的角度研究神话,是生态文学研究的一个重要方面。

赫西俄德在《劳动与时令》一诗里告诫人们,在向自然索要食物的农业劳动中,一定要注意自然供给的限度:“留心事物的限度,/万事因时而举/才会恰到好处。”[②]这首诗的价值绝对不仅仅局限于农事,它还包含了把人类对自然的索取限制在自然承载力所允许的范围之内的思想,而这正是当今生态思想的重要组成部分。

作为西方文学另一个主要源头的《圣经》,既包含了征服、统治自然的观念,同时也含有不少生态思想。哈鲁文尼在《〈圣经〉里的生态学》一书里举例说明道:“《创世记》第13章明确表达了对生态平衡的重视。亚伯拉罕和罗德各拥有大群大群的山羊和绵羊,而‘土地不能同时承受它们……;因为他俩拥有的羊只太多,所以他们不能在一个地方一起生存。’……《圣经》告诉我们,亚伯拉罕意识到了这种生态危机,便对罗德说:‘让我们分开吧:你如果往北我就往南;你要往南走我就到北边。’就这样,他们避免了一场潜在的生态灾难。”[③]

《圣经》还包含了保护濒临灭绝物种的思想。在大洪水之前,上帝让诺亚把所有的物种都保留下来,没有一个物种受到遗弃,所有物种不分贵贱,都有生存的权利:“洁净的畜类和不洁净的畜类、飞鸟并地上一切的昆虫,都是一对一对的,有公有母,到诺亚那里进入方舟,正如上帝所吩咐诺亚的。”(《创世记》第7章第9节)生态哲学家罗尔斯顿认为这一节所蕴涵的意义在于,“上帝不仅与人类、而且与‘每一种有机体……鸟、牛以及地球上所有的兽类’重新订立了契约。诺亚的方舟行动计划是挽救濒危物种的第一个行动计划。因此,在上帝的契约中,其他有机体与人类是同样重要的”[④]。

生态神学家莫尔特曼认为《圣经》最主要的生态思想是“上帝存在于世

① 阿兰·邓迪斯编:《西方神话学论文选》,朝戈金等译,上海文艺出版社,1994年,第310页。

② 苗力田主编:《古希腊哲学》,中国人民大学出版社,1989年,第4页。

③ Nogah Hareuveni: *Ecology in the Bible*, 1974, Neot Kedumim Ltd., p. 18.

④ 霍尔姆斯·罗尔斯顿:《环境伦理学》,杨通进译,许广明校,中国社会科学出版社,2000年,第128页。

界之中和世界存在于上帝之中”。他把这一思想称为“生态创造论”[1]。包括人类在内的世界万物都是由上帝创造的，上帝内在于世界，并出现在他的每一个创造物之中，就像《所罗门的智训》(11:24—12:1)里所说的那样:“主啊，你爱有生命的，你的不朽的灵居住在万物之中。”正因为如此，人类必须敬畏和热爱自然，爱自然万物就是爱上帝；人类还必须学会与万物共生共存，靠对方生存和为对方生存。只有这样，人类才能与上帝同在。

在《创世记》第2章第15节，上帝要人“修理看守”伊甸园，像园丁那样保护那美好的自然界。这里的描写成了生态神学“保护论”的一个主要依据。生态神学家指出，为创世主保护和代管自然才是《圣经》的基本精神。“如果世界是上帝的创造物，那么，世界仍旧是上帝的财产，人类无权提出要求。它只能被当作信托财产来租赁和保管。它必须根据神圣的公义标准，而不能根据与人类利欲有关的价值观来处理。”[2]

此外，《创世记》第2章第7节里描述说，人祖亚当(Adam)是由泥土造成的。这种属土的创造物与大地(Adama)保持着密切的联系，而且死后还要重归大地。这种描写与希腊神话以及世界各地许多创世神话是一样的，其深层含义在于揭示人类与大地不可分离的从属关系。《以赛亚书》(40:6)里所说的“一切生命都源于植物”则进一步表达了人与自然万物的密切联系。《箴言》(12:10)里所说的“义人顾惜他牲畜的命”，表达了人类应当珍惜和爱护自然万物的思想。

由此可见，仅仅看到犹太—基督教的最早经典里的征服自然观是片面的。

北美印第安人文学有着十分丰富的生态思想内涵，并对美国和整个西方生态文学产生了重大影响。例如梭罗一生都对印第安人的自然观非常着迷，曾多次考察康科德一带印第安人的生活状况及其历史。他的几次缅因森林之旅都邀请印第安人作向导，并倡导人们经常沿着印第安人的足迹朝

---

① 莫尔特曼:《创造中的上帝:生态的创造论》，隗仁莲、苏贤贵、宋炳延译，生活·读书·新知三联书店，2002年，第23页。

② 同上书，第45页。

圣于大自然,晾晒生命,饿死罪恶。生态思想家克里考特指出:“在生态学思想普及和环境危机的意识深入人心的时代,传统的美洲印第安人文化成为一种象征,它象征着我们失去了但还没有忘记的人与自然的和谐。……传统的美洲土著人的人与自然和谐相处的生存应当成为当代欧美社会的理想。”[①]近十几年来,印第安文化研究在美国和其他西方国家学界成为一个热点。生态思想家认为,应当“把美洲土著人看成当代人的楷模,效仿这个楷模才能学会与自然界和谐相处地生活”。有学者甚至惊叹道:“美洲土著人已经成为理想的生态意识的代表。‘高尚的野蛮人’(欧洲 18 世纪作家对善良、勇敢、未受文明玷污的原始初民的称呼——引者注)变成了生态英雄。”[②]尽管现今所见的印第安文学作品多数是在 14 世纪到 19 世纪出现的,但总体上看,它们属于原始文化,故放到这一节里评述。

在阿尔衮琴(Algonquin)印第安人的神话里,人是用大地母亲的血肉创造出来的。太阳神“格鲁斯卡普用他母亲的身体造成了太阳和月亮,走兽和鱼群,以及人类;而那心怀恶意的马尔塞姆造出了山谷、蛇和一切他认为可以使人类不方便的东西”[③]。神话显示出人类不仅与万物同源,而且与万物平等,即使是那些使人类不方便的东西,也是人类的同母兄弟。

印第安人的图腾崇拜更清楚地表明了他们对自然与人的关系的认识。图腾(Totem)一词来自奥吉布瓦(Ojibwa)印第安人的方言 Ototeman,意为“兄妹亲属关系”或“他的亲族”。印第安人认为人与某种动物、植物或非生物有一种特殊的亲族关系,每个氏族都源于某种动物、植物或非生物,那个根源物就是图腾。

皮马(Pima)印第安人的创世神话里有这样一个情节:有一个时期,地上的人繁殖过量,“以至食物和水都不够了。他们从不生病,也没有人死去。最后,人太多了,不得不互相吃掉。大地之主因没有足够的食物和水供给所

---

① Baird Callicott: *In Defense of the Land Ethic: Essays in Environmental Philosophy*, State University of New York Press, 1989, p. 203.

② Lisa M. Benton and John R. Short (ed.): *Environmental Discourse and Practice: A Reader*, Blackwell Publishers Inc., 2000, pp. 10, 1.

③ 丰华瞻编译:《世界神话传说选》,外国文学出版社,1982 年,第 200 页。

有的人，就把他们全部杀光”，再创造新的人类。[①] 这个神话里的“大地之主”可以看成大自然伟力的象征。神话警告人们，如果人类不能主动控制自己的膨胀而达到了打破自然平衡的地步，其结果将是人们为了争夺匮乏的自然资源而相互残杀，而且，自然也必然要惩罚人类，那种惩罚是严酷的，甚至是灭绝性的，就像人类灭绝了无数其他物种一样。

加拿大印第安人对文明人疯狂猎杀海狸的看法是：“如今我们捕杀海狸毫不费力，因而富有了；可很快就会变穷的，因为一旦海狸杀尽后，我们就再别指望给家人买所需的东西了；眼下外地人拎着铁夹子遍地跑，我们也罢，他们也罢，都马上会穷下去的。”[②]印第安人的预言，与当今未来学家、生态经济学家经过广泛调查和细致统计得出的结论完全相同。那就是：如果人类继续这样发展下去，人类的“终极贫困”——耗尽地球资源后的贫困很快就会来临。

《西雅图宣言》(*Chief Seattle's Manifesto*)是印第安生态文学中成就最高、流传最广、影响最大的一篇杰作。西雅图是苏夸美什部落(Suquamish)的酋长，他于 1854 年(一说 1855 年)对当时的美国总统皮尔斯要求购买苏夸美什部落的土地做出了口头回应，那就是著名的《西雅图宣言》。这篇优美的散文以形象、生动、流畅和富于激情的语言表达了生态整体观、人类对自然的责任和对子孙后代的责任，并严厉抨击了人类对自然的征服和掠夺。文章中的“生命之网”的意象，与 18 世纪欧洲生态思想家不约而同，相互呼应。作者深刻地指出：“我们是大地的一部分，而大地也是我们的一部分。”“世间万物都绑在一起，世间万物密切相连。大地母亲身上发生的事，在她所有的孩子那里都会发生。人不可能编织出生命之网，他只是网中的一条线。他怎样对待这个网，就是怎样对待自己。”[③]我们是大地，大地也是我们，这是北美印第安人的生活和文学所包含的最基本的思想。这一基本思想以

---

① 雷蒙德·范·奥弗编：《太阳之歌：世界各地创世神话》，毛天祜译，中国人民大学出版社，1989 年，第 30—31 页。

② 威廉·赫伯特·纽：《加拿大文学史》，吴持哲等译，人民文学出版社，1994 年，第 59 页。

③ Lisa M. Benton and John R. Short (ed.): *Environmental Discourse and Practice: A Reader*, Blackwell Publishers Inc., 2000, pp. 12—13.

及相关的生态思想深深地影响了欧美当代文化。在许许多多的报刊、教科书、网站和学术著作里都可以看到不同版本的《西雅图宣言》,它“已经成为当代环境运动的一个部分,被广泛引用,当作尖锐而发人深省的警世录,当作希望的灯塔航标,当作一种梦想的表达”①。

由美国诗人奈哈特转述的《黑麋鹿这样说》是又一部印第安文学杰作,被推崇为印第安人的圣经。该书转述了奥格拉拉苏族人(Oglala Sioux)“黑麋鹿”(Black Elk)的回忆和陈述,生动感人的叙事当中包含许多印第安人的生态思想:“我将把我的一生告诉你,……这不只是我一个人的故事,……还是所有生命的神圣而美好的故事,是我们两条腿的与四条腿的、空中长翅膀的以及一切绿色东西共同拥有的故事。”“难道苍天不是父亲,大地不是母亲,所有长腿的或带翅的或生根的生命不都是他俩的孩子吗?”“我们从大地里生出来,又与所有的动物、飞鸟、树木、小草一起,一生都要趴在她的乳房上吮吸。”②

除西雅图和黑麋鹿之外,还有很多印第安人也在他们的口头和书面文学作品里表达了类似的观点。彻罗基印第安人(Cherokee Indian)德拉姆说:“在我们的语言里,……我们把大地叫作‘埃洛克’(Elohch),这个字还表示历史、文化和宗教。我们不能把我们的生活、幻想和作为人的意义与我们所在的大地分开。……因此,当我们谈到大地的时候,我们并不是在说财产、领地或者我们的房子所坐落和我们的庄稼所生长的那块地。我们是在谈一个绝对神圣的东西。”昂农达嘎印第安人(Onondaga Indian)莱昂斯在《易洛魁人的看法》一文里指出:“在我们看来,所有的生命都是平等的,包括飞禽、走兽、地上长的、河里游的。……自然法则是非常简单的。你不能改变它;它胜过一切。世上没有任何严厉的统治、法庭或群体能够改变自然法则。你生来就要服从于自然法则。印第安人懂得自然法则。他们按照自然法则确立自己的规则。”另一位昂农达嘎印第安人申南多在《生命圈》一文里指

① Lisa M. Benton and John R. Short (ed.): *Environmental Discourse and Practice: A Reader*, Blackwell Publishers Inc., 2000, pp. 12—13.

② Baird Callicott: *Earth's Insights: A Survey of Ecological Ethics from the Mediterranean Basin to the Australian Outback*, University of California Press, 1994, pp. 120—121.

出："我们面临一个残酷的时代。现在就得开始改变，因为我们的生命支持系统正在被严重地滥用和错误地操纵。……人类认为自己高于整个生命支持系统，这是一种愚蠢的狂妄。……这个世界上的一部分人生活在不必要的又令人日趋退化的物质过剩之中，而另一部分人则死于食物、饮水和住所的严重匮乏。……自然，即大地，绝不意味着金钱，而必须意味着生命。自然是一个神圣的储藏室，它为后代人的生命提供保障。……破坏了自然的平衡，就同时毁掉了当代的和未来的自然与人类生活。西方社会需要把生命支持系统放在首位，并质疑物质主义信条。"①

加利福尼亚盆地印第安人部落的斯莫哈拉(Smohalla)说道：

> 你要我开垦土地。难道我应该拿起刀子，划破我母亲的胸膛？那么当我死的时候，她将不会让我安息在她的怀中。
>
> 你要我挖掘矿石。难道我应该在她的皮肤下，挖出她的骨头？那么当我死的时候，我就不能进入她的身体重获新生。
>
> 你要我割下青草，制成干草并将它出卖，成为像白人一样富裕的人。但是我怎敢割去我母亲的头发？②

纳瓦霍(Navajo)印第安人所崇拜的主神没有名字，因为他无处不在。"他是不可知的力量。我们通过崇拜他的创造物来崇拜他。……世间万物都有他的精神。……我们必须尊敬他所有的创造物。"③莫尔特曼用来重新解释《圣经》的"生态创造论"，与纳瓦霍人的这种因主神内在于万物而敬畏一切自然物的思想完全一致。

印第安苏族人"站立的熊"(Standing Bear)有关自然与人的关系的一次

---

① Lisa M. Benton and John R. Short (ed.): *Environmental Discourse and Practice, A Reader*, Blackwell Publishers Inc., 2000, pp. 4, 6, 15 16, 14.

② Christopher Vecsey and Robert W. Venables (ed.): *American Indian Environments: Ecological Issues in Native American History*, Syracuse University Press, 1980, p. 26.

③ Jace Weaver (ed.): *Defending Mother Earth: Native American Perspectives on Environmental Justice*, Orbis Books, 1996, p. 11.

讲话,也是生态文学的名篇。他说:

> 动物有它们的权利——被人保护的权利,它们有权活着,有权繁殖,有权自由自在,有权接受人的感恩……
>
> (我们的祖先对孩子们说)"我们坐在母亲的腿上,我们和所有生命都从她身体里出来。我们不久将死去,但我们身下的大地母亲将永久存在。"
>
> ……(文明人)听不见、看不着、也感觉不到他们周围各种各样的生命。……印第安人的小孩却不是那样,他们在自然里长大,对他们周围的一切都敏感;他们的感觉没有狭窄到只能互相观察,他们不可能像文明人那样一连几个小时什么也不听、什么也不看、什么都不想。[①]

A. 布思和雅各布斯在《限制那些应当被限制的:作为环境意识之基石的美洲土著人信仰》里论述道:北美印第安人特别重视生态平衡,在他们看来,"平衡是必不可少的,世界作为一个由各个组成部分构成的复杂的平衡体而存在,重要的是,人类要认识到这种平衡,并努力保持和生存于这种平衡当中。所有的采集和狩猎都必须以保护平衡的方式进行。人口的增减也要适应这种平衡。从自然拿走了一些,就要付出另一些回馈自然"。印第安生态文学"指导我们如何维持一个生态社会,引导着一种生态的生活方式,并为实现理想的未来提供了基本的蓝图"[②]。

从古罗马到18世纪末,是欧美生态文学缓慢发展时期。在此期间,无论是神学昌盛还是人学繁荣,自然以及自然与人的和谐关系都被严重地忽视。18世纪生态思想的勃发,直到19世纪浪漫主义时期才在文学领域引起全面的反响。不过,即便是在这两千多年的生态文化的萧条时期,仍然有一些闪

---

① Lorraine Anderson, Scott Slovic and John P. O'Grady (ed.): *Literature and the Environment: A Reader on Nature and Culture*, Addison-Wesley Education Publishers, Inc., 1999, pp. 275—276.

② Lisa M. Benton and John R. Short (ed.): *Environmental Discourse and Practice: A Reader*, Blackwell Publishers Inc., 2000, pp. 7—8,2.

烁着生态思想光芒的文学作品问世。

罗马诗人奥维德在《变形记》里描写了铁器时代人类对地球的暴力，并将这种暴力与人间的暴力联系起来：

> 富裕的地球被人类无限地索要：
> 他们挖掘她的要害，
> 试图挖出一个更仁慈的地主
> 隐藏在黑暗阴影里的财富。
> 所有那些宝贵的金属，
> 都是罪恶的根源。
> 他们找到了铁和黄金罪恶的使用方式，
> 于是战争开始涌现。①

法国16世纪诗人龙萨在诗中写道：

> 听我说，樵夫，你的双臂请稍息片刻，
> 你砍下的不是树杈，
> 你没有看见那滴滴鲜血，
> 正从树皮下仙女的身体中汩汩而出？②

从这首诗里不难看到古希腊神话的遗存，看到德律俄珀的身影。西方人并没有记住德律俄珀用生命换来的教训，大自然仍在流血。

15世纪末莱比锡的施内沃格在一个寓言里借众神的抱怨抨击人类疯狂的采掘：大地母亲穿着被撕得破烂不堪的绿色长袍痛苦地倾听众神的控诉——“酒神巴克斯抱怨他的葡萄树被根除并用于燃烧，使他最神圣的地方

---

① 卡洛琳·麦茜特：《自然之死——妇女、生态和科学革命》，吴国盛等译，吉林人民出版社，1999年，第37页。

② 刘意青、罗经国主编：《欧洲文学史》（第一卷），商务印书馆，1999年，第187页。

遭到亵渎;谷神刻瑞斯说明她的原野被破坏;冥王普路托指出采矿者的敲击就像雷鸣声在地球深处回响,使他几乎不能在他自己的王国里安住;水泽女神那伊阿德提出地下水被转移,她的泉水都已干枯;冥河之神卡戎陈述了大量地下水已日渐减少,以至他不能在冥河上行船,运送神灵们穿过河流到达普路托领地的情况;农牧神浮努斯则抗议木炭燃烧者们为获得燃料熔炼矿石而摧毁整个森林的行为。”[1]

英国诗人斯宾塞认为人类如此蹂躏大地母亲,主要原因是贪婪和欲望在作祟。在《仙后》里斯宾塞写道:采掘者——

> 伸出一只该诅咒的手,
> 戳伤老祖母宁静的子宫,
> 并在她神圣的墓穴里,不顾渎神之险
> 挖掘隐藏的财富。
> 在那里他发现金银之源到处充满,
> 于是他无限欲望和傲慢自负
> 顷刻间迅速合成。[2]

意大利作家康帕内拉的《太阳城》描写了一个有机体般的宇宙。太阳城的居民栖身于一个生态系统中,就像生存于一个巨大的生物体内。“世界是个巨兽,我们生活在它的体内,就像蛔虫生活在我们体内。”在那个生态系统中,地球是母亲,太阳是父亲,而人类与其他动物、植物是兄弟姐妹。居民们每天只工作四小时,其余时间都用来“学习、思考、辩论、读书、写作、背诵、散步、进行精神和身体锻炼、游戏”。居民们对物质的态度也值得后人深思:“他们之所以富,是因为他们不想得到什么;他们很穷,因为他们不拥有什么,结果他们没有去奴役环境,而是让环境向他们提供服务。”[3]这样的生存

---

① 卡洛琳·麦茜特:《自然之死——妇女、生态和科学革命》,吴国盛等译,吉林人民出版社,1999年,第38—39页。

② 同上书,第45—46页。

③ 同上书,第93、99—100页。

既是原始人的其乐融融的生存，也是梭罗等后来的作家身体力行的努力方向，更是康帕内拉对未来人类生存的理想。《太阳城》是最早的生态乌托邦作品，其中的生态整体主义思想、物质观、价值观以及生态的生存方式对后世具有十分重要的借鉴价值和实践意义。

弥尔顿在《失乐园》里也谴责了开采者："先是通过贪欲之神和他的教诲，/人类开始劫掠地球的中心，/并用不虔敬的双手/搜索他们地球母亲的全身/以获取隐藏得更好的财富。"[①]弥尔顿还进一步分析了导致这种贪婪劫掠的更深的思想根源，即人类自恃为大地的统治者。于是，诗人告诫人类：

> 造物主的宏大辉煌，他创造了
> 如此广阔的天空，他的航道一直延伸到远方；
> 人们应该知道他们居住的地方并不属于他们自己；
> 他们无法填充这广袤的大厦，
> 他们只能占据狭小的一隅，
> 其余的地方被分予何用，它的主人最清楚。[②]

在斯威夫特的《格列佛游记》里，主人公在由马治理的岛国发现了比人类更有美德的生物，他学会了马语，希望能与马一起生活，终生与马为友。他将马与人相比，认识到人类的思维能力不仅没有使人变得文明，反而变得比野兽更为残忍，更加贪婪纵欲。《格列佛游记》与表现人类征服自然、占有自然、控制自然的《鲁滨孙漂流记》形成了极大的反差，与主流文化格格不入，并因此受到文明的维护者大量且激烈的攻击。

卢梭是一个伟大的生态思想家。贝特称卢梭是"第一位绿色思想家"[③]也许还有待商榷，但他在人类生态思想史上的确占有着承上启下的、里程碑一般的重要地位。他深深影响了后世几乎所有重要的生态思想家和生态文

---

① 卡洛琳·麦茜特：《自然之死——妇女、生态和科学革命》，吴国盛等译，吉林人民出版社，1999年，第46页。

② 比尔·麦克基本：《自然的终结》，孙晓春、马树林译，吉林人民出版社，2000年，第213页。

③ Jonathan Bate: *The Song of the Earth*, Harvard University Press, 2000, p. 32.

学家。卢梭的生态思想是系统而全面的,迄今为止多数重要的生态思想观念,都可以在卢梭那里找到深刻的论述。卢梭的生态思想主要有以下六个方面:

(1) 征服、控制自然批判　卢梭指出,人类“强使一种土地滋生另一种土地上的东西,强使一种树木结出另一种树木上的果实;他将气候、风雨、季节搞得混乱不清;……他扰乱一切,毁伤一切东西的本来面目;……甚至对人也是如此,必须把人像练马场的马那样加以训练;必须把人像花园中的树木那样,照他喜爱的样子弄得歪歪扭扭。”在这里,卢梭也将人对自然的控制、扭曲和征服与人对人的控制、扭曲和征服联系起来了。卢梭提出,要遵守自然规律,把人类的发展限制在自然所能承载,即自然规律所允许的范围内。他呼吁道:“人啊!把你的生活限制于你的能力,你就不会再痛苦了。紧紧地占据着大自然在万物的秩序中给你安排的位置,没有任何力量能够使你脱离那个位置;不要反抗那严格的必然的法则,不要为了反抗这个法则而耗尽了你的体力……不要超过这个限度……”[①]卢梭告诫人们,永远不要违背自然规律,永远不要企图或幻想人类能够最终战胜自然。在列出大量的自然对人类进行报复和惩罚的事例之后,卢梭强调指出,当我们把所有这些危险都考虑到之时,我们就会明白:“自然因为我们轻视它的教训,而使我们付出的代价是多么大!”[②]很明显,卢梭的遵循自然规律说是恩格斯的“以遵循自然规律为前提说”的先声。

(2) 欲望批判　卢梭承认欲望是人格的一种自然倾向,是人类“保持生存的主要工具,因此,要想消灭它的话,实在是一种既徒劳又可笑的行为,这等于是要控制自然,要更改上帝的作品”。但是,卢梭所认可的欲望是有限的自然欲望,而绝不是消费社会所诱发的无限的奢侈享受的欲望。他指出:“我们的自然的欲念是很有限的,它们是我们达到自由的工具,它们使我们能够达到保持生存的目的。所有那些奴役我们和毁灭我们的欲念,都是从别处得来的;大自然并没有赋予我们这样的欲念,我们擅自把它们作为我们

---

① 卢梭:《爱弥儿》,李平沤译,商务印书馆,1996年,第5、79页。

② 卢梭:《论人类不平等的起源和基础》,李常山译,商务印书馆,1962年,第162页。

的欲念，是违反它的本意的。”[①]他分析了文明社会强加给人类的欲望的由来：人们“首先是满足必不可少的需要；其次是追求更多的东西；继之而来的就是追求逸乐、无边的财富、臣民和奴隶，为了这一切，社会的人片刻也不肯松懈。更奇怪的是，越是不自然的、迫切的需要，欲望反而越强烈”[②]。

卢梭清楚地看到，如果欲望无限膨胀，它不仅“终于要并吞整个自然界”，而且还成为“使得我们要为非作恶的原因，也就这样把我们转化为奴隶，并且通过腐蚀我们而在奴役着我们”。“奢侈或则是财富的结果，或则是使财富成为必须；它会同时腐蚀富人和穷人的，对于前者是以占有欲来腐蚀，对于后者是以贪婪心来腐蚀；……使他们这一些人成为那一些人的奴隶，并使他们全体都成为舆论的奴隶。”[③]卢梭不仅看到了欲望无限膨胀所必然导致的生态灾难，而且深刻地指出：满足或诱导人去满足无尽的奢侈欲望，给人的或许诺给人的绝不是越来越高档的享受，而是对人的腐蚀、控制和奴役！卢梭还特别强调了传媒、舆论在这种腐蚀和奴役中所扮演的可恶角色和所发挥的巨大又可怕的作用。

正因为如此，卢梭坚决主张限制人的欲望，至少把欲望限制在自然界所能承载的限度内；最好能在满足基本生存需要的基础上，最大限度地限制人的物质欲望。卢梭反复强调，必须“按你的条件去限制你的欲望”，“把你的心约束在你的条件所能许可的范围”，这里的条件主要是指自然的条件或自然环境。人类欲望的无限膨胀和物质文明的无限发展，必然与自然环境的有限承载发生矛盾。“真实的世界是有限的，想象的世界则没有止境；我们既不能扩大一个世界，就必须限制另一个世界”——想象中的能满足更大欲望的世界。人们绝对不能“忘记了我们做人的环境，而臆造种种想象的环境”[④]。只有把人的欲望和发展严格控制在自然环境所能供给、接收、消化和再生的限度内，人类才能长久地存在。值得注意的还有，在限制欲望说基础之上，卢梭还对经济学提出了自己独特的见解：“‘经济学’与其说是取得人

---

① 卢梭：《爱弥儿》，李平沤译，商务印书馆，1996年，第288—289页。

② 卢梭：《论人类不平等的起源和基础》，李常山译，商务印书馆，1962年，第161页。

③ 卢梭：《社会契约论》，何兆武译，商务印书馆，1980年，第189、89页。

④ 卢梭：《爱弥儿》，李平沤译，商务印书馆，1996年，第682、681、75、681—682页。

们所无之物的方法,不如说是对人们已有之物的深谋远虑的管理方法。"[①]这实际上已经为充分考虑资源供给限度和环境成本的20世纪生态经济学奠定了基础。

(3) 工业文明和科技批判　卢梭对破坏自然的工业文明和扭曲自然、违背自然规律的科学技术持批评态度。他列举了一系列人类引以为自豪的所谓"成就":填平深渊、铲平高山、凿碎岩石、开垦荒地、挖掘湖泊、弄干沼泽、江河通航、大厦竖立、船满大海……然后他质问道:所有这些给人类带来的幸福与给人类带来的灾难究竟哪个方面更大?卢梭显然认为,带来的灾难更大,所以他说:"人们便会惊讶这两者之间是多么不相称,因而会叹息人类的盲目。由于这种盲目,竟使人类为了满足自己愚妄的自豪感和无谓的自我赞赏而热烈地去追求一切可能受到的苦难!"他认为,只要人们注意到"各种食物的奇异的混合,有害健康的调味法,腐坏的食物,……配置药剂所用的各种有毒的器皿,……污浊的空气而引起的流行疫病,由于我们过分考究的生活方式、由于室内室外温度的悬殊……引起的疾病";那么,就一定会得出与他相同的判断。[②] 卢梭时代的自然环境虽有相当大的破坏,但还没有达到生态危机的程度;然而他却高瞻远瞩地看到了可怕的未来。时至今日,工业文明和反自然的科技已经把生态系统毁坏到接近总崩溃的边缘,可又有多少人能够理解和认同卢梭的这种文明和科技批判?

(4) 生态正义观　非常关注人类不平等的卢梭,也对生态的非正义和不平等给予了关注。他提请人们注意"压在穷人身上的过于劳累的工作、富人沉溺于其中的更加危险的安乐生活,以及使一些人因缺乏它而死亡、另一些人却因享用过度而死亡的种种东西"。他断言:"一小撮人拥有许多剩余的东西,而大多数的饥民则缺乏生活必需品,这显然是违反自然法的,无论人们给不平等下什么样的定义。"[③]这样的思想被马克思和恩格斯的生态正义论所继承,也为20世纪的生态正义论提供了思想资源。虽然卢梭由于时代

---

① 卢梭:《论政治经济学》,王运成译,商务印书馆,1962年,第29页。

② 卢梭:《论人类不平等的起源和基础》,李常山译,商务印书馆,1962年,第159、162页。

③ 同上书,第162、149页。

的局限还没有讨论国与国之间、民族与民族之间、发达地区与发展中地区之间的生态不正义，但他的思想也提醒着当代反对生态入侵、生态殖民、生态危机转嫁进而特别关注世界大格局的生态正义的人们：决不能忽视一国之内的生态正义。

(5) 简单生活观 卢梭提倡物质生活的简单化、物质需求有限化和精神生活的无限丰富化。他特别推崇“野蛮人”的简单生活方式，又特别反感“文明人”汲汲于物质利益。他说：“野蛮人仅只喜爱安宁和自由；他只愿自由自在地过着闲散的生活，……相反地，社会中的公民则终日勤劳，而且他们往往为了寻求更勤劳的工作而不断地流汗、奔波和焦虑。”[①]梭罗关于简单生活的看法与卢梭的这种观点几乎完全一样。卢梭循循善诱地告诫我们：“乍看起来，好像玩乐的次数和花样一多就可以增加人的幸福，而平淡单调的生活将使人感到厌倦；但仔细一想，事情恰好相反，我们发现心灵的甜蜜在于享乐适度，使欲望和烦恼无由产生。”更进一步说，物质生活的简单化其实并不是最终目的，最终目的是精神生活的丰富。在卢梭看来，只要热衷于追逐物质生活越来越舒适和奢侈，人的精神生活就一定不可能获得完善和提高。“身体太舒服了，精神就会败坏。”欲海无边，追逐无涯，很多人“一生中只不过是活了他的生命的一半，要等到肉体死亡的时候，他才开始过灵魂的生活”[②]。

(6) 回归自然观 回归自然是浪漫主义时代作家们叫得最响的口号，而第一个喊出这个口号的就是卢梭。卢梭认为，回归自然环境与回归人的自然天性，是人类健康生存的必需。他呼吁人们“带着滋味无穷的迷醉消融在他自觉与之浑然一体的这个广袤而美丽的大自然中。于是，一切个别物体他都看不见了，他所看见的，感受到的无一不在整体之中”[③]。由此可见，卢梭的回归自然观已经有了生态整体主义的萌芽，尽管他在这方面考虑得并不多。

---

① 卢梭：《论人类不平等的起源和基础》，李常山译，商务印书馆，1962 年，第 147 页。

② 卢梭：《爱弥儿》，李平沤译，商务印书馆，1996 年，第 317、85、405 页。

③ 卢梭：《一个孤独的散步者的遐想》，张驰译，湖南人民出版社，1986 年，第 114 页。

卢梭的思想对德国狂飙突进运动的作家产生了影响,那些作家倡导回归自然,在他们的作品里随处可见对纯洁的儿童、质朴的成人以及未受工业文明侵扰的田园生活的赞美。歌德在《少年维特的烦恼》里赞美了大自然对人类神奇的影响力,抨击了人类自视为自然之主宰的愚蠢和狂妄:自然"是医治我这颗心的灵丹妙药;……真想变成一只金甲虫,到那馥郁的香海中去遨游一番,尽情地吸露吮蜜"。"对于生机勃勃的自然界,我心中曾有过强烈而炽热的感受,是它,曾使我欢欣雀跃,……感到自己变成了神似的充实"。人们"为求安全而聚居在小小的房子里,却自以为能主宰着大千世界!可怜的傻瓜,你把一切看得如此渺小,因为你自己就很渺小"[①]!歌德的这种自然观与浪漫主义诗人是一致的。歌德在《神性》一诗里还强调了尊重自然规律:"我们大家必须/顺从永恒的、严峻的、/伟大的规律,/完成我们/生存的连环。"[②]从这里我们可以明显看到18世纪的"生命链"思想对歌德的影响。不过,歌德的自然观是矛盾的,他的作品对反生态的文化精神也有着重大影响(详见本章最后一节)。

荷尔德林为欧美生态文学的发展做出的主要贡献,是他提出了诗意生存观:"非常值得地,并且诗意地/人栖居在大地上。"海德格尔在论述这两句诗的意义时,特别强调诗意的重要性,他指出:"对于人的栖居来说,诗意是最基本的能力。""诗使栖居有了意义。诗与栖居不仅不能分离,正相反,还应当相互从属、相互召唤。"[③]贝特则从生态的角度对这两句诗作了这样的分析:"栖居"(dwells,德文是 wohnet)意味着一种归属感,一种人从属于大地、被大自然所接纳、与大自然共存的感觉,其对立面是失去家园(homelessness)。这种归属感的产生有两个前提,一是"诗意地"(poetically,德文是 dichterisch)生存,生存在审美愉悦当中和精神生活的日益丰富当中;另一个就是要非常值得地生存,而要做到"非常值得地"(well deserving,一

① 歌德:《少年维特的烦恼》,杨武能译,人民文学出版社,1981年,第2、52—53页。

② 歌德等:《德国诗选》,钱春绮译,上海译文出版社,1982年,第100页。

③ Lawrence Coupe (ed.): *The Green Studies Reader: From Romanticism to Ecocriticism*, Routledge, 2000, pp. 93—94.

译 full of merit)生存,就必须尊重大地,对所栖居的大地负责任。[①]

浪漫主义文学也受到卢梭直接的影响。卢梭的生态思想为生态文学在浪漫主义时代再次崛起提供了主要的理论准备。

第二节 浪漫主义时代的生态文学

在19世纪上半叶浪漫主义时代,生态文学再度勃兴。不过,并非所有描写自然的浪漫主义作品都属于生态文学,那些把自然当作途径和工具用来抒发人的感情或反映、对应、表现人的思想和人性的作品,不在生态文学研究所考察的范围之内。

德国浪漫主义作家蒂克的童话集《金发的埃克伯特》揭示了对金钱物质的追逐带来的恶果,赞美了简朴宁静的生活方式。诺瓦利斯严厉地抨击与自然为敌的工业文明,称之为“与大自然进行一场考虑周密的持久毁灭战”。另一位德国浪漫主义诗人阿尔尼姆质问道:“古树哪里去了?昨天我们还坐在它下面;还有固定界限的原始记号呢!怎么回事?出了什么事?百姓几乎忘了它们!”对此,法国的浪漫作家夏多布里昂给出了回答——预言般的回答:“森林先行于各族人民,沙漠在人后接踵而来!”[②]

许多浪漫主义作家对森林有着深深的爱。弗·施莱格尔这样歌咏森林:

> 你已存在了好几千年,
> 蓊郁、大胆的森林!
> 你嘲笑一切世人的技艺,
> 编织着你的绿茵。
> ……

① Jonathan Bate: *The Song of the Earth*, Harvard University Press, 2000, pp. 258—260.

② 狄特富尔特等编:《人与自然》,周美琪译,生活·读书·新知三联书店,1993年,第23、209—210页。

这些挺直坚强的树干，
不住地向上伸展；
地下的芽胚和生命力，
拼命地趋向青天。
……
自然，我感到了你的手，
吞吐着你的气息；
也感到你的心在紧逼着
钻进了我的心里。①

诗人赞美自然万物旺盛的生命力，这种生命力能够神奇地又深深地影响真正爱自然和渴望融入自然的人。这是许多浪漫主义时期生态诗歌的主题。

布莱克赞美人性的天真，赞美自然的野性，赞美所有的生命，声言“所有有生命的事物都是神圣的”。在他看来，烟囱林立的、被黑乎乎的工厂包围的城市是撒旦的作品；而自然才是人类最好的老师，自然能够给予人类完善自身不可或缺的、从社会得不到的启迪。②

英国浪漫主义诗人亨特的名诗《鱼、人和精灵》告诉人们，任何一种生物的优劣都是相对的。以不同的角度观察事物，用不同的价值尺度评判事物，便会有不同的认知。以人为尺度看鱼是这样：

你这稀奇古怪、面带惊讶、大海里的可怜虫，
三角眼，耷拉着口角，张着大嘴，
你无止无休地吞进大海中的盐水；
你冷酷，虽然你的血有幸被染成鲜红，
你沉默，虽然你长住在咆哮的海涛中。

① 《德国浪漫主义诗人抒情诗选》，钱春绮译，江苏人民出版社，1984年，第41—42页。
② 彭克巽主编：《欧洲文学史》(第二卷)，商务印书馆，2001年，第51、56页。

……有的圆，有的扁，有的细长，都像鬼怪，
没有腿，不懂得爱，声名狼藉地清清白白。

如果换成鱼的尺度来看人，则是这样：

奇异的怪物！……啊，扁平的、丑恶不堪的面孔，
阴森森地和下面的胸膛截然分离。
你总是在旱地上阴沉沉地走来走去，
岔开身躯，迈着荒谬可笑的步子，
一叉又一叉，辱没了一切优美的风韵，
你那废置无用的长鳍——毛茸茸，直挺挺，
干巴巴，好不迟钝！
你成天吸进那刀剑似的、不堪呼吸的空气，
……白浪碧波的水中生活，你丝毫也不能分享？
有时我看见你们成双成对地走过海滩，
你的鳍挽着她的鳍，多难看，多不体面！①

鱼对人的看法固然有些滑稽可笑，那么，反问一下：人对鱼以及其他生物的看法就不可笑吗？为什么偏偏要以同样可笑的人为尺度来评判一切呢？如果站在牛的立场上给人下定义，人算个什么东西？人，牛的寄生物！如果站在树的立场上给人下定义，人又是个什么东西？人，砍树的刀斧手！难道说这些不同于人的尺度的判断就没有一定的道理吗？人类应当学会多从其他生物乃至非生物的立场看问题，并进而学会从生态整体的观点看问题，才有可能摆正自己在自然万物中的位置，打消虚妄的高傲。

华兹华斯是英国浪漫主义时期成就最大的生态诗人，也是欧美最杰出的生态作家之一。他厌恶毁坏自然环境的工业文明，从1795年开始到1850

① 黄宏煦主编：《英国浪漫主义诗人抒情诗选》(上)，江苏人民出版社，1988年，第241—242页。

年去世,隐居在英国中西部湖区的自然山水里长达五十几年,把大半生献给了自然,创作了大量歌咏自然与人之和谐关系的诗歌,其中不少堪称优秀的生态诗。从生态文学的角度来看,华兹华斯诗歌的突出成就之一,是从自然对人的美好影响这个方面来探讨和表现自然与人的关系。在华兹华斯看来,自然"有一些力量能使我们的心受感染",自然"会用宁静和美打动"人们,能"引导我们从欢乐走向欢乐"。最平凡的花朵也能给人深刻的思绪,雏菊能教会人"在困难时候不丧失希望",水仙花能治愈心灵的创伤,并"把孤寂的我带进天堂"。[①]

古希腊哲学家苏格拉底曾经说过:"乡村和树木不能教我任何东西,而城市中的人却能教我很多。"[②]华兹华斯等浪漫主义作家的看法正好相反,他们认为自然是人类"心灵的保姆、向导和护卫"。因此,人应当永远是大自然谦恭的学生,永远是"大自然的崇拜者,精神抖擞地来到这里朝拜"[③],并永远向自然老师——地球上最渊博的老师学习。于是,华兹华斯向人们发出了这样的呼吁:

> 起来!朋友,把书本丢掉,
> 　当心驼背弯腰;
> 起来!朋友,且开颜欢笑,
> 　凭什么自寻苦恼。
>
> ……
>
> 啃书本——无穷无尽的忧烦;
> 　听红雀唱得多美!
> 到林间来听吧,我敢断言:

① 华兹华斯:《华兹华斯抒情诗选》,黄杲炘译,上海译文出版社,1986年,第73、81、191、202、257页。

② 霍尔姆斯·罗尔斯顿:《哲学走向荒野》,刘耳、叶平译,吉林人民出版社,2000年,第2页。

③ 华兹华斯:《华兹华斯抒情诗选》,黄杲炘译,上海译文出版社,1986年,第81—82页。

这歌声饱含智慧。

唱得多畅快，这小小画眉！
听起来不同凡响；
来吧，来瞻仰万象的光辉，
让自然做你的师长。

自然的宝藏丰饶齐备，
能裨益心灵、脑力——
生命力散发出天然的智慧，
欢愉显示出真理。

春天树林的律动，胜过
一切圣贤的教导，
它能指引你识别善恶，
点拨你做人之道。

自然挥洒出绝妙篇章；
理智却横加干扰，
它毁损万物的完美形象——
剖析无异于屠刀！①

柯尔律治的长诗《古舟子咏》咏叹的是人对自然的随意摧残以及由此导致的“天罚”。老水手在一次航行途中，射杀了一只信天翁，接下来发生的事比德律俄珀遇到的更为恐怖：

---

① 华兹华斯、柯尔律治：《华兹华斯、柯尔律治诗选》，杨德豫译，人民文学出版社，2001年，第228—229页。

连海也腐烂了！哦，基督！
　　这魔境居然显现！
黏滑的爬虫爬进爬出，
　　爬满黏滑的海面。
……
那大片阴影之外，海水里，
　　有水蛇游来游去：
……
水蛇游到了阴影以内，
　　淡青，油绿，乌黑似羽绒。
波纹里，舒卷自如地游动，
　　游过处金辉闪闪。①

整船的水手，除了这个肇事者，全都死去，尸首横陈甲板，到处是瘟疫般的漫长的沉寂，到处是黏糊糊的形状和残缺的生命。大自然没有让老水手死去，是要更严厉地惩罚他——让他用一生来忏悔、来承受精神折磨：拦住过路人，向人讲述自己的遭遇，告诫人们永远要尊重、爱护自然万物。“对人类也爱，对鸟兽也爱，/祷告才不是徒劳。//对大小生灵爱得越真诚，/祷告便越有成效。”②英国著名的生态文学研究者贝特评价道，柯尔律治在《古舟子咏》里咏叹的不是命运悲剧，而是自然伦理或大地伦理的伦理悲剧，批判的是人类的骄妄和毫无“物道”的残暴。杀死无辜的鸟儿，标志着人类与其生存环境里的其他生命彻底决裂和完全对立，从此便成为生物界的局外人，成为被大地母亲所抛弃的孤儿，就像那个整夜徘徊在黑暗森林里的老水手。③ 生态文学研究者 N. 罗伯茨和吉福德认为，《古舟子咏》是英语文学中

① 华兹华斯、柯尔律治：《华兹华斯、柯尔律治诗选》，杨德豫译，人民文学出版社，2001 年，第 297、305 页。

② 同上书，第 321 页。

③ Jonathan Bate: *The Song of the Earth*, Harvard University Press, 2000, pp. 49—50.

“最伟大的生态寓言”①。

济慈的杰作《夜莺颂》的基调和许多浪漫主义诗歌一样是渴望融入自然并由大自然的神力治愈心灵的创伤:“远远地、远远隐没,让我忘掉/你在树叶间从不知道的一切,/忘记这疲劳、热病和焦躁,/这使人对坐而悲叹的世界。”②

意大利诗人莱奥帕尔迪否定人是世界的主宰,认为人类的生死繁衍都取决于自然。他还对利欲熏心、虚伪堕落、贪图安逸、追逐时髦等物质主义生活方式和人类中心的狂妄自大进行了严厉批判,对科学技术发展的意义给予了质疑。

奥地利作家施蒂夫特坚决反对人类对自然的侵害,反对把人看作自然的主人。在他的《我曾祖父的记事册》等小说里,主人公都是与自然平等相处的自然人。

丘特切夫是俄罗斯浪漫主义时代写风景诗最多的诗人。他的《大地还是满目凄凉》《大自然不像你们所希望的》《不,大地母亲啊!》等诗作赋予自然万物以灵性,声言他不追求天国,只求在大地上享受自然的美。

雨果指出:“人与人应当文明相待,这已经相当进步了;然而人对自然也应当文明相待,但这至今却是一片空白。”因此,当务之急是要建立人与自然的文明的合乎道德的关系。③

法国诗人维尼的《狼之死》描写了猎狼的残酷情景,并由此而谴责人类对自然的暴行:“两肋插入的猎刀深及刀柄,/狼动弹不得,它的鲜血浸透了草坪;/……狼又瞪了我们一眼,颓然倒地,/舔着鲜血的嘴满是血迹,/不屑知道它会怎样死去,/狼紧闭双眼死去,没有一声叹息。//……唉!我想我们是枉有人的大名,/我羞愧,因为我们生性懦弱!/……只有你们知道,你们这些崇高的野兽们。”④

---

① Patrick D. Murphy (ed.), *Literature of Nature: An International Sourcebook*, Fitzroy Dearborn Publishers, 1998, p. 169.

② 王佐良:《英国诗史》,译林出版社,1997 年,第 318 页。

③ Wynne Tyson: *The Extended Circle*, Paragon House, 1989, p. 131.

④ 江伙生译著:《法国历代诗歌》,武汉大学出版社,1996 年,第 187—188 页。

库珀是美国最早关注生态破坏的作家之一。他的《拓荒者》等小说详细描写了大规模射杀北美候鸽等灭绝物种和破坏自然资源的行径,严厉批判了文明对荒野的侵扰。《哥伦比亚美国文学史》对此评价道:"《拓荒者》可以当作警世之言来读",是"最早表达现代生态意识的重要作品之一"[①]。

爱默生关于自然的思想影响很大。他的自然观里有一些生态思想的萌芽。例如,与华兹华斯等浪漫主义诗人一样,爱默生也认识到自然对人的有益的影响力。他说:"自然之对人心灵的影响,从时间上看是最先,从重要性上看是最大。""在这片林子里,我们复归到理性与忠诚。在那里,我感到生活中没有什么不祥的东西……站在空旷的土地上,我的头脑沐浴在清爽的空气里,思想被提升到那无限的空间中,所有卑下的自私都消失了。""自然是一剂良方,它能恢复人已遭损害的健康。""自然就是用这样少、这样常见易得的要素来给我们的生命灌注神性。"爱默生对文明的负面作用也有一定的认识。他指出:"文明人制造了马车,但他的双足也就丧失了力量。他有了支持他的拐杖,但他的肌肉也就松弛无力了。他有了一块精致的日内瓦表,但他没有了通过太阳准确地辨别出时间的技能。……我们可以提出这样的问题:机械是不是一种阻碍?文雅的习俗是不是使我们丧失了生命的某些原动力?"[②]

但是,从当今生态思想的角度来看,爱默生的自然观之主导倾向是以人类为中心的,是非生态的。在他的大名鼎鼎的散文《自然》里,爱默生指出:"自然完全是中性的。人让它为人效劳。它温顺地接受人的统治,就像耶稣骑的驴一样。它把它所有的王国提供给人,把它们作为原料,让人用这些原料塑造出有价值的东西。人从不厌倦对自然的这种调理。……他那获胜的思想一个接一个地与万物同至并且将万物制服,直到世界最终变成了一个被人了解了的意志——这是人的另一个身躯。""在这个飘浮于太空中的绿色星球上,存在着取之不尽,用之不竭的资源,它们供养人,取悦人。""每一

---

① 埃默里·埃利奥特主编:《哥伦比亚美国文学史》,朱通伯等译,四川辞书出版社,1994年,第195页。

② R.W.爱默生:《自然沉思录》,博凡译,上海社会科学院出版社,1993年,第69、6、12、160页。

个有理性的动物都可以把整个自然作为他的家产。如果他希望得到自然，那么自然就是他的。"虽然爱默生也说过，人是"自然永远的小学生"，也主张人尊重和"承认自然规律的永恒确定性"，甚至也说过人类应当"学会崇拜自然"；但所有这些承认、尊重、学习和崇拜的目的，不是为了自然整体的利益，不是为了人与自然亲如兄弟一般的和谐共存，而是为了主宰自然，为了"寻找更为广阔的知识来让自己逐渐成为一个创造和主宰自然的造物主"。他的理想境界是："整个大地是你的庄园，海为你洗浴、供你航行，……你将拥有森林和河流，你拥有一切，……你是大地、海洋和天空的真正主人！"这种征服和控制自然、把自然人化、把自然作为资源的实用主义观点，与亚里士多德、培根等人的思想是一致的。爱默生还热情赞美了人类的科技进步，诗情画意地描写了象征着科技进步的火车："火车在大地上疾驰，驶过一个又一个城镇，就像雄鹰和燕子在空中自由飞翔。"[①]这与凯尔纳、梭罗以及后来的叶赛宁、鲁勃佐夫等人的观点是完全不同的，与20世纪的生态文学作家更是截然相反，倒是与某些未来主义诗人和苏联的钢铁诗人很近似。

不过，爱默生所关注的自然对人类的益处绝非仅仅是物质上的，实际上，爱默生更看重的是人的精神与自然的契合。爱默生说得很明确："世界就是这样相对于人的灵魂而存在，为的是满足人对美的爱好。"在这种精神与自然的感应过程中，"我感到我的生命在扩展，我的生命与晨风交融为一"。"属于自然的美就是属于他自己心灵的美。自然的规律就是他自己心灵的规律。自然对于他就变成了他的资质和禀赋的计量器。他对自然的无知程度也就是他对自己的心灵尚未把握的程度。一句话，那古代的箴言'认识你自己'与现代的箴言'研究大自然'最后成了同一句格言。"[②]虽然爱默生谈的也是人与自然的关系，但他的观点却不是生态的，不是绿色的。这是因为他对人的精神与自然契合的论述起点和目的都是、也只是人本身，而自然则只是人认识自我的途径和工具。然而，我们知道，自然并非仅仅是为了人

① R. W. 爱默生：《自然沉思录》，博凡译，上海社会科学院出版社，1993年，第32、8、15、39、40、70、197、9页。

② 同上书，第19、12、70—71页。

类而存在的,自然为所有生物和非生物存在;认识自然的目的也并非仅仅是认识人自己、满足人的审美需要和扩展人的生命力,还有更为重要的目的——认识和遵循自然规律进而保护和维持生态系统的平衡与稳定。把自然规律等同于人的精神规律是人类狂妄自大的突出表现,按照这个思路发展下去,人不仅不可能真正客观地认识自然规律,而且还必然会把自己的意志强加给自然,扭曲自然进程,干扰自然规律,破坏生态平衡。

梭罗是浪漫主义时代最伟大的生态作家。仅以一例将他与爱默生稍作比较,就不难看出他是生态文学家而爱默生不是。同样都是关照自然,爱默生说:"从那些宁静的景色当中,特别是在眺望遥远的地平线时,人可以看到与他自己的本性同样美丽的东西。"(着重点是人而非自然——引者评)[①]梭罗却说:"在这裸露和被雨水冲刷得褪了色的大地上,我认识了我的朋友"[②]和"我们伟大的祖母"[③]。他要观察和认识的就是这伟大祖母本身以及她所有的子孙——所有动植物兄弟姐妹。显然,梭罗所强调的是整个自然,人不是自然的主宰而是自然的孩子,人与自然万物的关系是平等的兄弟关系。布伊尔在详细对比分析了梭罗和爱默生之后指出,梭罗"用其作品为人们展现了一个人类之外的存在,那是最主要的存在,是超越了任何人类成员的存在"。揭示了那个存在独立的价值以及它对包括人在内的所有生命的重大意义,是梭罗最有价值的贡献。[④]

布伊尔是梭罗研究专家,他把梭罗一生的创作和生活概括成五个方面,那五个方面实际上还可以进一步概括为两大类,一是"追求简朴,不仅是生活上、经济上的,而且是整个物质生活的简单化",尽可能"过原始人,特别是古希腊人那样的质朴生活";另一是"全身心投入地体验田园风光","认识自

---

① Ralph Waldo Emerson: *Nature, Addresses, and Lectures*, ed. by Robert Ernest Spiller and Alfred R. Ferguson, Harvard University Press, 1971, p. 10.

② Bradford Torrey and Francis H. Allen (ed.): *The Journal of Henry David Thoreau*, Vol. 11, Houghton Mifflin, 1906, p. 275.

③ Henry D. Thoreau: *Walden*, Princeton University Press, 1971, p. 138.

④ Lawrence Buell: *The Environmental Imagination: Thoreau, Nature Writing, and the Formation of American Culture*, Harvard University Press, 1995, p. 209.

然史”,“认识自然美学,发掘大自然的奇妙神秘的美”[①]。

梭罗满怀深情地描写了瓦尔登湖:“它是大地的眼睛;看透这幽深的眼睛,观察者便测量出他自己的天性的深度。长在湖边的树是细长的睫毛,四周林木葱郁的小山和山崖是明眸上的美眉。”[②]几十年之后,俄罗斯作家普里什文也在作品里说:“湖泊——这是大地母亲的眼睛。”[③]

梭罗是简单生活的著名的提倡者。从1845年7月4日开始,梭罗在康科德郊外瓦尔登湖畔的一座小木屋里隐居了26个月,每年为最基本的物质需要而劳动的时间,加在一起,总共才六个星期,其余时间全部用于阅读和与大自然沟通。他这样做的目的是要证明:人完全可以活得更简单、更质朴;人如果在物质生活方面只求满足最基本的需要,他可以活得幸福快乐,活得更从容、更轻松、更充实、更本真;人完全不必、也完全可以做到不在物质的罗网里苦苦挣扎,异化成工具或工具的工具。简单生活本身并不是目的,目的是以物质生活的尽量简单换来精神生活的最大丰富。反之,即使人占有了全世界,但却输掉了自己的灵魂,又有何益?

在《缅因森林》里,梭罗批评了只知道占有和利用自然的态度,呼吁人们诗意地对待自然,在自然中寻找诗意,并在自然里诗意地生存。他指出,如果人类持“能利用它就利用”的态度,那么,“人类是不会和地球联系在一起的”。“通常将人们带进荒野的动机是多么卑鄙粗俗,……他们的目的就是尽可能多地杀死麋和其他野生动物,但是,请问,难道除了干这些事外一个人来到这荒凉的广阔荒野度过几周或几年就不能干其他的事吗?——干一些极为甜蜜、清白和高尚的事?有一个人带着铅笔来这里素描或唱歌,就有一千个人带着斧子或枪来的。”“几乎没有过什么人来到森林里看松树是怎么生活、生长、发芽的,怎样将其常青的手臂伸向光明,——看看它完美的成功。但是大部分人都只满足于看到松树变成宽大的板,运到市场上,并认为那才是真正的成功!”“诗人不会用斧子抚弄松树,不会用锯子来轻轻碰它,

---

① Lawrence Buell: *The Environmental Imagination: Thoreau, Nature Writing, and the Formation of American Culture*, Harvard University Press, 1995, pp. 126－132.

② Henry D. Thoreau: *Walden*, Princeton University Press, 1971, p. 186.

③ 普里什文:《大自然的日历》,石国雄译,北京大学出版社,2017年,第83页。

也不会用刨刀在他身上轻轻掠过……”诗人知道那些都“不是松树的最高用途”,他“爱的不是它们的骨头，不是皮毛,也不是脂油”,而是“树的活的精神”。“树的活的精神将与我一样永生,也许会高入云天,而且还会胜过我。”①

在梭罗看来,人的发展绝不是物质财富越来越多的占有,而是精神生活的充实和丰富,是人格的提升,是在与自然越来越和谐的同时人与人之间也越来越和谐。这种发展观影响了一些有远见的思想家和政治家。马丁·路德·金在接受1964年诺贝尔和平奖的演讲里说:“我们今天所面临的问题是我们让自己的心灵迷失在外部的物质世界。纷繁的现代生活之命运用诗人梭罗的一句箴言即可概括,那就是:这样的‘发展意味着奔向无法发展的结局’!”美国前副总统戈尔在其著作《平衡的地球:生态学和人的精神》里指出,梭罗等作家让我们认识到,“对我们这个地球环境的最大的威胁,不是那些威胁本身,而是人们对那些威胁的认识不足,是大多数人还没有意识到生态危机发展下去绝对会把人类引向坟墓”②。

不少后来的作家仿效过梭罗的生活方式,如卡森、杰弗斯。卡森在缅因州西索斯波特购得海边的一片林地,盖起她的小屋。小屋的四壁全有窗户,好让她观林望海。杰弗斯这位著名的美国生态诗人在加州卡梅尔海边的山上亲手盖起了名叫“石屋和鹰塔”的住所,与鹰隼、山石、红杉、青苔同居,面对浩瀚的太平洋吟诵他的诗作。20世纪60年代以后,美国人对梭罗的评价越来越高,对他的迷恋日趋增强。成立于1941年的“梭罗协会”是研究单个美国作家的最大的也是历史最长的组织。该协会不仅致力于研究梭罗的生平和作品,而且大力弘扬梭罗的自然观和生存观。1985年《美国遗产》评选“十本构成美国人性格的书”,梭罗的《瓦尔登湖》名列第一。此后好几次类

① 罗伯特·塞尔编:《梭罗集》,陈凯等译,生活·读书·新知三联书店,1996年,第720、760—762页。

② Albert Gore: *Earth in the Balance: Ecology and the Human Spirit*, Houghton Mifflin, 1992, pp. 269, 36.

似的评选梭罗也位居榜首。[1] 评论界认为，是梭罗最先启蒙了美国人感知大地的思想。梭罗几乎成为美国文化的偶像，成为“绿色圣徒”[2]。

第三节　19世纪下半叶至20世纪中期的生态文学

从19世纪下半叶到20世纪中期，生态文学持续发展并渐趋繁荣，出现了缪尔、利奥波德等生态文学大家。

威尔斯的反乌托邦小说《时间机器》预言了建立在掠夺自然基础上的人类文明的可怕未来：在公元802701年人类已经退化成两种生物，一种是饱食终日、无所事事、身体萎缩的埃洛伊，另一种是在地下劳作、怕见光明又凶猛残忍的莫洛克；而在更远的未来，人类已经灭绝，世界是一片荒芜。

斯蒂文森在《尘与影》里对人类蹂躏自然的行径进行了严厉的批判，进而得出结论，人类不是大地的主人，而只不过是大地上的尘土和影子。“他是大地上的疾病，忽而用双脚走路，忽而像服了麻药一样地呼呼大睡。他杀戮着、吃喝着、生长着……他心里充塞了许多互相矛盾的欲望……无可救药地只能靠残害其他生命来维生。”[3]

艾略特不仅感性地描写了文明的“荒原”，而且还理性地分析了人类的未来：“建立在私人利益原则和破坏公共原则之上的社会组织，由于毫无节制地实行工业化，正在导致人性的扭曲和自然资源的匮乏，而我们大多数的物质进步则是一种使若干代后的人将要付出代价的进步。”[4]

威尔士诗人狄伦·托马斯的名篇《通过绿色的茎管催动花朵的力》继承了浪漫诗歌赞美深刻影响人类的自然生命力之传统：

---

① Lawrence Buell: *The Environmental Imagination: Thoreau, Nature Writing, and the Formation of American Culture*, Harvard University Press, 1995, p. 313.

② Lawrence Buell: *Writing for an Endangered World: Literature, Culture, and Environment in the U. S. and Beyond*, Belknap Press, 2001, p. 7.

③ 霍尔姆斯·罗尔斯顿：《哲学走向荒野》，刘耳、叶平译，吉林人民出版社，2000年，第440页。

④ 彭克巽主编：《欧洲文学史》(第二卷)，商务印书馆，2001年，第72页。

通过绿色的茎管催动花朵的力
也催动我绿色的年华;使树根枯死的力
也是我的毁灭者。
……
催动着水穿透岩石的力
也催动我红色的血液;使喧哗的水流干涸的力
也使我的血流凝结。①

劳伦斯认为,工业文明不仅严重摧残了自然,同时也严重摧残了人类美好的天性。《恋爱中的女人》里有这样一个细节:煤矿主杰罗德骑着一匹母马在铁道旁等待火车驶过,巨大的轰鸣声吓得母马拼命后退,习惯于控制一切的杰罗德残忍地用靴刺狠夹母马,直到刺出血来。机器般无情的意志力强加在代表自然生命力的母马身上,象征着机器文明对自然的扼杀。面对这一场景,不同的人有着不同的反应。女主人公厄秀拉对杰罗德痛恨至极,而艺术家古德伦却佩服之至。通过这一场景劳伦斯要传达的是,人不尊重自然、凌驾于自然之上、征服自然的连带后果是,人与人的关系也必然异化,人世间也必然充满暴力和血腥。《查特莱夫人的情人》表明,工业文明把自然当作材料,把人当作机器,既把自然破坏得满目疮痍,也使人的精神世界瘫痪,使人丧失了生命活力。唯有回归自然、回归本性,才可能挽救人类。

英国作家刘易斯发表于1947年的散文《人之废》是生态文学的杰出篇章。他在《寂静的春天》问世十几年前就深刻阐明了人类征服自然的必然恶果,遗憾的是当时正值第二次世界大战刚刚结束,几乎所有的注意力都被战后重建和经济复兴所吸引,没人关注他的了不起的预言:"人类对自然的征服常常被用来描绘应用科学的进步",然而,正是这种征服性的进步"使自然不堪重负","人的最后的战利品到头来却是人类之废。"著名的生态经济学家戴利说他最崇敬的作家有两位,一个是卡森,另一个就是刘易斯,他特别强调刘易斯比卡森更早意识到征服自然的灾难。他评价道:"刘易斯让人们

① 王佐良:《英国诗史》,译林出版社,1997年,第501页。

看到：控制自然一旦越过界点就会变成危险的举措，如果达到极限，那么我们将眼睁睁地看着全部业绩毁于一旦——人类征服自然大功告成之日正是自然征服人类之时。”[①]

俄罗斯诗人赫列勃尼科夫在《森林姑娘》《水獭的孩子们》《和谐世界》等诗里发掘古代神话的恒久价值，讴歌自然与人的和谐关系，主张人与万物平等相待。在长诗《吊车》里，赫列勃尼科夫用巨大的吊车象征人所创造的机械文明，象征性地描述了人类的科技创造物变成了人所不能控制的异化力量后的可怕情景：烟囱飞了起来，铁钩沿河飞奔，钢铁建筑物着火燃烧，铁轨离开了路基……[②]这些假定性很强的形象，艺术地预示了核泄漏、生化灾难等科技文明畸形发展所带来的可怕威胁。

普里什文作品里充满了非生态和反生态思想。不过，普里什文对自然的态度是复杂的和矛盾的。《人参》里有一个片段充分显示了这种矛盾。一次，“我”在森林里遇到了一只有着美丽的花纹、美丽的眼睛、玲珑的蹄子和流着奶的大乳房的母鹿，即将下手捕获母鹿之际，“我”突然住了手，不忍心了。“是的，我是个强有力的人，我觉得当我用双手紧紧抓住蹄子上面一点的地方，我会把它翻倒在地，用腰带把它捆起来。任何猎人都能理解我这种几乎不可遏制的愿望：抓住野兽，使它成为自己的猎物。但是我身上还有另一个人，相反，他不要抓鹿，如果美妙的瞬间来临，他不想去触动而要保留这个瞬间而且永远留存在自己心中。……我身上有两个人在搏斗。一个说：‘放弃瞬间，它永远也不再回到你身边，你将永远怀念它。快点抓住母花鹿，你将会有世界上最美丽的动物。’另一个声音说：‘乖乖地坐着！美妙的瞬间是可以保留的，只不过别用手去触及它。’……我就这样跟自己斗争着，不喘一口气。但是这要付出多大代价，我值得进行这一斗争吗！”[③]面对自然，是占有、毁灭还是审美、感悟？作者可以在林中停下车来，只为了“想听听蜜蜂

---

① 赫尔曼·E.戴利、肯尼思·N.汤森编：《珍惜地球——经济学、生态学、伦理学》，马杰、钟斌、朱又红译，商务印书馆，2001年，第259、264、181页。

② 许贤绪：《20世纪俄罗斯诗歌史》，上海外语教育出版社，1997年，第101页。

③ 普里什文：《亚当与夏娃》，石国雄译，北京大学出版社，2017年，第183—184页。

的嗡鸣”,对大自然抱有“某种非务实态度”[①](《泛喜草》);但一旦涉及自己的强烈欲望,这就变成了一个艰难的选择。

在普里什文的作品里还有一些生态思想萌芽。《大地的眼睛》是普里什文带有生态色彩的作品,在这部作品里他对自己以前对待自然的态度进行了反思。他反思了自己打猎的乐趣:“我打猎的嗜好是由于从前精力过于充沛,而缺乏想象力。现在我的精力衰退了,然而,天哪!难道松鸡就只是供人打猎的吗?”普里什文是真诚的,真诚地记述了他真实的心灵震撼。他也并没有停留在震撼上,而是进一步思考什么才是对大自然的真正的爱。“如果有水,而水中无鱼——我就不相信这是水。即使空气里有氧,可是燕子不在其中飞翔——我就不相信这是空气。森林里没有野兽,而只有人——那不是森林。”面对一条小河,“会有各种不同的想法:有时想要钓鱼,有时想洗个澡,……在岸上散散步,甚至想划一会儿船。不管会想什么,或者在自己的生活里重新安排什么:一切都是关于自己,一切都是为了自己!可是,如果……看到从院子里流出去的污浊的小河,你就会想起真正的河流……一切都是为了河,没有任何事情是为了自己”。他总结道:“很多人欣赏大自然,但关心它的只有少数人。”这里的“很多人”也包括普里什文自己,不过,晚年的他已开始向那些“少数人”转变。他终于认识到,“在‘自己身上’,我们是不能了解大自然的”,仅仅从人类自身的利益出发,仅仅把自然看成反映人类的镜子,不可能认识到大自然真正的价值。他深情地做出了这样的结论:“我所爱的大自然中的一切都高于我。”[②]唯有敬畏自然、尊重自然规律,并对自然界的一切物种负责才是真正的对自然的爱。

列昂诺夫的长篇小说《俄罗斯森林》塑造了一位为保护森林而屡遭打击但却矢志不渝的生态英雄——维赫罗夫。这位林学家拖着一条瘸腿,走遍大半个俄国考察横遭蹂躏的森林。森林植被迅速消失的惨相使他痛心疾首。他到处宣讲保护森林的重大意义:“忘记了森林,就是忘恩负义。”“失掉

---

① 普里什文:《林中水滴》,石国雄译,北京大学出版社,2017年,第4页。

② 米·米·普里什文:《普里什文随笔选》,非琴译,百花文艺出版社,1992年,第284、80、221—222、213、85、306—307页。

森林，后患无穷。""使森林的开发远远超过它的增植量，这其实是向子孙后代的强制借贷行为。"绝不能以奴隶主的方式掠夺自然、滥砍林木。失去了森林，就等于自然界的水循环失去了一个必要的环节，其结果必然是水土流失，万顷良田成为不毛之地。森林是人类共有的财富，理应属于千秋万代，而绝不是某一代人的专有财产。森林是人类进步的"绿色朋友"，摧残它就是贻害子孙、贻害人类！[①]

列昂诺夫在《俄罗斯森林》里这样描写人类对森林的残暴行径及其后果：斧头"带着挑战的意味朝古松的根部砍了下去。那正是树脂凝聚、青筋嶙起、向树干输送血液的要害部位。伊凡觉得，马上就会鲜血四溅……"林子被砍光了，"老太婆们一个星期了，哭了一场又一场，当姑娘时就在林子里捉过迷藏，编过花冠……"而今，那一切美好的景象一去不复返了！"造福于人类的自然之宝——森林，一旦遭到虐待，既不能凌空逃逸，也不能潜入海底，像童话里愤怒的金鱼一样，更不会像上级部门呈送控告信。""大自然就是这样地失去了往日的光辉，呈现出衰微的景象。泉眼在壅塞，湖泊在沉积，河湾长满了慈姑草和苇丛。失去绿色的大地丑陋了。总又一天人们会从实践中得知，为了恢复被轻率地破坏掉的草土层，为了使盐沼地重新长起柞树，需要花费多大的力气。""进步搂抱着利润闯进浓密的针叶林，一路上留下的是残根倒木。"[②]最后一句话显示出列昂诺夫的思考进入了更深的层面，尽管这种深层思考在作品里并不多见。显然，列昂诺夫已经意识到：以利润为核心的经济发展、以满足物质需要为核心的进步是人们竭泽而渔地掠夺自然的深层原因。

德国作家德布林的小说《一朵蒲公英的被害》描写了自然万物对人类的报复。面对着人的摧残掠夺，整个森林所有的生命开始了抗争，他们要向人类讨回自己的生存权利。维歇尔特的长篇小说《简朴的生活》描写了一个海军军官的隐居生活，以此告诉读者，只有在山川湖泊的宁静中才能找到心灵的平衡和生活的价值。诗人雷曼在《绿色上帝》《诱人的尘埃》等诗集里探讨

---

① 列·列昂诺夫：《俄罗斯森林》，姜长斌译，黑龙江人民出版社，1984 年，第 320、341、333 页。

② 同上书，第 102、204、321、341、334 页。

回归自然这条摆脱现代文明社会不安定生活的出路。值得注意的是,他具有明显的生态整体观,他的诗常常以一种看上去不起眼的生物来表达自然界的统一和永恒。

法国诗人戈蒂耶在《朗德的松》里谴责了人类对树木的摧残:"为了榨取松木的油脂,/人,就像暴殄天物的屠夫贪财成性,/唯有杀戮才能生存,/他在苦难的树干上留下了宽宽的伤痕!"[①]

法国作家加里在《天根》里对世人发出警告:大自然是人类生存之根,是所有生命的根,"伊斯兰教徒把它称为'天根',墨西哥的印第安人把它称为'生命之树'"。然而,天根已被严重砍伤,而且就要被砍断了!小说详细描写了非洲大象濒于灭绝的危机和猎杀者残酷可恨的行径。那个叫瓦格曼的所谓"制革专家"把大象膝盖以下部分砍下,经过镂空、鞣制等加工工序,做成工艺纸篓、伞架、香槟酒桶。如此残酷的虐杀完全不是为了人的基本生存权利,而是为了庸俗、可恶的时尚和奢侈!"八十只已镂空成成品的大象蹄子和同样数量的犀牛与河马蹄子……立在库房里。就像一群巨大的幽灵!"这是一个震撼人心的场景,看到这个场景,任何良知尚存的人都会怒火中烧!猎杀大象的场景也是残酷的,但作品里还有更惨不忍睹的场面:有时候,一颗没打中要害的子弹能在大象的体内藏好几年,"伤口招来一群群壁虱和苍蝇,愈烂愈深",大象在漫长的痛苦后最终死亡。"一头小象侧卧在那里,长鼻子软绵绵地拖在地上,望着你,这时,在这双眼睛里,人类那些备受赞扬的优点好像都躲了起来,其中的浓厚人情味也消失殆尽。"这些景象和这些暴行把主人公莫雷尔激怒了。莫雷尔是当代的"生态堂吉诃德",为拯救被捕杀的非洲大象,他徒劳但却绝不服输地抗争。在发出呼吁、征集签名、提出请愿等和平方法都无效的情况下,他被迫以暴力抗争,代表大自然的利益除暴惩恶:烧毁残忍杀害大象的种植园主的庄园;在猎杀大象者即将开枪时,先开枪打伤那个"恶人";痛打用大象蹄子和小腿制造工艺品的"制革专家"[②]……

---

① 江伙生译著:《法国历代诗歌》,武汉大学出版社,1996年,第234页。

② 加里:《天根》,宋维洲译,北京师范大学出版社,1996年,第205、168、167、64页。

然而，莫雷尔为保护大象、保护生态所进行的反抗并没有遏止疯狂的猎杀，相反他却被人们叫作无政府主义者、疯子、神经病、杀人狂，说他“要和人类本身决裂”，“厌恶人类……决心改变自己的属性……站在大象一边”。很少有人理解他，许多人千方百计地搜捕他，追杀他，法庭也要审判他。但莫雷尔依然毫不气馁，哪怕全世界都反对他，他也要抗争到底。小说唯一能给人以希望的是土著人把他叫作“巴巴·吉瓦”，意思是“大象的老祖宗”，“他已被蒙上一层不可思议的神圣色彩”[①]。堂吉诃德问世一百多年后才有人真正理解他，莫雷尔呢？也许要不了一百年，多数人就会把他视为可敬、可叹、可歌可泣的悲剧英雄；因为如果人类继续这样以牺牲自然为代价地发展下去，恐怕要不了一百年，生态系统就将总崩溃了。可是，等到那时再来赞赏、仿效莫雷尔，还来得及吗？

值得特别注意的是，《天根》对生态正义给予了突出的强调。在莫雷尔征求一位年老的黑人教师的支持时，老黑人对他说：“你的大象纯粹是吃饱了的欧洲人的心血来潮，完全是吃饱了的有产者的空想。对我们来说，大象就是站着的肉——等你们给我们提供的牛肉够吃时，再谈这件事吧……”作品里的另一个人物这样分析莫雷尔及其追求和事业：“你可以先以进步的名义，要求禁止捕杀大象，于是……你的良心也从中得到安慰，接着，你便可以把天边的大象亲切地赞叹一番。……逃避了斗争，却躲进了姿态之中。这是西方理想主义者所经常采取的态度，莫雷尔就是这方面的一个完美典范。但是对于非洲人来说，……首先应该是填饱了肚皮的尊严。……一旦非洲人填饱了肚皮，他们说不定也从美学的角度来关心大象。……而目前，大自然则劝说他们剖开大象的肚皮，大口大口地吃那里面的肉，直吃得一个个目瞪口呆，因为他们不知道下一块肉什么时候才能送到他们嘴边。”[②]

这样的分析是深刻的，也是非常实际的，值得所有生态文学家、生态思想家和环保主义者深思。要真正有效地缓解发展中国家的生态危机，批判的主要矛头和抗议的主要对象绝对不是发展中国家本身，而应当是从生态

---

① 加里：《天根》，宋维洲译，北京师范大学出版社，1996年，第14、69、416页。

② 同上书，第170、333页。

整体主义和人类同舟共济原则的高度,把主要努力集中在迫使发达国家为保护发展中国家的生态做出更大的、确有实效的付出甚至牺牲。不过,上述指责对莫雷尔本人来说却是不公平的。莫雷尔并非没有意识到这个方面,“在请愿书中,他曾反复申明过这个观点——提高非洲人民的生活水平。这是他这场保护大象的战斗和斗争的一部分。你要想拯救受到威胁的巨型动物,首先就要解决这个问题”[①]。而且,实际从事保护濒临灭绝生物的工作并非没有意义,哪怕并不能彻底解决危机,但至少可以缓解危机,特别是在争取发达国家的有效付出和国际合作短期不可能获得成功、而抢救濒危物种又刻不容缓的时候。

尤其需要指出的是,当今世界有相当数量的人对生态保护之缺陷的指责和对生态保护之巨大困难的分析,目的并非提倡和身体力行地进行真正有效的生态保护,而是完全放弃努力,听天由命,得过且过甚至末世狂欢。这样的人哪怕再聪明、再深刻,与莫雷尔这样心甘情愿地放弃舒适的生活甚至不惜付出全部心血和生命的“生态堂吉诃德”相比,也显得那么自私、卑微和可耻!

缪尔是19世纪末到20世纪初美国最著名的生态文学作家。他很早就接触了梭罗的作品并深受影响。他对人类中心主义发出了质疑,并提出要重视万物的整体利益:“造物主创造出动植物的首要目的是要使它们中的每一个都获得幸福,而不是为了其中的一个幸福而创造出其余的一切。为什么人类要将自己这一小部分利益凌驾于万物的整体利益之上呢?”[②]缪尔还是美国的“保护运动”(preservation movement)最著名的代表人物。1876年,缪尔强烈要求联邦政府采取森林保护政策。在他的敦促下,从1890年开始,美国政府陆续建起了一批自然保护性的国家公园,如红杉国家公园和约塞米蒂国家公园等。1892年,缪尔创建了著名的环保组织“塞拉俱乐部”,以进一步推动群众性的自然保护运动。1897年6月至8月,他发表了两篇具有说服力的文章,促使公众及国会赞成克利福兰总统指定13处国家森林不

---

① 加里:《天根》,宋维洲译,北京师范大学出版社,1996年,第169页。

② 约翰·缪尔:《我们的国家公园》,郭名倞译,吉林人民出版社,1999年,“前言”第3页。

进行商业性开发。缪尔公开抨击毁坏原始森林的木材公司和支持他们的政客,他还发起了长达5年的反对在赫奇一赫奇峡谷(Hetch Hetchy Valley)修建水坝的运动。他的生态文学作品《我们的国家公园》《我在塞拉的第一个夏天》《我童年和青年时代的故事》《约塞米蒂》等感染了整整一代人。

缪尔非常反感人们纯粹实用性地对待自然。他以响尾蛇为例阐明他的看法:“其实响尾蛇是十分善良的动物,尽管它背着这样的黑锅已经很久,即使是出于误解或偶然发生的意外,它也很少对人构成危害。……尽管如此,无论是在有蛇的季节,还是在无蛇的季节,这样的问题总是一遍又一遍地提出来:‘响尾蛇有什么益处?’似乎凡是对人类没有明显益处的东西都没有存在的权利;似乎我们的利益就是造物主的利益。很久以前,有一个法国游客向一个印第安人提出这个老生常谈的问题,那个印第安人回答说:它们的尾巴可以治牙痛,它们的脑袋可以退烧。当然,它们的一切,无论是头还是尾,都只对它们的自身利益有益。”[①]在另一部作品里缪尔批评了牧羊人对待自然的功利主义态度:“饲羊人把杜鹃花称为‘羊的毒药’,而且纳闷造物主为什么要创造这种植物……这些可怜的金钱奴隶眼前所见就只有剃下的羊毛,反而看不清或甚至看不到真正有价值的事物。”[②]功利主义地对待自然,是人类的一个通病,也是生态文学批判的主要对象之一。

在《我们的国家公园》里,缪尔生动地描写了动植物的美好和可爱。巨杉是世界上最大的生物体,许多巨杉直径达10至30英尺、树高200英尺以上,最大的直径达35英尺,树龄超过4000年。巨杉不到3000岁不会衰老,不少巨杉在人类纪元前10个世纪到20个世纪就存在于世了。巨杉“是永恒的象征”,它“刚毅、完美”,“庄严、郑重”,“卓尔不群、遗世独立”。“它拒你于千里之外,毫不在意你的存在;它只对风儿诉说,心里只装着天空。”在古老而壮美的大树下,生活着许多可爱的鸟儿。那些母鸟所表现出来的真挚感人的母爱,“可使整个世界充满亲情”:当你靠近幼鸟或鸟蛋时,“母鸟会发疯

① 约翰·缪尔:《我们的国家公园》,郭名倞译,吉林人民出版社,1999年,第41页。

② 约翰·缪尔:《夏日走过山间:美国“国家公园之父”约翰·缪尔的盛夏日记》,陈雅云译,生活·读书·新知三联书店,1999年,第19页。

似地呼啸而来，扑到你的脚下，用翅膀拍，用尖爪抓”，或“装出跛足的样子”，或“呼呼地吼叫”，为的是“将你的注意力从幼鸟身上吸引过来”。“这些鸟儿低微的鸣声，饱含着多么动人的爱意，它穿透层层山林，震撼着彼此的心灵，也同样震撼着我们。”①

然而，所谓的文明人却对这些可爱的鸟儿大开杀戒！“他们……道貌岸然地保持着标准的狩猎阵形，……端着子弹上了膛的名牌猎枪。于是在这如画的风景中，一场充满可耻的狂热的大屠杀开始了。无尽的劫难之后，成千的知更鸟被击落，它们被装进鼓鼓囊囊的大口袋，其中不少受伤的知更鸟将慢慢地死去，没有红十字协会向它们提供援助。第二天是星期天，大部分虔诚的屠杀鸟类的刽子手们脱去了护腿，洗干了血迹，……走向教堂。在唱赞美诗、祈祷并听完布道之后，他们回到家中饕餮一番，将主的唱歌的鸟儿付诸使用，将它们放入他们的晚餐，而不是将它们放在他们的心间。他们吃着它们，唆吮着它们那瘦小可怜的腿骨。……把会唱歌的鸟儿当饭吃！”②缪尔的描写无情地揭示了人类在道德上的狭隘和虚伪。

利奥波德是20世纪上半叶最伟大的生态文学家和生态思想家。他使人类的生态思想迈进一个新境界，并将持续了半个多世纪的自然保护运动推向新的阶段。《沙乡年鉴》这部大地伦理学和生态整体主义思想的开山之作，“是环境运动中最经典的著作”，也是绿色思想的圣经，更是生态文学的杰作。③

利奥波德批判了经济第一、物质至上的发展观。他把这种发展形象地比作在有限的空地上拼命盖房子，“盖一幢，两幢，三幢，四幢……直至所能占用土地的最后一幢，然而我们却忘记了盖房子是为了什么。……这不仅算不上发展，而且堪称短视的愚蠢。这样的‘发展’之结局，必将像莎士比亚所说的那样：‘死于过度。’”“我们迷恋工业在供给我们的需求，却忘记了是

---

① 约翰·缪尔：《我们的国家公园》，郭名倞译，吉林人民出版社，1999年，第194、192、188、190、150—151页。

② 同上书，第165页。

③ 见戴斯·贾丁斯：《环境伦理学——环境哲学导论》，林官明、杨爱民译，北京大学出版社，2002年，第208页。

什么在供给工业”，忘记了地球资源正在被“越来越傲慢和越来越完美的社会榨取殆尽”。他质问道：“人们总是在毁灭他们喜爱的东西……当地图上没有一个空白点的时候，40种自由有何用途？”利奥波德指出了人类缓解和消除生态危机的道路：人类必须挣脱“经济决定主义者套在我们脖子上的”绳索；必须“把人类在共同体中以征服者的面目出现的角色，变成这个共同体中的平等的一员和公民”；必须尊重并保护地球上每一个物种“继续存在于一种自然状态中的权利”，“不论它们是否对我们有经济上的利益”[①]。

利奥波德的影响是非常广泛的。人们称他是“20世纪60至70年代新的资源保护运动高潮到来前的摩西”。1987年利奥波德诞辰100年纪念日，美国国会通过决议，称利奥波德为“当之无愧的自然保护之父”[②]。1993年，由美国联邦政府出资建立了一个专门研究荒野的生态及社会价值和荒野保护的顶尖级科研机构，聘请了一批著名的生态学家、生物学家、社会学家和管理科学家。该机构的名称就是“利奥波德荒野研究所”。同样以利奥波德命名的民间机构“奥尔多·利奥波德自然中心”则是面向大众的生态意识普及教育机构。其核心理念就来自《沙乡年鉴》。其普及生态意识的主要方法是“在干中学”(learning-by-doing)，即在认识和保护环境的实践中学习。该机构组织的环保夏令营和环保生日聚会深受民众的欢迎，特别是后者往往要提前很早预定。环保生日聚会的主要节目是寓教于乐的游戏，游戏的主题是自然，但具体内容则由过生日者自己创意，如“不可思议的昆虫”“动物寻觅”“自然侦探”(nature detectives)、“垃圾猎获”(scavenger hunt)等。

海明威对待自然的态度是复杂的。《老人与海》主要表现人通过战胜自然伟力的方式来实现自我（详见本章最后一节）；但是，圣地亚哥老人在与象征着自然伟力的马林鱼和鲨鱼搏斗的过程中，也明显流露出对自然的爱甚至崇敬，作者并没有把老人写成对自然无情无义的征服机器。他把大鱼看成他的兄弟，他由衷地对它说：“鱼啊，我爱你，非常尊敬你。”有评论者说老

① 奥尔多·利奥波德：《沙乡年鉴》，侯文蕙译，吉林人民出版社，1997年，第168、139、213、194、200页。

② 李培超：《自然的伦理尊严》，江西人民出版社，2001年，第103页。

人这种态度是因为大鱼就是人化的老人，是老人的象征，这与作品实际不符。老人显然把大鱼看作自己的对手和不同于己的外部存在——他常常把自己与大鱼作对比，找出两者的差异："我比它更聪明"，而大鱼"比我们高尚，更有能耐"，"美丽而崇高"，"也许我仅仅是武器比它强"[①]。最后一个认识很深刻也很重要，显示出人类所获得的暂时胜利与其科技所创造的武器有密切的联系。科技成为人类企图征服自然的武器，这种武器不仅诱导人类走上暂时胜利但最终失败(或如恩格斯所说的"一线胜利、二线失败")的错误道路，而且激发了人类超越自然限度、无视自然规律的虚妄。

海明威对待自然的态度是矛盾的。在与马林鱼和鲨鱼的搏斗中，老人不停地对自己的这种证明自我的方式反思、怀疑，不停地自我批判又自我辩解。"我很痛心，把这鱼给杀了。""它活着的时候你爱它，它死了你还是爱它。如果你爱它，杀死它就不是罪过。也许是更大的罪过吧?"(后面这一句话值得再三玩味——引者评)"我杀死它是为了自卫……再说，……每样东西都杀死别的东西，不过方式不同罢了。""鱼啊，……对你对我都不好。我很抱歉，鱼啊。"老人无论在理性方面还是在感性方面都不能完全赞同自己的这种对自然施暴的行为，这恰恰说明了他有很强的负罪感。他需要消解这种负罪感，但又不能完全消解。即使他取得了彻头彻尾的胜利，他也不会获得内心的平静和没有阴影的快乐。这正是海明威的圣地亚哥与麦尔维尔的亚哈根本的不同。在《白鲸》里，亚哈对鲸鱼莫比・迪克没有爱只有恨，亚哈的心理和行为没有犹豫只有果决。海明威把老人与自然抗争的背景放在使人显得无比渺小的浩瀚大海上，并且最终没有让老人完全胜利，至少没有战胜自然，而老人对他究竟是否胜利或者失败也是拿不准的，他对于自然抗争之结果的判断也是矛盾的。一方面他坚决不承认自己失败了，另一方面他又真诚地而不是自我欺骗地告诉自己："他明白他如今终于给打败了，没法补救了。"最精彩也是最可贵的是，老人还对失败的原因进行了探讨："那么是什么把你打败的?""什么也没有，只怪我出海太远了。"[②]这是一句意味

① 海明威:《老人与海》，吴劳译，上海译文出版社，1987年，第34、68、40、70页。

② 同上书，第68—70、73、79页。

深长的话。说到底，怪不得自然，哪怕自然给予人类最严酷甚至毁灭性的报复，只怪人类自己走得太远了！人类是被自己打败的，人类自己把生存所系、性命相关的自然环境摧毁，人类自己走向生态系统的总崩溃，走向生存的末日！

由此可见，海明威具有一定的生态意识。海明威的生态意识还突出表现在他的短篇小说《一个非洲故事》里。作品描写了一头非洲大象被残酷猎杀的惨剧。猎杀者朱玛把猎枪几乎塞进了受伤大象的耳孔，连开两枪。"第一声枪响时那大象的眼睛还睁得大大的，可是随即就失去了神采，耳朵里冒出血来，两道鲜红的血顺着布满皱纹的灰色象皮直往下淌。……大象原有的那种尊贵威严的气概、那种堂堂的风度，都顷刻化为乌有，只剩下了皱瘪瘪的一堆皮肉。"作者感人地表现了大象之间的真挚感情：那只大象常在它被猎人打死的伙伴的尸体旁徘徊，即使尸体变成了骷髅，大象还经常来探望。叙述者是个孩子，孩子能够将心比心地理解大象：大象"孑然一身，可我就有基博（孩子的狗——引者注）做伴。基博也有我做伴。那大象并没有危害到谁，可我们却对它穷追不舍，它来这儿看望它死去的伙伴，我们也追到这儿，而且眼看就要去杀死它了"。孩子最重要的一句话、也是这篇小说最关键的一句话是："要是我和基博也长象牙的话，他们连我和基博都会杀了的！"[①]是的，人类蹂躏自然和人与人相互杀戮的历史已经充分证明了这一点，在无穷尽的、恶性膨胀的贪欲的驱使下，没有任何物种——包括人——能够幸免于难。

多么可怕的人类！难怪美国剧作家阿尔比会虚构出这样的情节：在《海景》里，一对中年夫妇在海滩与一对蜥蜴夫妇聊起天来。那对中年人大谈物种的进化和人类的优越，劝蜥蜴夫妇留在人间，进化成人。没想到竟遭到断然拒绝。蜥蜴深感人类的虚伪残酷。他们又回到大海，决不愿意与人类为伍。

荒野，是生态文学的重要描写对象。福克纳在《去吧，摩西》中也对荒野发表了看法："荒野、大树——比任何文献记载的都大都老。对此，白人竟愚

---

① 海明威：《海明威短篇小说全集》（下册），蔡慧译，上海译文出版社，1995年，第304、300、302页。

蠢到相信自己已经买下了它的某一部分，……荒野命定要被人们用犁和斧不断地、一点一点地咬啮。人们害怕它，因为它是荒野。”[①]福克纳知道，荒野的毁灭正像沙漏里的沙子一样慢慢进行。当荒野被耗尽的时候，那些毁灭者也会被毁灭，也会完蛋。

杰弗斯是20世纪最著名的生态诗人。他的生态诗有着深刻的思想蕴涵。他批判人类中心主义，批判人对自然的征服，批判违反自然规律的科技发展，批判蹂躏自然的工业文明，预示了人类继续这样发展下去的可怕未来(详见下章)。他主张人类控制自己的欲望，与自然真正融为一体。他写道：

> 我们是什么？
> 一种长着稀疏的毛发和会说话的嘴唇，
> 能够直立行走的动物。
> 难道可以说我们应该永久地被供养，
> 永久地受到庇护，永久地不被伤害？
> 我们能够自我控制吗？[②]

肯明斯有一首非常著名的诗《可怜这个忙碌的怪物，残酷的人类》。在诗里肯明斯对人类的“发展癖文化”进行了严厉的批判，这种批判比罗马俱乐部至少要早20年。

> 可怜这个忙碌的怪物，残酷的人类，
> 不，发展是一种令人舒服的疾病；
> 你这个牺牲品(把生死置之不顾)
> 玩弄这把芝麻变作西瓜的把戏
> ……

---

① 戴维·埃伦费尔德：《人道主义的僭妄》，李云龙译，张妮妮校，国际文化出版公司，1988年，第216页。

② 比尔·麦克基本：《自然的终结》，孙晓春、马树林译，吉林人民出版社，2000年，第99页。

人造的世界

绝非天然的世界——可怜那动物
和植物，可怜那星辰和岩石，但绝不可怜
你这魔法无边、无所不能的
人类。我们的医生们或许能明白这是
一种没指望的绝症，如果——听：隔壁有一个
地狱般的好宇宙；让我们往那里走。[①]

经济发展和物质需要的满足是一个具有超级魔力的指挥棒，它指挥人类彻底毁坏生态环境。“发展是一种令人舒服的疾病”（这一名句广被引用），而且是一种不治之症；然而人们正是因为眼前的舒服而看不到未来的灾难。现代至极和奢华至极的人造世界看上去好像是个好宇宙，然而实际上它是地狱！难道我们真的要兴高采烈地踩着鼓点唱着赞歌，热热闹闹地一齐奔向那个地狱？

第四节　20世纪60年代以来的生态文学

近半个世纪以来，欧美生态文学出现了前所未有的大繁荣。生态文学繁荣时期的到来应以卡森的《寂静的春天》（1962）为标志，因为正是《寂静的春天》这部划时代的作品“改变了历史进程”[②]，“扭转了人类思想的方向”[③]，使生态思想深入人心，直接推动了世界范围的生态思潮和环保运动的发生和发展，“引发了世界范围的发展战略、环境政策、公共政策的修正”和“环境

① Oscar Williams (ed.): *The New Pocket Anthology of American Verse*, Washington Square Press, 1961, p. 129.

② Philip Sterling: *Sea and Earth: The Life of Rachel Carson*, Thomas Y. Crowell Company, 1970, p. 187.

③ Paul Brooks: *The House of Life: Rachel Carson at Work*, Houghton Mifflin, 1972, p. 227.

革命"[①],同时也开启了作家们大规模的自觉创作生态文学作品的时代。

一、卡森——一个里程碑

雷切尔·卡森是20世纪最著名的生态文学作家,是生态文学史上里程碑一般的人物。纵观整个20世纪,找不出另外一位生态文学家、生态哲学家或生态学家能在影响力方面与卡森相媲美。卡森主要的作品有四部:《海风下》《我们周围的大海》《海的边缘》和《寂静的春天》。终生未婚的卡森将自己全部精力都献给了生态学和文学事业。她不仅是一个真正的作家、思想家和科学家,而且是一个真正的斗士——为保护大地、保护海洋、保护一切生物、为人类的长久生存而勇敢斗争的战士。

卡森很小就开始了文学创作。她的处女作《战斗在云间》发表在《圣尼古拉斯》杂志上,并获得银奖。那一年(1918)她才11岁。卡森从小就梦想当一个作家。她回忆道:"我现在还能记得起的最早的儿时梦想有两个,一是观察所有与海洋有关的神奇事物,另一个是有朝一日成为一个作家。"[②]大海是卡森一生迷恋的对象。她在全国性刊物发表的第一篇散文作品《海底》(发表于《大西洋月刊》)的第一句话就是那么情深意切:"有谁知道大海吗?"[③]

卡森儿时经常在自家的果园里长时间地与小鸟和其他小动物待在一起,好像能够与它们心灵沟通。她曾与哥哥罗伯特大闹一场,原因是哥哥打野兔。哥哥不许卡森干涉他的乐趣,而卡森的回答是:"可是兔子没有乐趣!"[④]这件事闹得很大,全家人都卷了进去,最后形成的家规是:不许打猎!因为打猎是现代人的耻辱(卡森终生痛恨打猎,特别是以体育活动或休闲为名义的狩猎)。

---

① Carol B. Gartner: *Rachel Carson*, Frederick Ungar Publishing, 1983, pp. 1, 87.

② Mary A. McCay: *Rachel Carson*, Twayne Publishers, 1993, p. 23.

③ Rachel Carson: "Undersea", *Atlantic Monthly*, September 1937, p. 322.

④ Philip Sterling: *Sea and Earth: The Life of Rachel Carson*, Thomas Y. Crowell Company, 1970, p. 20.

《海风下》是一部叙述体散文作品。全书三部分，分别以一只黑撇水鸟、一只鲐鱼和一只美洲鳗为视点进行叙述，此外还从多种海洋生物的角度观察自然现象。卡森因她采用了这种写法而兴奋不已："我成功地变成了矶鹞、螃蟹、鲐鱼、美洲鳗和另外好儿种海洋动物！"[①]这使得她在整个写作过程中像返回了童年时光一般地与小动物们妙不可言地融为一体。

卡森深受梭罗和缪尔的影响，继承了他们的传统，继续对人类疯狂蹂躏自然的行径给予严厉抨击。在美国国家图书奖1951年获奖作品《我们周围的大海》里，卡森写道："不幸的是，人类留下了他作为大洋岛屿之毁灭者的最黑暗的记录。在他所踏足的岛屿里，几乎没有一个没发生过灾难性的变化。他以砍伐、开垦、焚烧摧毁了环境，又将对岛屿生态危害极大的山羊、老鼠等陆地动物带到岛上……岛屿的生物大灭绝的黑暗终于降临了。"海岛的生态系统是非常脆弱的，经不起人类的野蛮折腾。即使是一次沉船事件都可能使附近岛屿上的生命灭绝。卡森举罗得豪岛（Lord Howe Island）为例说，在不长的一段时间里，"鸟儿的天堂变成了荒凉的地狱，甜美的乐曲变成了一片死寂"，而导致这个灾难的原因竟然是附近沉没了一条船，船上的老鼠游到岛上定居，然而小岛上的鸟儿根本没有抵御老鼠吞噬鸟蛋和雏鸟的能力！在卡森看来，毁灭了一个又一个美丽岛屿的那些人，像极了这些硕鼠！[②]

卡森经常长时间地伫立在海边、林中，最大限度地开放她的感官，去感受自然。这是她与一般的科学家所不同的地方，同时也是她的文学家和哲学家气质的突出表现。她认为，仅仅靠理性去分析、靠实验去研究，还不能真正地理解自然。她在《海的边缘》的前言里写道："要理解海岸的生命，光罗列分析那些生物是不够的。只有当我们伫立在海边用心去感受那刻画大地、造就岩石和沙滩形状的悠远的生命韵律，只有当我们用耳朵捕捉那为了获得生存立足点而不屈不挠、不惜代价抗争的生命节拍；我们的理解才能真

---

① Mary A. McCay: *Rachel Carson*, Twayne Publishers, 1993, p. 30.

② Rachel Carson: *The Sea around Us*, Oxford University Press, 1989, pp. 93－94.

正到来。”[1]正因为有了这样的审美感悟和哲学理解,她的作品才会遍布诗一般的优美段落,才会大量出现下面这样的想象和哲思:

> 夜晚的黑暗拥有了海水、空气和海滩。这黑暗是古老世界的黑暗,早在还没有人类之前……那时候海滩上还没有其他能被看见的生命,除了一只小小的螃蟹在附近爬行……这样一种奇怪的感觉占据了我的心,我进而第一次意识到每一种生物都有属于它自己的世界,第一次懂得了生存的本质。在这一静止的时空里,我所属的那个世界已不复存在,我好像一个来自外层空间的旁观者。这个与大海相伴的小螃蟹此刻成为所有生命的象征,既象征着生命的精细、脆弱、易被毁灭,又象征着生命力与严酷的现实环境相抗争的惊人的顽强。[2]

卡森是一个写得很慢的作家。这不仅与她很高的艺术要求有关(她的作品每一句话都要经过反复朗读这一修改关,令人想起福楼拜),而且与她以科学研究的态度和方法对待每一个描写对象有关。卡森在下笔时,很少用普通读者不懂的科学术语,她使用的是富有象征性、意象性和节奏感的文学语言;但在写作开始前的素材收集和资料占有阶段,她的做法与标准的科学研究完全一样:尽最大努力穷尽性地占有和分析前人的相关研究成果。她绝不能容忍任何违反科学的描写,她要求自己必须“打下不可动摇的科学基础”[3]。写作《寂静的春天》之前,她不仅将当时所有有关杀虫剂之副作用的研究文献全部收集在手,而且还就所有重要问题给居住在世界各地的数百名有关科学权威写信请教。她所查阅的文献堆成了小山,比她还要高。她附在书后的索引竟达 55 页之多,其中许多内容只有生物学家才能理解。正因为如此,她赢得了科学界的普遍赞誉。著名科学家和海洋探险家威廉·毕比不仅撰文断言她的《海风下》“毫无科学错误”,而且还在他主编的

---

① Rachel Carson: *The Edge of the Sea*, Houghton Mifflin, 1983, p. 1.

② Ibid., p. 5.

③ Frank Graham, Jr.: *Since Silent Spring*, Houghton Mifflin, 1970, p. 32.

《最佳自然史著作选集》里，作为优秀科学论著收入了《海风下》的两章（全书唯一由女性科学家独立完成的著作选段，而且是这部从亚里士多德的文章开始的选集的最后一篇，代表着最新成果）。[①] 著名生态作家梯尔在他主编的《绿色文库》一书里断言：像卡森这样把科学与艺术完美结合，“是极其困难的，甚至是不可企及的”[②]。加特纳在《雷切尔·卡森》一书里称卡森“超越了所有以科学为题材的文学家”，“凭借独一无二的天才，将琐碎沉闷、令人入睡的科学研究材料熔炼成诗情画意的作品”，将科学与文学真正融合成“一门单一的艺术”，从而使她成为“最杰出的作为艺术家的科学家”[③]。卡森自己则认为她这样创作很正常，因为“科学和文学并没有本质的区别”。她在国家图书奖获奖演说时解释道：“科学的目的在于发现和显示真理，而文学的目的，我以为，也是如此。”她又说：“如果说我的关于大海的书有诗意，那绝不是我有意赋予的，而是因为，假如非要把诗意的部分删除，就没有人能够真实地写出大海。”[④]

《寂静的春天》以大量的事实和科学依据揭示了滥用杀虫剂对生态环境的破坏和对人类健康的损害，激烈抨击了这种依靠科学技术来征服、统治自然的生活方式、发展模式和价值观念。作品首先于 1962 年 6 月 16 日在《纽约人》杂志上开始连载，接着全书也于同年出版。这本书一面世，立刻引起了全国性轰动和全民性大讨论。一方面是化工公司、食品公司、农业部、食品与药品管理局等负有责任的政府机构、与这些利益集团有利害关系的媒体和科研机构的强烈抗议和恶毒攻击，另一方面则是绝大多数科学家、广大民众、多数传媒的大力支持和热烈赞扬。争论和冲突愈演愈烈，各种政治力量也参与进来，总统科学咨询委员会成立专门小组进行调查，国会举行听证会。这样一场上至总统下至百姓的大讨论，使得生态观念和环境意识深入

① Carol B. Gartner: *Rachel Carson*, Frederick Ungar Publishing, 1983, p. 13.

② Edwin Way Teale: *Great Treasury: A Journey Through the World's Great Nature Writing*, Dodd, Mead & Company, 1952, p. 28.

③ Carol B. Gartner: *Rachel Carson*, Frederick Ungar Publishing, 1983, pp. 2—3.

④ Paul Brooks: *The House of Life: Rachel Carson at Work*, Houghton Mifflin, 1972, p. 128.

人心,并对政府决策、国会立法和社会的未来发展产生了重大影响。这股热潮很快又跨过大洋,在欧洲及世界其他地方迅速蔓延。两年间就有数十种语言的《寂静的春天》译本在世界各地热销、流传。继之而起的是,各国政府纷纷出台环境政策和修正发展战略,各类环保组织、生态学研究机构雨后春笋般地大量涌现。卡森,这个弱小的女人,改变了历史,创造了奇迹。正如她获得的总统自由勋章的颁奖辞所称赞的那样:“绝不甘于寂静的雷切尔·卡森独自对抗毁坏生态的倾向,……在美国和整个世界掀起了一个永不消退的环境意识浪潮。”①

但是,卡森所得罪的势力是极其强大的。从《寂静的春天》出版以来,对这一作品及其作者的攻击从未停止过。攻击她的目的显然是要为那些利益集团开脱责任,为破坏生态平衡的行为辩护。有人说她的作品是“情绪化的”“浪漫的”“夸大其词的”“半虚构性的”“不科学的”“非理性的、歇斯底里的、危险的”;有人蓄意歪曲卡森的原意,说卡森要把人类带回“没有科学的黑暗的中世纪,使害虫和疾病重新肆虐于人间”,称卡森要阻止科学技术和物质生产的发展,“而发展才是我们的头等大事”,“我们宁可住在没有鸟儿和动物的现代化城市,也不愿回到虎啸狼嚎、人穿兽皮的原始社会”②。事实上,卡森根本没有像许多生态哲学家和生态文学家那样完全否定科学技术,甚至没有完全否定化学杀虫剂,她只是要求人们在运用新科技时充分注意其副作用,特别是对生态环境和人类健康的危害;她只是在哲理层面论述了发展并非首要标准,而健康生存才是持续发展的必需前提,与自然万物和谐共存并保护好整个生态系统才是最高标准。然而攻击者却完全无视这些。直到《寂静的春天》出版 30 年后的 1992 年,还有人在《纽约时报》上发表文章,攻击这本书纯属“一个女人对环境的想象的产物”,声称作者“不是任何

---

① Carol B. Gartner: *Rachel Carson*, Frederick Ungar Publishing, 1983, p. 28.

② H. Patricia Hynes: *The Recurring Silent Spring*, Pergamon Press, 1989, pp. 17, 115—118, 127; Philip Sterling: *Sea and Earth: The Life of Rachel Carson*, Thomas Y. Crowell Company, 1970, pp. 174, 181; Carol B. Gartner: *Rachel Carson*, Frederick Ungar Publishing, 1983, pp. 103—105; Paul Brooks: *The House of Life: Rachel Carson at Work*, Houghton Mifflin, 1972, pp. 295—298.

一门学科的科学家"①。在如此著名的大报上发表的文章竟然如此公然地无视事实:卡森早在1932年就从约翰·霍普金斯大学获得海洋生物学专业的硕士学位,后来还获得了荣誉科学博士称号;她早在1945年就已被"鱼类和野生动植物局"(Fish and Wildlife Service)聘为海洋生物学家,并获得过意味着科学同行普遍承认的著名科学奖——美国地理学会奖、西屋科学奖等。有些攻击还非常恶毒、极其阴险,如诬陷卡森的著作是"共产党的旨在摧毁美国农业、工业和整个经济的阴谋",如咒骂卡森"这个老处女居然对遗传还有那么大的兴趣",如叫嚣"对那些不规矩的女人,要像对待混乱的自然那样严加控制"②。面对这些攻击,卡森的回答是:生命不息,反击不止。"就算能活到90岁,我也不会停止说我应当说的话!"③

卡森于1957年罹患癌症,1958年再次治疗,1960年做了乳房切除手术,但病魔并没有被彻底除去。这一段时间正好是她写作《寂静的春天》的时期。在她的晚年,卡森已意识到她的生命所剩无多,但她仍然拖着羸弱之躯奔走呼号,与被她的作品触怒的企业、商家、政府机构和传播媒体抗争。她体内的癌细胞已扩散到骨头里,带给她难忍的疼痛,心脏病也一再发作,但她坚决拒绝住院,而是以顽强的意志与死亡赛跑。她出席总统科学咨询委员会和国会的听证会,她在哥伦比亚广播公司的电视节目上与生产DDT等农药的厂商发言人公开论战,她四处奔波发表演讲。她要把最后的精力全部献出。

卡森早期在研究和描写大海时,曾乐观地断言,不管人类怎样蹂躏自然,他的破坏将在浩瀚的大洋边终止,因为大海是不可征服的。晚年的她发现并公开承认自己判断失误,从而也就更加剧了她对人类和整个地球之未来的忧虑:"我错了,即使是看来属于永恒的大洋,也不仅受到了人类的威胁,而且几乎被人类掌握在毁灭性的手中。"④意识到并承认了这一事实的卡

① Robert Fulford: "When Jane Jacobs Took on the World", *New York Times Book Review*, 16 Feb. 1992, p. 28.

② H. Patricia Hynes: *The Recurring Silent Spring*, Pergamon Press, 1989, pp. 18—19.

③ Linda Lear: *Rachel Carson: Witness for Nature*, Henry Holt & Company, 1997, p. 394.

④ Carol B. Gartner: *Rachel Carson*, Frederick Ungar Publishing, 1983, p. 120.

森,内心的痛苦和绝望达到了顶点。她一生迷恋的大海,她最崇敬的自然,竟然无可避免地成为由人类这个可怕巨人随意摆布的玩物!她的理想、她的价值观,竟然全都变成失去了基础的、岌岌可危的空中楼阁!卡森坦率地说:"我发现,所有对我有意义的东西全都受到威胁。""所有有价值的、所有我信仰的美好东西全都受到威胁……我想关闭大脑,可是我又不能不思想;我想闭上眼睛,可是我又不能不看。"经过一段痛苦的心理斗争,卡森做出了最后的选择:知其不可为而为之!"我必须尝试着去拯救这生命世界的美丽,这是我心中的最高使命……如果我连尽力而为的尝试都不做,那我面对自然将永无幸福可言!"[①]正因为如此,晚年的她才放弃了关于地球的过去、我们周围的大气、重建对自然的好奇等好几本书的写作,把所有精力投入到杀虫剂一类的现实问题上,才"明知会引发一场另一种形式的战争还义无反顾地写出真相"[②],才以大无畏的勇气和坚忍的意志与破坏生态、污染环境的社会势力做殊死的搏斗。卡森就是这样从一个内向、文静、充满诗情画意的文人,转变成一个坚忍不拔、奋斗不息的战士。对于人类,这固然是件好事;但对卡森本人,却是最残酷、最痛苦的悲剧——是心灵深处发生的惨痛悲剧导致她这个弱小的女人做出了这样孤注一掷的抉择。

卡森的作品之所以引发世界范围的强烈反响,绝不仅仅因为她揭示了几种杀虫剂对生物和人类的危害,激怒了一些利益集团,也不仅仅由于她艺术地向世人展示了自然界的美丽和神奇;更主要的是因为:卡森"质疑了我们这个技术社会对自然的基本态度"[③],揭示出"隐藏在干预和控制自然的行为之下的危险观念"[④],"警告人们缺乏远见地用科技征服自然很可能会毁掉人类生存所有必需的资源,给人类带来毁灭性的灾难"[⑤]。总之,卡森试图从

---

① Paul Brooks: *The House of Life: Rachel Carson at Work*, Houghton Mifflin, 1972, pp. 233, 10, 13.

② Frank Graham, Jr.: *Since Silent Spring*, Houghton Mifflin, 1970, p. 40.

③ Mary A. McCay: *Rachel Carson*, Twayne Publishers, 1993, p. 80.

④ Paul Brooks: *The House of Life: Rachel Carson at Work*, Houghton Mifflin, 1972, pp. 293-294.

⑤ 这是美国艺术与文学院在宣布卡森入选该院院士时对卡森的评价。See Philip Sterling: *Sea and Earth: The Life of Rachel Carson*, Thomas Y. Crowell Company, 1970, p. 193.

根本上改变人们原有的自然观,促使他们建立起全新的生态思想。这才是她取得巨大成就、产生深远影响的深层原因。卡森一遍又一遍地向人们呼吁:

> 我们现在已经来到一个岔路口,究竟是选择另一条艰难的拯救之路,还是继续加速度地在这条看来平坦的超级公路上奔跑,直到灾难性的尽头?
>
> 陶醉于自身巨大能力的人类,看来正在毁灭自己和世界的实验道路上越走越远。
>
> 但愿人类能够随着时间长河的滚滚向前而有所长进。你们这一代必须与自然和谐相处。你们这一代必须直面现存的环境问题,而不是无视或逃避它们。你们将勇敢而严肃地承担起你们对自然的重大责任,同时也是光荣的使命。你们将进入一个新的时代,在那个时代里,整个人类都要面对挑战——过去从未遇到过的最严峻的挑战。[①]

卡森所说的新时代到来了吗?人类真的像她所希望的那样,担负起了拯救自然同时也拯救自身的重大使命了吗?抑或是自然环境变得越来越恶化、生态危机变得越来越严重、人类的生存受到越来越大的威胁?

美国前副总统戈尔在他为新版《寂静的春天》所写的序言里,总结了卡森对美国和全世界环境保护的重大贡献:"1962 年,当《寂静的春天》第一次出版时,公众政策中还没有'环境'这一款项。……《寂静的春天》犹如旷野中的一声呐喊,用它深切的感受、全面的研究和雄辩的论证改变了历史的进程。如果没有这本书,环境运动也许会被延误很长时间,或者现在还没有开始。"卡森的"照片和那些政治领导人——那些总统们和总理们的照片一块悬挂在我办公室的墙上。它已经在那里许多年了,它属于那里。卡逊(即卡森,后同——引者注)对我的影响与他们一样,甚至超过他们,超过他们的总和"。"卡逊的影响力已经超过了《寂静的春天》中所关心的那些事情。她将

---

① Carol B. Gartner: *Rachel Carson*, Frederick Ungar Publishing, 1983, pp. 125, 121.

我们带回如下在现代文明中丧失到了令人震惊的地步的基本观念:人类与自然环境的相互融合。本书犹如一道闪电,第一次使我们时代可加辩论的最重要的事情显现出来。""《寂静的春天》播下了新行动主义的种子,并且已经深深植根于广大人民群众中。"卡森的"声音永远不会寂静。她惊醒的不但是我们国家,甚至是整个世界。《寂静的春天》的出版应该恰当地被看成是现代环境运动的肇始"[①]。

卡森的生态哲学观已经成为许多环保组织的指导思想。以卡森命名的许多环保机构一直在推进卡森的未竟事业,其中最著名的当属"雷切尔·卡森联合会"。该组织目前实行的"绿色覆盖项目"和"野生动植物保护项目",其指导思想就来自《寂静的春天》——水、土地和地球的绿色覆盖造就了这个世界,支撑着地球上所有动物的生活。美国国家历史博物馆里有一个永久性展台——"雷切尔·卡森与环保时代"。展台上的电视不停地滚动播放着20世纪60年代初拍摄的卡森在哥伦比亚广播公司招牌电视节目"60分钟"上的谈话。每天都有许多人、特别是青少年学生驻足观看。从两幅在美国主要报刊上刊登的漫画,我们也可以感受到卡森对美国民众的深刻影响。一幅画的是一对夫妇在种满植物和昆虫飞舞的客厅里接待客人,并对吃惊的来客解释道:"读过《寂静的春天》之后,我们决定活着并让所有生物活着。"另一幅画的是两位中年妇女在杂货店购物,其中一个对店员说:"听着,不要卖给我们雷切尔·卡森不买的东西。"[②]卡森在美国民众心中占据着十分重要的地位。在美国,你可以很容易地找到不少不知道本国总统的人,却很难找到几个不知道卡森的人。

二、法国生态文学

近几十年来,法国有不少作家越来越关注生态。法国文坛出现了好几

---

① 蕾切尔·卡逊:《寂静的春天》,吕瑞兰、李长生译,吉林人民出版社,1997年,"前言"第1—10、12、19、12页。

② Paul Brooks: *The House of Life: Rachel Carson at Work*, Houghton Mifflin, 1972, pp. 242, 244.

部著名的生态小说。

勒·克莱齐奥是个生活方式与众不同的法国小说家。他反感城市文明、物质文明、电子化世界，向往自然，向往原始人朴素的生活。他不会开车，不坐电梯，甚至不会过马路。他没有职业，更没有野心。他每年在美国新墨西哥州执教三个月，却更愿意与那里的印第安人为伍，过钓鱼打猎、吃水果树根的生活。他认为印第安人是人类最后一群幸福的人。这个不参加任何文学界活动的游离作家，却以他独特的作品一鸣惊人。《诉讼笔录》是勒·克莱齐奥的第一部小说，描写了一个处于原始状态的、不断“寻找与大自然的某种交流”的、与文明社会格格不入的人物“亚当”。亚当对现代文明公开提出了激烈的批判，却被当作精神病患者关进精神病院。让我们听听亚当对文明的控诉：

> 在地球上，我们没有做过任何有益的事，……我们在使用一切，因为我们是主人，是世界上惟一聪明的创造物。电视……是把我们的力量给予了一个金属、电木体，以使它有一天回报我们，……拴住了我们，进入了我们的耳目。有一条脐带将这一物体与我们的肚子联结在一起。是这一多彩的无用之物致使我们不由自主地向它靠拢……终于将重新把我们塑造成一个种类。谁知道我们是否会因此而遭受最可怕的报复——永远处在分割的境地。我们，这些被埋没的人。……地球是圆圆的，很小很小。人们拿它到处做交易。地球上没有一块地方……没有路，没有房屋，没有飞机，没有电线杆……[1]

除了《诉讼笔录》之外，勒·克莱齐奥还写过许多批判物质文明和向往自然的作品。《巨人们》通过对超级市场的描写，批判了消费社会的弊病：人们狂热地追求那些根本不是必需的物质，生活的快乐完全葬送在占有物质的竞赛之中。《另一边的旅行》则从现实走向象征，更多地表现作家融入自然的理想：一个纯真可爱的女孩具有超凡的魔力，她的身体可以随意增高或

① 勒·克莱齐奥：《诉讼笔录》，许均译，上海译文出版社，1998年，第217、187—188、192页。

变矮,还能够变形或隐形,可以进入别人的睡眠。最后她变成蝙蝠,自由地飞向夜空,消失在大自然里。《沙漠》继《诉讼笔录》之后再次轰动文坛。小说平行叙述了两个故事,一个是坚守自然的故事,描写撒哈拉沙漠里的阿拉伯部落"蓝人"在十分恶劣的环境里坚持远离人间的原则;另一个是返回自然的故事,描写少女拉拉在进入城市后逐渐看清了城市文明的冷漠、丑陋和肮脏,最终又重新返回自然,找回了往昔的与花草鱼虫嬉戏的美好时光,并在海边沙丘旁、无花果树下伴随着第一缕晨曦生下又一个自然之子。

与勒·克莱齐奥的《沙漠》相似,巴赞的小说《绿色教会》也描写了一个逃离文明社会隐于自然的人物,一个无名青年。他隐姓埋名,独自躲到野外森林里,靠采集和狩猎维生,即使在被人发现、被法庭审问的情况下,他也坚决拒绝透露他的身世。他要彻底割断与文明社会的一切联系,把自己完全还原成亚当那样的自然人。他把手表抛弃,象征着抛弃掉文明社会的时间意识,挣脱掉包括时间意识在内的所有文明禁锢。然而,人们不理解他,怀疑他,把他视为疯子甚至潜逃罪犯,有人罗列莫须有的罪名告发他,有人搜索追捕他。尽管他既没有干扰人们的社会生活又没有破坏自然界的平衡,可社会还是不容许这样的人存在。作品写道:"野蛮人用了五千年时间变成了文明人。往相反方向转变大概也需要一定时间。"[①]

图尼埃也写了一个这种"往相反方向转变"的故事。他于1967年发表了《礼拜五,或太平洋上的虚无境》(又译《礼拜五——太平洋上的灵薄狱》),用颠注覆性的作品重写,抨击"鲁滨孙情结"——征服、占有、改造自然的本能冲动和鲁滨孙所代表的生存方式,同时表达了对回归自然的生存方式的憧憬。小说里的鲁滨孙摒弃了现代文明,拒绝返回英国。礼拜五的出现是导致鲁滨孙这一转变的主要原因。在这部小说里,礼拜五不再是愚昧无知的奴隶,不再是需要文明教化、需要由主人鲁滨孙来改造的对象,反而成了优美的自然人的化身,成了生态的文明或自然的文明的象征,成为鲁滨孙学习、模仿甚至崇拜的对象。在礼拜五的影响下,鲁滨孙在荒岛上不仅与万物和谐相处、紧密结合,而且与礼拜五平等相处、身心交融。他们相互依存,并

---

① 巴赞:《绿色教会》,袁树仁译,漓江出版社,1990年,第134页。

与所有生命和非生命物质相互依存，幸福地生活在大自然的怀抱中。

在自传体散文《圣灵之风》里，图尼埃谈到了他这部小说的创作意图，那就是要彻底颠覆笛福笔下的礼拜五那个被严重歪曲丑化的形象，以及鲁滨孙所代表的那个被错误赞美的文明。他写道，“在丹尼尔·笛福眼中的礼拜五是怎样一个人物呢？他什么也不是，他是一个动物，正待投身到那个掌握一切知识、智能、独一无二的人，即西方人鲁滨孙那里，去接受他的人性。他正式被鲁滨孙教养成人，他至多也只能被教养成为一个良好的奴仆，如此而已。”与之相对照，图尼埃的礼拜五则是“更少受到文明的玷污的——既是新世界的新人的助产士，又是他们的向导”。图尼埃进一步说：“我的这部小说真正的主题……是两种文明的对抗和融合；……要考察一种新的文明是怎样从这种融合中脱胎出来的。丹尼尔·笛福并没有涉及这个主题，因为在他看来，只有鲁滨孙才有文明可言，……我的整个想法……是与笛福背道而驰的。”①

三、德语生态文学

从 20 世纪 80 年代开始，德语生态文学出现了一个前所未有的高潮，批判西方后工业文明、哀叹自然受到严重破坏和污染、揭露和警告不受生态伦理控制的科学技术和工业生产给人类带来的巨大灾难等，成为文学最重要的主题。作家们的责任心从民族、国家、西方扩大到整个人类和整个自然，许多诗人都放弃了第一人称“我”而改用“我们”——指代整个人类乃至地球上的所有生物。

君特·格拉斯把专制批判扩大到生态角度的文明批判。1982 年他在罗马所做的一次演说标题是《人类的毁灭已经开始》。在那次演讲中他说，我们“脱离了自然，成为自然的敌人”，“对自然资源的过度利用正在增加；空气和水污染被可耻地合理化”。“我们的现在制造了(要知道我们尤其学会了

① 米歇尔·图尼埃：《礼拜五——太平洋上的灵薄狱》，王道乾译，上海译文出版社，1994 年，第 294、296—297 页。国内多数法国文学研究者将此书名译为《礼拜五，或太平洋上的虚无境》。

制造)贫困、饥饿、空气污染、水污染、被酸雨摧毁的森林或砍伐森林、似乎是自动堆积起来并且可以把人类摧毁好几次的军械库。""人类以各种方式制造的人类的毁灭已经开始!""人类可以停止只顾想到他们自己吗?他们——这些神一样的创造性的生命,拥有理性,成为越来越多的发明的创造者——敢于对他们的发明说不吗?他们能……对残存的自然表示一定程度的谦逊吗?"格拉斯还高度赞扬了罗马俱乐部发表的报告,称那些报告"是我们真正的'启示录'"[①]。

在1986年发表的长篇小说《母鼠》里,格拉斯描写了人类把自己创造的文明彻底毁灭的可怕景象,又通过大灾难后的唯一幸存者——一只母老鼠之口宣告:人类没有未来!此外,格拉斯还写了好几部与动物有关的作品,如《比目鱼》《蜗牛日记》和《狗年月》等。1991年他在接受采访时谈到他关注动物的原因:"我总是觉得,我们对人类的事情谈得太多了。这个世界挤满人类,但也挤满动物,鸟、鱼和昆虫。在我们出现之前,它们就已存在了,……我们必须明白,地球上并不是只有我们。《圣经》说人支配鱼、鸟、畜生和一切爬行动物,这是很坏的教导。我们试图征服地球,结果却很糟糕。"[②]

1986年切尔诺贝利核泄漏发生后,克·沃尔夫写下了《核干扰事件,一天的消息》,对核能给生态和生命造成的灾难做出了激烈的反应。莫尼克·马罗的小说《飞灰》描写人们在空气污染、水污染、土壤毒化的环境中生活和生产。福·布劳恩的《大废料场》揭示巨型露天煤矿对生态的巨大破坏。杜尔斯·德吕拜因的诗作《灰色区域的清晨》把20世纪80年代末柏林和德累斯顿写成由严重污染的易北河、灰暗的建筑、灰色的人群、模模糊糊的后脑勺轮廓等冷漠灰暗的画面拼凑而成的灰色区域。

瑞士作家霍勒尔的短篇小说《重新占领》以高度假定性的故事描写了自然对人类的报复:一只金雕突然飞到苏黎世,紧接着大量野兽涌进城市,植物也势不可挡地疯长,自然万物迅速吞噬了人类的文明,重新占领了被人类

① 君特·格拉斯:《人类的毁灭已经开始》,黄灿然译,《天涯》2000年第1期。

② 君特·格拉斯:《访谈录:创作与生活》,黄灿然译,《天涯》2000年第1期。

夺走并强占的地盘。面对着这一不可思议的巨大变化,不同的人有着不同的态度。作品试图引起人们深思:人类是否只有在无可挽回的垂死之际才能认真地反思他与自然的关系?是否非要到一只脚已经迈向深渊并注定要坠落下去之时才会猛醒,后悔自己在征服自然的道路上致命的狂奔?

瑞士女作家格特露德·洛腾埃格尔的小说《大陆》(1985)讲述的是一个小山村的故事。由于铝制品厂的建立,生态环境遭到了严重破坏;然而,山村种葡萄的农民为了自己的生活更加富裕,情愿被铝厂收买,情愿生活在有害的环境里,无理和无耻地剥夺了子孙后代生活在青山绿水之中的权利。作家厌恶这种被物质利益左右的文明,羡慕遥远的东方大陆那种天人合一的生活方式。

四、加拿大生态文学

加拿大文学的历史虽然不长,却有着关注自然环境的悠久传统。著名批评家弗莱、著名诗人和小说家阿特伍德都曾指出,加拿大文学主要关注的不是“我是谁?”而是“这是哪里?”的自然主题、动物被害主题和作为人类生存理想之象征的印第安人与爱斯基摩人的生存方式,是加拿大文学最重要的主题。[①] 在20世纪后半叶生态文学的高潮中,加拿大文学发挥了重要的推动作用。阿特伍德、普拉特、莫厄特等人都创作出了具有世界影响的生态文学作品。

加拿大生态作家对自然的深厚感情,深深打动了无数读者。麦克尔·奥塔杰在他主编的动物诗集《破碎的方舟》里对读者说:不要以对待宠物的态度看这本诗集,“我们想让你们想象自己怀孕了、被追踪,直至被机动雪车碾死。我们想让你们感觉一下牢笼的滋味,同时也感觉一下你们肩上贵重的裘皮”。爱尔·珀迪在《动物之死》一诗里描写了为人类的奢侈享受——昂贵的裘皮服饰而付出生命的野生动物,引导读者设身处地地体会那些被

① M.艾特伍德:《生存——加拿大文学主题指南》,秦明利译,中国文联出版公司,1991年,第2、3、4章。

杀害的野生狐狸的感受:“深穴中狐狸突然想象,/一个裸女深入它红色的皮毛中/涂着油的指甲推它出穴。/于是它朝着大地,大叫一声。”①

莫厄特的生态作品不仅在加拿大非常著名,而且有着世界性的声誉和影响。真实地记录狼、鹿等动物的生活习性和生存现状,急切地呼吁人类负起对自然应尽的责任,尖锐地批判工业文明造成的生态灾难和社会灾难,是莫厄特生态作品的主要成就。他的《再也不嚎叫的狼》(一译《与狼共度》)是一部享誉世界的、从生态系统的角度而不是从人类的角度“认识狼真实的状况而不是人们以为的那样”的“经典之作”②。

在另一部作品《被捕杀的困鲸》里,莫厄特愤怒地谴责了无视生态环境的经济发展。在当局不惜一切代价推行工业化的政策引导下,尽管“工业文明进一步取得了令人眼花缭乱的进步”,但是“格兰迪岛变成一片蛮荒的垃圾场,到处扔满了锈罐头筒、破玻璃瓶,……附近水域受到进一步严重污染……不仅原来自然而富有生气的环境受到腐败,而且集中化还败坏了人民的精神,他们自己也成了受害者。原先微妙的互通有无相互依存的关系瓦解了。……仿佛这些苦难还不够,失去家园的人们还染上了当代社会的通病——强制性消费。以前对物质拥有从来不在乎的男人、女人和孩子们,现在变成贪婪的拥有狂”。作品中76岁的伯特大叔是岛上少有的清醒者之一。他激愤地批评道:“全都昏了头!我的孩子们,他们全都傻得像没头猫!可笑的是……他们自己还不清楚!一切该死的事情他们都想到了……可他们想的一切都出了乱子!就这,我亲爱的伙计,他们就把这叫做进步!”“他们买汽车、电视机、机动雪橇!这帮家伙都不知道自己姓啥了……他们就知道想要东西!像头吹鼓的死猪,最后非吹爆不可。……他们啥都想要!……老天在上,他们最后非得噎死不可!”“他们说要把这片土地变成天

---

① M.艾特伍德:《生存——加拿大文学主题指南》,秦明利译,中国文联出版公司,1991年,第68—69页。

② Robert Finch and John Elder (ed.): *The Norton Book of Nature Writing*, W. W. Norton & Company, Inc., 1990, p. 621.

堂。可实际情况呢，……咱们全给踩进地狱，还急不迭往前赶。漂亮吧？”[①]

五、苏联生态文学

苏联的生态文学在20世纪60—80年代出现了一个高潮。艾特玛托夫、阿斯塔菲耶夫、拉斯普京、瓦西里耶夫等作家写出了影响深远的生态作品。

艾特玛托夫是苏联成就最高的生态文学家。他的《白轮船》《花狗崖》《断头台》等小说，深刻感人地表现了作者的生态关怀。

《白轮船》讲述了一个自然的不肖子孙对他们的拯救者恩将仇报的神话故事：在很久很久以前，有个麻脸瘸腿婆婆要将吉尔吉斯族的祖先——一男一女两个小孩扔到爱耐塞河里淹死。她对爱耐塞河说：“请你接受自己的两粒小沙子——人的两个孩子。……如果星星都变成人，它们也不会把天空挤满；如果鱼都变成人，它们也不会把河和海挤满。还用得着我对你说嘛，爱耐塞？把他们拿去吧！把他们带走吧！让他们带着没有被诡计和暴行所污染的纯洁的童年的心灵，离开我们这个令人厌恶的世界，为了不让他们知道人间的苦难和不使别人遭受痛苦。把他们拿去吧，把他们拿去吧，伟大的爱耐塞！”就在此时，一只美丽的长角母鹿救了这两个孩子。母鹿要把孩子养大。麻脸瘸腿婆婆警告母鹿，孩子长大会杀害小鹿，但母鹿不相信：“我是他们的母亲，而他们是我的孩子，难道他们会杀死自己的兄弟姐妹吗？”麻脸瘸腿婆婆摇摇头道：“鹿母，你不了解人。他们连林中的野兽都不如，他们之间是互不怜惜的。”但是母鹿还是收留了那两个孩子，并把他们抚养成人，帮助他们繁衍后代——吉尔吉斯民族。然而，结局是：“鹿的覆灭命运终于来到了！”[②]两个孩子的后代把山林里的鹿捕杀一空，最后连那自然神力化身的母鹿本身也未能幸免于难。

小说以一个7岁男孩的目光，观察了人类贪婪野蛮的暴行。他们是这样

---

① 法利·莫厄特：《被捕杀的困鲸》，贾文渊译，北岳文艺出版社，1998年，第20—21、23—24页。

② 钦·艾特马托夫等：《白轮船：当代苏联中篇小说选辑》，许贤绪、赵泓、倪蕊琴等译，上海译文出版社，1986年，第49—55页。

杀害男孩最心爱的长角母鹿——自然界善与美的象征的：

(小男孩简直)不相信自己的眼睛。他面前居然放着长角鹿母的头。他想跑掉，但两脚却不听使唤。他站着，痴痴地望着白鹿的难看的、毫无生气的头。这就是那只昨天还是长角鹿母，昨天还从对岸用善良的、专注的眼光看着他的白鹿。这就是他在心里同它说话，求它在鹿角上带来一只有铃铛的神奇的摇篮的那只白鹿。可是现在，所有这一切忽然变成了不成样子的一堆肉、一张剥下来的皮、斩断了的腿和丢得远远的头。①

可是，那个醉醺醺的林区土皇帝阿洛斯古尔连母鹿已被割下的头都不放过，又抡起斧头向它劈去。

孩子哆嗦着，每劈一下他都不由自主地把身体向后一仰，但他又无力使自己离开这儿。就像在噩梦中一样，他被一种可怕的和不可理解的力量钉在地上，惊异地看着。长角鹿母那玻璃球一样的、不再眨动的眼睛，竟一点也不怕斧头。既不眨，也不吓得眯起来。它的头早就在污秽和灰尘里打滚了，但眼睛还是洁净的，而且看上去还在带着临死前的惊奇看着世界。孩子担心，醉醺醺的阿洛斯古尔会劈中这双眼睛。

鹿头骨裂开了，碎骨片向四面飞溅开来。……小孩尖叫了一声。他看到翻转的鹿眼珠里迸射出黑色的、浓浓的液体。眼睛不见了，消失了，空了……②

多么可怕的场景！多么残酷的人类！难怪美国当代诗人肯明斯要把“人类”(Mankind)一词改为“不仁爱的人类”或“残酷的人类”(Manunkind)。

---

① 钦·艾特马托夫等：《白轮船：当代苏联中篇小说选辑》，许贤绪、赵泓、倪蕊琴等译，上海译文出版社，1986年，第126—127页。

② 同上书，第127—128页。

《断头台》以大量的篇幅描写了母狼阿克巴拉在人类对野生动物灭绝性的掠夺过程中的悲惨命运。母狼阿克巴拉一家原本生活在人迹罕至的莫云库梅荒原，那里是羚羊、狼、沙鸡、苍鹰等野生动物的乐园。但好景不长，人类的魔爪连他们自己并不居住的地方也不放过。人类动用飞机、越野车、快速步枪，在荒原上展开了血腥的大围猎，灭绝性地杀害了荒原上的野生动物。母狼和公狼死里逃生，但她的3只狼崽全都死于人类的屠杀。作者感叹道：

> 人们，人们——地上的神灵啊！……把莫云库梅荒原上的生活搅得天翻地覆！
>
> 只有人，才能破坏莫云库梅地区的这一万世不移的事物进程。
>
> 这些人自己活着，却不让别的生灵活下去，特别是不让那些不依赖他们而又生性酷爱自由的生灵活下去！[①]

母狼和公狼逃到阿尔达什湖滨，在湖边芦苇丛中生下第二窝五只小崽。可是，灾难又一次降临。人们在那一带发现了稀有金属矿藏，为修路把成百上千公顷的古老芦苇一把火全部烧光。“芦苇算得了什么”，为了人类自己的利益，“可以把地球像西瓜那样开膛剖肚”！可怜了那五只小狼，它们无一幸免。两只狼又开始了逃难，一直跑到伊塞克湖滨山区。“再往下走就没路了。前面是海……”阿克巴拉又生下一窝四只小狼，在山岩下一个洞穴里安了家。为了哺育狼崽，母狼和公狼不得不整天远出猎食，因为周围地区野羊、盘羊等动物都绝迹了。牧民中的恶棍巴扎尔拜发现了狼窝，趁大狼不在把四只狼崽偷走，打算卖掉它们捞上一把。觅食而归的母狼和公狼发现后奋起直追，巴扎尔拜在危急之中躲入牧民鲍斯顿家。从此以后，两只狼就整日整夜、锲而不舍地守在鲍斯顿家周围，夜深人静时发出凄惨的哀嚎。它们并不知道，小狼崽早就被巴扎尔拜偷偷带走卖掉。最后，两只绝望的狼开始报复，袭击牧民的畜群。牧民则开始猎捕这对哀狼。母狼逃脱了猎杀，但她

---

① 艾特玛托夫：《断头台》，冯加译，外国文学出版社，1987年，第10、12页。

的伴侣却为了保护她献身。孤零零的、悲痛欲绝的母狼最后把牧民鲍斯顿一岁半的小男孩肯杰什叼走。她并不想杀害孩子,只是想做这孩子的妈妈。人类已经杀了她八个孩子,又抢劫了她最后的四个孩子,难道她就不能向人类要一个孩子? 12∶1,多么不公平的交换! 然而,即使是如此不公平的交换,人也绝不会同意。鲍斯顿持枪猛追母狼,并在眼看无法追上、孩子就要被抢走时开了枪。子弹击中了母狼,也打死了孩子。鲍斯顿打死自己的孩子是一个深刻的象征,它意味着:人类灭绝性地开发和掠夺自然,把应留给子孙后代享用的自然资源提前挥霍一空,这就是杀害后代的行径,就是为子孙掘墓! 几乎发疯的鲍斯顿冲到害得他家破人亡的巴扎尔拜的家中,枪杀了那个恶棍。鲍斯顿实际上是代表自然惩罚巴扎尔拜的。完成这一惩罚后,他清醒了:"这世界完了! ……是他个人的巨大悲剧,这也是他的世界的末日!"[①]世界的末日将会来临。人自己走上了断头台!

这部小说令人联想到叶赛宁于1915年写的一首著名的生态诗《狗之歌》:"母狗生下了一窝狗崽——/七条小狗,茸毛棕黄",然而却被人装进麻袋背走了。母狗发疯地追赶也没追到,"她舔着两肋的汗水,/踉跄地返回家来,/茅屋上空的弯月,/她以为是自己的一只狗崽。//仰望着蓝幽幽的夜空,/她发出了哀伤的吠声,/淡淡的月牙儿溜走了,/……她沉默了,仿佛挨了石头!"[②]

阿斯塔菲耶夫在小说《鱼王》里描写了人们在叶尼塞河灭绝性的疯狂捕捞。作者感叹道:鱼儿"要是会喊叫的话,整条叶尼塞河,而且何止是叶尼塞河,所有的河流和大海岂不都要吼声如雷"! 偷渔者伊格纳齐依奇终于用排钩捕到大自然伟力的象征、硕大无朋的鱼王。鱼王拼死报复,猛地向渔船撞去,把伊格纳齐依奇掀落在水里,使他也被排钩勾住。鱼王又在排钩上疯狂翻滚,好让自己身上扎入更多的钩,然后带着那些钩下潜,试图把排钩上的敌人拉入深水淹死。"河流之王和整个自然界之王一起陷身绝境。守候着他俩的是同一个使人痛苦的死神。""他们是系在同一根死亡的缆绳上的。"

---

① 艾特玛托夫:《断头台》,冯加译,外国文学出版社,1987年,第273—274、404页。

② 王守仁:《苏联诗坛探幽》,社会科学文献出版社,1990年,第240—242页。

人类如果继续这样永无休止地掠夺下去，结局只有一个：与万物同归于尽。伊格纳齐依奇经过殊死搏斗，暂时逃脱一死；而鱼王也挣脱了排钩，身上的肉被钩子一块块撕了下来，而且还有几十个脱了渔线的钩子深深地、必将置它于死命地扎入体内。“暴怒的鱼虽然身披重创，然而并未被征服，它在一个地方扑通一声，杳然而逝，卷起了一个阴冷的旋涡。”[①]那是一个可怕的征兆——自然惩罚的征兆。那征兆在小说里就已经应验：偷渔者最心爱的女儿莫名其妙地被汽车撞死。那征兆又是对所有还活着的人的严厉警告。险些丧命的伊格纳齐依奇醒悟了，从此吃素行善，力戒杀生，愿以余生来为自己的掠夺行为赎罪。其他的人呢？是否也要到了险些丧命的时刻才能醒悟？

《鱼王》也描写了打猎，但阿斯塔菲耶夫笔下的打猎与普里什文的完全不一样。作者竭力渲染的不是打猎者的乐趣，而是被猎杀动物的痛苦以及它们对人类的仇恨：“血浆里不断翻起一团团的气泡，这时野兽的眼睛依然闪着微弱的光芒。甚至当后来血液流尽，污血顺着毛慢慢地淌着，像酸果蔓羹似地渐渐凝固起来的时候，这双眼睛仍燃烧着不可遏止的怒火和对人的永恒的憎恨。”作者还直接对人类猎杀动物的行径进行了批判：“高尚的情操早已丧失殆尽，对大自然的友爱和正义感都消失了，由于深信自己在智力上胜过自然而变得脑满肠肥。”人们“为了寻欢作乐”而“对大自然滥加戕害”，“如果听任他们这样的英雄胡作非为，就只能给子孙后代留下一个光秃秃的世界了”[②]。

在散文集《树号》里阿斯塔菲耶夫写道：“我们的地球对待一切都是公正无私的，它把哪怕是微不足道的欢乐赐给所有生存着的人、所有的植物、所有有生命的东西，而这最为珍贵的无私赐予的欢乐就是生命本身！但是有生命之物，首先是指所谓理性的动物却没有从大地母亲那里学会名正言顺地感激大地所赐予的生命的幸福。”对大地母亲，人类不仅不知感恩、不知尊

---

① 维·阿斯塔菲耶夫：《鱼王》，夏仲翼、肖章、石枕川等译，上海译文出版社，1982年，第139、213、214、226页。

② 同上书，第345、337、240、242页。

敬、不知回报；而且还恣意掠夺、任意糟蹋，“无论是禽类，也无论是兽类，在制造垃圾和废弃物方面都不能与人类这个高等动物攀比……大地在衰朽。处处狼藉……”①

诗人普列洛夫斯基写出了大量的生态诗，最著名的《世纪之路》由《自然保护区》《西伯利亚人》等六部写于不同时代的长诗组成。在《猎人杀死了仙鹤》里诗人严厉谴责了与自然为敌的行径和思想，深入展示了猎人的忏悔和反思，告诫人类：“人不是自然的皇帝，/而是它的儿子。”②

拉斯普京的小说《告别马焦拉》写的是安加拉河上的马焦拉岛以及岛上的马焦拉村因为下游修建水坝即将被淹没及其所引发的故事。主人公就是岛上年纪最大的老太太达丽亚。这是一部象征性很强的作品。坚决反对修水坝淹没小岛的达丽亚奶奶就是一个象征，象征着母亲和大地(在俄语中“马焦拉”的词根即母亲的意思)。岛上的“树王”也是一个象征。这棵“高高地耸立着，主宰着周围的一切”的巨大的落叶松，一直是马焦拉人崇敬的对象，“即令是再有学问的人，也不敢称之为‘它’。不，是‘他’，是‘树王’”。那些对自然不敬的外来人以清理未来水下障碍为理由非要毁掉“树王”，然而，无论他们用斧头砍、用火烧还是用油锯锯，都徒劳无功；“树王”“仿佛披着一身可靠的铠甲，依然安然无恙”，“挺立不屈”。“树王”是不屈服于人类暴行的自然伟力的象征。然而，马焦拉还是在劫难逃，正如达丽亚奶奶所说的那样，“马焦拉抓在人们手里，是人们在支配着它”③。马焦拉林被焚毁，有三百年历史的村子也要被烧掉；黑暗降临在马焦拉，马焦拉岛即将沉没水底，紧接着就是一片寂静，四周只有水和雾，除此之外，什么都没有。“岛主”——一只四不像的小动物发出凄厉的号叫……凄惨的末日景象传达着一个严酷的预言：人类非理性地、粗暴地改造自然必将导致世界的最终毁灭！

① 维克多·阿斯塔菲耶夫：《阿斯塔菲耶夫散文选》，陈淑贤、张大本译，百花文艺出版社，1995年，第47、65页。

② 刘文飞：《二十世纪俄语诗史》，社会科学文献出版社，1996年，第249—250页。

③ 拉斯普京：《拉斯普京小说选》，王乃倬等译，外国文学出版社，1982年，第216、222、224、175页。

六、美国生态文学

美国的生态文学从梭罗时代开始，就一直以其数量众多、思想深刻、影响广泛而处于整个欧美生态文学的领先地位。20 世纪 60 年代以后，除了卡森之外，还有为数众多的作家创作出为数众多的生态文学作品。

女诗人穆尔在歌咏大海的诗歌《坟墓》里告诫骄傲的人类：人的那点狂妄骄横，与大自然的代表之一——大海相比，显得极其可怜。"人们凝望着大海，/带着和你有同样权力的人的目光，/以我为中心是人的天性，/可你却不能站在大海的中心；/大海无所赠与，只有一座挖好的坟墓。"[①]人类不可能征服和控制自然，人类对自然的不敬，终将导致他们葬身于大海的坟墓。

艾比认为生态文学要促使人类把自然系统的整体利益放在第一位，从人类中心主义转变成"地球主义"，培养人们"对我们星球的最基本的忠诚……对所有生物甚至对我们脚下的岩石，对支撑并使我们存活的空气的热爱和忠诚"[②]。艾比的《沙漠独居者》和《有意破坏帮》是生态文学的杰出作品。

《沙漠独居者》是一部散文作品，它生动而幽默地记叙了艾比在美国西南部沙漠里的考察和生活，细腻而优美地描写了沙漠的种种神奇的美。与梭罗一样，艾比非常重视自然的非功利价值。作品里有一位游客在赞叹了沙漠的神奇之后发出感叹："如果要有更多的水，就会有更多的人住在这里了。"艾比的回答是："是的，先生，如果那样的话，当人们想看看人群之外的东西时，他们就会离开这里了。"[③]人不仅仅有衣食住行等基本需要，还有更高层次的、也是确保了人之所以为人的精神需要、人格需要和审美需要。要

---

① 彭予：《20 世纪美国诗歌——从庞德到罗伯特·布莱》，河南大学出版社，1995 年，第 183 页。

② 程虹：《寻归荒野》，生活·读书·新知三联书店，2001 年，第 235 页。

③ Edward Abbey: "Desert Solitaire: A Season in the Wilderness", Kay Lynch Cutchin, Gail Price Rottweiler and Ajanta Dutt (ed.), *Landscapes and Language: English for American Acdemic Discourse*, St. Martin's Press, 1998, p. 63.

满足这些需要,就应当控制人的物质层面的欲望,使生活尽量简单化,更重要的是,还必须经常重返未被人类改造和破坏的、原始状态的自然,而沙漠就是其中的一类。正是从这个意义上说,沙漠是极其珍贵的,是一块巨大的宝石。

《有意破坏帮》(*The Monkey Wrench Gang*,一译《愤怒的猴帮》)是一部小说,它叙述了主人公海都克以故意破坏的方式阻止人们破坏生态平衡的故事。"有意破坏"(monkey wrench)又称为"生态性有意破坏"(ecosabotage,或 ecotage),已经成为当代不少环保组织的重要行动方式,海都克也成为著名的文学人物。环保组织"地球优先!"所发起的保护动物行动,就受到艾比的作品《有意破坏帮》的直接影响。该组织的口号是"毫不妥协地保护地球母亲",其标志就是一只愤怒的猴子。"地球优先!""绿色和平"等组织的许多环保行动,如拆除捕鲸渔具、往伐木机油箱里扔沙子、戳破尾气排放超标汽车的轮胎、驾船驶入核试验区等,都是艾比所倡导的那种以生态保护为目的、以不伤害当事人人身安全为限度的"有意破坏"活动。"地球优先!"的刊物上发表的口号诗这样写道:"猛击它弄弯它爆裂它打破它/沉没它淹没它把你能做的全作了/也许我们只是毁掉他们油箱的几粒沙/但是去做去做去做——如果你能就干呀……"[①]

"有意破坏"激怒了许多人,也因为触犯法律常受到指控。于是,艾比在1988年发表《生态自卫》(Eco-Defense)一文,专门阐述"有意破坏"的合理性:"如果一个陌生人手执斧子砸烂你的家门,并用致命的武器威胁你的家人和你自己,然后肆意洗劫了你的家,那么依照法律和公共道德,所有人都会认为他有罪。在这种情况下,房屋的主人有权利也有义务采取一切必要的手段自卫,保护他自己、他的家庭和他的财产。抵御侵犯的自我防卫是一个基本的法则,它不仅适用于人类社会也适用于人类生命本身,不仅适用于人的生命也适用于所有生命。美国的那一点很有限的荒野,现在的的确确正遭受同样的侵犯。那些人以推土机、挖土机、链锯为工具,为了向世界输

---

① Patrick D. Murphy (ed.): *Literature of Nature: An International Sourcebook*, Fitzroy Dearborn Publishers, 1998, p. 449.

出木材大规模地砍伐森林，加之采掘矿场、开辟牧场，侵犯着我们的公共土地——所有美国人的财产，疯狂地冲进我们的森林、山脉和牧场，洗劫着他们能够洗劫的一切，为的是那些公司的眼前利润……"他们有权利这样做吗？然而我们却没有认定这种罪行的法律。"荒野是我们祖传的家园，是包括人类在内的所有生物的发祥地。""如果真是这样，如果荒野确实是我们的家园，那么，在它被侵犯、抢劫和摧毁的时候，我们当然有权利采取一切必要手段保卫我们的家园……""什么叫生态自卫？生态自卫就意味着反击。生态自卫就意味着有意破坏。生态自卫危险但却有趣，未被授权但却其乐无穷，不合法律但却符合道德律令。"①

斯奈德的诗歌创作深受印第安文学和东方文学的影响。他远离尘嚣，在山村里过着简朴恬淡的生活。他特别喜爱印第安人的乌龟创世神话，经常穿着有乌龟标志的衣服，他的诗集《龟岛》获得了普利策奖。他崇敬乌龟，把乌龟当作大自然的象征，把美国看作"龟岛"。他写道："我发誓效忠龟岛/的土地，/一个生态系/多种多样/在太阳之下/欢乐地为众生讲话。"②

斯塔福德是自然的歌手，也是破坏自然行径的严厉的批判者。他的诗集《穿越黑暗》激烈抨击了现代文明对自然的摧毁。1988 年 2 月 4 日他在伍斯特斯诗会上朗诵道：

充满光明的动物们
穿越森林
向瞄枪人走去，枪里
装满黑暗。③

① Lorraine Anderson, Scott Slovic and John P. O'Grady (ed.): *Literature and the Environment: A Reader on Nature and Culture*, Addison-Wesley Educational Publishers, Inc., 1999, pp. 345－346.

② 张子清：《二十世纪美国诗歌史》，吉林教育出版社，1995 年，第 571 页。

③ 同上书，第 746 页。

七、生态文学的最新进展

1999年,英国女作家多莉丝·莱辛发表了她的新作《玛拉和丹恩》。这是一部反乌托邦小说,描写的是人类遭受毁灭性生态灾难的未来情景。那时,地球处于新冰河时代,整个北半球都被数百英尺厚的冰雪覆盖,只有地球的南端还存在一块叫"爱弗里克"(Ifrik)的陆地,玛拉和她的哥哥丹恩就住在那里。然而,那里的生态状况并不比冰封万里的北半球好多少,旱灾和水灾肆虐,巨大的蜥蜴、蝎子、飞虫、狗一般大小的甲虫和其他猛兽经常袭击这些为数不多的幸存的人类。为了争夺一点干果,人们相互切开对方的喉咙。兄妹俩饱受磨难,同时也学会了如何在恶劣气候和凶猛野兽的威胁下生存。后来,他们加入向北方移民的人群中,希望能在北方找到一个有充足的水源和食物的地方。玛拉和丹恩历经了种种磨难,支撑他们的只有一个梦想:水、树和美丽的大自然。他们身心疲惫不堪,但却始终没有放弃找到一个爱他们的自然环境,然后献给自然他们全部的爱。评论家诺拉·文森特说这是"一部儿童的奥德修纪",然而这部史诗的主题却是未来人类对美好和谐的生态环境的苦苦追寻,是对由于人类的作孽而永远不再的伊甸园的深深怀念。小说的结局是悲凉的,玛拉和丹恩并没有找到他们的乐园;相反,更大的灾难可能很快就要到来:或是北方的冰雪把南方覆盖,或是那冰雪融化把这仅存的陆地淹没,或是南方的酷旱向北方推进……[①]

2000年,俄罗斯女作家达吉亚娜·托尔斯泰娅发表了小说《斯莱尼克斯》(英译本于2003年1月在美国出版)。小说描写的是未来核爆炸之后的荒原,那时的莫斯科成了废墟一片。幸存的人们开始异变,有的长出了鸡冠,有的变成了三条腿,还有长尾巴的、一只眼的,另一些退化成狗的模样。老人居然再也不衰老了,他们不停地哀叹过去较原始的文明,不停地抱怨:"为什么所有的东西都变了?所有的东西!"人们吃的是老鼠,还将老鼠作为

---

① 见 http://lessing.redmood.com/mara.html,http://www.salon.com/books/sneaks/1999/01/08sneaks.html,访问日期:2003年5月10日。

货币进行商品交换。已经发黑的干兔子肉也可以吃,吃法是“好好泡一泡,然后煮七次,再放到太阳下晒一两个星期,最后蒸一下——吃了你不会死。”斯莱尼克斯(Slynx)是神话里的一种可怕的生物,它常常从后面跳上人的后背,用锋利的牙齿咬住人的脊骨,并用尖爪挑出人最大的血管把它扯断。托尔斯泰娅用斯莱尼克斯象征人类中的一部分,他们彻底摧毁了这个星球的生态系统,比神话里的怪物还要凶猛。①

美国小说家博伊尔于2000年发表了他的生态小说《地球之友》。故事发生在2025年的南加州。那时的生态已经无可救药。热带雨林已被夷为平地,地球上已经看不到大面积的森林。气候只有两种:要么久旱无雨,要么暴雨成灾。肉类和鱼类食物极其稀有。动物只剩下十几种。这十几种濒于灭绝的动物,被人们小心翼翼地保存在绵延几十英里的巨大的建筑物里,它们成为比20世纪的迈克尔·杰克逊还受欢迎的超级明星。然而,就是在如此恶化、如此危机的环境里,人类依旧不能联合起来有效地拯救自然。不可再生资源的匮乏、水资源的匮乏、生化污染、气温上升、两极融化、海平面升高、臭氧层空洞扩大、核武器威胁……所有这些在20世纪就已相当严重的生态问题没有一样得到缓解。尽管环保组织、生态科学机构和献身于自然保护的行动人士越来越多,出现了大量的生态骑士(eco-warrior)、生态激进分子(eco-radical)和生态恐怖分子(eco-terrorist),但比起更广大的得过且过、苟且偷生的人群,他们依然是少数,而且仍然是被误解、被排挤、被迫害的少数。

主人公泰尔瓦特尔在深受污染之害并因此失去了爱妻之后,成为与一切滥用资源、污染环境的人为敌的人,成为不惜一切代价惩罚破坏生态平衡之行为的人。由于有意或无意、直接或间接地破坏生态的人依旧占绝大多数,由于这绝大多数人与环保行动人士实际上的对立,泰尔瓦特尔们面临着重新确认自我地位、自我价值和自我归属的严峻考验,面临着令他们极其困

---

① 见 http://search.barnesandnoble.com/booksearch/isbninquiry.asp? userid = 2UAOGTJ32Z&sourceid = &isbn = 0618124977, http://mostlyfiction.com/world/tolstaya.htm, http://www.bookslut.com/reviews/0303/slynx.htm,访问日期:2003年5月10日。

惑的两难选择:“做地球的朋友,你就不得不做人类的敌人!”[①]人类与自然母亲的对立竟然到了如此之程度!然而这却是个真实的感受,是当今许多环保行动人士(如绿色和平组织的行动者)的切身感受。他们经常感到:自己似乎不仅仅是、甚至好像不是为保护自然而战斗,而且还是、甚至干脆就是为对抗人类无止境的贪欲、无道德的掠夺和无责任心的短视行为而战斗。面对这样的人类社会,面对早已深刻异化的人与自然的关系,一个人若想真正确立自己在自然界正确的、合乎自然规律的地位,若想与自然万物成为真正的和谐相处、休戚相关、生死与共的朋友,就会深切地感受到:竟然是如此之困难重重!

重重的困难和阻力使得环保行动者们对自己行动的效果产生了怀疑,对自己存在的意义产生了怀疑,对自我的选择产生了怀疑,对自我的归属产生了怀疑——他们真的能回归大自然吗?他们真的能做到为了地球而与他们所属的物种(人类)彻底决裂、对抗到底吗?即使他们真的能够做到这一点,那他们还算人吗?最终,他们对自我的本质、对整个自我产生了怀疑。《地球之友》的主人公就遭遇到了这种自我危机。泰尔瓦特尔与其同样挚爱大自然的女儿一起,不仅与蹂躏自然的人类抗争,而且身体力行彻底回归自然,住到大树上。然而,一场暴风雨把大树摇撼,女儿西尔拉从树上摔下,就跌落并惨死在泰尔瓦特尔的脚边。这本来是一次意外事故,但在已经对自我归属产生强烈疑问、自我认同出现严重危机的泰尔瓦特尔看来,却具有深刻的象征含义:它意味着他们并不为地球母亲所接受,意味着自然并不欢迎他们这些自称为自然之友的人及其行动;意味着他们在彻底地成为人类之外的局外人之后,又彻底地成为被自然抛弃的“局外物种”,从此在地上人间他们全无立足之地!

痛不欲生的泰尔瓦特尔这样描述他的悲剧:“一阵狂风摇撼着大树,西尔拉的树发出巨大的断裂声,接着我感到有样东西沉甸甸地坠落在我的脚边。……我抬起头朝树上看去,我还能看到她,只是她的脸显得那么遥远,落下的只有白色的闪电和在雨中翻滚而降的绿色松针。我还能听到她的声

① See T. Coraghessan Boyle: *A Friend of the Earth*, Viking, 2000, p. 133.

音，那声音被风殴打、被雨摧残，但依旧像一片树叶一样缓缓落下：'爹爹'，她在叫'爹爹'！"[1]

泰尔瓦特尔的悲剧是生态保护者的悲剧，更是人在生态危机愈演愈烈的时代、在与自然的对立愈来愈加剧的时代自我确认的悲剧。当对自然怀有责任心的人抛弃了人类中心主义而转向自然至上主义之后，他们不可避免地要面临重新确立自我的考验。博伊尔用感人肺腑的艺术形象告诫我们，在我们进入很可能标志着人类将地球蹂躏到极限从而也就使自己身陷灭顶之灾的新千年之际，不仅每个人应当身体力行地投身到生态保护的崇高事业中去，而且还应当给那些立志或正在把全部心血和生命献给地球的"地球之友们"更多的理解、更多的关爱。

2003年加拿大著名女作家阿特伍德发表了她的最新生态小说《羚羊与秧鸡》(两种濒临灭绝的物种)。这又是一部反乌托邦小说，也是一部警世性作品，描写的是人类在贪欲和妄想的驱动下使科技畸形发展所带来的巨大灾难。故事发生在未来的某个时候，但其根源却在20世纪，是20世纪的科技癌细胞在未来的致命性扩散。由于小说出版时正值SARS病毒在世界流行(不少人认为这种病毒的出现和流行与越来越严重的污染及其导致的生物变异有着密切联系，并预示了过度地进行克隆、组织再生、农作物杂交、生物工程和生化武器研究可能导致的结果)，这部作品引起了人们强烈的关注。

故事发生在未来的一片荒原上，叙述者"雪人"(Snowman)是人类唯一的幸存者，他是未来世界的鲁滨孙，而整个地球则是一个荒岛。全球生态系统彻底崩溃了，纽约没有了，那个地方变成了一座巨大的蚂蚁山，名叫"纽纽约"或"新新约克"，密密麻麻的蚂蚁在山上山下川流不息。他所遇到的生物都是生物工程的产品：为器官移植而饲养的生物猪、合成了狗之聪明和狼之暴烈的生物狼，以及具有人的某些特性的、天真轻信、美丽驯服且对疾病有免疫力的秧鸡。

"雪人"的叙述从他如何在荒原寻找食物维持生命，不断跳回20世纪，那

---

[1] T. Coraghessan Boyle: *A Friend of the Earth*, Viking, 2000, p. 268.

时他还年轻,名叫吉米。吉米的父亲在一家专门培养移植器官的公司工作,生物猪就是那个公司培养的。吉米最要好的朋友叫“秧鸡”,未来荒原上的那些秧鸡就是由他创造的并得名于他。“秧鸡”是个科学天才,在一家资金雄厚的生物工程公司任职。在公司为雇员修建的“伟泽尔健康会所”里,吉米与“秧鸡”经常一起看色情片或者上网冲浪。因其科学天才,“秧鸡”备受公司重用。“羚羊”是个美丽的姑娘,是“秧鸡”的助理。她来自亚洲,却有着不幸的童年,曾在泰国和柬埔寨做过雏妓和恋童癖电影的影星。吉米和“秧鸡”都被“羚羊”所吸引,小说演绎了一段三角恋爱。

“秧鸡”负责一项最高机密的计划“伊甸园项目”——一个包括了克隆、胚胎组织和基因研究、生物工程的大项目。在“羚羊”的帮助下,“秧鸡”以极大的热情并十分炫耀地投入到科研之中,期待着通过这一雄心勃勃的项目实现人类的青春永驻之梦,并把美丽和健康变成商品出售。然而事实却是一场比《弗兰肯斯坦》(详见下章)所描写的恐怖更可怕的灾难发生了。原本对好友“秧鸡”非常崇拜的吉米,在发现了“伊甸园项目”的真正目的之后,曾竭力劝阻仍然执迷不悟的“秧鸡”,但他并未成功。直到人类毁灭后,“雪人”吉米依然无法摆脱良心的深深自责。[①]

知名批评家伯克茨在2003年5月18日的《纽约时报》上发表文章,对这部小说的意义做了如下评价:“当今科学在生物工程、克隆、组织再生和农业杂交等方面的新进展,使得阿特伍德这部小说的情节获得了很大的吸引力和针对性,她提出了与玛丽·雪莱的《弗兰肯斯坦》一样明确和切中要害的警告。这部小说的意图是:通过使我们脑海里出现一些震撼性的画面,促使我们思考科技发展是否超出了限度走向疯狂。阿特伍德没有料到的、也是更令人警醒和更使人危机感顿生的是,她小说的毁灭全球的灾难情节与当今正在全世界流行的SARS发生了强烈的交响和共鸣。看看这部小说再看看报纸,看看报纸再看看这部小说,读者会猛然惊醒般地意识到,眼下这几个月里的情况与小说里未来灾难的差距已经缩小了。阿特伍德的想象的力

---

① See Michiko Kakutani:“Oryx and Crake: Lone Human in a Land Filled With Humanoids”, *New York Times*, May 13, 2003; Joan Smith: “And Pigs Might Fly”, *The Observer*, May 11, 2003.

量与我们的忧虑同时在增强，而她的毫无保留的警告的重要性也同样在增强。”①

阿特伍德的这部“后启示录小说”(post-apocalyptic novel)是迄今为止当代生态文学向人类发出的最新警告，然而，从整体上来看，人类还没有对这类警告给予应有的重视。生态文学的路还有很长很长，也许又并不太长，因为它将随着人类一起毁灭！

第五节 反生态文学的重审

文学的发展不仅表现在新作家、新作品的出现以及已有作品的新增价值为读者接受这一个方面，而且还表现在对已有作品的重审和减值性重评之上。正如威勒克在关于文学发展的“增值原理”中所指出的那样，一部文学史，包括其中的所有作品的“全部意义不能仅仅根据作者和同时代人的看法来限定。它是一个增值过程的结果”②。人类的文学遗产并非由一部部作品简单堆积或分类存放构成，它是一个活生生的有机体，每一部作品都与另一些作品有着密切的联系。当这个有机体的一部分(哪怕小至一部作品)发生了增值或减值，相关的部分的价值就必然会随之发生变化。系统的原有平衡被打破之后，系统内部的联系就将重建(这也是艾略特的“新旧适应说”的基本观点③)。任何一部在文学史上已有确定地位和多数读者认可之价值的作品无论发生了增值还是减值，都势必牵连到若干相关作品的价值的增减，进而还会导致整个有机体状态的变化，导致某个文学流派、某个文学思潮、某类型文学作品、某个断代史或国别史乃至整个文学史的重新评价和重新建构；再进一步，这种文学史的重评和重构，将影响文学接受者的审美判

---

① Sven Birkerts: “‘Oryx and Crake’: Present at the Re-Creation”, *New York Times*, May 18, 2003.

② René Wellek and Austin Warren: *Theory of Literature*, Harvest Books, 1972, p.42.

③ 艾略特:《批评的功能》,林骧华译,伍蠡甫主编:《现代西方文论选》,上海译文出版社,1983年,第277页。

断和审美情趣。看得出,这样的文学史观、文学价值观与生态整体观、生态系统观和联系观有相通之处。

基于这种“生态的”文学史观和文学价值观,生态文学研究不仅要研究所有生态文学作家和作品、所有作品的具有生态意义的部分,而且还必须对已有的反生态的作家和作品进行生态思想角度的重新审读和重新评价。正如女性主义文学研究要重读和重评男权传统下的所有文学一样,生态文学研究也要重读和重评在反生态思想指导下、在反生态的文明里产生的所有反生态文学。重评的直接目的是对反生态文学作品做出减值判断,重评的最终目的是要推动学界对文学发展史做出整体性的重新评价和重新建构,推动人们建立起新的、生态的文学观念、文学标准和文学趣味。

古希腊文学里的人类中心主义思想是很突出的。亚里士多德给万物规定了等级、隶属关系,进而把人置于他那个等级金字塔的最顶层:“植物的存在就是为了动物的降生,其他一些动物又是为了人类而生存,驯养动物是为了便于使用和作为人们的食品,野生动物,虽非全部,但其绝大部分都是作为人们的美味,为人们提供食物以及各类器具而存在。如若自然不造残缺不全之物,不做徒劳无益之事,那么它必然是为着人类而创造了所有动物。”[①]苏格拉底的《泰阿泰德篇》记载了普罗塔戈拉的一句话:“人是万物的尺度:是存在物存在的尺度,也是不存在物不存在的尺度。”[②]古希腊文学里的这种人类中心主义的自我吹捧和霸道态度,与《圣经》里的征服、统治自然观念一起,对欧美文学产生了深远的、危害极大的影响。

意大利文艺复兴时期的作家皮科·德拉·米兰多拉在《论人的尊严》一文里模拟上帝的口吻说:

> 我们没有把你,亚当,固定在无地位、无面子、无任务的创造物中,因此,你可任选地位、面子和任务。我们为其他生物立法,它们受我们

---

① 苗力田主编:《亚里士多德全集》(第九卷),中国人民大学出版社,1994年,第17页。

② 大卫·戈伊科奇、约翰·卢克、蒂姆·马迪根编:《人道主义问题》,杜丽燕等译,东方出版社,1997年,第21页。

> 的立法约束,但是,你不受任何束缚,你可以随心所欲地处置它们。我们已经把你放在世界的中心,因此从那里你可以轻而易举地鸟瞰世界。你不属于天,也不属于地,既没有道德,也没有不道德,你可以按照你所发现的最佳形象塑造自己。你能够消失在动物中,如果你愿意,你也可以矗立在天国里。[①]

这段话除了进一步明确强调了人的中心地位和人可以任意处置自然万物的霸权之外,还有两处值得注意。一是人在将自己拔高到凌驾万物之上的地位并掌握了任意处置万物的权力之后,他就脱离了自然万物,他就既不属于天,也不属于地,他完全孤立了。二是人可以对自己的地位、命运、生活方式、最佳形象做出选择:既可以选择有道德、负责任地对待自然万物,并最终融入自然,"消失在动物中";亦可以选择无道德、不负责任地对待自然万物,并在垄断了任意处置万物的权力后试图矗立在天国里。皮科·德拉·米兰多拉意识到了人类中心之外的另一种选择,显示了他的明智和清醒;但他的倾向显然是选择以人为本、为中心、为主宰的征服统治之路。近五百年之后,卡森感叹人类选错了道路。这个影响深远的错误选择,在古希腊时期就已做出,并在文艺复兴时期最终完成。

拉伯雷的《巨人传》以赞赏的口吻描写了巨人卡冈都亚不可抑制的强烈欲望。卡冈都亚刚一出生就高喊"喝呀,喝呀",小说结尾处神瓶的喻示也是"喝"。卡冈都亚还是婴儿时就要喝17913头牛的奶,庞大固埃还在摇篮里就迫不及待地撕开一头奶牛,连皮带骨吞下,不够,又跑到宴席上继续吃喝。小说大肆夸张巨人们的生理需要,热衷于描写巨人们理直气壮、肆无忌惮地大谈特谈饮食男女之大欲。所有这些都象征着人类对物质生活和精神生活的双重渴求,以及对探索自然、开创未来的渴望。作者要表达的意思是,正是这些生理需要推动了生产和科学技术发展,决定了现代文明的面貌,如果

---

① 大卫·戈伊科奇、约翰·卢克、蒂姆·马迪根编:《人道主义问题》,杜丽燕等译,东方出版社,1997年,第17—18页。

忽视或压抑人们的物质需要,则必定会阻碍社会发展,导致经济停滞。[①] 历史地看,这部小说具有反抗禁欲主义和张扬人性的进步性;但如果从生态角度审视,则不难发现这部小说的巨大危害性。假如所有人都像巨人这般疯狂地、毫无限制地满足无尽的欲望,那么,生态系统的总崩溃早就到来了。

莎士比亚的那段著名的、充分满足了人的自大和狂妄的话,与普罗塔戈拉的名言相互呼应:

> 人是一件多么了不得的杰作!多么高贵的理性!多么伟大的力量!多么优美的仪表!多么文雅的举动!在行为上多么像个天使!在智慧上多么像个天神!宇宙的精华!万物的灵长![②]

对西方现代文明影响最大的文艺复兴时期的反生态文学家是培根。从生态的角度重审文学,必须对培根的思想进行贬值性批判。培根坚信人类是"自然的主人和所有者",声称自己"已经获得了让自然和她的所有儿女成为你的奴隶、为你服务的真理"[③]。这个所谓的真理就是:"如果我们考虑终极因的话,人可以被视为世界的中心;如果这个世界没有人类,剩下的一切将茫然无措,既没有目的,也没有目标,……整个世界一起为人服务;没有任何东西人不能拿来使用并结出果实。……各种动物和植物创造出来是为了给他提供住所、衣服、食物或药品的,或是减轻他的劳动,或是给他欢乐和舒适;万事万物似乎都为人做事,而不是为它们自己做事。"[④]

培根断言,科学知识使人们认识和掌握自然规律,而其根本目的是统治和支配自然。他欢欣鼓舞地宣称"知识就是权力(power)",是统治自然、奴役自然的权力[⑤],是征服自然的武器,获取知识的目的是获取控制自然的权

---

① 见刘意青、罗经国主编:《欧洲文学史》(第一卷),商务印书馆,1999年,第191—192页。

② 莎士比亚:《莎士比亚全集》(九),朱生豪译,人民文学出版社,1978年,第49页。

③ William Leiss: *The Domination of Nature*, Beacon Press, 1974, p. 48.

④ 何怀宏主编:《生态伦理——精神资源与哲学基础》,河北大学出版社,2002年,第274—275页。

⑤ William Leiss: *The Domination of Nature*, Beacon Press, 1974, p. 48.

力。科学与技术不仅仅是“在自然过程中作温和的指导，它们要有力地征服和支配她，动摇她的根基”[1]；因为人不仅要统治世界，而且要不断强化“控制人自己、控制全人类直至控制整个宇宙的权力(power)”[2]，要“把人类帝国的疆界扩大到一切它可能影响的事物”。培根豪迈地宣称：“世界为人创造，而人被创造不是为了世界。”[3]

《新大西岛》是培根的自然观和科学观的形象表现。这部乌托邦作品发表于1626年，比康帕内拉的《太阳城》问世稍晚，却形成了鲜明的对照。太阳城崇尚自然，而新大西岛则崇尚科学，自然完全变成了工具。在培根的这个理想社会里，人们凭借科学技术再造生存环境，成为自然的操纵者。“运用技术我们可以使动物长得比同种生物更高更大，也可以反过来使他们更矮小，并停止生长；……我们还可以使它们在毛色、体型、行动方式和其他许多方面都不同。”“我们也有多种多样的大果园和菜园，在那里我们并不太在意不同的树和药草的土地和土壤的多样性的美，……我们使树和花草生长得比它们的季节早些或晚些，……使它们的果实更大更甜，且使它们有与原本不同的颜色、味道、口味和形状。”“我们还有全部形式的鸟类与兽类的公园和围场，不只是图稀罕和用来观赏，而同样也为解剖和试验，如此我们便能获得对人体有用东西的某种启发……”《新大西岛》的环境是完全人工的环境，不仅是人为的，而且是为人的，基本上不考虑生态系统自身的利益和价值。[4] 培根的思想对后来的哲学、科学和文学产生十分重大的影响，笛卡儿、牛顿等人都坚信思想和科学能够统治物质、征服自然，狄德罗、孔多塞、布丰等人都声称人类统治自然王国的那一天终将到来。直到今天，人类的许多科学研究还秉承着培根的传统，继续着培根的梦想，加倍地扭曲自然事物，

---

① 戴斯·贾丁斯：《环境伦理学——环境哲学导论》，林官明、杨爱民译，北京大学出版社，2002年，第286页。

② Benjamin Farrington (ed.): *The Philosophy of Francis Bacon*, University of Chicago Press, 1966, pp. 92—93.

③ Donald Worster: *Nature's Economy: A History of Ecological Ideas*, Second Edition, Cambridge University Press, 1994, p. 30.

④ 卡洛琳·麦茜特：《自然之死——妇女、生态和科学革命》，吴国盛等译，吉林人民出版社，1999年，第201—202页。

干扰自然进程,创造人造的自然。

17 世纪英国诗人赫伯特在他的诗里这样赞美人的主宰地位:

> 人让世界成为它的猎物
> ……他独处一隅,而主宰大地
> ……无数的仆从侍奉着人
> ……人是一个世界,而且
> 还有一个世界将他供养。[1]

注意诗里的两个世界,这是典型的二分法和二元论。把人的世界与自然的世界割裂开来,并把自然世界当作向人类世界提供给养、服务的物质基地。

笛福的《鲁滨孙漂流记》对人类文明和社会的发展产生了很大的影响和推动作用,其内在原因不仅在于鲁滨孙是殖民化的象征,是殖民者对新大陆处女地入侵、推行殖民统治的缩影——他占有了那个荒岛,完成了资本的原始积累,残酷地杀害和奴役原住民,按照西方社会的模式改造那个荒岛,颁布宪法和刑法,自任总督,全面实现了小岛行政化,并朝向最终实现资本主义的自由社会而努力;而且还在于鲁滨孙是人类征服、占有、改造自然的象征,是建立在越来越广泛、彻底地掠夺和利用自然之基础上的人类社会发展进程的象征——他在 28 年的荒岛生涯里,历经了采集渔猎、农业和畜牧业、手工业和初步的制造业等人类文明史的几个重大阶段,他在园艺、建筑、航海等方面都有探索,他勘探了整个小岛,充分发掘和利用岛上的所有资源,并努力将其变成他的财富,他以自己的人生经历向读者传达着一个基本的信息和根深蒂固的信念:只有在征服、改造自然的劳作和生产中,才有真正和最高的快乐。因此,从生态思想的角度来看,鲁滨孙是整个人类反生态文明和反生态的社会发展的缩影,是生态文学研究重审文学的一个主要对象。

歌德对自然的爱,是人类中心主义式的爱,这种爱是人类的博爱向自然

① R. W. 爱默生:《自然沉思录》,博凡译,上海社会科学院出版社,1993 年,第 57—59 页。

万物的扩展，但在爱的同时绝对不放弃人类的主宰地位和统治权利。他说：“人习惯于根据对自己的有用性来评价事物。既然他由于脾性和情境的摆布，认为自己是大自然至高无上的造物，那么，他为什么不应该相信他也是大自然的终极目的呢？他为什么不该容许自己有自负这种小错误呢？……如果他认为植物实际上不应该存在，那他为什么不可以把植物叫杂草呢？他碰到地里妨碍他干活的蓟属植物时，很容易把它们的存在归因于仁慈精神或邪恶精神的愤怒诅咒，而不会仅仅把它们看成万有自然的孩子……”①

比较一下歌德与丁尼生的两首诗，也许能更清楚地看出对自然的人类中心主义式的爱的本质。丁尼生写道：

花儿在裂开的墙隙中摇曳，
我把你连根采下，
轻轻地拢在掌心；
噢，娇小的花儿哟，
倘若我能理解你，
全部的你
——连同你的根须，
我也许就了然于心：
什么是人类，
什么是上帝。②

丁尼生的这首诗对待自然的态度是培根式的：认识自然、把握自然、占有自然，最终目的是有利于人类和人类的象征——上帝，为达到此目的，可以剥夺自然物的生命或存在权利。在这种态度里基本上没有爱，最多有一点居高临下的怜悯和欣赏。再看歌德的一首诗：

---

① 戴维·埃伦费尔德：《人道主义的僭妄》，李云龙译，张妮妮校，国际文化出版公司，1988年，第149页。

② 埃·弗罗姆：《占有或存在——一个新型社会的心灵基础》，杨慧译，国际文化出版公司，1989年，北京，第14—15页。

我走在树林里，
只是走走，
并不寻求什么，
这就是我的目的。
树影下我看见
一片小花亭亭玉立，
像许多只美丽的小眸子，
像闪闪发光的星际。

我欲顺手折去，
却听到它们低低的细语：
难道要让我们枯萎，
变成残肢断体？

我忙把它们连根
全部挖起，
带回我的住宅，
我美丽的花园里。

我把它们重新种入
一方静谧的土地里，
于是它们绰约舒展，
顷刻间生机无比。[①]

与丁尼生相比，歌德显然对自然多了一份爱和同情，而且他的目的也并

① 埃·弗罗姆：《占有或存在——一个新型社会的心灵基础》，杨慧译，国际文化出版公司，1989年，北京，第16—17页。

非理性的、剖析性的认知，而只是审美，这与许多浪漫主义诗人的态度是一致的。但是，他与丁尼生有着本质上的相同之处，那就是占有，尽管占有的是活物，但依然还是占有，就像精心栽培自家花园里的花草和悉心照料家里的宠物。这种态度与把动物关进动物园的铁笼子里喂养，或把大树、花草、绿地挪到城市里种植一样，表面上看是保护，而实际上是为了满足人的观赏需要或者与自然物相处的需要，并为了满足这种需要，破坏了生物原来的生存环境。这与生态思想家提倡的让花儿在它们自然生长的环境里自然开放、从而避免人为干扰生态系统的态度，有着根本的差异。

从生态思想的角度来看，歌德对西方文明最坏的影响是"浮士德精神"。"浮士德精神"最要命的误导是在所有方面的永不满足、永远进取、永远向往着更大、更高、更快、更强和更美好的未来。"浮士德精神"代表了人类永不满足的所有欲求，虽然其中也包括了精神生活、情感生活、审美生活的欲求，但物质上的欲求显然也占了很大的部分，而且还含有征服、把握、控制和占有自然万物的成分。"他想摘天上最美的星斗，他想寻地上最高的乐趣。"他呼喊："我到哪儿去把握你，无穷的自然？"他还要"去跟暴风雨奋战"，他要填海造地，修筑海堤，抵挡海浪，与自然规律抗争，不仅为了数百万百姓安居乐业，也因为浮士德要靠战胜和控制自然来实现自我价值。将所有欲望放在一起不加区分地赞美并鼓励人们为满足一切欲望而永远进取，是生态思想家和生态文学家无论怎样都不能接受的。《浮士德》是西方文学的一部最强烈、最狂热地煽动欲望的作品。即便是在临死之前，浮士德还在强力宣扬他的欲望满足观："我已跑遍了全世界；每一种欲望，我都紧紧抓住，……我只渴求，我只实行，又重新希望……这世界对于能人干将不会沉默寡言。……他！任何瞬间他也不会满足。"[①]"浮士德精神"深刻而长久地影响着西方乃至整个世界，激励着一代又一代人为满足欲望而奋斗，并在奋斗过程当中把大自然弄得一片狼藉。

在麦尔维尔的《白鲸》里，主人公亚哈把白鲸莫比·迪克——自然伟力的象征——看作压迫人、折磨人、摧残人的力量。白鲸曾经攻击过许多船

① 歌德：《浮士德》，绿原译，人民文学出版社，1994年，第10、17、429页。

只,亚哈的一条腿就是被它咬掉的(作品还暗示亚哈的生殖器也一同被咬掉)。然而,白鲸为什么要攻击人类?难道不是无数捕鲸船在海上横行、残酷而灭绝性地疯狂捕杀鲸鱼的结果吗?难道一个物种在种族即将灭绝时还不能反抗?然而,作为征服自然的人类力量之象征的亚哈却完全不考虑这些,他想的只是无论如何也不能不洗雪的奇耻大辱,是通过战胜最了不起的鲸鱼来证明自己的最了不起。当许多人把莫比·迪克当作自然神灵的化身而膜拜的时候,亚哈却"不惜以遍体鳞伤之躯"跟白鲸敌对到底。"这个白发苍苍、不畏鬼神的老人便在这里带领一群水手,满怀愤恨地要走遍天下、去追逐一条约伯的白鲸。"亚哈说道:"囚犯除了打穿墙壁怎能跑到外面来呢?对我来说,那条白鲸就是那堵墙、那堵紧逼着我的墙。有时候,我认为外边什么也没有。但是,这(指打破墙——引者注)就够了。它使我作苦役;它净给我增加分量;我在它身上看到一股凶暴的力量,有一种不可思议的恶念支持着那种力量。那种不可思议的东西就是我所憎恨的主要的东西;不管白鲸是走狗还是主犯,我都要向它泄恨雪仇。别对我说什么亵渎神明,朋友,如果太阳侮辱我,我也要戳穿它!"多么可怕的人!多么疯狂的人!没有一点宽容,没有一点仁爱,没有一点敬畏之心!一切为自己考虑,一切为了自我张扬,一切为了报仇雪恨。仇恨和报复可以压倒一切,即使是给他生命的太阳,即使是养育他的地球。亚哈最后与白鲸同归于尽,这个悲剧结局不正暗示了与自然作对的最终下场吗?麦尔维尔虽然也曾通过叙述者赞叹了巨鲸"惊人的力量"和"令人惊骇的美感",流露出一些敬畏的情绪;但更多的是赞美亚哈以征服自然来张扬人的尊严和力量的勇气,甚至把亚哈赞美为普罗米修斯,并且以赞赏的口吻细致描写了捕鲸者残酷捕杀鲸鱼的过程。因此,小说的基本倾向是反生态的。[1] 正如布伊尔评价的那样:"《白鲸》这部小说比起同时代任何作品都更为突出地……展现了人类对动物界的暴行。"[2]

《老人与海》的主旨也是人以战胜自然伟力的方式来实现自我。捕获大

---

① 赫尔曼·麦尔维尔:《白鲸》,曹庸译,上海译文出版社,1982年,第258、262、228—229、526页。

② Lawrence Buell: *The Environmental Imagination: Thoreau, Nature Writing, and the Formation of American Culture*, Harvard University Press, 1995, p. 4.

马林鱼、战胜凶狠的鲨鱼，是圣地亚哥老人确立自己价值、证明自己能力的方式。在那场人与鱼的殊死搏斗中，老人充满了骄傲的自觉，他把对自然的悲壮的抗争视为人维护尊严的必然和必需。正如作品所说的那样，老人杀死鱼"是为了自尊心"，是为了让人们和他自己相信"你永远行的"，也是要让大自然知道"人有多少能耐，人能忍受多少磨难"。他对自己说，"我一定要制服它，……感谢上帝它们没有我们这些要杀害它们的人聪明"。生态思想家和生态文学研究者质疑人类的这种自我实现方式，绝不赞成用征服自然的方式证明人的伟大，而且坚信，人类最终是无法战胜自然的，无论他取得了多少让他自豪的胜利，无论他多少次用征服自然的方式证明了自己的力量，最终他仍旧必然会遭到自然严酷的、甚至是毁灭性的惩罚。然而，圣地亚哥老人的态度是："一个人可以被毁灭，但不能被打败。"[①]这句被广泛引用的名言放在人类社会的背景下并严格限制在个别人的范围内来看，也许能够体现出悲剧性的英雄精神；但是，这句话之所以有意义显然是因为它不仅仅针对个别人，如果放到自然与人的关系里来审视，其荒谬性就充分显现出来：人都被毁灭了，又何谈不败？假若人类这个物种有一天终于在这个星球上被彻底毁灭，难道他的不败的精神、胜利的精神还能在那个荒凉的、无生命的星球上永远闪光？人类太看重精神，太看重尊严，太看重面子，这种精神或虚幻的东西如果过度膨胀，膨胀到失去基本的自然物质和自然环境支撑和保障的程度，那就必然要走向极端的唯心、极端的虚妄。

加拿大著名作家阿特伍德对美国传统文学对待动物的态度进行了批判，并将其与加拿大作家的态度进行了比较。她的批判和比较是十分精彩而深刻的生态角度的文学重审和生态批评："美国文学的……动物故事都是狩猎故事，其兴趣集中在狩猎者身上。像《白鲸》里的鲸鱼、福克纳《熊》中的熊、海明威的《法兰西斯·麦考伯短暂愉快的一生》中的狮子、米勒的《我们为什么在越南》中的灰熊、詹姆斯·迪奇《解救》中叙述者瞥见的鹿——所有这些及其他一切动物都赋有魔力般的象征性质。它们就是大自然、就是神秘、就是挑战、就是异己力量、就是拓荒所能面临到的一切。猎人同它们进

① 海明威：《老人与海》，吴劳译，上海译文出版社，1987年，第69、60、42、40、68页。

行斗争,以杀戮的手段征服它们,兼收并取它们的魔力,包括它们的能量、暴力和野性。这样猎人便战胜了大自然,从而强大起来。美国的动物小说是求索小说……从狩猎者的角度而不是从动物的角度来说,它们是成功的。它们是对美国帝国主义心理特征的一种评论。……成功的程度以人的需要为标准……"与之相反,加拿大作家的动物小说则"总是以动物的死亡作为结局;不过这种死亡远不是某种探索的成功,不应以欢乐来对待,而应将其视为悲剧,应该为之伤感,因为这些故事是以动物的角度来叙述的。这是关键所在……美国的是杀戮动物,而加拿大的则是动物被杀戮,就像在皮毛和羽毛里感觉到的那样。你可以看出《白鲸》如果由白鲸自己来讲述,角度将会大不相同(那个陌生人为什么拿着渔叉追逐我?)。加拿大鲸鱼遇到捕鲸者的情形可在普拉特的《抹香鲸》中看到,在这里我们为鲸鱼而悲伤而不为捕鲸者难过。"[①]阿特伍德以加拿大的生态文学作为参照,在对比中揭示了反生态文学的若干特征:反生态文学尽管也可能描写自然,甚至也可能对自然力量有某种程度的赞美,但所有这些最终都成为人的陪衬,目的是为了突显人征服自然的最后胜利或者人虽败犹荣的霸气和傲慢。

《未来主义者马法尔卡》的主人公是作者马里内蒂理想的未来人:长得像一个机器人,身体的每一个部分都可以像机器零件那样拆卸更换,有万能的本领,却没有心灵,没有感情,没有良知,残忍冷酷。马里内蒂在《的黎波里之战》里这样赞美残杀人类和其他生命的机关枪:"小小的机关枪,您是一位魅力十足的女人,骄悍成性而又美丽绝伦,驾驶着一辆看不见的百匹马力的汽车,急促地按喇叭声……夫人,我看见您像一位杰出的演说家,以滔滔不绝的雄辩的语言打动周围听众的心灵……此刻您是一把万能的钻头,在这个顽固的黑夜的头盖骨上凿出一个圆洞……您是一架轧钢机,一台电动镟床……是一只大型氢氧吹管,正一点一点地将邻近的星星点点的金属棱角燃烧、切割和熔化……"[②]这样的作品是生态文学家及其研究者不能忍受

---

① M.艾特伍德:《生存——加拿大文学主题指南》,秦明利译,中国文联出版公司,1991年,第64—65页。

② 罗芃、孙凤城、沈石岩主编:《欧洲文学史》(第三卷上册),商务印书馆,2001年,第473页。

的。生态文学家和生态批评家都是反战的，他们对科技的批判，有相当大的部分是对研制杀害生命的武器，特别是大规模杀伤性武器的批判。赞美武器无异于赞美杀害生命、摧残生态。

俄罗斯陈克梅派诗人戈罗杰茨基写道：

我，是人，我主宰着
花儿，白天的光……
我，亲自创造了上帝的名字……①

另一位苏联诗人格拉西莫夫被称为“钢铁和工厂的歌手”。他在《钢铁之歌》里说，钢铁里“有睫毛温柔含羞的光亮和纯洁”，“有长笛的呜咽”，“有爱情”。他还声称，“我不是在娇柔的大自然里，/周围不是盛开的鲜花，/我是在烟雾腾腾的天空下/在工厂里锻造钢铁之花”②。

又一位苏联诗人马申罗夫-萨马贝特尼克在《机器的天堂》里写道：

我想要——钢铁的语言在海底震响，
让无形的世界因鸣响的电线而受惊。
沿着铁轨的曲线，在深渊上驶过，
我要用酷热烧灼你们，然后再抛进冰的深井。③

这些狂妄而又狂热的诗，真切地反映出一个疯狂摧毁大自然的时代，而那个时代所造成的自然灾难，却要让后来很多代人承担！

值得思考的是，在无产阶级的文学作品里，这一类高歌工业化，高歌“与天斗、与地斗”的豪迈诗歌屡见不鲜，甚至可以一直上溯到19世纪中叶深受恩格斯赞赏的德国第一个无产阶级诗人维尔特。维尔特在《工业》一诗里这

① 许贤绪：《20世纪俄罗斯诗歌史》，上海外语教育出版社，1997年，第74页。

② 同上书，第161页。

③ 刘文飞：《二十世纪俄语诗史》，社会科学文献出版社，1996年，第117页。

样写道：

> 人类到处都显出他的至高无上，
> 他们勇敢地征服伟大的自然，
> 他们无休无止地要求进展，
> ……
> 人类走过繁盛的碧绿的森林，
> 他们试探着搜寻巨大的松材；
> 他们从山岩的坑穴里找到铁矿，
> 把它们掘起……
> ……
> 在各个城市的烟气弥漫的中心，
> 从无数烟囱里冒出那么多浓烈的黑烟！
> 大自然所蕴藏的不成器的东西，
> 现在都以纯粹的姿态出现。
> ……
> 赫淮斯托斯，他要是看到火车的飞奔，
> 他一定会惊叹人类的力量而拜倒尘埃！
> ……
> 工业乃是我们当代的女神！①

生态危机的现实呼唤全球意识的建立和普及，呼唤生态意识的全球化。只有全人类合作，才有可能消除危机，避免灾难。

---

① 歌德等：《德国诗选》，钱春绮译，上海译文出版社，1982年，第406—408页。

第四章

生态文学的思想内涵

在生态文学对自然与人的关系的揭示和艺术表现中，蕴涵了丰富而深刻的生态思想。挖掘、理解和分析这些思想，是生态文学研究的主要任务。

第一节　征服、统治自然批判

生态文学家们创作了大量充满激情、感人肺腑的作品，对古往今来人类征服、统治和改造自然进行了持之以恒的批判。

一、质疑人类干扰自然进程、征服自然的权利

梭罗在日记里质问道："非得把河滨的樱草花移植到山坡上吗？'此地'即它萌芽生长之处；'此刻'即它姹嫣怒放之时辰。设若阳光、雨露降临'此地'，催促它绽放成长，我们应否僭越此地攀

折它？可否因为私心而将它移植至暖房去呢？”[1]

在《缅因森林》里，梭罗对登山者渴望征服地球所有高山顶峰发出了谴责。他说：“山顶是地球未造完的部分，爬上那地方，刺探神的秘密，考验它们对人类的影响，这是有点侮辱神明的。也许只是胆大妄为、厚颜无耻的人才会去那里。原始种族，如未开化的人，就不会去爬山，山顶是他们从未去过的神圣而神秘的地带。”与之相反，现代人却“习惯于认定人无处不在，每一个地方都有人的影响”。梭罗模仿大地母亲的口吻对登山者发出警告：“这个地方不是为你准备的。我在峡谷里微笑还不够吗？我从未把这块土地作为你的立脚之地，没有把这里的空气供你呼吸，让这些石头作为你的邻居，我不能在这里怜悯你也不能爱抚你，但我永远会无情地把你从这里赶到我能宽容的地方。为什么在我没有召唤你的地方来找我，然后埋怨因为你发现我只是一个后娘？”[2]艾特玛托夫在《断头台》里也痛批了人类把魔掌伸向莫云库梅荒原等人类并不居住的地方，呼吁人类给世界留下一些净土，不要去打扰践踏。

华兹华斯在《泉水》里指出，“对于大自然”，千万不要“做无谓的争斗”。在《劝戒》一诗里他又告诫人们：不要“从大自然的书上把这珍贵之页撕下”，不要为了自己的贪欲去亵渎自然，因为“凡现在使你着迷的一切，/从你插手的日子起就消失”[3]！

普里什文在《大地的眼睛》里指出，“我们无条件地认为人类是大自然的‘君主’”，我们“利用大自然的财富，使之有益于自己，但还不知道，这是我们在控制大自然呢，还是恰恰相反，是大自然迫使我们服从他的规律”[4]。

阿斯塔菲耶夫在《鱼王》里告诫人类：“不知安静为何物的人类，总是凶狠倔强地想把大自然驾驭、征服。然而大自然是不会被你玩弄于掌股之间的。”“我们只以为，是我们在改造一切，也包括改造原始森林在内。不是的，

---

① 陈长房：《梭罗与中国》，三民书局，1991年，第105页。

② 罗伯特·塞尔编：《梭罗集》，陈凯等译，生活·读书·新知三联书店，1996年，第715—716页。

③ 华兹华斯：《华兹华斯抒情诗选》，黄杲炘译，上海译文出版社，1986年，第114、255页。

④ 米·米·普里什文：《普里什文随笔选》，非琴译，百花文艺出版社，1992年，第85页。

我们对它只是破坏、损害、践踏、摧残，使它毁于烈火。然而……原始森林依然是那么雄伟、庄重、安详。我们自以为是支配自然界，要它怎么样就能怎么样。但是，当你一旦窥见了原始森林的真面目，在它里面待过并领略过他医治百病的好处以后，这种错觉就会不复存在，那时，你将震慑于它的威力，感受到他的寥廓、虚空和伟大。”①

瓦西里耶夫在《不要射击白天鹅》里呼吁人类善待大地母亲：“人对自然界称王是有害的。人是自然的儿子，是它的长子。所以人应该聪明一点，别把亲爱的妈妈撵进棺材。”②

二、挖掘征服和统治自然的思想根源

卡森认为，最主要的根源就是支配了人类意识和行为达数千年之久的人类中心主义。她指出，“犹太—基督教教义把人当作自然之中心的观念统治了我们的思想”，于是“人类将自己视为地球上所有物质的主宰，认为地球上的一切——有生命的和无生命的，动物、植物和矿物——甚至就连地球本身——都是专门为人类创造的”③。人类中心主义最明显地表现在人类征服和统治自然的叫嚣和行径中。令卡森特别愤慨和痛心疾首的是，这种征服和统治自然的行径仍然盛行，而且还愈演愈烈。

俄罗斯诗人伊萨耶夫在《猎人射杀了一只仙鹤》里告诫道：“人不是大自然的帝王，/不是主宰，而是自然之子。”④

在美国当代印第安诗人布鲁夏克的想象中，人类中心主义所导致的结局一定是这样的景象：

---

① 维·阿斯塔菲耶夫：《鱼王》，夏仲翼、肖章、石枕川等译，上海译文出版社，1982年，第379、84—85页。

② 瓦西里耶夫：《不要射击白天鹅》，李必莹译，湖南人民出版社，1984年，第54页。

③ Rachel Carson: “Of Man and the Stream of Time” (commencement address, Scripps College, Clarement, Calif., 1962), Carol B. Gartner: *Rachel Carson*, Frederick Ungar Publishing, 1983, p. 120.

④ 王守仁：《苏联诗坛探幽》，社会科学文献出版社，1990年，第170页。

如果我们假定
我们是中心，
鼹鼠、翠鸟、
鳗鱼和小狼
在恩宠的边缘，
那么……
如同一个个死月
围绕一轮冰冷的太阳！[①]

《白轮船》里残忍的猎鹿者声称："鹿是在我们的土地上打死的。凡是在我们领地上跑的、爬的、飞的，从苍蝇到骆驼都是我们的。我们自己知道我们应当如何对待自己的东西。"[②]这种辩解令人联想到《圣经·创世记》里上帝赋予人的权利，它清楚地显示出征服和蹂躏自然的思想基础：人类是万物之主，人类早就获得了上帝的授权，人类可以对自然万物随意处置。

在这种思想基础之上，人类渐渐养成了一种习惯：以征服自然为荣，以征服自然取乐，而且越是难以征服的对象就越能给人征服的乐趣和荣耀。

《鱼王》里的柯曼多尔在为自己偷偷捕鱼而得意的时候，产生了一个"痛快的、使他宽慰的念头"，那就是"到底我们想干什么就干得成"[③]。

华兹华斯的叙事诗《鹿跳泉》叙述了古代贵族为了自己的享乐纵情猎杀野生动物、肆意破坏自然本来面目的故事。在瓦尔特爵士的疯狂追赶下，一只美丽的公鹿走投无路纵身跳下高高的山崖，死在一汪美丽的泉水边。"鹿摊着四条腿侧身横倒在地，/一个鼻孔碰着山脚旁的清泉，/它最后那沉重哼唧呼出的气，/仍使清泉的水面微微地颤抖。"面对着这个任何还有一点爱心和同情的人都会感伤的情景，瓦尔特爵士却"高兴得顾不上休息"，为他的"光荣业绩"兴奋得坐立不安。然而他还不满足，为了炫耀他征服自然的成

① 张子清：《二十世纪美国诗歌史》，吉林教育出版社，1995年，第959页。

② 钦·艾特马托夫等：《白轮船：当代苏联中篇小说选辑》，许贤绪、赵泓、倪蕊琴等译，上海译文出版社，1986年，第49页。

③ 维·阿斯塔菲耶夫：《鱼王》，夏仲翼、肖章、石枕川等译，上海译文出版社，1982年，第145页。

就和今后的继续作乐，他又决定在鹿死的地方“造个作乐的所在”。他建起“享受乡野乐趣的小凉亭”，竖起“纪念性的”大石柱，盖起奢华的大厦，带来情人和舞女，“在这逍遥的地方尽情地开怀”。更令人无法忍受的是，他还把那汪美丽的清泉改建成一个人工的伪自然的“艺术品”——一个水池！取名为“鹿跳泉”，希望后来的人世世代代都像他一样，以动物的死难为乐，以征服自然激发人类的狂妄。肆意改造自然带来的是可怕的灾难，无情的时间把人造的艺术景观变成了废墟，然而生态的美丽与平衡也不复存在。鹿跳泉一带变成最荒凉的地方，白杨树死气沉沉，“泉水发出凄凄切切的呻吟”，“再也没有狗和羊或者马和牛/肯在那只石杯中湿自己的嘴唇”。“春天从不在这地方露面”，“自然界自愿死亡”！诗人“为那不幸的公鹿鸣冤”，警告后人千万不要再以征服和改造自然为乐，“别以哪怕最卑贱的生灵的痛苦/换取我们的洋洋得意和欢畅”[①]。

《俄罗斯森林》里的一个“暴虐的大自然的征服者”这样说：“我喜欢水啊。我愿意制服它。又多又懒的家伙……我要使它变成白沫飞溅的狂暴的力！”让大自然“听命于我，怎么样？唉呀，幸福都使我头晕了，大自然……需要我们给它注入多么大的力啊！……要让它乖乖地献出自己的金钥匙。‘拿来，全拿来，背后还藏着什么哪？’怎么样，你不头晕吗？……啊？”[②]多么可怕的狂妄！然而又是古往今来多少人曾津津乐道的狂妄啊！

瓦西里耶夫在《不要射击白天鹅》里叙述了这样一件事：一群游客到森林里游玩，准备野餐时发现在他们选定的野餐地旁边有一个巨大的蚂蚁窝。他们完全可以稍稍挪动一下，到另一块林中空地去。然而他们没有，不仅没有，还要把那“大自然的奇迹”——两米多高的大罐子状的蚂蚁窝烧毁。“火焰……盘旋着冲向天空。哀号声，咕咕声，顷刻间吞噬了整个巨大的蚁穴。……蚂蚁在烟熏火燎之中抽筋，……它们藐视死亡，顽强地抵抗，怀着哪怕能救出一个生者的微弱希望，赴汤蹈火，在所不惜。眼看着一座宏伟的建筑——成百万个小生命耐心的劳动成果化为乌有；看着老云杉的枝梢由

① 华兹华斯：《华兹华斯抒情诗选》，黄杲炘译，上海译文出版社，1986年，第128—137页。

② 列·列昂诺夫：《俄罗斯森林》，姜长斌译，黑龙江人民出版社，1984年，第378页。

于灼热而卷曲;看着成千只蚂蚁大军从各路朝篝火奔来,无畏地投身于烈焰之中。"那放火者不仅丝毫没有怜悯之情,反而残酷而狂妄地喊道:"这不就全完啦!……人,是大自然之王,……是王,……是征服者,占领者。……收复了阳光下的一块土地,……现在不会有谁妨碍我们了,不会有谁打搅我们了。……应该庆祝一下这个小小的胜利!"①

三、揭示征服和统治自然的可怕恶果

卡森指出:"我们总是狂妄地大谈特谈征服自然。我们还没有成熟到懂得我们只是巨大的宇宙中的一个小小的部分。人类对自然的态度在今天显得尤为关键,就是因为现代人已经具有了能够彻底改变和完全摧毁自然的、决定着整个星球之命运的能力。"人类能力的急剧膨胀,"是我们的不幸,而且很可能是我们的悲剧。因为这种巨大的能力不仅没有受到理性和智慧的约束,而且还以不负责任为其标志。征服自然的最终代价就是埋葬自己"②。

卡森的话令人想起俄罗斯诗人舍夫涅尔的一首诗《箭》。诗人说,那只飞向猎物的箭"射的不是鹫,/不是森林密菁里的猛兽,/……我射出去的恶箭,/在田野上飞呀飞进。//穿越森林的一排排树木,/……把一簇簇浪花带起/……也把座座大山钻透/…… 我那有罪过的箭,/飞呀飞进我的谷地——/它环绕着地球飞来,/为的是扎进我的背脊"③。

加拿大诗人丹尼斯·李在《文明哀歌》里这样说:"那种人把威士忌和暴力的机器/施展在原始、土著的土地上/贪婪天真地攫取它而不去爱惜。"诗人进一步指出:"对大自然的征服的结果不是提高了人类文明而是阻碍了人类文明的发展——对土地进行掠夺性开发的政策正同对大自然怀有敌意的倾向一样,最终将导致城市走向灭亡。"④

---

① 瓦西里耶夫:《不要射击白天鹅》,李必莹译,湖南人民出版社,1984年,第51页。

② Linda Lear: *Rachel Carson: Witness for Nature*, Henry Holt & Company, 1997, p. 407.

③ 王守仁:《苏联诗坛探幽》,社会科学文献出版社,1990年,第253—254页。

④ M. 艾特伍德:《生存——加拿大文学主题指南》,秦明利译,中国文联出版公司,1991年,第53页。

刘易斯在《人之废》里指出："人类对自然的征服在其功德圆满的时候却是自然对人的征服。每一次我们似乎是胜利了，却一步步地走近这一结果（与恩格斯著名的"一线胜利二线失败论"如此地相似！——引者评）。自然所有表面的退却，原来都是战术撤退。当它诱敌深入的时候，我们却认为它节节败退。在我们看来它是举手投降的时候，其实它正张臂擒伏我们。""人类对自然的征服实际上已是征服的最后一幕，剧终也许为时不远了。"[①]

加里在《天根》里断言，人类目前所走的这条通过征服自然来发展文明的道路是一条绝路。"目前威胁这群动物的不仅仅是猎人——还有树木被伐光、耕地的增多，一句话，人类的进步！""人类已同空间、大地，甚至他所赖以生存的空气发生冲突。……自然的地盘越来越少。""当我们还在杀害身边这些最美好、最高贵的生命时，我们有什么资格侈谈人类的进步？……难道我们真的再也不能尊重大自然、尊重生机勃勃的自由了吗？……只讲求实用的文明，到头来总是要走到绝路上去！"[②]

征服和统治自然也许会给人带来一时的、自以为是的快乐，但由于失去了与自然的和谐关系，人类将承受长期的精神痛苦。

瓦西里耶夫在小说《不要射击白天鹅》里写道："人们在痛苦，很痛苦，……为啥呢？因为我们都成了可怜的孤儿：我们和大地母亲闹纠纷，和森林大哥吵架，和河流阿姐痛苦地分离。我们没有地方可以站脚，没有什么东西可以依靠，也没有什么东西可以使人精神爽快。"[③]

许多生态文学家还意识到，人对自然的征服和控制反过来又强化了人对人的征服和控制。

阿斯塔菲耶夫指出，在戕害自然的同时"人的心理在变化，不知不觉地在变化"："人人都中了蛊毒，大伙儿都病入骨髓。为一支猎枪，为一条小船，为一点弹药和食物，都可以拼命！""一个人一旦见了血不再害怕，认为流点儿热气腾腾的鲜血是无所谓的事，那么这人已在不知不觉中跨过了那条具

① 赫尔曼·E.戴利、肯尼思·N.汤森编：《珍惜地球——经济学、生态学、伦理学》，马杰、钟斌、朱又红译，商务印书馆，2001年，第266、262页。

② 加里：《天根》，宋维洲译，北京师范大学出版社，1996年，第46、74、76—77页。

③ 瓦西里耶夫：《不要射击白天鹅》，李必莹译，湖南人民出版社，1984年，第226页。

有决定意义的不祥之线,不再是个人了,而成了穴居野处、茹毛饮血的远古时代的原始野人,伸出那张额角很低,獠牙戳出的丑脸,直勾勾地瞪着我们的时代。"[①]

阿斯塔菲耶夫还把人类征服自然与男性征服女性联系到一起思考,这与后来的生态女性主义的观点非常相近。《鱼王》里有个叫盖尔采夫的大学生,他既任意蹂躏自然也任意蹂躏女人。他的人生哲学是:"男人的幸福是:'我需要!'女人的幸福是:'他需要!'" 偷渔者伊格纳齐依奇在遭到大自然严酷惩罚的时候幡然醒悟,开始反思和忏悔自己的一生。他联想起自己对顺从的姑娘格拉哈的蹂躏,并对自己说:"大自然也是个女性! 你掏掉了它多少东西啊?"[②]大自然母亲受到重创,人间美好的女性之一——伊格纳齐依奇最心爱的女儿也死于非命。

华兹华斯写道:

> 大自然把流经我身的人的灵气
> 与她的美妙作品连为一体,
> 这使我痛心地想到
> 人怎样对待人类自己。
> ……
> 难道我没有理由悲哀
> 人怎样对待人类自己?[③]

艾特玛托夫也从批判人对自然的征服转向批判人类社会内部的征服:"在那里,为了一些人的统治,为了征服并凌辱另一些人,总是血流成河。""人与人之间的势不两立,诸王之间的领土纠纷,思想的对立,傲慢与权欲的

---

① 维·阿斯塔菲耶夫:《鱼王》,夏仲翼、肖章、石枕川等译,上海译文出版社,1982 年,序言第 10 页,第 251—252 页。

② 同上书,第 494、224 页。

③ Oscar Williams (ed.): *The New Pocket Anthology of American Verse*, Washington Square Press, 1961, p. 233.

排外性，以及时刻企图独霸天下的大国君王同追随其后、盲目顺从、假意颂扬、从头到脚武装起来、在频繁的内讧征战中狂呼胜利的各个民族之间的对抗……主啊，……为什么你要赐予那些互相残杀、把大地变成大众耻辱的坟墓的人以智慧、语言以及能创造万物的自由的双手！”人类还将“进入太空，带着令人憎恶的贪婪，互相争夺宇宙空间，妄图取得银河系的统治权。……当这些人把自己看得高于上帝的时候，对他们来说，上帝算得了什么？”“这就是富于理性的人类的终了。为什么会发生这种情况，人类怎么能灭绝自己的后代，毁于一旦，彻底被消灭？”作者恨不能像先知那样，“敲打他沿路经过的所有窗子，呼喊着：‘快起来，人们，灾祸临头了’”！他呼吁人类立刻清醒过来，共同思考如何才能使人“不再贪求对别人的统治；如何使他不再堕落，为所欲为”①？

第二节　工业与科技批判

19世纪以来，人类的工业生产与科学技术飞速发展。然而，工业和科技的发展并不都表现为正确认识自然、合理利用自然、在自然能够承载的范围内适度地增加人类的物质财富，在很多情况下却表现为干扰自然进程、违背自然规律、破坏自然美和生态平衡、透支甚至耗尽自然资源。工业和科技文明对自然的征服和破坏，在20世纪达到了前所未有的程度。正因为如此，生态文学向工业化和科学技术发出了强烈的质疑和激烈的批判。

应当指出，一些作家的批判有矫枉过正的倾向，但他们看似极端的批判都有着良好的动机，那就是使人类安全、健康、长久、诗意地生存在这个星球上。更应当指出的是，科学技术绝对不能置身于被监督的范围之外，科学技术头上的光环绝不意味着不受文学家、哲学社会科学学者和一切追求真理、正义和良知的知识分子批判的特权。失去了监督、批判和制约的科学技术，就像失去了监督、批判和制约的权力一样，肯定会失控，肯定会走向专制（科

---

①　艾特玛托夫：《断头台》，冯加译，外国文学出版社，1987年，第204、206—207、219—221页。

技专制)和疯狂。而且,工业化和高科技早已使人类具备了将地球毁灭无数次的巨大而令人恐怖的能力,因此,一旦科技与工业发展失控,它所导致的后果很可能极为严重,很可能是整个人类和整个生态环境的毁灭性的灾难!

生态文学对工业和科技的批判并不是要完全否定工业和科技本身,而是要突显人类现存的工业文明和科技文明的致命缺陷(下述批判都是针对现存缺陷的),促使人类思考和探寻发展工业和科技的正确道路,以及如何开创一种全新的绿色工业和绿色科技。

正因为如此,生态文学对工业和科技的批判具有特别重大的意义。

一、工业化对自然美和诗意生存的破坏

德国的第一条铁路于1835年12月7日通车,此后不久,浪漫主义诗人凯尔纳就写出著名的《在火车站》,对火车这个工业文明的标志发起了激烈的批判:

你听到粗暴刺耳的汽笛声,
这野兽在喘息,它在准备
急速行驶,这一头铁兽,
飞驰起来,简直像惊雷。
……
看大家奔跑,一片骚乱,
车厢里挤得水泄不通!
于是叫道“开了”!天和地
一齐飞驰,像恶魔的梦。

喷气的巨兽!自从你出生,
旅行的诗意完全消逝。
……
不会有帮工再冒着风雨,

在路上高高兴兴地流浪，
或是疲倦地躺下，在草中
想他故乡的美丽的姑娘。
……
也不会再有亲爱的伉俪
在路上舒适地乘坐马车，
丈夫跳下车，从草地里
采一朵鲜花给妻子佩带。

不会有旅人在高处停留，
再去欣赏上帝的世界，
一切都将从大自然身旁
奔驰得像闪电一样飞快。

我悲叹：人类，凭着你的技术
把大地搞得多么冷寂！
我真想生在荒山老林里，
看不到你们玩弄蒸汽！
……
哦，人类，继续登峰造极吧，
把汽船、飞船全部造出！
随老鹰同飞，随闪电同飞！
一直奔赴你们的坟墓！[①]

凯尔纳的这首写在一百多年前的诗，博得了当今生态思想家和环境主义者的高度赞赏，他们用各种语言、各种方式重复着这位具有惊人的超前意识的诗人的预言：人类以飞速发展的科学技术和工业生产，剥离了自然同自

① 《德国浪漫主义诗人抒情诗选》，钱春绮译，江苏人民出版社，1984 年，第 354—257 页。

己的密切联系与和谐关系,使得诗意的生存一去不复返了。

俄罗斯诗人叶赛宁和鲁勃佐夫对铁路和火车也怀有强烈的恐惧和忧虑。他们所担忧的主要是工业化所导致的自然美的消失和灾难性的污染。叶赛宁写道:

吹吧,吹吧,灾难的号角!
怎么办,我们现在该怎么办,
在这肮脏不堪的铁轨上?
霜雪就像石灰一样,
抹白这村庄和草场,
你们再无处逃离敌手,
你们再无处躲避祸殃。
瞧它,正腆着铁的肚子,
向原野的喉头伸出魔掌……[①]

鲁勃佐夫在《我的静静的故乡》里写道:

……在铁路线的后面
我看见一个隐蔽的、洁净的角落。
请时代原谅我的无益的唠叨,
但是我恳求,但愿这个荒僻的景观
不要被火车站的烟笼罩。[②]

梭罗也反对无视自然保护地滥造铁路。他把穿过瓦尔登湖畔森林的铁路称作一支飞箭,而瓦尔登湖就像一个靶子"被一支飞箭似的铁路射中"。他又把火车比作一匹铁马:"如雷的喘声回响在山谷,脚步震撼得大地颤抖,鼻孔喷烟吐

---

① 吴泽霖:《叶赛宁评传》,浙江文艺出版社,1999年,第164页。
② 许贤绪:《20世纪俄罗斯诗歌史》,上海外语教育出版社,1997年,第566页。

火，……看上去仿佛大地现在有了一个配得上在此居住的新种族。”火车“玷污了‘宝灵泉’，吞噬了瓦尔登湖边所有的树木”[①]！瓦尔登湖在梭罗心中就是自然美的代表，而铁路和火车又是破坏了自然美的工业文明和科技发展的象征。

俄国诗人巴拉丁斯基早在19世纪30年代就意识到工业革命所潜藏的内在危机，那就是导致人的物质欲望恶性膨胀，同时使人越来越多地失却精神和诗意的存在。在《最后的一个诗人》(1835)里巴拉丁斯基写道：

> 时代沿着钢铁之路迈进，
> 人心贪财，欲壑难填，
> 幻想越来越明显、越来越无耻地
> 专注于迫切需要的、有利可图的东西。
> 诗歌的幼稚的幻梦
> 在教育的光照下消逝了，
> 人们不再吟风弄月，
> 却操心办工业。[②]

别林斯基曾因此诗批评过巴拉丁斯基，并声称人类进入“为了铁路，为了轮船”的时代“恰恰是它的伟大胜利”！即便人们“过分卑下地向黄金拜倒”，那也“仅仅是意味着，人类在19世纪进入了自己发展的过渡阶段”[③]。我们虽然无须强求别林斯基超越时代的局限性，但却应当充分评价巴拉丁斯基了不起的预见性。巴拉丁斯基所反感和忧虑的并不是工业化本身，而是它导致的恶果。他对人类欲望膨胀和诗意生存萎缩的关注，显示出一种超越时代的并被以后的社会发展所证实的远见。

俄罗斯诗人库兹涅佐夫把有关伊凡傻子和青蛙公主的著名童话改写成《原子童话》：伊凡傻子把青蛙带回家，剖开它“洁白的、金枝玉叶的身体”，再

---

① Henry D. Thoreau: *Walden*, Princeton University Press, 1971, pp. 115—117, 192.

② 徐稚芳：《俄罗斯诗歌史》(第二版)，北京大学出版社，2002年，第171—172页。

③ 别林斯基：《别林斯基选集》(第三卷)，满涛译，上海文艺出版社，1963年，第537页。

通上电流。他要做实验,要进行科学研究,而不要自然与人紧紧相连的美和爱。倒霉的青蛙“在长时间的折磨中渐渐死去,/每一根血管都有时代的搏动,/在傻子的幸福的脸上,/露出求知的笑容”。请注意诗中“时代的搏动”和“傻子”的含义,诗人以一个虚构的故事批判的是整个时代甚至一个漫长时期的主流精神,而那种主流的反生态的精神表面看起来是聪明的,而实际却是最愚蠢的。时代的这种科技精神使人失去了对万物之美的追求,使万物在人的眼睛里彻底地“去魅”,使人走向功利主义、实用主义的极端。在“数字、水泥和塑料的冷冰冰的伪自然”占尽优势的时代,河流里的青蛙和森林里的野花毫无用处。就像诗人在《花》里质问的那样,“在这个天空下花有什么用,/既然它的香味不是面包”[①]?

意大利作家保罗·沃尔波尼致力于工业文明批判,他的《血肉之躯》和《愤怒的星球》表现疯狂的工业文明对自然的过度开发以及军事工业对整个地球的巨大威胁,如果任由这种文明继续疯狂增长,就必然导致物质世界的完全毁灭。

美国诗人杰弗斯在《大拉网》一诗里把现代工业文明和城市文明比作巨大罗网,那罗网把人类一网打尽:“我想我们开动了一台台机器,把它们全部锁入相互依存之中;我们建起了一座座巨大的城市;如今/在劫难逃。我们聚集了众多的人口,他们无力自由地生存下去,与强有力的/大地绝缘,人人无助,不能自立。圆圈封了口,网/正在收。他们几乎感觉不到网绳正在拉……”[②]工业文明将人类一网打尽!多么可怕的比喻!又是多么令人警醒的意象!

二、工业化造成生态系统的紊乱和自然资源的枯竭

梭罗激烈抨击了阻断了河鲱溯游产卵必经之路的水坝建设:“可怜的河

---

① 许贤绪:《20世纪俄罗斯诗歌史》,上海外语教育出版社,1997年,第579—580页。

② 彭予:《20世纪美国诗歌——从庞德到罗伯特·布莱》,河南大学出版社,1995年,第171—172页。

鲱啊！哪里有给你的补偿啊！……你依然穿着多鳞的盔甲在海中漫游，到一处处河流入海口谦恭地探询，看人类是否可能已让其畅通允许你进入。……你既无刀剑作武器又不能击发电流，你只是天真无邪的河鲱，胸怀正义的事业，你那柔软的、哑口无言的嘴只知朝向前方，你的鳞片很容易被剥离。拿我来说，我站在你一边。有谁知道怎样才能用一根撬棍撼动那座比勒里卡水坝？……这种鱼乐意在产卵季节之后为人类的利益被大批杀死。人类肤浅而自私的博爱主义见鬼去吧！……有谁听见了鱼类的叫喊？”[①]这样的工业建设所带来的绝不仅仅是生态伦理危机，更为严重的是生态系统的紊乱和由此导致的物种灭绝。

在拉斯普京的《告别马焦拉》里，主人公达丽亚老太太对迷信机器文明的孙子说：“你说有机器，机器为你们干活儿。唉，唉，早就不是机器为你们干活儿咯，是你们为机器干活儿呢……可这机器得费多少东西呀！这不是马，喂点燕麦，再往牧场一轰就行了。机器要榨干你们的血汗，要糟蹋土地。……你们的生活要吃多少供啊：把马焦拉端给它吧，它饿得皮包骨了。光吃一个马焦拉就够啦！？他要伸手去抓，哼啊哈的，还要拼命地要呢。还得再给它。有什么办法呢，你们还得给。不然你们就要倒霉。你们已经给它放松了缰绳，如今就再也勒不住它了。怨自己吧。”[②]达丽亚老太太的话虽然很土、很口语，却代表作者提出了一系列深刻而重大的问题：究竟是人利用机器还是机器控制了人？高速发展的工业文明需要吞噬多少自然资源，其中又有多少是不可再生的？包括土地、石油、原始森林在内的这些需要千年、万年、数百万年才能形成的资源还够工业文明挥霍多少年？登上了工业化、现代化甚至后现代化的快车是否犹如骑虎难下？究竟是谁造成了这快车不可控制地、加速度地驶向灾难？咎由自取的人类是否还有可能拯救自己也拯救这个星球？

著名生态思想家麦克基本在1989年出版的《自然的终结》一书里把当今世界称为“后自然世界”(postnatural world)，因为自然已经终结了。“后自

---

① 罗伯特·塞尔编：《梭罗集》，陈凯等译，生活·读书·新知三联书店，1996年，第31页。

② 拉斯普京：《拉斯普京小说选》，王乃倬等译，外国文学出版社，1982年，第155—157页。

然世界"的一个突出特点就是什么东西都用光了或者就要用光了。美国小说家厄普代克"兔子"系列小说的最后一部《兔子安息》就表现了这样的世界。生态文学研究者戴特林评论道,"兔子"系列反映了美国20世纪50年代(《兔子跑吧》)、60年代(《兔子归来》)、70年代(《兔子富了》)和80年代(《兔子安息》)的社会状况,象征着美国人为现代化的、富裕的生活而奋斗的过程。然而,这种奋斗是以破坏自然、耗尽有限资源为代价的,这个奋斗过程的"最佳称呼是'肚子的故事'",即满足欲望的故事,令人联想起古希腊神话里的厄律西克同(详见下节)。"兔子"哈里奋斗的最后阶段,"反映了这个国家的腐朽和衰落,美国已经是后自然的土地",用小说里的话来说就是:"我们把它全部用光了——世界!"接下去的只能是灾难。[①]

三、科技发展很可能给自然和人类带来毁灭性的灾难

这是生态文学家最为关注的问题之一。从19世纪玛丽·雪莱的《弗兰肯斯坦》到2003年阿特伍德的《羚羊与秧鸡》,许许多多的作家通过自己的作品对这种可能的灾难发表了看法并提出警告。

玛丽·雪莱的小说《弗兰肯斯坦》堪称人类最优秀的一部生态小说,也是第一部反乌托邦生态小说。它预示了人类企图以科技发明主宰自然却反过来被自己创造的科技怪物所主宰的悲剧。小说主人公维克多·弗兰肯斯坦是个科学家,把自然科学当作支配他"一生命运的守护神"。在科学探索的狂热和获得巨大声誉的渴望的推动下,他用死人骸骨创造了一个巨人般的怪物。那个怪物很快就成为一种异化力量,它以残杀弗兰肯斯坦的弟弟、好友、妻子和其他无辜者的方式胁迫科学家满足它的要求。它恶狠狠地对它的创造者说:"你这无赖……你给我记住,我是强有力的。你以为你够倒霉了,可我要叫你雪上加霜倒大霉,……你创造了我,可我才是你的主人。

---

① Cheryll Glotfelty and Harold Fromm (ed.): *The Ecocriticism Reader: Landmarks in Literary Ecology*, The University of Georgia Press, 1996, p. 199.

服从我的命令!"[①]生态文学研究者克洛伯尔认为,这个怪物完全可以比拟为20世纪的原子弹或未来的基因怪物。玛丽·雪莱描写道,弗兰肯斯坦决定不为他的怪物创造一个同伴(可比拟为氢弹),否则两个怪物联合起来必将毁掉整个人类。这样的情节与一百多年后人类发明核武器以及所面临的核灾难之恐惧,竟然是如此相似!克洛伯尔因此而断言:"这是有关科技摧毁整个人类之可能性的第一次文学描写。"[②]

玛丽·雪莱在小说导言里明确指出了她的基本思想:"发明创造的先决条件在于一个人能否把握某事物潜在的作用。""任何嘲弄造物主伟大的造物机制的企图,其结果都是十分可怕的。"这种思想与恩格斯的生态思想是非常接近的。用今天的生态话语来说就是:科学发明和科学创造必须把尊重并恪守自然规律、严禁干扰或扭曲自然进程、准确预测并有效控制创造物的副作用作为根本前提。作者描写了弗兰肯斯坦深刻的忏悔和反思:"可现在,我已幡然醒悟。我第一次认识到……黑了良心。我将遭到子孙万代的诅咒,骂我引狼入室,骂我自私自利,……将可能导致整个人类的毁灭。"这样的反思,值得所有科学家深思。他的反思不仅局限在造出怪物这一具体事件上,还扩展到人类应当怎样改善与自然的关系等更大的问题:"我甚至折磨活生生的动物","我对大自然的魅力视而不见,对周围的景致无动于衷"。当他发现沃尔顿正在步他的后尘,企图"征服自然这一人类的顽敌,并使子孙万代成为大自然的主人"时,他痛苦地劝告:"不幸的人啊,你怎么也和我一样发疯了?难道你也喝了那种令人痴迷的蒙汗药吗?"他向沃尔顿叙述了自己可怕的经历,目的是使后来人从他的"遭遇中汲取某种适当的教训"[③]。这也正是玛丽·雪莱创作这部小说的目的。

贝特认为,《弗兰肯斯坦》这部批判"违反自然规律"的作品,对人类正确认识当代科技发展的潜在危险,具有特别重大的意义。他提请读者特别关

---

① 玛丽·雪莱:《弗兰肯斯坦》,刘新民译,上海译文出版社,1998年,第34、205页。

② Karl Krouber: *Romantic Fantasy and Science Fiction*, Yale University Press, 1988, pp. 14—20.

③ 玛丽·雪莱:《弗兰肯斯坦》,刘新民译,上海译文出版社,1998年,第13—14、203、54—55、20—21、23页。

注弗兰肯斯坦这个自称为“现代普罗米修斯”的科学家,注意他企图成为“一个新人种的创造者”,成为“更幸福、更美妙的自然”的创造者。他与当今正在为克隆而日夜奋战的那些科学家何其相似!贝特明确地指出:弗兰肯斯坦简直“就像发现 DNA 之前一个半世纪的基因工程师”①!

苏联作家布尔加科夫的小说《不祥的蛋》的情节近似于《弗兰肯斯坦》。莫斯科大学动物学教授的科研成果被国营农场主席抢走,那成果是一种神奇的红光,被那红光照射后的生物会以惊人的速度迅速繁殖。农场主席用红光照射了一批种蛋,没想到孵化出来的竟然是大批巨型爬虫。那些可怕的怪物吃掉了农场主席的妻子,吓疯了主席,蔓延到各地农村,吞噬、蹂躏一切,并以不可抗拒之势向包括莫斯科在内的大城市逼近,而那位发现了红光的教授则被绝望和狂怒的民众打死。最终的获救还得靠大自然的伟力和大自然的恩赐:生死关头,一场罕见的特大寒流从天而降,冻死了所有的怪物。与玛丽·雪莱的目的一样,布尔加科夫也用高度假定性的故事来抨击干预自然进程、违背自然规律的科学研究,揭示这样的研究所带来的可怕后果。

美国诗人杰弗斯在他的名诗《科学》里也描述了科学怪物。他写道:

> 人创造了科学巨怪,但却被那巨怪控制
> 就像自恋和灵魂分裂的疯子不能管束
> 　　他的私生子。
> 他造出许多刺向自然的尖刀,本想
> 用它们实现无边的梦想,而噬血的刀尖
> 　　却向内转刺向他自己。
> 他的思想预示着他自己的毁灭。②

加拿大诗人普拉特在长诗《泰坦尼克号》里,以那艘代表着 19 世纪最先进技术的“永不沉没的”巨轮,象征人类认为科技可以使他们主宰自然、左右环境

---

① Jonathan Bate: *The Song of the Earth*, Harvard University Press, 2000, p. 51.

② Oscar Williams (ed.): *The Pocket Book of Modern Verse*, Pocket Books, Inc., p. 331.

的狂妄自负，用泰坦尼克号的沉没象征“技术神话”给人类带来的灭绝性的灾难。这不禁使人联想起在20世纪末风靡全球的好莱坞巨片《泰坦尼克号》，联想到该片的男主人公站在船头不知天高地厚地叫喊：“我是世界之王!”阿特伍德分析得好：长诗《泰坦尼克号》“通过胜利—失败的比喻”，很明显地传达出“我们已经超出了宿命的态度而转向了认为大自然是冷漠无情的态度，转向了同大自然做战争交易的态度、向大自然宣战的态度，转向了认定大自然是有敌意的态度”[①]。然而，人类的这种态度最终将导致他的毁灭。长诗的结尾这样写道：

远处星光下，没有其功绩的
痕迹，只有最后的海浪
来自泰坦号船底
冰卵孵化出的沉默和震惊与
带有旧石器时代面孔的灰色形体
仍然是那条经线上的主人[②]

诗人提醒我们：文明虽然高度发达，但人类对自然的态度却没有与其能力相适应地提高，借助科技人类获得了巨大的力量，但其自然伦理却还处于非常低级的阶段。诗人还告诫我们：人类不管怎样发展，都不可能变成自然的主人，最多是自己的创造物的主人，而且还常常控制不了自己的创造物，被自己所创造的科技怪物所埋葬。

瑞士作家迪伦马特的剧作《物理学家》里的主人公叫默比乌斯，他的发明创造比玛丽·雪莱和布尔加科夫的怪物更为可怕：一种能创造出把世界全部毁灭的能量的方法。为了防止这种技术被滥用，这个良知尚存的物理学家焚毁了发明手稿，抛弃了事业和前程，离开了妻子和孩子，装疯躲进疯

---

① M.艾特伍德：《生存——加拿大文学主题指南》，秦明利译，中国文联出版公司，1991年，第49页。

② 同上书，第51页。

人院。然而,垄断托拉斯的大股东、疯人院的女院长早就偷拍了默比乌斯的发明手稿,并且已经利用这项发明开始生产比核弹更加危险的武器,企图以此统治人类、控制一切。剧本沉痛地写道:“我们已走到了我们道路的尽头……我们的科学已变成恐怖,我们的研究已变成危险,我们的认识已变成致命。”①

在另一位瑞士作家弗里施的小说《技术人法贝尔》里,主人公原本认为一切都可以规划、设计和计算,技术可以解决一切问题。经过一系列的人生剧变,他终于获得了新的感悟:技术终究不能代替人间的一切,人类不得不服从更伟大的法则——自然法则的制约。

瑞士诗人马尔蒂被20世纪80年代以后以切尔诺贝利核电站爆炸泄漏为代表的一系列灾难性事故所震撼,进而对科技文明和工业社会的发展提出了强烈质疑。在《复活节前的星期六》里,诗人写道:

我们的命运
走上了
这样的轨道:
技术
反过来
把人吃掉?②

英国作家邦德也抨击了可能导致生态灾难和人类灾难的科技创造,他指出:“科学和智慧作为工具为人性中最原始、最荒谬的成分所操纵和利用,这不仅导致浪费资源和毁灭我们的生态环境,而且也造出了足以摧毁全人类的氢弹。”③

赫胥黎的《奇妙的新世界》不仅是政治批判小说,也是科技文明批判小

① 李明滨主编:《二十世纪欧美文学史》(第四卷),北京大学出版社,1999年,第160页。

② 罗芃、孙凤城、沈石岩主编:《欧洲文学史》(第三卷下册),商务印书馆,2001年,第840页。

③ 见王佐良、周珏良主编:《英国二十世纪文学史》,外语教学与研究出版社,1994年,第724页。

说。滥用科学技术给人类带来的不是幸福而是灾难。在他的另一部作品《猿与木质》里，核战争爆发了，幸存的人都退化成了猿。

德布林的长篇小说《山、海与巨人》对2700—3000年间的景象做了预测：由于科学技术的神速发展，人类获得了过去梦想不到的巨大力量，同时也表现出前所未有的狂妄。人毫不动摇地相信自己能够完全征服自然。他们把格陵兰的冰山融化了，以获得未被污染的水源。谁知深埋在冰山下的千万具古生物遗骸也因此复活。压坏的、断裂的肢体交叉地长在一起，变成奇形怪状的巨大怪物。眼睛的窟窿变成了嘴巴，上下颚长出了两条腿。活的和死的，有机的和无机的，在自然界已分辨不清。一大堆怪物向人扑来，伴随着山崩地裂、暴雨洪水，迅速地吞噬着人类。地球上永恒的对立面——人与自然，终于到了公开决战的时刻！

瑞典诗人马丁逊的长篇叙事诗《阿尼阿拉》也预测了人类的愚蠢最终导致地球毁灭的那一天：全球只有8000人侥幸逃上了阿尼阿拉号宇宙飞船，然而飞船的导航仪却失灵了，最后的幸存者也死去。具有深刻讽刺意味的是，具有了自主性并主宰着人类的技术仍然在发挥作用：阿尼阿拉号飞船载着8000具尸骸向天琴星座方向飞去。

德国作家穆艾勒的剧作《死亡筏》也预言了人类工业文明和科技文明的未来景象：严重的化学污染和核污染使地球变成一个死亡星球，只剩下4个残疾和异变的人同乘一个竹筏驶向死亡，即使在生命即将完全灭绝的时刻，这几个人仍然不能患难与共，依然相互为敌，直至相互残杀。

在《星光照耀着孤独的大洋》里，杰弗斯所预测的科技文明走向极点之后的景象是这样的：两极的冰山融化，世界上绝大多数国家都被淹没，只有少许人还活在马尔帕索山（Mal Paso Mountain）山顶，靠菖蒲根、橡树子、蛴螬和甲虫维生，身体退化得近似野猪的模样；而星光则嘲弄地照耀着孤独的汪洋大海。

世界走错了路，我的人类，
而且还将更糟，在它被修好之前；
唯一不错的选择是躺在这山顶上

等待四百或五百年，
瞧着那些星星照耀孤独的大海。[①]

这真的就是科技文明和工业文明发展的最终结局吗？这样的文明还能算作文明吗？利奥波德在《野生动物管理》一书里分析道："两个世纪的'进步'给多数市民带来了一个选举权，一首国歌，一辆福特，一个银行账户，以及一种对自己的高度评价；但是却没有带给人们在稠密居住的同时不污染、不掠夺环境的能力，而是否具备这种能力才是检验人是否文明的真正标准。"[②]究竟什么才是文明？究竟什么才是进步？利奥波德在这里提出了一个根本性的问题。在梭罗那里，文明和进步的主要标志是精神生活的极大丰富。在利奥波德看来，人类只有在人口激增、城市化、工业化、商品经济化和自我评价高涨的过程中，获得真正解决污染、资源耗尽等难题的能力，进而真正重返与自然的和谐，那才是真正的文明与进步。

第三节　欲望批判

欲望，古往今来，有多少哲学家、经济学家、政治家曾满怀热情地赞美你！有人说你是推动社会进步的巨大动力，有人利用你让世界发生了沧桑之变。然而，在生态文学家眼里，你就像被从瓶子里放出来的魔鬼，一旦放出就难以有效控制；你带给人类太多灾难，并且还在继续制造更大的灾难。如果人类不想或不能控制住魔鬼般的欲望，那结局只有一个：与地球一起毁灭。

---

① Oscar Williams (ed.): *The Golden Treasury of the Best Songs and Lyrical Poems*, The New American Literary of World Literature, Inc., pp. 459—460.

② Aldo Leopold: *Game Management*, Charles Scribner's Sons, 1933, p. 423.

一、欲望膨胀导致疯狂地掠夺自然

奥维德在《变形记》里记载了一则古希腊神话，这个神话包含了深刻而又恒久的意义。忒萨利亚王子厄律西克同放肆地砍伐橡树，即使树流血也不为所动。他的名字的希腊文含义是"掘地者"，据说与他掘出森林的树根以扩大耕地有关。神对他的惩罚是：使他永远不觉得饱，使他的欲望无穷无尽且越来越强。从此以后，他的生活就只剩下一个目的——满足欲望。他白天吃，晚上吃，梦中还在吃，愈吃得多，肚子里愈空虚。他的饥饿的肚皮就像无底洞一样。他吃尽祖先储存的所有粮食，吃光了所有家产，连女儿也卖了换来吃的。最后，他实在找不到任何可吃的东西，只好用牙咬自己的肉，用自己的身体来喂养自己。①

厄律西克同很可能是西方文学作品里第一个毁林造田的人，第一个为扩大生产而蹂躏自然的人。他真的可以算作人类物质生产之路的开辟者。数千年来，人类一直沿着他所开辟的道路朝前走。厄律西克同的厄运，象征着人类追求无止境的欲望满足的发展史。在这样一种发展过程当中，人类不仅消耗掉其地球母亲经过千百万年演进才创造出的各种资源，而且还把子孙后代生存的必需物质剥夺殆尽，就像厄律西克同吃光祖先储存的粮食又出卖自己的女儿。这种发展的必然结果是"用自己的身体来喂养自己"，为争夺极其有限的资源而互相残杀，直至把全人类彻底毁掉。

在梭罗笔下，欲望恶性膨胀的人是这样的："贪婪攫取的长期习惯使他的手指变成钩状的、骨节突出的鹰爪，……他所想的只有金钱价值；……他榨干了湖边的土地，如果愿意他还可以抽光湖水；……他可以抽干湖水出售湖底的淤泥。……农场里的一切都是有价的，如果可以获利，他可以把风景、甚至把上帝都拿到市场出卖。"他根本就不知道："所有生物都跟他一样

---

① 见奥维德：《变形记》，杨周翰译，人民文学出版社，1984年，第118—121页。又见M. H. 鲍特文尼克、M. A. 科甘、M. Б. 帕宾诺维奇、Б. П. 谢列茨基编著：《神话辞典》，黄鸿森、温乃铮译，商务印书馆，1985年，第107页。

有生存的权利。野兔子临终前哭喊得像一个小孩!"[1]

在《自然历史散文》里,梭罗进一步指出:"大多数人,在我看来,并不关心自然,只要他们活着,能得到一笔钱,他们就出卖自己拥有的大自然的那份美丽——并且许多人还只不过是为了一杯朗姆酒。谢天谢地,人还不会飞,还不能使天空像大地一样荒芜!"[2]然而,梭罗低估了人类破坏自然的能力。在梭罗身后一百多年里,人类不仅把天空弄得乌烟瘴气,不仅造成了面积比美国国土还大的臭氧层空洞,而且还飞向太空,在那里大量抛弃垃圾,甚至布置武器。

随着人类社会的发展,人们对物质的需求急剧膨胀,人的无限欲望与自然的有限供给的矛盾越来越尖锐。哈代痛苦地指出了这个"悲哀的事实——人类在满足其身体需要方面的发展走向了极端,……这个星球不能为这种高等动物追求不断增高生活需要的幸福提供足够的物质"[3]。

图尼埃在《礼拜五,或太平洋上的虚无境》(又译《礼拜五——太平洋上的灵薄狱》)里描写道:那些"粗鲁贪鄙的家伙""决定放野火烧掉整片草地,以便寻找黄金"。望着他们,鲁滨孙深感厌恶,厌恶"高等文明人以无辜而坦然的态度表现出来的这种粗暴、仇恨和贪得无厌",厌恶他们把"获得财产,取得财富,得到满足"当作人生的唯一目的,"无例外地都在拼命追求这些目的",并自以为唯有达到这种目的才能获得尊严。鲁滨孙意识到,如果"把他们声称要争得的尊严给予他们,势必就会把希望岛一笔勾销,使它化为乌有"[4]。在与此相关的短篇小说《鲁滨孙·克鲁索的结局》里,图尼埃写出了他最深沉的绝望:鲁滨孙再也找不到那个小岛了,自然界里已经没有一块净土了!众人嘲笑这个疲惫不堪地寻找纯净自然环境的老人,爆发出一阵又一阵的哄笑。小说的最后一句话是个深刻而又令人恐惧的象征:人类的"笑

---

① Henry D. Thoreau: *Walden*, Princeton University Press, 1971, pp. 195—196,212.

② 罗伯特·米尔德:《重塑梭罗》,马会娟、管兴忠译,东方出版社,2002年,第344页。

③ Lawrence Coupe (ed.): *The Green Studies Reader: From Romanticism to Ecocriticism*, Routledge, 2000, p. 269.

④ 米歇尔·图尼埃:《礼拜五——太平洋上的灵薄狱》,王道乾译,上海译文出版社,1994年,第232、238、234页。

声突然打住，这乱哄哄的场所一下子寂静无声”[①]。这个结尾使人联想到《寂静的春天》，然而却是更加可怕的寂静！

英国当代女作家多丽丝·莱辛在《一个幸存者的回忆录》里，描述了欲望无限膨胀所导致的未来灾难：食物、水、氧气即将耗尽，地球变得越来越冷，人们靠吃腐烂的东西、尸体直至吃人而苟延残喘，最后是人和所有生物的大灭绝。

杰弗斯在《被打破的平衡》一诗里直截了当地指出人类这样由欲望推动着发展下去的结局：“……他们惟一的作用是/维持和效力于人类之敌——文明（以满足欲望为主要发展动力的文明——引者评），/怪不得他们活得神神经经，舌尖的欲望：进步；眼里的欲望：欢乐；心底的欲望：死亡。”[②]

二、欲望膨胀扼杀人的灵魂和美好天性

华兹华斯指出，物欲膨胀不仅伤害了自然，而且也伤害了人自身，使人丧失他的天真纯洁和美好的心灵。

> 这尘世拖累我们可真够厉害：
> 得失盈亏，耗尽了毕生精力；
> 对我们享有的自然界所知无几；
> 为了卑鄙的利禄，把心灵出卖！[③]

看看那些“打猎取乐者”（pleasure-hunters）吧！他们哪里还顾得上欣赏自然美景，他们所渴欲的只是如何迅速地获取更多的猎物，他们“恨不能更

---

① 米歇尔·图尔尼埃：《皮埃尔或夜的秘密》，柳鸣九等译，安徽文艺出版社，1999年，第79页。

② 彭予：《20世纪美国诗歌——从庞德到罗伯特·布莱》，河南大学出版社，1995年，第171页。

③ 华兹华斯、柯尔律治：《华兹华斯、柯尔律治诗选》，杨德豫译，人民文学出版社，2001年，第142页。

快地飞过他们本应当来观赏的田园”①。

波德莱尔把欲望比作重重地压在人们身上的巨大的怪物,可是,诗人惊讶地发现,人们竟然都心甘情愿地背着那个怪物前行:

> 他们每个人的背上都背着一个巨大的怪物,其重量犹如一袋面粉,一袋煤或是罗马步兵的行装。
>
> 可是,这怪物并不是一件僵死的重物,相反,它用有力的、带弹性的肌肉把人紧紧地搂压着,用它两只巨大的前爪勾住背负者的胸膛,并把异乎寻常的大脑袋压在人的额头上……
>
> ……他们被一种不可控制的行走欲推动着。
>
> ……没有一个旅行者对伏在他们背上和吊在他们脖子上的凶恶野兽表示愤怒,相反,他们都认为这怪物是自己的一部分。这些疲惫而严肃的面孔,没有一张表现出绝望的神情。……他们行走着,脚步陷入尘土中,脸上呈现着无可奈何的、注定要永远地希望下去的神情。②

波德莱尔形象地写出了芸芸众生追求欲望满足的生存状态。明明是那么可怕、那么压迫人的怪物,可人们却把它当作自己的一部分,它真的是人性中最可怕的一个部分、一种本能吗?明明知道欲壑难填,可人们还要永远希望下去,永远不停地填下去。

梭罗也有类似的分析,但更为平实而明晰:为了过上越来越奢侈的生活,人们推动着所有的重负前行。“我曾遇见过多少个可怜的、始终不变的灵魂啊,他们几乎被重负压垮,喘息着爬行在生活的道路上。”“大多数人……被人为的生活忧虑和不必要的艰苦劳作所控制,而不能采摘生活中的美果。……一天又一天,没有一点闲暇来使得自己真正地完善;……他没有时间使自己变得不只是一台机器。”“他们把所有时间都花在获得一种生活并保持那种生活之上”,而那种生活并非必需的而是日趋舒适和奢侈的。

---

① William Wordsworth: *Guide to the Lakes*, Oxford University Press, 1977, pp. 162—163.

② 沙尔·波德莱尔:《巴黎的忧郁》,亚丁译,漓江出版社,1982年,第17—19页。

他们不是住房子，而是“房子占有了”他们；“房子是那么庞大而且不实用的财产”，他们“不是住进去而是被关进去”。同样，“不是人看管牧群而是牧群制约了人”。“看哪，人已经变成他们的工具的工具了。”[①]

缪尔在《我们的国家公园》里指出：“利令智昏的人们像尘封的钟表，汲汲于功名富贵，奔波劳顿，也许他们的所得不多，但他们却不再拥有自我。”“成千上万心力交瘁生活在过度文明之中的人们开始发现……由过度工业化的罪行和追求奢华的可怕的冷漠所造成的愚蠢的恶果的时候，他们用尽浑身解数，试图……通过远足旅行，……在终日不息的山间风暴里洗清了自己的罪孽，荡涤着由恶魔编织的欲网。”[②]

阿斯塔菲耶夫在《鱼王》里写道：人们把“贪得无厌的习性认作是一种奋发精神，然而正是这种习性能使人一反常态、欲火中烧”。“欲求控制了他这个人，左右着他的行动。”[③]阿斯塔菲耶夫的话与“浮士德精神”针锋相对。这种截然对立正好反映出生态思想与极端人本主义的根本区别。人们应当深思并质疑：鼓励人们奋发图强、自我实现、创业打拼，其实质是不是在激发贪得无厌的欲望大膨胀？许多人以羡慕的口吻津津乐道的那些“成功人士”，究竟是成功地攫取和占有了大量的物质财富，并连带地消耗了更多的资源、造成了更多的污染，还是成功地丰富了精神生活并创造了精神成就，或对生态的可持续和人类存在的可持续成功地做出了重要贡献？

巴赞在《绿色教会》里指出，为满足欲望而生存必然造就一个占有的文化，消费至上的文化，而不是健康存在的文化。这种思想与弗罗姆的“占有论”十分相似。巴赞笔下的主人公说：“可是现在，生存再也不是主要问题，而是所有。推着你消费，你才是完人；属于你的财产将你占有。我呀，使我感兴趣的是与此相反的奢华：没有财产、没有定规、没有安全、没有野心、没

---

① Henry D. Thoreau: *Walden*, Princeton University Press, 1971, pp. 5, 6, 153, 33—34, 56, 37.

② 约翰·缪尔：《我们的国家公园》，郭名倞译，吉林人民出版社，1999年，第1—2页。

③ 维·阿斯塔菲耶夫：《鱼王》，夏仲翼、肖章、石枕川等译，上海译文出版社，1982年，第209—210页。

有回忆、没有名字地生活……"[①]巴赞的主人公挑战的是当今最时尚的消费文化和占有文化,这种文化是欲望动力推动的文化,也是进一步刺激更大欲望的文化。它与欲望膨胀构成了恶性循环的关系,人类在这种恶性循环当中,就像奔跑在"欲望膨胀—消费占有—欲望再膨胀—更多地消费占有"的盘旋上升的不归路上,终点就是万丈深渊,而且已经清晰可见。

列昂诺夫在《俄罗斯森林》里急切地呼吁:人类的灵魂再也不能继续"受社会上无比贪婪的螺旋原虫的腐蚀,使思维网络变成繁衍最卑微的欲念的污水"了!"是时候了,人类要么自葬于同胞的坟墓,要么寻求一条新路。"[②]新路何在?人类可以找到、愿意走上并能够坚持行进在一条新的自我拯救的道路吗?

在生态文学家看来,那条自我拯救的新路有几个重要的标志:勇敢地承担起人类的生态责任或使命,追求尽可能简单化的物质生活和无限丰富的精神生活,重返人与自然的和谐。

第四节 生态责任

作为人类的一分子,每个人都有相应的社会责任;作为自然的一分子,每个人也有相应的自然责任或生态责任。目前的生态危机是由人类一手造成的,人类必须对此承担责任。缓解直至消除生态危机,恢复和重建生态平衡,确保这个星球上的所有物种持续、安全、健康地存在下去,是人类不能以任何理由推卸的义务;同时,也只有完成了重建生态平衡的使命,人类自己才可能长久地生存在大地上。

华兹华斯专门写了《责任颂》歌咏人对自然的责任,指出"纷杂的欲望已成为负担",人类的希望又不停地变换,仅仅靠欲望和希望指引人类,仅仅"自己当向导,给自己引路",往往会"因过于盲目轻信而出错"。相反,责任

---

① 巴赞:《绿色教会》,袁树仁译,漓江出版社,1990年,第207页。

② 列·列昂诺夫:《俄罗斯森林》,姜长斌译,黑龙江人民出版社,1984年,第599页。

则出自良知，是"'上帝之声'的严峻的女儿"，是"指路的明灯"，又是"防范或惩罚过错的荆条"。只有责任"威严的律令"，能够"伸张了正义"，"叫人摆脱浮华的引诱，叫世间昧昧众生终止无谓的争斗"。诗人请求责任女神赐予人类"自我牺牲的意志"，使人类"谦恭而又明智"。他又呼吁人类作责任的臣仆，听责任调度，归责任管领，尽心竭力，将自然侍奉。[①]

卡森的全部创作甚至可以用一个词来概括，那就是责任——作为人类的一分子要对全人类负责；作为生物的一分子要对所有生命负责；作为自然的一分子要对整个地球负责。在《我们周围的大海》里她呼吁道："一个负责任的人类应当把大洋里的岛屿当作宝贵的财富来对待，当作载满了美丽而神奇的造物杰作的自然博物馆来呵护。它们的价值是无法用金钱来衡量的，因为在这个世界上没有任何一个其他地方可以复制它们。"[②]卡森又说："具备了无限能力的人类，如果继续不负责任、没有理性、缺乏智慧地征服自然，带给地球和他自己的只能是彻底毁灭。"[③]

苏联作家马尔科夫在谈到他的《大地的精华》《啊，西伯利亚》等作品时指出："人应当对自然界负责"，因为自然"一直是同人类息息相关的……伟大的因素和力量，因为人类在自己生存和发展的一切阶段上都离不开它"[④]。

杰弗斯的名诗《卡桑德拉》用希腊神话里命运悲惨的女预言家卡桑德拉，隐喻像杰弗斯本人那样具有高度责任心和使命感的、为地球和人类的危机和可怕前景忧虑不已并不停呐喊的生态文学家。

这目光凝滞的疯狂女孩用修长而苍白的手
勾住城墙的石缝，
长发在狂风中飞舞，口中发出凄厉的尖叫；那

---

① 见华兹华斯、柯尔律治：《华兹华斯、柯尔律治诗选》，杨德豫译，人民文学出版社，2001年，第240—242页。

② Rachel Carson: *The Sea around Us*, Oxford University Press, 1989, p. 96.

③ Carol B. Gartner: *Rachel Carson*, Frederick Ungar Publishing, 1983, p. 100.

④ 谭得伶、潘桂珍、连铗主编：《苏联当代文学作品选》(上册)，北京师范大学出版社，1988年，第226页。

　　有用吗,卡桑德拉?
人们是否相信
你的苦口良言?人们确实讨厌真相,哪怕
真相是他们即将路遇猛虎。
所以诗人们用谎言的蜜裹住真实;而把
老谎言浇盖上新谎言的
宗教骗子和政客们,却被肉麻
　　地吹捧
为智慧。肮脏可鄙的智慧。
绝不:你依旧站在那真相的坚硬墙角不停倾诉,对人们
和那些可恶的神。——你和我,卡桑德拉。[①]

弱小的卡桑德拉具有无数强悍的战士所不具备的强烈的责任心,在民族生死存亡的紧要关头,她不顾一切地冲出王宫,在全城四处奔跑,在城墙边大声疾呼:你们还不知道我们正在走着毁灭的道路,已经走到死亡的边缘了吗?她的头发狂乱地飘散着,她两眼放射着急切的火焰,她细瘦的脖颈如同秋风中的树枝那样摇曳。可是,谁也不相信她的远见,谁都不理解她的忧虑,谁都嘲笑这个急得发疯恨不能把赤诚的心掏出来的女孩!狂热和利欲熏心的人类已经失去了理性!许多向人类发出警告的生态文学家、生态思想家和环境主义者都有过卡桑德拉那样的感受。在很大程度上,卡桑德拉就是他们的象征。

一、保护、回馈自然的责任

利奥波德指出:"我们蹂躏土地,是因为我们把它看成是一种属于我们的物品。当我们把土地看成是一个我们隶属于它的共同体时,我们可能就

① Oscar Williams (ed.): *The New Pocket Anthology of American Verse*, Washington Square Press, 1961, pp. 242—243.

会带着热爱与尊敬来使用它。”因此，他呼吁每一个人都要把自己看作生态整体的一分子，“在一个土壤、水、植物和动物同为一员的共同体中，承担起一个公民的角色”。他所说的公民指的不是人类社会的公民，而是生态共同体公民，是自然的公民。这样的公民必须“尊敬这个共同体本身”，也要尊敬共同体中的“每一个成员”。这样的公民必须是能够“看见在一个共同体中的死亡迹象的医生”，他具有天赋的义务去医治自然受到的创伤，并保护自然不再受到蹂躏，不再呈现死亡的迹象。[①] 这里，利奥波德明确表示了：保护生态整体，是每一个人的责任。

莫厄特在《被捕杀的困鲸》里赞扬了人类保护自然的使命和责任。小说描写了拯救一头被困鲸鱼的故事。落潮把一头长须鲸困在纽芬兰西海岸的一个小海湾里。它是一头母鲸，而且怀着孕。爱好打猎的人竟把母鲸当成他们的标靶，而另一些具有自然责任感的人，则不惜以自己的生命来保护困鲸。对于这些护鲸人来说，母鲸被困是对他们的自然道德或生态道德的严峻考验，解救它是他们义不容辞的责任。他们把鲸的生命看得与人的生命一样重要，像爱人类一样爱护它。他们不顾恶劣的天气，废寝忘食地守候在鲸鱼身旁，寻找解救途径，同威胁鲸鱼生命的人针锋相对地斗争。作者以这部作品向人们呼吁：世界上的生灵正在我们这个时代毁灭！人类已经到了必须马上全面改变价值观的时刻，刻不容缓！人类必须用对自然的责任感和义务感取代对自然的统治与掠夺，必须用符合生态伦理的行为去缓解人与自然岌岌可危的紧张关系。

艾特玛托夫曾说过，他写作《白轮船》的一个主要目的就是要警告人类不能忘记自己对自然的责任。“人很早很早就在考虑一个永恒的问题——要保护周围世界的财富和美丽！这问题是如此重要，以致古代的人们，就已通过各种悲剧的形式，认为有必要在自己对自然的态度上作‘自我批评’，有必要讲出对自己良心的谴责。这是对后代的警告：任何时候都不要忘记自己在长角鹿妈妈——换句话，也就是在大自然面前，在万物之母面前的神圣

① 奥尔多·利奥波德：《沙乡年鉴》，侯文蕙译，吉林人民出版社，1997 年，英文版序，第 216、194、222 页。

责任。”[1]

在《鱼王》里阿斯塔菲耶夫强调,对待自然,人类决不能只索取而不付出。“到何年何月我们才会学会不仅仅向大自然索取——索取千百万吨、千百万立方米和千百万千瓦的资源,同时也学会给予大自然些什么呢?到何年何月我们才会像操持有方的当家人那样,管好自己的家业呢?”[2]

列昂诺夫在《俄罗斯森林》里写道:大自然正在“考验人类的理智,看他们是否能够在这里建立公正的、量入而出的秩序”,“担负起建立世界秩序的全部重任”[3]。

二、偿还欠账、付出代价、限制发展的责任

许多原始部族的神话传说里都有限制人类打破生态平衡的过度增长的故事。爱斯基摩人有这样一个创世神话:人类过分增长了,他们杀死了太多的动物,并且愈演愈烈,有可能把造物主所创造的一切全部毁掉。这激怒了人类的创造者“渡鸦”。“渡鸦”决定“把人们杀死”,因为“现在人太多了”。“他把太阳从天空中拿出。他把太阳放在一个皮袋里,把它带到天上一个很遥远的地方,大地就变黑暗了。”人的灾难到来了。[4] 不少初民没有忘记这类神话传说的教诲,自觉主动地限制自己的物质需求,甚至心甘情愿地为保持生态平衡、为防止更为严酷的自然惩罚而控制人口增长。莫厄特在长篇纪实文学作品《鹿之民》里就叙述了这样的故事。

世世代代居住在加拿大北部腹地的伊哈尔缪特(Ihalmuit)人,是因纽特人的一个部族,他们的衣食住行全都依赖北美驯鹿,因而有了“鹿之民”(People of the Deer)的称号。19 世纪末他们还有两千多人,而到 20 世纪中

① 艾特玛托夫:《对文学与艺术的思考》,陈学迅译,新疆大学出版社,1987 年,第 73 页。

② 维·阿斯塔菲耶夫:《鱼王》,夏仲翼、肖章、石枕川等译,上海译文出版社,1982 年,第 381 页。

③ 列·列昂诺夫:《俄罗斯森林》,姜长斌译,黑龙江人民出版社,1984 年,第 318、323 页。

④ 雷蒙德·范·奥弗编:《太阳之歌:世界各地创世神话》,毛天祜译,中国人民大学出版社,1989 年,第 74 页。

期，却仅仅剩下四十余人，面临灭绝的危险。唯利是图的商人把具有强大杀伤力的武器输入他们的家乡后，他们的灾难就降临了。过去，伊哈尔缪特人一直严格限制着猎取量，他们对驯鹿的需要量与驯鹿的繁殖增长量一直保持着自然的平衡。而现在，原有的平衡被彻底打破。倒在现代武器枪口下的驯鹿，堆成了堤坝，阻断了河流，也切断了鹿之民的命脉。浩劫过后，文明人走了，扔下伊哈尔缪特人独自面对死亡。为减少食物消耗，或为了向所爱的人提供自己的躯体作为食物，他们中的许多人竟从鹿皮棚走出，让北极圈的冰雪严寒结束自己的生命。"老太太跨出雪屋，走进漆黑之中。飘来的积雪包围了她，漆黑吞噬了她。她只穿一条毛皮裤，赤身裸体地站在那儿。现在，她解开了裤子，让它无声地滑落在雪地上。风如受伤的野兽般哀号。黑暗困绕着她的肢体，任凭狂风使劲地鞭打。"这是何等惨烈、何等悲壮的选择与决定！"在伊哈尔缪特族人看来，自杀是伟大的，是非常勇敢的自我牺牲"①，因为他们用自我消灭与所剩无几的驯鹿达成新的生态平衡！因为他们直觉地懂得生态系统的稳定才是最高的价值。

伊哈尔缪特人是真正的鹿之民，是真正的自然人。他们敢于牺牲自己来维持他们与驯鹿的不可分割的联系。不惜付出生命的代价，也要维护和重建自然与人的和谐关系，这就是鹿之民的精神，这就是真正的自然人的精神！《诺顿自然书写文选》对他们的评价是：这是一种"美丽而有尊严的生存方式"②。注意，这里说的是生存的方式，而不是死亡的方式。这样的死恰恰是为了更长久的生，而且不仅是为了他们自己的长久生存，也是为了驯鹿和整个自然的长久生存。与伊哈尔缪特人相比，文明人显得多么渺小、多么自私、毫无生态伦理道德。有的文明人甚至连为保护草地免遭践踏绕道而行这么一点代价都不愿付出，难道还能指望他们为了生态平衡做出大一点的牺牲吗？以生态平衡作为尺度来评判，伊哈尔缪特人才是真正的英雄——大自然的英雄！生态英雄！在面临严重生态危机的今天，人类是多么需要

① 法利·莫厄特：《鹿之民》，潘明元、曹智英译，北岳文艺出版社，1998年，第46、174页。

② Robert Finch and John Elder (ed.): *The Norton Book of Nature Writing*, W. W. Norton & Company, Inc., 1990, p. 622.

这样的英雄啊！多么需要敢于为保护濒临绝境的物种、为阻止灭绝性掠夺、为制止污染环境、为重建生态系统的平衡而献出鲜血和生命的英雄！莫厄特赞美鹿之民，意在呼吁整个人类为保护生态平衡付出应有的代价，做出应有的牺牲。那些获取了最多自然资源、对环境造成最大危害的发达国家及其民众，应当做出最大的牺牲，而不是只要求或假惺惺地赞赏不发达国家的穷人和土著人做出牺牲。这才是对《鹿之民》的生态思想的正确理解。

伊哈尔缪特人的这种为维护生态平衡而牺牲自己的行为，与他们观察到的动物本能地为适应环境而限制繁殖和约束需求，有着内在的联系。《再也不嚎叫的狼》(又译《与狼共度》)描述道，北极地区的狼对其他动物的猎取，绝不会超过维持生存的需要。“狼决不为取乐而开杀戒，这是它们和人类相比最主要的区别。……狼决不滥杀乱戮，总是在自己的食用限度内捕猎。……狼会一次又一次地跑回被捕杀的动物身旁，直到扯尽最后一丝肉为止。”狼依据自然条件的丰减变化调节生育，因而决不会出现导致资源枯竭的“狼口膨胀”。“要是狼的数量发展超过了其王国的承受能力”，它们就开始节欲，以控制生育。“当食物的种类充足时，或者在狼的种群数量不足时，母狼一胎所生的狼崽就比较多，有时一胎多达八只。但是，如果狼的数量太大，或者食物来源不足时，那一胎狼崽的数量就会降下来，少到两只或者一只。这一规律对别的北极动物来说，也是一条真理，如腿上有毛的鹰隼就是这样。在小哺乳动物的数量很大的年岁里，一只鹰隼一次可产下五到六个蛋，但在田鼠和旅鼠稀少的岁月里，一只鹰隼一次只下一只蛋或者根本不下蛋。”莫厄特指出，动物在许多方面都堪称人类的榜样，特别是在对生之养之的自然负责任方面，更值得人类模仿和学习。①

在瓦西里耶夫的《不要射击白天鹅》里，护林员叶戈尔为保护白天鹅献出了生命。为了使他看护的森林里的黑湖重现往昔天鹅湖的美好景象，他想方设法买来两对雪白的天鹅，放养在林区的湖里。他“能一连几个小时观赏它们，体会到一种莫名的快感”。然而，一天夜里，他心爱的白天鹅竟然被

① 法利・莫厄特:《与狼共度》，刘捷译，董清林校，北岳文艺出版社，1998 年，第 152、135—136 页。

一伙偷猎的歹徒打死烤食。悲痛欲绝的叶戈尔"喘过气来，……张大嘴吸着气，一下子看见篝火上面的锅里水在翻滚，两只天鹅掌从水里露出来。还看见三只天鹅——放在旁边，雪白的，还没有钳掉毛，但是头已被砍掉了"。叶戈尔拼死要看那伙歹徒的证件，要把他们交给警察，无论是收买他还是毒打他，他都决不罢休。"棍子又接二连三打下来，叶戈尔已无力数被打几下了，只能用颤抖的、受伤的双手撑着爬行。每打一下，他的脸就随着往阴冷潮湿的青苔地上一碰。他边爬边叫：'你们敢！你们敢！交出证件！'……叶戈尔……在吐血，在呻吟，可是那些人还一直不断地打他，越打越狠。叶戈尔已看不见什么，感觉不到什么了。……血肉模糊的叶戈尔站立起来，嚅动着撕裂的嘴唇，嘶哑地说：'我是执法的……拿证件来……'……他那虚弱的、遍体鳞伤的身躯直打着哆嗦。哆嗦得越来越无力了。……他拖出了一条宽宽的血迹。"戕害自然的势力，远比珍惜爱护自然的人们强大，把美丽的白天鹅和"一生是在善良中度过的"叶戈尔一起吞噬了。叶戈尔有一个绰号——"倒霉人"，全村老小包括他的妻子都这么称呼他，但即便一生倒霉，即便一生被人瞧不起，他也要保护好森林、保护好天鹅、保护好自然。他死得很安详，"像熟睡那样轻松"[①]，因为不管怎样，他没白过这一生，他履行了作为一个自然之子对自然母亲应尽的责任和义务。

三、物质生活简单化的责任

把人类社会的发展、经济的增长、物质的需要限制在生态系统可以承载的限度内，追求简单的物质生活和丰富的精神生活。生态文学家认为这是人类应尽的生态责任。

华兹华斯赞美了"简朴地过活"，同时可怜为欲望所累的人们，说他们"虽然很幸运、很富有，/心中却不快，脚步却沉重/……整年里/脸上都没有笑意"[②]。在《伦敦，一八〇二》一诗中华兹华斯写道：

---

① 瓦西里耶夫：《不要射击白天鹅》，李必莹译，湖南人民出版社，1984年，第235、237—239页。

② 华兹华斯：《华兹华斯抒情诗选》，黄杲炘译，上海译文出版社，1986年，第241、348页。

大自然和书本中的壮观美妙，现在
不能使人快乐。抢夺、贪婪、挥霍
成了我们敬佩和崇拜的偶像；
不再有简朴的生活和高洁的思想：
源自优良的古老传统的朴素美已经
逝去，不再有平和宁静和心怀敬畏的单纯，
不再有体现于日常法则中的纯粹的宗教信仰。[①]

以描写动物著称的加拿大作家C.罗伯茨在《荒原的亲缘》自序里说，他的创作为的是促使人们“开始过一种清新而质朴的生活，……这种生活赋予人们更有活力的更新的振作，投入这种生活后，人们的心地变得更加人道，悟性也会更加超脱”[②]。

梭罗对简单生活的倡导产生了更为广泛的影响。在《瓦尔登湖》里他反复地呼吁：“简单，简单，简单吧！……简单些吧，再简单些吧！”“根据信仰和经验我确信，如果我们愿意生活得简单而明智，那么，生存在这个地球上就非但不是苦事而且还是一种乐事。”如果我们能够使生活简单化，那么，“宇宙的规律将显得不那么复杂，寂寞将不再是寂寞，贫困将不再是贫困，薄弱将不再是薄弱”。“我们为什么要生活得这样匆忙，这样浪费生命呢？”我们为什么不能把我们的生活变得“与大自然同样简单呢”[③]？

梭罗还对追求物质享受的美国式生存方式提出了严厉批判：“这个国家及其所有所谓的内部的改进，……全是物质性和表面上的改进，全是不实用和过度发展的建构，到处乱糟糟地堆满各种设备，被自己设置的种种障碍绊倒，毁于奢侈华贵和愚蠢的挥霍，毁于缺乏长远打算和有价值的目标，而生

① Oscar Williams (ed.): *The Golden Treasury of the Best Songs and Lyrical Poems*, The New American Literary of World Literature, Inc., p. 175.

② 威廉·赫伯特·纽：《加拿大文学史》，吴持哲等译，人民文学出版社，1994年，第153—154页。

③ Henry D. Thoreau: *Walden*, Princeton University Press, 1971, pp. 91, 70, 324, 93, 88.

活在这片土地上的数百万家庭，情况也和他们的国家一样。对于这个国家和它的人民来说，唯一的治疗方法就是厉行节约，厉行比斯巴达人更为简朴的生活方式并同时提高生活目标。"在梭罗看来，所谓有价值和高尚的生活目标，除了与自然万物和谐相处之外，就是精神生活的丰富。他指出："世间万物并没有变；是我们在变。卖掉你的衣服（指奢华而不必要的服饰——引者注），保留你的思想。……即便是像蜘蛛那样整天待在阁楼的角落里，只要我还能思想，世界对于我还是同样辽阔。"[①]

美国哲学家和文学批评家芒福德早在1926年就给予梭罗这种简单生活很高的评价，而那个时代的人们已经把梭罗忘记。芒福德指出："梭罗也许是唯一的停下来并写出他的丰富体验的人。在人们四处奔波的时代，他保持着平静；在人们拼命挣钱的时代，他坚守着简朴。""简单化没有使梭罗走向头脑简单的狂热，却使他走向了更高的文明。""梭罗或许将成为一个预言般的人物，新时代也许将给他的思想和人性以崇高的评价。"[②]50年后，芒福德的预言成为现实。人们赞叹他独具慧眼，更崇敬梭罗的简单生活观及其实践。

杰弗斯在《平静的承诺》里写道：

对我来说，
如果我还想活得长久
就只有以平静取代狂热，
想想坟墓里那些宁静而安详的死者吧
何谈享用他们曾经拥有的巨大财富？[③]

倡导简单生活的生态文学家期盼着人类彻底改变其生活方式，并进而

---

① Henry D. Thoreau: *Walden*, Princeton University Press, 1971, pp. 91—92, 328.

② David Mazel (ed.): *A Century of Early Ecocriticism*, The University of Georgia Press, 2001, pp. 250—253.

③ Oscar Williams (ed.): *The Golden Treasury of the Best Songs and Lyrical Poems*, The New American Literary of World Literature, Inc., p. 455.

改变人们的价值观。他们由衷地希望能看到这样一种美好的未来:金钱、财富、奢侈生活不再是光荣标志,相反却成为消耗和浪费了更多自然资源的耻辱标记;过度的和高档的消费将不再令人羡慕,相反却因造成了更多的污染而令人反感或受到指责;牺牲自然、牺牲后代人生态利益的经济高速发展不再被人羡慕和受到鼓励,而为偿还生态欠账、重建生态平衡而减缓经济增长、减少平均收入并通过社会内部公平公正的分配改革来解决贫困问题将受到最高的赞誉。这一天能够到来吗?抑或永远是生态文学家美丽而无法实现的梦想?

第五节　生态整体观

生态整体主义思想是生态文学的核心思想。所谓生态责任,就是人类对自然整体的责任;所谓回归自然,就是重返生态整体之中、重新确认人类在自然整体中正确的位置、恢复和重建与自然整体以及整体中的各个其他组成部分的和谐、稳定、生死与共的密切关系。

一、自然是个整体,整体内的所有物种休戚相关

《西雅图宣言》的核心思想就是生态整体观。印第安人深刻地意识到,万物皆兄弟,万物构成了生命的整体,整体与每一个个体紧密相连,整体的利益高于一切。

> 人怎么能出售或购买空气,或大地的温暖?对我们来说这是难以想象的。如果我们并不拥有那甜蜜的空气和汩汩的流水,你怎么能从我们这儿买去呢?
>
> 每一株在阳光里闪亮的松树,每一块沙滩,每一片萦绕着雾霭的郁郁森林,每一个空间,每一只嗡嗡歌唱的蜜蜂,在我们族人的思想和记忆中都是神圣的。

树干里涌动的汁液，承载着红种人的记忆。

我们是大地的一部分，而大地也是我们的一部分。芬芳的花儿是我们的姊妹，驯鹿、骏马和雄鹰是我们的弟兄。河里泛起的水花，草原花朵上的露珠，小马的汗水和族人的汗水，全都属于一个整体，全都属于一个种族，我们的种族。因此，华盛顿那个大首领传话过来说要购买我们的土地，他得去问我们这个大家族的每一个成员。

大地不是他的兄弟，而是他的敌人，就算他征服了大地，他还会变本加厉。他根本不在乎大地，他忘记了父辈的坟墓，也无视子孙的利益。他像商人对待商品那样，对待大地母亲和天空兄弟。他的贪欲将吞噬地上的一切，留下的只有荒漠。

我无法理解，我们的生活方式为什么与你们有如此之大的差异。假如我们卖了土地，那你们必须明白：空气对我们来说无比珍贵，它运行在所有依赖于它的生命的呼吸中。风儿给了我爷爷第一次呼吸，也接受了他最后一次叹息，它还赋予我儿孙生命的气息。

世间万物都绑在一起，世间万物密切相连。大地母亲身上发生的事，在她所有的孩子那里都会发生。人不可能编织出生命之网，他只是网中的一条线。他怎样对待这个网，就是怎样对待自己。①

利奥波德是生态整体主义的理论创始人。在《沙乡年鉴》里他指出："与大地和谐相处就好比与朋友和谐相处，你不能只珍爱他的右手而砍掉他的左手。……大地是一个有机体。"②

列昂诺夫在《俄罗斯森林》里写道："自然界是统一的有机体，从长远来看，牵动它的任何一点，都会对整个有机体产生影响，即使在最边远的地区

---

① Lisa M. Benton and John R. Short (ed.): *Environmental Discourse and Practice: A Reader*, Blackwell Publishers Inc., 2000, pp. 12—13. 该文的印第安语原文已经失传，现存的英译文有许多版本，很多版本与其说是翻译，不如说是复述或改写。尽管如此，其基本思想来自印第安人则没有争议。这里全文译出的是研究印第安文化的学者经考证而认为是最接近于原始文本的版本。

② Donald Worster: *Nature's Economy: A History of Ecological Ideas*, Second Edition, Cambridge University Press, 1994, p. 288.

也是如此。”①

杰弗斯对生态整体的价值有这样的论述:“在我看来,人、种族、岩石和星星,它们都在改变,在成为过去,或者在死亡,它们之中没有哪一个具有单一的重要性,它们的重要性仅仅存在于整体之中……在我看来,只有这个整体才值得我们付出深深的爱。”他在诗里进一步表述道:“完整是一个整体,是最大的美,/生命与物质的有机体,是宇宙最神圣的美,/热爱它们,而不是人类。/除此之外,你就只能分享人类可怜的困惑,/或者当他们走向末日的时候陷入绝望。”②

早在1937年发表的《海底》里,卡森就提出了一个贯穿她全部作品始终的生态哲学思想:大自然是一个严密的大系统,任何一种生物都与某些特定的其他生物、与整个生态系统有着密切的不可人为阻断的关系。破坏了其中任何一个环节的关系,必将导致一系列关系的损坏甚至整个系统的紊乱。卡森以海底生物之间及其与环境之间的关系为例解释道:“大洋接受了来自大地和天空的水,将它们储存起来;春季阳光的照射使海底的能量越积越多,直至唤醒沉睡的植物;植物的迅速生长为浮游生物的大量繁殖提供了充足的食物;浮游生物的激增喂饱了大群大群的小鱼……假如任何一个环节出了问题,海底世界的灾难就要发生了。”③海底如此,大地上也同样。25年后,在她生前最后一部作品《寂静的春天》里,卡森再次重复了这一核心思想:“地球上的植物是生命大网络的一部分,一种植物与其他植物之间、植物与动物之间有着密切的、不可分割的关联。……如果我们还打算给后代留下自然界的生命气息,就必须学会尊重这个精美细致但又十分脆弱的自然生命之网,以及网络上的每一个联结。”④卡森指出,对于自然万物,“我们不能只要其中的一些,而用强力压抑、消灭、扭曲、改变另一些,因为那样一来我们必将影响和毁坏更多的东西,包括我们所喜好的东西……我们必须明

---

① 列·列昂诺夫:《俄罗斯森林》,姜长斌译,黑龙江人民出版社,1984年,第194页。

② 比尔·麦克基本:《自然的终结》,孙晓春、马树林译,吉林人民出版社,2000年,第70、211页。

③ Rachel Carson: “Undersea”, *Atlantic Monthly*, Sept. 1937, p. 325.

④ Rachel Carson: *Silent Spring*, Houghton Mifflin, 1962, p. 64.

白这些后果”[①]。“自然界任何东西都不是单独存在的”，比如，“地球的淡水就是一个大的系统，所有在地表流动的水，都含有曾经是地下水的部分。污染了一个地方的地下水，实际上就是污染了所有的水”。“水系统的被污染，意味着地球上所有生物都要受到污染。”[②]“自然需要人类的保护，人类也需要保护自己——使自己免遭自身某些行为的侵害，因为人类也是生命世界的一部分。他损害自然的必然结局就是损害自己。他的不经意的和破坏性的行为干预了地球生态系统的大循环，最后必将反作用于自己。”[③]

《海风下》描写了一只叫安吉拉的雌性美洲鳗与她的同伴一起，从毕特尔湖出发，向遥远的大洋深处游去。她的旅程漫长而充满危险，特别是在那霸道的人类经常撒下拖网的河道和海域。可是安吉拉必须冒着生命危险奋力前游，因为她必须“游到大西洋最深的深渊，在那没有一丝光线的黑暗之乡生下她的后代，完成她作为母亲的使命。孩子们长大一点后，就要开始它们自己的毕特尔湖洄游之旅；而她则会安详地死去，再一次化成海水，就像她当初从那片海水生成一样。……对安吉拉来说，大洋深处的那片没有光、声响极其微弱、没有人类监视的海水，蕴藏着生命和希望，蕴藏着世界的灵魂”[④]。然而，无数的安吉拉们在朝圣之旅的中途就被人类捕获了，杀死了，吃掉了，连同她们满腹数不清的小生命！难道就非要在这个季节捕杀她们，难道就非要把这一生命链条最要害的一环斩断？让那片神圣的生命之水从此以后没有生命，没有希望！很明显，卡森对捕获洄游产卵鱼群的谴责所依据的价值标准是生态整体主义的，她并不反对一切渔业生产，她反对的是在这种特定的时期斩断生命链、打破生态平衡的愚蠢无知的捕杀。

扎鲍洛茨基的长诗《树木》表现了森林里的食物链以及动植物与人的关系。森林里的小草、小花从大地的小洞、小缝里艰难曲折地生长出来，却被牛吞食，而牛又被人宰杀。花草消失在食草动物的胃里，而动物又消失在人的胃里。护林官解释说，大自然把飞禽走兽鱼虾供给人类食用，铺设了一条

---

① Carol B. Gartner: *Rachel Carson*, Frederick Ungar Publishing, 1983, p. 107.

② Rachel Carson: *Silent Spring*, Houghton Mifflin, 1962, pp. 51, 42.

③ Carol B. Gartner: *Rachel Carson*, Frederick Ungar Publishing, 1983, p. 120.

④ Rachel Carson: *Under the Sea Wind*, Dutton, 1941, p. 256.

通向人类智慧的生物链,而人的智慧则应当贡献于自然完整性和生物链的保护。这是大自然明智的规律,尽管这规律往往看起来是残酷的。[①] 这部作品的生态意义有二:一是脱离了生态整体考虑的道德善意是不符合自然法则的;另一是,作为享用了大量自然供给——有些供给看起来非常残酷——的人类,不仅不能超出自然供给的限度索要,而且还要把自己在万物以生命供养的基础上形成的智慧贡献给生态系统和谐稳定的保护、重建与维持。

莫厄特在《再也不嚎叫的狼》里考察了狼和鹿在生态系统中的关系和作用。"驯鹿和狼是一个统一体:驯鹿喂养了狼,而正是狼才使驯鹿保持健壮。""狼运用有组织、有步骤的手段,用突然袭击的办法来测验一群驯鹿的健康状态……向每一群鹿发起猛冲来测验,在追逐了一定的路程之后,那些病鹿、伤鹿或劣势的鹿就会暴露出来,而狼一旦发现,就冲向它,并置之于死地。要是鹿群中没有这样的鹿,狼就会立即终止追击,又奔向另一群鹿去再次进行测验。……总的来说,成为狼的追逐牺牲品的通常仍然是身体最虚弱和那些最无能的驯鹿。……如果驯鹿不是为狼而生,那驯鹿本身也无法存在,它们会马上消失,因为衰弱将在驯鹿中蔓延传播,所有的驯鹿都将死绝。""在保护驯鹿而不是毁灭驯鹿的过程中,狼扮演着极其重要的角色。"[②] 揭示狼与驯鹿的生态关系本身并不是莫厄特的目的,他的目的是让读者更加具体地认识到,生态系统中的所有生物之间都有着环环相扣的不可切断的关系,人类大规模地消耗甚至灭绝任何一个物种,都可能导致另一些物种的灾难,进而导致整个生态系统的紊乱和向系统的总崩溃逼近。

二、从生态整体利益的角度审视人和万物

利奥波德的基本思想就是从生态整体利益的高度"去检验每一个问题",去衡量每一种影响生态系统的思想、行为和发展策略。这种生态整体

---

① 许贤绪:《20世纪俄罗斯诗歌史》,上海外语教育出版社,1997年,第242页。

② 法利·莫厄特:《与狼共度》,刘捷译,董清林校,北岳文艺出版社,1998年,第90、149、153页。

主义的价值判断标准是：任何行为当"有助于维持生命共同体的和谐、稳定和美丽的事，就是正确的，否则就是错误的"[1]。

在《断头台》里，牧民鲍斯顿以血的代价换来了对一个真理的认识："这个世界……曾经是天，是地，是山，是母狼阿克巴拉，是一切有生之物的伟大母亲……是他最后的骨肉——他亲手枪杀的小宝贝肯杰什……"[2]这个世界是个整体，灭绝了任何一个物种，哪怕是野狼，也必然会给包括人类在内的其他生物带来灾难。艾特玛托夫以生动感人的故事传达了与利奥波德同样的思想，即必须从整体利益和对整体的作用的角度去观察，才能正确认识一个物种的真正价值。"要全面理解狼就必须理解该物种在生态系统中如何起作用。作为生态群落的一个成员，狼在生态系统的整体性和稳定性上起着作用"[3]，因此人类决不能根据自己的好恶来对待狼或任何其他物种。

法布尔在《昆虫记》里热情赞美了食粪虫、食尸虫等人类讨厌的昆虫。法布尔之所以对那些从人的角度来看是肮脏的、恶心的虫子那样的爱，绝不是出自感伤主义作家那样的矫情（感伤主义小说里的人物为一只苍蝇而感伤得眼泪汪汪），而是基于那些昆虫在生态系统中的作用。法布尔认为，每一种昆虫"都有其存在的理由"，理由就是它对大自然整体利益的作用。他写道，食粪虫、食尸虫"对原野卫生意义重大；……然而，我们遇到这些忘我的劳动者，投去的只是轻蔑的目光"。食粪虫一定"在嘲笑我们的昆虫分类法"，嘲笑我们无视它们的力量和作用，嘲笑我们对大自然的无知。看看吧，"十二只埋粪虫，平均每只往地下仓库搬运的货物，几乎有一立方分米之多。……想到这里，我不禁赞叹：十二只埋粪虫，竟干出了提坦神的业绩，而且是一夜之间干完的！""这些干起活来带着狂热的虫类……是在开垦死亡，造福生命。它们是出类拔萃的炼丹术士，利用可怕的腐败物，造出无毒无害的生物制品。""大无畏的掘墓工哟，……我已经把收集到的那些实绩记在你们的功劳簿上，有朝一日，这些功绩一定会给你们的美名增添新光彩。"与它

---

① Aldo Leopold: *A Sand County Almanac*, Oxford University Press, 1949, pp. 224—225.

② 艾特玛托夫：《断头台》，冯加译，外国文学出版社 1987 年，第 404 页。

③ 戴斯·贾丁斯：《环境伦理学——环境哲学导论》，林官明、杨爱民译，北京大学出版社，2002 年，第 215 页。

们相比,人类"所谓的美德将无地自容!""在母爱之丰富细腻方面,能够与以花求食的蜂类媲美的,竟只有那开发垃圾、净化被畜群污染的草地的各种食粪虫类。……大自然中充满了这类反差的对照。我们所谓的丑美、脏净,在大自然那里是没有意义的。"[①]大自然的大生命以大美大净观念——自然整体美的观念教育我们,使我们超越人类中心主义的世界观、道德观和审美观,认识到:从生态整体主义价值观和审美观去看,食粪虫显示的是真正的美和真正的净。

缪尔指出,如果能从生态整体而不是从人类的角度考虑问题,人们对自然万物的评价就会发生根本性的改变。例如,"许多善良的人们认为鳄鱼是魔鬼创造的,这可以说明他们强烈的好恶。但是,这些动物无疑是快乐的,它们生活的地方是由我们所有生灵共同的伟大造物主分配的,虽然在我们看来它们凶猛和残暴,但是在上帝眼里,它们却是美丽的。"[②]这里的上帝实际上就是大自然整体的化身。

在《诱惑》一诗里扎鲍洛茨基以人类中心主义道德观和审美观不能接受的描写,明确地表现出:自然整体的规律和自然整体的美高于人类的道德和人类的美。美丽的姑娘死去了,腐烂的尸体变成了一堆细小的肠子样的物质,每一个空洞里都钻出了大量的蛆虫,蛆虫婴儿般地吮吸着那些恶心的物质。从人的角度去审视,我们几乎无法忍受这样的描写,甚至会怒斥诗人反人性或反人类。但是,如果我们想一想树叶的腐烂及其对其他植物的贡献,想一想荒野里腐烂的动物及其对鹰隼生存的供给,如果我们能够从生态的整体来看待这个美丽女孩的腐烂,那么,我们也许就会理解诗人的苦心了。从生态整体观审视这首诗,我们会发现,女孩的腐烂也是一种美,是化腐朽为美丽、化个体的腐朽为整体的美丽。所以诗人在最后深情地讴歌了这种象征着人类自我牺牲的死亡所转化的另一种更高的美——自然整体的美:

---

① 若盎-昂利·法布尔:《昆虫记》,王光译,作家出版社,1992 年,第 94、80、154、81—82、86、89—90、98、58 页。

② 比尔·麦克基本:《自然的终结》,孙晓春、马树林译,吉林人民出版社,2000 年,第 171 页。

将有一棵小树，
长在胫骨上，
小树将发出喧闹声
把姑娘歌唱。[①]

贝特认为华兹华斯诗歌的一个突出特点就是对生态系统的重视和从生态系统利益的视角评价事物。在华兹华斯看来，“健康的生态系统是保持了平衡的生态系统。在那样的系统中可以有掠夺性的物种，但其掠夺一定是能够保持生态平衡的。丁登寺下游几英里处的铁厂破坏了那里的生态平衡，污染了美丽的瓦伊河；而上游几英里处的小农经济区则没有扰乱生态系统”。华兹华斯深情地描写了林木掩映下的农舍、绿油油的田畴、枝头挂满果实的果树……诗人觉得，那里即便有“些许朴素的嘈杂”，也“无碍于绿色荒野的景观”[②]。

艾比在《沙漠独居者》里的描写也是建立在生态整体观之上的。从生态整体的视角去考察，沙漠虽然不适宜人类居住，但仍然有它原样存在的权利，更有其生态价值。艾比指出：“这里的沙漠并不缺水，它有十分充足的水量和非常精确的供水率来满足岩石、沙丘，并广泛地、自由地、开放地和慷慨地供给适应这里自然条件的植物、动物、家庭、城镇和城市，从而使得这干旱的西部与美国的其他地方如此不同。这里并不缺水，除非你非要在不应该有城市的地方建立一个城市。”[③]艾比认为，缺水不缺水，是从人的角度做出的判断；但从自然的角度来看，并没有缺不缺水之别，只有水与适合于特定水量的生命之间的平衡。如果人类的数量和需求过度地增长，非要在不适合的地方生活，那么只能说是人自己造成了水源匮乏。如果人们在造成水源匮乏并霸道地剥夺了其他生物得到自然原本给予它们的特定量水资源的

---

① 许贤绪：《20世纪俄罗斯诗歌史》，上海外语教育出版社，1997年，第243—244页。

② Jonathan Bate: *The Song of the Earth*, Harvard University Press, 2000, pp. 145－146.

③ Edward Abbey: “Desert Solitaire: A Season in the Wilderness”, Kay Lynch Cutchin, Gail Price Rottweiler and Ajanta Dutt (ed.), *Landscapes and Language: English for American Acdermic Discourse*, St. Martin's Press, 1998, p. 74.

权利之后,又凭借自己的力量以建水库、跨流域水体调动等人工手段强行打破自然的平衡,那么人类就将彻底扰乱了地球的水循环系统乃至整个生态系统。

艾比进一步具体地指出:"那些发展主义者,当然指的是那些政治家、实业家、银行家、管理者、工程师,他们从另外的角度看问题,所以才会最强烈地抱怨西南部水资源严重匮乏。他们提出了雄心勃勃的规划,要以水坝工程和水渠工程把哥伦比亚河甚至育空河的水引向犹他、科罗拉多、亚利桑那和新墨西哥州。""为的是什么? 为的是未来的需要,为的是满足工业和人口在西南部持续不断地增长。"艾比斩钉截铁地下了一个断言:"为发展而发展是癌细胞的疯狂裂变和扩散!"[①]这个断言明确指出了当代社会为发展而发展的实质,并将其与致命的癌细胞扩散和疯长相类比,毫不留情地揭示出这样发展的毁灭性的未来。这个断言是艾比的被广为引用的名言,也是艾比对世界生态文学和生态思想乃至整个环境运动的重要贡献。

生态整体主义要求人们学会从整个自然系统及其内在规律看问题,学会以生态系统的整体利益为终极尺度来衡量自己,来约束自己的活动。生态系统的整体利益应当成为人类社会发展的根本出发点和最后归宿,成为一切行为、政策和发展模式的最终判断标准。因为,只有生态系统得到有效的保护,生存与发展这两大人类最基本的需求才能够长久地得到满足。保护生态系统就是保护包括人类在内的所有生命。

第六节　重返与自然的和谐

梭罗在其著名散文《散步》里严厉批评了脱离自然的西方文明。他写道:"我们的母亲就是这广袤的、野性的、荒凉的自然,她同时又是如此美丽,

① Edward Abbey: "Desert Solitaire: A Season in the Wilderness", Kay Lynch Cutchin, Gail Price Rottweiler and Ajanta Dutt (ed.), *Landscapes and Language: English for American Acdermic Discourse*, St. Martin's Press, 1998, p. 74.

对她的孩子们，如豹子，是如此的慈爱，她无处不在，而我们却早早地从她那里断了奶，进入了人类社会，进入把自然排除在外的人与人相互作用的文化，这种同种繁殖的文化，充其量只能产生英国贵族，是一种注定会很快达到极限的文明。”他宣称：“只有在荒野中才能保全这个世界。”梭罗的这句箴言后来被美国著名的环保组织“塞拉俱乐部”当作座右铭。梭罗把未受人类玷污的荒野视为圣地，把在这样的荒野里的漫步称作“朝圣”（à la sainte terre）[①]。

人类自视为世界主宰、万物灵长，就意味着脱离了自然、站到自然之外；人类企图征服和统治自然，又意味着站到了自然的对立面，成为自然的敌人。人类与自然之间的疏远、紧张、敌对的关系，完全是由人类自己造成的。因此也只有主动改善与自然的关系，停止对自然的掠夺与蹂躏，平等地对待自然万物，敬畏地爱戴大地母亲——自然整体，人类这些不肖子孙才有可能获得自然的原谅，才有可能重返与自然的和谐。

一、回归自然

回归自然（Back to Nature）！一个多么浪漫、多么迷人、多么有诗意的境界！难怪有那么多作家为此挥洒诗篇。

德国诗人艾兴多尔夫写道：

> 我不愿意株守在家中，
> ……
> 我要到大河上去远游，
> 让春光使我眼花缭乱！
> 四面发出诱人的声音，
> 高处飘着朝霞的火光，

---

① Wendell Glick (ed.): *Great Short Works of Henry David Thoreau*, Harper & Row, 1982, pp. 318, 309, 295.

去旅行吧！我不爱追问，
旅游的终点将在何方！

啊，辽阔的山谷，啊，山峰，
啊，美丽的苍绿的森林，
……
在你之外，受尽欺骗，
人世间扰攘一片，
你绿色的天幕，在我周围，
请再画一道弧线！①

惠特曼回归自然的方式是与自然拥抱和做爱。自然里的一切，远至太阳，近至野草，他都要拥抱：

给我辉煌宁静的太阳吧，连同它的全部炫耀的光束，
给我秋天多汁的果实，那刚从果园摘来的熟透了的水果，
给我一片野草丛生而没有割过的田畴，
给我一棵树，给我上了架的葡萄藤，
给我新鲜的谷物和麦子，给我安详地走动着教人满足的动物，
给我完全寂静的像密西西比西边高原上那样的夜，让我仰观星辰，
给我一座早晨芳香扑鼻、鲜花盛开的花园，让我安静地散步，
给我一个我永远不会厌倦的美人，让她嫁给我，
给我一个完美的儿童，给我一种远离尘嚣的田园式的家庭生活，
给我以机会来吟诵即兴的诗歌，专门吟给自己听，
给我以孤独，给我大自然，还有大自然啊你那原始的聪明！②

---

① 歌德等：《德国诗选》，钱春绮译，上海译文出版社，1982年，第225页。
② 惠特曼：《草叶集》，楚图南、李野光译，人民文学出版社，1987年，第581页。

梭罗也曾写过类似的句子，如："给我大洋，给我沙漠，给我荒野！"[1]对惠特曼来说，大海就是大自然的象征，于是他要"委身于"大海：

> 你，大海哟！我也委身于你吧——我能猜透你的心意，
> 我从海岸上看见你伸出弯曲的手指召请我，
> 我相信你不触摸到我就不愿退回，
> 我们必须互相拥抱，我脱下衣服，远离开大地了，
> 软软地托着我吧，大海摇簸得我昏昏欲睡，
> 请以多情的海潮向我冲击，我定能够以同样的热爱报答你。[2]

艾特玛托夫的《花狗崖》则以一个老人的梦幻，象征性地表现了与惠特曼相同的融入大海、融入大自然的渴望。老人名叫奥尔甘，在海上漂泊了一生，但他出海的主要目的并非捕猎，而是"因为大海吸引他。一望无际的大海使老人产生了珍贵的幻想。他有自己珍贵的幻想。在海上，没有什么东西妨碍他去思想。因为所有那些在陆地上由于操心事太多而没有时间去思考的东西，都一一出现在脑海中。在这里，没有什么东西打扰奥尔甘的宏伟的思考。在这里，他感到自己与海和天融为一体"[3]。在海上航行时老人很少与别人说话，而是独自苦思冥想。准确地说，老人更多的时间不是在思想，而是在梦想，沉醉于幻境当中。奥尔甘老人经常重复地做一个同样的梦，不断地陶醉在一个同样的幻境中，那就是：他终于找到了民族的祖先——大海里美丽的"鱼女"，伴随着"鱼女"游向大海深处，游向一片神秘的海岸，并在那里与"鱼女"融为一体，从此永不分开。

> 终于，她出现了！她急速地穿过波涛，跃出水面，看着他，向他迎面游来，……他喊叫着，欢呼着，奔向大海，变成一条鲸鱼似的游得很快的

---

① Robert Finch and John Elder (ed.): *The Norton Book of Nature Writing*, W. W. Norton & Company, Inc., 1990, p. 183.

② 惠特曼：《草叶集》，楚图南、李野光译，人民文学出版社，1987年，第96页。

③ 艾特玛托夫：《艾特玛托夫小说集》(下)，陈韶廉等译，外国文学出版社，1981年，第444页。

人鱼,向"鱼女"游了过去。

"鱼女"在等待着他。……她跃出水面,跳了很长的距离,全身在空中颤抖着,清楚地显示出一个女人的肉体……

他向她游去,然后他们一起向大海游走了。

他们并排游着,腰身不时轻轻地触碰着,迅速地、越来越快地向前游去。

……

……他们被一个不可克制的欲望鼓舞着:赶快游到那个为他们准备好的地方,在那里,这一对被炽热的爱情征服的情侣,将最终结为一体,在闪电般的一瞬间,他们将领会到生命的开端和终结的全部欢乐和痛苦……

……最后,他终于走到她跟前,把她抱在怀中。他头晕目眩了,踉踉跄跄地走向岸边。……他双手抱着她,把她紧紧搂在怀里,用自己全部心血,全部柔情挚意,抚爱着她,怜悯着她,……而"鱼女"却央求着,含着眼泪恳求着,要他把她送回大海,让她自由。她困难地喘息着,眼看要死了。离开大海,她没法再爱他。她哭泣着,用恳求的、透人肺腑的眼光,默默地看着他。他经受不住这样的眼光。他回过身去,走下浅滩,走向大海,越走越深,然后小心翼翼地把她从怀里放开。

"鱼女"向大海游去,奥尔甘一个人呆呆地站着。他目送着远去的"鱼女",逐渐清醒过来,便号啕大哭起来……①

这段感人肺腑的描写有着意味深长的象征含义:爱自然绝不意味着占有,爱一旦转化成占有欲,像老人要占有"鱼女",不仅会毁了爱,也将毁了自然;只有回归自然,只有在自然的怀抱里,才能真正得到自然的爱,脱离了自然,像老人离开了大海,就别指望自然的爱。

华兹华斯在《致云雀》里请求云雀把他带到最称心如意的自然环境里:

---

① 艾特玛托夫:《艾特玛托夫小说集》(下),陈韶廉等译,外国文学出版社,1981 年,第 451—455 页。

带我上，云雀呀！带我上云霄！
　　因为你的歌充满力量；
带我上，云雀呀！带我上云霄！
　　唱呀唱，唱呀唱，
唱得你周围的云天一片回响；
　　请把我激励和引导，
帮我找到你看来合适的地方。[①]

华兹华斯满怀深情地歌咏了许多自然之子，把他们视为人类净化、纯化自我的榜样。其中有生怕碰掉蝴蝶翅膀上薄粉的女孩，有为壮丽的瀑布而陶醉不知不觉走到瀑布边的“傻小子”，有能与猫头鹰对话交流的男孩，有生活在人迹罕至的鸽子泉边的姑娘——露茜：

她住在鸽子泉边，
　　人迹罕至的地方
是一位无人称赞，
　　很少有人爱上的姑娘。

长满青苔的岩石边上
　　紫罗兰隐约半现；
有如独一无二的星星
　　在夜空里荧荧闪闪。

现在的她一动不动，生命停息，
　　既不看也不听；
天天和岩石、树木一起，

① 华兹华斯：《华兹华斯抒情诗选》，黄杲炘译，上海译文出版社，1986年，第194页。

随地球旋转运行。[1]

诗人以优美的形象——鸽子泉边长满青苔的岩石旁一株半隐半现的紫罗兰,将完全脱离人世融入自然、活着不求人注意、死去不求人忧伤的生存方式,描写得楚楚动人。诗歌揭示出彻底的回归自然,就意味着彻底地放弃社会赞许需要,再也不为了他人的评价而活。诗歌还传达出作者在不少诗作里都表达过的一个观点:当人真正融入自然之后,人的灵魂就永存于天地之间,无论他的肉体是否还存在,人都将永远与 rocks and stones and trees(岩石、石头和树木)朝夕相伴。华兹华斯的《露茜组诗》早已获得很高的评价,那优美的韵律,清丽的景物,特别是那个摆脱了尘世纷扰、摒弃了社会赞许需要的纯自然的女孩,给读者留下了深刻印象。但是从生态批评的角度来看,这首诗所表现的还不仅仅是入世和出世这类人生选择的问题,更重要的是如何融入自然、如何顺应自然规律、如何化解人类对生态危机的恐惧等更深的涵义。正因为如此,克洛伯尔才把这首诗看成所有浪漫生态诗的"根",并声称它的精神"在整个浪漫诗歌中回响"[2]。

杰弗斯的《路标》也有类似的诗行:

转向那些可爱的东西,不是人,从人性中挣脱出来,
让人这种玩偶躺在一边。设想你像百合那样生长,
依偎着沉静的岩石,直至你感到它的神性
使你的血管冰凉,抬头凝望那些沉静的星辰,让你的目光
离开你自己和人类的地狱而顺着那通天长梯向上攀升。
万事万物将变得如此美丽,你的爱将跟随你的目光前行;
……
……现在你自由了,即使你又变成了人,

---

① John Hayward (ed.): *The Penguin Book of English Verse*, Penguin Books Ltd., 1958, p. 261.

② Karl Kroeber: *Ecological Literary Criticism: Romantic Imagining and the Biology of Mind*, Columbia University Press, 1994, p. 47.

也不是妇人所生，而是出自岩石和空气。[1]

这首诗与华兹华斯的《露茜组诗》非常相似，但对人类的否定更为果决，对与自然融合更为迫切。

在马克·吐温的杰出小说《哈克贝里·芬历险记》里有两个最重要的象征——大河和孩子，都与回归自然有关。大河象征着自然的、淳朴自由的生活，而大河两岸则是追求欲望满足的生活。主人公哈克代表了一种返璞归真、返回自然的生存态度和生存方式。艾略特说得好，哈克的存在，是向美国及欧洲的价值观提出的挑战，是对开拓精神和事业进取的超越。哈克处于遗世独立的自然状态。在纷纭忙碌的世界他代表了游手好闲的人，在渴求发财与竞争的世界他坚守仅足糊口的生活。

哈克是个自然之子。他觉得，“别的地方实在是太别扭、太闷气了，可是木筏上的情形却不是这样。坐在木筏上面，你会感觉到又自由、又轻松、挺舒服”。坐在木筏上，“把小腿垂在水里摇摆着，天南海北地聊一阵——无论是白天或黑夜，只要蚊子不跟我们作对的话，我们总是赤身裸体，一丝不挂”，因为衣服“穿在身上实在不舒服。再说我根本就不太赞成穿衣服”。想象一下吧：一个靠钓鱼和采集维生的男孩，赤身裸体地坐在木筏上，顺着那条古老的密西西比河无任何目的地漂流，那是何等的原始，何等的野趣，何等的自然人！他与黑人吉姆夜里躺在木筏上数星星，争论着星星从哪里来，断言星星不是人做的，因为如果那样不知要花多少工夫。最后他坚信，星星是月亮生的孩子，因为他看见一只青蛙一次下的仔差不多就有星星这么多。而那些流星可能是坏了的蛋，被从窝里甩了出来。这难道仅仅是幽默，仅仅是童稚？难道不正体现了原始自然人的那种原始的宇宙意识？小说结尾时，莎莉姨妈打算收养哈克做干儿子。哈克的回答是：“那种事我可实在是受不了。我早已尝过滋味了。”[2]哈克决意到印第安人那里去。马克·吐温

---

① Robinson Jeffers: *Selected Poetry*, Random, 1959, p. 574.

② 马克·吐温：《哈克贝里·芬历险记》，张万里译，上海译文出版社，1984年，第144、147、370页。

让他最喜爱的人物离开了文明社会,彻底地回归了自然。

德国当代作家凯勒曼认为,欧洲的文明已经腐朽堕落,唯一的出路就是与大自然融为一体。因此,他在《英格博格》《大海》等作品里,将自己的理想寄托在一系列远离文明的自然人身上,他们有的炸毁了自己的城堡,独自一人居住在林间小屋;有的蔑视文明社会,与原始部落人一起生活。

在图尼埃《礼拜五,或太平洋上的虚无境》里,鲁滨孙把那个荒岛命名为"希望岛",他在岛上的生活是希望的开始,是"一个新纪元的开始"。作者通过鲁滨孙与大地交合的行为象征性地描写了鲁滨孙与自然的融合——"在绯色的小溪谷中,我的性器官第一次找到了他最初始的元素:土地。"在鲁滨孙寻找新的文明和向自然人演变的过程中,礼拜五是榜样和向导。礼拜五"从本性上讨厌憎恶""人世的秩序",他"是从来不工作的。过去与将来的概念他也是不知道的,他仅仅限于生活在现在这一时刻之间"。他想出一个又一个奇异的点子,搞出一种又一种新的游戏,与鲁滨孙一起充分享受原始自然生活的所有乐趣。他以"天然自得的崇高尊严迈步前行","他那坚实又富于光泽的肉体,在海水束缚下缓缓扭动的像舞蹈一样的姿势",都令鲁滨孙深深地着迷。礼拜五与动物和植物的关系是"相互投合的亲密关系"。他用羊头盖骨、羊角、羊皮、羊肠线、松木薄片等材料制作成一架神奇的乐器,当海风吹过,乐器便"发出强烈的带有一定旋律的哀号悲鸣,真正原始的音乐,不属于人性的音乐,它既是大地晦暗的声息,又是天体的和谐之音,同时也是作为牺牲的那只大公羊嘶哑的怨诉哀鸣。鲁滨孙和礼拜五紧靠在一起,站在断陷的巨石下面,很快都失去了知觉意识,沉浸在这伟大庄严的神秘之中,而一切天然元素在其中都合而为一,化为一体"。鲁滨孙觉得礼拜五"天生就是自然本原一分子,我同样也要变成这样的一分子"。在礼拜五的影响下,鲁滨孙渐渐摆脱了文明对自己的束缚,渐渐变得越来越自然。他不再修剪头发,"他的头发卷卷曲曲呈现如同野兽那样的颜色,一天比一天长得繁密。……在礼拜五的鼓励下,他一丝不挂暴露在太阳之下。起初,胆战心惊,蜷蜷缩缩,丑得很,可是渐渐地舒展开来,如花盛开。他的皮肤带上了古铜色。他的胸脯,他的肌肉也充满了值得自豪的色泽。他的肉体放射出热力"。当鲁滨孙彻底完成了向自然人的转变之后,一艘轮船来到荒岛。此时，文明人的所有行为、所有语言甚至他们的饮食习惯都令鲁滨孙反感厌恶，他发誓绝不离开小岛，绝不再踏上英国的土地。鲁滨孙最终完成了与自然亲密无间的融合。反讽的是，小说结尾时，作为鲁滨孙与自然融合之向导的礼拜五却被他从未见过的科技文明的神奇所吸引，他在那条大船的桅杆、帆索上荡来荡去，无比兴奋，最后跟着轮船去了英国，把鲁滨孙抛弃了。礼拜五与鲁滨孙来了个调换，鲁滨孙开始了自然人和自然文明的生活，而礼拜五却开始了从原始走向文明的旅程，又变成人类发展进程的象征。也许，在不久的未来，礼拜五在彻底看清文明的本质之后会重新回归自然。不过，令鲁滨孙欣慰的是，一个在轮船上饱受折磨、厌恶了文明社会生活的小水手偷偷地留了下来。鲁滨孙牵着那孩子的小手，带领他爬上小岛的顶点欣赏自然永恒的美，然后对孩子说："以后你就叫礼拜四好了。"[①]又一个新的鲁滨孙即将产生，又一次回归自然的进程即将开始，而鲁滨孙则成为新的回归自然的向导——礼拜五。

美国诗人杰弗斯的叙事长诗《花公马》写了一个人与动物融为一体的故事。那是一个女人，名叫加利福尼亚。她的丈夫是人类堕落的代表，懒惰、贪婪、纵欲、精神麻木空虚。她决心在人类之外的物种寻找一个没有"人的形象"的知己，后来发现她家的花公马正是她所要寻找的对象。于是，在一个月夜，她跃马飞奔至山顶，然后与花公马交合。不能机械地理解这样一个非常态的行为，它就像许多神话故事里的人与动物交媾一样（如丽达与天鹅、欧罗巴与公牛），只是一种隐喻。花公马象征着大自然的力量，而女主人公渴望得到这种力量，渴望与这种力量结合。这与惠特曼委身于大海、鲁滨孙与大地交合的意味是相同的。

爱斯基摩人有一则神话故事表现的也是人从动物那里获得力量：奈泽修卓萨克有一天突然发现自己猎不到海豹了，可他的邻居们却依然每天都能猎到不少海豹。面对着天天空手而归的丈夫，奈泽修卓萨克的妻子越来越不满，后来便拒绝给丈夫水喝。满腹冤枉、无奈、烦恼、气愤的奈泽修卓萨

---

① 米歇尔·图尼埃：《礼拜五——太平洋上的灵薄狱》，王道乾译，上海译文出版社，1994年，第42、128、183、185、215、221、166、203、220、186、251页。

克于是决定离家出走。他在冰天雪地里流浪,看到一座大房子,里面住着三只巨大的北极熊,无家可归的他便与熊住到了一起。过了些时日,奈泽修卓萨克回了家,进门就问妻子要水喝。妻子照例不给。他扭过头,凝视着屋外。不一会儿,就听见巨兽大脚掌落地发出的声音,大地都被震撼了,他家的小屋摇晃起来。三只北极熊——他新的"援助灵魂"[①]正向小屋走来。一只熊举起大掌一下子就把小屋的窗户打得粉碎。奈泽修卓萨克的妻子连忙大叫道:"这儿有水!"并把水递给丈夫。北极熊这才离去。不仅如此,打这以后,奈泽修卓萨克还成为远近闻名的猎海豹高手。[②] 这个神话故事的内涵是丰富的,但它所传达的主要信息是:人与自然融合能获得智慧和力量。

惠特曼则特别强调与动物"像兄弟般地"一起生活对人心灵的净化。他写道:

> 我想我能和动物在一起生活,它们是这样的平静,这样的自足,
> 我站立着观察它们很久很久。
>
> 它们并不对它们的处境牢骚烦恼,
> 它们并不在黑夜中清醒地躺着为它们自己的罪过哭泣,
> 它们并不争论着它们对于上帝的职责使我感到厌恶,
> 没有一个不满足,没有一个因热衷于私有财产而发狂,
> 没有一个对另一个或生活在几千年前的一个同类叩头,
> 在整个地球上没有一个是有特别的尊严或愁苦不乐。[③]

艾特玛托夫的《断头台》一再描写狼对人的善,尽管母狼一家备受人类的迫害,但它们并不向无辜的人报复。母狼放过无辜的大学生阿季夫,令他

---

① "援助灵魂"(helping spirit):不少原始人都认为自己有一个外在的援助灵魂,如"丛林灵魂"等。

② See James Jakob Liszka: *The Semimotic of Myth*, Indiana University Press, 1989, pp. 145-146.

③ 惠特曼:《草叶集》,楚图南、李野光译,人民文学出版社,1987年,第113—114页。

永生难忘，他甚至在被歹徒折磨时呼喊："救救我，母狼！"[①]小说结尾部分生动感人地描写了母狼阿克巴拉对牧民鲍斯顿的小男孩肯杰什的爱，同时也表现出象征着没有被文明异化的人类善良天性的小孩与动物的和谐友爱的关系。肯杰什并没有被那只长着一对奇妙的蓝眼睛的母狼吓着，相反伸出小手去摸母狼的头——

> 阿克巴拉那颗痛苦得破碎的心竟怦怦跳动起来。它走到孩子身边，舔了舔他的小脸蛋。小家伙很高兴它的爱抚，轻轻笑起来，搂住了母狼的脖子。这时阿克巴拉完全瘫软了，它在小孩脚旁躺下，开始同他玩闹——它想让孩子吸它的奶头……母狼一动不动，只愁苦地用那对蓝眼睛望着孩子。于是孩子又走到它跟前，抚摸它的头……母狼对他倾注了全部温情，不断吸着他那孩子的气息。它觉得，如果人的小崽能住在它那岩石下的窝里，那该多么舒心啊！[②]

在许多生态作家看来，回归自然的最高境界是：与自然融为一体。

二、融入自然

人变成了植物或动物，是许多民族的神话里都有的故事。希腊神话里这样的故事尤其众多。人或者人化的神变成忘忧树、月桂树、没药树、水仙花、芦苇、向日葵，变成牛、马、羊、猪、鹿……神话的隐喻蕴涵着人与自然相融合的思想。德律俄珀最后变成树，实际上正是原始人留给我们的一个意味深长的密码，它的启示录一般的内涵是：与自然融为一体是人类要想在这个星球上天长地久地生存下去的唯一选择。

大诗人庞德曾在《树》一诗里想象自己化成了一棵树，感受这一转化的过程，并从树的视角审视世界，"知道过去没有被看见的事物的真谛"。在另

---

① 艾特玛托夫：《断头台》，冯加译，外国文学出版社，1987年，第264页。

② 同上书，第397—398页。

一首题为《少女》的诗里,他又写了一个少女在想象中变成了树:“树进入我的双手,/树液升入我的两臂,/树在我的乳房中/倒长,/树枝像手臂一样从我身上冒出。”①

阿特伍德的小说《假象》(*Surfacing*,一译《浮现》)也象征性地描写了女主人公的融入自然,像动物和植物一样生存。她睡在野外自己挖的洞穴里,大小便后用腿踢土掩埋,因为“所有洞穴动物都这么干”;她靠吮吸藤蔓里的汁液和吃带土的植物根茎维生;她笑起来“声音活像是某物被害时发出的声音:一只老鼠?一只鸟?”她最终完成了与自然的彻底融合:“我靠在一棵树上,我是一棵倚靠的树……我不是一只动物或一棵树,我是树和动物闪烁其中的东西,我是一个地方”,“一个自然状态的女人”②。

《哈姆雷特》里的奥菲利娅之死写得美轮美奂,美就美在莎士比亚突出了那个美丽少女的融入自然——

> 在小溪之旁,斜生着一株杨柳。它的毵毵的枝叶倒映在明镜一样的水流之中;她编了几个奇异的花环来到那里,用的是毛茛、荨麻、雏菊和长颈兰……她爬上一根横垂的树枝,想要把她的花冠挂在上面;就在这时候,一根心怀恶意的树枝折断了,她就连人带花一起落下呜咽的溪水里。她的衣服四散展开,使她暂时像人鱼一样漂浮水上;她嘴里还断断续续唱着古老的谣曲,好像一点不感觉到她处境的险恶,又好像她本来就生长在水中一般。可是不多一会儿,她的衣服给水浸得重起来了,这可怜的人歌儿还没有唱完,就已经沉到泥里去了。③

在丧父和失去恋人的双重打击下,奥菲利娅精神崩溃了。然而即便是疯了,她依然是那么美:不是蓬头垢面,而是满身鲜花;不是口吐谵言,而是轻声歌唱。她生病的头脑周围荡漾着甜美的歌曲,花朵接着花朵穿插在她

① 彭予:《20世纪美国诗歌——从庞德到罗伯特·布莱》,河南大学出版社,1995年,第17页。
② M. 艾特伍德:《假象》,赵雅华、李英垣译,中国文联出版公司,1991年,第204、218、207、217页。
③ 莎士比亚:《莎士比亚全集》(九),朱生豪译,人民文学出版社,1978年,第117—117页。

全部的思想中。她跌入小溪，衣裙四散，花落纷纷，这个纯洁的自然之女，好像本来就生活在水中的美人鱼，神情安详宁静，唱着歌顺着清澈的溪水缓缓漂去。人物处境之危急与人物态度之恬静形成了强烈对比。她在生命垂危之际竟是那样地轻歌含笑，她在告别人间之时竟是那样地自在逍遥。她决不留恋这个充满了杀戮、欺骗、阴谋和灾难的人间社会。这个社会容不得它的最美好的一分子，她只有投入美丽的大自然的怀抱。那儿才是属于她的地方，那里才真正与她的美好交相辉映。于是，她在大自然里融化了，带着她优美而原始的歌声。

《白轮船》里的小男孩与爷爷生活在原始森林里，生活在神奇美妙的自然王国。他把山上的一花一草、一树一石都当成有生命的奇异活泼的动物。他魂牵梦萦、日夜思念纯洁美丽的大角母鹿，他的目光能与大角鹿妈妈的目光神奇地交流。小说结尾时，他也像奥菲利娅一样融化在自然里——

> "我还是变成鱼好。我要从这个地方游走。我还是变成鱼好！"
>
> 小孩子继续向前走去。走到河边，迈步跨进了水里……
>
> 谁也不知道，小孩像鱼一样在河里游走了……
>
> 游到自己的童话中去了。[①]

另有一些作家进一步提出，不仅要回归自然或者融入自然，还应当开放全部感官去感受自然，去体验自然中无限的美。

三、感悟自然

1912年4月3日，已经皓首白发的自然学家和生态文学家巴勒斯在纽约自然历史博物馆鸟类馆的大厅里，聆听了前来参观的600多位来自不同国家的孩子们满怀崇敬之情背诵他的名篇名句，然后出人意料地对孩子们说

① 钦·艾特马托夫等:《白轮船：当代苏联中篇小说选辑》，许贤绪、赵泓、倪蕊琴等译，上海译文出版社，1986年，第136—137页。

了这样一段话:“不要去博物馆里寻找自然。让你们的父母带你们去公园或海滩。看看麻雀在你们的头顶上飞旋,听听海鸥的叫声,跟着松鼠到它那老橡树的小巢中看看。当自然被移动两次之后便毫无价值了。只有你能伸手摸得到的自然才是真正的自然。”①

巴勒斯在他75岁那年出版的《时间与改变》里写道:“吸收远胜过学习,我们吸收我们享受的东西。我们在学校学习,我们在田野、森林和农场里吸收。……所以我要说,获取有关自然的知识的方法是爱和享受的方法,更多的是在旷野而不是在教室和实验室。”巴勒斯以自己的亲身体验告诫人们,走进自然之后一定要开放所有感官去吸收、去感悟:自然万物“使我的感官变得敏锐和协调;它们使我的眼睛在过去的75年里始终处于最佳状态,让我不会错过任何美妙的景象;它们使我的嗅觉一直这样灵敏,让我在荒野享尽芬芳……”他激烈地抨击物质至上的发展观,说那样的“发展是另一种衰退”;他认为人的真正的发展,是开发感官潜力,是增加对自然的感悟。②

缪尔指出:“走向森林就是重返家园。”“热爱大自然的人,……心中充满着虔诚与好奇,当他们满怀爱心地去审视去倾听时,他们会发现大山之中绝不缺乏生灵。”缪尔还以自己的亲身体会引导人们发现大自然美妙的韵律:“毫不犹豫、义无反顾地大胆”冲下山来,“勇敢地从一块巨石跳上另一块巨石,保持速度均匀。这时你会感到你的脚正在踏着节拍,然后你就能迅速发现蕴涵在岩石堆中的音乐和诗韵。……无论最初它们看上去是多么神秘、多么无序,但它们都是大自然创造之歌中的和谐音符……”③

在《瓦尔登湖》里梭罗说,他“活动在大自然里感到一种神奇的自由,仿佛就是自然的一部分”,“整个身体成了一个感官,每一个毛孔都吸取着快乐”。他在湖上与潜水鸟捉迷藏,他“经常在最深的积雪中跋涉八或十英里,去和一株山毛榉、一株黄杨、或松林中的一个老相识约会”。“每一支小松针都伴随着同情伸长,把我当作它们的朋友。即便是在人们所说的荒凉阴郁

---

① 程虹:《寻归荒野》,生活·读书·新知三联书店2001年,第145—147页。

② Robert Finch and John Elder (ed.): *The Norton Book of Nature Writing*, W. W. Norton & Company, Inc., 1990, pp. 273—277.

③ 约翰·缪尔:《我们的国家公园》,郭名倞译,吉林人民出版社,1999年,第68、147、186页。

的地方，我也能清楚地意识到那儿有我亲如骨肉的朋友。”“在柔和的细雨中，在滴答滴答的雨声里，在环绕我屋子的每一个声响和景象中……我突然感到身处自然界是如此甜蜜如此有益，所有这些立刻成为一种无穷无尽又无法解释的友爱的氛围滋养着我。”“山雀和我熟悉到这种程度：当我往屋里抱木柴时，它竟然飞落到我怀抱的木柴上，毫不恐惧地啄着细枝。有一次，我在村中园子里锄地，一只麻雀落在我肩头歇上一会儿，那时我感到，佩戴任何肩章都没有这般荣光。松鼠也终于和我混熟了，偶尔要抄近路时它们就从我的鞋上踩过去。”①（类似的情景在俄罗斯诗人克雷奇科夫的诗里也有描述：“鸟儿落上了我的肩头，/野兽是与我同行的兄弟。”②）在《在康科德与梅里马克河上的一周》里，梭罗描写了他与淡水太阳鱼的亲密接触：“我每次用半个小时站在水中，亲切抚摸它们而又不致把它们吓跑，容许它们轻轻咬我的手指，当我的手伸向鱼卵时，看它们愤怒地竖起背鳍的样子。有时我……非常轻柔地将它们托上水面。虽说不再游动，它们的鳍仍不停地划摆，动作极优美，彬彬有礼地表述快活。”③这是何等融洽的关系！这是多么富于魅力的生活！

假如有朝一日，整个人类都能像梭罗这样挚爱着自然万物，生态危机肯定早就彻底消除了。

假如有朝一日，整个人类都能像梭罗这样无比快乐地与自然万物生活在一起，谁还会愿意冒着毁灭地球、毁灭人类的风险去追求无限物欲的满足？

假如这一天真的能够到来，那么，生态文学的使命就光荣地完成了。

---

① Henry D. Thoreau: *Walden*, Princeton University Press, 1971, pp. 129, 265, 131－132, 275－276.

② 刘文飞：《二十世纪俄语诗史》，社会科学文献出版社，1996年，第101页。

③ 罗伯特·塞尔编：《梭罗集》，陈凯等译，生活·读书·新知三联书店，1996年，第23页。

主要参考文献

Albert Schweitzer: *Out of My Life and Thought: An Autobiograghy*, trans. by A. B. Lemke, Henry Holt and Company Publishers, 1990.

Aldo Leopold: *A Sand County Almanac*, Oxford University Press, 1949.

Aldo Leopold: *Game Management*, Charles Scribner's Sons, 1933.

Al Gore: *Earth in the Balance: Ecology and the Human Spirit*, Houghton Mifflin, 1992.

Allen Carlson: *Aesthetics and the Environment: The Appreciation of Nature, Art and Architecture*, Routledge, 2000.

Andrew Dobson: *Green Political Thought*, Third Edition, Routledge, 2000.

Anthony Weston (ed.): *An Invitation to Environmental Philosophy*, Oxford University Press, 1999.

Arnold Berleant: *Living in the Landscape: Toward an Aesthetics of Environment*, University Press of Kansas, 1997.

Arnold Berleant: *The Aesthetics of Environment*, Temple University Press, 1992.

Baird Callicott: *Earth's Insights: A Survey of Ecological Ethics from the Mediterranean Basin to the Australian Outback*, University of California Press, 1994.

Baird Callicott: *In Defense of the Land Ethic: Essays in Environmental Philosophy*, State University of New York Press, 1989.

Basil Willey: *The Eighteenth Century Background: Studies on the Idea of Nature in the Thought of the Period*, Chatto and Windus, 1940.

Benjamin Farrington (ed.): *The Philosophy of Francis Bacon*, University of Chicago Press, 1966.

Bill Devall and George Sessions: *Deep Ecology: Living as if Nature Mattered*, Peregrine Smith Books, 1985.

Bradford Torrey and Francis H. Allen (ed.): *The Journal of Henry David Thoreau*, Vol. 11, Houghton Mifflin, 1906.

Carol B. Gartner: *Rachel Carson*, Frederick Ungar Publishing, 1983.

Charles Darwin: *On the Origin of Species*, A Facsimile of the First Edition, Harvard University Press, 1964.

Cheryll Glotfelty and Harold Fromm (ed.): *The Ecocriticism Reader: Landmarks in Literary Ecology*, The University of Georgia Press, 1996.

Christopher Vecsey and Robert W. Venables (ed.): *American Indian Environments: Ecological Issues in Native American History*, Syracuse University Press, 1980.

David Abram: *The Spell of the Sensuous*, Vintage, 1996.

David and Eileen Spring (ed.): *Ecology and Religion in History*, Harper and Row Publishers, 1974.

David Mazel (ed.): *A Century of Early Ecocriticism*, The University of Georgia Press, 2001.

David Pepper: *Eco-Socialism: From Deep Ecology to Social Justice*, Routledge, 1993.

David Pepper: *The Roots of Modern Environmentalism*, Croom Helm, 1984.

David R. Keller and Frank B. Golley (ed.): *The Philosophy of Ecology: From Science to Synthesis*, The University of Georgia Press, 2000.

Descartes: *Discourse on Method and the Meditations*, trans. by F. E. Sutcliffe, Penguin, 1968.

Dieter T. Hessel and Rosemary Radford Ruether (ed.): *Christianity and Ecology: Seeking the Well-Being of Earth and Humans*, Harvard University Press, 2000.

Dominic Head: "The (Im) Possibility of Ecocriticism", Richard Kerridge and Neil Sammells (ed.), *Writing the Environment: Ecocriticism and Literature*, Zed

Books, 1998.

Donald Hughes: *Ecology in Ancient Civilization*, University of New Mexico Press, 1975.

Donald Worster: *Nature's Economy: A History of Ecological Ideas*, Second Edition, Cambridge University Press, 1994.

Donald Worster: *The Wealth of Nature: Environmental History and the Ecological Imagination*, Oxford University Press, 1993.

Donelle Dreese: *Ecocriticism: Creating Self and Place in Environmental and American Indian Literatures*, Peter Lang Publishing, 2002.

Edith Hamilton: *Mythology*, The New American Library, 1953.

Edmund Husserl: *The Crisis of European Science and Transcendental Phenomenology*, trans. by David Carr, Northwestern University Press, 1970.

Edward Abbey: "Desert Solitaire: A Season in the Wilderness", Kay Lynch Cutchin, Gail Price Rottweiler and Ajanta Dutt (ed.), *Landscapes and Language: English for American Acdemic Discourse*, St. Martrn's Press, 1998.

Edward O. Wilson: *On Human Nature*, Harvard University Press, 1978.

Edwin Way Teale: *Great Treasury: A Journey Through the World's Great Nature Writing*, Dodd, Mead & Company, 1952.

Eric Todd Smith: "Dropping the Subject: Reflectings on the Motives for an Ecological Criticism", Michael P. Branch, Rochelle Johnson, Daniel Patterson and Scott Slovic (ed.), *Reading the Earth: New Directions in the Study of Literature and the Environment*, University of Idaho Press, 1998.

Eugene P. Odum: *Ecology: The Link Between the Natural and Social Sciences*, Holt Rinehart & Winston, 1975.

Florence Emily Hardy: *The Life of Thomas Hardy, 1840—1942*, Macmillan Publishers Ltd., 1962.

Frank Graham, Jr.: *Since Silent Spring*, Houghton Mifflin, 1970.

Fromm (ed.): *The Ecocriticism Reader: Landmarks in Literary Ecology*, The University of Gary Snyder: *No Nature*, Pantheon, 1992.

Georgia Press, 1996.

Glen A. Love: *Practical Ecocriticism: Literature, Biology, and the Environment*, University of Virginia Press, 2003.

Greg Garrard: *Ecocriticism*, Routledge, 2004.

Gregory Cajete: *Look to the Mountain: An Ecology of Indigenous Education*, Kivaki Press, 1994.

Henry David Thoreau: *Wild Apples and Other Natural History Essays*, University of Georgia Press, 2002.

Henry D. Thoreau: *Walden*, Princeton University Press, 1971.

Herman Daly: *Beyond Growth: The Economics of Sustainable Development*, Beacon Press, 1996.

Holmes Rolston: *Philosophy Gone Wild: Essays in Environmental Ethics*, Prometheus Books, 1986.

Howard L. Parsons: *Marx and Engels on Ecology*, Greenwood Publishing Group Inc., 1977.

H. Patricia Hynes: *The Recurring Silent Spring*, Pergamon Press, 1989.

Jace Weaver (ed.): *Defending Mother Earth: Native American Perspectives on Environmental Justice*, Orbis Books, 1996.

James Jakob Liszka: *The Semimotic of Myth*, Indiana University Press, 1989.

James Lovelock: *Gaia: A New Look at Life on Earth*, Oxford University Press, 1987.

James Lovelock: *The Ages of Gaia: A Biography of Our Living Earth*, Oxford University Press, 1989.

James S. Hans: *The Value(s) of Literature*, SUNY Press, 1990.

John Clark (ed.): *Renewing the Earth: The Promise of Social Ecology*, Green Print, 1990.

John Hayward (ed.): *The penguin Book of English Verse*, Penguin Books Ltd., 1958.

John Passmore: *Man's Responsibility for Nature: Ecological Problems and Western Traditions*, Second Edition, Gerald Duckworth & Co. Ltd., 1980.

John Seed: *Thinking Like a Mountain*, New Society Publishers, 1988.

Jonathan Bate: *Romantic Ecology: Wordsworth and the Environmental Tradition*, Routledge, 1991.

Jonathan Bate: *The Song of the Earth*, Harvard University Press, 2000.

Jonathan Levin: "On Ecocriticism(A Letter)", *PMLA* 114.5 (Oct. 1999).

Jonathan Porritt and David Winner: *The Coming of the Greens*, Fontana, 1988.

Joseph W. Meeker: *The Comedy of Survival: Literary Ecology and A Play Ethic*,

Third Edition, Joseph W. Meeker: *The Comedy of Survival: Studies in Literary Ecology*, Charles Scribner's Sons, 1974.

Julian Wolfreys (ed.): *Introducing Criticism at the 21st Century*, Edinburgh University Press, 2002.

Karen J. Warren (ed.): *Ecological Feminism*, Routledge, 1994.

Karen J. Warren (ed.): *Ecological Feminist Philosophy*, Indiana University Press, 1996.

Karl Kroeber: *Ecological Literary Criticism: Romantic Imagining and the Biology of Mind*, Columbia University Press, 1994.

Karl Kroeber: "'Home at Grasmere': Ecological Holiness", *PMLA* 89, 1974.

Karl Kroeber: *Romantic Fantasy and Science Fiction*, Yale University Press, 1988.

Karl Marx: *Early Texts*, trans. by David McLellan, Basil Blackwell, 1971.

Laurence Buell: *Writing for an Endangered World: Literature, Culture, and Environment in the U.S. and Beyond*, Belknap Press, 2001.

Laurence Coupe (ed.): *The Green Studies Reader: From Romanticism to Ecocriticism*, Routledge, 2000.

Lawrence Buell: *The Environmental Imagination: Thoreau, Nature Writing, and the Formation of American Culture*, Harvard University Press, 1995.

Lawrence Buell: *The Future of Environmental Criticism, Environmental Crisis and Literary Imagination*, Blackwell Publishing, 2005.

Lewis Mumford: *The Myth of Machine*, Vol. 2, Harcourt Brace Jovanovich, 1970.

Linda Lear: *Rachel Carson: Witness for Nature*, Henry Holt & Company, 1997.

Lisa M. Benton and John R. Short (ed.): *Environmental Discourse and Practice: A Reader*, Blackwell Publishers Inc., 2000.

Lorraine Anderson, Scott Slovic and John P. O'Grady (ed.): *Literature and the Environment: A Reader on Nature and Culture*, Addison-Wesley Education Publishers, Inc., 1999.

Luke Martell: *Ecology and Society: An Introduction*, Polity Press, 1994.

Lynn White: "The Historical Roots of Our Ecologic Crisis", Cheryll Glotfelty and Harold Fromm (ed.): *The Ecocriticism Reader: Landmarks in Literary Ecology*, The University of Georgia Press, 1996.

Martin Heidegger: *Basic Writings*, ed. by D. F. Krell, Routledge & Kegan Paul Ltd., 1978.

Mary A. McCay: *Rachel Carson*, Twayne Publishers, 1993.

Mary E. Tucker and John Grim (ed.): *Worldviews and Ecology: Religion, Philosophy, and Environment*, Associated University Presses, Inc., 1994.

Max Horkheimer: *Eclipse of Reason*, Columbia University Press, 1947.

M. H. Abrams: "Structure and Style in the Great Romantic Lyric", Harold Bloom (ed.): *Romanticism and Consciousness: Essays in Criticism*, W. W. Norton, 1979.

Michael E. Zimmerman (ed.): *Environmental Philosophy: From Animal Rights to Radical Ecology*, Prentice-Hall, Inc., 1998.

Michael P. Branch and Scott Slovic (ed.): *The ISLE Reader: Ecocriticism, 1993—2003*, The University of Georgia Press, 2003.

Michael P. Branch, Rochelle Johnson, Daniel Patterson and Scott Slovic (ed.): *Reading the Earth: New Directions in the Study of Literature and the Environment*, University of Idaho Press, 1998.

Michel Foucault: *History of Madness* (*Histoire de la Folie à l'âge classsique*), ed. by Jean Khalfa, Michel L. McDowell: "The Bakhtinian Road to Ecological Insight", Cheryll Glotfelty and Harold Murray Bookchin: *The Ecology of Freedom: The Emergence and Dissolution of Hierarchy*, Palo Alto, 1982.

Murray Bookchin: *The Philosophy of Social Ecology: Essays on Dialectical Naturalism*, Black Rose Books, 1990.

Nogah Hareuveni: *Ecology in the Bible*, Neot Kedumim Ltd., 1974.

Oscar Wilde: *The Complete Works of Oscar Wilde*, Mid Point Press, 2001.

Oscar Williams (ed.): *The Golden Treasury of the Best Songs and Lyrical Poems*, The New American Literary of World Literature, Inc., 1953.

Oscar Williams (ed.): *The New Pocket Anthology of American Verse*, Washington Square Press, 1961.

Oscar Williams (ed.): *The Pocket Book of Modern Verse*, Pocket Books, Inc., 1955.

Patrick D. Murphy: "Ecocriticism (A Letter)", *PMLA* 114.5 (Oct. 1999).

Patrick D. Murphy (ed.): Literature of Nature: An International Sourcebook, *Fitzroy Dearborn Publishers*, 1998.

Patrick D. Murphy: *Farther Afield in the Study of Nature-Oriented Literature*, University Press of Virginia, 2000.

Patrick D. Murphy: *Literature of Nature: An International Sourcebook*, Fitzroy

Dearborn Publishers, 1998.

Paul Brooks: *The House of Life: Rachel Carson at Work*, Houghton Mifflin, 1972.

Paul W. Taylor: *Respect for Nature: A Theory of Environmental Ethics*, Princeton University Press, 1986.

Percy Bysshe Shelley: *Shelley's Poetry and Prose*, ed. by Donald H. Reiman and Sharon B. Powers, W. W. Norton, 1977.

Peter Barry: *Beginning Theory: An Introduction to Literary and Cultural Theory*, Manchester University Press, 2002.

Peter Coates: *Nature: Western Attitudes since Ancient Times*, University of California Press, 1998.

Peter Marshall: *Nature's Web: An Exploration of Ecological Thinking*, Simon & Schuster Ltd., 1992.

Philip Sterling: *Sea and Earth: The Life of Rachel Carson*, Thomas Y. Crowell Company, 1970.

Phillip Booth: *Relations: Selected Poems, 1950—1985*, Penguin, 1986.

Rachel Carson: *Silent Spring*, Houghton Mifflin, 1962.

Rachel Carson: *The Edge of the Sea*, Houghton Mifflin, 1983.

Rachel Carson: *The Sea around Us*, Oxford University Press, 1989.

Rachel Carson: "Undersea", *Atlantic Monthly*, September 1937.

Rachel Carson: *Under the Sea Wind*, Oxford University Press, 1952.

Ralph Waldo Emerson: *Nature, Addresses, and Lectures*, ed. by Robert Erhest Spiller and Alfred R. Ferguson, Harvard University Press, 1971.

Raymond Williams: *Socialism and Ecology*, Socialist Environment and Resources Association, 1982.

René Wellek and Austin Warren: *Theory of Literature*, Harvest Books, 1972.

R. Kerridge and N. Sammells (ed.): *Writing the Environment: Ecocriticism and Literature*, Zed Books Ltd., 1998.

Robert Finch and John Elder (ed.): *The Norton Book of Nature Writing*, W. W. Norton & Company, Inc., 1990.

Robert Kern: "Ecocriticism: What Is It Good For?", Michael P. Branch and Scott Slovic (ed.): *The ISLE Reader: Ecocriticism, 1993—2003*, The University of Georgia Press, 2003.

Robert. P. McIntosh: *The Background of Ecology: Concept and Theory*, Cambridge University Press, 1985.

Robin Attfield: *Environmental Philosophy: Principles and Prospects*, Ashgate Publishing Ltd., 1994.

Robinson Jeffers: *Selected Poetry*, Random, 1959.

Rosemary R. Ruether: *Gaia and God: An Ecofeminist Theology of Earth*, Harper San Francisco, 1992.

Rousseau: *Reveries of the Solitary Walker*, trans. by Peter France, Penguin, 1979.

R. W. Emerson: *Selected Writings of Ralph Waldo Emerson*, ed. by Willian H. Gilman, Signet Classics, 1965.

Sandy Irvine and Alec Ponton: *A Green Manifesto: Policies for a Green Future*, Macdonald Optima, 1988.

Scott Slovic: "Ecocriticism: Storytelling, Values, Communication, Contact", 1994 Western Literature Association Conference, Salt Lake City, Utah.

Scott Slovic: *Seeking Awareness in American Nature Writing*, University of Utah Press, 1992.

Steve Grant: "Finding Nature in Literature", *The Hartford Courant*, 16 Dec., 1998.

Steward Edwards (ed.): *Selected Writings of Pierre-Joseph Proudhon*, trans. by Elizabeth Fraser, Macmillan Publishers Ltd., 1960.

T. Coraghessan Boyle: *A Friend of the Earth*, Viking, 2000.

The University of Arizona Press, 1997.

trans. by Jonathan Murphy and Jean Khalfa, Routledge, 2006.

Tyler Miller, Jr.: *Replenish the Earth: A Primer in Human Ecology*, Wadsworth Publishing, 1972.

Ursula K. Heise: "The Hitchhiker's Guide to Ecocriticism", *PMLA*, 121.2 (March 2006).

Wendell Glick (ed.): *Great Short Works of Henry David Thoreau*, Harper & Row, 1982.

Willa Cather: *My Antonia*, Houghton Mifflin, 1954.

Will Curtis: *The Nature of Things*, the ECCO Press, 1984.

William Howarth: "Some Priciples of Ecocricism", Cheryll Glotfelty and Harold Fromm (ed.): *The Ecocriticism Reader: Landmarks in Literary Ecology*, The University of Georgia Press, 1996.

William Leiss: *The Domination of Nature*, Beacon Press, 1974.

William Slaymaker: "On Ecocriticism (A Letter)", *PMLA* 114.5 (Oct. 1999).

William Wordsworth: *Guide to the Lakes*, Oxford University Press, 1977.

Wynne Tyson: *The Extended Circle*, Paragon House, 1989.

A. J. 汤因比、池田大作:《展望二十一世纪——汤因比与池四大作对谈集》,荀春生、朱继征、陈国樑译,国际文化出版公司,1985 年。

A. 麦金太尔:《德性之后》,龚群、戴扬毅等译,中国社会科学出版社,1995 年。

D. 梅多斯等:《增长的极限》,于树生译,商务印书馆,1984 年。

E. F. 舒马赫:《小的是美好的》,虞鸿钧、郑关林译,商务印书馆,1984 年。

G. H. 吕凯、J. 维奥等编著:《世界神话百科全书》,上海文艺出版社,1992 年。

M. H. 鲍特文尼克、M. A. 科甘、M. Б. 帕宾诺维奇、Б. П. 谢列茨基编著:《神话辞典》,黄鸿森、温乃铮译,商务印书馆,1985 年。

M. 艾特伍德:《假象》,赵雅华、李英垣译,中国文联出版公司,1991 年。

M. 艾特伍德:《生存——加拿大文学主题指南》,秦明利译,中国文联出版公司,1991 年。

R. F. 纳什:《大自然的权利》,杨通进译,青岛出版社,1999 年。

R. W. 爱默生:《自然沉思录》,博凡译,上海社会科学院出版社,1993 年。

阿尔贝特·史怀泽:《敬畏生命》,汉斯·瓦尔特·贝尔编,陈泽环译,上海社会科学院出版社,1992 年。

阿尔温·托夫勒:《第三次浪潮》,朱志焱、潘琪、张焱译,生活·读书·新知三联书店,1984 年。

阿兰·邓迪斯编:《西方神话学论文选》,朝戈金等译,上海文艺出版社,1994 年。

埃德加·莫兰:《超越全球化与发展:社会世界还是帝国世界?》,乐黛云、李比雄主编:《跨文化对话》第 13 辑,上海文化出版社,2002 年。

埃德蒙德·胡塞尔:《生活世界现象学》,克劳斯·黑尔德编,倪梁康、张廷国译,上海译文出版社,2002 年。

埃·弗罗姆:《占有或存在》,杨慧译,国际文化出版公司,1989 年。

埃默里·埃利奥特主编:《哥伦比亚美国文学史》,朱通伯等译,四川辞书出版社,1994 年。

艾略特:《批评的功能》,林骧华译,伍蠡甫主编:《现代西方文论选》,上海译文出版社,1983 年。

艾特玛托夫:《艾特玛托夫小说集》(下),陈韶廉等译,外国文学出版社,1981 年。

艾特玛托夫:《断头台》,冯加译,外国文学出版社,1987 年。

艾特玛托夫:《对文学与艺术的思考》,陈学迅译,新疆大学出版社,1987 年。

奥尔多·利奥波德:《沙乡年鉴》,侯文蕙译,吉林人民出版社,1997年。
奥尔利欧·佩奇:《世界的未来——关于未来问题一百页》,王肖萍、蔡荣生译,中国对外翻译出版公司,1985年。
奥雷利奥·佩西:《人类的素质》,薛荣久译,中国展望出版社,1988年。
奥·斯宾格勒:《西方的没落》,陈晓林译,黑龙江教育出版社,1988年。
奥维德:《变形记》,杨周翰译,人民文学出版社,1984年。
巴赞:《绿色教会》,袁树仁译,漓江出版社,1990年。
保罗·库尔兹编:《21世纪的人道主义》,肖峰等译,东方出版社,1998年。
比尔·麦克基本:《自然的终结》,孙晓春、马树林译,吉林人民出版社,2000年。
彼得·辛格:《动物的解放》,孟祥森、钱永祥译,光明日报出版社,1999年。
别林斯基:《别林斯基选集》(第三卷),满涛译,上海文艺出版社,1963年。
陈长房:《梭罗与中国》,三民书局,1991年。
陈泽环、朱林:《天才博士与非洲丛林——诺贝尔奖和平奖获得者阿尔贝特·施韦泽传》,江西人民出版社,1995年。
程虹:《寻归荒野》,生活·读书·新知三联书店,2001年。
池田大作、奥锐里欧·贝恰:《二十一世纪的警钟》,卞立强译,中国国际广播出版社,1988年。
大卫·戈伊科奇、约翰·卢克、蒂姆·马迪根编:《人道主义问题》,杜丽燕等译,东方出版社,1997年。
戴斯·贾丁斯:《环境伦理学——环境哲学导论》,林官明、杨爱民译,北京大学出版社,2002年。
戴维·埃伦费尔德:《人道主义的僭妄》,李云龙译,张妮妮校,国际文化出版公司,1988年。
《德国浪漫主义诗人抒情诗选》,钱春绮译,江苏人民出版社,1984年。
狄特富尔特等编:《人与自然》,周美琪译,生活·读书·新知三联书店,1993年。
恩格斯:《自然辩证法》,于光远等译编,人民出版社,1984年。
恩斯特·卡西尔:《神话思维》,黄龙保、周振选译,中国社会科学出版社,1992年。
法利·莫厄特:《被捕杀的困鲸》,贾文渊译,北岳文艺出版社,1998年。
法利·莫厄特:《鹿之民》,潘明元、曹智英译,北岳文艺出版社,1998年。
法利·莫厄特:《与狼共度》,刘捷译,董清林校,北岳文艺出版社,1998年。
丰华瞻编译:《世界神话传说选》,外国文学出版社,1982年。
歌德等:《德国诗选》,钱春绮译,上海译文出版社,1982年。

歌德:《浮士德》,绿原译,人民文学出版社,1994年。
歌德:《少年维特的烦恼》,杨武能译,人民文学出版社,1981年。
哈贝马斯:《作为"意识形态"的技术与科学》,李黎、郭官义译,学林出版社,1999年。
海明威:《海明威短篇小说全集》(下册),蔡慧译,上海译文出版社,1996年。
海明威:《老人与海》,吴劳译,上海译文出版社,1987年。
何怀宏 主编:《生态伦理——精神资源与哲学基础》,河北大学出版社,2002年。
何塞·卢岑贝格:《自然不可改良》,黄凤祝译,生活·读书·新知三联书店,1999年。
赫尔曼·E. 戴利、肯尼思·N. 汤森编:《珍惜地球——经济学、生态学、伦理学》,马杰、钟斌、朱又红译,商务印书馆,2001年。
赫尔曼·麦尔维尔:《白鲸》,曹庸译,上海译文出版社,1982年。
黑格尔:《历史哲学》,王造时译,商务印书馆,1963年。
华兹华斯:《华兹华斯抒情诗选》,黄杲炘译,上海译文出版社,1986年。
华兹华斯、柯尔律治:《华兹华斯、柯尔律治诗选》,杨德豫译,人民文学出版社,2001年。
黄宏煦主编:《英国浪漫主义诗人抒情诗选》(上),江苏人民出版社,1988年。
黄晋凯、张秉真、杨恒达主编:《象征主义·意象派》,中国人民大学出版社,1989年。
惠特曼:《草叶集》,楚图南、李野光译,人民文学出版社,1987年。
霍尔姆斯·罗尔斯顿:《环境伦理学》,杨通进译,许广明校,中国社会科学出版社,2000年。
霍尔姆斯·罗尔斯顿:《哲学走向荒野》,刘耳、叶平译,吉林人民出版社,2000年。
加里:《天根》,宋维洲译,北京师范大学出版社,1996年。
加林:《意大利人文主义》,李玉成译,生活·读书·新知三联书店,1998年。
江伙生译著:《法国历代诗歌》,武汉大学出版社,1996年。
君特·格拉斯:《访谈录:创作与生活》,黄灿然译,《天涯》2001年第1期。
君特·格拉斯:《人类的毁灭已经开始》,黄灿然译,《天涯》2000年第1期。
卡洛琳·麦茜特:《自然之死——妇女、生态和科学革命》,吴国盛等译,吉林人民出版社,1999年。
克莱夫·庞廷:《绿色世界史:环境与伟大文明的衰落》,王毅、张学广译,上海人民出版社,2002年。
拉斯普京:《拉斯普京小说选》,王乃倬等译,外国文学出版社,1982年。
莱蒙托夫:《莱蒙托夫抒情诗集》,余振译,浙江文艺出版社,1985年。
勒·克莱齐奥:《诉讼笔录》,许均译,上海译文出版社,1998年。
雷蒙德·范·奥弗编:《太阳之歌:世界各地创世神话》,毛天祜译,中国人民大学出版社,

1989 年。

蕾切尔·卡逊:《寂静的春天》,吕瑞兰、李长生译,吉林人民出版社,1997 年。

李明滨主编:《二十世纪欧美文学史》(四),北京大学出版社,1999 年。

李培超:《自然的伦理尊严》,江西人民出版社,2001 年。

李泽厚:《批判哲学的批判——康德述评》,人民出版社,1979 年。

列奥·施特劳斯:《自然权利与历史》,彭刚译,生活·读书·新知三联书店,2003 年。

列·列昂诺夫:《俄罗斯森林》,姜长斌译,黑龙江人民出版社,1984 年。

刘文飞:《二十世纪俄语诗史》,社会科学文献出版社,1996 年。

刘小枫主编:《二十世纪西方宗教哲学文选》(下卷),杨德友、董友等译,上海三联书店,1991 年。

刘意青、罗经国主编:《欧洲文学史》(第一卷),商务印书馆,1999 年。

卢梭:《爱弥儿》,李平沤译,商务印书馆,1996 年。

卢梭:《论人类不平等的起源和基础》,李常山译,商务印书馆,1962 年。

卢梭:《论政治经济学》,王运成译,商务印书馆,1962 年。

卢梭:《社会契约论》,何兆武译,商务印书馆,1980 年。

卢梭:《一个孤独的散步者的遐想》,张驰译,湖南人民出版社,1986 年。

罗伯特·米尔德:《重塑梭罗》,马会娟、管兴忠译,东方出版社,2002 年。

罗伯特·塞尔编:《梭罗集》,陈凯等译,生活·读书·新知生活·读书·新知三联书店,1996 年。

罗芃、孙凤城、沈石岩主编:《欧洲文学史》(第三卷),商务印书馆,2001 年。

罗素:《西方哲学史》(上卷),何兆武、李约瑟译,商务印书馆,1963 年。

《马克思恩格斯全集》(第一卷),中共中央马克思恩格斯列宁斯大林著作编译局编译,人民出版社,1956 年。

《马克思恩格斯选集》(第三卷),中共中央马克思恩格斯列宁斯大林著作编译局编译,人民出版社,2012 年。

《马克思恩格斯选集》(第一卷),中共中央马克思恩格斯列宁斯大林著作编译局编译,人民出版社,2012 年。

马克斯·霍克海默、特奥多·威·阿尔多诺:《启蒙辩证法》,洪佩郁、蔺月峰译,重庆出版社,1990 年。

马克斯·韦伯:《新教伦理与资本主义精神》,于晓、陈维钢译,生活·读书·新知三联书店,1987 年。

马克·吐温:《哈克贝里·芬历险记》,张万里译,上海译文出版社,1984 年。

玛丽·雪莱:《弗兰肯斯坦》,刘新民译,上海译文出版社,1998年。
米·米·普里什文:《普里什文随笔选》,非琴译,百花文艺出版社,1992年。
米歇尔·图尔尼埃:《皮埃尔或夜的秘密》,柳鸣九等译,安徽文艺出版社,1999年。
米歇尔·图尼埃:《礼拜五——太平洋上的灵薄狱》,王道乾译,上海译文出版社,1994年。
苗力田主编:《古希腊哲学》,中国人民大学出版社,1989年。
苗力田主编:《亚里士多德全集》(第九卷),中国人民大学出版社,1994年。
莫尔特曼:《创造中的上帝:生态的创造论》,隗仁莲、苏贤贵、宋炳延译,生活·读书·新知三联书店,2002年。
尼采:《悲剧的诞生:尼采美学文选》,周国平译,生活·读书·新知三联书店,1987年。
彭克巽主编:《欧洲文学史》(第二卷),商务印书馆,2001年。
彭予:《20世纪美国诗歌——从庞德到罗伯特·布莱》,河南大学出版社,1995年。
普里什文:《大自然的日历》,石国雄译,北京大学出版社,2017年。
普里什文:《林中水滴》,石国雄译,北京大学出版社,2017年。
普里什文:《亚当与夏娃》,石国雄译,北京大学出版社,2017年。
钦·艾特马托夫等:《白轮船:当代苏联中篇小说选辑》,许贤绪、赵泓、倪蕊琴译,上海译文出版社,1986年。
丘特切夫:《丘特切夫诗选》,查良铮译,外国文学出版社,1985年。
荣格:《心理学与文学》,冯川、苏克译,生活·读书·新知三联书店,1987年。
若盎-昂利·法布尔:《昆虫记》,王光译,作家出版社,1992年。
塞·诺·克雷默:《古代世界神话》,魏庆征译,华夏出版社,1989年。
沙尔·波德莱尔:《巴黎的忧郁》,亚丁译,漓江出版社,1982年。
莎士比亚:《莎士比亚全集》(九),朱生豪译,人民文学出版社,1978年。
世界环境与发展委员会:《我们共同的未来》,国家环保局外事办公室译,世界知识出版社,1989年。
谭得伶、潘桂珍、连铗主编:《苏联当代文学作品选》(上册),北京师范大学出版社,1988年。
托马斯·弗里德曼:《世界又热又平又挤》,王玮沁等译,何帆校,湖南科学技术出版社,2009年。
瓦西里耶夫:《不要射击白天鹅》,李必莹译,湖南人民出版社,1984年。
王诺、斯洛维克、王俊暐:《我们绝对不可等待》,《读书》2006年第11期。
王守仁:《苏联诗坛探幽》,社会科学文献出版社,1990年。
王佐良:《英国诗史》,译林出版社,1997年。

王佐良、周珏良主编:《英国二十世纪文学史》,外语教学与研究出版社,1994 年。

威廉·赫伯特·纽:《加拿大文学史》,吴持哲等译,人民文学出版社,1994 年。

维·阿斯塔菲耶夫:《鱼王》,夏仲翼、肖章、石枕川等译,上海译文出版社,1982 年。

维克多·阿斯塔菲耶夫:《阿斯塔菲耶夫散文选》,陈淑贤、张大本译,百花文艺出版社,1995 年。

吴泽霖:《叶赛宁评传》,浙江文艺出版社,1999 年。

徐崇温:《全球问题和"人类困境"——罗马俱乐部的思想与活动》,辽宁人民出版社,1986 年。

徐凤林:《费奥多洛夫》,东大图书公司,1998 年。

徐稚芳:《俄罗斯诗歌史》(第二版),北京大学出版社,2002 年。

许贤绪:《20 世纪俄罗斯诗歌史》,上海外语教育出版社,1997 年。

岩佐茂:《环境的思想——环境保护与马克思主义的结合处》,韩立新、张桂权、刘荣华译,中央编译出版社,1997 年。

伊利亚·普利高津:《确定性的终结——时间、混沌与新自然法则》,湛敏译,上海科技教育出版社,1998 年。

约翰·缪尔:《我们的国家公园》,郭名倞译,吉林人民出版社,1999 年。

约翰·缪尔:《夏日走过山间:美国"国家公园之父"约翰·缪尔的盛夏日记》,陈雅云译,生活·读书·新知三联书店,1999 年。

曾繁仁:《生态存在论美学论稿》,吉林人民出版社,2003 年。

詹·乔·弗雷泽:《金枝》(上),徐育新、汪培基、张泽石译,中国民间文艺出版社,1987 年。

张子清:《二十世纪美国诗歌史》,吉林教育出版社,1995 年。

人名中外文对照表

A

阿尔比 Albee，Edward
阿尔尼姆 Arnim，Ludwig Achim von
阿赖恩(里尔的) Alain of Lille
阿那克西曼德 Anaximander
阿斯塔菲耶夫 Астафьев，А. П.
阿特菲尔德 Attfield，Robin
阿特伍德 Atwood，Margaret
埃德尔 Elder，John
埃尔顿 Elton，Charles
艾比 Abbey，Edward
艾布拉姆 Abram，David
艾略特 Eliot，Thomas Stearns
艾特玛托夫 Айтматов，Чингиз Торекулович
艾兴多尔夫 Eichendorff，Joseph Freiherr von
爱默生 Emerson，Ralph Waldo
爱因斯坦 Einstein，Albert
安布拉斯特 Armbruster，Karla
奥德姆 Odum，Eugene P.
奥菲尔斯 Ophuls，William
奥格莱迪 O'Grady，Sean
奥威尔 Orwell，George
奥维德 Ovid (Publius Ovidius Naso)

B

巴克斯特 Baxter，Brian
巴拉丁斯基 Баратынский，Евгений Абрамович
巴勒斯 Burroughs，John
巴里 Barry，Peter
巴门尼德 Parmenides
巴赞 Bazin，Herve
邦德 Bond，Edward

邦奇 Bunge，Mario

贝特 Bate，Jonathan

贝希尔 Becher，Johannes Robert

毕比 Beebe，William

毕达哥拉斯 Pythagoras

边沁 Bentham，Jeremy

别尔嘉耶夫 Бердяев，Николай Александрович

别林斯基 Белинский，Виссарион Григорьевич

波德莱尔 Baudelaire，Charles

伯克茨 Birkerts，Sven

伯林特 Berleant，Arnold

博伊尔 Boyle，Coraghessan T.

布尔加科夫 Булгаков，Михаил Афанасьевич

布丰 Buffon，Come de (Leclere，Georges Louis)

布克钦 Bookchin，Murray

布拉德利 Bradley，Richard

布莱恩特 Bryant，William Cullen

布莱克 Blake，William

布兰奇 Branch，Michael P.

布鲁克纳 Bruckner，John

布鲁诺 Bruno，Giordano

布思，P. Booth，Phillip

布思，A. Booth，Annie L.

布伊尔 Buell，Lawrence

D

达尔文 Darwin，Charles

达·芬奇 Vinci，Leonardo da

戴利 Daly，Herman E.

德布林 Doblin，Alfred

德拉姆 Durham Jimmie

德里罗 DeLillo，Don

德里斯 Dreese，Donelle

德洛格利 DeLoughrey，Elizabeth M.

德沃尔 Devall，Bill

狄奥根尼 Diogenes

狄德罗 Diderot，Denis

迪拉德 Dillard，Annie

迪伦马特 Durrenmatt，Friedrich

笛福 Defoe，Daniel

笛卡儿 Descartes，Rene

蒂克 Tieck，Ludwig

丁尼生 Tennyson，Alfred

杜维明 Tu，Wei-Ming

多布森 Dobson，Andrew

E

厄普代克 Updike，John

恩格斯 Engels，Friedrrich

F

法布尔 Fabre，Jean-Henri

芬奇 Finch，Robert

弗莱 Frye，Northrop

弗雷泽 Frazer，James George

弗里德曼 Friedman，Thomas. L.

弗里施 Frisch，Max

弗罗姆 Fromm，Harold

弗洛姆 Fromm，Erich

G

H

J

济慈 Keats, John

加勒德 Garrard, Greg

加里 Gary, Romain

加特纳 Gartner, Carol B.

贾丁斯 Des Jardins, Joseph R.

杰弗斯 Jeffers, Robinson

金,A. King, Alexander

金,M. L. King, Martin Luther, Jr.

K

卡尔森 Carlson, Allen

卡杰特 Cajete, Gregory

卡森 Carson, Rachel

卡西尔 Cassirer, Ernst

凯恩斯 Keynes, John Maynard

凯尔纳 Kerner, Justinus

凯勒曼 Kellermann, Bernhard

凯瑟 Cather, Willa

康德 Kant, Immanuel

康帕内拉 Campanella, Tammaso

考夫曼 Kaufman, Gordon D.

柯尔律治 Coleridge, Samuel Taylor

科茨 Coates, Peter

克恩 Kern, Robert

克雷伊茨 Creutz, Gustaf Philip

克里 Klee, Paul

克里考特 Callicott, J. Baird

克里治 Kerridge, Richard

克鲁奇 Krutch, Robert Wood

克洛伯尔 Kroeber, Karl

肯明斯 Cummings, E. E.

孔多塞 Condorcet, Marquis de

库尔茨 Kurtz, Paul

库柏 Cowper, William

库珀 Cooper, James Fenimore

库普 Coupe, Laurence

库兹涅佐夫 Кузнецов, Ю. П.

L

拉伯雷 Rabelais, Francois

拉杜尔图潘 La Tour du Pin, Patrice de

拉夫洛克 Lovelock, James

拉森 Larsen, Svend Erik

拉斯普京 Распутин, Валентин Григорьевич

莱昂斯 Lyons, Oren

莱奥帕尔迪 Leopardi, Giacomo

莱恩 Lane, Patrick

莱斯 Leiss, Williams

莱文 Levin, Jonathan

莱辛 Lessing, Doris

兰姆 Lamb, Mary

劳伦斯 Lawrence, David Herbert

勒吉恩 Le Guin, Ursula

勒·克莱齐奥 Le Clezio, Jean-Matrie-Gustave

雷根 Regan, Tom

雷曼 Lehmann, Wilhelm

李 Lee, Dennis

里格比 Rigby, Kate

理查兹 Richards, I. A.

利奥波德 Leopold, Aldo

列昂诺夫 Леонов, Леонид Максимович

M

N

O

欧文 Irvine, S.

P

帕拉切尔苏斯 Paracelsus, Philippus A.
帕姆 Parham, John
帕森斯 Parsons, H. L.
帕斯莫尔 Passmore, John
帕特森 Patterson, Daniel
帕依克 Parikh, Indumati
潘岳 Pan, Yue
庞德 Pound, Ezra
庞顿 Ponton, A.
培根 Bacon, Francis
佩雷斯 Perez, Walter Rojas
佩珀 Pepper, David
佩西(佩奇) Peccei, Aurelio
皮尔斯 Pierce, Franklin
皮科·德拉·米兰多拉 Pico della Mirandola
珀迪 Purdy, Al
普柏 Pope, Alexander
普拉特 Pratt, Edwin John
普里高津 Prigogine, Ilya
普里什文 Пришвин, Михаил Михайлович
普列洛夫斯基 Преловский, Анатолий Васильевич
普林尼 Pliny
普鲁东 Proudhon, Pierre-Joseph
普鲁姆伍德 Plumwood, Val
普罗塔戈拉 Protagoras
普罗提诺 Plotinus

Q

齐默尔曼 Zimmerman, Michael E.
切萨尔皮诺 Cesalpino, Andrea
丘特切夫 Тютчев, Фёдор Иванович

R

荣格 Jung, Carl Gustav

S

萨默斯 Summers, Lawrence H.
塞梅尔斯 Sammells, Neil
塞欣斯 Sessions, George
桑德斯 Sanders, Scott Russell
沙夫茨伯里 Shaftesbury, 3rd Earl of
莎士比亚 Shakespeare, William
舍夫涅尔 Шефнер, Вадим Сергеевич
申南多 Shenandoah, Audrey
圣弗朗西斯 St. Francis
施蒂夫特 Stifter, Adalbert
施莱格尔 Schlegel, Friedrich von
施内沃格 Schneevogel, Paul
史怀泽 Schweitzer, Albert
史密斯, E. T. Smith, Eric Todd
史密斯, M. J. Smith, Mark J.
叔本华 Schopenhauer, Arthur
舒马赫 Schumacher, E. F.
斯宾格勒 Spengler, Oswald
斯宾塞 Spencer, Herbert

T

W

X

附录一

雷切尔·卡森研究[①]

雷切尔·卡森(Rachel Carson,1907—1964)是20世纪美国最著名的生态文学作家,是生态文学史上里程碑一般的人物。她描写自然环境,揭示生态问题,传播生态哲学思想,对公众生态观念的形成、生态学研究和环保运动的发展、美国乃至世界许多国家的环境政策和发展战略产生极其深刻、极为广泛的影响。纵观整个20世纪,找不出另外一位生态文学作家、生态哲学家或生态学家能在影响力方面与卡森相媲美。终生未婚的卡森将自己全部精力都献给了生态保护和文学事业。晚年的她一边与癌症搏斗,一边拖着羸弱之躯奔走呼号,与被她的作品触怒的企业、商家、政府机构和传播媒体抗争。她不仅是一个真正的生态文学家、生态思想家和生物学家,而且是一个真正的斗士——为保护大地、保护海洋、保护一切生物,为了人类的长久生存和持续发展而勇敢斗争的战士。在人类跨入自然仍被蹂躏、生态继续恶化的新千年之后,怀念

① 本文选自王诺:《生态与心态》,南京大学出版社,2007年,第21—52页。

卡森，了解她的文学成就，尤其是她艺术地传达出的生态哲学思想，显然是很有意义的。

近几十年来，国外对卡森的研究发展得很快，出现了一批有代表性的成果：卡森研究专家琳达·利尔的《雷切尔·卡森：自然的见证人》（1997）这部厚达六百多页的专著是卡森研究最有学术价值的参考文献；克雷格·沃德尔主编的论文集《再无鸟鸣：雷切尔·卡森〈寂静的春天〉的修辞学分析》（2000）收入九位学者的长篇论文，深入探讨了《寂静的春天》的主题、生态思想、科学题材的艺术表现、叙事艺术、修辞艺术、被接受过程、与环境运动的密切关系等问题，是迄今为止较为全面、深入的研究文献，论者既有卡森研究权威人士琳达·利尔、保罗·布鲁克斯、卡洛尔·加特纳，也有杰出的生态文学研究者、生态批评倡导者彻丽尔·格罗特费尔蒂；保罗·布鲁克斯的《为了生命大家庭——雷切尔·卡森在努力》（1972）是较早的卡森研究文献，他的另一部著作《为自然代言》（1980）将卡森放在美国生态文学发展进程中考察，探讨了卡森在与自然相关的人类价值观之转变进程中的重要作用；帕特里夏·海因斯的专著《永不过时的〈寂静的春天〉》（1989）介绍了卡森的这部杰作在整个世界的影响，特别是对生态思想的传播和环境保护运动的影响，从生态政治学和生态女性主义等角度深入解读了作品；此外还有菲利普·斯特林的《大海与大地：雷切尔·卡森的一生》（1970）、小弗兰克·格雷厄姆的《〈寂静的春天〉之后》（1970）、卡洛尔·加特纳的《雷切尔·卡森》（1983）、玛丽·麦凯的《雷切尔·卡森》（1993）等。

我国对卡森的介绍起始于1972年吕瑞兰、李长生翻译《寂静的春天》。他们将其中的一部分发表在中国科学院地球化学研究所编辑出版的学术刊物《环境地质与健康》上。1979年，他们翻译的全书由科学出版社出版（1997年吉林人民出版社再版）。这个译本在国内科学界，特别是环境科学界和环境保护领域产生了很大的影响。1988年科学技术文献出版社出版了格雷厄姆的著作，中译名是《〈寂静的春天〉续篇》，译者是罗进德和薛励廉（萨克达校对）。1999年光明日报出版社出版了琳达·利尔的著作，译者是贺天同，中译名是《自然的见证人：蕾切尔·卡逊传》。1999年，江西教育出版社出版了布鲁克斯的著作，译者是叶凡，译名为《生命之家：蕾切尔·卡逊传》。不过,后两个译本存在着不少问题,前者将大量原文删去不译,后者误译甚多。例如,*The House of Life: Rachel Carson at Work* 这一书名非常好地突出了卡森的基本思想之一:整个自然界所有的生命都是一个大家庭的成员,人类与所有其他生命有着休戚与共、生死相依的关系,因此人类必须善待所有生命;同时也高度提炼了作者对卡森最重要的评价:卡森一生都在为保护生命共同体而劳作,卡森的精神遗产仍在为人类消除生态危机、重建生命共同体的平衡发挥着指导性的作用。因此,译成“生命之家”没有传达出作者的上述意思,而且容易产生歧义;省略掉 at work,也就把作者的基本判断省略了。台湾的学者从文学的角度介绍了卡森,并翻译了卡森的大部分文学作品。例如,尹萍翻译了《海风下》(季节风出版公司,1994 年),庄安祺翻译了《海的边缘》(译名为《海之滨》,天下远见出版公司,1998 年),孟祥森翻译了后人根据卡森在 1956 年发表的《培养孩子的好奇心》整理而成的《感悟奇迹》,并翻译了琳达·利尔的序言,但把书名改为《永远的春天》(双月书屋,1998 年)。台湾出版的这几个译本翻译得较好,其对原文的忠实和对专业术语的认真查对尤其值得称赞。

尽管我国很早就译介了卡森,但一直以来,我国学界主要把卡森当作科学家看待,把《寂静的春天》当作环境保护的专业著作,很少从文学的角度和生态批评的角度来看待卡森。本人从 2000 年开始率先在国内从生态文学和生态哲学的角度研究卡森,并在 2001 年 11 月 6 日的《文艺报》“世界文坛”专栏发表长文《改变了历史进程的女人》,又在 2002 年第 2 期《国外文学》上发表论文《雷切尔·卡森的生态文学成就和生态哲学思想》,在本人的专著《欧美生态文学》(北京大学出版社,2003 年)里也有对卡森较多的评析。

第一节　生平与创作

1907 年 5 月 7 日,雷切尔·卡森出生于宾夕法尼亚的泉溪镇(Springdale)。父亲罗伯特做过推销员和电器技师;母亲玛丽亚婚前是个教师,酷爱读书,酷爱自然,对博物学有浓厚的兴趣,还具有很高的音乐天赋,弹钢琴、歌唱甚至作曲都有很高水准。母亲对卡森的影响很大，她不仅经常带小卡森到野外散步游玩，给花鸟鱼虫起名字，经常与卡森一起读书、绘画、弹琴，培养了卡森对自然、文学的热爱和兴趣，而且对卡森后来的创作也给予了极大的支持和帮助。卡森的许多作品都先朗诵给母亲听，许多文稿都是她母亲用打字机打出来的。卡森对她母亲的评价是这样的："热爱生命和一切生物是她最突出的特点，每一个了解她的人都这样看；而我比任何人都更加了解这一点：她是最能体现阿尔伯特·史怀泽的'敬畏生命'精神的人。她温柔而富有同情心，不过在我们共同的奋斗过程中，对于任何她坚信是错误的事情，她都会做出激烈的反抗。"[①]卡森从小就善于从动物、植物的角度想问题。她曾与哥哥罗伯特大闹一场，原因是哥哥打野兔。哥哥不许卡森干涉他的乐趣，而卡森的回答是："可是兔子没有乐趣！"——完全是站在兔子的立场向人类抗议！这件事闹得很大，全家人都卷了进去，最后形成的家规是：不许打猎！因为打猎是现代人的耻辱（卡森终生痛恨打猎，特别是以体育活动或休闲为名义的狩猎）。[②]

卡森很小就开始了文学创作，写诗歌、散文和故事。她的处女作《战斗在云间》是一篇故事，发表在著名的儿童文学刊物《圣尼古拉斯》上，并获得银奖。那一年(1918)她才 11 岁。卡森从小就梦想当一个作家。她后来回忆道："我现在还能记得起的最早的儿时梦想有两个，一是观察所有与海洋有关的神奇事物，另一个是有朝一日成为一个作家。"[③]大海是卡森一生迷恋的对象，文学是卡森一生的追求。

1925 年，卡森就读于宾夕法尼亚女子学院。在四年大学生活里，她亲身体验了学校所在城市匹兹堡日益严重的环境污染——空气越来越污浊，水质越来越糟糕，煤灰经常遮天蔽日，空气中永远有煤烟的气味，粉尘不断侵袭人们的眼睛、鼻子和喉咙。大学期间，卡森创作了许多作品，加入了文学

---

① Paul Brooks: *The House of Life: Rachel Carson at Work*, Houghton Mifflin, 1972, p. 242.

② Philip Sterling: *Sea and Earth: The Life of Rachel Carson*, Thomas Y. Crowell Company, 1970, p. 20.

③ Mary A. McCay: *Rachel Carson*, Twayne Publishers, 1993, p. 23.

社团,担任过校报编辑。在生物学女教授玛丽·斯科特·斯金克的影响下,卡森在三年级决定把自己的主修专业由文学改为生物学,因为生物学为她开辟了一条认识、研究她酷爱的大自然的道路。斯金克对卡森特别器重,关爱有加。在卡森本科阶段、研究生阶段以及以后的创作过程中,斯金克都是一个对她影响很大、帮助很大的重要人物。斯金克比卡森大16岁,是一个美丽动人、生气勃勃、才华横溢的年轻教授,学院里的许多学生都崇拜她,卡森也是她的崇拜者,一些女生甚至视她为天仙;而她最钟爱的学生则是卡森,她经常带卡森到野外观赏并考察生物。在共同的追求中,卡森与斯金克这两个单身女人都对对方产生了深刻的感情。

四年后卡森以极其优异的成绩毕业,获得科学学士学位。大学毕业后卡森在家乡小住了一段时间,她的心再一次被环境污染所刺痛:家乡美丽的小河变得又脏又臭,泉水溪流变成了污水横流,一望无际的田野被黑乎乎的厂房和直插云天的大烟囱取代。寄托了她深情厚爱的自然景物哪里去了?她轻声呼唤过的小鸟妹妹哪里去了?她与之细语交谈过的小树哥哥哪里去了?

1929年,卡森在伍兹霍尔海洋生物实验室从事研究,并第一次见到了她朝思暮想的大海。同年,在斯金克的大力推荐下,卡森前往约翰·霍普金斯大学开始研究生阶段的学习。学习期间她还在约翰·霍普金斯大学和马里兰大学担任生物学和动物学助教。1932年她获得动物学硕士学位,专家们认为她的硕士论文对鱼类研究做出了有价值的贡献。

1935年,卡森的父亲去世,家庭生活的重担有很大一部分落在了她的肩上。本来就很拮据的生活更加难以维持,卡森不得不打消继续深造的念头,开始多方谋求工作职位。1936年,卡森被美国渔业局(The Bureau of Fisheries,1940年更名为Fish and Wildlife Service)聘为初级水生物学者。

1937年,卡森首次在全国性一流刊物《大西洋月刊》上发表作品《海底》。这篇优美的散文标志着她从此走上了将科学与文学相结合的创作的开端。作品的第一句话就是那么情深意切:“有谁知道大海吗?”①

---

① Rachel Carson, “Undersea”, *Atlantic Monthly*, September 1937, p. 322.

《海风下》(*Under the Sea Wind*, 1941)是卡森的第一本书,但该书生不逢时,作品刚出版一个月就发生了日本偷袭珍珠港事件,人们的目光都集中在战争上,而卡森和她的这部优美的作品却被冷落了。尽管如此,还是有一些人,特别是科学界人士,给予这本书很高的评价。著名科学家和海洋探险家威廉·毕比(William Beebe)不仅撰文断言《海风下》"毫无科学错误",而且还把《海风下》的两章作为最新的优秀科学论著收入他主编的《最佳自然史著作选集》(*An Anthology of the Best Natural History*, 1944)里。卡森的著作成为这本选集里唯一由女性科学家独立完成的著作节选。[①]

1943 年,卡森被"鱼类和野生动植物局"聘为助理海洋生物学家。

1949 年夏天,卡森乘船出海,潜水考察海底生物。

《我们周围的大海》(*The Sea around Us*, 1951)是卡森的成名作。这本书由牛津大学出版社出版,一问世就引起了巨大的轰动,在畅销书排行榜上连续停留了 86 周,其中 32 周位居排行榜首位,出版社一再加印却仍旧不断脱销。《纽约人》《读者文摘》《耶鲁评论》等著名刊物刊登节选,《时代周刊》将其评为当年最杰出作品,甚至将其与荷马史诗相提并论。在很短的时间里这本书就被翻译成数十种文字流传到世界各国。科学家、批评家给予这本书极高的评价。海洋学家、哈佛大学比较动物学博物馆馆长亨利·比奇洛对卡森说:"你收集的大量资料令我吃惊。你发现的大量事实是我这个花了五十年研究海洋的人也没能发现的。"爬行动物学家格雷厄姆·内汀惊呼:卡森"用了不到十年的时间写出了可以与英国伟大的生物学家赫胥黎的所有著作比肩"的杰作。卡森研究专家琳达·利尔把这本书称作"海的诗史"。《大西洋月刊》的评论家哈维·布赖特惊叹道:"一个海洋生物学者所写的一本一流的科学小册子,竟然还具有优秀小说的吸引力和精美诗歌的感染力。"[②]卡森也因此书荣获 1952 年美国国家图书奖。其他各种各样的荣誉也纷至沓来,母校宾夕法尼亚女子学院和史密斯学院授予卡森荣誉文学

---

① Carol B. Gartner: *Rachel Carson*, Frederick Ungar Publishing, 1983, p. 13.

② Linda Lear: *Rachel Carson*, *Witness for Nature*, Henry Holt & Company, 1997, pp. 203—206.

博士学位,奥柏林学院和德雷克塞尔学院授予她荣誉科学博士学位。英国皇家文学协会接受她为会员。好莱坞将这本书拍成电影,影片的画面很美,还获得奥斯卡最佳纪录片奖,但卡森并不满意,因为影片不尊重原作,因而出现了很多科学错误。"卡森热"还导致《海风下》被再版,很多人这时才发现以前忽视了一部优秀作品。再版的《海风下》也进入畅销书榜。成名后的卡森受到读者热烈追捧。有的读者写信给《纽约人》杂志说:"请立刻告诉我谁是雷切尔·卡森,这个女孩让我夜夜失眠!"有的读者一大早就闯进卡森住的汽车旅馆,不由分说地冲进房间,拿着两本书要和还没起床的作者合影留念。[①]

1952年,卡森终于熬过了漫长的拮据时期。她辞掉了公职,成为职业作家,并在缅因州西索斯波特购得海边的一片林地,盖好了她的别墅。别墅的四壁全有窗户,以便她观林望海。

1955年,卡森的第三部书《海的边缘》(*The Edge of the Sea*)出版,很快也上了畅销书排行榜。

《寂静的春天》(*Silent Spring*,1962)是卡森最后一部作品(她去世后朋友们又将她生前的一些文章编成一个集子,题为《感悟奇迹》)。这是一部与卡森以往作品很不同的书,它直接针对现实问题,以大量的事实和科学依据揭示了滥用杀虫剂对生态的破坏和对人类健康的损害,激烈抨击了这种依靠科学技术来征服、统治自然的生活方式、发展模式和价值观念。其实,早在《寂静的春天》出版的17年之前——DDT的研制还处于试验阶段的时候,卡森就注意到了农药污染环境、危害健康的问题。在1945年7月15日她写给《读者文摘》的信里,卡森前瞻性地提出了这个问题:"如果大范围地使用DDT,将会对那些对我们有益的甚至必不可少的昆虫产生什么影响?对水鸟和其他以昆虫为食物的鸟类产生什么样的影响?如果使用不当,是否会打破自然精致而脆弱的平衡?"[②]卡森的质疑显示了她具有明确的生态系统

---

① Paul Brooks, *The House of Life: Rachel Carson at Work*, Houghton Mifflin, 1972, pp. 131—132.

② Ibid., p. 229.

观和联系观,卡森的预警显示了她强烈的自然使命感和人类责任感。不幸的是,在此之后的人类滥用农药化肥的后果与卡森预测的完全一样,人类也因此不得不付出忽视这类预警的惨重代价。

写这样一本书,其实并非出于卡森个人的爱好,创作动力来自环境问题的现实压力和作者的社会与自然责任感的强迫。在长达四年半的写作过程中,不再有以往那样的自然欣赏和自然陶醉,不再有落潮时岩石上的雀跃,不再有日出时森林里的听鸟,不再有海底潜水和珊瑚礁探奇,有的只是大量触目惊心的可怕事实和严酷数据。创作过程的审美愉悦几乎全被宗教似的献身感所取代。尽管从个人爱好来说,卡森并不喜欢甚至可以说相当反感这样的创作状态,尽管她的很多朋友和崇拜者都反对她写这本书,担心杀虫剂这样一个沉重的话题难以保证此书成为畅销书,或者担心卡森因此得罪有钱有势的利益集团,陷入难以预测的巨大麻烦之中,但卡森依然决定写这本书:“已经到了必须写这本书的时刻。在摧残这个星球的路上我们已经走得太远了。……既然我已经了解了这些事实,不将其揭示出来引起公众的注意我就不能停歇。”[①]“知道了我该做什么却保持沉默,那我的心将会永无安宁。……从最深远的意义上来说,对千千万万人讲出如此生死攸关的重大事情,即是我的权利也是我的义务。”[②]1958年,在写作最繁忙的时候,卡森的母亲去世,她承受了又一次重大精神打击。然而,处理完丧事,卡森又坚强刚毅地投身到这部书的写作中。

《寂静的春天》首先于1962年6月16日在《纽约人》杂志上开始连载,接着全书也于同年出版。这本书一面世,立刻引起了全国性轰动,五十几种报纸和二十几种杂志纷纷转载。更为重要的是,《寂静的春天》引发了一场全民性大讨论。一方面是化工公司、食品公司、农业部、食品与药品管理局等负有责任的政府机构、与这些利益集团有利害关系的媒体和科研机构的强烈抗议和恶毒攻击,另一方面则是绝大多数科学家、广大民众、多数传媒的

① Paul Brooks: *The House of Life: Rachel Carson at Work*, Houghton Mifflin, 1972, p. 228.

② Linda Lear *Rachel Carson: Witness for Nature*, Henry Holt & Company, 1997, p. 328.

大力支持和热烈赞扬。争论和冲突愈演愈烈,各种政治力量也参与进来,总统科学咨询委员会成立专门小组进行调查,国会举行听证会。这样一场关乎民生、关乎美国的命运、关乎地球以及地球人前途的上至总统下至百姓的大讨论,使得生态观念和环境意识深入人心,并对政府决策、国会立法和社会的未来发展产生了重大影响。《寂静的春天》刚刚连载,肯尼迪总统就在记者招待会上声称政府将调查卡森所揭示的问题。1963 年 5 月 15 日,总统科学咨询委员会发布调查报告,承认"在卡森的《寂静的春天》问世之前,人们基本忽视了杀虫剂的毒副作用"[①]。这股热潮很快也在欧洲及世界其他地方迅速蔓延。两年间就有数十种语言的《寂静的春天》译本在世界各地热销、流传。继之而起的是各国政府纷纷出台环境政策和修正发展战略,各类环保组织、生态学研究机构雨后春笋般地大量涌现。1969 年,美国国会通过《联邦环境政策法案》。1970 年美国环保局成立,卡森的照片被刊登在环保局所办的刊物第一期封面上。同年,第一个"地球日"被确定。1972 年,DDT 被美国环保局禁止使用。

对卡森的赞美在《寂静的春天》出版后达到了高潮。《时代周刊》发表文章说,卡森"应该当之无愧地被授予诺贝尔奖,像那个发明 DDT 的人一样"。美国最高法院大法官威廉・道格拉斯认为,《寂静的春天》是"自《汤姆叔叔的小屋》以来最富于革命性的书","是本世纪人类最重要的纪事"。杰出的散文家 E. B. 怀特也认为《寂静的春天》是一本"和《汤姆叔叔的小屋》一样的书——一本有助于改变潮流的书"。怀特在给卡森的信里深情地写道:"对于你为这个可爱的世界消毒的努力,我难以精确地表达我由衷的感激。每当我的树林里响起鸫鸟的歌声(我确信一定会响起),我都会想起你,感谢你。"[②] 1963 年,卡森当选美国艺术与文学院院士,而且是五十名院士当中仅有的三名女性之一。学院主席卢・芒福德在致辞中这样评价卡森:"作为一个有着伽利略和布丰一般庄重文风的科学家,她以科学的洞察和道德感情

---

① Frank Graham, Jr.: *Since Silent Spring*, Houghton Mifflin, 1970, p. 23.

② Linda Lear: *Rachel Carson: Witness for Nature*, Henry Holt & Company, 1997, pp. 411, 419, 421.

激发了我们的生命意识和自然意识，并预言了一种灾难性的可能，那就是我们目光短浅的技术性的征服自然可能毁掉我们赖以生存的资源。"[①]

卡森，这个弱小的女人，改变了历史，创造了奇迹。"绝不甘于寂静的雷切尔·卡森独自对抗毁坏生态的倾向，……在美国和整个世界掀起了一个永不消退的环境意识浪潮。"[②]人们盛赞卡森"改变了历史进程"[③]，"扭转了人类思想的方向"，"使'生态'这个词家喻户晓"[④]，"引发了世界范围的发展战略、环境政策、公共政策的修正"和"环境革命"[⑤]。著名生态思想家纳什在其名著《自然的权利：环境伦理学史》(1989)里指出："在《汤姆叔叔的小屋》发表 110 年以后，卡森又创作了一部破除美国的传统假设的作品。……《寂静的春天》是生态思想发展过程中的一个里程碑。"[⑥]

美国前副总统戈尔在他为 1994 年版《寂静的春天》所写的序言里说，这是近五十年来最有影响力的书。"1962 年，当《寂静的春天》第一次出版时，公众政策中还没有'环境'这一款项。……《寂静的春天》犹如旷野中的一声呐喊，用它深切的感受、全面的研究和雄辩的论证改变了历史的进程。如果没有这本书，环境运动也许会被延误很长时间，或者现在还没有开始。"卡森的"照片和那些政治领导人——那些总统们和总理们的照片一块悬挂在我办公室的墙上。它已经在那里许多年了，它属于那里。卡逊对我的影响与他们一样，甚至超过他们，超过他们的总和"。"卡逊的影响力已经超过了《寂静的春天》中所关心的那些事情。她将我们带回在现代文明中丧失到了令人震惊的地步的基本观念：人类与自然环境的相互融合。这本书犹如一道闪电，第一次使我们时代可加辩论的最重要的事情显现出来。""《寂静的

---

① Linda Lear: *Rachel Carson*, *Witness for Nature*, Henry Holt & Company, 1997, p. 473.

② Carol B. Gartner: *Rachel Carson*, Frederick Ungar Publishing, 1983, p. 28.

③ Philip Sterling: *Sea and Earth*: *The Life of Rachel Carson*, Thomas Y. Crowell Company, 1970, p. 187.

④ Paul Brooks: *The House of Life*: *Rachel Carson at Work*, Houghton Mifflin, 1972, pp. 227,316.

⑤ Carol B. Gartner: *Rachel Carson*, Frederick Ungar Publishing, 1983, p. 1, 87.

⑥ Roderick Frazier Nash: *The Rights of Nature*: *A History of Environmental Ethics*, University of Wisconsin Press, 1989, p. 78.

春天》播下了新行动主义的种子,并且已经深深植根于广大人民群众中。"卡森的"声音永远不会寂静。她惊醒的不但是我们国家,甚至是整个世界。《寂静的春天》的出版应该恰当地被看成是现代环境运动的肇始"①。《自然的经济体系:生态思想史》的作者唐纳德·沃斯特在1997年回忆起他第一次接触生态思想的情形时说:"我和其他许多人一样,从雷切尔·卡森的《寂静的春天》一书中,读到了她发自肺腑的控诉,控诉的对象是人类要控制和管理自然的毁灭性的倾向。同时,令我非常激动的是,从她和其他人的著作中,我知道了生态学这门新的学科。"②

卡森在美国民众心中占据着十分重要的地位。在美国,你可以很容易地找到不知道本国总统的人,却很难找到不知道卡森的人。从几幅在美国和西方主要报刊上刊登的漫画,我们可以感受到卡森对美国和整个西方民众的深刻影响。一幅画的是两个英国绅士指着一条狗的尸体套用卡森的观点说:"杰克给麦田喷了农药麦子做成了麦芽老鼠吃了麦芽猫吃了老鼠这条狗咬了猫。"另一幅画的是两位中年妇女在杂货店购物,其中一个对店员说:"听着,不要卖给我们任何雷切尔·卡森不买的东西。"还有一幅画的是一个主妇完全不给坐在餐桌旁的孩子任何蔬菜吃,面对丈夫的质问,这位主妇回答道:"如果我让他们吃蔬菜,我就必须不让他们看雷切尔·卡森。"有一幅画的是一只孤零零的螳螂,螳螂双手合十正在祈祷:"上帝保佑妈妈……保佑爸爸……保佑雷切尔·卡森吧!"③

卡森的生态哲学观已经成为许多环保组织的指导思想。以卡森命名的许多环保机构一直在推进卡森的未竟事业,其中最著名的当属"雷切尔·卡森联合会"。该组织推动了"绿色覆盖项目"和"野生动植物保护项目",其指导思想就来自《寂静的春天》——水、土地和地球的绿色覆盖造就了这个世

---

① Al Gore: "Introduction", Rachel Carson: *Silent Spring*, Houghton Mifflin, 1994, pp. xv—xxvi. 译文参考蕾切尔·卡逊:《寂静的春天》,吕瑞兰、李长生译,吉林人民出版社,1997年,前言第9—10、12、19、12页。

② 唐纳德·沃斯特:《自然的经济体系:生态思想史》,侯文蕙译,商务印书馆,1999年,第9页。

③ See the illustrations in Paul Brooks: *The House of Life*: *Rachel Carson at Work*, Houghton Mifflin, 1972.

界,支撑着地球上所有动物的生活。美国国家历史博物馆里有一个永久性展台——“雷切尔·卡森与环保时代”。展台上的电视不停地滚动播放着20世纪60年代初拍摄的卡森在哥伦比亚广播公司招牌电视节目“60分钟”上的谈话。每天都有许多人,特别是青少年学生驻足观看。

然而,由于卡森得罪了势利很大的利益集团,她也遭受了大量的无理指责和恶毒谩骂。布鲁克斯惊叹道:“也许自达尔文的《物种的起源》所引发的经典争论以来,没有一部书遭受过感到自身利益受到威胁的人如此激烈的攻击。”[1]全国农用化工协会、化工制造商协会以及几个巨型化工企业花费数十万美元,聘请与之有利害关系的科学家和科研机构,在各大媒体向卡森发起了声势浩大的攻击。卡森被扣上了许许多多的大帽子,如“情绪化的”“浪漫的”“夸大其词的”“危言耸听的”“不科学的”“非理性的、歇斯底里的、危险的”“自然平衡教的狂热维护者”……这些批评者许多人根本就没有认真读过卡森的作品,还有不少人则蓄意歪曲卡森的原意,说卡森要把人类带回“没有科学的黑暗的中世纪,害虫和疾病将再一次肆虐于人间”,称卡森要阻止科学技术和物质生产的发展,“而发展才是我们的头等大事”,因此“她的书比她所谴责的杀虫剂毒性还大”。“我们宁可住在没有鸟儿和动物的现代化城市,也不愿回到虎啸狼嚎、人穿兽皮的原始社会。”“没有鸟类和动物我们照样可以活,但是,正如当前疲软的市场所显示的,没有商业我们活不下去。”[2]事实上,卡森根本没有完全否定科学技术,甚至没有完全否定有副作用的化学杀虫剂,她只是要求人们在运用新科技时充分注意其副作用,特别是对生态环境和人类健康的危害;她只是在哲理层面论述了发展并非首要标准,而健康生存才是持续发展的必需前提,与自然万物和谐共存并保护好

---

① Paul Brooks: *The House of Life: Rachel Carson at Work*, Houghton Mifflin, 1972, p. 293.

② H. Patricia Hynes: *The Recurring Silent Spring*, Pergamon Press, 1989, pp. 17, 115—118, 127; Philip Sterling: *Sea and Earth: The Life of Rachel Carson*, Thomas Y. Crowell Company, 1970, pp. 174, 181; Carol B. Gartner: *Rachel Carson*, Frederick Ungar Publishing, 1983, pp. 103—105; Paul Brooks: *The House of Life: Rachel Carson at Work*, Houghton Mifflin, 1972, pp. 295—298; Linda Lear: *Rachel Carson: Witness for Nature*, Henry Holt & Company, 1997, pp. 409, 434.

整个生态系统才是最高标准。然而攻击者却完全无视这些。直到《寂静的春天》出版30年后的1992年，还有人在《纽约时报》上发表文章，攻击这本书纯属“一个女人对环境的想象的产物”，声称作者“不是任何一门学科的科学家”①。事实上，从《寂静的春天》出版以来，对这一作品及其作者的攻击从未停止过，有些攻击还非常恶毒、极其阴险，如诬陷卡森的著作是“旨在摧毁美国农业、工业和整个经济的阴谋”，如咒骂卡森“这个老处女居然对遗传还有那么大的兴趣”，如叫嚣“对那些不规矩的女人，要像对待混乱的自然那样严加控制”②。面对这些攻击，卡森的回答是：“如果我保持沉默，我将失去内心的平静。”③“就算能活到90岁，我也不会停止说我应当说的话！”④

卡森不仅要与滥用杀虫剂的利益集团斗争，而且还要与病魔斗争。早在1946年她就做过乳房肿瘤切除手术，1950年又切除了一次。在写作《寂静的春天》的最繁忙的时期，她的乳房又长了新的肿瘤。1960年她再次接受了切除手术，确诊为癌症并开始放疗。此后，卡森历经了许多次放疗的痛苦，头发也掉了很多，但病魔依然没有被彻底除去。她体内的癌细胞大范围地扩散，甚至扩散到骨头里，带给她难忍的疼痛，心脏病也一再发作。意识到自己的生命所剩无多，卡森以顽强的意志与死亡赛跑，与一切威胁和损害地球上生命的利益集团抗争。她出席总统科学咨询委员会和国会的听证会，她在哥伦比亚广播公司的电视节目上与生产DDT等农药的厂商发言人公开论战，她纵使坐着轮椅也要四处奔波发表演讲。她要把最后的精力全部献出。

卡森早期在研究和描写大海时，曾乐观地断言，不管人类怎样蹂躏自然，他们的破坏将在浩瀚的大洋边终止，因为大海是不可征服的。然而，晚年的她发现并公开承认了自己判断失误，从而也就更加剧了她对人类和整个地球之未来的忧虑：“我错了，即使是看来属于永恒的大洋，也不仅受到了

---

① Robert Fulford: “When Jane Jacobs Took onthe World”, *New York Times Book Review*, 16 Feb., 1992, p. 28.

② H. Patricia Hynes: *The Recurring Silent Spring*, Pergamon Press, 1989, pp. 18—19.

③ Paul Brooks: *TheHouse of Life*: *Rachel Carson at Work*, Houghton Mifflin, 1972, p. 228.

④ Linda Lear: *Rachel Carson*: *Witness for Nature*, Henry Holt & Company, 1997, p. 394.

人类的威胁，而且几乎被人类掌握在毁灭性的手中。”[1]意识到并承认了这一点的卡森，内心的痛苦和绝望达到了顶点。她一生迷恋的大海、她最崇敬的自然，竟然无可避免地成为由人类这个可怕巨人随意摆布的玩物！她的理想、她的价值观，竟然全都变成失去了基础的、岌岌可危的空中楼阁！卡森坦率地说，“我发现，对于作为自然爱好者的我来说，一切有意义的东西全都受到威胁。”“我关闭心灵——拒绝承认我不能不看到的事实。然而，这毫无用处。”经过一段痛苦的心理斗争，卡森做出了最后的选择：知其不可为而为之！“我一定要履行我庄严的义务做我所能做的一切——如果连尝试都不做，那我面对自然将永无幸福可言。”[2]正因为如此，晚年的她才放弃了关于地球的过去、我们周围的大气、重建对自然的好奇等好几本书的写作，把所有精力投入到杀虫剂一类的现实问题上，才“明知会引发一场另一种形式的战争还义无反顾地写出真相”[3]，才以大无畏的勇气和坚忍的意志与破坏生态、污染环境的社会势力做殊死的搏斗。卡森就是这样从一个内向、文静、充满诗情画意的文人，转变成一个坚忍不拔、奋斗不息的战士。对于人类，这固然是件好事；但对卡森本人，却是最残酷、最痛苦的悲剧——是心灵深处发生的惨痛悲剧导致她这个弱小的女人做出了这样孤注一掷的抉择。

1964年4月14日，卡森在马里兰州银泉镇(Silver Spring)病逝。正如她自己所说的那样，她“最终归于大海——归于神圣的大洋，归于大洋里的海流，仿佛永远流动的时间之河，由始及终，由死到生”[4]。在意识到自己将不久于人世的时候，卡森给她晚年最亲密的女友多萝西·弗里曼写过一封美丽而平静的信，充分表明了她对自己生命即将结束的看法和态度——

最难忘的是那些黑脉金斑蝶，那些从容不迫地扇动着小翅膀一只

---

① Carol B. Gartner, *Rachel Carson*, Frederick Ungar Publishing, 1983, p. 120.

② Paul Brooks: *The House of Life: Rachel Carson at Work*, Houghton Mifflin, 1972, pp. 233, 10, 13.

③ Frank Graham, Jr.: *Since Silent Spring*, Houghton Mifflin, 1970, p. 40.

④ Paul Brooks: *The House of Life: Rachel Carson at Work*, Houghton Mifflin, 1972, p. 327.

接一只向西方飘飞的黑脉金斑蝶,每一只都被无形的力量所引导。咱们曾讨论过它们的迁徙,讨论过它们的生命历程。它们还会回来吗?咱们认为不会,无论怎样都不会了,这是它们生命的最后旅程。

今天下午我又一次回忆起那令人愉悦的景观,想到了咱们在谈到它们一去不复返的时候都没有悲伤。无论哪一种生命抵达生命循环的终点,我们都理所当然地视之为自然的结局。

这就是那些轻盈飞舞的小生命今天给我的启示。我从中发现了一种深沉的愉悦——那么,我能希望你也这样吗?①

第二节 酷爱自然、欣赏自然、感悟自然

卡森对大自然充满了深情厚谊。她研究自然,是因为她爱自然并且能够以此加深她对自然的爱;她一生为保护生态而斗争,其主要动因也是她对自然的爱。她不仅终生陶醉于自然美,陶醉于与自然万物的沟通交流,是一个杰出的自然美欣赏者和表现者;而且她还特别擅于感悟自然,发现、理解并传达出自然所蕴涵的博大而深刻的意义。

卡森是一个写得很慢的作家,平均一天才写五百字。这不仅与她很高的艺术要求有关(她的作品每一句话都要经过反复朗读这一修改关,令人想起福楼拜),而且与她以科学研究的态度和方法对待每一个描写对象有关。卡森在下笔时,很少使用普通读者不懂的科学术语,她使用的是富有象征性、意象性和节奏感的文学语言;但在写作开始前的素材收集和资料占有阶段,她的做法与标准的科学研究完全一样:尽最大努力穷尽性地占有和研究前人的相关科研成果。她绝不能容忍任何违反科学的描写,她要求自己必须"打下不可动摇的科学基础"②。写作《寂静的春天》之前,她不仅将当时所

---

① Linda Lear: *Rachel Carson: Witness for Nature*, Henry Holt & Company, 1997, p. 458.

② Frank Graham, Jr.: *Since Silent Spring*, Houghton Mifflin, 1970, p. 32.

有有关杀虫剂之副作用的研究文献全部收集在手，而且还就所有重要问题给居住在世界各地的数百名有关科学权威写信请教。她所占有的文献小山般地堆得比她还高。她附在书后的索引竟达55页之多，其中许多内容只有生物学家才能理解。正因为如此，她赢得了科学界的普遍赞誉。这样的创作是绝大多数文学家所无法做到的，正如其作品的艺术性和哲理性是绝大多数科学家无法企及的一样。人类历史上出现了许许多多杰出的文学家和科学家，但像卡森这样将科学与文学完美结合起来的奇才却十分罕见。所以著名生态作家梯尔在他主编的《绿色文库》一书里断言：像卡森这样把科学与艺术完美结合，“是极其困难的，甚至是不可企及的”[①]

也正是基于这一点，加特纳才在《雷切尔·卡森》一书里称卡森“超越了所有以科学为题材的文学家”，“凭借独一无二的天才，将琐碎沉闷、令人入睡的科学研究材料熔炼成诗情画意的作品”，将科学与文学真正融合成“一门单一的艺术”，从而使她成为“最杰出的作为艺术家的科学家”[②]。著名生物学家海尔德尔在阅读了《我们周围的大海》后赞叹道：“一个严肃的、有思想的作家竟然将科学的神奇和大海的美丽如此出色地同时展现！”[③]对此，卡森自己的解释是：“科学的目的在于发现和显示真理，而文学的目的，我以为，也是如此，无论是传记、历史还是小说，文学与科学是不能分开的。”她又说：“如果说我的关于大海的书有诗意，那绝不是我有意赋予的；而是因为，假如非要把诗意的部分删除，就没有人能够真实地写出大海。”她认为，仅仅靠理性去分析、靠实验去研究，还不能真正理解自然。她多次表述自己更为重视自然的诗意、神奇和美丽：“我真正摆在第一位的并非‘纯粹’或抽象的科学，而是享受自然的美丽与神奇，这才是最为重要的。”[④]在《海的边缘》的前言里她写道：“要理解海岸的生命，光罗列分析那些生物是不够的。只有

---

① Eduin Way Teale, *Great Treasury*、*A Journey Through the World's Great Nature Writing*, Dodd, Mead & Company, 1952, p. 28.

② Carol B. Gartner: *Rachel Carson*, Frederick Ungar Publishing, 1983, pp. 2—3.

③ Mary A. McCay: *Rachel Carson*, Twayne Publishers, 1993, p. 50.

④ Paul Brooks: *The House of Life: Rachel Carson at Work*, Houghton Mifflin, 1972, pp. 128, 124.

当我们伫立在海边用心去感受那刻画大地、造就岩石和沙滩形状的悠远的生命韵律,只有当我们用耳朵捕捉那为了获得生存立足点而不屈不挠、不惜代价抗争的生命节拍;我们的理解才能真正到来。”①

卡森有着极其深刻的海洋情结,这种情结可以一直追溯到她的童年和她的大学时代。卡森曾这样回忆自己大学生活难忘的一个夜晚:“多年以前的一个夜晚,风雨撞击着我大学宿舍的窗户,突然,丁尼生的独白诗《洛克斯利厅》里的一行诗在我的脑海里燃烧起来——‘大风卷起飞向大海,于是我也启程。’我依然能记得那行诗激起的强烈的情感反应,它似乎在给我指出一条奔向大海的道路——尽管我还没有见过大海,似乎在预示我命中注定将以某种方式与大海联系在一起。”她在接受美国国家图书奖的演讲中明确表示:“对大海的痴迷以及对大海之神秘不可遏止的好奇,从很小的时候就成为我生命的一部分。”②

卡森自己说:“我在生命的大部分时光里关注地球的美丽和神秘,关注地球上生命的神奇。”③卡森经常伫立在海边、林中,最大限度地开放她的感官,去感受自然。她长时间地站在没膝的海水里,注视着小鱼在她的腿边掠过,那些银色的小生命让她激动得热泪盈眶。她曾经在缅因州冒着严寒长时间地观察海鸟,被冻得全身麻木,最后被人背离海边。她经常要用显微镜观察海洋微生物,工作结束之后,哪怕是在深夜,她也要拎起小桶、打着手电,小心翼翼地走过盖满藤壶的礁石,把那些小生灵送回家。带前来拜访的朋友去看海,是卡森最喜欢的款待朋友方式。她经常与多萝西一起,在退潮后钻进海边岩洞探访生命的奥秘。甚至在生命垂危之际,她还执着地请求多萝西:“你能否帮助我在八月的月光下、潮水最低之际,找一个仙境般的岩洞?我依旧渴望着再试一次,因为那种记忆太珍贵了。”④

在卡森的作品里,随处可见这样美妙奇特的自然景象——

---

① Rachel Carson: *The Edge of the Sea*, Houghton Mifflin, 1983, p. 1.

② Paul Brooks: *The House of Life: Rachel Carson at Work*, Houghton Mifflin, 1972, pp. 18, 127—128.

③ Ibid., p. 324.

④ Linda Lear: *Rachel Carson: Witness for Nature*, Henry Holt & Company, 1997, p. 456.

一阵试探性的微波，又是一阵，最终海潮奔腾着扫过整个海滩。水洼里的居民苏醒了——蛤在泥水里打着转儿；藤壶张开了壳，有节奏地筛着水；沙蚕警觉地伸展着触角，浅浅的水洼里绽开一朵朵色彩亮丽的花朵。(《海底》)①

突然，丝绸一般的水面被千万只小鼻子拱出无数个小酒窝，千万只小鱼急切地向岸边荡去，激起阵阵涟漪，水面堆起了数不清的皱纹。那是小鱼群贴着水面游动，像千万支银针穿梭交织，搅乱了平静的海面。继而，鲱鱼开始跃出水面，它们仿佛总是在你注意不到的地方出现，你永远搞不清楚下一条鲱鱼会在哪里无所顾忌地打着转跳出水面。它们似乎从这样的跳跃中获得快乐，用迅疾的一跃挑衅那奇诡而有敌意的物质：空气。(《我记忆中的小岛》)②

[鱼群]有时宽达一英里，长达数英里。白天，海鸟注视着它们向大陆的方向流动，仿佛乌云飘过绿海；夜里，它们搅起无数会发光的浮游生物，好似滚滚铁水注入大洋。……长途奔袭的鲭鱼群终于按时赶到了沿岸海域，卸下了它们负担已久的卵和精。于是，鱼群的尾流变成了由无数透明小球组成的宽阔并不断延伸的生命之河，其壮美唯有万点星光组成的银河堪与比拟。(《海风下》)③

苍鹭不动声色地站在水里，长长的脖子向后弯曲到了肩部，把那细长的喙缩近并保持平衡，以便突然刺出，捕获从它的长腿边游过的鱼儿。……目光锐利的苍鹭发现了那条狂奔的胭脂鱼，猛地一刺，将鱼横夹在喙上，接着仰起头把鱼向空中一甩，头朝下坠落的鱼正好被苍鹭张

---

① Paul Brooks: *The House of Life: Rachel Carson at Work*, Houghton Mifflin, 1972, p. 24.

② Ibid., pp. 91—92.

③ Rachel Carson: *Under the Sea Wind*, The New American Library of World Literature, Inc., 1955, p. 60.

开的嘴接住，吞下。(《海风下》)[①]

> 这是一个隐藏在岩洞里的水潭，只有在潮水降到一年里的最低点，岩洞才会露出，难得的短暂拜访才能实现。也许正因为如此，它才显得特别的美。……在澄清如玻璃的水下，铺满了绿色海绵。成块的灰色海鞘在洞顶闪闪发亮，聚居在一起的软珊瑚呈现出淡杏色。在我朝洞内探看之际，一只小精灵海星拖着一条极细的线(也许是它的一只管足)降了下来，直降到它的倒影，于是，一幅精美的构图展现，玻璃水面出现了两只小海星。……从洞顶悬挂下来的还有管状水螅淡粉色的管顶花，那花朵像银莲花一般精细而有穗边。这里的生物精巧得仿佛非真似梦，它们的美脆弱得仿佛无法在巨大压力激荡的世界存在。(《海的边缘》)[②]

卡森认为，自然界里充满了奇迹，许多奇迹并非发生在人迹罕至的地方，而是就在我们的身边。人们之所以不能发现自然的奇妙，除了人过于自大、把自然仅仅当作工具和对象化的自我等思想观念的影响之外，还因为许多人的感官已经尘封、麻木，感觉能力已经退化。只有怀着强烈的好奇心和真诚的爱，忘我地甚至是无目的地感受自然，不断开发人的感觉潜能，人们才能感悟到越来越多、越来越奇特的自然美。卡森指出:"孩子的世界是新鲜而美丽的，充满着好奇与激动。不幸的是，我们大多数人还没到成年就失去了清澈明亮的眼神，追求美和敬畏自然的真正的天性衰退甚至丧失了。假如我能够感动据说保佑所有孩子的善良仙女，我将请求她送给世上每一个孩子一份礼物，那就是永不泯灭的、持续一生的好奇，作为一种持续不断的免疫力，用以抵抗未来岁月里的乏味、祛魅，抵抗那些虚假而枯燥的先入之见，抵抗背离我们力量本源的异化。……我真诚地相信，对于孩子以及想

---

① Rachel Carson: *Under the Sea Wind*, The New American Library of World Literature, Inc., 1955, p. 12.

② Rachel Carson: *The Edge of the Sea*, The New American Library of World Literature, Inc., 1966, pp. 12—13.

要指导孩子的父母来说，'知道'不及'感受'一半重要。如果说事实是将来产生知识和智慧的种子，那么，情感和感官印象就是这种子发芽成长必需的沃土。"[①]卡森还指出，不仅要永葆好奇，还要尽可能忘却自我，忘掉社会化强加给我们的种种面具和伪饰。"当我们带着太多人类生存的装饰走进海洋世界的大门，我们的耳朵就会失聪，听不到大海高尚庄严的声音。"[②]

在自然美和自然界奇迹的感悟过程中，聆听是极其重要的一个环节。卡森说过，在她对自然界的所有兴趣中，聆听自然的声音，是让她最着迷、最满足的一种兴趣。她的作品里生动优美地描写了种种天籁之音：

> 最让我魂牵梦绕的是一只我叫他为摇铃小精灵的蟋蟀。我始终没有找到他——其实我并不确定自己是否真的想找到他。他的声音，他那发出声音的身体，是那么缥缈、那么精致，那么像来自另一个世界，就算我整夜整夜地寻找也不可能找到。
>
> 聆听着他在金盏花丛中摇铃般的低吟，你不可能把思绪集中于自然史上那些冷冰冰的事实。你的大脑也许会告诉你这不过是雪树蟋蟀的叫声，你也非常努力地去想这一无可否认的事实；但你依然要把他当作小精灵，除此之外无法考虑别的枯燥事实。那声音真的就是来自一个最小的精灵用小手摇动的小铃铛——时而是难以描述的清脆，银铃一般，时而隐约模糊、若隐若现，幽灵一样……(《感悟奇迹》)[③]

> 半睡半醒地躺在码头上，仅凭耳朵就能很好地感受鸟儿。……头顶上柔和的"呼拂、呼拂"声一定来自一只海鸥扇动的翅膀，它那么近地掠过我，都能够清楚地听见空气划过它翅膀羽毛的表面发出的声响。海鸥振翼的声音是干燥的，而刚从水里钻出来的鸬鹚的水花四溅的振翼声是湿漉漉的，鸬鹚接着又猛扎进海水，在我身边掠过时的声音，就

---

① Paul Brooks: *The House of Life: Rachel Carson at Work*, Houghton Mifflin, 1972, pp. 201—202.

② Ibid., p. 219.

③ Ibid., pp. 85—86.

好像落水狗在甩干自己。(《我记忆中的小岛》)[①]

对自然美的欣赏,激发了卡森丰富而奇特的艺术想象和深刻而独到的哲理思考。每一次走进大自然,她都会"获得新的对自然美和深刻意义的理解,更多地体验到生物之间以及生物与其环境之间复杂的生命交织"[②]。卡森既是自然的诗人,也是自然的哲人。

那是一个小岛,大约一英里长半英里宽。朝向大陆的这边,耸立着一道深绿色针叶林墙,墙脚是黑色、密实的岩石,墙顶是云杉树尖,在天空划出一道错落有致的曲线。树墙上看不到任何缝隙,没有道路穿过小岛树林的迹象,没有引诱人们进入的豁口。……日落时分,沉寂了一天的小岛开始焕发勃勃生机。林中可见各种黑色的大鸟在翻飞,嘶哑的叫声令人想象到一群原始爬行怪物将泅渡过来……上半夜,小岛笼罩在神秘感之中,令人越发希望进一步探究它,知道那黝黑的云杉墙背后究竟藏着些什么。会不会有一片阳光被锁在林中空地?还是从这边到那边全是密不透风的树木?也许全是树,因为每天晚上传来的小岛之音,都是隐居其中的森林之灵——鸫鸟清晰美妙的歌声。每当暮色朦胧,它们银铃般的、间歇而又有节奏的声音就不可抗拒地飘然跨海而至。那优美而含义幽深的歌声仿佛并非只咏叹现在,还在讴歌超越其自我记忆的远古的落日,穿越时空,抵达其原始祖先知晓此地的蛮荒时代……(《我记忆中的小岛》)[③]

夜晚的黑暗拥有了海水、空气和海滩。这黑暗是古老世界的黑暗,

---

① Paul Brooks: *The House of Life*: *Rachel Carson at Work*, Houghton Mifflin, 1972, pp. 92—93.

② Rachel Carson: *The Edge of the Sea*, The New American Library of World Literature, Inc., 1966, pp. 11—12.

③ Paul Brooks: *The House of Life*: *Rachel Carson at Work*, Houghton Mifflin, 1972, pp. 89—90.

> 早在还没有人类之前……那时候海滩上还没有其他能被看见的生命，除了一只小小的螃蟹在附近爬行……这样一种奇怪的感觉占据了我的心，我进而第一次意识到每一种生物都有属于它自己的世界，第一次懂得了生存的本质。在这一静止的时空里，我所属的那个世界已不复存在，我好像一个来自外层空间的旁观者。这个与大海相伴的小螃蟹此刻成为所有生命的象征，既象征着生命的精细、脆弱、易被毁灭，又象征着生命力与严酷的现实环境相抗争的惊人的顽强。（《海的边缘》）①

> 凝视着海边丰盈的生命，某些超出我们理解力之外的普遍真理正透过这些生命向我们传达着信息，而我们会因为无法准确把握这些信息而产生不安与困惑。夜晚的海边那一簇簇硅藻闪烁着微光，这信号向我们传达着什么信息？大片大片的藤壶带着它们的寄居者盖满并染白了礁石，里面的每一个小生命都从扑向它们的阵阵海浪里找到其生存必需品，这又表达着什么样的真理？那些微小的生命，比如那一缕缕像大海的花边似的透明原生质，它们存在的意义何在？究竟是什么我们不能理解的原因导致它们以无法计数的数量规模存在于岩石之间和海岸草丛之中？这些蕴意困扰着我们甚至难倒了我们，然而，恰恰是在对其意义的探索中，我们接近了生命本身的终极神秘。（《海的边缘》）②

自然美在卡森心目中占据着最高的位置。卡森曾经说过："努力拯救生命世界的美丽始终在我心灵中占有最高的位置，这颗心灵对所有摧残这种美丽的愚蠢无知、野蛮残忍的行径充满了愤怒。"③为了美丽的自然和自然的美丽，卡森决心奋斗一生。

---

① Rachel Carson: *The Edge of the Sea*, The New American Library of World Literature, Inc., 1966, p. 14.

② Ibid., p. 216.

③ Paul Brooks: *The House of Life: Rachel Carsonat Work*, Houghton Mifflin, 1972, p. 13.

第三节 生态思想

卡森作品的历史意义和社会价值主要在于它们所蕴涵的生态哲学思想。卡森的作品之所以引发世界范围的强烈反响,绝不仅仅因为她揭示了几种杀虫剂对生物和人类的危害,激怒了一些利益集团,也不仅仅由于她艺术地向世人展示了自然界的美丽和神奇;更主要是因为卡森"质疑了我们这个技术社会对自然的基本态度"[①],揭示出"隐藏在干预和控制自然的行为之下的危险观念"[②],"警告人们缺乏远见地用科技征服自然很可能会毁掉人类生存所有必需的资源,给人类带来毁灭性的灾难"[③]。总之,卡森试图从根本上改变人们原有的自然观,促使他们建立起全新的生态思想。这才是她取得巨大成就、产生深远影响的深层原因。

卡森最重要的生态思想是其生态整体观。著名生态文学研究专家劳伦斯·布伊尔特别指出了这一点。他认为,卡森超越了人类中心的自然观,她是从生态整体的宏观的立场出发来审视和表现自然的。在她的作品里,"没有主人公,没有人物性格",有的只是"在生态整体观影响下所展现的环境共同体",以及这个共同体所包含的大地、水、植物和野生动物。在卡森看来,要解决生态危机问题,必须在"整个共同体的层面、在全球主义的责任义务的层面进行,针对整个环境系统,而不是局部的特殊问题"[④]。

早在1937年发表的《海底》里,卡森就提出了贯穿她全部作品始终的生

---

① Mary A. McCay: *Rachel Carson*, Twayne Publishers, 1993, p. 80.

② Paul Brooks: *The House of Life: Rachel Carson at Work*, Houghton Mifflin, 1972, pp. 293—294.

③ 这是美国艺术与文学院在宣布卡森入选该院院士时对卡森的评价。See Philip Sterling: *Sea and Earth: The Life of Rachel Carson*, Thomas Y. Crowell Company, 1970, p. 193.

④ Lawrence Buell: *The Environmental Imagination: Thoreau, Nature Writing, and the Formation of American Culture*, Harvard University Press, 1995, p. 294; Craig Waddell: *And No Birds Sing: Rhetorical Analyses of Rachel Carson's Silent Spring*, Southern Illinois University Press, 2000, p. 185.

态整体论思想:大自然是一个严密的大系统,任何一种生物都与某些特定的其他生物、与其生存的环境有着密切的不可人为阻断的关系。破坏了其中任何一个环节的联系,必将导致一系列关系的损坏甚至整个系统的紊乱。卡森以海底生物之间及其与环境之间的关系为例解释道:“海水接受了来自大地和天空的简单物质,将它们储存起来;春季阳光的照射使海水的能量越积越多,直至唤醒沉睡的植物;植物充满活力的生长为饥饿的浮游生物的生长繁殖提供了充足的食物;浮游生物又成为鱼群的捕食对象;所有这一切,最终都将在大海所需要的不可抗拒的法则作用下,再次融解为组成它们的基本物质。单个物体都将消失,只能以某种物质不灭的方式一次又一次地在不同的化身里重现。”①海底如此,大地上也同样。1938年,在一篇文章里卡森又阐述了人类与野生生物以及生态系统里所有物种的关系:“野生生物的减少关系到人类的命运,这个不容忽视的事实正在被人们认识。三个世纪以来,我们一直忙于打破自然的平衡,抽干沼泽,砍伐林木,犁除草原植被。野生生物正在被毁灭。然而,野生生物的家园也是我们的家园。”②

在《寂静的春天》里,卡森再次重复了这一核心思想:“地球上的植物是生命大网络的一部分,一种植物与其他植物之间、植物与动物之间有着密切的、不可分割的关联。……如果我们还打算给后代留下自然界的生命气息,就必须学会尊重这个精美细致但又十分脆弱的自然生命之网,以及网络上的每一个联结。”③“我们不能只要其中的一些,而用强力压抑、消灭、扭曲、改变另一些,因为那样一来我们必将影响和毁坏更多的东西,包括我们所喜好的东西……我们必须明白这些后果。”④“自然界任何东西都不是单独存在的。”“地球的淡水就是一个大的系统,所有在地表流动的水,都含有曾经是地下水的部分。污染了一个地方的地下水,实际上就是污染了所有的水。”“水系统被污染,意味着地球上所有生物都要受到污染。”⑤卡森的所有作品

---

① Rachel Carson: “Undersea”, *Atlantic Monthly*, Sept. 1937, p. 325.

② Linda Lear: *Rachel Carson: Witness for Nature*, Henry Holt & Company, 1997, p. 92.

③ Rachel Carson: *Silent Spring*, Houghton Mifflin, 1962, p. 64.

④ Carol B. Gartner: *Rachel Carson*, Frederick Ungar Publishing, 1983, p. 107.

⑤ Rachel Carson: *Silent Spring*, Houghton Mifflin, 1962, pp. 51, 42.

都在告诫人类,我们必须学会从整个自然系统及其内在规律看问题,必须以生态系统的整体利益为终极尺度来衡量自己,来约束自己的活动。

在自然这个大系统里,人类只是一个部分,是巨大的生命链条中一个环节。正因为如此,像所有生态哲学家一样,卡森坚决反对支配了人类意识和行为达数千年之久的"人类中心主义"(Anthropocentrism)。她指出,"犹太—基督教教义把人当作自然之中心的观念统治了我们的思想",于是"人类将自己视为地球上所有物质的主宰,认为地球上的一切——有生命的和无生命的,动物、植物和矿物——甚至就连地球本身——都是专门为人类创造的"[①]。人类中心主义所导致的无知和狂妄,最明显地表现在人类征服和统治自然的叫嚣和行径中。令卡森特别愤慨的是,无论她和其他生态学家如何痛心疾首地呼吁,这种征服自然的行径仍然盛行,而且还愈演愈烈。"我们还在使用'征服'这个词。我们还没有成熟到懂得我们只是巨大而不可思议的宇宙的一个小小的部分。人类对自然的态度在今天显得尤为关键,原因很简单,就是因为人类具备了能够改变并摧毁自然的决定着整个星球之命运的能力。然而,既然人是自然的一部分;那么,它的反自然的战争必然也是针对自己的战争。"[②]人类能力的急剧膨胀,"是我们的不幸,而且很可能还是我们终极的悲剧。因为这种巨大的能力不仅没有受到智慧的调节,而且还以不负责任为其标志。只有很少人意识到人是自然的一部分,意识到征服自然的最终代价就是毁灭人类自己"[③]。卡森坚定不移地认为,只有放弃人类中心主义思想和征服、统治自然的权利,才能真正拯救这个星球和属于它的所有生命。

转变人们对自然的认知方式和认知角度,是生态哲学主要的认识论主张。人类把自己摆在世界的中心并以自身利益为衡量万物的尺度已经有好几千年了。人们早已习惯于仅仅从人的角度,而且往往是人的眼前利益的

---

① Rachel Carson: "Of Man and the Stream of Time" (commencement address, Scripps College, Clarement, Calif., 1962), Carol B. Gartner: *Rachel Carson*, Frederick Ungar Publishing, 1983, p. 120.

② Paul Brooks: *The House of Life: Rachel Carson at Work*, Houghton Mifflin, 1972, p. 319.

③ Linda Lear, *Rachel Carson: Witness for Nature*, Henry Holt & Company, 1997, p. 407.

角度去认识和评断世界上的一切。然而，如果人们超越了这一认知视域的局限，便能很容易地发现人类在与自然的关系方面，有许多观念和行为是有缺陷的，甚至是荒谬的。从亨特的《鱼、人和精灵》到夏目漱石的《我是猫》再到艾特玛托夫的《断头台》，许多作家的创作都证明了：人类应当学会从其他物种的角度，进而从整个生态系统的角度看问题。这甚至已经成了人类建立新的自然观的前提条件。①

《海风下》突出地表现了卡森从其他生物的视点看世界这一她从小就形成了的认知方式。这是一部叙述体的散文作品。全书三部分，分别以一只黑撇水鸟、一只鲐鱼和一只美洲鳗为中心视点进行叙述，此外还以多种海洋生物的角度观察自然现象。卡森因她采用了这种写法而兴奋不已："我成功地变成了矶鹞、螃蟹、鲐鱼、美洲鳗和另外好几种海洋动物！"幸福的喜悦溢于言表，因为她在整个写作过程中像返回了童年时光一般地与小动物们妙不可言地融为一体。写作过程的美妙感觉其实早在写作之初就已由认识角度的选择而决定。那时（1938 年 2 月）卡森就决定："整本书必须用叙述的方式写……鱼和其他生物必须是中心'人物'，它们的世界必须写得栩栩如生、可摸可触……不必让任何人类形象进入，除非是从鱼儿们的视点观察到的那些掠夺者和毁灭者。"②

看看那些毁灭者都做了些什么吧。这只叫安瑰拉的雌性美洲鳗与她的同伴一起，从毕特尔湖出发，向遥远的大洋深处游去。她的旅程漫长而充满危险，特别是在那霸道的人类经常撒下拖网的河道和海域。可是安瑰拉必须冒着生命危险奋力前游，因为她必须"游到大西洋最深的深渊，在那没有一丝光线的黑暗之乡生下她的后代，完成她作为母亲的使命。孩子们长大一点后，就要开始它们自己的游回毕特尔湖之旅；而她则会安详地死去，再一次化成海水，就像她当初从那片海水生成一样。……对安瑰拉来说，大洋深处的那片没有光、声响极其微弱、没有人类监视的海水，蕴藏着生命和希

---

① 见王诺：《外国文学——人学蕴涵的发掘与寻思》，科学出版社，1999 年，第六章"外国文学里的人与自然"。

② Mary A. McCay: *Rachel Carson*, Twayne Publishers, 1993, pp. 30, 25.

望,蕴藏着世界的灵魂"[1]。然而,无数的安瑰拉们在朝圣之旅的中途就被人类捕获了,杀死了,吃掉了,连同她们满腹数不清的小生命!难道就非要在这个季节捕杀她们,难道就非要把这一生命链条最要害的一环斩断?让那片神圣的生命之水从此以后没有生命,没有希望!

卡森对人类疯狂蹂躏自然的行为给予了严厉抨击。在美国国家图书奖1952年获奖作品《我们周围的大海》里,卡森写道:"不幸的是,人类留下了他作为大洋岛屿之毁灭者的最黑暗的记录。在他所踏足的岛屿里,几乎没有一个没发生过灾难性的变化。他以砍伐、开垦、焚烧摧毁了环境,又将对岛屿生态危害极大的山羊、老鼠等陆地动物带到岛上……岛屿的生物大灭绝的黑暗终于降临了。"海岛的生态系统是非常脆弱的,经不起人类的野蛮折腾。即使是一次沉船事件都可能使附近岛屿上的生命灭绝。卡森举罗得豪岛(Lord Howe Island)为例说,在不长的一段时间里,"鸟儿的天堂变成了荒凉的地狱,甜美的乐曲变成了一片死寂",而导致这个灾难的原因竟然是附近沉没了一条船,船上的老鼠游到岛上定居,然而小岛上的鸟儿根本没有抵御老鼠吞噬鸟蛋和雏鸟的能力!在卡森看来,毁灭了一个又一个美丽岛屿的那些人,像极了这些硕鼠![2]

卡森对人类脱离自然的文明提出了质疑和批判:"人在他自己发明的人造世界里走得太远了。他用钢筋混凝土造就了城市,把自己与大地的真实、水的真实和发芽的种子的真实隔离开来。陶醉于对自身力量的良好感觉中的人类,看来正在毁灭自己和世界的实验道路上越走越远。"[3]晚年的卡森不断强调真正的文明是与自然万物和谐相处的文明,她断言没有哪一种"文明能够既对生命发动残酷的战争而又不摧毁自身、不丧失文明的资格"[4]。"只关心人与人的关系的文明绝不是真正的文明。重要的是人类与所有生命的关系,而这种关系在我们的时代被悲剧性地忽视了,在这个时代里,我们正在利用技术向自然界开战。是不是任何文明都要这样做?是不是要坚持所

---

① Rachel Carson: *Under the Sea Wind*, Dutton, 1941, p. 256.

② Rachel Carson: *The Sea around Us*, Oxford University Press, 1989, pp. 93—94.

③ Linda Lear: *Rachel Carson: Witness for Nature*, Henry Holt & Company, 1997, p. 221.

④ Ibid., p. 439.

谓文明的这种权利？这是值得追问的真问题。默许不必要的破坏自然，无视自然饱受磨难，人类的精神就会沦丧。"①

卡森反对人们在对待人和对待其他生物这两个方面持双重标准。她指出，滥杀动物意味着对所有生命的蔑视，很可能进而导致人间的暴力和杀戮。"无论是以人还是动物为牺牲品——我们都无法指望这个世界变得更好。在这两个方面不能有双重标准。在那些以杀戮生物为乐的人群当中，我们不能得到和平。任何炫耀和容忍这种愚蠢的杀戮之乐的行为，都将导致人性的退化。"②

卡森敏锐地意识到，征服自然与征服人有着密切的联系，破坏自然美与人的精神沦丧有着密切的关系。她指出："长期栖居在自然的美丽和神秘当中，没有人能够不深入地思考，不追问那些往往是没有答案的问题，不努力获得某些哲学的理解。……我相信，在任何个人或任何社会的精神发展过程中，自然美都占有不可或缺的地位。我相信，无论在什么时候，只要我们毁掉了自然美，只要我们用人造的、手工的东西取代了自然物，我们都会在一些方面阻碍人类精神的发展。"③

人类对自然的责任是卡森特别强调的一个基本观点。作为人类的一分子要对全人类负责；作为生物的一分子要对所有生命负责；作为自然的一分子要对整个地球负责。作为这个星球上最有智能、最有力量、受益最大、权力最大同时破坏性也最大的物种，人必须对所有生物的生存和整个地球的存在负起责任。在《我们周围的大海》里她呼吁道："一个负责任的人类应当把大洋里的岛屿当作宝贵的财富来对待，当作载满了美丽而神奇的造物杰作的自然博物馆来呵护。它们的价值是无法用金钱来衡量的，因为在这个世界上没有任何一个其他地方可以复制它们。"④

早在1953年，卡森就提出了与当今的生态发展观十分类似的观点："国

---

① Paul Brooks: *The House of Life: Rachel Carson at Work*, Houghton Mifflin, 1972, p. 316.

② Ibid., pp. 8—9.

③ Ibid., pp. 324—325.

④ Rachel Carson: *The Sea around Us*, Oxford University Press, 1989, p. 96.

家真正的财富是地球的资源——土壤、水、森林、矿藏和野生动植物。既要为当代人的需求而利用它们,又要为后代人的生存确保资源,这就需要在最全面的研究之基础上制订一套周密平衡的、可持续的计划。"[①]卡森认为,美国的富裕文化和消费文化是竭泽而渔式发展的重要原因之一。她警告道:"我们大多数人至今仍然相信我们的国家会永远富裕……这是一个让普通美国人感到舒服的梦。然而,这却是一个荒谬的梦,一个危险的梦。"[②]卡森的这一观点不仅与当今世界对可持续发展的基本界定一样——可持续发展是"既满足当代人需要,又不对后代人满足其需要的能力构成危害的发展"[③],而且还强调了生态平衡与可持续性。这种强调实际上为发展设定了必要的限制,那就是:发展绝非无限的,不能无限度地满足当代人的所有需要,限度就是能够保持生态平衡和能够保证人类的永续存在。卡森的发展观已经超越了可持续发展观,并与当代的生态发展观相吻合。由此我们可以看出卡森的远见和超前。

卡森的好朋友和编辑布鲁克斯(《寂静的春天》这个书名就是他建议的)对她的发展观有明确的认识,他指出:"实际上,她所质疑的不仅是滥用有毒农药,更是工业化和技术化社会在本质上对自然界不负责任。她绝不同意这样一种假设,即毁坏自然是'发展'不可避免的代价。"[④]

美国学者塔拉·彼得森和马科斯·彼得森对卡森的发展观作了深入的研究。他们指出,卡森"提出了一个经过修正的发展观",她"并没有要求她的读者拒绝发展,而是多角度、系统地重新界定发展"。她认为发展并非一个"经济学术语",不能仅仅局限于经济发展,也不能仅仅局限于环境与经济发展的矛盾及其解决之道。在卡森看来,人类的发展之主要目标不是经济不断增长,不是物质不断丰富,而是人性中善良因素的不断加强,是人格的

---

① Paul Brooks: *The House of Life: Rachel Carson at Work*, Houghton Mifflin, 1972, p. 155.

② Linda Lear: *Rachel Carson, Witness for Nature*, Henry Holt & Company, 1997, p. 137.

③ 世界环境与发展委员会:《我们共同的未来》,国家环保局外事办公室译,世界知识出版社,1989年,第19页。

④ Paul Brooks: *The House of Life: Rachel Carson at Work*, Houghton Mifflin, 1972, p. 293.

不断完善;而要实现这样的发展或进步,除了在人类社会内部弘扬正义、公平、良知之外,还必须建立、保持人类与自然平等、和谐、友好的关系,没有这样的友好关系,不仅人的身体健康会受到影响,人的心理健康和人格的完善同样也会受到伤害,“与自然作战不可能使人性得到健康发展”。因此,人与自然的和谐关系的恢复与重建,就成了真正的发展的必要条件之一。卡森的这种发展观是有其哲学基础的。卡森认为,“发展的目的应当在理论上修正为:发现自然的真理”,而自然的真理既包括自然界的活动规律,也包括作为自然一部分的人的本质属性。她坚信,人的本质的自然属性是“与其他生命形式共处,而不是与其作对”,“人从本性上喜好自然物而不是技术构建物”。人的任何社会属性都是在此基础上建立起来的,都不应当与此相悖逆。[①]

卡森的生态思想是人类宝贵的财富。研究卡森的思想、记取卡森的忠告,当代人才有可能真正从生态危机的困境走出来,重建生态平衡,与整个地球和地球上的所有生命一起持续存在下去。

让我们再听听卡森晚年的忠告和呼吁吧:

> 我们现在已经来到一个岔路口,究竟是选择另一条艰难的拯救之路,还是继续加速度地在这条看来平坦的超级公路上奔跑,直到灾难性的尽头?
>
> 但愿人类能够随着时间长河的滚滚向前而有所长进。你们这一代必须与自然和谐相处。你们这一代必须直面现存的环境问题,而不是无视或逃避它们。你们将勇敢而严肃地承担起你们对自然的重大责任,同时也是光荣的使命。你们将进入一个新的时代,在那个时代里,整个人类都要面对挑战——过去从未遇到过的最严峻的挑战。[②]

---

① Tarla Rai Peterson and Markus Peterson:“Ecology According to Silent Spring's Vision of Progress”, Craig Waddell: *And No Birds Sing*: *Rhetorical Analyses of Rachel Carson's Silent Spring*, Southern Illinois University Press, 2000, pp. 79, 82, 98, 85, 101.

② Carol B. Gartner: *Rachel Carson*, Frederick Ungar Publishing, 1983, pp. 100, 121.

从1970年开始,就有人把卡森称为“现代环境运动之源”,有人更称她为“圣雷切尔”。[①] 但愿人类真的能够记住这位伟大的“绿色圣徒”的忠告,勇敢而严肃地承担起对自然的重大责任。

---

① Craig Waddell: *And No Birds Sing: Rhetorical Analyses of Rachel Carson's Silent Spring*, SouthernIllinois University Press, 2000, p. 207.

附录二

爱德华·艾比研究[1]

爱德华·艾比(Edward Abbey,1927—1989)是一位特立独行的美国小说家和散文家,一个对环境运动影响极大又极具争议性的生态文学作家。他一生多数时间都生活在美国西南部的沙漠里,自称沙漠里的仙人掌,叫“仙人掌爱德”(Cactus Ed)。他是一株多刺的仙人掌,激烈地批判美国和整个西方的反生态文化,毫不留情地挖掘出导致人类生态危机的思想文化根源;他还是一株有着巨大存储量的树形仙人掌[2],饱含丰富的生态思想。诚如著名的生态文学研究者斯洛维克所指出的那样,艾比最重要的贡献不在于“激发了‘地球优先!’那样的大众环保运动”,而在于其作品所蕴涵的更深层和“更普适的”生态思想。[3] 艾比的生态思想为当今人类

---

① 本文选自王诺:《生态与心态》,南京大学出版社,2007年,第53—102页。

② 树形仙人掌(Saguaro, or Saguaro Cactus),生长在美国西南部沙漠地区的一种巨型仙人掌,呈树形,一般的树形仙人掌有5抱之粗、30英尺之高,大的可达50英尺之高。

③ Scott Slovic: *Seeking Awareness in American Nature Writing*, University of Utah Press, 1992, p. 103.

认真反思以往的发展和发展观、确立新的科学的发展观,进而消除生态危机、健康生存和持续发展,提供了急需的、很有借鉴意义的思想资源。

20世纪80年代以来,随着生态危机愈演愈烈,学界和普通读者对艾比的兴趣越来越强,艾比成为生态批评或文学与环境研究最主要的对象之一,在"文学与环境研究会"(ASLE)的年会和其他生态文学研讨会上,艾比的思想和创作是学者们的一个主要话题。安·罗纳德(Ann Ronald)的《爱德华·艾比的新西部》(*The New West of Edward Abbey*,1982),是最早的、具有里程碑意义的艾比研究专著。1992年,生态文学研究的代表人物之一、内华达大学英文系教授斯各特·斯洛维克(Scott Slovic)在其专著《美国自然书写的意义探寻》(*Seeking Awareness in American Nature Writing*)里,用了一章的篇幅专论艾比。1994年,第一部艾比评传问世,即小詹姆斯·毕晓普(James Bishop, Jr.)的《一位沙漠无政府主义者的墓志铭:爱德华·艾比的生活与遗产》(*Epitaph for a Desert Anarchist: The Life and Legacy of Edward Abbey*)。同年,戴维·彼得森(David Petersen)编选的《野蛮人的告白:爱德华·艾比日记选,1951—1989》(*Confessions of a Barbarian: Selections from the Journals of Edward Abbey, 1951—1989*)出版,为艾比研究提供了重要的文献。一年以后,丹尼尔·佩恩(Daniel Payne)也在其生态批评专著《荒野的呼声:美国的自然书写与环境政治》(*Voices in the Wilderness: American Nature Writing and Environmental Politics*, 1995)里专章讨论了艾比。1998年,第一部艾比评论集《迷宫里的郊狼:在语词世界里追踪爱德华·艾比》(*Coyote in the Maze: Tracking Edward Abbey in a World of Words*)出版,编者是彼得·奎格利(Peter Quigley)。2001年,印第安纳大学英文系教授詹姆斯·M.卡哈兰(James M. Cahalan)出版了他的专著《爱德华·艾比的一生》(*Edward Abbey: A Life*),这是论者所掌握的最新研究成果。天下远见出版公司在2000年出版了艾比两部散文作品的中译本:《沙漠隐士》(唐勤译)和《旷野旅人》(简淑雯译)。海南出版社2003

年出版了李瑞、王彦生、任帅的译本《孤独的沙漠》[1]。从2004年开始，论者率厦门大学人文学院中文系的几位研究生，开始对艾比进行深入具体的研究。

---

① 对Desert Solitaire的翻译，我所见到的有两类：一是李瑞等人的译法（"孤独的沙漠"），此外，程虹在其《寻归荒野》（生活·读书·新知三联书店，2001年）里译为"大漠孤行"，赵白生在其文章《生态文学三部曲》（《世界文学》2003年第3期）里译成"孤寂的大漠"。把solitaire当作一个形容词并做孤独或孤寂解是有问题的。solitaire这个词，基本上只能看作一个名词，只有在一种情况下它可以与主要作为形容词的solitary相通，即在古法语里（源自拉丁语）。二是唐勤的译本《沙漠隐士》（天下远见出版公司，2000年）。译成"隐士"从字面上看虽然不错，solitaire确实有"隐士、遁世者、独居者"的含义，但很容易使读者将其与中国古代的隐士联系起来，而艾比这位生态文学作家到沙漠独居与古代中国隐士的归隐，在目的、思想、情绪、意义等方面完全不同。

我自己曾经把此书译为"珍贵的沙漠"。之所以这样译，是因为solitaire作为名词的主要含义之一是指单一的一块宝石或钻石，还因为我细读全书后发现艾比在书中反复强调荒漠对人类的重要性，荒漠是人类文明的重要的组成部分，人类不能离开沙漠而健康生存，而且，艾比反复说他独自一人在沙漠里并不孤独，相反非常快乐（这一点和梭罗很类似）。鉴于这些情况，我觉得全书的中心意旨是强调沙漠（作为未受人类破坏的自然原生态的象征）对于人类和文明的重要性，作为意译的书名可以在"沙漠宝石"之直译的基础上进行释意。"沙漠宝石"保留了原文名词加名词的结构，而且是一个很美、很有诗意的象征：如果我们从高空看下来，那片闪光的沙漠不正像一块镶嵌在大地上的宝石吗？此外书名不应该有孤独或孤寂的含义。事实上，我以前已经做了一些解释："人不仅仅有衣食住行等基本需要，还有更高层次的、也是确保了人之所以为人的精神需要、人格需要和审美需要。要满足这些需要，就应当控制人的物质层面的欲望，使生活尽量简单化，更重要的是，还必须经常重返未被人类改造和破坏的、原始状态的自然，而沙漠就是其中的一类。正是从这个意义上说，沙漠是极其珍贵的，是一块巨大的宝石。"（见拙著《欧美生态文学》，北京大学出版社，2003年，第147页。）

在对艾比做了更为深入的研究之后，我觉得还是翻译成"沙漠独居者"或"荒漠独居者"更为准确。我找到了一些足以证明艾比最初意思的证据：早在这本书出版的10年前，艾比开始计划这部书的写作时，就决定要用"solitaire"做书名的核心部分（James M. Cahalan: *Edward Abbey: A Life*, The University of Arizona Press, 2001, p. 102.）。在1963年元月的一篇日记里，艾比又谈到这本书的构思，并且给这本书命名为"沙漠里的独居者（日记）" *Solitaire in the Desert* (*a journal*) (David Peterson (ed.): *Confessions of a Barbarian: Selections from the Journals of Edward Abbey, 1951—1989*, Little, Brown, 1994, p. 185.)，很明显，这里也是把Solitaire当名词用的。他要表达的意思就是"在沙漠里的独居者"。同理，艾比在1987年发表的散文"River Solitaire"也应当翻译成《河上独居者》。

第一节 生平与创作

1927年1月29日,艾比生于宾夕法尼亚州印第安纳镇。父亲保罗和母亲米尔德里德一共生了五个孩子,艾比是长子。艾比的母亲是小学教师,擅长音乐,弹得一手好钢琴和风琴,还是教堂唱诗班的领唱。艾比后来回忆道:"每天晚上,她把我们这些小家伙弄上床后……就开始弹钢琴——肖邦、德彪西……很老的圣歌等,而我们就在柔和的钢琴声中慢慢入睡。从那时起,我就成了音乐的爱好者。"①母亲对艾比更为重要的影响是她酷爱自然,特别是没有被人类破坏的自然。她经常到野外步行,跋山涉水穿越树林是她最喜爱的运动。艾比的父亲是个工人,身材高大结实,做过牧场帮手、磨坊工人、矿工等。他性格开朗,情感外露,尽管一生都生活得很艰难,但脸上总是挂着笑容。他是个好歌手和口哨高手,喜欢一切有趣的事。他虽然很早辍学,但一生都在不断地自学。文学上他最爱的是惠特曼。他经常给艾比念《草叶集》1855年版序言里的一段话:"这是你应当做的:爱大地、爱太阳、爱动物,蔑视富贵,给予任何需要者以帮助。……重审学校、教堂或任何一本书告诉你的一切,并消除其在你心灵里留下的不良影响。"②惠特曼的名言"很多反抗,很少顺从"(resist much, obey little)是保罗也是他儿子艾比的信条。在哲学上,艾比的父亲信仰马克思主义。在宾州最保守的乡镇,保罗是最坚定的社会主义者。艾比的弟弟霍华德这样描述父亲:"反资本主义,反宗教,反流行观念,反酗酒,反战以及反任何不同意他的人。"③艾比后来谈到过父母对他的影响:"我母亲米尔德里德·艾比教会我热爱音乐、艺

---

① James M. Cahalan: *Edward Abbey: A Life*, The University of Arizona Press, 2001, p. 5.

② James Bishop, Jr.: *Epitaph for a Desert Anarchist: The Life and Legacy of Edward Abbey*, Maxwell Macmillan, 1994, p. 63.

③ James M. Cahalan: *Edward Abbey: ALife*, The University of Arizona Press, 2001, p. 7.

术和诗歌，我父亲保罗·艾比教会我仇恨非正义、蔑视权威和为无声者代言。”[1]

父亲的影响在艾比很小的时候就显现出来。在主日学校，他质疑《圣经》所描述的摩西分开红海海水出埃及。当老师坚持说那事情的确发生而又给不出令人信服的理由时，小艾比愤而跺着脚冲出学校。上小学时的一天，艾比和弟弟过马路时，一辆汽车违章停在斑马线上，艾比竟然爬过那辆汽车再过了马路，让车里的司机惊讶得目瞪口呆。艾比特立独行的性格很早就形成了。在学校里他是很孤独的学生，很少与别的同学来往，也没有几个很要好的朋友。高中阶段艾比阅读了大量的文学作品，包括海明威、沃尔夫、刘易斯等人的作品。艾比最早发表的文章是一篇反希特勒的评论《美国与未来》(America and the Future，1941)，最早发表的小说是《另一个爱国者》(Another Patriot，1942)，都发表在他所上高中的校报上。

美国西部的大自然是艾比一生的最爱。这一深刻而持久的感情不仅来自母亲言传身教，而且还得益于大量观看西部电影。1975 年他对《出版家周刊》说："我总是被西部风光强烈地吸引，主要原因就是那些电影。"[2]上高中的时候，艾比就开始了自己的西部旅行——搭便车旅行。1944 年夏天，他独自一人搭便车、爬火车，从宾州一直旅行到西雅图，又顺着海岸南下到旧金山、加州沙漠、北亚利桑那，直至新墨西哥州。艾比在日记里写道："在西部辽阔大地的天际线、六十英里开外、炽热和明朗的天空下，落基山脉的山顶依然白雪皑皑，传奇变成眼前的现实。不可思议的美，就像男孩第一次看见裸体的女孩，那群山的景象拨动了我心底想象的琴弦，发出的声音我至今还能听见。"[3]

搭便车旅行，是艾比家所有男人的酷爱。父亲保罗和四个男孩都有过不少这种经历，妹妹南希还因此特别嫉妒她的兄弟。艾比喜欢自己独自出

---

① James M. Cahalan: *Edward Abbey: A Life*, The University of Arizona Press, 2001, pp. 24—25.

② John F. Baker: "Edward Abbey", *Publishers Weekly*, Sept. 8, 1975, p. 6.

③ Edward Abbey: *The Journey Home: Some Words in Defense of the American West*, Dutton, 1977, p. 1.

游,1944年弟弟霍华德曾请求艾比带他一起搭便车旅行,艾比断然拒绝道:"没门!我自己去。"弟弟又问为什么,艾比的回答是:"因为,老实说,你让我烦。"[①]艾比所在高中的校刊以头条文章连载艾比的旅行记,并配以耸人听闻的大标题"凭借灵巧使用的大拇指,艾比旅行了8000英里"。艾比在文章的一开头这样写道:"大约在七月末,我开始感到脚下发痒,那种瘙痒症既不能诊断为脚癣,又不是因为长期不使用肥皂和水。那是因为漫游欲,单纯而简单。于是我决定采取行动,果断的行动,因为在免费教育中活动过度的上下颚应当被要求付出一个月的牺牲。两天后我将一把牙刷和一个笔记本装进小旅行包里,沿着费城街走了几个街区,走到街的最西端,然后朝着华盛顿州西雅图的方向开始了我的搭便车之旅。"[②]从这段轻松的描述里可以看出,艾比幽默的风格在高中阶段就已经形成。1944—1945年间,艾比还写过一些文章,描写他深夜畅游密西西比河、搭便车到黄石国家公园夜晚聆听野狼嚎叫等经历。

1945年夏,高中毕业的艾比开始了他的两年服兵役生活,体检时他的身高是六英尺多(1米83左右)。经过短期训练,他被派往意大利的那不勒斯,担任过军中文职人员和军中巡警,获得过二战胜利奖章等奖励。期间艾比还去过瑞士、奥地利等国。1947年艾比退役,先后在印第安纳州师范学院和新墨西哥大学就学。大学期间他认真阅读了梭罗的作品。艾比自己说过,他的生活和创作"受到梭罗重大的影响"[③]。在新墨西哥大学,艾比爱上了一位比他高一年级的女同学琼·施梅策尔。琼与他有很多相同的爱好,喜欢同样的作家、艺术家,都酷爱旅行。1950年夏艾比与刚刚毕业的琼结婚,然而这场婚姻很快就出了问题。琼认为艾比太不安分,艾比说他俩从结婚之初就没断过吵闹。结婚不到一年两人就分居了,而在此之前艾比又与一位学艺术的女生丽塔·迪尼恩相恋。1951年7月,艾比以优异的成绩毕业,获得哲学与文学学士学位并获得为期一年的富布莱特奖学金,资助他到爱丁

---

① James M. Cahalan: *Edward Abbey: A Life*, The University of Arizona Press, 2001, p. 29.

② Ibid., p. 31.

③ Ibid., p. 37.

堡大学学习研究生课程。为了挽救他们的婚姻，琼辞去了工作，和艾比一起前往爱丁堡。在爱丁堡大学琼从艾比与丽塔充满激情的通信中发现了丈夫的婚外情。绝望的琼愤而回国，并很快给艾比寄来离婚文件，结束了他们的为期一年半的婚姻。对这场短暂的婚姻，艾比后来有过反思："我欠她太多。"她是"一个非常好的女孩"，而他则是个"恶棍"。艾比还对"出轨"的原因作了分析，结论是"我爱的是陷入情网本身"(I love to be in love)[①]，他热衷的只是爱本身和爱的状态，而不是付出艰苦努力去维持婚姻。

1952年6月，在完成了爱丁堡大学的学习以及两度前往欧陆(法国、西班牙、瑞典等国)旅行之后，艾比回到美国，与丽塔相会。同年11月，他与丽塔结婚。婚后丽塔继续在新墨西哥大学艺术系读研究生，而艾比则开始了他持续一生的与环境保护相关的工作。艾比一生为美国森林局和国家公园局做过很多野外工作，第一次就是从1953年5月开始的护林工人工作。有人觉得，对于一个文学和哲学高材生来说，干这种粗活很下贱；但艾比却乐此不疲，他尽情享受着森林深处的艰苦生活。不过，艾比也曾经动过当一名学者的念头。他曾在1953年夏末到耶鲁大学做过继续深造的尝试，但很快他就放弃了。"那时候，有两个星期……我产生了学术野心，想当一个哲学教授……但没多久，我被一门关于象征逻辑的课程吓坏了。那是门必修课，而我发现自己完全不能理解。"他反感学术研究的"去魅"(disenchantment)，他不喜欢耶鲁的教授和同学。他在日记里写道："我想当一个作家而不是学者；我必须选择而且我已经做出了选择。……我将放弃耶鲁。有一种内在声音——一种感觉在呼唤我：我的愿望和我的学问在别的地方，在甜蜜的空气里，在开阔的天空下，在广袤的世界里，在我的朋友和土著人那里，在旷野里，在运动和历险中。"回归自然的内心呼声、象征逻辑让他产生的沮丧、耶鲁大学学习生活所引发的反感、耶鲁灰色的建筑和纽黑文更灰暗的街道带给他的低落情绪，驱使艾比返回西南部，返回新墨西哥州阿尔布开克。"我

---

① James M. Cahalan: *Edward Abbey: A Life*, The University of Arizona Press, 2001, p. 48.

及时地退了学,并要回了我的学费。”[①]

1954年初,艾比的第一部长篇小说《乔纳森·特罗伊》(*Jonathan Troy*)发表,但并不成功,《纽约时报》甚至说这个新人的新作是“恶心交响曲”[②]。艾比后来承认这部作品是“幼稚的、天真的、笨拙的、做作的”,是“新人的一次明显的失误”[③]。或许是因为第一部小说的失败,或许是受妻子丽塔在新墨西哥大学获得硕士学位又前往普林斯顿大学、布朗大学继续深造的刺激,艾比又一次返回学校学习。从1954年秋季开始,艾比一边工作一边在新墨西哥大学攻读哲学专业的硕士学位。其间他研读了政治学、存在主义哲学、东方哲学(包括儒、道、佛和印度教哲学)、英国小说和美国文学。

1956年艾比有两个成果诞生。一个是他的儿子乔舒亚,另一个是他的第二部小说《勇敢的牛仔》(*The Brave Cowboy*)。小说描写了一个名叫伯恩斯(Jack W. Burns)的青年。他读了太多西部小说,看了太多西部电影,产生了自我幻觉,于是独自骑马外出当牛仔,穿越公路,在广告牌之间、空中纵横交错的电话线之下寻找冒险经历。为了营救好朋友邦迪,伯恩斯独自与警察和军队作战,他甚至还击落了一架军用直升机;但是伯恩斯最后却在横穿杜克城外的一条公路时,被一辆满载现代抽水马桶的大卡车意外撞死。艾比研究专家毕晓普分析道:“这里的象征是清楚而生动的:专横的官僚制度无法完成的,被以现代卡车装载的现代厕所设备为象征的、没有意识的现代技术完成了。新西部不遗余力地摧毁以伯恩斯这个人物为代表的老西部的价值。艾比告诉我们,在现代文明社会里,把自由视为最高价值的、无政府主义的往昔牛仔没有立足之地。”[④]这部表现当代美国社会的堂吉诃德式的作品很有特色,比《乔纳森·特罗伊》成熟了很多,人物塑造和情节编排俱

---

① David Peterson (ed.): *Confessions of a Barbarian: Selections from the Journals of Edward Abbey, 1951—1989*, Little, Brown, 1994, p. 111.

② James Bishop, Jr.: *Epitaph for a Desert Anarchist: The Life and Legacy of Edward Abbey*, Maxwell Macmillan, 1994, p. 96.

③ David Peterson (ed.): *Confessions of a Barbarian: Selections from the Journals of Edward Abbey, 1951—1989*, Boston: Little, Brown, 1994, p. 114.

④ James Bishop, Jr.: *Epitaph for a Desert Anarchist: The Life and Legacy of Edward Abbey*, Maxwell Macmillan, 1994, pp. 98—99.

佳。好莱坞的制片商也看中了这部小说,决定把它搬上银幕。然而,艾比依然没有因此而成名。

1956—1957年,艾比在拱石国家公园担任季节性管理员。每年工作6个月,从4月到9月;每周工作5天,从星期五到星期二。任务是为游客提供讲解、导游、救援等帮助,并在这个沙漠公园内巡逻,保护自然景观。艾比非常喜爱这份工作,因为它为他提供了长时间独居沙漠、亲近荒野的机会。在这段时间里,艾比写下了大量的“沙漠日记”。这些日记成为他的成名作《沙漠独居者》的主要素材。丽塔有时也来拱石国家公园住一阵子,1957年夏天还带来他们的儿子。一家三口住在艾比的活动房屋内。

1959年5月,艾比的第二个儿子艾伦出生。6月份,艾比和好友拉尔夫·纽科姆一起,漂流科罗拉多河,穿过格兰峡谷。河上漂流是艾比儿时就有的梦想,那时候他父亲经常对他说,“每一个男子汉都得去河上漂流”[①],而最吸引艾比的大河就是格兰峡谷里的科罗拉多河。这次历时两周的冒险之旅,是艾比一生最重要的体验之一。他在日记和《沙漠独居者》里对此进行了生动具体的描写。几年之后,格兰峡谷大坝开始蓄水,所形成的巨大水库淹没了千百万年形成的险峻,艾比所看到和体验到的峡谷激流不复存在了。艾比后来多次重游格兰峡谷,每次面对高塔一般的大坝和遮蔽天然美的巨型水库,他都痛心疾首。他在日记里写道:“如果大坝被拆除,格兰峡谷能够恢复原初的美吗?”[②]“它已消失——但还能恢复。这个大坝绝对应当拆除!”[③]

1959年8月,艾比通过了硕士论文答辩。他的学位论文的题目是“无政府主义与暴力道德”(Anarchism and the Morality of Violence)。艾比为完成这篇论文所进行的历时数年的研究,对他的非暴力无政府主义,特别是他后来的生态防卫思想的形成有着至关重要的意义。艾比以前一直对马克思

① Edward Abbey: *Down the River*, Dutton, 1982, p.4.

② David Peterson (ed.): *Confessions of a Barbarian: Selections from the Journals of Edward Abbey, 1951—1989*, Little, Brown, 1994, p.114.

③ James M. Cahalan: *Edward Abbey: A Life*, The University of Arizona Press, 2001, p.108.

主义的暴力革命理论、对无政府主义暴力反抗不正义的政治制度和司法制度的思想情有独钟。艾比始终认为,仅仅依靠政府,仅仅靠和平的、非暴力的和法律的手段,不能有效地消除政治和司法制度上的非正义;但是他不能接受无政府的暴力对无辜生命的伤害。那么,在什么情况下、在何种限度内的暴力抗争是可以接受的呢?可以说,艾比正是带着这种疑惑,并为了打消这种疑惑而进行这一选题研究的。在论文里,艾比论述了戈德温、普鲁东、巴枯宁、克鲁泡特金、索列尔等人的思想,考察了无政府主义者的一系列暴力行动,其中包括1887年芝加哥秣市爆炸(the 1887 Haymarket Bombing)以及暗杀沙皇、德国皇帝、法国总统、美国总统麦金利等事件。艾比指出,尽管托尔斯泰和甘地的行动表明无政府主义者可以是非暴力主义者,但事实上大多数无政府主义者的确是与革命暴力密切相关的。艾比的结论是:无政府主义者对暴力的辩护是不能令人信服的。即使动机是正义的甚至高尚的,以人为对象的无政府主义的暴力抗争依然是不能接受的,因为它所造成的伤害远远大于其积极作用。在恐怖主义猖獗的21世纪,越来越多的人意识到:无论有什么理由,无论出于怎样良好的动机,无论是为了多么高尚远大的理想,我们都不能接受以残杀无辜者为代价的恐怖主义暴力行动。在当代语境下,重温艾比的这种以不伤及生命为限度的所谓无政府主义的反抗观,人们可以更真切地感受到他的思想的深刻性和超前性。

尽管这篇论文没有涉及环境问题,但已经为艾比在20世纪七八十年代区分恐怖主义和生态性有意破坏奠定了理论基础。学者毕晓普深知艾比的这段学术研究经历的重要意义。他把艾比称作"沙漠无政府主义者",指出:"对艾比来说,无政府主义不仅仅具有学术研究意义;他相信这一思想可以发展成一个严肃的运动,以拯救这个他所爱的,但却在欲望铺就的、终点是毁灭的、技术—工业主义之路上越滑越远的国家。"[1]通过这一研究,艾比对无政府主义、特别是其危害性有了更为系统而明确的认识,更加坚定地反对以人、特别是无辜的人为对象的暴力行为,即使那种暴力行为的目的和理想

---

① James Bishop, Jr.: *Epitaph for a Desert Anarchist: The Life and Legacy of Edward Abbey*, Maxwell Macmillan, 1994, p. 87.

是正义的;同时他仍然坚持,无政府主义所主张的以某些超越现行不合理法律的方式进行正义的反抗有其合理性,特别是在通过法律手段无法达到目的的情况下。但是,所有非政府的、超越现行法律的反抗必须有一条基本的道德底线,那就是:任何正义的反抗都不能危害人的生命安全,特别是无辜者的生命安全。确定了这个底线,他以后所提倡的生态防卫才有了基本前提和不可逾越的限度。

1962 年,《勇敢的牛仔》被拍成电影《勇者孤独》(*Lonely Are the Brave*)。同年,艾比的第三部小说《山上的火》(*Fire on the Mountain*)出版。作品讲述了一个名叫沃格林(John Vogelin)的牧场主拒绝把他的牧场出卖给政府作导弹发射场的故事。这是一个紧张的、对抗性很强的故事,情节的戏剧化与人物的性格化和对新墨西哥州自然风光充满诗意的描写有机地结合起来。不过,艾比的生活并未因此而得到改善,他的人生甚至进入了一个最黑暗、最贫困的阶段。电影公司只给了他区区 2300 元改编费。另一部小说《黑日》(*Black Sun*,1971)被麦格劳—希尔出版公司退稿,愤怒的艾比称这次退稿注定会成为"出版界自西蒙和舒勒出版公司拒绝出版《新约全书》以来最大的错误决定"[①]。这一年,艾比失去了与沙漠和大自然有关的工作,只好到东部找丽塔,与妻子和两个孩子住在新泽西州的霍伯肯,并先后在一家电气公司和一个福利组织打工。远离自然、远离他心爱的沙漠,艾比感到十分沮丧,而他和丽塔的关系也出了问题。艾比的好友霍金斯回忆去霍伯肯拜访艾比的情景时说:"他穿着一件快磨烂了的棕色花呢夹克。他完全不适应那里的环境。他看上去糟糕透了,无精打采,他恨那个城市。"[②]在 1962 年 10 月 20 日的日记里艾比写道,他要住在"明亮开阔的西南部",而不是这"冒着烟的钢铁沼泽"。他要做"人的工作",用他的双手和他的身体,在"野外的空气中和阳光下"工作,而不是"整日坐在头上悬压着天花板的办公室里,领

---

① David Peterson (ed.): *Confessions of a Barbarian: Selections from the Journals of Edward Abbey, 1951—1989*, Little, Brown, 1994, p. 174.

② James M. Cahalan: *Edward Abbey: A Life*, The University of Arizona Press, 2001, p. 88.

带勒紧脖子,身边是一大群不断传递纸张和按压电话键的中年男人"[1]。他希望妻子孩子与他一起离开这里到西南部去,然而他发现他做不到,他无法说服丽塔。

1964年下半年,又一个女人进入了艾比的生活。她叫朱迪·佩珀,是艾比的同事。朱迪年轻、温柔、真诚,喜欢艾比,更重要的是她也渴望到西部生活,愿意和艾比一起离开城市。1964年3月,艾比希望丽塔和他一起做一次河上之旅,丽塔拒绝了。1965年夏,艾比决定到峡谷地国家公园做管理员,请求丽塔和他一起去,再次被丽塔拒绝。绝望的艾比在日记里写道:"现在我唯一的希望就是朱迪了——甜甜的可爱的朱迪。"[2]他当天晚上就打电话邀请正在亚利桑那州参与一个调查项目的朱迪。朱迪8月初来到峡谷地国家公园与艾比相会。当月25日,艾比与丽塔离婚。10月,艾比与朱迪结婚。丽塔后来在绘画与雕塑领域相当成功,成为内华达大学艺术教授,并与一位医生结合。艾比和丽塔的婚姻失败主要在于两人都把自己的兴趣和追求置于婚姻之上。

从1965年12月到1966年4月,艾比在佛罗里达州埃弗格莱兹国家公园任管理员。接着,从1966年6月开始,艾比又在加州拉森火山国家公园任山火瞭望监察员。这份工作带给艾比极大的快乐。生活在高高的瞭望塔里(海拔8045英尺),整天面对着美不胜收的原始山林和壮丽的火山,不时还有可爱的新妻子陪伴,艾比感到无比幸福。1968年,他们的女儿苏珊娜出生。

1968年是艾比一生的重大转折点。这一年他最著名的散文作品《沙漠独居者》由麦格劳-希尔出版公司出版。《沙漠独居者》是艾比的散文代表作。它带给艾比巨大的声誉和源源不断的收入。像梭罗把两年多的湖畔生活浓缩成一年写出《瓦尔登湖》一样,《沙漠独居者》也是由艾比多年的沙漠生活经历浓缩而成的。其中最主要的是1956—1957年间两个为期半年的拱石国家公园管理员经历,此外还有1950年、1959年和1965年艾比的其他历

① David Peterson (ed.): *Confessions of a Barbarian: Selections from the Journals of Edward Abbey, 1951—1989*, Little, Brown, 1994, p. 179.

② Ibid., p. 194.

险。艾比一生都酷爱沙漠。他曾经这样表达他的这种爱："我从看到它的第一眼起就爱上了它。沙漠，所有沙漠，任何一处沙漠。无论我的头和脚在哪里，我的心都留在沙漠，留在那纯净的、真实的、舒适的岩石上。"[①]没有这种持久而深刻的自然之爱，就不可能有《沙漠独居者》的成功。

《沙漠独居者》震撼了许许多多美国人。《一个沙漠无政府主义者的墓志铭》的作者，著名作家小詹姆斯·毕晓普这样叙述他第一次接触《沙漠独居者》的情形："那是 1969 年的一天。当时，环境运动还处于初始阶段。一个从新墨西哥州来的青年走进我在华盛顿特区《新闻周刊》的办公室，递给我一本已经翻烂了的、被水浸过的书。那就是《沙漠独居者》。他告诉我，这是他在犹他州认识的一位公园管理员写的。他指着我办公室里一沓沓的政府文件和满书架的出版物对我说：'忘了那些吧，读读这个，如果你想知道美国正在发生什么。'打那以后，我没有错过任何一本艾比写的书。"[②]《沙漠独居者》在美国和世界环境运动史上具有重要的地位。20 世纪 60 年代是环境运动兴起和高涨的时代。1962 年卡森的《寂静的春天》发出的环保第一声很快被越战和反越战的声浪淹没，《沙漠独居者》在 1968 年再次将环境运动浪潮掀起，紧接着是 1969 年国会通过《联邦环境政策法案》以及 1970 年 4 月的第一个"地球日"，环境主义最终走向前台，引起全美国和全世界的关注。在这个进程中，艾比的《沙漠独居者》发挥了重大的作用。

艾比终于成功了，各种报刊纷纷采访他或向他约稿。艾比渴望成功，但绝对不愿意为了追求功名而改变自己融入自然的生活方式，他继续当他的国家公园管理员；他也绝对不愿意为了功名而改变自己的观点和坦率表达自己观点的性格。1969 年 12 月 5 日，在一次宴会上，印第安纳旅游促进局向艾比颁发"形象大使奖"。看着那奖章，艾比咧嘴笑了起来，似乎表示那玩意儿对他来说一文不值。接着，他把那奖章往桌子上一丢，就像随手丢一本杂志一张名片，然后说道："你一定知道我不相信专业旅游。"他告诉那些官

---

① James Bishop, Jr.: *Epitaph for a Desert Anarchist: The Life and Legacy of Edward Abbey*, Maxwell Macmillan, 1994, p. 35.

② Ibid., p. xiii.

员和商界人士,如果他们真的想为印第安纳做点好事,就别搞什么旅游局甚至旅游。这就是艾比一生的风格:始终活在自己的信仰里,决不为别人所左右,纵使让别人难堪或不快。对于那些与他的信念相同的社会活动,艾比则带着极大的热情积极地参与,比如 1970 年 4 月 22 日第一个"地球日"活动。艾比在那次活动中发表了演讲,抨击破坏生态的公司,声援保护环境的行动。

1970 年 7 月,艾比的第三任妻子因患严重的白血病去世。在朱迪生命的最后两周里,艾比一直陪伴在她身边。1971 年,艾比在图森市的一所高中演讲时,被一个美丽的、身材修长苗条的 16 岁女学生爱上了。艾比自己也很快坠入了爱河。那个女高中生名叫蕾妮·唐宁。1974 年 2 月,刚满 18 岁的蕾妮与 47 岁的艾比结婚。她的父母都比艾比年轻。

1975 年,艾比最著名的长篇小说《有意破坏帮》(*The Monkey Wrench Gang*)问世。所谓"有意破坏"(monkey wrench),又称为"生态性有意破坏"(ecosabotage,或 ecotage),指的是这部小说所描写和提倡的以生态保护为目的以不伤害当事人人身安全为限度的"有意破坏"活动。小说叙述了主人公海都克(George Washington Hayduke)和他的三个志同道合的朋友以有意破坏的方式阻止人们破坏生态平衡的故事。25 岁的海都克是特种兵出身,越战退伍军人,曾在越南丛林里作战了两年,又在越南的监狱里被折磨了一年。回到美国后他发现,他魂牵梦绕的家乡已经变得面目全非,自然界的美丽已经丧失殆尽:大力神洲际导弹基地几乎把家乡小城包围,到处都是工地,到处都是巨型推土机,到处都是垃圾场,冶金厂、化工厂、水泥厂排放的有毒气体笼罩在家乡上空,条条公路和高压电线在沙漠身上切下道道伤痕,巨型水坝将河流拦腰斩断,自由而可爱的动物踪影全无……难道他浴血战斗、忍受折磨为的就是这些?于是,他决定将全部热情和精力投入到生态保护之中,与所有破坏环境、掠夺资源、盲目开发的势力抗争。他明知这种抗争非常非常困难,明知结果很可能只是杯水车薪,但依旧决心倾其所有力量和生命为"让自然保持原样"(to keep it like it was)而抗争。[1] 海都克他们捣

---

[1] Edward Abbey: *The Monkey Wrench Gang*, J. B. Lippincott Company, 1975, p. 19.

毁推土机，拔掉勘探桩，割断电线，炸断桥梁……最惊人的行动是试图用装满炸药的船只炸毁重达79万吨、耗资7.5亿美元建成的格兰峡谷大坝(小说出版时大坝已经建成13年)。毫无疑问，他们的行动激起了开发商和国家机器的愤怒，他们被称作"机器谋杀者"(the murder of a machine)、"生态袭击者"(eco-raiders)，一直处于被通缉、被追逐状态。即便如此，这四个生态行动主义者，特别是海都克，依然为他们的理想不懈地奋斗着。这四个人组成的生态保护小团体，不仅是"有意破坏者"之帮，而且是"理想主义者之帮"(the band of idealists)①。

与以往所有的生态文学作品不同，也与艾比以前的作品不同，这部作品不是通过展现自然的神奇和美丽来吸引人们去亲近自然，而是表现和呼吁人们为了保护生态而采取直接的、激烈的抗争行动。艾比有两句经常被引用的名言，一句是"荒野的观念并不需要保护，它唯一需要的是荒野保护者"②，另一句是"感受而没有行动，是对心灵的摧残"。这些话既是他对读者的忠告，也是他自己切身的感受。艾比为自己没有足够勇气亲自参加海都克那样的激烈抗争而经常自我批判，同时他也非常坦诚地直言："我希望这部作品能够激发人们采取直接行动，去做我因为胆怯而不敢自己去做的事情。"③

《有意破坏帮》里有一段描写非常生动地表现出"行动着的生态主义者"的特点：

(萨维斯博士是一个行动着的生态主义者，也是很有声望的医生和医学院教授。这一天，他来到大学新落成的、最现代化的教学楼上课，所讲授的题目是"工业污染与呼吸系统疾病"，但却发现密封的全空调教室闷热得令他窒息)

---

① Edward Abbey: *The Monkey Wrench Gang*, J. B. Lippincott Company, 1975, p. 75.

② James M. Cahalan: *Edward Abbey: ALife*, The University of Arizona Press, 2001, p. 164.

③ James Bishop Jr.: *Epitaph for a Desert Anarchist: The Life and Legacy of Edward Abbey*, Maxwell Macmillan, 1994, p. 14.

> 这里需要一点新鲜空气,博士抱怨道。一个学生耸了耸肩。其他学生点着头——不是因为赞同老师而是在打盹。博士走到身旁的一扇窗户,试图打开它。但是,怎么打开?那里看不到任何类型的铰链、推拉窗、窗闩、窗钩、曲柄或把手。你怎么打开这个窗子?他问旁边的一位学生。不知道,先生,学生回答道。另一位学生说:你不能打开它,这是全空调大楼。于是,博士保持着镇定和理性地继续问道:如果我们需要空气怎么办?那个学生回答:在全空调大楼里你不应当开窗户,否则有损于这个系统。我知道,博士回应道,可是我们的确需要新鲜空气……我们该怎么做?他继续发问。我猜你或许应当向校方提意见,又一位学生给出一个总能够引发笑声的回答。我明白,萨维斯博士说,依然保持着冷静和理性。他走近黑板旁的钢架桌,操起桌子后面的钢架椅,抓住椅背和椅座,向窗玻璃痛击过去。一切问题都解决了。彻底解决了。学生们惊呆了,先是静静地欣赏,继之是鼓掌欢呼。博士拂了拂手,说道:今天不点名了。[①]

这段描写象征性地揭示了面对环境污染人们常见的几种选择:是默默地忍受,或者是仅仅向权力机构申诉,期待着权力机构有限的作为,还是奋起自救并拯救自然万物,纵使在一定限度内超越了现行的非生态和反生态法规的限制?艾比的主人公选择了后者;事实上,对自己要求很高、自我批判甚严的艾比也参加过一些有意破坏行动。有一次,在朋友的保护下,艾比亲自往破坏自然环境的推土机的油箱倾倒毁坏性物质,总共造成没有生态道德的开发商价值两万美元的损失。他还试图把一台推土机开到山坡上再使之冲下山坡撞毁,但因没能把机器发动起来而作罢(后来艾比让海都克在作品里完成了他的未遂破坏)。1984 年在接受一次有关《有意破坏帮》的采访时,艾比承认他参与了另一次有意破坏:"我花了好几个夜晚在犹他州的一个(破坏生态环境的)建设工地,往变速器里扔沙子,把卡车的轮胎和水箱

---

① Edward Abbey: *The Monkey Wrench Gang*, J. B. Lippincott Company, 1975, p. 71.

打破。”[①]

有意破坏式环境保护究竟能产生多大效果？对于这个问题，艾比看来始终没有想出一个结果。《有意破坏帮》里两位生态卫士的争论已经表现了艾比的内心矛盾：

> 乔治，我们并不十分清楚我们在做什么。假如建设性的有意破坏转变成非建设性的有意破坏，那时该怎么办？也许我们的破坏会超出导致良好效果的那个度。有人说过，如果你攻击这个制度，你只会使它更加强大。
>
> 是呀——如果你不攻击它，它将在所有的山脉露天采矿，将在所有的河流拦河筑坝，在所有的沙漠修建公路……[②]

直到他最后一部小说，艾比也没有解决这个问题，所以他在小说的一开篇就来了个“作者正告”：“认真对待本书的人将被射杀，不认真对待本书的人将被三菱推土机活埋。”[③]这是一个发人深省的悖论式的幽默。它清醒地揭示出坚忍执着于生态性有意破坏的海都克们的悲剧命运：不仅是生命的丧失，更重要的是他们的不危及任何人生命这一有意破坏第一原则最终也要被打破，除非放弃有意破坏。不过，这两句话还蕴涵了另一个更为重要的悖论：为生态正义而反抗，可能是死，是失败；但若不反抗，作为与自然为敌的现代文明之象征的巨型三菱推土机，同样要把我们统统埋葬。作者通过小说提出的这一双重悖论、双重两难选择，真的堪称生态危机时代的新的 to be or not to be 命题。

《有意破坏帮》发表后引起了很大的争议。争论的焦点是：究竟能不能采取破坏手段来保护环境。“有意破坏者”激怒了许多人，也部分地、有限度地触犯了法律，因此常受到指控。艾比反复解释，他反对针对人的暴利行

---

① James M. Cahalan: *Edward Abbey: A Life*, The University of Arizona Press, 2001, p. 161.

② Edward Abbey: *The Monkey Wrench Gang*, J. B. Lippincott Company, 1975, p. 104.

③ Edward Abbey: *Hayduke Lives!*, Little, Brown & Company, 1990, the front cover.

为,他提倡的仅仅是用破坏直接参与损害环境的机器和其他生产资料的方式,来惩罚那些蹂躏自然的人和群体,来引起人们对环境保护的关注。这是他的主张与恐怖主义的根本区别。1984 年,艾比发表了著名文章《生态防卫》(Eco-Defense),继续阐述"有意破坏"的合理性:"如果有一个陌生人手执斧头劈开你家的门,用致命武器威胁你和你的家人,进而又掠夺他想要的一切,那么他是在犯罪,不管是依照法律还是日常道德,这都是公认的罪行。在这种情况下,屋主有权利也有责任采取任何必要手段保卫自己、家人和他的财产。这种权利和这种责任是普遍认可的、正义的,也是被文明社会所赞许的。抵御侵犯的自卫是一条基本的法则,它不仅属于人类社会,也属于生命本身,不仅适用于人类生命,也适用于所有生命。""美国的荒野,已剩不多,如今仍蒙受着同样的侵犯。动用推土机、挖土机、链锯和炸药,国际性的木材业、采矿业和牛肉工业正侵入我们的公有地——所有美国人的财产,劈开道路冲进我们的森林、山区和牧场,洗劫他们能够洗劫的一切。为的是那些公司部门的短期利益……" 他们有权利这样做吗?然而我们却没有认定这种罪行的法律,现有的法律在基本精神上和具体条文里还对这种生态掠夺提供着保护。"工业大机器……正在吞噬着美国的荒野;而荒野是我们祖先的家园,是包括人在内的所有生物的发祥地,还是很多高贵生命在当今美国最后的栖息地。""既然荒野是我们真正的家,如果它面临被侵占、被掠夺、被毁灭的威胁,事实上也正是这样,我们当然有权采用任何必要的手段来保卫这个家,正如保卫我们的私人领域。……我们有权利也有义务去反抗;不保卫我们的所爱,是可耻的。""什么叫生态防卫?生态防卫就意味着反击。生态防卫就意味着为保护生态而对破坏生态的东西进行有意破坏。生态防卫虽然危险但却公正,未经授权但却其乐无穷,不合现行法律但却符合道德律令。"①

生态性有意破坏是违反现行法律的;但艾比认为,完全依法进行生态保

① 此文最早是为"地球优先!"领导人戴夫·福尔曼的书《生态防卫:有意破坏帮导引》写的序言,发表于 1984 年,后收入 Edward Abbey: *One Life at a Time, Please*, Henry Holt, 1988, pp. 31—32。

护是不可能的，因为现行的法律将财产保护放在首位，它保护甚至纵容那些靠毁灭性地掠夺自然资源而获取暴利的企业家，而将生态利益放在极其次要的、经常可以牺牲的地位。艾比认为，违法不等于作恶，守法也不等于行善；对于恶法不仅要违反而且要唾弃，要像梭罗当年不服从恶法那样反抗与人间正义和生态正义相抵触的法律法规。在人类中心主义占据主导地位的社会里，荒野是在法律之外的，法律是人类社会为了自己的利益制定的，只有法律之外的方式才能保护荒野。要完全做到依法保护环境，如果不是痴人说梦，就是自欺欺人。生态性有意破坏就是法律之外的一条解决生态危机的有效途径。它一方面可以以有效的方式阻遏环境破坏；另一方面又以激烈的、有争议的、引人注意的方式提醒人们注意现行法律、政策与生态保护的矛盾，并促使人们修改那些法律和政策。不过，艾比所提倡的违法的生态保护是有严格限制的，其不可逾越的限度就是："非暴力""不流血""没有人被伤害"[①]——既不威胁破坏生态者生命安全，又要保护好生态卫士们自己的生命。在《海都克还活着！》里艾比又再三强调："生态勇士的第一准则是：没有人受伤。没有人。甚至包括自己。""生态勇士的第二准则是不被抓获。""生态勇士是坚韧的，生态勇士是勇敢的。他们像在前线作战的士兵和在敌后作战的突击队一样冒着生命危险。生态勇士是游击战士，他与之作战的敌人拥有高技术装备，有通过税收榨取的公有资金，有法律上的特权，有传媒的辩护，有权贵的支持，有警察、秘密警察、信息警察和思想警察的保护。生态勇士要与如此强大的敌人作战，却不能带武器，他自己制定的高尚的规则禁止他这样做。……生态勇士的战斗对象不是人们，而是一种体制，是世界范围的发展帝国和贪欲帝国。生态勇士的战斗对象不是人类，而是一个怪物一般的巨型机器，一个自侏罗纪晚期和食肉恐龙时代以来从未见过的怪物。他并不反人类，而是反抗一种不受控制的技术，一种要吞噬一切的实体——它们要吃光所有人、所有动物、所有生物，最后还要吃光地球上的所有矿物、金属、岩石、土壤，毁掉宇宙存在的根本基础。"[②]

---

① Edward Abbey: *The Monkey Wrench Gang*, J. B. Lippincott Company, 1975, pp. 69,156.

② Edward Abbey, *Hayduke Lives!*, Little, Brown & Company, 1990, pp. 110, 114.

艾比提倡的生态性有意破坏,不仅继承了梭罗的公民的不服从、托尔斯泰和甘地的非暴力反抗,不仅部分地汲取了无政府主义某些合理因素,而且还与英国工业革命时期的捣毁机器运动有直接联系。艾比把捣毁机器运动领袖内德·勒德(Ned Ludd)视为自己的导师,并在《有意破坏帮》上题词"谨以此书纪念勒德",声称他和勒德有一个共同的反抗对象,那就是没有节制的和过渡发展的资本主义。勒德呼吁建立新的伦理秩序,其前提是工业发展必须受到伦理的限制、利润追求必须受到人间正义的制约;艾比则呼吁建立新的生态伦理秩序,主张以生态伦理和生态正义原则限制人类的经济生产和物质需求。①

艾比的好友、著名的生态诗人斯奈德也为艾比做了辩护:为什么美国人可以接受小说、电影里大量出现的为了正义的杀人流血场景,却没有胆量接受对机器的破坏呢?这是因为,这种针对机器的暴力背离了美国最神圣的价值:私有财产。"在我们的文化里,财产是神圣的,它远远高于人的生命",更不用说自然万物了。事实上,在很多人眼里,所有的自然物都不过是人类的财产。② 支持和称赞艾比的人还有很多。例如,《新闻周刊》发表文章说:"凭借《有意破坏帮》,艾比也许创造了一种新的小说类型,即描写生态性不法行为的小说。"《底特律自由报》评论道:"以令人愉悦的细致笔触,艾比将浪漫的求索之传统与扣人心弦的小说巧妙地结合起来。"③

格兰峡谷大坝是艾比心中永恒的痛。艾比的两部最著名的小说和许多散文都对这个大水坝进行了猛烈的抨击。在艾比的影响下,越来越多的人认识到:修建巨型水坝、大规模改变水体的自然流动必然对生态造成无法挽回的重创。艾比研究专家毕晓普1994年饱含深情地指出:"《有意破坏帮》的英勇行为感动和启迪了许多格兰峡谷热爱者。直到今天,长期迷恋亚利桑

① James Bishop, Jr.: *Epitaph for a Desert Anarchist: The Life and Legacy of Edward Abbey*, Maxwell Macmillan, 1994, p. 131.

② David Peterson (ed.), *Confessions of a Barbarian: Selections from the Journals of Edward Abbey, 1951—1989*, Little, Brown, 1994, p. 280.

③ James Bishop, Jr.: *Epitaph for a Desert Anarchist: The Life and Legacy of Edward Abbey*, Maxwell Macmillan, 1994, p. 125.

纳和犹他州格兰峡谷的人们还时常能够感到:艾比的灵魂仍然在格兰峡谷地区漫游,爬上带有凹槽的砂岩和岩柱顶部,继续了解神奇的科罗拉多河……"《有意破坏帮》发表数十年来,许多美国人改变了对修建大坝的看法。在艾比时代,内政部长尤德尔(Stewart Udall)的辩护曾经说服了许多人:"廉价的电能和大量的水资源储备会证明修建这个大坝的正确性。只要你考虑到凤凰城、洛杉矶和拉斯韦加斯的民众可以少支出电费,你就不能否定大坝。格兰峡谷必须为人所用。"而今,就连内政部的官员也不得不承认修建这个大坝是个短视的错误决定,美国正在为并将继续为那些廉价的电能付出高额和惨重的代价。内政部格兰峡谷环境研究小组的负责人韦格纳(David Wegner)指出,大坝使格兰峡谷处于被彻底摧毁的边缘,因为它的免疫系统被破坏了,就像艾滋病人的免疫系统被破坏了一样,伤风感冒一般的小打击都随时可能要了它的命。"如今在格兰峡谷大坝下,环境的免疫系统极其脆弱,而且越来越脆弱,也许永远不能恢复原来的生态了。"当年曾坚持大坝上马的一位官员忏悔道:"格兰峡谷大坝是一个悲哀的闹剧。……一个真正美丽的峡谷被淹没了……而库区也淤积了。修建这个大坝的目的再也不敢公开陈述了……艾比是对的。"[①]

其实,《有意破坏帮》的深远影响还不在于对一个具体的工程的评价上,而在于它通过格兰峡谷大坝这个引起全国讨论的环境灾难,广泛传播了生态意识,提出了一系列根本性问题。例如:"美国人究竟应当让技术驱使他们的生活,还是明智地节制自己并敢于放弃对地球的过分干扰?"正因为如此,著名的生态思想家、《自然的终结》(*The End of Nature*)的作者麦吉本(Bill Mckibben)在《纽约时报书评》上撰文指出,这部小说使"我几乎要把他(艾比)称为梭罗的继承人,称为美国的自然哲学家"[②]。

在《有意破坏帮》的直接影响下,激进的环保组织"地球优先!"于1980年宣告成立。这个总部设在图森的环保组织的口号是"毫不妥协地保护地球

---

① James Bishop, Jr.: *Epitaph for a Desert Anarchist: The Life and Legacy of Edward Abbey*, Maxwell Macmillan, 1994, pp. 134—138.

② Ibid., pp. 139, 142.

母亲”,“让存在的原样存在”。“地球优先!”的创始人戴夫·福尔曼当时35岁,像艾比一样身材高大,经常蓄须,更像艾比一样把荒野看作自己的家。此前他在华盛顿为荒野协会(The Wilderness Society)做院外游说工作。在通过政治途径进行环境保护的工作遭受一系列失败之后,福尔曼绝望了。他决心寻找一种全新的行动方式。福尔曼和他的追随者都是艾比忠实的读者和崇拜者。艾比的作品为他们提供了新的方向。他们决定把艾比的虚构变成现实,他们要做现实社会里的“生态骑士”。他们像《有意破坏帮》的主人公海都克那样,开始了直接干预的、经常是无政府的、时常也是不合法的环保行动,如拆除捕鲸渔具、往伐木机油箱里扔沙子、戳破尾气排放超标汽车的轮胎、驾船驶入核试验区等。[①]“地球优先!”的刊物上发表的口号诗这样写道:“猛击它弄弯它爆裂它打破它/沉没它淹没它把你能做的全作了/也许我们只是毁掉他们油箱的几粒沙/但是去做去做去做——如果你能就做呀……”[②]

“地球优先!”于1981年在格兰峡谷大坝举行抗议活动,从720英尺高的大坝顶部放下一条弯弯曲曲的黑色塑料绳,象征他们要把大坝炸裂。福尔曼等人高喊道:“解开河流的镣铐,西部生态勇士最美好的梦想就是摧毁格兰峡谷大坝和解放科罗拉多河!”[③]艾比首次作为该组织的标志人物出现在现场,并作了激情澎湃的讲话。他说道:“毫无疑问,在现代美国历史上,没有一个人造的建筑比这个大坝激起如此之大、如此之久、如此理由充分的仇恨。”[④]“我把这个大坝看作对生态的入侵。……在所有能够采取的政治手段

---

① Susan Zakin: *Coyotes and Town Dogs: Earth First! and the Environmental Movement*, Penguin, 1993, pp. 70, 133.

② Patrick D. Murphy (ed.): *Literature of Nature: An International Sourcebook*, Fitzroy Dearborn Publishers, 1998, p. 449.

③ James Bishop, Jr.: *Epitaph for a Desert Anarchist: The Life and Legacy of Edward Abbey*, Maxwell Macmillan, 1994, p. 132.

④ Christopher Manes: *Green Rage: Radical Environmentalism and the Unmaking of Civilization*, Little, Brown, 1990, p. 6.

无效之后，我支持对这个大坝进行生态性有意破坏和彻底摧毁。”[①]

艾比对“地球优先!”给予了极大的支持。他不仅经常为《地球优先！杂志》撰写文章、经常参加该组织的抗议活动，而且还慷慨地、不断地提供经济上的援助。他甚至还以该组织的行动为素材写了部小说，书名也模仿“地球优先!”叫《海都克还活着!》。1984年9月，“地球优先!”在盐湖城集会，艾比因故没能参加，但寄去了一封热情洋溢的信。他在信里写道：“虽然我的脚、我的头、我的躯干在远方，但我的心却和你们所有人在一起……你们是地球新的盐……我们需要更多的男英雄和更多的女英雄——需要一百万个英雄。一个勇敢的行动，以光荣的方式进行的和为了保护生命而进行的行动，值得用千百本书来赞颂……没有行动的哲学就是对灵魂的摧残……登上山岗、趟入河流、探索森林、考察沙漠，去爱日月星辰，我们将胜过我们的敌人，我们将以小便浇他们的坟墓……谁在这里负责？我们全体都要负责!”[②]这是一封极富煽动性的信，和艾比以前的演讲一样，大量使用了通俗的甚至是不雅的词汇，然而其目的是为了强化每一个人对地球的生态责任。

《有意破坏帮》是艾比除《沙漠独居者》之外销量最大的作品。数十万册的销量，使艾比进入了富裕阶层，但艾比依旧不愿意在城市里过舒适奢侈的生活。他“拒绝生活在消费社会中”，他不能“生活在我所厌恶地方，违背我所信仰的一切”[③]。从1975到1979年，艾比又连续在好几个国家公园担任山火瞭望员。做山火瞭望员时，艾比拥有最理想的阅读、写作和休息的时间。他尽情享受着荒野、描写着荒野，每隔15分钟从书本或打字机上抬起头来，瞭望一阵周围壮丽的山林，接着又埋头于阅读和写作。艾比的许多出色的文字都是在这样的生活环境里写就的。美国的国家公园系统曾经提供过五千余个这类工作岗位(现在大部分由直升机取代)。这样的生活方式也曾经吸引了不少其他作家，包括著名的生态诗人斯奈德、著名小说家凯鲁亚克

---

① Rik Scarce: *Eco-Warriors: Understanding the Radical Environmental Movement*, Noble Press, 1990, p. 58.

② James M. Cahalan: *Edward Abbey: A Life*, The University of Arizona Press, 2001, p. 217.

③ Ibid., p. 179.

(Jack Kerouac)。艾比一生一共为美国国家公园工作了17个季节,每个季节短则三、四个月,长则半年。这种工作虽然报酬不高,但足以维持简单的生活,使他能够将融入自然与社会生活结合起来,并为他的创作提供了源源不断的自然体验和生活素材。

1977年,《回归家园之旅》(*The Journey Home*)出版。《华盛顿邮报》发表书评称赞道:"这是另一部描写作者生活的好书,艾比以他特有的尖锐批判,揭示出我们生活在一个如此愚蠢国家,它竟然摧毁我们自己的最古老的根源。"[①]

评论界在讨论这部散文集时,把艾比称作"美国西部的梭罗"。其实,早在20世纪60年代就有人把艾比与梭罗相提并论了,《华盛顿邮报》在评价《有意破坏帮》时也称"爱德华·艾比是美国沙漠里的梭罗"[②]。艾比曾认可这种称呼,他还写过一篇题为《与亨利·梭罗一起顺流而下》(Down the River with Henry Thoreau,1981)的文章,描写了他怎样在犹他州的格林河(the Green River,意为"绿河")漂流时阅读《瓦尔登湖》和《论公民的不服从》。他写道:"在我一生大部分时间里,梭罗的思想一直萦绕在我的心头,看来,现在是重读他的合适时候,有什么地方比在这条叫作绿河的金色河流上更适合阅读?有什么时间比这个澄清宁静的11月更为合适?"[③]不过,艾比后来又明确拒绝了"西部梭罗"这个称号,说这样的称呼"现在令我感到窘迫。我不是美国西部的梭罗,梭罗只有一个,而且我还希望能突破这种归类的限制"[④]。艾比对梭罗也有遗憾之处,其中最主要的有两点:一是他认为梭罗缺乏或者压抑了对异性的激情,艾比坚信梭罗直到逝世还是个处男,他大呼"可怜的亨利!"他不赞同这样的靠压抑人的自然欲望而获得的纯洁,他认为梭罗是"一个有着坚硬外壳的人,一个没有拨开的人,一个被厚厚的外壳

---

① James Bishop Jr.: *Epitaph for a Desert Anarchist: The Life and Legacy of Edward Abbey*, Maxwell Macmillan, 1994, p. 178.

② Edward Abbey: *The Monkey Wrench Gang*, J. B. Lippincott Co., 1975, the back cover.

③ James Bishop Jr.: *Epitaph for a Desert Anarchist: The Life and Legacy of Edward Abbey*, Maxwell Macmillan, 1994, p. 184.

④ James M. Cahalan: *Edward Abbey: A Life*, The University of Arizona Press, 2001, p. 163.

包紧的人”。二是他认为，即使是说接触自然界，梭罗也是很有局限的。艾比惋惜地说：“可怜的亨利，可惜他从来没有看过格兰峡谷、落基山、阿拉斯加、尼罗河……”①

1979年，蕾妮向艾比提出离婚，她不愿意长时间地在荒野和山林里生活，她离不开城市文化，又受不了艾比不在身边的寂寞（她称之为“强度匮乏”）。艾比试图挽救这场婚姻却没有效果。紧接着，又一位年轻女士克拉克·卡特赖特出现了。克拉克是个很有吸引力的、非常直截了当地表达情感的女人。1982年5月，29岁的克拉克正式成为55岁的艾比的第5任妻子，也是最后一位妻子。1983年10月，克拉克生下了吕贝卡——艾比的第四个孩子、第二个女儿。1987年3月，他俩的儿子本杰明出世。

从1981年到1988年，艾比受聘在亚利桑那大学任教，为研究生讲授非小说作品写作。他为学生开列了长长的阅读书目，其中包括梭罗和当代生态文学作家贝里、霍格兰、哈灵顿、迪拉德等人的作品，却没有自己的作品。艾比在教学上的成功令许多人惊讶。他所教的学生有不少人后来成为非常成功的作家、编辑或教师。艾比还应邀到许多大学演讲，其中包括哈佛大学、印第安纳大学、圣玛丽亚大学等，但他拒绝了耶鲁大学的演讲邀请，也许是因为耶鲁在他年轻时没有给他留下好印象。

除了教学和继续创作，20世纪80年代，艾比还为各种报刊写了大量文章，接受了无数次采访。这些文章和访谈除了有关生态性有意破坏的内容持续不断地引起人们的关注和争议，艾比对女性解放和拉美移民的态度也激起了广泛的批评和责难。艾比主张严格限制拉美移民，坚决拒绝非法移民，因为滚滚而来的移民带给美国巨大的生态压力。他说：“美国这条船已经满员——假如还没有超载，美国不能承受更多的大量移民。”“对于墨西哥这样的国家，我们所能做的最有同情心的事”，是鼓励和引导他们进行深入的国内改革和保持人口的稳定。② 他甚至主张给非法移民分发武器，让他们

① James Bishop, Jr.: *Epitaph for a Desert Anarchist: The Life and Legacy of Edward Abbey*, Maxwell Macmillan, 1994, pp. 185—186.

② James M. Cahalan: *Edward Abbey: A Life*, The University of Arizona Press, 2001, p. 210.

回国进行革命。很明显,艾比忽视了生态正义,忽视了地球上的每一个人都应当具有平等地享有土地、阳光、饮用水以及一切资源的权利。人们对艾比的批评是有一定理由的,尽管很多批评极其刺耳、很不公道:艾比是"仇恨外国人的环境主义者"(xenophobic environmentalist)①,艾比和主张向非洲输送原子弹而不是粮食的极端生态主义者哈丁一样,都是"官方的思想家";艾比和福尔曼是"生态残忍者"(eco-brutalist)、"粗野的生物论者""生态法西斯主义者"和"反人类主义者"②。

1986年冬天,艾比独自一人拜访了他一直渴望参观的杰弗斯的故居"石屋和鹰塔"(Tor House and Hawk Tower)。杰弗斯是艾比最尊敬的诗人之一。他把"石屋和鹰塔"视为"圣地",说他此行是"一次文学的朝圣",称杰弗斯是"美国最好的、最真诚地独居的、最不为公众了解的诗人"③。

1987年,时任美国艺术与文学院主席的著名理论家和批评家欧文·豪给艾比发来邀请,告诉他入选美国艺术与文学院院士,并邀请他参加一个宴会,宴会上将向他颁发"创作成就奖"。然而,艾比拒绝了这个来得太迟的奖励。他在给欧文·豪的回信里写道:"我感谢这个准备进行的颁奖,但我不能出席5月20日的颁奖仪式,因为我正在计划在那一周到爱达荷州的一条河去漂流。此外,说实话,我认为那个奖是给小孩子的。你可以把要给我的这5000美元给别人。我不需要它,或者说确实不想要。"④艾比真的去爱达荷州漂流了,但不是在他信中说的5月,而是在7月。尽管艾比因此而冒犯了一些学术界人士,但他的作品,特别是《沙漠独居者》,依然被美国大学普遍作为教材或必读经典。

艾比一生嗜酒嗜烟,这严重影响了他晚年的健康。20世纪80年代初他的食道静脉曲张严重起来,周期性的出血开始折磨他。医生警告他绝对不

---

① James Bishop, Jr.: *Epitaph for a Desert Anarchist: The Life and Legacy of Edward Abbey*, Maxwell Macmillan, 1994, pp. 7—9.

② Christopher Manes: *Green Rage: Radical Environmentalism and the Unmaking of Civilization*, Little, Brown, 1990, pp. 20—21.

③ Edward Abbey: *One Life at a Time, Please*, Henry Holt, 1988, p. 71.

④ James M. Cahalan: *Edward Abbey: A Life*, The University of Arizona Press, 2001, p. 254.

能再沾一滴酒，但他直到去世也没有完全戒酒。他向人们隐瞒自己的病情，他不想让别人像对待要死的人那样对待他。早在1951年12月15日的日记里，艾比就对自己将来“如何死”做出了决定：“独自一人、有风度地、像站立在岩石上的野狼一般地”死去，而绝“不在雪白的病床上、弧光灯的照射下、医院的气味中、医生的视线里”死去。[①] 在1981年10月的一篇日记里，艾比设计了自己的身后事：“不要殡葬员，不要涂防腐油，不要棺材，就用几块松木板让朋友钉个盒子”，也可以不要盒子，把他的尸体滑进“一个旧睡袋或者防水油布”里，“拽上一辆小货车拉走，尽快埋了”。他的尸体要埋在荒野，“如果那地方岩石太多难以埋葬，用沙子和石头堆在尸体上也行”。他希望死后的他能够“有助于一株仙人掌，或一株悬崖玫瑰，或一丛艾草，或一棵树的生长”。墓碑上除了姓名、生卒年，只有两个词：“没有评价”（No Comment）。墓地旁边悬挂一个风铃。他知道这样埋葬违反了美国任何一个州有关丧葬的法律。至于仪式，艾比特别强调要“开枪”。此外，要有点音乐，最好再有点朗诵，读点梭罗、惠特曼、吐温（有趣的部分）、杰弗斯和艾比。接下来艾比写道：“要更多的音乐，轻快的可爱的音乐——风笛！鼓和长笛！……要跳舞！啤酒泛滥和痛饮！大堆的篝火！大量的食物——肉！玉米棒！……尽情地唱歌、跳舞、谈话、叫喊、大笑和做爱。”在这篇日记的最后艾比写道：“死亡或者死去并不是悲剧，除非不能全部投入地存在——那才是人生最大的悲剧。”[②]

自感生命所剩无多的艾比写作更加勤奋了，他要在有生之年完成自己最后的创作计划。1988年，他去世的前一年，艾比的半自传体小说《傻子的成长》（*The Fool's Progress*）发表。小说主人公亨利·赖特凯普在很多方面都与艾比相似。不过，艾比的妻子克拉克指出，生活中的艾比对待女性的态度与赖特凯普有很大的不同；艾比的父亲生前看过小说第一章的手稿，声称小说对主人公父亲的描写是对他的冒犯。小说毕竟是小说。艾比自己对这

---

① See David Peterson (ed.): *Confessions of a Barbarian: Selections from the Journals of Edward Abbey, 1951—1989*, Little, Brown, 1994, p. 12.

② Ibid., pp. 276—277.

部小说评价很高:“这是一部包含着伟大因素的作品,含有我写得最好的事情,我为它骄傲。”“它是一本关于一个傻子的书。它有趣、粗糙、讽刺、感性。它是本流浪汉小说。它是本半自传体小说。它是个有600页篇幅的漫长、杂乱而又滑稽的故事。它是包含丧葬的滑稽戏。它写了一个男人一生的,从儿时到中年——整整50年。”“不错,赖特凯普是个傲慢的、狂妄的、强壮的、令人讨厌的和行为古怪的形象——但是他最终学会了一些谦虚。祝他好运。”[①]多数评论都给予这部作品很高的评价,有人称之为“最伟大的流浪汉小说之一”,有人赞之为“尤利西斯故事的现代版”,有人盛赞艾比出色发扬了马克·吐温的幽默传统。[②]

艾比的最后一部小说《海都克还活着!》(*Hayduke Lives!*,1989)在他去世后不久出版。小说续写了《有意破坏帮》的主人公海都克。他还活着,并没有死去;他还在行动,依然“把拯救世界当作自己唯一爱好”[③]。他一一找到过去的战友,说服他们再次出山,与他一起继续为保护生态而战斗。每当他成功地进行了一次生态性有意破坏之后,他都会仰天高歌,“像一只嚎叫的野狼,绵延地、深情地、骄傲地、普罗米修斯一般地嚎叫,那是胜利的嚎叫和喜悦的嚎叫”[④]。作品还详细叙述了环保组织“地球优先!”的抗议行动。他们身着白色T恤,T恤上印有一只强有力的绿色拳头和红色文字“地球优先!”。他们的口号有:“毫不妥协地保卫地球母亲!”“我们要一个完整的大峡谷!”“警告:大地强暴者正在强暴!”“美国荒野:热爱它或者不去打扰它!”“核辐射对谁有好处?”[⑤]他们挡住巨型推土机,阻止破坏生态的工程。他们这样演讲,这样与破坏生态者辩论:

“地球优先!”成员:“这将导致整个流域的污染,摧毁了沙漠龟的栖

---

① David Peterson (ed.): *Confessions of a Barbarian: Selections from the Journals of Edward Abbey, 1951—1989*, Little, Brown, 1994, pp. 329—330.

② James M. Cahalan: *Edward Abbey: A Life*, The University of Arizona Press, 2001, p. 253.

③ Edward Abbey: *Hayduke Lives!*, Little, Brown & Company, 1990, p. 169.

④ Ibid., p. 70.

⑤ Ibid., p. 81.

息地，摧毁了美丽的棉白杨、瀑布和水潭。”

破坏生态者：“什么对你们更重要，是人还是那些该死的沙漠龟？”

“地球优先！”成员：“难道人类就不能与乌龟共存吗？”

……

破坏生态者：“嗅花者”！“抱树者”！“毒蘑菇崇拜者”！“生态猎狗”！“生态法西斯”！“生态恐怖分子”！“生态野兽派”！……

“地球优先！”成员（依然耐心地向他们的听众陈述肺腑之言）：“我要说，因为我的心不能平静。我要说，因为我热爱这沙漠荒野。我要说，因为当大机器越来越逼近我们深爱的家园时，我不能站在一边一动不动，像灌木、像石头、像傻瓜。”①

尽管小说依然以悲剧结束，但正像《纽约时报》上的一篇评论介绍的那样：“在1975年（《有意破坏帮》发表的那一年），环境行动主义还是新的，甚至是极端的；而今，它已经变成了主流，就连一些共和党人也欢迎它。”②

1988年年底，艾比的母亲因车祸去世。1989年3月4日，艾比最后一次在公开场合露面（去世前10天），参加“地球优先！”的集会。他看上去很消瘦但依旧精神抖擞。在演讲中，艾比抗议他的雇主亚利桑那大学计划在格雷厄姆山上修建天文望远镜，声称那样做肯定会破坏生态。一周后，艾比病情突然加剧，福尔曼等人立即将他送进医院。3月12日，得知医生已经无能为力之后，艾比最好的朋友之一杰克·莱夫勒履行了他在1974年就对艾比许下的诺言：帮助艾比除掉身上的医疗器械，带艾比离开医院，返回艾比的家园——沙漠。在沙漠里，克拉克与艾比睡在一个睡袋里，陪伴丈夫度过最后的时光。当艾比的终生好友道格拉斯·皮科克告诉他，已经在沙漠里找到一块非法安葬他的地方时，艾比脸上露出了最后的笑容。临终前陪伴在艾比身边的亲人，除了克拉克，还有艾比的孩子苏珊娜、吕贝卡和本杰明。

---

① Edward Abbey: *Hayduke Lives!*, Little, Brown & Company, 1990, pp. 83—84, 188, 86.

② James Bishop, Jr.: *Epitaph for a Desert Anarchist: The Life and Legacy of Edward Abbey*, Maxwell Macmillan, 1994, p. 170.

在临终前几天才完成、身后才发表的散文集(也是他的第20本书)《荒野里的呼唤》(*A Voice Crying in the Wilderness*,1989)里艾比写道:“死的恐惧跟随着生的恐惧。一个全身心投入地生活的人已经准备好在任何时候死去。”“死是对每个人的最后评判。要死得精彩,你必须活得勇敢。”“孤独地死去,死在阳光下的一块岩石上,死在未知世界的边缘,像一匹狼,像一只大鸟,对我来说是非常幸运的。死在旷野里,死在蓝天下,远离医生和牧师傲慢的打扰,面对着沙漠巨大的开放,就好像面对朝向永恒的窗口,那真是一种我无法抗拒的、无比珍贵的好运。”[①]

1989年3月14日,爱德华·艾比离开了人间。那时,太阳正在升起。

3月16日,遵照艾比的意愿,莱夫勒、皮科克、汤姆·卡特赖特(克拉克的父亲)和斯蒂芬·普雷斯科特(克拉克的姐夫)将艾比埋葬在亚利桑那州西南部卡韦萨普里埃塔(Cabeza Prieta)荒野。在那里,艾比可以看到最美丽的山峦和沙漠。一块未经雕琢的玄武岩放在坟墓顶端,上面刻着“爱德华·保罗·艾比,1927—1989,没有评价”。克拉克、吕贝卡和本杰明在安葬后去扫了墓,在坟墓上摆放了贝壳、水晶和心形岩石。除这7人之外,没有任何人知道艾比葬在何处。艾比的家人和亲密朋友一直秘密地照看着他的坟墓,“墓碑”也被移到别处。因为这一秘密的非法安葬(未获授权在属于国家的地域安葬)激起了无数读者的极大兴趣。人们感兴趣的不仅因为这是非法下葬,更因为艾比虽死但依然在守望着属于整个人类的荒野。正如《纽约时报书评》的一篇文章的标题所说的那样:“爱德华·艾比:一直勇敢地直立在沙漠中。”约翰·科尔赞誉道:“像一株生长在他家乡沙漠里的高大的树形仙人掌一样,当主流社会对他的作品发出不满的惊叫时,他用浑身的刺保护自己。他的刺保护着他的灵魂。像树形仙人掌有着巨大存储量一样,内在的艾比保存着光明的真理,保存着解除我们希望之渴的甘霖。”[②]

艾比的追悼仪式举行了两次,都在艾比下葬以后举行。第一次是3月

---

① James Bishop Jr.: *Epitaph for a Desert Anarchist: The Life and Legacy of Edward Abbey*, Maxwell Macmillan, 1994, pp. 5, 196, 194—195.

② Ibid., p. 187.

22日在树形仙人掌国家公园举行的,有一百多人参加。依照艾比的遗愿,参加者在仪式上吹响风笛,饮用香槟,跳起舞蹈,放声歌唱,并对空放枪。著名的生态文学女作家西尔科充满感情地朗诵了《沙漠独居者》片段。“地球优先!”播放了艾比最后一次演讲的录音带。5月20日,艾比的许多老朋友又组织了一次追悼会,原因是“我们需要有些公众性的悼念。人们不会让艾比就这样简单地走了”。约六百人参加了这次在拱石国家公园旁边举行的悼念活动。戴夫·福尔曼在发言中称艾比是“一位伟大的美国人”。生态作家贝里(Wendell Berry)发言道,尽管艾比说过,一次勇敢的行动胜过一千本书;但真实的情况是,“爱德华·艾比的每一本书、每一篇散文、每一个故事都激发了一千次勇敢的行动”。另一位生态文学作家洛佩兹(Barry Lopez)指出:“爱德华·艾比具有激发人们义愤的能力。他信奉杰弗逊的理念。他直言不讳……阅读《沙漠独居者》就像听到行动的号角,和阅读《寂静的春天》的感受一样。”生态文学女作家威廉姆斯(Terry Tempest Williams)在悼文里把艾比比作“沙漠上的舞蹈”①。另一位生态文学女作家兹温格(Anne Zwinger)指出:“艾比为文学增加了社会责任尺度,没有这个尺度,一个国家的文学就会枯竭,或者仅仅是点缀。”②贝里朗诵的悼念诗令现场所有人动容。他深情地吟诵道:

老橡树盖满新枝,
预示着旺盛的生机,
绿色的枝叶里
看不见的歌手在低吟
生命再一次走向
光明,留在家乡。

---

① James M. Cahalan: *Edward Abbey: A Life*, The University of Arizona Press, 2001, pp. 266—267.

② James Bishop, Jr.: *Epitaph for a Desert Anarchist: The Life and Legacy of Edward Abbey*, Maxwell Macmillan, 1994, p. 205.

可爱德华·艾比你在何方。[1]

第二节 现代化批判和唯发展主义批判

艾比的作品绝对不能用自然书写来概括,因为与生态相关联的文化批判、社会批判是其作品的主要内容。艾比自己也一再重申他不是一个"自然作家"(nature writer),因为在他看来,所谓自然书写仅仅是直接描写自然物的写作,而他"能够毫不犹疑地认出的鸟只有兀鹰、炸鸡和一种瘦小的、红屁股水鸟"。艾比研究者小毕晓普深知这种幽默的含义,他明白艾比要表明的是:他的视域不仅仅是自然界,他的创作更关注的是导致生态危机的社会文化原因。"艾比的确是个自然作家,但除此之外,他还是个社会批判者,是一种独立的声音。"[2]

艾比是现代文明的激烈的批判者。

艾比具体而又象征性地描述了现代化所导致的人与自然的隔绝:"和许多其他小器械一样,手电筒还有一个缺陷,那就是它会将我们与周围的世界分隔开来。黑暗中打开手电筒,等眼睛适应那光线之后,就只能看到它照亮的前面那一小块地方;我就这样被孤立了。把手电放回口袋,我依然是所处环境的一部分,视野虽然仍有局限,但却没有了明显或确定的边界。"发电机虽然给活动住房带来了光明,但同时也使人无法与美妙的沙漠之夜融为一体:"我被关在自然界之外,封闭起来,装进一个充斥着人造的光线和霸道的噪音的盒子。""沙漠和黑夜被阻挡在外,我不能再融入或观察它们;我用一个巨大而无限丰富的世界,换来一个又小又贫乏的世界。"关掉发电机,走出人造的魔盒,"我期待着。接着,黑夜流回来了,浩大的寂静把我拥抱将我包

---

① James Bishop, Jr.: *Epitaph for a Desert Anarchist: The Life and Legacy of Edward Abbey*, Maxwell Macmillan, 1994, pp. 198—199.

② Ibid., pp. 208—209.

容；我又能看到星星和这个星光灿烂的世界了”①。

他严厉抨击了现代化对人的异化。“我们忍受了多少不可思议的狗屎般的东西啊！……商人狡诈的欺骗和令人讨厌的广告……污浊、病态和丑陋至极的都市和城镇，自动洗衣机、汽车、电视和电话对我们烦琐而持续不断的专横控制（艾比有一张著名的照片：倚着他的来复枪站在一台刚被他一枪打穿的电视机旁——引者注）……日复一日地把我们埋没在难以忍受的垃圾和完全没用的废物当中。”②艾比感到，在这种既蹂躏自然又异化人类的现代帝国里，“我们几乎都是奴隶。我们是奴隶，因为我们感受到我们每一天的偷生都不得不依赖这个不扩张就要死亡的农业和工业帝国——一架发了疯的机器，一架专家不能理解、经理不能管理的机器。更为严重的是，这架巨大的机器正在迅速地将世界的资源吞噬殆尽”③。在《海都克还活着！》里作者甚至极尽其言道：“所有对汽车工业和石油工业不利的事，都对美国有利，对人类有利，对地球有利。”④

艾比详细描写了修建巨型水坝（格兰峡谷大坝）、强行改变科罗拉多河自然状态的恶果：不仅把世界上最美的峡谷淹没，而且彻底污染了整个水体——蓄积在巨大水库（人称“鲍威尔湖”）里的是“不流动的、肮脏的、墨绿色的废水，是一潭暗淡无光的死水，水面上漂着浮油。峡谷石壁接近水面的地方覆盖着一层干涸的淤泥和无机盐，像浴缸壁上的污垢一样，标示着高水位线。这就是鲍威尔湖：蓄水池、蓄沙坝、蒸发槽和淤泥潭。……几条死鱼肚皮朝上地漂在满是油污的水面，旁边还有橙子皮、快餐盘，……到处都是腐烂的气味”⑤。

人的尊严包含着健康生存的尊严，人的生存权包含着环境权。在高度污染的环境里，在各种各样的致病物质的围攻下担惊受怕地苟活的人没有

---

① Edward Abbey: *Desert Solitaire: A Season in the Wilderness*, Simon & Schuster Inc. 1990, pp. 13—14.

② Ibid., p. 155.

③ James Bishop, Jr.: *Epitaph for a Desert Anarchist: The Life and Legacy of Edward Abbey*, Maxwell Macmillan, 1994, p. 36.

④ Edward Abbey: *Hayduke Lives!*, Little, Brown & Company, 1990, p. 107.

⑤ Edward Abbey: *The Monkey Wrench Gang*, J. B. Lippincott Company, 1975, p. 112.

尊严;在干净、安全的环境里健康生存的权利,是无论多少奢侈品、无论多少金钱也不能取代的。正因为如此,艾比才近乎绝望地说:"如果一个人在饮用自己国家的河水和溪水时都会担心害怕,那么,那个国家无论如何都不适合它的国民生活了。移民的时刻到来了,去找另一个国家吧,或者——以杰弗逊的名义——去创造另一个国家吧。"①

艾比特别反感甚至仇恨到处铺公路。他的朋友威尔森曾回忆起艾比的一句辛辣的抨击——听说又要在拱石国家公园铺路,艾比愤而质问道:"你们为什么不把整个公园都用沥青和水泥封盖住,然后把它叫作'拱石国家造币厂'呢?"② 19 世纪初,诺里斯曾把到处延伸的铁路比作巨大的章鱼;20 世纪中期,艾比感到急速扩张的公路比百年前的铁路巨大的、四处延伸的触角更为可怕,那些疯狂的公路建设投资者仿佛恨不能把整个自然界全用水泥和沥青覆盖住。"造币厂"一词道破了公路疯狂扩张的实质:这种疯狂扩张已经远远超出了人们健康和正常生活的需要,其内在的推动力是金钱,是获利冲动。艾比一遍又一遍地呼吁人们把汽车停在国家公园外面:"让人们步行吧。要不就骑马、骑车、骑骡子、骑野猪,骑什么都行,就是别让汽车和任何机动车进来。我们都认可:不能把汽车开进大教堂、音乐会大厅、私人卧室和其他我们的文化尊重的地方;那我们就应当同样地对待我们的国家公园,因为,它们也是圣地。"③然而,直到 40 年之后,当局才接受艾比的建议,禁止机动车进入格兰峡谷国家公园等自然圣地。

《沙漠独居者》的第 5 章"旅游工业与国家公园之争"被一些学者视为"这本书最有影响的一章,它深刻地影响了 30 多年后对大峡谷南部和约塞米蒂国家公园的保护"④。在这一章里,艾比对汽车工业、汽车旅游和整个汽车社

---

① Edward Abbey: *Desert Solitaire: A Season in the Wilderness*, Simon & Schuster Inc. 1990, p. 162.

② James M. Cahalan: *Edward Abbey: A Life*, The University of Arizona Press, 2001, p. 69.

③ James Bishop, Jr.: *Epitaph for a Desert Anarchist: The Life and Legacy of Edward Abbey*, Maxwell Macmillan, 1994, pp. 21—22.

④ James M. Cahalan: *Edward Abbey: A Life*, The University of Arizona Press, 2001, p. 102.

会发起了极其严厉的批判:"汽车最初是作为方便交通的工具来使用的,可是现在它已经变成嗜血的暴君(每年夺去五万条生命),发动一场抵制汽车的运动,不仅是公园管理机构的责任,也是每一位关注荒野保护和文明保护的公民的责任。汽车产业几乎成功地使我们的城市窒息,我们一定不能让它再毁了我们的国家公园",一定不能让荒野保护在"完全城市化、彻底工业化"的进程中被遗忘。[①] 应当进一步认识到,汽车这个恶魔不仅吞噬了大量的生命(包括人类和动植物),而且吞噬着并穷尽性地消耗着这个星球经过数百万年、甚至数千万年演化才生成的有限的石油资源。汽车不只是人类的恶魔,更是整个生态系统的恶魔。汽车的意义已经远远超出了交通工具,艾比的这个观点值得深入思考。汽车社会使得汽车的工具性越来越多地被它的奢侈性所取代,越来越多地被汽车工业的利益最大化和汽车社会的自足性所取代。决定着汽车急剧膨胀的主要原因,已经不是人类基本和适度的(指在生态系统可承载限度内)交通需要,而是汽车工业的需要和汽车社会的奢侈生活的需要。

对唯发展主义的批判贯穿了艾比的整个创作。早在20世纪50年代他读研究生的时候,在大多数美国人正在为"美国梦"而打拼的时代,艾比就指出,"为发展而发展"(the growth for the sake of growth)已经成为整个民族、整个国家的激情或欲望,却没有人看出这种唯发展主义是"癌细胞的意识形态"[②]。在《沙漠独居者》里,艾比激烈地批判了无视自然承载力的唯发展主义:"那些发展主义者,当然指的是那些政治家、实业家、银行家、管理者、工程师,他们从另外的角度看问题,所以才会极强烈和无休止地抱怨西南部等地区水资源严重匮乏。他们提出了雄心勃勃的规划,要以水坝工程和水渠工程把哥伦比亚河甚至育空河的水引向犹他、科罗拉多、亚利桑那和新墨西哥州。""为的是什么?为的是未来的需要,为的是满足工业和人口在西南部持续增长的需要。"艾比斩钉截铁地下了一个断言:"为发展而发展是

---

① Edward Abbey: *Desert Solitaire: A Season in the Wilderness*, Simon & Schuster Inc., 1990, p. 52.

② James Bishop, Jr.: *Epitaph for a Desert Anarchist: The Life and Legacy of Edward Abbey*, Maxwell Macmillan, 1994, p. 20.

癌细胞的疯狂裂变和扩散!"[1]1975 年他在《回归家园之旅》里写道:"这样的发展将会怎样?去问任何一个癌细胞。"[2]在《有意破坏帮》里,艾比呼吁必须"想方设法阻止或减缓技术统治的强化,阻止或减缓为发展而发展,阻止或减缓癌细胞意识形态的扩散"[3]。在散文集《请珍惜生命》(*One Life at a Time, Please*,1987)里,艾比再次强调"为发展而发展是癌细胞的意识形态"[4]。在他去世的一年前,艾比听说亚利桑那州州长布鲁斯·巴比特要竞选美国总统,立即公开进行抨击:巴比特"只是发展主义者和工业主义者的奴才,而正是他的主子们,正在加速摧毁亚利桑那州剩下不多的荒野"。[5]

学界一般认为,20 世纪六七十年代的罗马俱乐部首先对"增长癖文化"提出质疑和批判(代表作为梅多斯的《增长的极限》);事实上,艾比的批判不仅在时间上至少要早 10 年,而且更加严厉、更为深刻。值得高度关注的是,艾比把唯发展主义称作一种意识形态,而绝不仅仅是具体的方针策略或发展模式。"为艺术而艺术"的唯美主义作为一种文艺观和生活观,指导着一批作家的文学创作;"为发展而发展"的唯发展主义作为一种意识形态,所指导的则是整个国家、整个民族长时期的生产方式、生活方式、大政方针和社会走向。如果这种意识形态出了问题,那绝对不是小问题,很可能造成整个民族甚至整个人类的灾难。

一、发展有制约

诚如任何一种生物都有其生存与进化的权利一样,人类作为这个星球的一个物种,自然也具有生存与发展的权利。批判唯发展主义绝不意味着

---

① Edward Abbey: *Desert Solitaire: A Season in the Wilderness*, Simon & Schuster Inc. 1990, pp. 126—127.

② James Bishop, Jr.: *Epitaph for a Desert Anarchist: The Life and Legacy of Edward Abbey*, Maxwell Macmillan, 1994, p. 213.

③ Edward Abbey: *The Monkey Wrench Gang*, J. B. Lippincott Co., 1975, p. 207.

④ James Bishop, Jr.: *Epitaph for a Desert Anarchist: The Life and Legacy of Edward Abbey*, Maxwell Macmillan, 1994, pp. 189—190.

⑤ Ibid., p. 18.

完全否定人的发展,更不意味着反人类,而是要揭示出这种发展至上的意识形态所存在的严重谬误。唯发展主义的第一个错误是严重忽视了发展的前提,即发展必须首先满足的制约性条件。保证当代人安全、健康的生活,保证子孙后代基本的生存条件,就是发展不可缺少的前提,所有的发展只能是在此制约下的发展。然而,唯发展主义者"用了不到三十年,就使西南部的所有城市空气质量全部超标",以至于"在阿尔布开克市,孩子们下午放学后都不能在露天玩耍",因为有毒气体会严重"伤害他们弱小的肺部";用了不到三十年就使几乎所有的食品含有各种各样的毒素,成千上万的人已经受到毒害。[1]

保持生态系统的平衡、稳定和所有生物生存条件的持续存有,至少得保证生态不再继续恶化,是发展的另一个必备前提。人要满足自己的欲望、要生活得越来越舒适,本来无可厚非;但20世纪后半叶以来的生态危机告诉我们,人对物质的无限需求与生态系统的有限承载力产生了不可调和的矛盾。既然人类不可能脱离生态系统而存活,既然现在看来还不可能在地球生态系统总崩溃之前建造出人造的生态系统或迁移到另一个星球,那么人类目前就只有一个选择:以生态系统的承载力来限制物质需求和经济发展。

艾比断言:"一个只求扩张或者只求超越极限的经济体制是绝对错误的。"[2]疯狂的、非理性的、没有制约的发展,可以用一种意象来象征:加速度冲进大气层发出耀眼光芒同时迅速烧尽自己的陨石。当然,生态的制约可以是动态的、相对的,即随着人类在开发替代资源、治理污染、重建生态平衡等方面的不断进展,生态对发展的制约可能不断放宽,但制约却是必需的、绝对的。没有刹车只有油门的发展无异于直奔死亡。人类(包括后代人)的健康存活和生态系统的平衡稳定,就是发展的制动器。

---

① Edward Abbey: *The Monkey Wrench Gang*, J. B. Lippincott Company, 1975, p. 214.

② Edward Abbey: *Desert Solitaire: A Season in the Wilderness*, Simon & Schuster Inc., 1990, p. 127.

二、发展非目的

艾比的反对者和批评者经常说的一句话是:“发展是美国一切事物的目的。”[①]艾比对此的反驳是:发展绝对不是目的! 唯发展主义第二个、也是最严重的错误,就是把发展本身当成了目的,即为发展而发展,或者说以发展为中心、为第一要务。从根本上说,发展是为人服务的,而不是人为发展服务。发展本身不是目的,而只是过程或手段。发展的目的是:人更安全、更健康、更舒适地生存,人更自由、更解放,精神更为充实,人格更加完善。发展的目的化,必然导致发展的自足化和发展的异化。发展异变成一个对人具有极大压迫力的自足体,必然会要求甚至迫使人为其牺牲最基本的权利,诸如健康生存的权利、公平对待的权利等。艾比明确地指出,为发展而发展这种本末倒置的意识形态必然会牺牲人类最主要的追求和最重要的普遍价值。“为了更大的发展,我们必须放弃一些最重要的品质,而正是那些品质保证了我们高水准的文明生活成为可能。……为了更大的发展,我们将我们所珍惜的价值……转化成有权势的少数人膨胀的银行账户,这个少数群体包括土地投机商、掠夺土地的开发商、银行家、汽车经销商和大型商场贪婪的老板,他们眼里只有利润。”[②]

艾比还清醒地意识到:唯发展主义者要牺牲这些珍贵的普遍价值、要不惜一切代价地发展,其更深层的动机也并非发展本身;以发展中心、以发展为目的不过是他们的一个幌子,掩盖的是不光彩的其他目的和企图。艾比指出,其真实目的有二:一是满足贪欲,二是保持、巩固和强化既得的权势利益。艾比在20世纪70年代就断言,如此“不断发展和最高速度的经济增长”,其真正目的之一就是“给我们更多满足”[③]。在其最后一部小说《海都克还活着!》里,艾比又形象地描绘了唯发展论者的真实面目:这个名叫毕晓

---

① James Bishop, Jr.: *Epitaph for a Desert Anarchist: The Life and Legacy of Edward Abbey*, Maxwell Macmillan, 1994, p. 88.

② Ibid., pp. 189—190.

③ Edward Abbey: *The Monkey Wrench Gang*, J. B. Lippincott Company, 1975, p. 2.

普·洛夫的发展偏执狂，整天沉醉在技术工业幻想(the techno-industrial fantasies)和发展白日梦(the daydream of growth)当中，“总在盘算如何改变自然、重组自然、开发自然、规划自然和征服自然”。他要“享受发展、富裕和进步的愉悦”，纵使发展的结果是“人们挤在狭窄的空间里生活，被烟雾笼罩，到处都是犯罪、噪声、毒品、警察、交通拥堵、疾病、心脏移植、双头畸形儿、脑积水早产儿、无休止的冲突、难以抑制的仇恨、不断强化的烦躁”。这种疯狂的发展的目的就是获得金钱、掠夺财富：“发展。我们要发展。我们要往前走并发展，永远发展，继续发展、向上发展、向前发展、永远向前发展……对我来说，铀闻起来就像金钱，铀闻起来就像工作……我爱这种味道……是的，先生们，我爱金钱的味道。我们不需要更多的所谓荒野，那只能招来更多环境主义分子，就像死马招来绿头苍蝇。”[①]对制定出为发展而发展战略的美国政客，艾比的批判更加不留情面：“这样的进程竟然被叫作‘发展’！我们的黑手党一般的寡头政客们根本不关心我们子孙后代的命运，他们所考虑的全是其短期利益。”[②]什么短期利益？艾比后来给予明确回答：他们的权势利益。“为发展而发展；为权力而权力。”[③]后者才是他们真正的目的。

艾比又揭示道：为发展而发展的发展主义者“直截了当、狂妄放肆地鼓吹将残留的最后这点荒原全部清除，彻底地征服自然，从而满足工业的需要——但绝对不是人的需要。这真是一种无所畏惧的想法，其无知和强权简直令人钦佩，支撑它的是整个现代历史。”[④]艾比在这里提出了一个非常重要的观点：不惜一切代价的发展，以牺牲生态平衡和人类健康为代价的发展，迎合的是现代化或工业化的需要，而不是人类真正的需要。人类的需要绝对不等于现代化或工业化的需要，绝不等于经济全球化的需要。人类真

---

① Edward Abbey: *Hayduke Lives!*, Little, Brown & Company, 1990, pp. 135, 138, 22.

② James Bishop, Jr.: *Epitaph for a Desert Anarchist: The Life and Legacy of Edward Abbey*, Maxwell Macmillan, 1994, p. 110.

③ Edward Abbey: *The Monkey Wrench Gang*, J. B. Lippincott Company, 1975, p. 61.

④ Edward Abbey: *Desert Solitaire: A Season in the Wilderness*, Simon & Schuster Inc., 1990, p. 47.

正的需要是在获得了基本的生存条件并在自然所能承载的范围内适度和有限地改善物质生活的基础上,在与自然和谐相处的环境里,更加人性化、拥有更多的社会领域里的自由、人与人的关系更加和谐平等亲切、精神生活更加充实、人格更加完善。由此可见,发展真的不是目的。如果非要把发展当作目的,那只能重新界定发展,赋予发展全新的内涵。

三、新的发展观

艾比在《请珍惜生命》一书里阐述了他的发展观。在他看来,真正的发展是向着真正的文明社会的曲折前进,而那真正的文明社会的主要标志就是发展的主要任务。那些主要标志可分为两大类:一是"以开放、多样化、宽容、个人自由和理性为基本价值",二是"自然界必须被当作平等的伙伴对待"①。以往我们谈论发展,主要指的是经济社会的发展,即物质生活和物质生产的发展。新的发展观则敦促人们冲出这种局限,向另外两个维度扩展人类的发展观和现实的发展。其一是精神生活的充实丰富和人性人格的解放完善,以及为实现这一发展所必需的社会变革——走向更为公正、更为民主、更加自由和更加和谐的社会。这才是人类发展的真谛。只有这样的发展才能给人带来更多更大更长久的幸福。其二是缓解直至消除生态危机,恢复和重建生态平衡,进而与自然万物相互依存地和谐共处。这是人类永续发展的根本保证,也是检验发展是否科学的又一终极标准(一个是人的标准,一个是生态的标准)。这一标准要求人们以是否有利于维持和保护生态系统的完整、平衡、和谐、稳定和持续存在作为衡量一切事物的终极尺度,去评判和修正人类的生活方式、科技进步、经济增长和社会变革。所谓科学的发展,不是经济增长和物质生产与消费的科学化,更不是没有明确目的和具体任务的空洞口号,而是以人文社会科学和自然科学的终极目的——人的自由解放、人与人的和谐相处、人与自然的和谐相处——作为标准进行重新

---

① Edward Abbey: *One Life at a Time, Please*, Henry Halt and Company Publishers, 1988, pp. 179—180.

审视和修订的发展观。换言之,科学的发展是高水准文明的建设,其主要任务不是物质生产与生活,而是人与人、人与自然的和谐。这样的发展,与人们以往理解的发展完全不同,与唯发展主义的发展截然相反。

在艾比逝世几年后,他的好友杰克·莱夫勒给了他一个很准确的评价:终其一生"竭尽所能",以其作品和行动"去阻止那不可抗拒的发展"[1]。然而,知其不可为而为之的艾比对人类能否抛弃唯发展主义并没有足够的信心。他经常说人类现在痛得还不够,很可能要等到垂死之痛来临才会真正醒悟。然而,到那时一切都悔之晚矣,现代文明将灰飞烟灭。1988 年艾比曾大胆预言:"不出一百年,美国这个军事-工业国家就将在大地上消失。"[2]"时间和风沙迟早会把西博拉七城市——凤凰城、图森、阿尔布开克及其他所有城市——埋葬在流动的沙丘下,浩劫之后,蓝眼睛的纳瓦霍贝都因人将在那些沙丘上放羊牧马,冬天沿河,夏天进山,有时还会转向沙漠,横跨荒漠走向犹他州的红色峡谷,那里有一些大瀑布从被泥沙淤满的、古老而神秘的大水坝倾泻而下。"[3]未来的人类也许会对那些违反自然规律而建的大水坝遗址百思不得其解,也许会嘲笑我们致命的愚蠢和狂妄,也许会吸取我们的教训;最不幸的是,也许他们还会再一次踏上这条开拓发展——消费享受——再开拓再发展……恶性循环,直至生态极限和人类毁灭的不归路。

第三节　生态整体主义

在《沙漠独居者》里艾比写道:"我不愿意杀害动物。我是一个人道主义

---

① Jack Loeffler: "Edward Abbey, Anarchism and the Environment", *Western American Literature* 28:1 (May 1993), p. 48.

② Peter Quigley (ed.): *Coyote in the Maze: Tracking Edward Abbey in a World of Words*, University of Utah Press, 1998, p. 116.

③ Edward Abbey: *Desert Solitaire: A Season in the Wilderness*, Simon & Schuster Inc., 1990, p. 127.

者。我宁可杀人也不愿意去杀一条蛇。"[①]注意这里的"人道主义者",这是一种新人道主义,一种将人类之间的爱普施于万物,为了万物的生存权利和自然整体的和谐存在宁可严厉地约束人类、严惩破坏生态平衡的人,也不愿以牺牲自然和谐、滥杀无辜来张扬人类自我价值和满足人类利益的新人道主义。这种新的人道主义将人类放进自然整体中考虑,人类的所有发展都不能有害于自然整体的和谐稳定,人类发展必须以自然的可持续存在和可持续承载为限度。在1988年1月3日的日记里,艾比提出了一个判断人类思想和行为优劣的标准——"无害",即"对地球、对其他生命形式、对其他人"没有损害或损害最小。"根据这个标准,堪称优越种族的人应当是澳大利亚的土著居民、非洲的布须曼人,或许还有亚利桑那州的霍皮印第安人。"[②]在这里,艾比不是要讨论种族优越或者种族歧视,而是要论述一个生态整体主义的价值判断标准,目的是希望人们用生态整体论的标准来审视、指导和限制人们的思想、行为、文化、生活方式和经济发展。

在《沙漠独居者》里艾比还宣布:"我不是个无神论者,而是一个大地主义者(earthiest)。"[③]后来他又对大地主义作了更具体的解释:"大地主义是对地球的根本性的忠诚,对我们、家庭和朋友生命的尊重,以及对我们周围所有动植物的生命的尊敬。"[④]生态整体主义并不否认人类有限度地获取自然资源的权利,但这种权利绝对不能膨胀到危及生态系统平衡稳定的程度,绝对不能膨胀到导致其他物种灭绝的程度。所以,艾比才说:"人类有其权利,但我们还必须尊重其他生物按照它们自己的生存方式、在他们自己的空间

---

① Edward Abbey: *Desert Solitaire: A Season in the Wilderness*, Simon & Schuster Inc., 1990, p. 17.

② David Peterson (ed.): *Confessions of a Barbarian: Selections from the Journals of Edward Abbey, 1951—1989*, Little, Brown, 1994, pp. 336—337.

③ Edward Abbey: *Desert Solitaire: A Season in the Wilderness*, Simon & Schuster Inc. 1990, p. 184.

④ James M. Cahalan, *Edward Abbey: A Life*, The University of Arizona Press, 2001, p. 278.

里生存的权利。”[①]

对自然的热爱是对自然整体的热爱，而不是有选择的、功利性的爱。在《沙漠独居者》里艾比具体阐述了这一点：“对荒野的爱远远不只是对没有得到的东西的渴望，还是对大地忠诚的一种体现。只要我们真的用眼睛去看，就不难发现：大地承载着我们并供养着我们，它是我们应当永远记住的唯一家园，是我们应该永远需要的唯一乐园。要是我们真正配得上这个乐园，我们就能理解：原罪，真正的原罪，就是为了满足对这个自然乐园的贪欲盲目地破坏它。”“我所说的‘乐园’不仅意味着苹果树和美貌女人，也意味着蝎子、大蜘蛛和苍蝇，响尾蛇和希拉毒蜥，沙尘暴、山火和地震；细菌和熊；仙人掌、丝兰、木槿、蔓仙人掌和木豆树；暴洪和流沙；当然，还有疾病、死亡和腐烂的肉体。”[②]无论自然里有多少险恶，也必须忠实于它、爱它、保护它；因为这就是我们生于斯、长于斯和被供养于斯的地球，所有的物种、所有的有利和不利、所有的“美好”和“险恶”共同组成了这个人类生存不能须臾脱离的生态系统。只有热爱生态整体，才是真正的热爱自然。

从生态整体的视角去考察，沙漠虽然不适宜人类居住，但仍然有它原样存在的权利，更有其生态价值。从生态整体性着眼，艾比指出，埋怨沙漠缺水，和埋怨山上没有大海、河里没有飞鸟一样荒谬。好多人都在沙漠里呼唤“水，水，水……然而这里的沙漠并不缺水，它有十分精确的供水量和供水率来满足岩石、沙丘的需要，从而确保在植物和动物之间、在零散住家、乡镇和城市之间留下广阔的、自由的、开放的、充足的空间，而正是这沙漠空间使得干旱的西部与美国的其他地方完全不同。这里并不缺水，除非你一定要在不应该有城市的地方建一个城市”[③]。艾比认为，缺水不缺水，是从人的角度做出的判断；但从自然的角度来看，并没有缺不缺水之别，只有水与适合于特定水量的生命之间的平衡。如果人类的数量和需求过度地增长，非要在

---

① James Bishop, Jr.: *Epitaph for a Desert Anarchist: The Life and Legacy of Edward Abbey*, Maxwell Macmillan, 1994, p. 17.

② Edward Abbey: *Desert Solitaire: A Season in the Wilderness*, Simon & Schuster Inc., 1990, p. 167.

③ Ibid., p. 126.

不适合的地方生活，那么只能说是人自己造成了水源匮乏。如果人们在造成水源匮乏并霸道地剥夺了其他生物得到自然原本给予它们的特定量水资源的权利之后，又凭借自己的力量以建水库、跨流域水体调动等人工手段强行打破自然的平衡，那么人类就将彻底扰乱地球的水循环系统乃至整个生态系统。

著名的生态哲学家纳什[①]指出："在艾比大多数作品里，从《勇敢的牛仔》到《海都克还活着！》，都弥漫着这样一种观念：自然不是为人存在的，不是为了向人类生活提供支持而存在的，不是为了人类的欢娱而存在的。自然的价值在于其自身，全在其自身。"[②]正因为如此，艾比的荒野保护观与功利主义的荒野保护观完全不同。大多数人，包括国家公园的管理部门都认为，保护荒野的目的"是为了满足不断增长的户外消遣需要"，最长远的考虑也不过是"为子孙后代提供不少于现今的同样乐趣"。因此，"国家公园必须全面开放，不但要对游人开放，而且对他们的机器——汽车、摩托艇等——开放"。但是在艾比看来，"荒野和汽车是不相容的"，"旅游业对于国家公园来说是一个威胁"。"荒野是文明必要的组成部分"，应当"保持它不被打扰和破坏"[③]，尽可能"保持它的本来样子"[④]。显然，这是两种相互矛盾的观念，反映出人类中心主义与生态整体主义的矛盾。

提倡生态整体主义的环保人士经常被指责为反人类，在《沙漠独居者》里就有游客指责艾比"反文明、反科学、反人类"。对此，艾比的回答是："作为人类的一员(尽管我并不情愿，事先也没有征得我同意)，我怎么能反对人类而不反对有点自我欣赏的自己呢？我怎么能与别人同样地赞美泰利斯、德谟克利特、阿里斯塔克斯、浮士德、帕拉切尔苏斯、哥白尼、伽利略、开普

---

① 纳什(Roderick Nash)是美国加利福尼亚大学教授，著名的生态哲学家，其著作《荒野与美国精神》《自然的权力》很有影响。

② James Bishop, Jr.: *Epitaph for a Desert Anarchist: The Life and Legacy of Edward Abbey*, Maxwell Macmillan, 1994, pp. 228－229.

③ Edward Abbey: *Desert Solitaire: A Season in the Wilderness*, Simon & Schuster Inc., 1990, pp. 47－48, 51.

④ Edward Abbey: *The Journey Home: Some Words in Defense of the American West*, Dutton, 1977, p. 145.

勒、牛顿、达尔文和爱因斯坦，同时又去反科学呢？最后，我又怎么能反对我最希望保护和最崇敬的文明（这个术语包括对荒野的爱）呢？”[①]艾比以及所有生态整体主义者所否定的不是整个文明、科学和人类，而是批判文明的缺失和不健康发展，是批判科学的失误过错和科学至上主义，是批判人类的狂妄自大和人类中心主义。作为自然一部分的人类，一旦成为自足体，便具有了只为了满足自身需要的本体动力，其中有些是与母体（大自然）的整体利益相冲突的。在这种情况下，为了人类的长久存在，就必须时刻反思人类自身，防止人类作为自然母系统的一个子系统恶性膨胀，扰乱母系统的正常机能，导致与母系统的脱离甚至导致母系统的紊乱和崩溃。正是从这个角度来说，人类永远都需要从生态整体的大视角不断地审视自己、自我批判并调整自己。这种自我审视、批判和调整绝对不是反人类，相反却是真正意义上的爱人类，其目的之一是为了人类的长远利益和根本利益。作为人类精神和创造成就的文化和科学，一旦成为自足体，便具有了仅仅为了满足自身需要和自身发展的本体驱力。同样，这些驱力中有些亦与人类真正的健康生存发展的需要（如与自然和谐相处、长久地可持续生存）相冲突。因此，我们永远需要从人类的根本利益和长远利益的角度审视、批判、校正甚至限制文化和科学，绝对不能让科学文化反过来成为左右人类的异己力量。

生态整体主义是一个很复杂的哲学思想体系，但艾比对生态整体主义的探讨却是形象具体、生动易懂的。正如纳什所说，艾比的作品说的是生态哲学问题，“但他又不是哲学家。他以一个热爱者和保护者的身份、以一般人都能理解的语言写作。他把环境伦理学带回大地，他在‘环境伦理学’和‘深层生态学’远未提出之前，就描绘了人保护自然权力的景象”[②]。作为一个著名的生态哲学家，纳什的评价足以证明艾比对人类生态思想，特别是生态整体论思想的杰出贡献。

---

① Edward Abbey: *Desert Solitaire: A Season in the Wilderness*, Simon & Schuster Inc., 1990, p. 244.

② James Bishop, Jr.: *Epitaph for a Desert Anarchist: The Life and Legacy of Edward Abbey*, Maxwell Macmillan, 1994, p. 229.

第四节　感受自然、与自然和谐相处

艾比认为，荒野是真正的文明必不可少的组成部分，未被人类干扰破坏的自然是人类健康生存的必需。《沙漠独居者》里有这样一段意味深长的对话。一个到荒漠观光的游客感叹道："这里可以变成个好地方，如果你们这儿有些水就好了……如果你们这儿有更多的水，就会有更多的人来居住。"艾比的回答是："不过，当人们想看人群之外的地方，又该去哪里呢？"[①]人类之外的景物、未受人类污染破坏的自然物，是人类不可或缺的。艾比进一步阐释道："群山补充着沙漠的不足，就像沙漠补充着城市的不足，同理，荒野补足并成就文明。一个人即使一生都没离开过沥青路面、电线和方方正正的城市建筑，仍可能是荒野的热爱者和保护者。我们需要荒野，不论是否曾涉足那里。我们需要一个避难所，即使可能永远也不必去那里。比方说，我可能一生也不会到阿拉斯加，但我依然为有它在那里而高兴。毫无疑问，我们需要逃避的可能，就像我们需要希望一样。"[②]

人绝不仅仅是社会的动物，他首先是自然界里的动物。人的本性之一就是与人以外的自然万物和谐相处，这种本性的需求使得人不满足于与人交往，不满足于社会生活。正因为如此，人才在与原始自然的交往过程中感受到强烈的、不可或缺的、不可被人造环境所替代的美和愉悦。这种美和审美愉悦就是人类文明的重要组成部分。如果把地球上的所有荒野加以人为的改造，那么，人类的这种本性、这种愉悦、这种真正的文明将被彻底压抑和摧毁，人类就绝对不可能获得真正的幸福。人类的另一个本性是自由，自由也绝对不仅仅限于社会生活，还包括自由地回归自然，并在自然规律的范围内顺应人的自然天性地生活。因此，艾比呼吁人们"回归原始的自由，最简

---

① Edward Abbey: *Desert Solitaire*: *A Season in the Wilderness*, Simon & Schuster Inc. 1990, p. 112.

② Ibid., pp. 129—130.

单的、最实在的、原本意义上的自由，唯一堪称自由的自由”[①]。艾比警告道，如果荒野等原生态自然失去，自由也将不复存在。“没有自由荒野照样存在；甚至没有人类荒野也照样存在；但是，没有了荒野我们不可能拥有自由。”“真正的人类的自由，经济自由、政治自由、社会自由，从根本上与人类身体的自由——拥有足够的空间和土地——联系在一起。”[②]

在散文《旅途的悲伤》(The Sorrows of Travel)里，艾比饱含深情地叙述了他融入自然的渴望：

> 我想拥抱这荒漠群山，同时拥抱并且全部拥抱；然而我越是努力地去做这样的交流，它们就越发神秘莫测和难以捉摸，梦一般地从我的怀里溜去。难道这种渴望只能在死后得到满足？人类的意识里似乎有些东西使我们永远只能做我们生活于其中的世界的旁观者。
>
> ……
>
> 一个作家的墓志铭：他深爱这个星球、这个大地，但他的爱却永远不能完全满足。[③]

在我们的内心深处，究竟有什么东西在阻碍着我们与自然万物平等地、亲密地交流？人类中心主义？无止境的欲望？艾比一生和他的所有创作都在试图冲破这些阻碍，实现与自然真正的融合。

《沙漠独居者》描写了作者与一条牛蛇[④]的动人关系："牛蛇和我相处得很融洽。白天他像只猫一样，蜷作一团待在取暖器后面温暖的角落里，到了晚上他就开始干活。老鼠们从此变得异常安静，再也没有露面。这条牛蛇很温顺，显然是对这里很满意，我把他拿起来搭在胳膊或脖子上，他毫不抗

---

① Edward Abbey: *Desert Solitaire: A Season in the Wilderness*, Simon & Schuster Inc., 1990, p. 155.

② James Bishop, Jr.: *Epitaph for a Desert Anarchist: The Life and Legacy of Edward Abbey*, Maxwell Macmillan, 1994, p. 13.

③ Ibid., p. 181.

④ 牛蛇(gopher snake)，一种产于北美的浅褐色无毒大蛇。

拒。带他到户外的寒风和阳光里,他却更喜欢躲在我的衬衫里面,盘在我腰上,歇息在我腰带上。有时他也会从我的衬衣纽扣中间探出头来,观察一下天气,这情景让那些碰巧看到的游客惊讶和欣喜不已。他的蛇皮干爽而光滑,摸起来很舒服。当然,作为冷血动物,他的体温是从周围环境获取的——在我身上时就从我身体获取。我们就这样和谐相处。我认为,我们互为朋友。"[①]

在《沙漠独居者》里,这类描写与自然亲密接触的内容还有很多,艾比给生活在现代社会的读者展现的是他们或匪夷所思或梦寐以求的伊甸园一般的荒野生活:

> (不堪蚊子之扰的)我卷起睡袋,在依稀的星光里……向瀑布顶端爬去……在石灰华石丘边缘,离瀑布六英尺的地方,我发现一个刚够铺开一张床的沙凹。急速下落的溪水在瀑布边缘自由飞泻,激起持续不断的气流,足以赶走所有飞虫。那天晚上我睡得很香。第二天我又把帆布床也搬到这里,于是在7月的最后几天和整个8月间,这里就成了我固定的卧室。
>
> ……在瀑布下面的水塘边做了几天梦,像亚当一样在棉白杨树下裸体漫步,巡视我的仙人掌园。日子变得原始、奇特和费解——一种原罪的因素弥漫在流动的时间中。在似醉似幻的时光里,像道家的庄子梦蝶一样,我也挂念着蝴蝶。那里也有一条蛇,一条红蛇,住在泉溪的岩石间,我总在那里灌满我的水壶,每次去的时候它都在那儿,或是在石间滑来滑去,或是停下来用它充满暗示的舌头和朦胧、不安、原始的眼神迷惑我。那该死的眼睛!我猜我们都把对方看透了。
>
> ……我在一个浅洞的突出岩石下避雨过夜,洞只有三英尺高——几乎连坐立的空间都不够。有别的东西以前来过这里:小洞穴满是尘土的地面到处都是粪便,有鸟的、老鼠的、长耳大野兔的、郊狼的。……

---

① Edward Abbey: *Desert Solitaire: A Season in the Wilderness*, Simon & Schuster Inc., 1990, p. 19.

> 我在这郊狼窝里伸开四肢，头枕在胳膊上，在漫漫长夜中忍受着潮湿、寒冷、疼痛、饥饿和肮脏，做着幽闭恐怖的噩梦。然而，那却是我一生中最快乐的一个夜晚。①

回归自然的终极就是彻底融入自然。在《山上的火》里有一段象征意味很浓的描写，展现的是人朝向自然的最后的回归。顽强抗拒政府把他的牧场变成导弹发射场的老牧场主沃格林最终还是失去了牧场，并因此而心脏病发作去世。叙述者是老人的孙子比利。透过这个12岁男孩的眼睛，读者看到了老人被火葬的情景：

> 我们面对着那小屋，注视着那些火苗，等着。等着小屋里面的一切变成炼狱里的萧萧风声。一点点、一块块、大片片的屋顶开始塌落。躺在床上的爷爷在火里不见了，从头到脚被火包裹起来，一个细胞接着一个细胞、一个原子接着一个原子，他重新融入天地元素中。
>
> 站立在远远的山边，一只雄狮注视着这里，对我吼叫着说："这个老人将证明这一点，比利。他会证明的……"②

沃格林在烈火中融入了自然，这是他的荣耀，也是自然对他热烈的欢迎和温暖的接纳。那些抢夺了、毁坏了这美好牧场和所有原生态自然环境的人，最终也要融入自然的，不过他们将被自然残酷地、强迫性地、不以他们的意志为转移地吞噬。远处雄狮的吼叫是一个注定要兑现的谶语：这个星球在被人类的贪欲和无知的代名词"发展"蹂躏到极限时，一定能够用火、水、冰、岩浆、大气、阳光等所有方式来治愈自己，并将这个狂妄的人类全部转化成另一种物质形式，熔化到它的系统中。小说给我们展示了两条道路：一条是以沃格林为代表的主动、积极、快乐地与万物和谐相处的道路；另一条是

---

① Edward Abbey: *Desert Solitaire: A Season in the Wilderness*, Simon & Schuster Inc., 1990, pp. 198. 200, 205.

② James Bishop, Jr.: *Epitaph for a Desert Anarchist: The Life and Legacy of Edward Abbey*, Maxwell Macmillan, 1994, p. 117.

以唯发展主义者为代表的、最终仍将被动地、被迫地、痛苦地化作尘埃的道路。两条路殊途同归,但性质则完全不同。

在谈到创作目的时艾比说:“为什么写作?……为了反对、抵抗和破坏当代的潮流,无论这个潮流以什么样的意识形态作为伪装,其目的都是通往全球性的技术专制状态。我写作是为了反对非正义、反抗权力以及替无声者呐喊。”艾比所说的无声者,不仅包括人间的弱势群体,更是指不能向人类发出愤怒和绝望呼声的整个自然。艾比清醒地知道他个人的努力以及所有生态作家的努力是远远不够的,清楚地认识到文字和声音的局限性,但他一生都没有放弃。他经常用索尔仁尼琴的一句话来激励自己:“文字作品的重要性就如同夜里吠叫的村庄里的狗。”[①]他甘愿一生都做一条向整个人类发出警告的狗。

① James Bishop, Jr.: *Epitaph for a Desert Anarchist: The Life and Legacy of Edward Abbey*, Maxwell Macmillan, 1994, pp. 146—147.

附录三

甲斐胜二教授访谈录[①]

甲斐胜二(Kai Katsuji)先生是日本福冈大学人文学部中国文学方向的教授,在中国语言与民族研究、中国古代文学,以及中国古典文论方面颇有建树,发表论文和译文100余篇,在中日学界均有影响。在生态危机时代,甲斐先生对生态/环境研究产生了兴趣,展开了一系列有影响的生态批评。与此同时,他与福冈大学资源循环环境工学学科的中国研究生合作,翻译了中国厦门大学王诺教授的论著《欧美生态文学》(2003)的第一章,发表在《福冈大学人文论丛》2016年第1号和第2号。此后,甲斐先生在日本学界继续推进对王诺生态思想的引介和应用,并从这一视角解读了阿来的《鱼》(发表于《福冈大学人文论丛》2017年第1号)。本访谈就甲斐先生的翻译—研究背景、选译的原因、可能的影响、翻译中的困难和解决方案等问题展开讨论。

---

① 本文作者:李婷文、甲斐胜二。李婷文(1988—),女,广西南宁人,文学博士,厦门大学人文学院中文系助理教授,日本神户大学、英国剑桥大学访问学人(本访谈根据作者留日期间采访甲斐教授录音整理)。甲斐胜二,男,日本九州人,日本福冈大学人文学部教授,著名生态批评家和日本汉学家,从事生态文学与生态批评研究、中国语言与民族研究、中国古代文学及中国古典文论研究。

第一节 甲斐教授的翻译—研究背景

访者(以下简称"访"):甲斐先生,您能简单说一下您关注和翻译生态文学和生态批评作品的原因吗?

甲斐先生(以下简称"甲"):我想可能主要有两方面的原因吧。一是生态危机的客观事实,这一点在我们的日常生活和我的阅读中观感都非常明显,在王诺教授的生态批评著作开篇,也说得很清楚。二是我的个人经验和对自然的态度。我的父辈原先都是九州的农民,我们家是在城市化的过程中由乡入城的,我自然观的形成很大程度上与自己的这段经历有关,我会比较关注自己身边的自然物。举例来说,我刚开始对生态感兴趣是因为对小动物的关注。我有时候在院子里给树浇水,看到树上开花,花中有蜜蜂在认真地采蜜。这些小蜜蜂让我觉得很可爱,我于是产生保护它们的想法。那么怎么保护呢?就是今后我不会给树杀虫,这样的话蜜蜂也就可以来采蜜了吧。我想从亲密感中唤起更多人保护动物、植物乃至所有生物的意识和行动,进而去保护生态,也是生态文学的工作之一吧。这些都是比较初步的想法,我也是2016年才加入日本文学与环境研究会(Association for the Study of Literature and Environment,以下简称ASLE)的,开始系统地学习和关注相关问题与方法,在理论方面的考虑也是刚刚起步。

访:您提到了日本ASLE组织,我对他们的活动和成果稍微做过一些了解,看到日本和中国的环保思想与活动都在20世纪90年代有过高速发展,不过主要的工作是引介西方生态/环境理论。您没有选择翻译西方生态/环境理论,而是选择译介中国方面的相关文献,是不是有什么特殊的考虑?

甲:没错。我觉得最早的生态/环境思想的形成跟工业革命的后果有直接关系,西方国家率先完成了工业革命和现代化,从而有条件最先看到自然被破坏的恶果,产生生态/环保意识,这是可以理解的。不过生态主义/环境主义作为话语,却是到20世纪60年代才在美国产生。这并不是说生态危机在20世纪60年代之前不存在,我只是认为,我们也应该注意语境,至少注意到这个话语的普遍意义需要全球化的基本完成作为前提。中国和日本参与生态思考和环保行动的前提之一也是这种全球化:不只是经济、政治和文化,也是生态危机的全球化。这个背景既是中日生态/环境思想产生和发展的契机之一,也是两国生态思想中的问题产生的原因之一。从这个角度来思考,我觉得我们不能和 20 世纪 90 年代一样,仅仅是移植和套用西方的相关思想和理论,不考虑本土的语境。而中国和日本的本土情况在很多方面都比较相似,我也在中国的生态/环境思想中发现了许多很特别、很富有启发的思想。王诺先生的著作就是其中之一。这是客观方面。主观方面是我自己的专业,我主要研究中国古代文学和文论,也在云南做关于白族的田野研究。我想这给我深入接触中国的相关思想,提供了比较有利的条件。

访:我看到您本身的专业是中国文学,从 2010 年开始,也给工科学生上课,在资源循环环境工学部有教职。不知您会给工科学生讲什么呢?

甲:这是我经常被问的问题。一个文科教授去给工科学生上课,这有合理性吗?他能讲些什么呢?该怎么讲呢?我认为这跟另一个问题有些共性。那就是人文学者无法像科学工作者那样去开发绿色能源、探索解决污染问题的科技措施,或是去研究某些现象的环境影响等,那么他们在生态运动中能做些什么呢?我对两个问题的答案也是基本相同的,就是促使人们反思和改变生活中乃至研究中的观念,并同时在公众中间唤起保护生态的意识吧。这跟生态/环境文学的努力基本上是一致的。

访:能请您具体说一下这些努力包括哪些工作,它们有哪些特殊性和意义吗?

甲:大概有以下这么几个方面。我认为科学和技术进步虽然可能为解决生态危机做出巨大贡献,但它们不可能完全解决问题,因为生态问题很大程度上是我们的生活方式导致的,单凭科技发展并不能彻底转变我们的生活习惯。很多情况下,我们只是借助科技的便利,在很大程度上继续保持过去的观念和生活方式。与之相对,生态批评与生态文学通过呈现人类行为可能带来的恶果,指出我们的文化和信念中那些有问题的东西,以及根据不同的社会文化倡导对生态系统更友好的生活方式,很可能可以从根本上改变我们的行为标准。

访:好像是的。从我的调查结果来看,ASLE主要使用生态批评和生态文学文本,而不只是单纯的科研数据及成果,来实行对公众的环境教育。比如日本ASLE编选的《快乐阅读自然书写》[①],就是一本面向大众的导读,收集了120个生态文学作品,并给每一篇都写了导引,适合各个年龄段、各种水平的人阅读。这在日本公众环境教育里,应该算是比较突出的吧?

甲:对的,这确实是一个很好的例子。另一点是,虽然政府可以推行从其他国家学来的理念和政策,但他们还是需要找到策略来让人们理解这些理念和政策。其中一个方法就是把生态/环境思想跟本土经验结合起来,而文学是其中最有效和最容易被人理解的途径之一。比如,雷切尔·卡森的著名生态文学作品,从1970年以来就在中国和日本影响很大,也激励了一些本土作家去创作生态文学作品。日本方面,例如有吉佐和子的《复合污染》[②]就被称为日本的《寂静的春天》,这本书及其影响本身就展示了人文和生态/环境文学能够为生态运动做什么,而它是通过结合生态思想与日本严峻的生态现实来做到这一点的。

访:这些作品带来的影响可以在什么地方看到呢?

甲:在日本政策和日常生活的方方面面,从垃圾分类到电力调控等,都可以看到生态意识和环保措施在一步步推进。这些理念与实践,跟本土的泛神论结合到一起,比较顺利地在日本当代生活中推行。一方面,日本人喜欢小的东西,对自然的亲密感很大一部分由此而来。对自然的认识和保护意识很多时候是从与周围自然物的亲密关系发展起来的。另一方面,日本传统的泛神论认为一切事物皆有神存,所以会对自然保持敬畏感。但是在环保政策推行的过程中,也经常存在经济和环境利益的权衡。比如,许多人认为垃圾分类不如一起处理,不进行分类会更有效。但所谓的"有效",是从"经济"的角度来进行衡量。从经济上来说,再利用不如再制造。可是这样的经济考量,它的基础仍然是资源无限论,这本身也许是值得商榷的。

---

① 文学・环境学会编:『たのしく読めるネイチャーライティング:作品がイド120』,ミネルヴァ・书房,2000年。

② 有吉佐和子:『複合汚染』,新潮社,1975年。

访:您的分析很有道理。不只是资源循环利用,在交通方面我们也经常看到经济和生态效益之间的不可兼得。但在日本,我看到许多有私家车的人仍然选择公共交通,并且公共交通的费用一点也不低。

甲:确实有这样的权衡和取舍。我感觉从人的精神结构来看,要做到“知足”还是比较难的吧。“理性”对于我们来说是外来的,生物最初的原则只是“如何生活下去”。像动物那样,大脑中没有太多高于生存的东西。要真正知道“知足”,可能需要根本改变人的精神吧。这是很难的。所以从事生态文学和生态批评的人,我希望他们明白的是,他们的力量其实没有那么大。不过,他们应该相信,这是很重要的工作。只是从能力的有限性来看的话,也许一开始就输了吧。

访:您这样认为吗?

甲:但我想任何运动都是这样,如果一般人不能在日常生活中进行的话,就不会继续下去了。也就是说,任何主张或运动都不止是抽象的理念和自上而下的“规划”,需要一般人的理解,一般人的行动,就算只是简单的参加。我认为我们还是应该明确目标和限制。

访:所以我们可以认为,这是您寻找生态思想本土生长点的原因之一吗?

甲:对的。许多人批评20世纪90年代照搬西方生态思想的做法,认为这不适用于发展中国家和非西方社会文化,具体来说,就是与中国和日本自己的文化不兼容。在环境正义的语境中,这甚至有可能被看作是新型殖民。所以我认为,中日两国生态思想倡导者的任务之一,就是要接地气,在明确生态危机的同时也要充分认识自己的特殊性,在本土历史文化中寻找生态思想的扎根点和养料。这也是我认为自己目前的专业知识可以派上用场的原因之一。比如,在考察古人的自然观,以寻找生态危机的文化根源或探索缓解危机的文化解药时,我们就相对有辨伪存真的能力。

访:这个我同意。不知您是否熟悉加藤周一的作品,他在日本文学史中对日本自然观形成脉络的梳理和辨析就很有启发,读了之后颠覆了我和其他“外国人”原先对这个问题的看法。

甲:加藤周一的作品我也读了,但有的相关部分记不太清楚了呢。不过说到日本人的自然观,这实在太一言难尽了。我自己的观感,现代日本人对自然的关切,很多还是从城市化中来的吧。城市化推进,自然随之消退,许多由乡入城的人会更多关心如何保存自然物。这跟加藤谈到日本民族文化的自觉和塑造,主要是明治维新以来在外来文化冲击和现代化推进中多重文化建构的结果,有时间和历史经验上的吻合。不过除了接地气的方面,还有另一个原因,让我觉得人文学科和生态批评可以起到较大作用,我在翻译中也碰到了这个问题,就是区分"生态的"和"环境的"问题。我在阅读王诺教授的论著之前,并没有关注过两者间的不同。

第二节 翻译王诺教授的生态文学理论:原因和可能带来的影响

访:您在译文前言和在复旦大学举办的中国文论研讨会上都直接或间接地谈到了您选择翻译王诺教授生态文论的原因,这里能不能再具体展开一下呢?

甲:大概有以下几个原因吧。第一个原因是王诺教授的生态批评理论在中国的影响。我也参考了其他学者,比如苗福光先生的观点。王诺教授的《欧美生态文学》作为中国最早系统介绍欧美生态文学的论著,有重要的开创和参考价值。更重要的是,在这本书里"生态"一词和它的特殊用法,在王诺教授的论述中得到了澄清,这在中国学界是第一次,标志着生态文学在中国的兴起,所以有十分重要的意义。在此之后,这种用法在中国也有非常广泛的接受度,在刘青汉、王光东和杨晓辉等先生们的书和文章里,都可以看到对王诺教授提出的生态文学定义的使用,从中可以看到他的生态文学理论在中国的影响。第二个原因是,我看到在很多新近编撰的中国文学和理论选集中,"生态文学"已经被当作其中的一个比较重要的条目。比如,《新世纪小说大系 2001—2010》就有专门的"生态卷",而且在序言中明确表示对王诺教授生态文学定义的肯定。[1] 这在一定程度上说明，王诺教授的观点在近年来对中国文学创作、分类以及形成规范都有影响，而且这个影响通过文学史的编撰和作品集的编选，在不断增大。

访：您读过这些中国生态文学作品吗？

甲：我读过一些。虽然这些作品有比较好的生态意识，但它们似乎还没有把欧美生态思想跟中国的经验与思想充分结合起来，所以对于我看过的这些作品，我并不是很满意。不过，我在王诺教授的理论里看到了一些迹象，可能可以看作生态文学的"中国学派"崛起的标志吧，这也是我很期待能在近期中国看到的现象。

访：您对"中国学派"有什么特别的期待吗？

甲：我希望他们更多地对中国古代文学中的自然描写加以关注，更多地和今天的思想联系起来吧。这个学派今后如何发掘中国古典自然观，检验这种自然观中是否包含自然管理人类，或更确切地说，中国自然观中的自然如何改变为有点人格性的自然，这是我所主要关注的问题，在复旦大学会议上我也表达了这样的观点。

访：具体来说，您觉得中国古典文学中的自然观或古代文论里，有什么特别值得今天的生态文学和生态思想借鉴的东西呢？

甲：我想大概有两种观点，在我看来非常值得关注和挖掘，一是知足的思想，它和发展经济、解放欲望的现代观念是相对的；二是中国古代一些思想中存在的死亡观，对死亡观的探索是我最近关注的方面之一。我想具体说一下死亡观。我对死亡观的思考，最初是从生态共生观开始的，也就是说，让他人和其他非人生物都和我同样拥有生活下去的权利。具体而言，在河中应该有一个鱼的世界，也应该有一个螃蟹的世界，它们处于共生的关系中，虽然有时会吃掉或被吃掉，但总体来说这个关系是和谐的。但与此同时，我们应该怎样呢？我们或许也应该制限自己的人口。现在最困难的问

---

[1] 甲斐胜二、徐达然：「王诺「生态文学概论」」（上），『福冈大学人文论丛』2016 年第 6 期，第 283－320 页。见陈思和主编，王光东编选：《新世纪小说大系（2001—2010）》（生态卷），上海文艺出版社，2014 年。

题是,我们应该如何减少人的数量。我说这样的话你可能会不舒服,但我敢说,现在大部分社会中都没有老人安心接受死亡的思想。在日本,人口老龄化就给经济带来很大问题。比如老人与年轻人一起共用医疗系统,就给国家财政带来较大负担。可是从社会伦理和科技伦理上说,各种发展的目的本来就包括延长人口寿命和提高人口生活质量,发展的根底应该是对生命的重视。但这种重视及其行动能够是无限的吗?

访:您指的是什么呢?

甲:我指的是,社会资源和科学技术在不断增长,人们的生活质量在很大程度上也随之增长,可使用的资源更多了,这促进了平均寿命和健康指数的提高。而越是如此,人们对于"长寿"、对于"幸福活下去"的要求就越高,这跟有限资源的现实是不那么兼容的。如果我们没有,也不去培养一种"幸福死下去"的死亡观,老年人希望无限延长寿命并保持健康水准,国家的预算和资源的消耗也就会随之无限增长。反之,如果能够慢慢转变死亡观,对国家预算和生态系统也许都会有益。虽然从一般的观点来说,这样的想法还是不太好的,但目前普遍流行的"生活下去就是幸福"的观点,我想还是存在问题的。在反思这个问题时,也许中国古代带有宗教意味的道家、佛家思想,或者撇开宗教,去看庄子的一些思想,可能会有所收获。

访:这一点可能比较难,因为当今中国和目前世界上大部分文化中对死亡的基本看法还是以消极、负面的倾向为主。

甲:没错。我在这方面也反思过自己的问题。我的孩子已经很大了,两个孩子都结婚了,那么我自己做什么呢?虽说我是可以没有牵挂、自由地生活下去,可以去养老院,不过要有钱才可以。可我不明白,去养老院是幸福还是不幸福。对于动物来说,这样的问题几乎是不存在的。动物老了,就被其他动物吃掉了,衰老而死的例子可能不太多吧。位于食物链上级的动物或许可以衰老而死,比如老虎、老鹰等,不用担心被吃。可一般的动物,像兔子、麻雀等,由于衰老而变弱,被其他动物吃掉,这在食物链中是很正常的现象。对于人类来说,由于本身位于食物链高层,如何处理与低级食物链上动物的关系,处理自身内部的关系,维持生物链平衡,就是比较困难的问题。我的意思你明白吗?

访:明白的。这个困难可能关系到两个进行价值判断的着眼点之间的冲突,一个是生物圈整体,一个是人类内部。

甲:对的,这也是我们经常被人批评的点,我们主张生态整体利益,那是要把人类自己怎么样呢?人口寿命和数量随着科技进步而增长,如果所有人都要过上美国人平均水平的生活,恐怕就会给生态系统造成难以承受的负担;但假如让美国人降低自己的生活水平,我想大概他们也不会同意。所以未来世界中或许人类会用新的手段控制人口及其生活。

访:可能会出现新的管理措施吧。您认为把王诺教授的生态思想翻译为日文,可能会在日本学界产生什么影响呢?

甲:我认为,和日本的生态或环境主义者相比,王诺教授对外来的生态/环境文学及理论有很强的批判性。引入一个很有批判性的文本,对于日本学界反思自身和西方来的生态/环境思想,是很有意义的。不过更确切来说,日本过去的相关思想是环境主义,而不是生态主义思想,虽然我们的学者发展了它们的环境文学理论,像野田研一先生"交感"理论、生田省悟先生的"场所"理论等都很有影响。不过他们对于西方生态主义/环境主义的批评似乎还不是很多。我的意思不是说要一味地批判或是拒绝西方的生态/环境理论,只是我们不能只有介绍一继承一发展西方理论这一条途径。中国当代生态批评就有一些结合西方理论和中国古代文学的案例,它们或者从本土文学中找到比纯粹的西方理论更适宜在本国生长的土壤,或者用生态思想来回溯古代文本,看看我们的思想史和文学趣味究竟在哪里出了问题。我在复旦会议上也谈过这些例子,在《中国文学批评通史》的重新修订这个问题上,我们就可以既对古代文本作所谓"时代错误"的生态解读,也可以从古代文学的自然观中找到一些即便从当今生态思想的视角出发也十分有益,甚至起到具体化和补充作用的思想。[①] 这是我认为中国生态批评可以给生态研究和文化诊断做出贡献的方面之一。由于日本学者还没有充分意识到这些理论和作品的重要性,所以我觉得应该尽快把王诺教授的生态批

① 甲斐胜二:《关于中国古代文学理论批评史的研究发展方向》,复旦大学第四届中国文论国际研究讨论会,2016年11月。

评引介进来。

第三节　翻译中遇到的困难和解决方案

访:您在翻译王诺教授生态理论的过程中,有没有碰到什么困难？具体又是怎么解决的呢？可以请您谈一谈吗？

甲:我觉得最主要的问题有两个吧,其中更难的那个是如何处理“生态”和“环境”之间的关系,因为这两个词在日本多年以来都是混用的。而且在语言的使用上,过去日语中的“生态”很少使用汉字“生态”,而经常使用英文“ecology”的日文假名“エコロジー”,这个术语过去也不是主要用在生态/环境保护的领域,而是生态学的领域。所以我感到,或许日本公众会对“生态”这个词和它的含义比较陌生,在接受上比较困难。不过我还是打算生造一个汉字术语“生态”的用法,让它主要以生态思想为向度。虽然这种解决方法比较折中,也可能会带来一定的尴尬,但我觉得只要有利于王诺教授的生态思想更充分地被日本公众和学界所理解和接受,那么也是值得的。

访:要通过一个术语的新写法和使用方式来推广译本,确实不容易,不过恐怕更困难的是在日语学界把生态和环境区别开来吧？而且要使用一个“新词”,可能主要也是因为要作出这种区别？

甲:没错。王诺教授对“生态”和“环境”的区分是一个很值得考虑的问题。我认为他对“生态”的推崇和对“环境”的批评基本是因为后者包含的人类中心主义倾向。在人类中心主义的所指问题上,王诺教授和他的批评者有一些共识和分歧。共识体现在他们都同意,人类中心主义指的是一种用人类的利益和旨趣来处理世间万物的意识形态。在这个意义上,王诺教授和其他中国学者,比如曾繁仁先生、鲁枢元先生等,都将他们自己定义为“反人类中心主义者”。他们的批评者主要是从“反人类中心主义”的可能性和可行性来展开批评的,他们对“人类中心主义”的理解也是在讨论中暴露出分歧。

访:是的。就我所知,虽然批评者不少,但可以归为三种代表性的观点。

一是认为生态主义否定了人类的特殊性，所以把人"贬低"为一般动物，仅仅是生态链上的一环，这样一来人类也就不再有能力去承担生态保护的责任了。这种观点还进一步从"反人类中心主义"中推出，我们对生态危机和自然界的知识都会因为贬低人类而变得可疑，因为所有的知识也都是人类得来的。[①]

甲：按照王诺教授的论述，他对这个质疑作出的主要回应是，澄清人类中心主义和反人类中心主义中的歧义。也就是说，要对人类中心主义的认识论层面和价值论层面进行区分。作出区分之后，我们就可以看到，他所反对的首先不是认识论层面的人类中心主义，他相反还承认，我们可能无法、甚至也没有必要从一个非人视角来理解世界，因为那样我们会因为放弃人类理性而落入虚无主义的陷阱。虽然我们可以在文学和批评中尝试这些非人视角，以期对自然界和生态危机有一些新的感受和认识，但它们对于认识和解决生态危机并不是必需的。同时，他还强调，我们非但不能放弃人类理性及其认知方式，而且还必须重视它们，因为它们是我们对自己和生态系统负责必不可少的条件。而更进一步来说，我们要担负生态代价，还不只是因为我们有这样的能力，例如拥有人类理性，更多是因为这本质上是我们行为的后果，人类必须对自己的所作所为造成的影响负责。其他两个批评点是什么呢？

访：第二点是，批评者认为生态整体主义和生态中心主义没有考虑人类个体的价值，这对人道主义或自由主义来说很可能是个威胁。[②] 第三点则是关于生态主义中的一些重要思想，比如"返魅"(re-enchantment)的思想更多还是出自诗意和情感性的视角，几乎不能运用于实践[③]，而深层生态学的合理性也还是有待证明。

甲：针对"返魅"，我以为按照王诺先生的观点，这对于我们的行动来说

---

① 见孙丽君：《生态美学的基本问题及其逻辑困境》，《马克思主义与现实》2010年第6期，第96—100页。

② 见马草：《生态整体主义的三重困境——论中国当代生态美学哲学基础的局限》，《武汉理工大学学报(社会科学版)》，2015年第6期，第1047—1052页。

③ 见蒋磊：《生态批评的困境与生活论视角》，《文艺争鸣》2010年第11期，第16—19页。

也不是必需的,因为我们不通过"返魅"也能明白自己的所作所为和责任,这就足够了。至于深层生态学,它涉及生态整体主义或生态中心主义的问题,或许它并不完备,但它一直都在逐渐自我完善。这一点我想我和王诺先生都同意。更重要的一点是,王诺教授早就说过,他根本没有提倡"生态中心主义"或任何形式的"中心主义",因为无论是在生态系统的层面,还是在社会层面,它们都意味着另一种形式的不平等。而王诺教授绝没有支持任何形式的不平等的意思。对于第二点质疑,王诺教授除了区分人类中心主义的认识论层面和价值论层面之外,还在价值论层面做了两种关系范畴的区分,也就是生态系统和人类社会,并且把"人类中心主义"这个术语的使用范围限定在"生态系统"的层面。在这个基础上,他强调,在人类社会范围内,当我们讨论人与人的关系时,并没有所谓的"人类中心主义",正确的术语应该是"人道主义",而他本人在这个范畴内是支持人道主义和自由主义的。即便是在生态系统的层面,当我们讨论人与自然的关系时,他也坚持认为应该给"反人类中心主义"设置一个底线,也就是要承认人类基本的生存和延续的权利。所以,如果有人因为对"人类中心主义"和"反人类中心主义"的误解,而把王诺教授的生态整体主义描述成"生态法西斯主义",那是很不准确的。

访:我同意您站在王诺教授理论的立场,来回应这些质疑。听起来好像您自己也是赞成区分"生态"和"环境"的?不过,您遇到的第二个困难是什么呢?

甲:对于王诺教授的区分,我虽然尽力做到忠实翻译和介绍,但自己可能有一些其他想法。这个我稍后会说明。我想先谈谈自己碰到的第二个翻译上的问题,它们其实是两个关于词汇选择的问题,一个是"整体",另一个是"人类"。在日语中,汉字词汇"整体"一般指的是医学范畴中的身体,和中文里的"整体"意思差很多,所以我用了另一个汉字词汇"全体"来表述王诺教授的生态整体主义。但和日本民众对"整体"和"全体"的普遍观感相比,这个词汇选择的问题还是个小问题。这两个词如果放到社会历史层面来看,容易让民众想起极权主义,进而跟20世纪的那些人道主义灾难联系在一起。但既然王诺先生已经针对这个问题作出了比较有说服力的回应,我想读者应该是可以理解和信服的。另一个词汇选择上的问题是日语中有两个表示"人类"的汉字词汇,一个是"人间",另一个是"人类"。我的问题是究竟在什么地方用“人间”，在什么地方用“人类”，因为它们好像没有很明显的意义差别。我自己作了一些分析之后，决定在讨论人类社会的事情时用“人间”，在讨论人与自然的关系时用“人类”。这样一来在大部分译文里，两者的区别就比较明确了。

访：是的，您解释了之后，我再重新看译文，觉得确实是清楚的。只是文章里既有“人类中心主义”又有“人间中心主义”，这两种用法也是出于特殊的考虑吗？

甲：这里似乎是由于语言使用习惯，出现了一些混用的情况，也是我自己不太满意的地方。我想今后我会尽快决定，然后把译本和论文中“人类中心主义”的表达法确定下来吧。回到区分“生态”和“环境”这一点上，我自己的观点是，虽然这么区分在理论上是会比原来更明确，但在实践中，尤其是在日本目前的实践中，我觉得可能不是必要的。这也是为什么我自己在说话和写作中还是会自觉不自觉地把两者混用。我想生态主义和环境主义的根底都是保护生命、珍视生命的思想，在解决生态危机的行动中，为什么这两种思想不能相互合作，共同存在呢？当然王诺先生也有他自己的理由。不过我认为，区分二者的意义可能更多体现在学术争论而不是在当下真正的保护行动里吧。

访：那么您个人认为在行动中我们没有必要区分生态主义和环境主义吗？环境主义里的人类中心倾向，您也觉得不是很重要？

甲：不。我觉得作出区分和关注环境主义思想中的人类中心倾向，还是有意义的。只是我想，当下日本生态主义者和环境主义者更迫切的任务应该是促进日本公众更多地投身日常生活中的生态/环境保护行动，而不是在这么初级的阶段就被内部分歧所干扰。当然，在我们制定保护措施，确定轻重缓急的顺序时，环境主义及其人类中心主义也会给我们的计划和行动带来一定影响，有可能我们会因为自身的旨趣和利益，而被误导到并不那么迫切的方面去，错误地分配了资源。但我想，毕竟眼下没有什么比团结生态/环境工作者更重要的任务。

访：再次感谢您的回答，很多观点和事实是我从来没有想过的。

后　记

我从1998年开始关注欧美文学所展现的自然与人的关系，关注的结果是，在我的《外国文学——人学蕴涵的发掘与寻思》（科学出版社，1999年）一书里，我用了一章六万余字的篇幅初步涉猎了这个领域。

2000年8月，在哈佛燕京学社的资助下，我到哈佛大学作为期一年的访问学者，研究的课题就是生态文学。我在哈佛图书馆查阅、复印了数百部生态文学、生态思想研究著作，大量阅读了梭罗、卡森等英语生态文学作品，选听了哈佛英美语言文学系、比较文学系、哲学系、生物和进化生物学系、环境科学与公共政策中心所开设的部分课程，并与一些教授进行了学术交流。

朝圣般地，我在一年里去了瓦尔登湖四次（从哈佛附近的波特广场乘区间火车到康科德只需半小时），坐在、躺在湖边小山上，泡在、游在湖水里，或者绕着环湖小径缓缓踱步，开放所有的感官去感受梭罗所感受过的山水、草木、鱼虫……同样，为了身临其境地感受我挚爱的生态文学家卡森，我去过她在宾夕法尼亚州的出生地、她在缅因州海边的小屋。2001年6月18日是我难忘的一天。那一天我在华盛顿的美国国家历史博物馆参观，惊喜地在“美国人生活中的科学”展馆里发现了一个永久性展台——“雷切尔·卡森与环保时代”;更令我激动的是,我终于看到了活生生的她!展台上的电视机不停地滚动播放卡森在哥伦比亚广播公司招牌电视节目“60分钟”上的谈话,一段三十多年前的黑白录像,那是她在癌病晚期、生命快要结束时的一次谈话。我一遍又一遍地聆听她的谈话,久久地凝望着那个满脸疲惫、满目焦急、满身癌细胞的弱小但又无比坚强的女人,禁不住泪流满面……

我住在哈佛校园中心地带的一幢公寓里(蒙特奥伯恩街65号),这使我有可能经常参加在晚上和周末举行的各种学术活动和文艺活动。我听的第一次晚间讲座,是在古老的“第一教堂”里举行的生态文学作品朗诵会,那晚有近十位生态文学作家现场朗诵了他们的作品片段,并回答了听众的问题。我参加的最后一次晚间活动,是我离美回国的前一天在坎布里奇市公共图书馆举行的生态诗歌朗诵会,朗诵者大多是社区里的普通市民,他们自发地举行这个活动,朗诵并讨论他们喜爱的生态诗歌。一位名叫莫丽尔·杰克逊的退休公务员声情并茂的朗诵,感动了全场听众。她朗诵的是有着“大地朝圣者”之美誉的生态文学女作家安妮·迪拉德的一首诗《海上的信号》:“不要抛弃我/我正在进行快速前航的实验。/不要阻拦我——我正设法克服障碍。//我无能为力了。快与我联络!/我需要领航!//你的能量已经耗光,或者即将燃尽。/你已处于危险边缘。/放弃你的妄想吧,/你早该停船。/你早就该停船!”

回国已近两年,当我写完本书的最后一个字时,我从哈佛就开始准备的生态文学研究刚好完成了一半。为了使这本讨论整个欧美生态文学的书不至于比例失调,我对美、英、加、澳等国的许多生态作家和作品没有多谈,带回的有关英语生态文学的大量资料还没有用上,留待下一部书《英语生态文学》再说吧。

在美访学一年感受最深、触动最大的一个问题就是学术规范。我对自己以往的学术研究进行了反省和自我批评,也曾发表文章,并在多个公开场合讨论过学术规范问题。我想把这本书作为我从今往后尽最大努力恪守学术规范的研究的开端。在这本书里,所有引文全部给出详尽的出处,包括所有文学作品引文。为此我在厦门大学图书馆里泡了很长很长时间,有时为确定一两个引文出处竟花去好几个小时。然而,我认为这值得。只有尊重每一位学者,才是对学术研究真正的尊重,同时也是对自己研究的自重。尽管如此,我仍然不得不对多年积累的许多文献忍痛割爱,因为我当时没有记下确切页码或书名而现在又无法找到并核对出处。我注意到近年来学界对文学翻译和学术著作翻译的许多批评,同时也注意到一些译者对学界不尊重他们的翻译成果的不满。这种不尊重的一个突出表现就是很多研究者在引用译著时不标出译者,而我自己过去竟然也是这样!因此,在这部书里我特别注意这个问题,希望能以此表达我对一些译者的歉意和对所有译者的敬意。

本书的第二、三章分别试图勾勒出欧美生态思想史和生态文学史的大致脉络,并表述我对这两个发展过程、重要的生态思想和生态文学作品的看法,特别是对我重点研究过的那些部分的学术思考。第四章则共时性地横向考察了欧美生态文学的生态思想蕴涵。由于字数的限制,更由于我非常强烈地不愿意大量搬用国外学者提供的知识性和资料性文字,我省略了绝大部分作者的生平、创作概况介绍和社会背景介绍,尽管我手头有近十部生态文学和自然书写的百科全书和大型作品集,如果译介了这些内容,这本书的字数至少要膨胀一倍。

迄今为止,国内外还没有学者对生态文学的发展进程作专门研究,甚至连“生态文学”这个术语都没有深入地探讨。因此,我在为自己的“冒险”捏一把冷汗的同时,由衷地期望学界同行帮助我弥补不足和纠正谬误。

最后,我要感谢哈佛燕京学社,感谢它给我提供一次难得的访学机会并资助了我的研究。感谢燕京学社社长杜维明教授和哈佛英美语言文学系主任劳伦斯·布伊尔教授,他们对我的研究给予了很多重要的帮助和指教。我还要特别感谢张冰和袁玉敏两位编辑,她们为本书的编辑、出版付出了很多心血。没有她们的帮助和鼓励,这本书不可能这么早地问世。

2003年5月31日于厦门大学海滨寓所

再版后记

《欧美生态文学》一书于2003年8月问世，作为北京大学出版社出版的“文学论丛”的一本专著；2005年5月第二次印刷，作为北京大学出版社的“21世纪外国文学系列教材”之一。后来，本书的修订版入选普通高等教育“十一五”国家级规划教材，现在由北京大学出版社出版。

修订版增加了整整一章（第一章：生态文学概论），约七万字，目的是弥补本书原来在生态文学和生态批评基本理论上的不足。在这一章里，本书厘清了这一领域的研究在术语使用上的混乱，界定了最基本的术语，阐述了生态文学的思想基础，以及生态文学的起因、内涵、任务和生态文学研究的方法。

原本打算写完这本书，再写一本《英语生态文学》就结束我在这一领域的探索；没料到本书问世后在学界引起了很大的反响，得到了乐黛云、曾繁仁、鲁枢元、蒙培元、党圣元等一批资深专家学者的称赞，也获得了斯洛维克、林耀福、黄逸民等海外境外学者的好评。本书出版后的第二年（2004年），我们又成立了“厦门大学生态文学研究团队”，其规模也越来越大（现有十余位教授学者、近十位作家诗人和数十位研究生）。我带领这个团队展开了大规模的、广泛深入的生态文学研究,发表了百余篇论文,承担了五项国家社科基金研究项目。我们的目标是:奠定生态文学研究的理论基础,全面研究世界主要国家、主要语种的生态文学,深入地对二十个左右的杰出生态文学家进行个案研究。为此,在厦门大学人文学院的支持下,我们主编了"欧美生态文学研究丛书",由上海学林出版社出版,计划出版30部。迄今为止,我们已经出版了《欧美生态批评》《生态与心态》《英国生态文学》《美国生态文学》《俄罗斯生态文学》《德语生态文学》《生态批评视野中的玛格丽特·阿特伍德》《生态诗人加里·斯奈德研究》等八部专著。这些研究使我们掌握了更多、更广泛的文献资料,对欧美生态文学的研究在深度和广度上都有很大的拓展。于是,我打算:在我们团队结束了主要语种的欧美生态文学研究之后,在最有代表性的生态文学家的个案研究基本完成之后,对《欧美生态文学》的后三章进行全面的、大幅度的改写,更完整、更准确地评介欧美生态文学及其发展。

本书问世后,很多学者,很多博士生、硕士生、本科生,很多网友,以各种方式——在学术会议上、在学术论文论著里、在各层级学位论文里、在网络上、在教室里,向我提出了不少质疑和建议。由衷地感谢向我提出质疑和建议的读者,我会把所有的质疑和建议当作进一步深入研究的动力。其中有些意见我已经采纳,并据此对本书这一修订版的后三章做了小规模的修正,但出于排版上的考虑,也因为将来会全面重写后三章,没有做大规模的更动。为了在新增的第一章更好地论述问题,我从后三章抽取了少部分文本分析作为例证,原打算将这些已被用于第一章的内容从后三章里删去,但也是因为排版的考虑(如果大量增删,将使原版版式发生变化,导致后三章必须重新排版),仍保留了这些内容。敬请读者谅解。

最后,再一次感谢张冰编审!

2011年5月15日于厦门大学西村15号楼